沙林（さりん）

偽りの王国

帚木蓬生
Hôsei Hahakigi

新潮社

本書をオウム真理教の一連の犯罪で、命を絶たれた人たち、
傷ついた方々、今なお後遺症に苦しむ人々に捧げる

沙林　偽りの王国　…目次…

沙林　偽りの王国

本作品は、当時の歴史的事実をもとに、小説として構成したフィクションであり、作中の主人公や同僚などは、すべて架空の人物である。

第一章　松本・一九九四年六月二十七日

一九九四年六月二十八日の火曜日、たまたま教授室にいた午前十一時近く、読売新聞の社会部記者から電話がかかってきた。名を告げて、東京の神経内科H教授からの紹介だと明かした。H教授とは旧知の仲だった。用件は、松本で発生した事件についてだと言う。何のことか分からず訊き返すと、その男性記者が驚いた。

朝早く家を出て、研究室にはいったのは七時半だった。〆切りの迫る医学論文を仕上げている最中なのだ。

「沢井直尚先生ですよね。事件が起きたのは、昨夜十一時です。松本市で原因不明の突発事故があり、七人の死者と二百人近い患者が出ています」

呆気にとられる。一体どんな事故だというのか。それが、こちらにどういう関係があるのか。

「亡くなった方々は、みんな急死だったようです。今、司法解剖が行われています。まだ結果の公表はありません」

「被害者の症状は？」やっと訊き返していた。

「くしゃみと鼻水、咳と息苦しさ、呼吸困難によだれです。患者さんに共通しているのは、瞳孔が小さくなっていることと、血液中のコリンエステラーゼという酵素が大幅に低下している点です。先生、これは一体何が原因でしょうか」

藪から棒に訊かれても、答えにくい。記者は急いでいるようで、なおも畳みかける。

「付近の住民も大変不安がっています。長野県警も原因究明に必死です」

「血中のコリンエステラーゼが低下しているなら、原因は有機リンかカーバメイトと考えるのが、専門家の常識です。つまり農薬ですが」

答えて、すぐに補足する。「しかし現在日本で使われている農薬は低毒性で、自殺目的で大量に飲まない限り、中毒症状は起こりません。普通に散布しても、被害は出ません」

「付近の池のザリガニも死んでいたようです。これは何か関係がありますか」

「有機リンかカーバメイト系の化学物質で、水溶性のものが池の中にはいっていれば、ザリガニが死んでも不思議ではないです」

「奇妙なのは、急死した七人の人たちは、付近に別々に建っている三軒の集合住宅の二階以上に寝ていたことです。これはどう説明すればいいのでしょうか」

並の事件ではないと直感したのはその瞬間だった。

「池のザリガニの死と、集合住宅の上階に犠牲者が出ている点を一元的に説明すれば、何か猛毒性で水溶性の化学物質、それも非常に揮発性の高いもの、これくらいしか言えません」

歯切れの悪い回答ながら、相手は礼を言い、こちらのファクシミリの番号を確かめて電話を切った。

ＮＨＫの昼のニュースを見るために談話室に行くと、牧田助教授以下、研究員たちが集まっていた。

事件はトップニュースで伝えられた。記者が言ったとおりの大惨事だった。死者はすべて二階から四階の住人で、一階にはいない。症状は、咳、くしゃみ、腹痛、呼吸困難で、重症の入院患者の中には、呼吸管理が必要な被害者もいる。特徴は瞳孔の縮小と、血中コリンエステラーゼの激減で、これも記者の言葉どおりだった。

「先生、何でしょうか」牧田助教授が顔を向ける。

「有機リン系の化学物質でしょう」

慎重に答える。しかしカーバメイト系の薬剤で、これほど大量の犠牲者を出した例は、知っている限りない。毒ガスだ。教授室に戻るときにはそう確信していた。

午後一時過ぎ、教授秘書が記者発信のファックスを持って来た。

　薬物中毒に詳しい九州大学医学部の沢井直尚教授（衛生学）は、被害者にみられる瞳孔の縮小や血漿コリンエステラーゼの低下などから、有機リン系かカーバメイト系の農薬による中毒症状とよく似ている、と推測する。しかし同教授は、現在市販の農薬にはこれほど強力なものはないと首をかしげる。

これが夕刊用の記事だという。異存はなかった。しかし文面を見ながら、ニュースの画面を思い出しているうちに、身体が震え出した。一〇〇メートル四方内にある三棟の建物の二階以上の住人を殺すことができるのは、単なる有毒ガスではない。化学兵器として使われている毒ガスしかない。

やはりそうだ。そう思うと震えが戦慄（せんりつ）に変わった。毒ガスの正体は一体何か。

リン化合物で、水と反応して有毒ガスが発生するのは、リン化水素のホスフィンだ。しかし腐った魚の臭気がするのですぐ分かる。拡散しやすいので、相当量を作るには大量のリン化カルシウムやリン化アルミニウムが必要になる。ホスフィンの可能性はない。

それよりも、治療が気になる。有機リン系の毒ガスであれば、第一選択は硫酸アトロピンとＰＡＭ（パム）だ。仮に第二の事件が起きるとすれば、予防薬として、付近の住民に臭化ピリドスチグミン三〇ミリグラムの錠剤を飲ませておかねばならない。

そのことを一刻も早く新聞社に知らせておくべきだろうか。いやいや、まだ有機リンだと確定したわけではない。

ともかく、もう一度頭の中を整理しておく必要があった。椅子に坐り直して考える。

猛毒ガスには、かつて第一次世界大戦で使われたシアン化合物がある。化学兵器としてのシアン化水素や塩化シアンは毒性が強い。しかし拡散しやすいので、ボンベを多数並べて一斉に放射しなければ、多くの死者を出せない。しかもこれは人目につく。

窒息剤としては、ホスゲン、ジホスゲン、ジボランがある。これは粘膜を刺激するので、呼吸器症状が強く出る。文字通り窒息させて、瞳孔も開く。今回のように縮小はしない。

一酸化炭素も毒性が強い。しかし広範囲の多人数を殺すには、大量のガスがいる。硫化水素と亜硫酸ガスも殺傷力は強い。ところが卵が腐ったような悪臭がするので、すぐに怪しまれる。

殺菌剤の臭化メチルはどうか。これは毒性は強いものの、やはり拡散しやすいので、大量のガスが必要になる。

クロロピクリンも、化学兵器として使われた経緯がある。ところが主症状は皮膚の水疱と激痛で、今回の症状とは少し違う。イラン・イラク戦争でイラクが使用したマスタードガス、別名イペリットは眼の刺激症状が特徴で、被害者は一時視力を失う。ルイサイトも同じで、皮膚の刺激症状が出る。今回とは全く異なる。

催涙剤のCSやCNは、眼痛や流涙、結膜充血をきたす。これも今回の症状とは明らかに違う。

催吐剤のアダムサイトは、嘔吐と吐き気が特徴で、はなから除外できる。フッ化水素も皮膚症状と呼吸器の症状が出るので、今回の症状には重ならない。

有毒ガスとしては、他に砒化水素のアルシンがある。しかしにんにく臭がして、すぐ分かるし血尿が出る。この可能性はない。

やはり考えられるのは、唯一、有機リン剤だ。その系統の毒ガスとしては、タブン、サリン、ソマン、VXがある。これらの神経ガスは、VXをのぞいて第二次世界大戦中にドイツが開発し、戦後もその製造技術は、イギリス、米国、旧ソ連に引き継がれた。そして最後に行きついたのが、最強の毒ガスVXだ。数秒から数分で被害者の神経系統を障害し、極めて致死性が高い。北朝鮮も、数千トンの神経剤を保有していると推測されている。

ここまで考えて、先刻の読売新聞の記者に電話を入れた。午後三時になっていた。

「あれからNHKのニュースを見て、いろいろ考えました。松本の毒ガスの原因は、神経剤として使用されてきた化学兵器で、やはり有機リン剤だと思います」

「化学兵器ですか」

まさかと疑う記者の反応だった。「先生の考えておられる化学兵器とは、一体何ですか」

「化学兵器の神経剤にもいろいろあります。松本で使われたのは、非持続型のサリンの可能性が大きいです」

「サリン？　どう書きますか」

「片仮名でサリンです。横文字ではSARINと書きます。合成に加わった四名の学者の頭文字を並べてSARINです。サリンの他にソマンの可能性もあります。その他にもタブンやVXもあります。しかしVXは揮発性が低いので、現場に一、二週間は残ります。タブンも数日は残留するので、この二つは除外できます」

「そうすると、サリンやソマンはどうして発生したのですか」

「備蓄されていたのを持ち出すというよりも、人為的に作られた可能性が大きいと思います」

「人為的ですか。誰にでも作れるのですか」

「いえいえ、高度な化学的知識と確かな製造技術が必要です」

「そうなると、誰かがサリンを作り、持ち歩いてばらまいたということですか」

記者の声が少し真剣味を帯びた。

「いえ、風を利用して散布したと考えたほうが自然です」

「治療はどうなりますか」記者が畳みかける。

「瞳孔が縮小して、コリンエステラーゼも低下しているので、各病院でアトロピンが大量に使われているはずです」

「ア・ト・ロ・ピ・ンですね」

「はい、正確には硫酸アトロピンです。もうひとつ、ＰＡＭも有効です」

治療薬の名を口にして、いくらかほっとする。

「それでは、予防法はあるのですか」

「これは三年前の湾岸戦争でも問題になりました。米軍は前線の兵士たちに予防薬を服用させていたようです。臭化ピリドスチグミンという薬剤です」

「臭化ピ・リ・ド・ス・チ・グ・ミ・ンですか」

「そうです」

「これは容易に入手できますか」

「商品名はメスチノンです。重症筋無力症の治療に使われるので、大きな病院には置いてあるはずです」

「そうしますと、予防するとして、どの程度の範囲の住民に配るべきでしょうか」

「再び散布されることが明らかであれば、その地域住民に配っておくべきです」

ここで記者は黙った。何かこちらが誇大妄想にかられていると思ったのだろう。

「いいですか。松本で使われたのは普通の毒ガスではなく、明らかに有機リン系の化学物質で、化学兵器です。水溶性で、非常に揮発性の高い、猛毒性の毒ガスです」

念をおしたのに、相手はなおも黙っているので、つけ加える。「これは単なる偶発事故ではなく、明確な意図を持った犯罪のような気がします」

そう結んで受話器を置く。どっと疲れがくる。ともかく記者に、原因物質も治療法も告げた。丸投げではあるものの、気分が少し軽くなる。

そのあと、本棚にある書物と文献ファイルを机の上に置いて、細かく点検した。やはり、記者に伝えた内容に間違いはない。それが結論だった。

夕方五時のニュースを見るために談話室に出る。研究員たちが集まってテレビニュースを見ていた。かつて松本には毒ガスが備蓄されていて、毒ガスが漏れた事故があったことを報じていた。しかし今回の事件が偶発事故であるはずはなかった。

「先生、この毒ガスは何でしょうか」

化学物質が精巣に及ぼす影響を研究している女性研究員が訊いた。

「さっき新聞記者からも質問があって、有機リン系の化学兵器で、神経剤のサリンかソマンだろうと答えました」

「構造式はどうなっていますか」

薬理学教室に在籍していた牧田助教授が質問する。メモ用紙に二種の構造式を書いてみせる。いずれもリンに酸素が結びつき、メチル基とフッ素がついている。サリンよりもソマンのほうが少し複雑なだけだ。

「神経ガスにはタブンというのもありますが、たぶん違うでしょう」

「たぶんですか」みんなが笑う。

「タブンは揮発性が低く、もうひとつのVXも極端に揮発性が低いので、今回の毒ガスではないと思います」

教授室からいくつかの文献を持ち出して、教室員がいつでも読めるようにした。

読売新聞から再び電話がかかってきたのは七時過ぎで、帰り仕度をしていたときだ。今度は女性記者だった。

「今日、小社の記者にお話しされた内容を確認させて下さい。先生は今回の毒ガスは化学兵器に使われた神経剤で、サリンかソマンだと考えておられるのですね」

「そうです」

おもむろに答える。

「それは症状や検査所見から考えての結論ですね」

「神経内科医、中毒学者として、そうとしか考えられません」

意地も手伝って断言する。

「それらの化学物質は、有機合成化学に興味があれば、容易に合成できるものなのでしょうか」

女性記者はなおも訊いてきた。

「いえ簡単ではありません。製造過程での管理と制御が大変ですから、大がかりな装置が必要です」

「それを製造して、何か容器に入れて持ち歩いて、ばらまくとかできますか」

「瓶に入れて持ち歩くこと自体、危険な化学物質です。一滴でも皮膚についたら、死にます。これを化学兵器として使う場合は、夜の攻撃が常識です。風向きが一定で、風速もあまり強くなく、気温もある程度高いほうが効果的です」

第一次世界大戦での毒ガスの使用状況を詳しく調べた経緯があるので、自信を持って答える。

「分かりました。今おっしゃった内容を、先生のお名前を出して記事にしてもよろしいでしょうか」

「それは構いません」

女性記者は、念のためにと自宅の電話番号を聞いて、電話を切った。

受話器を置いて、溜息をつく。断言はしたものの、間違っていれば、ひとりだけの恥ではなく、大学の名誉も傷つける。そのときは辞職も考えなければならない。

念のためにもう一度、資料と文献を検討し直す。ひとつひとつ化学物質を洗い出し、鑑別していく。除外した物質は百を超えた。残ったのは、やはりサリンとソマンだった。九時少し前に、誰も残っていない研究室を出た。

自宅に着いて、妻と遅い夕食をすませたあとの十時半、再び同じ女性記者から電話がはいった。

「明日の朝刊用の記事のため、確認させていただきます。毒ガスはサリンかソマンですね」

「確信を持って、そう思います」

「サリンにしてもソマンにしても、化学技術者が本気で合成しようと思えば、できますね」

「できるでしょうが、先刻言ったように、制御と管理のために、大がかりな装置が必要です。とにかくこれは偶発事故ではなく、明確な意図を持って散布した可能性が大きいです。誰かが瓶に入れて持ち歩いて、ばらまくなんてできません。自分が死ぬ危険があります」

記者は礼を言い、電話が切れた。

再び同じ女性記者から電話がかかってきたのは真夜中近い十一時半、入浴中だった。

「本当に何度もすみません。さきほどから、第一通報者の会社員の自宅に長野県警がはいり、家宅捜索を始めたようです」

「その会社員、何を作ろうとしていたのですか」

驚いて聞き返す。

「どうも除草剤を作ろうとしていたようです」

「除草剤ですか」

除草剤とサリンやソマンとは、全く関係がない。合点がいかないまま、電話は切れた。

湯船につかり直して、ますます、どこかがおかしい気がしてくる。今どきなぜ除草剤を作らなければいけないのか。除草剤なら何十種類も市販されている。毒ガスとは何の関係もない。

風呂から上がって、読売新聞の社会部に電話をして、女性記者を呼び出した。

「さっき、その会社員は除草剤を作っていたと言われましたね。除草剤と毒ガスは全く関係がありません。これは何か特別な組織が、化学兵器を作ろうとしていたのですよ」

強調したにもかかわらず、相手の返事はそっ気なかった。

「そうかもしれませんね」

あっさり電話は切れた。最初の男性記者同様、相手が誇大妄想にかられていると思ったに違いなかった。

ベッドに横になっても、頭が冴えて寝つけない。ひょっとしたら、これはバイナリ・ウェポン(二成分型兵器)かもしれない。サリンやソマンは、二種の化学物質を現場で混ぜて化学兵器にもできるのだ。

はたして翌六月二十九日の朝刊には、記者とのやりとりなどどこにも載っていなかった。完全に無視されたのだ。代わりに朝日新聞に「ナゾ急転　隣人が関係」の見出しが躍っていた。


この会社員は二十七日午後十一時十分ごろ、自ら「息苦しい。家族も苦しんでいる」と一一九番通報した。これが惨劇を知らせる「第一報」だった。駆け付けた救急隊員を家に入れ、妻と娘と一緒に救急車に運び込まれた。家族三人で市内の協立病院に収容され、そのまま入院した。

ペットの犬が死んでいた家も、この男性の家だった。小魚やザリガニが死んでいた池も、ちょうど裏だった。

他紙の記事の中で、国立大薬学部の某教授が次のようにコメントしているのも気になった。

被害者の症状から有機リン系化合物に近い物を作ったのでは。劇薬は手続きさえすれば比較的簡単に手に入る。今回のケースはリン酸系統の薬品にアルコール類を混ぜ、有機リン系化合物を作ろうとしたのではないか。有り合わせの物を使って混ぜ、作業に失敗し、ガスが出たり、庭の池にほうり込んだなどの可能性もある。

医薬品素材学が専門というこの教授は、実験での合成には詳しいかもしれないが、化学兵器の実際には無知なようだった。

翌六月三十日の新聞各紙には、「青酸カリなど20種押収」や「納戸から薬品二十数点」などの見出しが載る。会社員は理工学部を卒業し、工業化学薬品製造販売会社に勤務したことがあるという。それなら、自宅にいくつもの薬品があっても不思議ではない。しかし自宅でサリンやソマンが作れるはずはない。会社員がいかにも犯人だという記事は、さらに七月一日の新聞にも出た。

現場付近の住民によると、周辺ではマツケムシが大発生しており、毒ガスの発生元とみられる会社員（四四）が、虫の駆除のために何らかの薬品を調合していたのでは、との見方が出ている。

憶測をたくましくしただけの記事は、記者の知識のなさをさらけ出している。毛虫の駆除薬調合と、サリンやソマンの合成、制御とでは月とスッポンの技術差があるのを理解していない。他紙によると、会社員は当初から「毒を盛られた」と救急隊員に言い、事件への関与は強く否定していた。当然だろう。

七月二日の新聞には、事件発生当時の状況を、消防司令補が証言していた。

隊員三人が会社員宅に到着したのは、通報の約五分後の十一時十四分ごろ。着くと、男性(会社員)が救急車の運転席側の窓をたたいた。会社員は、「犬が二匹死んだ。毒を盛られた」と話した。男性は救急車後部に自分で上がり込み、担架に寝た。そして、「妻が倒れている。部屋にいる」と言った。

玄関付近にいた高校生くらいの男の子(長男)が、無言で部屋まで案内。奥さんが裸に近い状態で倒れており、ほおにかけて泡状のだ液が出、意識、脈はなく、心臓も停止していた。

廊下で女の子(長女)が錯乱状態で叫んでいた。目は縮瞳状態だった。私の腕を手に取らせて落ち着かせ、隊員に奥さんを運ぶように指示した。帰って来た隊員と、腕組み担架で長女を運んだ。長男を付き添わせ、奥さんに心臓マッサージを施しながら、病院に搬送した。

会社員が「毒を盛られた」と告げたのは、毒ガスとは知らなかったからだ。家族の中でも症状に軽重があるのは、毒ガスの濃度の差によるものだ。この時点で七人の死者が出、入院と外来患者は五ヵ所の病院に合わせて二百二十人を数えていた。

こんな大量の毒ガスを、普通の家の中で作るのは全く不可能だ。毒ガスは、どこか家屋の外で放出されたと考えるのが自然だった。

警視庁捜査第一課の真木警部から電話がかかってきたのは、そんな折だった。真木警部とは、三年前の東京大学タリウム事件以来の知り合いだ。真木警部から被害者の裸体写真を見せられて、「この毒物はタリウムですよ」と即答したのを昨日のことのように覚えている。

「先生、お久しぶりです。あの節は大変お世話になりました。お変わりないご様子で安心しました」

相手はそう挨拶したあと続ける。「先生、松本の事件は、もうご存じですね。あの毒物は一体何ですか」

東大タリウム事件のときと同様の、単刀直入の質問だった。

「サリンだと思います」

「サリンですか。何ですか、それは」

「毒ガスで神経剤の一種です」

「誰がそんなもの作れるのでしょうか」

「簡単には作れません。化学戦で使われるものですから」

新聞記者とのやりとり同然になったので、言い足す。「ともかく、第一通報者の会社員は犯人ではありません。犯人だと見なすのはやめるべきです」

「私もあれは、速断すぎると感じます。しかし他県の管轄ですし」

警部の歯切れは悪かった。これまで何度も警察の依頼で、中毒研究者としての務めを果たしてきた。そのたび感じたのが、縦割り行政の弊害だったのだ。その最たるものが警察の組織だった。

「私の結論としては、原因物質はサリン、第一通報者は犯人ではない。犯人は別のどこかにいるはずです」

　そう答えるしかなかった。

　テレビのニュースはできるだけ見るようにしていた。しかし相変わらず原因物質は検出されていない。県警の科学捜査研究所の実力では無理だとしても、東京の科学警察研究所には既に何種類ものサンプルが送られているはずだ。解明に何日もかかっているのが、奇妙といえば奇妙だった。これも通常の毒物ではなく、化学兵器のためなのかもしれない。

　七月三日、妻と柳川に遊びに行く途中、カーラジオをつけていた。昼の十二時のニュースになって、松本の毒ガス事件を報じた。長野県警の発表で、被害を受けた地区からサリンが検出されたという。

「あなた、やっぱりサリンでしたね」

　助手席の妻が言う。

　そう、サリンだったのだ。推測は間違いなかった。頷くと目頭が潤んだ。この六日間が、ひと月もの長い道のりに感じられた。


　毒ガスの正体がサリンだと判明しても、松本署に置かれた捜査本部は、第一通報者の会社員を重要参考人と見なしていた。

　七月六日の朝日新聞は、サリンが会社員宅に隣接する駐車場の土からも検出されたことを報じ、「駐車場に近い池周辺で薬品合成か」などと書いている。そんな馬鹿な話はない。

　駐車場などで猛毒のサリンを、それもひとりで合成するなど、万が一にもありえない。合成と制御には大がかりな装置が、そして作る側とて、防護服など特殊な装備が必要だ。もちろん一連の過程で、作業者は予防薬を服用しておく必要がある。

そんな折、警視庁捜査一課の真木警部から電話を受けた。

「先生、やはりサリンでしたね。ありがとうございます」

「それにしても、検出が遅かったような気がしますが」

不満を口にする。「科捜研の手柄ですか」

「いえ実情は少し違うようです。最初に見つけたのは、長野県衛生公害研究所です」

「衛生公害研究所ですか。よくそんな実力を持っていましたね」

驚くのはこちらの番だった。真木警部は、その経緯のあらましを語ってくれた。

事件翌日の午前八時半、長野県の公害課長が県衛生公害研究所（衛公研）の研究技監を呼び出した。大気汚染の可能性があるので、現場への急行を命じる。技監はすぐに、衛公研の所長に現場に行くように頼んだ。所長は大気部だけでなく、水質部にも出動を指示、三人の職員が出発したのが九時二十分だった。三人は警察が現場保存をしている会社員宅から、家の中の空気と庭の池の水を採取し、午後二時に衛公研に戻る。

十数人の研究員が総力をあげて解析を開始、患者の縮瞳症状とコリンエステラーゼ低下から有機リン中毒と見て、リン検出に使う炎光光度検出器にかけた。検査の結果、二つの有機リン系物質の存在が分かる。そこで次に物質を同定する質量分析計にかけると、ひとつの物質が検出された。メチルホスホン酸ジイソプロピルだった。これが何かは誰も知らない。物質はもうひとつあるはずなのに、検出器にはかからない。

研究員たちは遅い夕食をとりながら、議論を重ねる。すると、ひとりの研究員がぼそりと呟いた。検出器の温度を下げたらどうかという提案だった。こういう高性能の機器を揃えているのも、長野県に多い農薬中毒の原因物質を早急に検出するためだった。その至適温度は六〇度だ。しかし今回、六〇度だと、池の水から採取した物質が気化している可能性がある。果たして、温度を四〇度に設定して再検査をすると、もうひとつの物質が出た。この未知の物質を、質量分析計に付属している情報検索機器にかけた。モニターの画面に現れた文字はSARINだった。事件発生から二十四時間後の深夜である。

しかしSARINなど研究員の誰も知らない。そこへ採取班とは別の班の職員が飛び込んで来た。手には、内藤裕史著『中毒百科』のコピーを持っている。県立こども病院にあったもののコピーを、松本保健所で入手したのだという。そこにSARINの項目があった。

——サリン：青酸ナトリウムの五百倍の毒性を持つ。第二次世界大戦でナチスが開発した毒ガス。

とはいえ、居合わせた誰もが首をかしげる。訳が分からないまま、この検査結果は公害課長に報告される。日付は六月二十九日になっていた。

原因物質の確定には、通常、同じ検体を二つ以上の機関が検査するクロスチェックを要する。しかしこれには時間がかかる。他の方法で検出を試みる他なかった。質量分析計で使ったのは電子衝撃イオン化法だったので、今度は物質の検出時間を比較する相対保持指標による検査を開始した。前日の深夜に国立衛生試験所から取り寄せた文献の値を基にすると、池の水と家の中の空気から、サリンに間違いない数値がはじき出された。

一方で、同じ質量分析計での化学イオン化法も実施される。この方法は、分子を壊さないまま質量を分析するので、熟練を要する。しかしここでも池の水からサリンが検出された。

もう間違いなかった。結果は公害課長に報告された。課長は、念のため専門家数人に意見を求める。しかし返答は、異口同音に「そんなものが日本にあるはずはない。発表はもう少し慎重にしたほうがいい」だった。

公表するにあたっての最終判断は、長野県知事が下す。課長が相談すると、やはり慎重にすべきだと念を押された。

患者の早期治療のためには、サリンが原因物質であることを、一刻も早く医療機関に知らせるべきではある。しかし公害課長が独断でやるのは腰がひけた。ともかくこの結果を県警に報告し、検査方法も知らせた。県の科捜研は、その手順でサリンの検出を試み、三日かかってやっとサリンと同定する。そして七月三日の午前九時、県庁内で県警と公害課が同時発表する。衛公研がサリンを検出してから、四日が経過していた。

真木警部の話を聞いて、なるほど長野県の衛公研がいち早くサリンを検出できた要因は、常日頃から農薬中毒の原因究明に努め、手技に習熟していたからだと納得する。

「こうなればもう、あの第一通報者は犯人ではありませんよ。個人の力では作れません。県警は今、どうしているのですか」

「長野県警が必死に追っているのは、薬品の購入ルートです。それこそ草の根戦術でやっています」

いくらか県警をかばうような口調だった。

確かに、それはそれで無益ではなかろうが、どこか的はずれのような気がする。球が来ないグラウンドでいくらバットを振っても、ヒットにならないのと同じだ。しかしそこまで真木警部に言う勇気はなかった。

七月七日の読売新聞は、信州大理学部の植物生理学教授による推定を報じていた。教授が注目したのは植物の変色域で、池と駐車場の境にある笹が最もひどく変色していた。会社員宅の蔦はほとんど枯れ、その北東部にあるマンション付近の樹木にも変色が見られた。この事実から、毒ガスは駐車場付近で発生、当夜の〇・五メートルの南西の風に乗り、北東に流れ、マンションや社員寮の壁に沿って吹き上がって被害をもたらしたと考えられた。

この推定は、ほぼ正しいような気がした。改めて新聞記事を見直すと、駐車場の北東側に位置する建物はいくつもあり、最も近い三階建の明治生命寮でひとりの死者と四人の入院患者、その北側にある四階建の開智ハイツで三人の死者と、十二人の入院患者、その東側に隣接した三階建の松本レックスハイツで三人の死者と、八人の入院患者が出ていた。駐車場の真東にある三階建の長野地裁松本支部裁判官宿舎では、二人の入院患者しか出ていない。一方、驚いたことに、駐車場から北東に一〇〇メートル以上も離れた平屋の民家でも、三人の入院患者を出している。これは発生したサリンガスが、尋常な量ではなかった証である。

にもかかわらず、新聞は被害現場の見取図の中で、会社員宅の池を発生場所と図示していた。捜査本部も会社員の回復を待って、事情聴取を始める予定だという。その会社員は弁護士に、毒ガスの知識など全くないと、関与を否定していた。当然だった。被害者なのに、捜査本部から容疑をかけられるのは、どれほどの苦痛だろう。その心痛は察して余りあった。会社員はまた、弁護士を通じて、「一一九番通報をする前に、家の外でコトコトする音を聞いた」と証言していた。

こうなると、やはり怪しいのは、駐車場だった。ここから何者かが、大がかりな装置を使って、サリンガスを噴出させたのだ。いち早く捜査をして残留物や、車両の跡などを調べなければならないのは、その駐車場だろう。しかし事件から十日以上も経った今、駐車場には捜査車両が出入りして、もはや痕跡など踏みにじられているのに違いなかった。

翌七月八日の読売新聞は、治療の初期対応の遅れを指摘し、それによる後遺症も憂えていた。まさしく憂慮されるのはこの点で、早急に対策マニュアルをまとめる必要があった。

さっそく牧田助教授の手を借りて、サリンに関する総説の執筆に取りかかる。中毒学、神経内科の専門家として、今後の同様な事件の発生に備えて、サリン中毒の臨床症状と診断および治療法を公表しておくのは義務だった。

基礎文献としては、イギリス国防省が一九九〇年に発行したばかりの『化学兵器治療マニュアル』があった。これは九大に赴任する前、産業医科大学にいた頃に入手していた。さらに実を言えば、松本でサリン騒ぎが起こる前の六月上旬、「サリン―毒性と治療―」を牧田助教授と共同執筆して、『福岡医学雑誌』に投稿していた。その論文の中で、歴史や一般的特性と作用機序、化学兵器としての意義、中毒症状と所見、致死量と予後、検査、病理、診断、治療について詳述していた。この論文投稿のあと、今回の事件が起きたのだ。摩訶不思議な巡り合せだった。

日本では、日中戦争と太平洋戦争のいわゆる第二次世界大戦のみが強調され、第一次世界大戦はまるで対岸の火事みたいに軽視されている。しかし欧州では甚大な被害が出、戦死者は八百五十万人から一千万人といわれる。化学兵器に限っても、少なくとも百三十万人が被災し、九万人が死亡したとされる。つまり第一次世界大戦は人類初の化学戦争であり、おびただしい数の化学物質が兵器として投入された。

この経験が戦争終結後も、化学兵器の研究に拍車をかけた。ドイツのＩＧ（イーゲー）ファルベン社のシュラーダーは、有機リン系の農薬の研究をしていて、虫のみならず人間にも有害な作用を持つ新種の有機リン化合物を発見する。一九三六年である。シュラーダーはその物質をタブンと名付けた。タブンは殺虫剤としては大して有用ではないものの、軍事的には極めて価値のある物質だと判明する。この発見によってナチス・ドイツ政府は、シュラーダーをドイツ軍の毒ガス研究所に招聘する。シュラーダーは二年後に、タブンに似てさらに十倍も強力な物質を発見した。そして研究に従事した四人、シュラーダー、アンブロス、リュディガー、ファン・デア・リンデの頭文字から、ＳＡＲＩＮ、サリンと命名する。

これによってドイツ国防軍は、一億マルクの資金をつぎ込んで、大規模な神経ガス工場を建設する。一九四四年には、タブンやサリンとは同類ながらもより致命的な第三の化合物が発見され、ソマンと名付けられた。このとき、ドイツでは月産一万トンの毒ガスを生産する能力を持つ工場を、全国二十ヵ所に造っていた。

幸い、これらの神経剤は、第二次世界大戦では使用されなかった。連合国側からの神経剤の報復を恐れたためである。ヒトラー側近の軍需相シュペーアも強く反対し、ヒトラー自身も、第一次世界大戦に従軍したときにイペリットを浴びて失明の恐怖を味わっていた。神経剤の使用には最後まで慎重だったのだ。

この神経剤研究は、第二次世界大戦後にドイツから米国に引き継がれる。一九五二年から翌年にかけて、三つの化学会社がダニによく効く一連の有機リン化合物を発見した。これらの化学物質のうち、コード名ＶＸと呼ばれる物質が化学兵器として選ばれ、一九六一年から米国で大規模な生産が開始される。一九六九年に生産が中止されるまで、数万トンのＶＸが作られた。

一九八〇年に始まったイラン・イラク戦争では、イラク大統領サダム・フセインが化学兵器を使用した。両国の国境を流れるシャトルアラブ川は石油輸出の要衝であるため、この川の使用権を巡って争いが始まる。初めは奇襲攻撃をしたイラク軍が優勢だったものの、兵力に優るイラン軍が勢力を盛り返して、イラクの重要拠点であるバスラに迫った。ここでフセイン大統領は化学兵器を投入、巻き返しを図る。イラン側はイラク国内の反政府的なクルド人勢力を支援して、イラクの弱体化を目論む。追い詰められたサダム・フセインは自国のクルド人に対してイペリット（マスタードガス）やシアン化水素などの化学兵器を使って鎮圧に乗り出し、多数の犠牲者を出した。

この戦争の最中、神経剤の分析に関する研究が飛躍的に進歩する。国連の調査団は、イラク軍の不発弾からイペリットを、土壌からはタブンの分解物質を発見する。そして一九八九年、化学兵器の廃絶を目指す最終宣言が、パリの国際会議で採択された。

サリンの化学名は、O-イソプロピル=メチルホスホノフルオリダートで、分子量は一四〇、純粋であれば無色の液体である。常温での揮発性が高く、無色・無臭の蒸気になる。沸点は一四七度、融点はマイナス五六度で、水には一〇〇%溶解する。pH12以上の強アルカリで速やかに加水分解されて、無毒化される。

化学兵器としてのサリンは、温暖な気候下で極めて揮発性が高く、速やかに致死濃度に達する。急速に蒸発するエアロゾルとして散布すると効力が高まる。地面にも沈着しやすく、その地面に接触すれば被害が出、地表汚染からの蒸発によっても呼吸障害が起こる。

一般に、毒性の強い化学物質の実際の使用には、二成分型兵器が考案されている。比較的無害な二種の化学物質を仕切りで隔ててひとつの砲弾に詰め、爆発するときに初めて化学兵器ができるという仕組みである。サリンの場合はイソプロピルアルコールとメチルホスホン酸ジフルオリドである。

化学兵器としてのサリンの特徴は、その毒性の強さにある。窒息剤のホスゲンと比べて、重量あたり三十二倍、イペリットに対しても十五倍も強い。仮に、爆撃機が数十個の容器にサリンを詰め、総量七トンを目標都市に投下したとする。広い地域に蒸気が拡散され、数平方キロメートルの住民を、四分以内に死滅させることができる。

以上のような記述は、今回の論文では必要でない。重要なのは、あくまでも診断と治療だった。前回の論文を参考にしながら、欧米の文献も引用して補強し、七月いっぱいで「サリンによる中毒の臨床」を書き上げた。その冒頭には次のように書いた。

> 最近、わが国においてサリン曝露(ばくろ)による集団中毒の発生をみた。これはわが国で初めて明らかにされた事故であり、注目を集めている。サリンによる中毒に対する診断や治療の面での論

文はきわめて少ない。本稿では入手し得た米軍と英軍の資料をもとに、とくに臨床的側面から中毒症状と所見、診断、汚染除去を含めた治療法を中心に紹介することにする。

八月に、九大が出版主体になって七十年の歴史を誇る医学専門誌『臨牀と研究』に投稿した。牧田助教授との共著だった。事が事だけに原稿はすぐに受理され、同誌の九月号に掲載された。

まず吸収は、神経剤の特徴として、体表のどこからでも可能である。蒸気、スプレー、エアロゾルとして、あるいは粉塵に吸着させて散布すると、呼吸器や結膜から容易に吸収される。液体や溶液の場合は、皮膚や消化管を通して吸収され、吸収量が多いと全身が障害される。吸入による致死量は一ミリグラムである。

作用機序は、アセチルコリンを加水分解するコリンエステラーゼの抑制である。その結果、組織内の副交感神経終末にアセチルコリンが過度に蓄積される。その場所は、虹彩、毛様体、気管支、消化管、膀胱、呼吸器の分泌腺、心筋などにおける副交感神経終末である。その他にも、随意筋の運動神経終末や自律神経節にも蓄積し、これらの影響は遷延する。コリンエステラーゼの回復には、数日から数週はかかる。

症状は曝露後二、三分以内に生じる。まず眼や呼吸器の平滑筋と分泌腺に見られ、蒸気の濃度が高い場合は、呼吸器から吸収され、血液循環を通じて全身に影響が及ぶ。

最も早期に起きるのが、瞳孔の縮小であり、必発であって最後まで残る。その後、眼の充血と眼球の圧迫感が出、視力も少し低下する。

軽度の曝露でも、早期に鼻水、鼻閉、胸部圧迫感、喘鳴（ぜんめい）を伴う呼吸困難が生じる。吐気や嘔吐も伴う。吸入量が多いと、下痢、流涙、頻尿、尿と便の失禁が見られる。

皮膚は蒼白となり、血圧も上昇し、曝露量が多くなるにつれ、眼瞼、顔面筋、腓腹（ひふく）筋に筋収縮が起こり、皮下に無数のさざ波運動が出現する。このあと著しい筋力低下が生じ、呼吸筋も麻痺してくる。喉頭痙攣（けいれん）と気管支収縮、分泌液の増多によって換気が障害されて、チアノーゼをきたす。舌筋や咽頭筋の筋力低下によって、気道閉塞が起こり、呼吸筋の筋力低下が著明であれば呼吸停止に至る。

　中枢神経の症状も早期に出現し、不安、不穏、不眠、多夢を伴う。高濃度の曝露であれば、頭痛、振戦（しんせん）、集中力と記銘力の低下、場合によっては無欲とうつ状態も呈する。

　中等度の障害では脳波異常もきたし、過呼吸のあと高振幅の徐波の間歇（かんけつ）的群発を見る。さらに高濃度の曝露を受けた場合、錯乱、運動失調、構音障害が出現、昏睡に陥る。

　中毒症状の経過と予後は、もちろん吸収の程度と経路によって異なる。吸入曝露では数分、経口摂取で二時間、経皮曝露では六時間後に症状が発現し、持続時間はそれぞれ、一日から五日、二日から五日、三日から五日である。致死的な曝露であれば、二、三分後に症状は極期に達する。

　死因は呼吸麻痺か気道閉塞である。そのため、呼吸が人工呼吸器で維持され、分泌液が吸引され、後述の治療を開始すれば、通常は生存する。

　病理解剖では、肉眼的にも組織学的にも病変は見られない。肺水腫の他、脳やその他の組織に、非特異的な充血と浮腫が起きている。

　診断は、何といっても縮瞳つまり瞳孔の縮小である。通常は針先大瞳孔を示す。経皮、経口での吸収では、出現がやや遅れる。

　血液生化学検査では、血漿や赤血球コリンエステラーゼ活性の著しい低下が見られ、重要な手がかりになる。

　肝心なのは、できる限り早期の治療開始だ。これは汚染除去、予防的治療、薬物療法から成り立っている。この予防的治療と薬物療法が充分に実施されれば、致死量の十倍から二十倍のサリン曝露を受けても、救命できる。

まず汚染除去は、医療機関の外の一定の安全な場所で行う。汚染除去には保護衣、ブーツ、手袋、ガウンを着用してあたる。患者の着衣を緊急に撤去し、安全な場所で処分する。脱衣させたうえで、サリンは水溶性なので、石けんと水で汚染を落とす。その水も一ヵ所に集めて無毒化してから処分する。サリンは漂白粉、水酸化ナトリウム、希アルカリ液、アンモニア水で無毒化する。

予防的治療としては、臭化ピリドスチグミンがあり、一回量三〇ミリグラムを八時間毎に服用する。そのために採血して、赤血球中のコリンエステラーゼ活性の減少が、二〇％から四〇％までであれば、さらなる重症化を予防できる。

治療は、人工呼吸をしながら、アトロピン二ミリグラムを点滴に入れて投与する。心拍数が一分間七十から八十になるまで、増量する。投与間隔は二、三分から数時間まで様々である。アトロピンは筋注でもよい。副作用として尿閉も生じるので、導尿も時に必要になる。

もう一剤はＰＡＭ（プラリドキシムヨウ化メチル）で、生理的食塩水一〇〇ミリリットルに溶かして、一グラムを三十分以上かけてゆっくり静注する。アトロピンとの併用である。筋力低下が残っていれば、八時間毎に一グラムずつ追加する。

重症例では、筋収縮、痙攣、不安、不穏が見られるので、ジアゼパム五ミリグラムを静注か筋注する。この点、英軍で使用されている特殊な注射器は便利にできていた。神経剤治療用に硫酸アトロピン二ミリグラムとＰＡＭ五〇〇ミリグラムが注射器に詰められていて、その安全キャップの中にはジアゼパム五ミリグラムの錠剤がはいっている。治療手順は、まずその錠剤を服用して、アトロピンとＰＡＭの入った自動注射器で、大腿外側部に被服の上から自分で注射をする。その後、携行している呼吸器をつなぐのだ。

兵士が動けなくなっている場合、まず皮膚の汚染除去をして、呼吸器を装着させ、自動注射器で注射してやる。ジアゼパム錠は、意識があって、飲み込むことができる場合のみ、服用させる。呼吸が停止しているときは、間歇的陽圧呼吸法を開始する。自動もしくは手動の人工呼吸器があれば、すぐに使用する。人工呼吸器がなければ、患者の口内の汚染除去が行われているのを確かめてから、呼気を吹き込んで蘇生を試みる。

このような英軍なみの装具は、わが国の自衛隊が持っているとは思えなかった。一九九一年の湾岸戦争を経験した英軍ならではの対策だった。

その他に、眼症状に対してはアトロピンの点眼液や軟膏を用いる。これは極めて有用である。

発表した論文の末尾には、次のように文言を書き添えた。

近年、国際的に化学兵器の全面的な廃絶の気運が高まってきている。しかし核兵器とは異なり、現代の化学技術をもってすれば、サリンのようなきわめて毒性の強い神経剤が、どこの国でも、誰でも、どこでも合成が可能であることが分かってきた。そういう意味では、化学兵器の脅威はこれからも薄れることはなく、大きく存在し続けると思われる。サリンのような神経剤の曝露事故が起こった場合、地域住民への二次汚染が重大な問題となる。この点についても十分な配慮が必要である。我々医療従事者においては、神経剤などの曝露を受けた症例に遭遇した場合、治療を通して汚染を受ける可能性も常に考慮しておかなければならない。こうした汚染除去の問題も、予防・治療とともに真剣に検討しておくべき時がきている。

本稿がサリンによる中毒の診療にあたって、一つの指針となれば幸いである。

これに先立ち、投稿の準備が整った時点で、ともかく患者を治療している松本の病院に連絡すべきだと思った。既に手探りながらも治療はしているはずだ。論文の内容が少しは役立つに違いない。しかしいかんせん、どの病院が治療を担当しているか分からず、九州の大学教授が唐突に接触しても、無礼千万だろう。長野県には信州大学医学部もある。もう何らかの有効な手立てを施しているに違いなかった。

そんな折、共同通信長野支局の記者から電話があったのは七月二十六日だった。サリン事件についてコメントを求められた。共同通信社とはこれまでもさまざまな毒物事件で接触しており、こちらの名前を知ったものだと思われた。

渡りに船だと、論文の原稿を送り、同時に現場付近の写真があれば、貰えないかとも付記した。返事がないので、翌日確認のためにまた送信すると二十八日になって返事が届いた。

——昨日、一昨日とファックスありがとうございました。出張しており、ご連絡が遅れ、申し訳ございませんでした。今のところ事件が動いていないこともあり、先生の論文をすぐに記事に使わせて頂くようなことはございません。今後、そういったケースが出た場合には、改めてご連絡致します。

貴重な論文をありがとうございました。大変参考になります。先生のように、サリンを詳しく研究されている方が日本にいたとは思いもよりませんでした。尚、現場の写真はすべて東京の本社写真部で管理しており、もう少し、お時間を頂きたいと思います。

ほどなく大判のカラー写真が送付されて来た。改めて注目したのは、池と駐車場を隔てる金網で、金網の根元にある草が枯れ、横に細長い池の向こう側の植木の一部も枯れていた。これだけ見ても、サリンの発生場所は邸宅の池付近ではなく、金網の外ではないかと推測がつく。

同じ頃、真木警部に頼んで、現場の航空写真も手に入れた。駐車場と池を中心にした建物の配置が手に取るように分かる。これがテロ行為であれば、誰かを標的にしたのか、それとも無差別の殺傷を目的にしたのか、まず鑑別する必要があるような気がした。

事件からひと月経過した時点でも、長野県警捜査本部は、サリン生成に使用された薬剤を絞り切れていなかった。一日三百十人、延べ九千人以上の捜査員をつぎ込み、現場付近を捜査するとともに、六千五百人以上の住民や被害者、化学薬品の専門家に事情を聞いたという。サリン生成に関係する薬剤を取り扱うと目される四百社の企業から、販売ルートの洗い出しを行っていた。薬剤の入手ルートを捜査するのはいいとしても、県の捜査本部はまだ第一通報者の会社員を疑って、「退院後、本格聴取」するという。何という見込み捜査なのか。

治療面では、これまで二百人以上が症状を訴えて病院で治療を受け、六十人もいた入院患者は三人に減っていた。もちろん抑うつや不安、不眠、眼痛などの後遺症で悩む患者もいた。

七月三十日の夕刊は、会社員が記者会見をして、関与を明確に否定、押収された薬品には五年間全く触れていない、と証言したことを報じていた。捜査本部はそれでも、会社員を長時間にわたって聴取し、八月四日、ようやく「体調の悪化を考慮して」聴取を中断した。

この頃、被害者のデータを知りたくて、再び捜査一課の真木警部に連絡をとった。松本サリン事件のデータは、長野県警から警視庁にも届いているはずであり、届いていなくても当然請求できるはずだった。知りたいのは、被害者が病院に収容された時点での、コリンエステラーゼの値だった。この値の低下の具合で、サリンの毒ガスがどういう濃度で拡散したかが推測できる。

警部からのファックスはすぐ届いた。そういう資料は松本保健所で既に整理されていたのだ。これも、長野県の保健医療機関が、農薬中毒での知見を蓄積している証拠だった。

それを見ると、一〇〇以下の低値を示しているのは、第一通報者の会社員の家族、その家の南東に位置する明治生命寮、北東に位置する開智ハイツと松本レックスハイツ、明治生命寮の裏手にある民家、松本レックスハイツの奥の民家の住人だった。四階建の開智ハイツでも、一階ではコリンエステラーゼ低値者はいない。その東側にあるL字型をした三階建の松本レックスハイツでは、もちろん低値は三階の居住者に多く、二、三階とも端の方の部屋の人には、低値は見られない。もうひとつ、容疑がかかっている会社員宅の西側や北西側の民家の人は、一〇〇以下の低値は示していなかった。

さらにもうひとつ奇妙なのは、明治生命寮と細い道を隔てて東側にある三階建の裁判官宿舎の手前に位置する三階建の住居の住人にも低値者がいることだった。加えて、明治生命寮と裁判官宿舎の南東にある民家にも低値者がいた。

これを航空写真とつき合わせてみると、サリンガスが会社員宅の池付近から発生したとする仮説には、不合理な点がいくつもある。第一に、池の周囲は大きな樹木に覆われていて、毒ガスは拡散しにくい。遠く離れている池の南側に位置する民家の人に、コリンエステラーゼ低値が見られるとは思えない。第二に、樹木に遮られたあと漏れ出たガスが、明治生命寮と裁判官宿舎の奥にある民家や、さらに奥まった民家に及んで、低値者を出すとは考えにくい。いくら当時、南西ないし西の風が吹いていたとしてもだ。

毒ガスの発生地点は、池や樹木のすぐ傍ではなく、そこからもう少し離れた場所であると仮定し直せば、奇妙な点は解消される。それは、やはり駐車場でしかなかった。駐車場で発生したサリンガスは、まず池の近くの樹木に突き当たって抜け、分流はすぐ横の会社員宅、北東側の開智ハイツと松本レックスハイツ、東側の明治生命寮と裁判官宿舎、さらには四つの大きな建物の谷間にある民家に至ったのだ。

駐車場で発生したガスが、北東向きばかりでなく、やや西向きになれば、垣根を隔てて南側にある民家でも、コリンエステラーゼ低値者を生じさせうる。

毒ガスの発生場所は駐車場との確信を得て、真木警部に電話を入れた。

「どう考えても、サリンの発生場所は会社員宅の敷地内ではなく、金網で仕切られた駐車場です。航空写真とコリンエステラーゼ低値者の分布から推測して、そうとしか思えません」

「そうですか。これは九州大学の沢井教授の意見として、長野県警に伝えておきます」

真木警部も、一挙に駐車場説に飛びつくのには慎重だった。ここはこれ以上の主張はするべきではなかった。

「ともかく、あの会社員は犯人ではありません」

そう言い添えるにとどめて、電話を切った。

たとえ真木警部がこちらの意見を長野県警に伝えたとしても、田舎大学の教師の妄言として打ち捨てられる可能性が大きかった。

八月五日、日本医事新報社から、「質疑応答」欄に、読者の医師から質問があり、回答を請う旨の連絡があった。

〔問〕松本市で発生したサリン中毒が全国で生ずる可能性は否定できない。そこで、サリン中毒の症状・診断・治療について、九大沢井直尚教授に。　（鳥取Ｎ生）

質問者は米子市の山陰労災病院の医師だった。名指しされれば、受けるしかなく、以前在籍していた産業医科大学の応用生理学の林田教授との共著で、すぐさま回答を送った。この時点ではまだ『臨牀と研究』に投稿した論文は刊行されていなかったので、参考文献に、「印刷中」として書き加え、ゲラの段階で、七十一巻九月号と明確にした。この二つの論文があれば、今後同様のサリン中毒事件が起きても、医療者の眼に触れるはずだった。

もちろん、この短い回答は真木警部にも送付した。警視庁としても、これがあれば、続発の事故の際、大いに役立つはずだ。

八月下旬になっても、長野県警は会社員の事情聴取を九月まで延長する一方で、サリンの生成に必要な有機リン系試薬の流通経路を洗っていた。手掛りはなく、試薬になる一段階手前の薬品にも対象を拡大しているという。

捜査本部は、専門家からの意見を聞いて、サリン自体では植物は枯れないという事実は摑んでいた。これは重要な所見であり、サリンガスには他の化学物質も加わっている証拠だった。当然で、純度の高いサリン製造には相当な技術、つまり一大プラントが必要になるはずだ。

警察庁の科警研は、当然サリンがどういう具合に生成されて分解されるか分かっているはずだった。再び真木警部にファックスを入れ、サリンの合成経路と分解物の名とその構造式を教示してくれるように依頼した。返事は敏速で、翌日に届いた。

サリンは加水分解されると、フッ化水素とメチルホスホン酸モノイソプロピルに分かれ、さらに加水分解されて、後者はメチルホスホン酸とイソプロピルアルコールになる。

もうひとつ、さらに重要なサリン合成経路を一瞥(いちべつ)して、その複雑さに驚く。しかしよく見ると、基盤になるのはメチルホスホン酸だ。これさえできれば、サリンに至る簡便なルートは二つしかない。ひとつは、フッ化水素を加えて、メチルホスホン酸ジフルオリドを作り、さらにそこにイソプロピルアルコールを添加すればサリンができる。

もうひとつは、メチルホスホン酸ジクロリドにイソプロピルアルコールを加え、イソプロピルメチルホスホノクロリダートを作る。そこにフッ化ナトリウムを添加するとサリンができる。

さらに驚かされたのは、まず骨格になるメチルホスホン酸ジクロリドそのものが、市販されている試薬だった。第一のルートで必要なフッ化水素も、市販の毒物だという。そして第一、第二ルートで必要なイソプロピルアルコールも入手は容易になっている。第二のルートで必要なフッ化ナトリウムに至っては、合成は容易だ。そしていずれにしても、反応の各段階で、副生成物として発生するのが、メチルホスホン酸ジイソプロピルだった。

さらに骨格のメチルホスホン酸ジクロリドがない場合でも、市販の毒物であるオキシ塩化リンに、これも市販の試薬であるグリニャール試薬かメチルリチウムを加えれば合成可能になる。

おそらく科警研は、外国の文献を種々参考にして、この合成チャートを作成したのに違いなかった。

十月にはいって、旧知の化学者である古盛博士に手紙を書き、サリンの化学全体について教えを乞うた。返事はすぐに届き、その内容にも驚かされた。


御質問にございましたサリンの件につきまして、既に充分ご存じだとは思いますが、出たばかりの『現代化学』九月号の、「猛毒『サリン』とその類似体――神経ガスの構造と毒性――」に詳解がありましたので、コピーを同封させて頂きます。もしお役に立ちますならば幸甚であります。同誌十五頁の図3にサリンとソマンの合成経路が記されていますが、実際に合成するとなると、有機合成化学の博士程度或いはそれ以上の実務経験者でないと、大型装置、ドラフト、密閉反応器等の設備が必要でありますから、簡単には達成出来ないと考えます。

またJ.Chem.Soc.,1960,1553～1554には簡単なレヴューがあります。ここに記された反応からは、当然、塩化水素やフッ化水素などが副成分として生成します。サリンは植物を枯らす様な作用は示さない筈です。現場では相当量のフッ化水素や塩化水素が発生したと考えられます。サリンは常態では液体で、一四七度Cで気化しますから、ガスになるためには発熱反応が起らねばなりません。

ご存じの事も多々あると思いますが、ご質問に対し御参考までに記させて頂きました。

実にありがたい教示で、なかでも同封された『現代化学』のサリンに関する論文には舌を巻いた。神経ガスと有機リン系殺虫剤の類似性、イラン・イラク戦争での使用、神経ガスの製法、神経ガスの検出法、神経ガスの毒性、神経ガス中毒の治療法と、極めて整った内容になっていた。

略歴を見ると、著者はAnthony T. Tuという人で、一九三〇年の台湾生まれである。道理で日本語に不自由しないはずだ。台湾名は杜祖健といい、台湾大学理学院卒業後、スタンフォード大学で博士号を取得して、現在コロラド州立大学の教授だった。本来の専門は蛇毒であり、そこから各種の毒物、化学・生物兵器にまで専門分野を広げていた。

このトゥー教授の記述、古盛博士の書簡から簡単に分かるのは、サリン生成には極めて高度の専門知識が必要であり、英文も読めなければならないという事実だった。これらから判断しても、第一通報者の会社員が犯人である可能性は少ない。

十一月になると、治療現場の対応が、担当した医師たちによって研究集会や学会で発表されはじめた。治療にあたった医療機関のひとつである松本協立病院には、事件当日に三十人が受診、そのうち十八人が入院していた。集中治療室管理となったのは、そのうち四人で、心肺停止がひとり、重度意識障害がひとり、中度意識障害が二人だった。心肺停止の患者はもちろん人工呼吸器での管理が必要で、他の三人も酸素吸入を要した。

十八人の入院患者すべてに見られた共通症状は、縮瞳と嘔吐、頭痛、手足のしびれである。重症者には、全身の筋肉の攣縮（れんしゅく）、幻視と幻聴、便失禁があった。十八人のうち、心肺停止だったひとりを除き、十七人はひと月で退院していた。その後はコリンエステラーゼ低値の患者に、発熱と全身倦怠感が見られた。幸い神経症状などの後遺症は認められなかった。

十二月にはいると、治療した三病院の医師たちが、日本集中治療医学会関東甲信越支部学術集会で発表した具体的な治療内容も報告された。報告者は、前述の松本協立病院、相澤病院、信州大学医学部第三内科の医師三人だった。

事件発生の六月二十七日夜の緊急入院直後、患者の縮瞳から、有機リン系農薬中毒を疑い、手探りで硫酸アトロピンの対症療法が開始される。とはいえ、農薬を飲んだなどの報告が患者からなく、コリンエステラーゼの極端な低下が判明するまで、治療法に確信が持てないままだった。

七月三日の県公害課と県警の発表により原因物質がサリンだと判った時点で、海外の医学論文で、サリン中毒の症状と硫酸アトロピンによる対症療法を確認する。その後は自信を深めて大量投与に踏み切った。患者は次々に快方に向かっていった。

この経過を見ても、サリン発見とその治療が迅速に進んだのは、常日頃から農薬中毒の症状と治療に習熟している長野県の衛公研と各病院だったからだと分かる。

第二章　上九一色村

年が明けて一九九五年の元旦、読売新聞を見て、腰を抜かさんばかりに驚いた。

山梨県上九一色村で昨年七月、悪臭騒ぎがあり、山梨県警などがにおいの発生源とみられる一帯の草木や土壌を鑑定した結果、自然界にはなく、猛毒ガス・サリンを生成した際の残留物質である有機リン系化合物が検出されていたことが、三十一日明らかになった。この化合物は、昨年六月末に長野県松本市で七人の犠牲者を出した松本サリン事件の際にも、現場から検出されており、その直後に同村でもサリンが生成された疑いが出ている。警察当局は両現場が隣県であることなどを重視、山梨、長野県警が合同で双方の関連などについて解明を急いでいる。

山梨県の田舎でサリンの残留物が検出されるなど、通常では考えられない。旧日本軍とて、サリンの生成能力は持っていなかったはずで、旧陸軍の遺留物とは考えられない。

記事の先を読むと、悪臭騒ぎがあったのは、松本サリン事件のあとの七月九日午前一時頃だ。同村の住民から「悪臭がする」と、山梨県警富士吉田署に届け出があった。同署と地元保健所が現場一帯を調査したものの、原因特定には至らなかった。

ところが、同県警がその後、現場一帯を詳しく調べた結果、草木が不自然に枯れている場所があることを発見する。松本サリン事件で見られた樹木の枯れを念頭に、県警は草木や土壌を採取した。県警の科捜研では手に負えず、警察庁の科警研に鑑定を依頼する。土壌から有機リン系化合物が検出されたのは、十一月末だった。

そして十二月初め、担当専門官が調査し、山梨、長野県警合同で解明に乗り出したという。

名前など聞いたこともない上九一色村は、本栖(もとす)湖の東南五キロの富士山麓に広がる村らしい。地図で確かめると、隣接県とはいえ松本とは相当離れている。どうしてそんな所でサリンが検出されたのか、首を捻るしかなかった。

このニュースは読売新聞のスクープらしく、他紙も一月三日に同様の報道をした。しかし目新しい内容はなく、テレビの報道も同様だった。

上九一色村にオウム真理教の道場があることを知らされたのは、一月五日の朝刊各紙によってだった。毎日新聞は次のように伝えた。

> サリン残留物と同一化合物が検出された山梨県上九一色村に道場を持つ宗教団体「オウム真理教」の信者十八人が四日、サリンなどの毒ガスを噴射されたとして、道場近くの工場経営者を殺人未遂罪で甲府地検に告訴した。長野県松本市の「サリン事件」直後の昨年七月、同村では異臭騒ぎが起き、住民らが「異臭はオウムの施設から流れてきた」と指摘していた。

他紙の記事を総合すると、告訴人の代理人は宗教法人オウム真理教の幹部、大阪弁護士会所属の青山吉伸弁護士で、一月四日、東京都内で記者会見して発表していた。告訴人はオウム真理教の信者十八人で、昨年春頃から、上九一色村の信者に湿疹や目の刺激痛など、毒ガスによる症状が出始めたという。代理人の説明は、「ロシア製毒ガス検知器によって、サリンなどの毒ガスが原因であると分かった」となっていた。

読んで首をかしげた。なぜ宗教団体が、ロシア製とはいえ毒ガスの検知器を持っているのか。テレビでは、どの局でも短いニュースの中で、オウム真理教の道場の映像を流した。宗教道場とはとても思えない粗雑な化学プラントそのものだった。

一方、殺人未遂で告訴された村内の会社経営者の工場は、いわゆる一般の町工場で、道場の異様なプラントらしきものとは、一線を画している。しかもその経営者は、オウム真理教の進出に反対する地元対策委員会の役員だという。

道場とは似ても似つかない化学工場のようなオウム真理教の建物、所持しているというロシア製毒ガス検知器、そして訴えられたのが進出に反対する組織役員、という三点を考慮すると、この告訴は教団側の意趣返しと思えないこともない。

それにしても、サリンがオウム真理教の建屋の近くから検出されたという事実は、どう考えても揺ぎそうもない。どうやって検出されたのか、真木警部にファックスで問い合わせた。返事は電話で来た。

警察がまず連絡を取ったのが、『現代化学』の出版元である東京化学同人である。アンソニー・トゥー氏のファックス番号を訊いたのは、トゥー氏の論文を読んでいたからだった。トゥー氏にまず警察庁幹部の名でファックスを入れる。ついで九月十九日、科警研の法科学第一部化学第二研究室長がファックスを送り、土壌中からサリンの分解物を検出する方法を尋ねた。

トゥー氏からの返事のファックスには、「合衆国陸軍に問い合わせたので、しばらく待って欲しい」とあった。ところがトゥー氏のファックスは早くも翌日届く。陸軍からのデータがそのまま室長の許に転送され、そこにはサリンの地中での分解物であるメチルホスホン酸とメチルホスホン酸モノイソプロピルに関する、毒性と性質、分析法が詳述されていた。このおかげで科警研は、十一月、異臭騒ぎのあった村の土壌から、メチルホスホン酸を検出できたのだ。

これで科警研がサリンの分解物を土壌から検出するに至った経緯を知ることができた。となれば、残るのはその近くの建屋の捜査だった。怪しいのはもちろん道場と称されているプラントまがいの建物だろう。

その旨を真木警部にファックスすると、歯切れの悪い返事が届いた。相手は宗教団体であり、しかも信者の中に弁護士がいて顧問を務めている。仮に捜索をして何も出なければ、訴訟に持ち込まれる懸念が大という内容だった。

この慎重さも理解できないわけでもなかった。しかし、オウム真理教とは、一体どういう宗教団体なのか。警視庁捜査一課も、ある程度は把握しているはずで、真木警部に資料の送付を依頼する一方で、出版物や新聞、雑誌を渉猟した。

オウム真理教の創始者麻原彰晃の本名は、松本智津夫といい、一九五五年三月に熊本県八代郡で出生していた。七人きょうだいの四男で、父親は畳職人だった。六歳で熊本県立盲学校小学部に入学、一九七五年に二十歳で熊本県立盲学校専攻科を卒業し、熊本市や鹿児島県加治木町で、鍼灸・マッサージ師として働く。翌年、傷害罪により八代簡易裁判所において、一万五千円の罰金刑を受ける。

一九七七年、上京して代々木ゼミナールに入校、そこで石井知子と知り合って翌年結婚した。知子は十九歳だった。千葉県船橋市で鍼灸院「亜細亜堂」を開業する。その四年後、偽薬を製造販売した罪で薬事法違反に問われ、二十万円の罰金刑を受けた。二十八歳のとき、東京都渋谷区で「オウム神仙の会」を設立し、麻原彰晃と名乗るようになる。間もなく、株式会社「オウム」を設立して登記する。

翌一九八五年の秋、麻原の空中浮揚の写真が、雑誌『ムー』などに掲載され、話題を呼んだのは覚えている。今から十年くらい前で、麻原は三十歳になっていた。

さらに翌年、麻原は『超能力「秘密の開発法」』を出版する。初めての著作だった。この頃から、自分を〝グル〟と称し、信者獲得のためのイニシエーションを始める。もちろん有料である。そして本部を渋谷区から世田谷区に移転し、出家制度を創設する。

この出家制度は文字どおりの出家で、俗世間から完全に離れ、信者として全生涯を捧げることを意味する。従って世俗での財産は、すべて「オウム神仙の会」へ寄進しなければならない。

一九八七年には、団体の名を「オウム真理教」に改称し、その数ヵ月後にニューヨーク支部を開設する。そして翌年の八月、静岡県富士宮市に、富士山総本部道場を開設した。十一月には東京都江東区に、東京総本部道場を開く。

東京都に宗教法人の認証を申請したのが、一九八九年の三月であり、八月に東京都から宗教法人「オウム真理教」が認証される。それを受けてすぐさま、オウム真理教は宗教法人設立を登記する。と同時に、東京都選管に、政治団体「真理党」設立を届け出た。

この翌年の一九九〇年二月の総選挙のとき、麻原が東京四区から立候補したのは、まだ記憶に新しい。もちろん麻原は、得票数千七百八十三票で落選する。山梨県の上九一色村に教団施設群を建設しはじめたのが翌年の春であり、今から四年ほど前だった。

従って、上九一色村の粗雑な化学プラントじみた建物群は、そんなに古いものではない。改めて感じるのは、教団の急成長ぶりだ。「オウム神仙の会」から「オウム真理教」、上九一色村の広大な教団施設まで、わずか七年しか経過していない。

総選挙でオウム真理教が二十五人の集団で立候補したのは、派手に報道された。何か仮面のようなものをかぶってはしゃぐ光景は、どこか村祭での仮装を思い出させた。全員が大差で落選したのも当然だという気がした。

この宗教団体の急成長ぶりを辿って強く感じるのは、権力志向であり、そのための財政的な欲望である。早くから株式会社を設立した一方で、宗教法人の資格を取得する。宗教法人は無税だから、金銭の出納は全く闇のまま、どうにでも差配できる。信者が出家するたび、教団の懐は潤う。信者が財産を持っていればいるほど、教団側としては好都合なのだ。

教団の信者は、「オウム神仙の会」のときはわずか十五人だったという。それが四年後に〝血のイニシエーション〟を始め、「オウム真理教」が確立した頃には三千人に急増していた。

グルと名乗り出した麻原が最初に行っていたイニシエーションの〝シャクティーパット〟は、端的に言えば、ヨガの修行のようなものだ。しかしその二年後の〝血のイニシエーション〟は、麻原の血液を混ぜた液体を飲んで力を得るという儀式だった。それがひとり百万円と知って、その法外さに啞然とさせられる。

他方、教団は宗教法人の認証を得るために、東京都庁に対して威圧的な態度を露骨にしていた。一九八九年の三月に申請を行ったものの、認証はおいそれとは下りない。この年の一月七日に昭和天皇が崩御して、平成に替わった年だ。宗教法人の認証には、国会議員筋からも待ったがかかり、都庁としてもためらいがあったようだ。そこで麻原を先頭にした三百人の白い服に身を包んだ信者集団が都庁前に集合する。部屋に通されると、麻原は信者たちを背にして職員に詰め寄る。「きちんとお話はお聞きしますから一列に並んで下さい」。都庁の役人はそう言って制するのがやっとだった。信者たちは都庁のあと、文化庁にも押しかけて、同様の示威行動をした。その後程なく認証は下りる。教団としては無税というお札が、喉から手が出るほど欲しかったのだ。

他方で、出家によって突如として息子や娘、同胞たちを失った家族が、オウム真理教を敵対視しはじめたのもこの頃だ。教団が宗教法人の認証を申請したわずか三ヵ月後に、「オウム真理教被害対策弁護団」が組織される。

同年十月、『サンデー毎日』が「オウム真理教の狂気」の連載を始めると、麻原は信者を引きつれて抗議に押しかける。連載は中断されず、やがて「オウム真理教被害者の会」が結成される。期を同じくして、TBSもテレビでオウム真理教の闇に光を当てた報道に着手した。これには青山吉伸顧問弁護士とオウム真理教の幹部信者たちが、放映中止を要求していた。

改めて上九一色村の映像を思い浮かべる。あの化学プラントまがいの建屋は、どう考えても宗教団体には似つかわしくない。かといって、オウム真理教が政治的な野心と金銭欲求を持っていたとしても、サリン製造とは結びつけにくい。

やはり、それを明らかにするためには、化学プラントまがいの建物を徹底的に調べる必要がある。いくら相手が宗教団体とはいえ、家宅捜索するべきではないのか。事実、松本でのサリン事件では、県警は有無を言わせず、第一通報者宅に踏み込んだのだ。

それとも、長野県警の早とちりを他山の石として、山梨県警は羹(あつもの)に懲りて膾(なます)を吹く状態に陥っているのだろうか。

一方、サリンとオウム真理教の関係を強く疑っているのは、マスメディアだった。一月十八日号の写真誌『フォーカス』は「オウム真理教山梨の拠点に飛び火したサリン疑惑」と題する一連の写真を、華々しく掲載していた。上九一色村には、七つの施設と数十の建物があり、約八百人の信者が居住しているという。その修行施設のひとつである第七サティアンビルの傍の原野から、サリンの副生成物が発見されたのだ。

「この辺りでは昨年の七月九日と十五日に異臭が発生し、大騒ぎになった。付近の村民だけでなく、施設にいたオウム真理教の信者も避難する程の悪臭が漂った。当時、村民達は発生源を第七サティアンビルではないかと疑っていました。その後、付近の立木が枯れた事が通報され、九月上旬に富士吉田署の案内で長野県警捜査官と科学警察研究所の捜査員八名がやって来て土や草を持ち帰り、鑑定したんです」

地元記者はそう述べていた。そして今年一月四日のオウム真理教の告訴発表の内容まで紹介している。それによると、教団から殺人未遂で訴えられたのは同村の会社経営者ばかりではなかった。もうひとり氏名不詳の人物が、昨年四月頃からヘリコプター、セスナ機、軍用機等に搭乗して、教団施設の上空を旋回し、サリンなどを連日噴霧したのだという。そして、その会社経営者も、昨年三月頃から施設に対して、強い神経毒性のあるサリンなどの毒ガスを連日噴霧し続けたのだと、主張していた。

余りにも馬鹿馬鹿しい告訴状の内容に、苦笑を禁じえない。嘘八百の見本だった。

同時に教団は、ロシアからの日本向けオウム真理教ラジオ放送の内容も公表していた。

「米軍の偵察機ホークアイがレーダーで上九一色村上空から施設を調査していた。自衛隊のヘリや対潜哨戒機までもが、麻原尊師を追いかけてくる。毒ガスの事は、信者の症状やロシアから輸入した毒ガス検知器の調査で判明した紛れもない事実。国家権力による宗教弾圧だ」

これまたいかにも荒唐無稽な作り話としか思えない。しかし驚かされるのは、教団がロシアから日本向けのラジオ放送をしているという点だ。どうしてこの時点でロシアの話が出てくるのか、首をかしげざるを得なかった。

告訴された会社経営者の工場では、下水の汚泥を発酵させて堆肥を作っているという。濡れ衣を着せられて、こう述べていた。

「漫画みたいなことをよく言うよ。私の仕事は堆肥にする事。その堆肥から野菜が作られる訳で、言わば、食べ物を作っているのと同じ。そういう仕事をしている人間が毒ガスを作ったりするわけないでしょ。私は対策委員会の中でも過激だし、オウムの連中に個人的な恨みもかかっているからその報復じゃないかな」

この人の自宅にも、昨年何者かが盗聴器を仕掛けるという事件が起きていたという。『フォーカス』が大きく掲げた写真の中では、「オウムよ真実を語れ！　住民は誰一人歓迎していない」と大書された看板が道路脇に立っていた。

記事の末尾のほうを読んでいて眼が釘付けになる。何とオウム真理教は、松本でも民事裁判の当事者になっているという。数年前、教団は都内の会社「青葉興業」から松本にある土地を購入していた。しかし元々の地主が、売買無効の訴えを三年前に起こし、昨年六月頃に結審するはずだった。ところが、例の松本サリン事件の現場近くに裁判官宿舎があり、担当裁判官のひとりが事件で入院し、判決は今に至るまで下っていないというのだ。

思い出すと、確か駐車場の真東にその宿舎があったはずだ。実際に、現場の見取図と航空写真を取り出して確かめる。間違いなかった。

とすると、あの駐車場でのサリン噴霧は、裁判官宿舎攻撃が目的だったのではないか。

もう一度、『フォーカス』の記事に戻って、教団の告訴文を読み返す。その中で〈噴霧〉という表現が一度ならず使われていた。これはとりも直さず、自分たちが毒ガスを〈噴霧〉した事実を、口滑らしたのではないか。

一月十九日号の『週刊新潮』は、さらにその点を追及していた。

人口千八百人の上九一色村に、オウム真理教が進出してきたのは平成元年、一九八九年である。教団の総本部がある静岡県富士宮市から一〇キロほど離れた富士ヶ嶺地区で、教団は次々と土地を買い占め、翌年には施設の建設を始める。取得した土地は一万坪にも達した。ここで住民からの反対運動が起こったのだ。

松本での土地買収騒ぎも、規模は小さくても、オウム真理教の突然の出現に原因を求めることができる。教団が、問題とされる松本市内の土地を購入したのは、松本サリン事件の三年前である。その土地から松本サリンの現場までは、五キロしか離れていない。原告側の弁護士によると、この土地購入は完全な詐欺だという。東京の「青葉興業」が、ある会社が食品工場を作るという名目で、松本市内の不動産業者と接触する。原告である売主は、それを信じて売買契約をした。三百坪のうち半分は売って、半分は賃貸という契約だった。ところが売買契約と同日付で、売った分の土地が青葉興業から、オウム真理教に転売される。しかも一部は、松本市内で不動産業に関わっているK氏個人にも転売された。調べると、青葉興業は原告と売買契約を結ぶ前に、既に教団と転売の契約をしていた事実が判明する。

これを知った地元住民はすぐさま反対運動を開始する。すると反対住民の家に毎晩何回も無言電話がかかるようになった。ただでは済まんぞという脅しの電話もはいる。

教団は土地購入の翌年から建築工事を始め、現在そこには二階建ての鉄骨ビルが建ち、オウム真理教の松本支部として使われているという。

民事裁判自体は、二年がかりで公判を重ね、昨年五月に結審、七月に判決が出るところまでこぎつけていた。そこに六月二十七日深夜のサリン事件が起きる。七人の犠牲者、二百人を超える重軽症者が出、その被害者の中に関与する裁判官が含まれていた。当の裁判は三人の裁判官による合議制で、三階に住み、判決文を任されていた裁判官とその妻が入院する。従って、判決は年を越した今になっても下されていない。

これを読むと、松本サリン事件の目的がいよいよはっきりしてくる。毒ガスを噴霧した犯人は、風の向きの計算を誤ったか、噴霧場所がまずかったのか、そのどちらかの可能性が高かった。

今一度、例の航空写真を見直す。裁判官宿舎に近づくには、その前にある明治生命寮が邪魔になる。噴霧現場を周囲から目撃されないためには、やはり樹木の繁る池の脇の駐車場しかない。

『週刊新潮』は、教団が熊本県波野村で起こした騒動についても書き添えていた。松本や上九一色村とは、かけ離れた土地にもオウム真理教は手を伸ばしていたのだ。福岡に住んでいながら、熊本県で生じたこの事件については知らなかった。関心を持っていなければ、見えるものでも見えない見本だった。

教団が波野村で土地を買い占め出したのは一九九〇年で、教祖以下全員が総選挙で落選した直後である。波野村で五万坪の土地を取得したことが知れ渡り、村民あげて「出て行け」運動が始まる。熊本県も教団を、森林法違反と国土利用計画法違反で熊本県警に告発する。それを受けて熊本県警は、国土法違反と公正証書原本不実記載、同行使の疑いで、教団の全国十二ヵ所の施設を強制捜査し、青山吉伸顧問弁護士を逮捕する。そのとき山梨県警も、道路運送車両法違反で教団を捜索していた。

その年の暮から、青山吉伸顧問弁護士と教団幹部を審理する熊本地裁での裁判が始まる。教団側の信者や村民たちが、証人として裁判に呼ばれる日々が続く。一方、波野村は、信者たちの住民票を受理しない対応を取っていた。それに対して教団は、逆に受理拒否が不当だとして熊本地裁に訴えた。

この二つの裁判は一九九二年、一九九三年と長びき、村民側の疲れは極度に達する。ついに昨年一九九四年八月、住民側と教団は和解する。和解案は、教団が村から出て行くことを条件に、村側は九億二千万円を支払うという驚くべき内容だった。

オウム真理教が土地取得に要した費用は五千万円であり、この和解で教団は八億七千万円の利益を得た計算になる。九億二千万円という巨額は、波野村の総予算の四割にも達する額である。当然一括では支払えず、まず和解の直後に五億円を教団の口座に振り込んだ。そして今後は三年かけて、七千万円ずつ六回分割で支払うことになった。

熊本県における教団の土地取得は、波野村だけではなかった。一九九二年、ある人物が熊本駅に近い住宅街の土地百二十坪を購入する。そこに三階建ての貸し事務所ビルを建てたい旨の建築申請を出し、許可は翌一九九三年に下った。

ところが、上九一色村で異臭騒ぎが起きた昨年の七月、オウム真理教がその住宅街に、支部兼道場を建設すると発表する。寝耳に水の話に、地域の住民たちは驚愕する。調べてみると、その土地は購入した人物から教団に転売されていた。その人物が提出していた設計図は、二階部分がガランドウになっていて、通常の貸し事務所用とは思えない。当初から教団の道場用に設計されていたフシがあった。

現在、その土地は更地のままであり、教団と反対住民の間で話し合いがもたれているという。その過程で、土地を購入した人物が、れっきとした教団の信者であり、居住地は長野県松本市であることがわかった。つまりその人物は、松本市で教団用の土地取得をした人物と同一だったのだ。


ここまで知らされると、オウム真理教が単なる宗教団体にはおさまりきれない、何か闇のような不気味さをまとった集団としか考えられなくなる。

モヤモヤが晴れない日々を過ごしているとき、阪神・淡路大震災が起こった。一月十七日未明の大地震は、その日の朝のテレビで知った。上空のヘリコプターからの映像では大した被害はないように思われたし、事実、ヘリコプターに乗った記者も、似たような解説をしていた。しかしその後、火災があちこちから起こり、倒壊したデパートなどの建物、燃える民家をとらえた映像が映し出され、未曽有の大惨事であることが判明する。

多くの救援ボランティアが現地に駆けつけ、被災者に食糧を配布したり、瓦礫の片付けに精を出す様子も報道された。そのボランティアの中には、オウム真理教の信者もいた。まだ大震災の余燼がくすぶるなか、翌週の『フォーカス』は、教団が旧ソ連製のヘリコプターを輸入していた事実を報じた。実際その写真には、原野に放置されたままになっているヘリコプターが写っている。しかし使用されているフシはない。

この教団が、内部組織を省庁名で呼び出したのは昨年の夏頃からだという。〃車両省〃、〃自治省〃、〃建設省〃、〃流通監視省〃、〃科学技術省〃、〃治療省〃、〃防衛庁〃という具合である。例えば、信者のうち、不寝番や警備をする者は〃自治省〃に属する。土木工事にたずさわる信者は〃建設省〃、信者を移動させる車両を動かし整備をする信者は〃車両省〃に属する。

そして〃治療省〃は、おそらく信者の病気の治療を担当しているのだろう。これについては、先述した「オウム真理教被害対策弁護団」の滝本太郎弁護士が次のように述べていた。

この部署は以前、AHI、アストラル・ホスピタル・インスティテュートという名称でしたが、昨年の六月から〃キリストのイニシエーション〃というものを始めた。これは、先ず何か液体を飲まされ、その後、二十時間にわたって幻覚を見るそうです。体験者によると、色彩豊かに物が見え、物が崩れたりといった幻覚で、幻聴は無いそうです。この幻覚を見ている間に熱が出ると、エーテルをかけて熱を下げる。二十時間後に、体験者がボーッとしていると、利尿剤、下剤等を飲ませ、排出をさせます。このイニシエーションの間は、オムツをさせられています。これは薬を排出させてしまうためと思われる。その後、温熱療法と称し、四五度から四七度の湯に十五分、四十五分間隔で三回入る。四五度は老人用、四六度が在家者、四七度が出家者だそうです。九月に我々が〃危険なので止めるべきだ〃という通知をしたせいか、最近は、幻覚の時間が三時間ぐらいになったと聞いています。

もう一つ、〝バルドーの悟りのイニシエーション〟というのが、九四年十月から始まった。四時間から六時間の禁食、禁煙、禁酒の後、女性のうめき声が入ったような怖いイメージを想起させるビデオを見た後で、点滴をうけさせられる。そうすると、男女関係、家族関係、財産まで、全てを喋ってしまう。その後、〝出家しましょうね〟と何度も繰り返されて、〝ハイ〟と言ってしまうんだそうです。

一年前から始まった電流修行というものもあります。三ボルトから一〇ボルトの電流を頭に流し続けるというもの。この機械をＰＳＩと呼んでいる。脳波をフラットにすることが出来るそうで、在家の人間が一週間体験するのに百万円。解脱には一千万円。他に五百万円のコースもあるそうです。脱会者によるとこのＰＳＩで約二十億円の利益があったそうです。いくら何でも多すぎると思いましたが、百万円コースが数百人、一千万円コースも数十人もいたそうです。


オウム真理教から逃げ出した元信者を救済している弁護士の証言だから、嘘はないはずだ。一読して、この教団が実施している入信の儀式が尋常でないことが分かる。最初の〝キリストのイニシエーション〟で使用されているのは、おそらく幻覚剤のＬＳＤだ。そのあとの温熱療法の温度も常軌を逸している。これに耐えることで〝修行〟の意味を持たせるのには役立つだろうが、死と紙一重になることは明らかだ。

〝バルドーの悟りのイニシエーション〟で、点滴の中に入れられている薬剤は、バルビツール酸誘導体のアミタールかペントタールに違いない。これは麻酔分析とも言われ、第二次大戦を契機とした戦争神経症の治療に使われた。治療以外にも、自白を目的に使用されることもある。対象者を半睡半覚状態に導いて、緊張や不安など、いわゆる心のブレーキを解いて、暗示効果を高めるのだ。アミタールやペントタールの代わりに、管理しやすいジアゼパムも使われる。一週間、頭に電流を通す方法も、おそらく似たような心理状態に導入するのには好都合だろう。その半睡半覚状態に陥らせて、正常な判断力を鈍化させるのに役立つ。

いずれにしても、このような処置を思いつくには医学的な知識が必要だ。治療省に、医師の信者がいるのは間違いない。

証言している滝本弁護士は、「オウム真理教被害対策弁護団」のリーダー的な存在で、しばしばマスメディアにその名前が登場していた。

この弁護団で以前中心的な役割をしていた坂本堤弁護士は、妻子とともに失踪が報じられたのを思い出す。確か、今から五年ほど前で、教祖以下教団の幹部たちがこぞって総選挙に立候補する直前だ。

失踪には犯罪の疑いがかけられ、オウム真理教の関与が取沙汰された。教祖がその嫌疑を否定したのは、西ドイツのボンでの記者会見だった。教祖がどうして西ドイツにいるのか、奇妙に思ったので覚えている。

『フォーカス』は、この教団による信者の肩書や、脱走者たちの証言も伝えていた。正大師、正悟師、供養値魂、正師、化身成就師、師、師補、サマナチオ、サマナ、サマナ見習、準サマナといった具合だ。ちなみに「サマナ」とは出家修行者をさす。

このうち下の階級の信者の証言も載せられていた。教団が上九一色村に来る前は、例の熊本県波野村に入植していたという。波野村の前は、山梨県の富沢町にいて、男性の信者のみ大型バスに五、六十人が乗せられて、熊本に向けて出発する。バスの中で支給されたのは、いわゆるオウム食で、容器にはゴボウ、大根、人参などを昆布とシイタケで水煮したものがはいっていた。波野村に着くと、二十四時間態勢で仕事をした。寝泊りはバスの中だった。道場をひと月で完成させるために、こき使われたという。

受け持つ仕事は、御布施の額によって違い、少ない者ほど重労働になる。夜が明ける前の四時に起こされて、プレハブの材料をトラックからおろす者もいれば、ベニヤを切る仕事に就かされる者もいる。慣れない仕事なので、指を切り落とす事故も起きた。かと思えば、素手でコンクリートをかき出して、ケロイドのようにかぶれた者も出た。

もちろん脱走者も続出する。上九一色村でも何人もが、民家に逃げ込んで来た。居間にかくまってやると、頭に電極をつけた信者が二人追って来て、引っ張って行こうとする。「話が違う。大学に戻りたいから帰してくれ」と脱走者が言っても、追手の信者は〝よく話し合えば分かる。ぼくらも出たいと思ったこともあったけれど、それを我慢したから今がある〟と説得する。民家の主人が警察に電話をかけようとすると、制止された。そのうち、さらに四、五人の信者も駆けつけ、〝今は仮の世界だ。死後の世界で本当に幸せになれるんだ〟とさらに説得する。最後には、その若者の母親も信者らしく、その民家に電話がかかってきて説得され、連れ戻されたらしい。

脱走の理由はさまざまだった。オウムの会社と知らずに就職して、二、三ヵ月給料を貰ったあと、上九一色村に連れて来られて話が違うと思った者、薬物を使ってのイニシエーションに疑問を感じた者、苛酷な修行をしている最中に、教祖の妻子が富士急ハイランドに遊びに行ったと聞いて幻滅した者、などだ。

『フォーカス』はまた、教祖自身がしている説法についても言及していた。それが載っているのは、オウム真理教が出している月刊誌『真理インフォメーション』だという。去年の五月号に、教祖が四月二十七日に南青山東京総本部道場で行った内容が掲載されていた。

――君たちも知ってのとおり、八八年以来続いてきている毒ガス攻撃によって、特に近ごろは頻繁に例えばわたしの行く先々でヘリコプター、飛行機からの噴霧が行なわれるわけだが……。

——あなた方にもわたしの死期を以前から予言して、そして、今回第一回目の死期、ここではっきり現われたのがサリン等の毒ガス現象であったということである。次はひょっとしたら原爆かもしれないね。

これは絶対に読み捨ててはいけない説法だった。去年の四月といえば、松本サリン事件の前である。それなのになぜ、教祖は〝噴霧〟という用語を使い、〝サリン〟と口にしているのか。換言すると、〝サリン〟の〝噴霧〟は、松本サリン事件そのものだ。こういう符合が偶然で起こりうるものだろうか。

『週刊新潮』は、上九一色村の異臭騒ぎについて、さらに突っ込んだ報道をしていた。

異臭騒ぎがあったのは、松本サリン事件の二週間後の七月九日の未明だという。午前一時頃、強烈な異臭で目を覚ました一家は、少し離れた隣家に避難した。そのあと様子を見に外に出ると、臭いは教団の第七サティアンに近づくにつれて強くなった。そこには、作業着姿の信者が十人ほど放心状態で坐っていた。

臭いは、普段からある家畜や肥料の臭いとも違う。近くの肥料工場の臭いとも異なり、石灰窒素肥料の臭いと、ビニールを燃やした臭いをミックスしたような悪臭だった。

通報で警察が駆けつけた頃には、臭いは消えていた。朝になって、保健所員が教団の施設を訪ねると、信者たちに追い返されてしまう。

その一週間後の七月十五日にも、午後八時頃、再び同様の悪臭が発生した。十数人の村民が集まり、急行した警官二人と一緒に、臭いの発生源を探した。やはり発生源と思われるのは第七サティアンか、その周囲だった。村民と警官は目がチカチカしてくる。警官が教団の敷地内にはいろうとすると、再び信者たちが拒み、殴り合い寸前にもなった。結局、第七サティアンの内部は分からないまま、日々が過ぎていったのだ。

ここで指摘できるのは山梨県警の及び腰だった。ここまで松本サリンと同じような状況が生じており、教祖が以前からサリンという言葉を口にし、実際に付近の土壌からサリンの分解物も検出されているのだから、一連の事件に教団が関与している可能性は高い。少なくとも潔白ではありえず、限りなく黒に近い。それでも強制捜査に踏み切れないのは、充分に証拠が揃っていないからだろうか。弁護士を擁する宗教団体だからだろうか。

この及び腰の原因は、山梨県警が全体を俯瞰（ふかん）する能力を欠いているからだろう。松本サリン事件は長野県警の管轄であり、いわば対岸の火事だ。さらに山梨県警にも、教祖の一連の発言を把握しようとする捜査員などいまい。異臭騒ぎなど、取るに足りない事件なのだ。

先述した『フォーカス』には、教団が若者を勧誘する実態も紹介していた。オウム真理教という名を隠して、大学生や高校生を標的にしているという。息子を教団に取られた父親は、次のように苦々し気に証言していた。

息子がオウムに入るきっかけは、一昨年春の東大の駒場祭でした。占いコーナーがあって占ってもらって、その時に、結果を後で連絡しますからと言われて、名前と連絡先を書いてしまったんです。その占いコーナーをやっていたのがオウムだった。もちろんオウムの名前など出ていない。それからいつの間にかヨガサークルに入っていて、その秋には〝ヨガは集中力をあげて潜在能力を開発する〟なんて言ってた。その年の暮、家族がみんな留守の時、置き手紙を残して息子は突然いなくなった。オウムの道場へ行って尋ねると、相手は〝知らない〟と答えるだけ。数日後、役所に郵送で住民票の転出届が送られてきて、転出先は、オウムの富士宮の本部になっていた。以来、息子の足取りは一切、分かりません。ずっと音信不通なんです。

これではまるで、息子を拉致されたも同然で、家族の心痛は察して余りある。こうした被害は、高校生でも起きていた。三重県の県立高校の英語教師が一年半前、放課後に自宅でオウム真理教のビデオを、生徒九名に見せたという。何十本ものビデオをである。教師は昨年三月末に退職、その後四月に三年生の女子生徒、五月に二年生の女子生徒が失踪する。

父親と教職員が、教祖も出ている名古屋の集会に参加中の女子生徒を連れ戻そうとした。ところが他の信者たちに阻まれ、女子生徒は親たちの呼びかけを振り切り、バスに乗り込んで去って行った。このあと、女子生徒を連れ戻そうとした教師たちを誹謗中傷するビラが、三重県内に何千枚と撒かれた。主として根も葉もない下ネタであるばかりか、ビラには教師たちの住所と電話番号までが書かれていた。そして深夜、次々と嫌がらせの抗議電話がかかってくる。女子生徒の行方は今もって不明である。

あとで問題の英語教師がオウム真理教の信者であることが分かり、妻子はそれ以前に入信していたことが判明する。教師の父親は、息子家族の消息を求めて富士宮本部や上九一色村にも赴いたものの、何も教えてもらえなかった。

高校生までも勧誘しているとなれば、これは一種の組織的な洗脳である。三重県だけの話ではなく、他県でも相当な被害が出ているはずだ。こういう事態に、教育委員会、ひいては文部省は何の関心も寄せていないのだろうか。

もやもやした焦慮は募るばかりで、警視庁の真木警部に、感想と助言を記した手紙を送ることも考えた。しかし僭越過ぎるという思いがして踏み出せなかった。この間、世の中は阪神・淡路大震災の衝撃を受け、すべてが沈みきっているように思われた。

第三章　東京地下鉄

三月二十日月曜日の朝、教授室にいたとき、研究員から呼ばれた。牧田助教授以下がいて、九時のニュースに見入っていた。首都の地下鉄での大惨事が報道され、まるで戦場のような光景が映し出された。驚いたことに、現場は一ヵ所ではなかった。地下鉄のいくつかの駅で、惨事はほとんど同時に起こっていた。

日比谷線の築地、八丁堀、小伝馬町、神谷町、丸ノ内線の中野坂上、千代田線の霞ケ関の他にも、まだ駅の名が出てくる。

駅からは次々と倒れた患者が、消防隊員などの手で運び出される。よろめきながら出てくる被害者もいる。築地駅に近い聖路加国際病院に運び込まれた患者は、廊下の長椅子に横たわったり、眼をハンカチでおさえながら腰かけている。どの患者も点滴を受けている。これは尋常ではない。

現場の記者の報告では、症状は目が痛い、目の前が暗くなっていく、吐き気がして、意識が薄れていく、などだ。鼻血が出、口から泡をふき、昏倒する被害者もいるらしい。記者自身も、

「漂白剤のような臭いがします。目が痛くなってきます」とマイクを前にしてしゃべる。

地下鉄の外には通学途中の小学生たちがいて、一様にハンカチで口を覆い、遠巻きに見ていた。

「毒ガスのようです」

牧田助教授が言った。「目の前が暗くなるというのは縮瞳のせいです」

「松本の事件と同じですね」

思わず答えていた。敢えて、サリンとは口にしなかった。

「これからどうなるんでしょうか」女性研究員が声を震わせる。

「地下鉄という閉鎖空間だから、当然、二次被害者も出ます。救助隊にです。患者救出のあとは、現場の汚染除去が大変でしょう」

そこまで答えて、毒ガスの発生場所が駅ではなく、列車内だったことに気がつく。サリンの毒ガスは、動く列車の中から各駅に放出されたのだろう。まず汚染除去をすべきなのは、その車両だ。しかも列車は一本ではなく、複数の路線に及んでいる。

「汚染除去はどこがしますか」

「警察や消防隊では無理でしょう」

研究員たちが勝手に言う。

「いえ、警視庁も化学防護服を持っているし、消防庁にも化学班があるはずです。しかし一番頼りになるのは、陸上自衛隊の化学防護隊です。もう出動しているはずですよ」

毒ガス発生の八時から、間もなく一時間超だ。消防隊ならいざしらず、一時間での現場到着は無理で、もう少し待つ必要がある。

「サリンですね、これは」今度は口にした。

「何の目的でサリンを撒きますか」

牧田助教授が驚いたように問い返したとき、上九一色村にあるオウム真理教の建物の写真が想起された。あのときの異臭騒ぎも、格段に小規模とはいえ、今の惨状と似ている。そして去年六月末の松本サリン事件も、この地下鉄被害と同様の惨事だったのではないか。松本サリンは開放空間、地下鉄は閉鎖空間という違いがあるだけだ。もちろんあとのほうが被害は何十倍も大きくなる。

とすれば、松本サリン事件は今回の惨事の予行演習だった可能性がある。上九一色村のサリン騒ぎは、実験途中かサリン生成途中での、ちょっとしたミスだったのではないか。

「犯人はオウム真理教でしょう」

呟くように言ったのを教室員たちは聞き逃さなかった。

「宗教団体にこんな大それたことができるでしょうか」ひとりが訊き返す。

「あれは宗教とはいえないでしょう」

テロ集団とまでは口にしなかった。その瞬間、松本サリン事件の直後、読売新聞の記者から質問されて、「明確な意図を持った犯罪のような気がします」と答えたことを思い出した。やはり間違いなく、今回こそテロ行為だった。

「先生、例のサリンの論文、治療している病院にファックスしなくていいでしょうか」

牧田助教授が言った。「今こそ、あの論文は役立ちます。除染から治療まで、詳しく書かれていますから。聖路加国際病院に最も患者が搬入されているようです」

「もう治療法は検索していると思いますよ。日本語での論文は、あれが一番ですから。どこかで検索に引っかかれば、さっと広がります」

「そうでしょうか」助教授は納得しない表情だ。

わざわざ自分たちの論文をファックスで送りつけるなど、性に合わない。しかし、と考えなおす。あの論文を書いた動機は、そもそもサリン中毒の治療に役立ててもらうためではなかったのか。牧田助教授の言うとおり、それを送るのは当然の行為かもしれない。しかしまたしても迷いが出た。

「ここは日本医師会に送ってみましょう」

牧田助教授に答えて、教授室に戻り、ファックスの送信票を取り出す。さらに手元にある論文のコピーも用意した。宛先は、日本医師会医療担当の医師とした。

前略、失礼します。

私は、サリン関連の資料を持っております。中毒症状、治療法、実験関連論文など、これまで出版されたものを大抵集めております。

サリンについて、上記の資料を必要としている医療機関がございましたら、FAXでお送り致したいと存じます。

必要性の可否について至急御連絡下さるようお願い致します。

返事の電話は三十分後に来た。早急に資料が欲しい、そういうものがあるとは知らなかったという内容だった。すぐに第二信を送った。

サリン関係の重要な論文のリストと、治療についての論文を見本としてお送り致します。

必要性の可否について、至急御連絡下さいますよう。

相手に送付したのは諸論文のリストと、『臨牀と研究』に書いた「サリンによる中毒の臨床」のコピーで、表書きをのぞいて合計六枚になった。相手からはすぐにファックスがはいり、もう一本の論文『福岡医学雑誌』に載っている「サリン―毒性と治療―」のコピーも必要だという。これも送って、ひと息つく。あとは医師会の医療担当者が、都内で治療にあたっているいくつもの医療機関に連絡してくれるはずだった。

論文が載っている『臨牀と研究』は、大学病院や基幹病院はすべて、それ以外の病院でもほとんどが購入しており、医局や図書館の書架に並んでいるはずだった。優秀な司書であれば、即座に検索可能だ。

教室員たちはテレビの前に坐って画面に見入って、誰も腰を上げない。実験室に戻るのを断念している様子だ。

日比谷線の八丁堀駅で、中目黒行の前から三両目に乗った乗客は、車内が異様な雰囲気になっているのに気づく。吊り革にやっとつかまり、真赤な顔をした男性が、発車したとたんにバッタリ床に倒れた。足元を見ると、畳半分くらいの水溜りがあり、シンナーのような臭いがしていた。数秒後にその乗客も目の前が暗くなり、気分が悪くなる。誰かが非常通報ボタンを押し、車内は騒然となって「人が倒れた」「電車を止めろ」と叫び声が上がった。

すぐに車内放送が「非常通報ボタンを押した方はインターフォンに出て下さい」と応じ、電車が築地駅に着くと、「具合の悪いお客さんがいるので、しばらくお待ち下さい」と放送された。その直後、「どうしたんだ。普通じゃないぞ」と、慌てふためく声がマイクにはいり、「三人倒れているぞ」とまた叫んだ。しばらくすると再び放送で、「乗客のみなさん、危険ですからすぐに避難して下さい。毒ガスです。毒ガスが発生しました」と告げられた。

男性乗客は痛い眼を我慢して、外に飛び出す。口から泡を吹いている女性乗客は、ホームにへたり込み、別の乗客はベンチに倒れた。ホームは刺激臭で充満しているので危いと思い、誘導されるまま進んだ。全員が咳をし、誘導する駅員たちも眼が充血し、鼻水を垂らしていた。

自動改札の閉まっている扉を誰かがこじ開け、逃げるようにして外に出る。必死で階段を駆け上がった。途中で動けなくなった人たちもいて、「苦しい。眼が見えない」と呻いていた。

出口にようやく行き着くと、もう五十人ほどがしゃがみ込んでいた。全員がハンカチで口を押さえている。紫色の顔をして、鼻と口から血を流している人、嘔吐物で背広を汚して倒れている乗客もいた。救急車やパトカーがサイレンを鳴らして到着、男性乗客はこれで助かったかなと思った。

聖路加国際病院で応急処置を受けた男性は、インタヴューに対して以上のように語っていた。果たして築地駅前は、戦場なみの光景になっていた。敷かれたシートの上に、二、三十人の被害者が倒れ、救急隊から手当を受け、消防隊や警官隊が見守っている。都知事の要請を受けた自衛隊は、通常の部隊と化学防護小隊を霞ケ関駅に派遣していた。

その千代田線霞ケ関駅では、同様に午前八時頃、乗客が「先頭車両に異臭を放つものがある」と通報していた。駆けつけた駅助役が、新聞紙に包まれた不審物を抱え、二〇〇メートル離れた駅事務所まで運んだところで倒れ、心肺停止の状態で病院に運ばれる。九時半頃、死亡が確認されていた。

ニュースが終わって、研究員たちは持ち場に行き、昼前に集まって来た。昼のニュースで、警視庁が残留物からサリンの副生成物を検出したと報じた。

「先生、やっぱりサリンでしたね」

助教授から顔を向けられて、頷く。懸念されるのは、何と言っても病院での治療状況だった。午後のニュースで、日本橋の中島病院院長が記者の質問を受けていた。症状が松本サリン事件のときと似ていると判断、救命救急センターを通じて、松本の病院に照会し、硫酸アトロピンの注射を続けているという。

「PAMはまだ使っていないのでしょうか」

牧田助教授が顔を曇らせる。「硫アトだけでは、ちょっと力不足でしょう」

暗に、その病院にファックスを送らなくてはいけないのではと、伺いをたてている表情だ。

「たぶん、もう使いはじめているはずです。病院によって違いがあるとは思いますが」

日本医師会からは、どの病院に連絡したかの報告はない。あの論文が各病院にファックスされていれば、おそらく百人力だ。少なくとも、松本の大きな病院ではＰＡＭの必要性が周知されているはずで、都内の病院の問い合わせには即答できる。

午後遅くになって、各病院でＰＡＭが使われているのをニュースで知った。最も早くＰＡＭ療法に踏み切ったのは、案の定聖路加国際病院だった。九時前に救急患者が運び込まれ、もちろん硫酸アトロピンがすぐに投与され、けいれんに対してもジアゼパムが連続して使われた。ＰＡＭが使用され出したのは十一時過ぎだという。その効果の速やかさも、ニュースでは伝えられた。

「よかったです」

安堵しながら牧田助教授以下に言う。

教授室で持参の弁当を食べている最中に、報知新聞の記者から電話がかかった。本日の地下鉄サリン事件に関して、コメントをいただきたいと言う。こういう電話でのインタヴューはおざなりになりがちなので、あまり気は進まない。しかし今回は別だった。相手はどうやら松本サリン事件の前に書いた例の論文を読んでいる様子だった。手短に述べると、相手は復唱して、これでよろしいですねと念を押した。本来なら、原稿そのものをファックスしてもらえるといいのだが、相手にその気はないようだった。

電話を終えて、ふうっと溜息をつき、急いで弁当をたいらげる。その直後だった。今度はＲＫＢ毎日放送ラジオ制作部のディレクターから電話がはいった。電話インタヴューの可否についてだった。質問の内容はすぐにファックスすると言う。その場で諾の返事をした。

番組名は「朝イチ！タックル」で、明朝八時半からの放送らしい。質問内容は、すぐにファックスで届いた。

①今回の地下鉄での事件について、どう分析されていますか。

②異臭がしたということですが、サリンは無色無臭だとされていますが。
③サリンとはそもそもどういう物質ですか？　あらためて教えて下さい。
④どの程度の知識があれば作れるものなのですか。
⑤防御策はあるのでしょうか。

当然の疑問であり、ファックスの末尾には「急なお願いで申し訳ありません。明日八時二十分頃電話します」と書き添えられていた。

こうした迅速な報道はテレビでは不可能で、ラジオならではの強みだった。

夕方、旧知の警視庁鑑識課の今警部補からファックスがはいった。短文で、地下鉄ではアセトニトリルも検出されているが、これはどう考えたらいいかという質問だった。アセトニトリルは、さまざまな物質を溶かし、体内への侵入性が強いので、サリンを混ぜたのか、サリン製造の過程で溶媒として使われたのかもしれない。あるいはそのものが撒かれた可能性もある。その旨をファックスで返信した。

夜のテレビニュースでは、この事件の特集が組まれていた。結局のところ、霞ケ関に向かう地下鉄の三路線、丸ノ内線、千代田線、日比谷線を走る五本の電車に乗っていた乗客が被災していた。救助にあたった地下鉄駅員や救急隊員、警察官なども被害にあっていた。死者は六人、被害者は三千人を超えるという。治療にあたった医療機関も八十を超えていた。

犠牲者が六人である事実からは、サリンの純度が低かったのではないかと推測される。その総量はどの程度だったのか。五つの電車に乗り込んだ犯人が所持していた量は、一キログラムではきかないだろう。二キログラムはあったのかもしれない。

犯人たちは不純物の多いサリンをビニール袋に入れ、傘の先で突き刺したあと、下車して逃走したようだった。

まさしくこれは未曽有の大事件だった。今後も同じ事件が繰り返される可能性は充分にある。やはり目的は、国家と国民に対するテロ行為だろうか。さまざまな想念が去来して、その日の夜はなかなか眠りにはいれなかった。

翌三月二十一日の朝は、重い頭をかかえて地下鉄に乗り、五種の新聞を買った。どの乗客も新聞を開いて見入っていた。

西日本新聞では「無差別殺人」「東京の大動脈、恐怖走る」「あふれる患者、薬足りず空輸」「だれが、なぜ」「計画非情、高度な知識」「プロ、組織的犯行か」「国の中枢標的か」「見えない犯人像」「死傷者拡大３２００人超す」「容器6個を発見」「松本との関連捜査」などの文字が数頁にわたって躍っている。

読売新聞には、「サリン残留物、松本・山梨と一致」「3線5電車に置く」「無差別殺人、怒り募る」「犯人は四人以上」「働き盛り無念の死」「ナゾ深まるサリンテロ」の文字が各頁に見え、入院患者の氏名も掲載している。社説では「狂信的な犯行を断じて許すな」の見出しで、犯行を非難していた。

毎日新聞では「有毒ガス、サリンと断定」「組織的犯行か、不審物6ヵ所に」「中年の男が置いた包みからサリン、女性が目撃」「解毒薬確保に苦心病院」、朝日の紙面では「警視庁1万１００0人を動員」「派遣要請で自衛隊１６０人」「関連事件9ヵ月で3件目、原料入手で共通点捜査」などの文字が眼にはいる。

日本経済新聞も「約30分、3線で次々」と書き前述の四紙同様の見出しを掲げていた。

教室に真っ先に着き、なおも新聞に見入っているところに、牧田助教授がひと抱えもある新聞とともに出勤して来た。

「先生が主要な新聞はもう買われていると思ったので」

と言いつつ、新聞の束を応接台の上に置く。そこにも様々な見出しがびっしり詰め込まれていた。「高度な化学合成の知識持つプロ集団の可能性」と書いているのは西スポで、「松本で実験、京急で下準備、組織された凶悪な犯罪だ」という推理作家斎藤栄氏のコメントを載せていた。

京浜急行事件とは、三月五日、京浜急行の車内で発生した異臭事件だった。斎藤栄氏はこれを閉鎖空間でのサリン実験だと見立てていた。しかしサリンの入手経路については、「犯人グループがサリンを生成したとは思えない。既製品を密輸入することで、手に入るからだ」と推測する。そして最後に、「とにかく警察が松本事件を解明できなかったことが、事件の伏線にある。そのうえ今回の事件を解決できなければ、日本の警察は無能というしかない」と、警察を手厳しく批判している。

西スポはまた、松本サリン事件の第一通報者である河野義行氏にもインタヴューしていた。二十日のテレビの画面を見て、「これは絶対にサリンだ」と確信したという。「松本の教訓が全く生かされていない。こんなに簡単に軍用物質が使われるのは警察の責任。私はかねてから、必ず第二の事件が起きると言ってきた。根本的な解決が何もなされていない」と、河野氏も警察の腰の重さを非難している。

被害にあった河野氏の妻はまだ意識不明のままであり、一週間自宅で療養して、この二十日が再入院だという。そしてこの日、河野氏は信濃毎日新聞を相手に、二千万円の損害賠償と謝罪広告の掲載を求める訴えを、長野地裁松本支部に起こしていた。もちろん早とちりの報道で人権侵害を受けたことが理由だった。

九スポの見出しも、「電車止めろ、降ろしてくれ、悲鳴響く朝のラッシュ」「地下鉄大パニック」と、車内の混乱ぶりを伝えている。加えて、最近の異臭事件についても列挙していた。第一番目は二年前の一九九三年六月二十八日と七月二日に、江東区亀戸のオウム真理教施設から、白い煙とともに異臭が立ち込め、付近住民が被害を訴えた事件だ。

第二がもちろん昨年六月二十七日の松本サリン事件だ。第三が上九一色村での異臭騒ぎ、第四が九月一日に奈良県の七市町で起こった異臭事件で、小中高校生二百人以上に湿疹などの被害が出ていた。そして第五が京浜急行日ノ出町駅の異臭事件で、十一人が病院で手当てを受けていた。

日刊スポーツは、事件の五日前に起きた地下鉄霞ケ関駅での、蒸気が噴き出すアタッシュケース三個発見について詳述していた。ケースは重さ一〇キロで、振動盤の上に塩化ビニール管をのせ、管の上部の側面に小型のファンが取り付けられていた。管の中には液体が入っており、超音波の振動を加えて、発生させた蒸気をファンで送り出す仕組みである。電源は一〇〇ボルトのバッテリーを連結しており、スイッチはケースの外側にあった。三個のケースは、改札口近くに数メートル間隔で置かれていた。時刻は午前七時半であり、犯人グループの予行演習だったのではと、今になって推測されていた。

日刊スポーツはまた、「オウム〝返し〟」の見出しで、〝東京サリン事件は国家権力の謀略だ〟と反論するオウム真理教外報部の発表にも言及している。南青山の東京総本部には、事件の前日の十九日夜、火炎瓶が投げ込まれていたという。

一方、スポーツ報知では、前日、電話で取材された内容が要約されて掲載されていた。


サリンを作るには、大学の農学部の合成化学の専門家によるか、せめて薬学部、医学部、工学部いずれかの学問をおさめるなど、かなり高度な知識が必要とされる。サリンはそのままでは持ち運びは困難で、普通持って歩くことはない。二成分型兵器といって、それ自体は人体に影響はないが、まざり合うと反応を起こしてサリンを発生する二つの原液を、持ち運びのできるものに詰めて時限爆弾のように使うことが考えられる。外国ではスプレー式の兵器も出回っているらしいが、今回は違うと思う。スイスでは民間防衛の本が出版されていて、地震対策と同じようにサリンガスに対する防御マニュアルも掲載されている。湾岸戦争の時には、どの家庭にも防毒マスクが用意されていたと聞いている。

内容は、ほぼ言ったとおりで申し分なかった。その記事の下には、顔写真つきで、犯罪心理学が専門の筑波大学教授のコメントが載っていた。素人くさくてプロのテクニックではなく、政治的アピールでもなく、一種の愉快犯ではないかと述べている。犯罪心理学の専門家にしては余りにも脳天気な、楽観的過ぎる意見に腹が立つ。

別の頁では、東京外神田にある防毒マスクメーカーの重松製作所の株に、買い注文が殺到してストップ高になった旨を告げていた。同製作所は、防毒マスクで八五％のシェアを誇っているという。シンナーなどの有機溶剤用の産業マスクが大半だが、自衛隊や消防隊用の空気呼吸器も扱っていた。

このあたりまで読んだとき、教授室の電話が鳴る。腕時計を見ると、八時十五分だった。立って教授室に戻り、受話器を取ると、案の定、ＲＫＢラジオからだった。インタヴューは生放送であり、六分程度で終わった。要領よく持論を答えられた。地下鉄の事件は大がかりなテロ集団の仕業であり、異臭はサリンに副生成物が混じていたためだ。サリンは第二次大戦直前にドイツ国防軍が開発した化学兵器で、殺人用の毒ガスであり、作るには高度な化学知識が必要で、相当複雑な装置を要する。予防策としては、臭化ピリドスチグミンという薬剤がある。

そう答えてインタヴューを終えたとたん、待ち構えていたように、今度は夕刊フジの記者から電話がはいった。サリンに関する資料を送信して欲しいという依頼だった。さっそく二本の論文をファックスで送り、「今回の事件でこれらの論文が広く利用されたそうです」と付記した。

その日のテレビでは早くも特集番組が組まれ、新聞にも各方面の識者の意見が載った。犯罪心理学が専門の某教授は、劇場型犯罪の側面を持つ組織的な犯行であり、日本全体を相手に戦争を仕掛けようとしている何らかの集団だと推論していた。また、ある高名な推理作家は、オウム真理教をつぶすために仕組まれたテロではないかと主張した。公然と、オウム真理教の仕業でしかないと言い切る評論家もいた。ゲストで呼ばれたその他のテレビタレントも、それぞれ持論を口にし、あたかも一億総評論家の状況を呈していた。

こんなときこそ正確な情報を国民全体に周知させるべきだった。旧知の毎日新聞西部本社の記者にファックスを入れた。

〔至急〕現在までに判明しているサリン事件の内容について、検討してみたいと存じますので、どなたか至急九大の方へ来ていただけませんでしょうか。「コメント」を出したいと存じます。

折り返し、別の記者から電話があり、どんなコメントになるか、要約を送信してもらえないかという。すぐさま要約一枚を先方にファックスした。RKBラジオの生インタヴューで答えた内容だった。

夕方、毎日新聞の記者が教室を訪れ、二時間ほどインタヴューを受けた。記者はこの際、サリンだけでなく、生物・細菌兵器などについても報道したいと言う。異論はなかった。

この日に届いた郵便物の中に、三月三十一日に名古屋で開催される日本衛生学会の抄録集があった。パラパラとめくると、その中に松本サリン事件の臨床症状に関する発表が載っている。

その要旨をコピーして、毎日新聞の記者にファックスした。発表するのは信州大学医学部衛生学教室の研究員であり、内容は二つに整理されていた。ひとつは、被害者たちが異常を感じた時刻で、最も早いのは去年六月二十七日の午後八時から九時だった。ピークは十一時から十二時にかけてで、翌朝六時から八時にも小さなピークがあった。とすれば、犯人たちが例の駐車場でサリンを撒布し出したのは、案外早く、充分暗くなって間もなくの八時だと推測できる。当初考えられていたような深夜ではなかった。犯人たちは午後八時から十一時頃まで三時間くらい現場に留まっていたはずだった。翌朝見られた症状のピークは、樹木や建物の壁に残存していたサリンの拡散によるものに違いない。

第二の内容は、被災者の自覚症状についてだった。比較的軽症の外来受診者に最も多い初期症状は、「鼻水」である。約七割に見られている。それに対して入院に至った患者の初期症状は、「目の前が暗くなる」だった。次いで「息苦しさ」である。

これは重要な指摘であり、「目の前が暗くなる症状」があれば直ちにアトロピンによる応急処置が必要なことを示唆していた。

いずれにしても、月末の学会は時宜を得た開催で、地下鉄サリン事件についても何らかの発表があるかもしれなかった。

この日、教室員の誰もが研究が手につかず、テレビに見入ったり、新聞を読んでは溜息をついていた。

帰りがけに牧田助教授が思案顔で言った。

「これはもうあの教団を徹底的に調べるほか、手がないような気がします。後手に回ると、また事件が起こります」

「警察がもたもたしているのは、サリン攻撃を恐れているのでしょうか」

女性研究員が言い添えた。

「それを恐れていては、国家警察とは言えませんよ」

腹立たしくなり、そんな返答をした。誰が考えても警察の対応は後手後手に回っていた。帰宅しても焦燥感はおさまらず、風呂にはいって上がったときでさえ、くつろぎは感じない。遅い夕食をとる間、妻は気を利かせて何も言わない。ふと、大学の医学部として何かできることはないか、それこそがあれこれ悩むよりも、前に一歩出る行為ではないか——。そう思ってようやく、気分が少し楽になる。

今月中に、衛生学教室の主導で「サリン対策マニュアル」を作成するべく、会議を持つべきだった。マニュアルは、論文ではなく、何と言っても簡便さが第一だ。Ａ４判一枚か二枚ならば、どこにでもファックス送信ができる。その叩き台を作り、医学部長に進言して承諾してもらうのだ。ここまで思い定めて、何とか眠りにこぎつけた。

翌日三月二十二日も、朝七時過ぎ、教室に一番乗りする。もちろん新聞各紙を購入していた。コーヒーを淹れ、飲み出したとき、牧田助教授をはじめとして、教室員たちが出勤して来る。

「先生、どうやらオウム真理教に強制捜査がはいったようです。ラジオで聞きました」

女性教室員が言った。すぐにテレビをつける。八時のニュースで、上九一色村の映像が映し出される。あたかも戦場に赴く兵士のような一団の多くが、防毒マスクを着用していた。信じ難いような光景だった。

捜索を受けている村内のオウム真理教の施設は十七にものぼるという。空からの映像も映る。本栖湖の南に、いくつもの建物が散在していて、どれがどれか分からない。

画面が変わると、集まった信者たちが、捜査員たちに激しく抗議していた。狭い道を塞いでいるのは、教団側の車両だ。機動隊員はその間を抜けて先に進む。閉ざされた建物の扉を、捜査員がチェーンソーで切り開く。

この日の午前中は、全く仕事にならず、テレビはつけっ放しにして、それぞれ持参した新聞を読む。さすがに朝刊はまだ、強制捜査には触れておらず、地下鉄サリン事件の余波を伝えていた。営団地下鉄構内からゴミ箱が撤去され、防毒マスク会社には注文の電話が殺到しているという。書店には、ガス対策本のコーナーも設けられていた。特に売り切れが起こっているのは、西村寿行氏の『去りなんいざ狂人の国を』らしい。角川書店から十四年前に刊行され、犯行の状況がそっくりだという。地下鉄丸ノ内線で、電車内の網棚に置かれたデパートの紙袋から、突然青酸ガスが発生、逃げ場を失った乗客や、ホームで電車を待っていた客が多数犠牲となる内容らしかった。当の西村氏は、今回の事件についてはノーコメントを貫いていた。

ある新聞で、作家の三好徹氏は「大蔵省など高級官僚が集まっている霞ケ関を狙ったのでしょう。犯人は確信を持って犯行に及んでおり、官僚たちへの怒りのパフォーマンス」と語っている。一方で、ノンフィクション作家の溝口敦氏は、「警察への一種の脅しでしょう。力を誇示したかったはず。松本市のサリン事件と同一犯だと思う」とコメントしている。

上九一色村でオウム真理教側がバリケードを作っていることを報じている新聞もあった。その一方で前日の午後、南青山の教団本部で、教団の青山吉伸顧問弁護士が記者会見をしていた。百人を超える取材陣を前に、〝任意の捜査には誠意をもって応じる。明日にも強制捜査などと伝え聞くが、それを正当化する理由はない。むしろ権力の大量殺戮(さつりく)を懸念している〟と弁明していた。

事件との関係を否定し、むしろ国家謀略の被害者を演じる手口は、これまで同様だった。

研究員たちは、気を利かせて、普段は読まない週刊誌を購入して持参していた。それらの週刊誌にも手を伸ばす。事件後に出された『週刊新潮』は、地下鉄の出口で倒れている地下鉄職員や、聖路加国際病院の礼拝堂が病棟に早替わりしている様子を、写真で報じていた。

本文の記事中では、この犯行が何を目的にしていたのかが問題視されていた。日比谷線にしても、丸ノ内、千代田線にしても、出勤時刻に狙いを定め、霞ケ関で被害が多かった点を重視して、中央官庁や警視庁を標的にしたのではないかと述べている。他方で、最近オウム真理教に関する記事では独走の感があった、朝日新聞社を狙ったという見方も、紹介していた。

中央官庁の被害者では、郵政省が最も多くて十一人、全体では四十八人だという。これに対して、警視庁は五十八人が目の異常や吐き気で病院を受診し、六人が入院していた。一方の朝日新聞社では、三人が社内の診療所で診察を受けた程度ですんだらしい。

この『週刊新潮』の記事で初めて知ったのは、オウム真理教と「幸福の科学」という、同じ宗教法人による訴訟合戦だった。

「幸福の科学」の信者たちは、今年三月九日頃から、オウム真理教を糾弾する大量のビラを、全国規模で配布しはじめていた。

目黒公証役場事務長、假谷清志さんを拉致し、ワゴン車で連れ去ったのは、あなた方だ！　即刻、假谷さんを生きたままで解放しなさい！　坂本堤弁護士一家のように拉致して殺害することは、今回は断じて許さない！　宮崎の資産家誘拐事件、さらにサリン毒ガス殺人事件、これが宗教団体のやることか、宗教団体として罪の意識がないのか。恥を知りなさい！

また別のビラには、坂本弁護士に関する情報も書かれ、オウム真理教を語気強く非難していた。

某有力オウム通が、五年余り前、オウム真理教の内部に精通していた人物からの情報をキャッチ！　驚くべき真相が明るみに出された。というのも、拉致された坂本弁護士を油断させ、アパートのドアを開かせたのは、オウム真理教の顧問弁護士・青山だというのだ。相手が麻原に洗脳されたグルだと見抜けず信用した坂本弁護士に、一気に数名のオウム信者が襲いかかり、妻子ともども布団巻きにして拉致。ワゴン車で運び去り、数時間後にオウム富士宮の本部近くの山林で、撲殺し土中深く埋めたというのだ。

この「幸福の科学」側の非難に対して、オウム真理教側は三月十八日、教団と青山吉伸弁護士の名で、名誉毀損による総額二千万円の損害賠償を求め東京地裁に提訴する。

一日置いた三月二十日、地下鉄サリン事件の当日、今度は「幸福の科学」側がオウム真理教を相手取って、総額二十億円の巨額で提訴し返した。

このビラに書かれた坂本弁護士一家の失踪事件は、今からおよそ五年半前の一九八九年十一月四日の未明に発生していた。

坂本弁護士の母親と同僚弁護士が、連絡が取れないのを不審に思い、合鍵を使って家の中にはいり、異変を確認したのは三日後の七日である。その一週間後、神奈川県警と磯子署が公開捜査に踏み切る。

3DKのアパートからは、夫妻の使っていたダブルの布団一式が消えていた。荒された跡はなく、弁護士バッジがついた坂本弁護士の背広や財布、手帳と眼鏡などは残されていた。しかも炊飯器の保温スイッチははいったままで、流しには食器が残っていた。

もうひとつ、寝室でオウム真理教のバッジが発見される。

坂本堤弁護士がオウム真理教に対する訴訟問題に踏み込んだのは、失踪の半年前からだった。信者となって家を出た子供を、取り戻そうとする親の相談を受けたのがきっかけだ。別の法律事務所の二人の弁護士とともに弁護団を結成した。

坂本弁護士が所属する横浜法律事務所の同僚によると、失踪の翌日、オウム被害者との打合せが予定されていたという。相談はオウム真理教の信者からのもので、教祖の血のイニシエーションを百万円出して受けるも、効果がないので損害賠償を求めるものだった。

その頃、坂本弁護士はオウム真理教に入信した子供たちを取り戻す仕事をしていた。オウム真理教側から交渉に出て来たのが、青山吉伸弁護士で、子供に会わせろという要求を断っていた。

失踪事件の四日前の十月三十一日午後八時頃、青山吉伸弁護士が坂本弁護士の事務所を訪れた。弁護団が、オウム・グッズのひとつ〝甘露水〟を見せろと要求していたからだ。青山吉伸弁護士は、弁護団の一連の動きに対して、裁判を起こすかもしれないと、要求を突っぱねた。それに対して坂本弁護士は、我々は子供と親の面会のお膳立てをしているだけだと応じ、あくまで話し合いを求めた。

青山吉伸弁護士には二人の幹部らしい男が同行しており、凄みをきかせて帰っていった。まさしく坂本弁護士は、教団にとっては目の上のたんこぶだったのだ。

寝室の押し入れ付近に落ちていたオウム真理教のバッジからも、当然犯行が疑われるのは教団だった。警察の捜査に対して、教団側はいったん協力すると言いつつ、幹部を一斉に海外に逃がして、非協力的な態度をとる。一連の報道に対し、〝宗教弾圧だ〟と声高に叫ぶ。これに腰が引けたのか、警察はそれ以上突っ込まず、自発的失踪説も取沙汰された。もちろん五年半たった今でも、何ら解決は見ていない。

もうひとつ、目黒公証役場事務長の拉致事件は、地下鉄サリン事件の三週間前、二月二十八日に起こっていた。夕方帰宅途中の假谷清志事務長を、何者かがレンタカーのワゴン車に無理矢理押し込み、どこかに連れ去っていた。問題となったレンタカーは、後日杉並区のレンタカー会社に返却されていた。車内から、事務長の指紋や遺留品が発見された。

実は、事務長の妹はオウム真理教に入信し、これまでも多額のお布施をしてきていた。最近になって、教団から一切の財産を寄付して出家するように求められ、逃げ出した妹を兄である事務長が保護していた。拉致される前日、教団関係者が公証役場を訪れて事務長と話をした。その直後から事務長は怯えた様子がうかがわれ、「自分の身に何かあったらオウムだと思って欲しい」というメモを残していた。

警察がオウム真理教を疑いはじめると、教団側はいち早く事件との関連を否定する。逆に宣伝用の新聞に、〝拉致事件デッチ上げの真相、暴かれた警察の嘘〟と書き、自分たちこそ被害者だと主張した。

さらにもうひとつの資産家連れ去り事件は、昨年六月末の松本サリン事件の三ヵ月前に起こっていた。宮崎県小林市の資産家を拉致して教団施設に監禁、多額のお布施をさせようとした。資産家の次女とその夫、三女がオウム真理教に入信していたのに対し、長女夫妻と四女、そして資産家自身は、教団には批判的な立場をとっていた。

資産家は、自分の土地を小林市に売却する話がまとまり、売却金六千四百万円が取得できる予定だった。その話を聞いたオウム真理教の信者が、資産家の自宅を訪れてお布施を要求する。要求は三回にも及び、そのたび資産家は拒否した。ところが三月二十七日の夜、自宅で寝ていたところを拉致され、気がつくと、何と東京の中野にあるオウム真理教付属医院、通称AHIにいた。

そうやって教団施設に監禁している間に、次女の夫と三女が、土地の売却代金を全額引き出そうとした。ところが資産家は、自分が銀行に出向かなければ預金を下ろせないように措置を取っていた。金は無事だった。

このあと四女が長女の夫と共にAHIに赴き、父親と面会する。帰りたいという意志を確認して、連れて帰りたいと申し出た。しかし拒絶され、せめてAHIで父親に付き添わせてくれと頼んでも、拒否されて空しく帰った。自宅から拉致されるとき、何らかの薬物が使われたのは明らかで、四女たちは小林市の警察に届け出た。

教団側は警察の追及を恐れたのか、その後資産家をＡＨＩから上九一色村の第六サティアンに移して、そこでの生活を強いた。資産家が何度帰りたいと言っても、聞き入れてもらえない。資産家は一計を案じる。信者になるふりをして、教団の出版物を読んで教えを暗記する。五ヵ月して、お布施をすることにしたので小林市に帰りたいと申し出た。案の定許可が出て、資産家は信者の次女夫婦と一緒に、八月二十一日に羽田を発ち、宮崎空港に降り立った。そこには四女と長女夫婦が待ち構えていて、資産家を無事保護する。

資産家は監禁生活で体重も一四キロ減り、丸坊主にされた頭髪も真っ白になっていた。訴えを受けて、当初は乗り気でなかった警察も、調査に乗り出す。もちろん教団側に事情聴取を進めた。ところが教団側の供述はクルクル変わり、のらりくらりとするばかりだった。最後には、きちんと話をするのでこれまでの供述は白紙にしたいと言ってきた。警察は地道に物証を検討するしかなく、今に至っても、本腰を入れた捜査をするには至っていない。


こうして一連の事件を見ていくと、教団側の本来の意図が見えてくる。端的に言って、〝金集め〟だ。百万円もする〝血のイニシエーション〟、百万円から一千万円もかかる電極をつけてする修行、公証役場事務長の妹の財産寄付の問題、そして小林市の資産家拉致事件にしても、すべて金集めのためだった。そもそも出家制度自体が、全財産を没収するための方便に過ぎない。熊本県波野村でせしめた九億円の金も、教団にとっては濡れ手で粟のぶったくりだったのだ。

振り返って、六年前の脅迫まがいの宗教法人認証取得も、金集めのためには不可欠の前提だったのだ。

そして坂本弁護士らの被害者救済の動きや、公証役場事務長や宮崎の資産家のように、財産を寄付するのを邪魔する動きに対しては、力ずくでも阻止する。ここにも、金集めのためにはなりふり構わない教団の体質が透けて見える。

『週刊新潮』は、各地で繰り広げられている出家を巡る騒動についても詳述していた。

元「日劇」のトップダンサーが芸能界を引退し、十九歳の長女と小学三年生の長男と一緒に出家したのは昨年七月だった。出家と同時に静岡県富士宮市の教団施設にはいり、間もなく上九一色村に移った。もちろん、それ以来長男は小学校へは行けず、学校側は事故欠扱いにした。

トップダンサーは引退宣言する前に離婚していた。元夫が長男をうまく知人宅に呼び寄せることに成功、教団には戻りたくないと言うので、今年の一月初め三鷹の自宅に連れ帰った。そして三鷹市の学校に転学させる。もちろん特別に祖父母の送迎の許可も校長から受けた。いつ教団に連れ戻されるか分からないからだ。

ところが一月下旬、学校が終わる頃に祖父が迎えに行くと、学校の北側に山梨ナンバーの車がとまっていた。祖父は驚いて走り出し、校舎にはいって二階に駆け上がった。トイレから出て来た孫息子を保護しようとしたところ、祖父を追って来た男がそれを阻止して、長男を引きずっていき車に押し込んだ。担任たちが車に近寄って連れ戻そうとすると、車内にいた女性が自分が母親だと言い、車を発車させる。祖父は車の前に立ちはだかった。しかし車は少しバックして走り去った。駆けつけた警察が事情聴取したものの、親権はもちろん母親にあって、事件とはならなかった。

同様の苦しみは、ひとり娘が八歳の孫と共に出家してしまったという夫妻も味わっていた。出家したのは六年前で、三ヵ月後に連絡があり、警官七人と一緒に富士宮の教団施設を訪れた。ところが教団側はここにはいないの一点張りだった。埒(らち)が明かないので、元夫に親権を変える裁判を起こす。娘と孫が別々に暮しているのが判明して、親権変更裁判に勝利した。すると教団側は、娘と孫を一緒に東京に住まわせ、娘を職に就け、孫を保育園に入れたうえで、控訴した。教団側が勝って、親権はまた娘のほうに戻った。そこで父親は東京に出て、娘と孫と一緒に暮らしはじめた。ひと月ばかり経った頃、教団側が人身保護請求の裁判を起こす。裁判で、娘は教団に帰りたいと言い、両親は実質敗訴する。そのとき、一年に三回の面会、住所変更のときは知らせる、孫を学校に通わせるという和解が成立した。

父親は被害者の会の世話人と共に、何度も上九一色村や富士宮に足を運んだものの、教団は敷地にも入れてくれない。今では娘と孫がどこにいるのか、生きているのか死んでいるのかも分からないという。

被害者を救出する仕事をしている某住職は、内情をつぶさに聞いてあきれ返っていた。上九一色村には二十人から四十人の子供がいるという。施設の中は草ぼうぼう、建物の中も殺生は禁止なので、鼠やゴキブリがそこら中にいる。食事は、菜っ葉や草を煮たもので、肉は駄目、水も甘露水と称して何がはいっているかも分からないものなので、子供たちは痩せて垢だらけ、まるで終戦直後の浮浪児そっくりだと、住職は眉をひそめる。住職の許を訪れるのは、警察や裁判所、弁護士に相談しても、埒があかなかった人ばかりだった。

「はっきり言って、オウムは法律に守られているんです」と、住職は悲痛な声を上げていた。

ここまで読まされると、その住職の言い分に納得させられる。際立っているのは、教団の実に巧妙な裁判戦術である。あらゆる既存の法律を駆使して、敵を排除して寄せつけない。寄せつけないだけならまだしも、威嚇するのだ。

さらにもうひとつ結論せざるを得ないのは、教団が犯している法律を踏みにじる行為が、なおざりにされている点だ。教団の中にいる子供たちは、学ぶ機会を奪われている。これは子供の人権の蹂躙であるはずで、宗教法人だからといってそれが免罪符にはならない。

被害対策弁護団の立役者である坂本弁護士一家の失踪事件、熊本県下での教団の国土法違反、松本サリン事件、公証役場事務長の拉致事件など、すべてが教団が関与するか、影がちらつく事件である。しかし警察の教団に対する追及の腰は重い。

その腰が引けている理由は、これまでも何度も警察の要請に応じているだけに、よく分かる。すべては各県警の風通しの悪さだ。あたかも江戸時代の藩体制に似ていた。隣の藩との交流はなく、言葉も文化も風習も違う。領民同士の行き来もない。縦割り行政だった。

しかしある意味では、江戸時代より悪いのかもしれなかった。江戸時代であれば転封もあり、外様大名と譜代大名がしばしば縁戚関係を結んだ。参勤交代で、幕府は各藩の動向をしっかり把握し、統轄し得ていた。

しかし現在の警察機構では、警察庁が警視庁以下の各都道府県警の内実をすべて掌握しているかといえば、そうではない。各県警同士の交流も全くない。

これでは、単一の犯人が国内の至る所で犯罪を起こしたとしても、群盲象を撫でるのたとえどおり、全体像を想起し得ないのだ。坂本弁護士一家の失踪事件は神奈川県警、国土法違反は熊本県警、松本市の土地売買事件ならびに松本サリン事件は長野県警、公証役場事務長拉致事件は警視庁、上九一色村の異臭騒ぎとサリン検出は山梨県警がそれぞれ担当し、教団本部があるのは静岡県だった。教団はそうした警察の弱点を充分知っていたと言える。

『週刊新潮』では、地下鉄サリン事件の直前に起きた、大阪市でのオウム真理教「大阪支部道場」の大阪府警による家宅捜索についても詳述していた。

三月十九日日曜日の午前十一時半過ぎ、男性から、「息子が複数の男に連れ去られた」と一一〇番通報があった。箕面市に住む息子は大阪大学三回生で、オウム真理教の信者だった。郷里の愛媛県から両親が出て来て、下宿で息子を説得、脱会する話がまとまった。その旨を教団の大阪支部に伝えたとたん、四人の男が下宿に乗り込んで連れ出して行ったという。

午後七時を過ぎて、大阪府警捜査一課の捜査員五十人と機動隊員五十人が道場周辺に集結、七階建てビルを取り囲んだ。九時過ぎ、捜査員が踏み込み、五階にいた大学生を無事保護した。建物には三十人ほどの信者がいて、大学生の証言で三人を逮捕監禁容疑で逮捕した。

ところが四時間後の翌日三月二十日の午前一時半、教団側は抗議文を発表、〝捏造された犯罪事実、拉致したのは警察！〟〝警察、ついに狂気の違法捜査!!　国家権力絡みの大々的な宗教弾圧！〟と逆に反撃する。

そして地下鉄サリン事件が発生したあと、府警の〝違法捜査〟に対する二千万円の損害賠償を求め大阪地裁に提訴、押収品の返還を要求する準抗告も申し立てた。

実を言えば、逮捕された三人のうち一人は学生だった。教団は有名大学の学生を勧誘し、予備校や塾に送り込み、中高生までも誘う。その上で、学生たちの予備校教師や塾教師で得た収入を、吸い上げていた。それだけでなく学生の家庭の財産にまで、要求の手を伸ばすのだという。どこまでも金の亡者の態を成す教団だった。

前日に約束を取り付けていたとおり、十時きっかりに医学部長室まで行った。医学部長は同門の六年先輩で、高名な整形外科医だった。大腿骨頭壊死の手術に対して、骨を回転させて、健全な面に負荷がかかるようにする独創的な術式には、部長の名が冠せられている。驚いたことに、部長室には病院長も姿を見せていて、二人とも立ち上がる。病院長は五年先輩の泌尿器科医で、気さくな人柄が人望を集めていた。

「いやあ沢井先生、待っとりました」

医学部長が笑顔で椅子を勧め、病院長も「今回の事件、大忙しでっしょ。大変ですな」と言って労をねぎらう。

九大の医学部でサリン対策のフローチャートを作成する意図について、手短に説明する。

「沢井先生に先頭に立っていただければ、医学部全体で支援します」

医学部長も大いに乗り気だった。「とにかく後世に恥じない最高のものを作りまっしょ。他の大学の追随を許さないようなものばです」

「臨床の各科も、この件には大いに興味を持っとりますよ。サリンの症状は、全科に関係するわけでっしょ。私の泌尿器科的には大して症状はなかごたるようですが」

病院長が笑う。

「いえ、あります。膀胱の症状で尿失禁が起こります」

「あ、なるほど。尿失禁なら、うちだ」

病院長が頭をかく。「ともかく、臨床と基礎の各科が全部集まるような検討会を開きまっしょ。勉強になりますばい。教授が出席不可の場合は、助教授を招集します」

「一回では無理でっしょね」

医学部長が訊く。

「二、三回は集まって、コンセンサスを得たうえでの発表がよかと思います」

「分かりました。いつ頃、第一回の会合を開けますか。一週間後ではどげんですか」

「叩き台を作るのに一週間では無理です。二週間後ならできるかと思います」

「じゃあ四月上旬にしますか」

「はい。おそらく信州大学でも、松本の経験を生かしてマニュアルを作っとるはずです。聖路加国際病院でも作成中でしょう。その二ヵ所に問い合わせて、資料として参考にします。第一回までに間に合わなくても、二回目、三回目で提出できるはずです」

「各科に対しては、沢井先生の二つの論文を読んでおくよう通達を出しときます。医学部長の名だと大仰になるので、病院長の名で」

病院長が言い、医学部長も頷く。

「しかし、あの『福岡医学雑誌』と、『臨牀と研究』に載った論文、よくぞ書かれましたね。福岡医誌のほうは、松本サリン事件の前に執筆されとったのですね」

医学部長が感心する。

「ええ、刊行は事件後ですが、書いたのはその三ヵ月前です」

「私を含めて他の教授たちには、よか教訓になるはずです。すべからく医師は、世の中の動きに敏感になるべきでっしょ。私なんか仙人じみて世情に疎かですから」

今まさに働き盛りで、仙人ほどには枯れてはいない病院長が笑った。

いい先輩に恵まれていると思いながら、すがすがしい気分で医学部長室を出た。

教授室に戻ると、机の上にメモがあった。厚生省健康制作局指導課から電話があり、電話を入れて下さいとある。制作局というのは政策局の間違いだろう。苦笑いしつつ、記された電話番号に電話をかけ、指示された内線番号を告げた。課員はすぐに出て、書かれた二つの論文のコピーをいただけないかと言う。二つ返事で、昼食から戻って来た教授秘書に指示し、ファックス番号を伝えた。厚生省としても、何らかの医学的対応を迫られているのに違いなかった。

午後になっても、教室員たちはニュースがあるたびにテレビに見入っている。それをよそ眼に、サリン対策マニュアルの原案作成に取りかかる。基本的な事項として、サリンの構造式と神経剤の薬理は必要だろう。そのうえで、全体的な予防対策を説明する。そして診断と治療が続き、できるなら最後に、治療のフローチャートを一頁にまとめると、応急処置には極めて役立つ。とはいえ論文と違って、要点だけに絞り込む難しさを感じた。

　午後三時過ぎ、産経新聞社から電話がかかってきた。現在、『サリン事件緊急全報告』として増刊号を企画中だという。ついては、何かサリンに関してコメントをいただきたいという内容だった。出足の速さに驚く。こういう特集は早い者勝ちに違いなかった。

　ちょうどマニュアル作成中だったので、ひととおりしゃべったあと、ひとつだけ強調したのは、サリンの無毒化だった。大量の水でもサリンは洗い流せる。しかしさらに効率がよいのはアルカリ水だった。「いわゆる、さらし粉ですよ」と記者に言うと、特ダネを得たような声で「さらし粉ですね」と念を押された。「そうですよ」と笑いながら答えて、受話器を置く。各新聞社はここ数日間、昼夜を問わず記者たちが各地を飛び回り、記事を書いているはずだった。

　実験のために居残る教室員に声をかけ、午後七時に医局を出た。牧田助教授と一緒で、地下鉄の売店で夕刊を買う。このところ夕刊には売れ残りが少なかった。二人で紙面を広げて、改めて、強制捜査の実態を知った。

　今日の早朝以前、日付の変わる前から、警察の動きはあったらしい。そして早朝、警察はついに重い腰を上げ、国内の教団施設への一斉強制捜査に踏み切っていた。名目は、あくまで目黒公証役場事務長の拉致事件関与の容疑だった。満を持しての決定だったと思われるものの、地下鉄にサリンが撒布される前に実施してしかるべきだった。遅きに失した感は、どうしても否めない。

　捜査対象となった三都県二十五ヵ所の教団施設に対して、動員されたのは二千五百名の警察官だった。本丸である上九一色村に踏み入った警官隊は迷彩服を着て、自衛隊から貸与された防毒マスクに身を固めていた。中には、毒ガス検知器代わりに、カナリアを入れた鳥籠を持った機動隊員もいた。

　教団の施設は、富士山麓に集中して存在し、宿舎や道場、工場と思われる建物がひしめき合っている。捜索の間、信者たちは入口を塞いだトラックやバスの屋根に乗り、捜索隊の動きをビデオカメラに収めた。別の信者の一団は、施設の外に出てぐったりと横たわった。中には座禅を組む信者もいた。

礼拝堂では、白い服を着た男女五十人が、衰弱した状態で発見され、数人が救急隊員によって運び出された。

それにしても教団の施設は巨大だった。上九一色村だけでも七ヵ所に散在し、土地面積は一万坪に達する。各施設は敷地単位で、第一上九、第二上九と呼ばれ、第七まである。主たる建物は〝サティアン〟の名が付けられて、第十二サティアンまである。サティアンとはサンスクリット語で〝真理〟の意味だという。サティアンの大半は工場や倉庫で、その他にも診療所から幼稚園、礼拝堂、住宅も揃っていた。

捜査員たちが驚かされたのは、何本もの太いパイプが外部に飛び出した工場のような建物だった。建物自体も四、五階建の高さに相当する。まさしく化学工場の様相を呈していた。

第二上九の第六サティアンは、教祖の居宅があるとされていた。三階は、一区画二畳に区切られた小部屋が百五十並んでいる。四方はステンレスの壁であり、床はコンクリートむき出しで、奥に教祖の肖像、側面にはマンダラが掛かっている。ここがイニシエーションを授ける場所で、絶えず教祖の肉声がテープで流されるという。ひととおり眼を通しただけで、教団の闇の深さが分かる。

強制捜査は翌二十三日も続行され、礼拝堂や倉庫からは化学物質がはいった何十種類もの袋やドラム缶が押収された。アセトニトリル、青酸ソーダ、フッ化ナトリウム、イソプロピルアルコール、三塩化リン、塩化アンモニウム、水酸化ナトリウム、メチルアルコール、アセトン、覚醒剤の原料のフェニルアセトニトリルなど、ほとんどが消防法で危険物に指定されているか、毒物及び劇物取締法で毒物ないし劇物に指定された物質だった。

その量も尋常ではなく、イソプロピルアルコールはドラム缶数十本、フッ化ナトリウムは数百袋にものぼった。三塩化リンの量は数十トンに達した。膨大な押収品のためにフォークリフトや大型トラックも用意された。加えて、ダイナマイトの原料となるグリセリンや麻酔剤のクロロホルムなども大量に発見された。

化学工場なみの建物には、三本のダクトが合流する設備、水酸化ナトリウムを使った空気清浄器も完備していた。水酸化ナトリウムは、化学兵器の中和剤として欠かせない物質だ。

信者たちの多くは満足な食事も与えられず、蛸部屋生活を強いられていた。拉致されたと訴えて捜査員に助けを求める女性や、捜索前日に何らかの薬物を注射されて、重体になっていた信者もいた。

解放された信者の中には、教団に嫌気がさしている者もいて、次々に事情聴取に応じた。いきなり点滴を打たれて意識朦朧となって、その後のことは覚えていない男子学生や、〝バルドーの悟りのイニシエーション〟を受けて、半睡状態になっている間、資産や夫婦関係のことを訊問された会社員もいる。ある自営業者は、身体が振動するというイニシエーションで、白ワインのような液体を飲まされ、躁とうつの間を行ったり来たりする気分を味わった。またある女子学生は、頭がスッキリするからとイニシエーションで点滴を十数本打たれ、爽快な気分になったという。

脱走を試みた信者は、施設に連れ戻されると、独房のようなシールドルームに入れられ、多種多様の薬の投与を受け、完全に薬漬けにされたらしい。

ここまで分かると、教団が毒物の他にも複数の幻覚剤や麻酔薬、向精神薬を使っているのは明白だった。これには専門的な知識が必要であり、事実、強制捜査によって三人の医師が逮捕された。逮捕に至らずに逃亡した教団の〝科学技術省〟に属する幹部信者も、多数同定された。集っていたのは、東京大学、京都大学、大阪大学、筑波大学、慶応大学を出た技術者たちだった。『フォーカス』は、その陣容を写真つきで紹介していた。各人には教団独特の長たらしい出家名がつけられていた。

〝科学技術省〟の大臣は、聖者マンジュシュリー・ミトラ正大師で、本名は村井秀夫三十六歳、大阪大学大学院理学研究科で宇宙物理学を専攻していた。

教団付属医院医院長で〝治療省〟のトップに位置するのが、ボーディサットヴァ・クリシュナナンダ師長で、本名は林郁夫四十八歳、慶応大学医学部卒だった。

同じく医師には本名中川智正三十二歳、ボーディサットヴァ・ヴァジラティッサ師長がいて、京都府立医科大学卒だ。

〝厚生省〟を統括しているのは、聖者ジーヴァカ正悟師の遠藤誠一三十四歳だった。京都大学医学部大学院にはいり、京大ウイルス研究所でエイズウイルスの研究をしていた経歴を持つ。

さらに化学部門の責任者として、本名と年齢がまだ不詳のボーディサットヴァ・クシティガルバ師長がいる。筑波大学大学院で有機物理化学を専攻していた。この人物は、教祖との対談の中で、神経ガスの開発手法について細かく説明していたという。

こうした理系幹部の経歴からして、教団が通常の宗教法人とは全く異質で、第一次大戦における化学部隊のような部門を擁していた事実が分かる。

この一斉捜索の名目は、あくまで、二月二十八日に起きた目黒公証役場事務長の拉致事件解明のためだ。しかし今のところ、事務長の身柄の確保はできていなかった。

重い腰を上げて警察が強制捜査に踏み切ったのには理由があった。事務長拉致の犯行に使われたレンタカーの車内と、借り出された際の書類から、教団幹部である松本剛二十九歳の指紋が採取されたからだ。加えて、レンタカーの車中からは、事務長のものと見られる血痕が発見されていた。

強制捜査では、教祖も見つからず、二十人はいると思われる幹部の大半は、既に姿をくらましていた。前述した〝化学部隊〟の面々の行方は、杳として知れなかった。

「これだけ怪しい施設だったのに、なぜもっと早く手入れができなかったのでしょうか」

隣に坐った牧田助教授が新聞を畳み、溜息まじりに言った。

「すべて連携のまずさですよ。警察庁の権限は弱い。警視庁が各県の警察を指揮する仕組はない。現行の警察法がそうなっているのです。早急に変えないとまた同じ失態が起きますよ。部分だけでなく、全体を見渡す力が必要なんです、何事も」

返事が妙に説教じみたのを恥じる。それでも助教授が頷くのを見て安心する。全体が細部から成り立っているのは自明の理だ。しかし全体が俯瞰できていないと、細部のつながりが分からず、細部を有機的に把握できない。

松本サリン事件が起きる前に、サリンの恐怖に気づき、論文を書いていたのは、若い頃から第一次世界大戦の毒ガス戦に興味を持っていたからだ。あの八十年前の戦争の悲劇を知っていたからこそ、毒ガスの存在を長い射程で見ることができたといえる。

私鉄に乗り換えるため、牧田助教授は天神駅で降りた。夕刊は全部、助教授に渡した。

帰宅して、風呂に浸りながら、改めて今日も長い一日だったと実感する。この感覚はこれからも当分続きそうだった。

翌日も、朝刊をしこたま買い込んで職場に向かう。構内の桜がいくらか咲き初めている。あちこちに古木が残り、満開の頃は、桜の下で各教室が花見の宴を張った。外科や内科の大きな教室では、紅白の幕を張って、その中で騒ぐ。さすがに病院内だから酒盛りはない。四、五年前、アルコールを持ち込んでいるのを、散歩していた患者さんが見とがめて投書したのだ。以来、自粛されている。

基礎系の小さな教室では、花の下にシートを敷き、買い込んだ弁当を食べる。難しいのは日取りで、三月下旬から四月上旬に設定はするものの、年によっては蕾(つぼみ)の下での宴や、花吹雪を浴びながらの会になる。

三月末に教授の退官を迎える教室では、どうしても早目に花見の会を設けなければならない。開花が大幅に遅れた昨年、花屋で買って来た何本もの桜の枝を、蕾しかない桜に結びつけているのを目撃して苦笑した。涙ぐましい幹事の努力だった。

この時期はまた、退官する教授の最終講義が連日開かれる。学生や教室員のみでなく、同門の先輩も駆けつけるので、院内の階段講堂は満席になる。

九大に赴任したのは三年前の四月一日だった。前任地である産業医科大学の神経内科の教授、および中毒学研究所の所長をしていたとき、医学部長や同期生から請われて、母校に戻ってきた。決して自ら望んだ就任ではなく、「母校を見捨てる気か」と半ば恫喝されて、決心したのだ。

退官は、ちょうど八年後の三月末だ。都合十一年間の教授職になる。その間にどれだけの仕事をできるか、せめて後悔を残すような日々を送りたくなかった。今はまさしくそれが問われている時期であるのは疑いがない。

医局で広げた朝刊にも、さまざまな言葉がちりばめられていた。「お布施で急成長、信徒一万人年収数十億円」「監禁・寄付トラブル続発、各地で告訴や提訴」「元信者の相談も急増」「サリン所持禁止、特別立法検討へ」「韓国・米などが毒ガス緊急対策」「マニュアルで勧誘指導」「死者10人被害5500人に」「第10サティアン大量の注射器」「日常的に薬物投与か」「オウム教、暗号で緊急連絡網」「礼拝堂、実態は雑居棟」「密閉状態！漂う異臭」「第7サティアン、巨大神像、まるで迷路」などの文字が眼にはいる。

付された地図を見ると、第一上九に第二、三、五のサティアンがあり、第二上九に第六サティアン、第三上九に第七サティアン、第四上九に第八、十二サティアン、第五上九に第九、十一サティアン、第六上九に第十サティアンが散在する。それらのサティアンの配置自体が迷路になっていた。強制捜査は、それらのサティアンに順次実施されていくのだろう。

礼拝堂の捜索中にも、信者六人が重体で救急搬送されたという。修行中に栄養失調に陥ったらしい。

識者の分析も掲載されていた。某作家は警察が捜索には当初から及び腰であり、マスコミも宗教団体だからといって理由のない自主規制をしていたのではないかと、痛烈に批判していた。

この強制捜査にあたって、警視庁では四千二百人分の防毒マスクを用意していた。一方で陸上自衛隊も、関東周辺の陸自化学科部隊六十人を、市ヶ谷駐屯地に待機させていた。加えて全国の化学科部隊二百二十人に対しても、待機命令を出していた。このうち、第一師団と、第十二師団の化学防護小隊四十八人は、突入する日の午前三時には既に、山梨の北富士駐屯地に移動していたという。

一方、教団側はここに至っても、濡れ衣であり、国家権力による前代未聞の宗教弾圧だとの声明を出していた。

「盗人猛々しい、とはこのことですね」

程なく出勤して来た牧田助教授も、紙面を覗き込んで言う。

「問題は、教祖ですよ。教祖がどう弁明するか、そのときこそ見せ場でしょう」

「案外、地下道か何か作っていて、どこかにトンズラしているのではないでしょうか」

助教授が口を尖らせた。

続々と教室員たちが出勤して来る。年度末のこの時期、みんな実験のデータ整理や論文作成準備に大忙しだった。加えて教授と助教授、講師の三人には、四月中旬から始まる新学期の授業の準備が待っていた。サリン事件にかまけてばかりはいられなかった。

しかしこの日も、電話やファックスがはいり、応対に追われた。電話インタヴューもあって、見解を求められた。そのなかで強調したのは、第一に毒ガス原料の規制の重要性だった。第二に、医療機関が防御対策を講じておく必要性を説いた。目下、九大医学部でも、マニュアルを作成中だとも言い添えた。

新聞社や放送局、雑誌社からの取材は、その後も毎日続き、どこにどういうコメントを出したか、記憶に留めるすべもなくなった。聞かれて言いっ放し状態になった。

その一方で、各地の医師会や医療機関から、論文のコピーをファックスしてくれという依頼も相次ぎ、これには教授秘書を専属で当たらせた。

強制捜査が進むにつれて明らかになったのは、教団内部のいわゆる化学班の特異な存在だった。これこそが他の宗教団体との根本的な違いであり、教団は意図的に優秀な研究者を大量に吸収していた。

一般に、化学を専攻している研究者は、将来の職場に不安と限界を感じている。能力があっても、それを発揮できる場は限られていた。教団はそこに眼をつけたのだ。閉塞感を感じている研究者にとって、サリン製造は実力を発揮できる大きな機会だった。通常の研究機関と違い、ふんだんに資金がある。大がかりな装置も夢ではない。未知のものに挑戦できる点で、研究者にとって楽園だったのだろう。もちろんそのとき、倫理観は偏狭な宗教思想に置き換えられている。

三月二十五日に、数日ぶりに警視庁捜査一課の真木警部からファックスがはいった。目下、証拠固めとして教団側が入手してきたサリン原料の購入先を調べているが、何か助言をいただけないかという内容だった。

原料購入先の追及も確かに重要だ。しかしサリンを生成していたとなれば、当然予防薬の臭化ピリドスチグミン、商品名メスチノンも大量に買い入れているはずだった。その旨を書いて、警部に返信した。

翌二十六日には、『週刊宝石』の電話取材を受け、サリン中毒の臨床をまとめた例の論文をファックスした。『週刊宝石』では四月中旬を目途に特集を組むらしかった。インタヴューの中で、オウム真理教に引き寄せられた生物・化学系の研究者たちの心理についても語った。

この時期になると、教団に対する強制捜査もかなり進捗していた。出家希望者には書類提出を求め、軍歴や格闘技経験の他に、生命保険の満期日、預貯金総額と所有する不動産までも書かせていた。そこには信者の財産狙いと、教団内で信者をどう使役するかの意図が働いていた。

教団内は階級制の〝国家〟が形成され、上位者の命令は絶対である。そして教祖が発する言葉は戒律であり、拒否すれば断食や独房修行、降格が待っていた。その行政機構は、神聖法皇(ほうこう)として教祖が最上位にいて、その下に十一歳の三女が官房長としてついている。その指揮下に、〝自治省〟、〝大蔵省〟、〝建設省〟、〝流通監視省〟、〝郵政省〟、〝文部省〟、〝治療省〟、〝車両省〟、〝科学技術省〟、〝防衛庁〟など、十指に余る組織がある。

第七サティアンでは、祭壇裏に大型の化学合成機が設置され、解毒剤のアトロピンとＰＡＭが見つかっていた。ここで化学合成がされていたと見て、新たに殺人予備容疑で、さらなる捜索が続けられている。まさしくそこの実験室は最新鋭の化学装置を持っていた。

第六サティアン周辺には、コンテナ地下室と、信者監禁用らしい三つの穴も発見された。また保護された信者は、人が埋められるのを見たと証言していた。そしてこの第六サティアンこそが教祖の自宅でもあり、区分けされた小部屋の一部は診察室になっていた。

地下鉄で撒かれたサリンは、二種の液剤を混入して生成する二液混合方式だったとも推測されていた。その理由は三つある。ひとつは、メチルホスホン酸ジイソプロピルの検出である。これはサリン合成時に出る副生成物だ。二つめは、不審物から白煙が出ていたことで、三塩化リンから作るメチルホスホン酸系化合物と、イソプロピルアルコールを混合する際、急激な反応によって前述のメチルホスホン酸ジイソプロピルが発生し白煙が上がる。そして三つめが、被害が出るまでの時間に、各現場で差異があることだった。例えば日比谷線では、男が不審物を置き去って五分後に異変が起きている。これに対して、丸ノ内線の一車両では、不審物が発見されてから四十分以上経って被害が発生していた。

運搬にも、このバイナリ・ウェポン（二成分型兵器）にしたほうが安全ではある。とはいえ早トチリはいけない。ここは鑑識の結果を待つしかなかった。

それにしても、わが国ではこれほどの研究ができる施設は、どの大学でも持ち合わせていない。資金面にしても、頭脳面にしてもだ。

三月二十八日の読売新聞は、オウム真理教の関連会社が東京都内の理化学機器メーカーの代理店から、巨額の器具類を購入していたことを報じていた。警視庁と山梨県警の合同捜査本部の調べによると、購入した信者は関西の国立大学医学部の卒業生だという。七、八年前、教団の関連会社「オウム」の技術開発部長を名乗るこの人物が、遺伝子工学に使われるフィルター付きの強制排気装置を購入した。その後も半年にわたって、試験管やビーカー、試薬瓶など、五百万円相当を買い入れていた。品物は、このメーカーの静岡県内の営業所を通じて、富士宮市の教団富士山総本部に運ばれた。

「オウム」による発注は二年ほど途絶え、再び五年前、基本的な理化学器具や液体濃縮用の器具、攪拌器（かくはん）などを大量に購入した。品物は上九一色村の教団施設に搬入された。購入総額は二億円から三億円だったという。

注文は地下鉄サリン事件以後はピタリと止み、代金一千万円が未払いになっていた。捜査本部は、この技術開発部長と称する男がサリン製造にかかわっていると見て、行方を追っていた。

なるほど、この人物さえ逮捕できれば、そしてこの男がすべてを白状すれば、教団とサリンの関係は、すべて明らかになるはずだ。上九一色村への強制捜査の直前、逃亡した幹部の中にこの男も含まれているはずだった。

読売新聞は、松本サリン事件が裁判官宿舎狙いの疑いが濃厚だとの見解も伝えていた。現場近くには松本測候所があり、一帯の風向きを十分間隔で測定していた。昨年六月二十七日の事件当日、午後十時半と十時四十分の風向は真西である。これが十時五十分と十一時には南西の風になり、十一時十分には南南東、十一時二十分には再び南西の風になっていた。

捜査本部発表のサリン発生推定時刻は十時四十五分であり、ちょうど西風が吹いていた。駐車場から真東にあるのが裁判官宿舎なので、犯人たちは西風をあてにしていたと思われる。しかし風向きが変わり、サリンガスは北側にそれて拡散していた。

とはいえ、信州大学医学部衛生学教室の発表データによると、最初に被害者が自覚症状を感じたのは午後八時から九時である。捜査本部の発表時刻よりは二時間も早い。その頃はおそらく西風だったのではないだろうか。西風であるのを見極めて、犯人たちはサリンを噴霧しはじめ、十時半頃から大量の放出をした。ところがすぐに風向きが変化して、当初の目論見ははずれたのだ。

捜査本部は昨日、都内の病院に入院している男を、地下鉄サリン事件の犯人のひとりと断定していた。日比谷線の前から三両目に乗ったこの男は、サリン発生源の新聞包みを放置し、小伝馬町駅で収容されて入院治療を受けていた。この電車では三人が死亡、小伝馬町で百十三人が病院に運ばれた。後続電車を含めて、この線では死者四人、負傷者五百二十人を出していた。

同日の毎日新聞は、捜査当局が、上九一色村の教団施設で、ボツリヌス菌を押収した旨を報道していた。化学兵器だけでなく、生物兵器までも作っていたのだと、改めて背筋が寒くなる。

ボツリヌス菌が出す毒素は、強毒から弱毒までさまざまだ。このうちの最強毒素A型は、わずか一グラムで千七百万人を殺害できる。

旧日本軍の七三一部隊も、一九三〇年代末に中国で人体実験をしていた。第二次世界大戦では、ドイツがボツリヌス菌毒素兵器を完成していた。米軍も同様で、ノルマンディー上陸作戦のとき、連合軍兵士百万人分のワクチンを製造していた。もちろんイラクも大量のボツリヌス菌毒素を保有し、後に二万リットルが発見された。

理想的なボツリヌス菌兵器開発に成功したのは、英国ポートンダウン研究所の生物兵器部門責任者だったポール・フィルデスである。彼が作製したボツリヌス菌毒素は手榴弾に仕込まれ、英国に亡命していた自由チェコ軍の兵士二人が持ち、英国テンプスフォード飛行場を離陸したハリファックス爆撃機によって運ばれたプラハ郊外で、落下傘降下する。丁度チェコを訪問中のヒトラーの後継者と目されていたハイドリッヒが乗るメルセデスのオープンカーに手榴弾が投げ込まれて爆発、ハイドリッヒは一週間後の一九四二年六月四日、敗血症で死亡する。ボツリヌス菌毒素によるものだと推測されている。

生物兵器の共同研究を熱望していた米国は、一九四三年五月、キャンプ・デトリックに生物兵器研究所を設立する。フィルデスの依頼で、そこにブラックマリアと呼ばれる建物を新設、ハーバード大の毒物学者アルウィン・パッペンハイマーらが集結する。最強のボツリヌス菌毒素が大量に生産され、一部は英国に譲渡された。

この毒素を散布した場合、風下五〇〇メートルにいる住民の一割を殺すか無力化することができる。初めは眼瞼が垂れ下がり、ものがかすんで見える霧視（むし）が起きる。そのあと噛む力が弱くなり、咀嚼（そしゃく）しにくくなる。さらに横隔膜と呼吸筋の麻痺が強くなって、最後は呼吸困難による窒息死である。

治療の基本は、何といっても迅速な人工呼吸器装着である。長期にわたって管理しなければならず、この長期間の無力化こそが、生物兵器として大きな利点だ。

もちろん食中毒も起こりうる。ボツリヌス菌は熱に弱く、十五分の煮沸で死滅し、毒素自体も三十分の煮沸で無毒化できる。前以ての消毒は、一〜二％の次亜塩素酸塩液で可能である。

一方、同日の朝日新聞によると、上九一色村の第二上九で、細菌培養に不可欠な培地に使用されるペプトンが大量に発見されていた。ペプトンはアミノ酸を主成分とする蛋白質（たんぱくしつ）の酵素分解物で、製品は粉末状である。教団はさらに三年前に、都内の化学分析装置メーカーからＤＮＡ合成機を購入していた。一セットを三百六十万円で買い、富士山総本部に配送させたという。

ペプトンとこの合成機があれば、バイオテクノロジーで遺伝子組み換え実験も実施できる。ましてや通常の生物兵器の製造は、よりやさしい。例えば、旧日本軍の七三一部隊が使ったペスト菌の大量培養も可能だ。このペスト菌にかかると、内出血のため身体全体が黒くなる。黒死病と呼ばれたのはそのためで、十四世紀ヨーロッパで大流行し、二千五百万人が死んだとされる。特に患者や死者と接する機会の多い聖職者が感染し、死亡率が高かった。

つい最近でも、インド西部で流行して一万人以上が感染し、五十人が死亡したと報じられたばかりだ。ペストの八割から九割はリンパ節が腫れる腺ペストで、菌血症から多臓器不全となって死亡する。残りが肺ペストで、高熱と全身倦怠感、さらに一日以内に血痰を伴う咳が出る。早急に治療しなければ、一〇〇％の致死率である。この咳による飛沫感染で、肺ペストは人から人へと感染していく。

治療は何といっても抗生物質の投与で、ストレプトマイシンやテトラサイクリン、ゲンタマイシン、クロラムフェニコールなどが有効である。

オウム真理教が、生物兵器としてボツリヌス菌以外にも手を伸ばしていたと仮定すれば、最も簡単なのは炭疽菌だ。これは旧ソ連の生物兵器工場からもれ出した炭疽菌芽胞によって、多数の犠牲者が出たことから、にわかに有名になった。一九七九年の出来事で、「生物学のチェルノブイリ」と称されている。

炭疽菌は、本来は牛や馬、羊、山羊などの草食動物が感染する。その感染動物との直接接触や、毛皮との接触、あるいはその食肉によって人獣共通感染が起きる。潜伏期間は一週間以内で、重症例では急性の呼吸不全をきたして死亡する。

炭疽菌は芽胞を作るので、非常に安定性に富んでいる。いったん人体にはいると強力な毒素を生成して、死に至らしめる。このため第二次世界大戦前夜までに、炭疽菌は「非の打ちどころのない病原体兵器」と目されていた。

これに目をつけたのが、七三一部隊の初代部隊長石井四郎軍医中将である。炭疽菌を榴散弾にまぶして、敵陣に撃ち込めば、弾丸がはじけて敵兵の皮膚に食い込む。その傷口から炭疽菌の芽胞が侵入して皮膚炭疽を発生させる。そのための実験で使用されたのが、マルタと呼ばれる捕虜だった。十人を円形に縛りつけて立たせ、中央で炭疽菌爆弾を破裂させる実験を繰り返した。被験者は間違いなく感染して、数週間以内に死亡したとされる。

イギリス軍も第二次世界大戦中、チャーチル首相の命令で大量の炭疽菌兵器を所有していた。爆撃実験場となったのは、スコットランドのグルイナード島で、その島は炭疽菌で汚染され、戦後も長い間立ち入り禁止となった。

治療はやはり早期の抗生物質投与である。肺炭疽の場合、未治療では八割方死亡する。問題は、診断の難しさにある。症状は全くインフルエンザと見分けがつかない。このため生物兵器ないしテロの手段として、今なお重要視されている。

「先生、教団内部には、化学者と生物学者がいますね」

手渡した新聞を読んでいた牧田助教授が言った。

「間違いなくそうです。優秀な連中だと思いますよ」

答えながら、空恐ろしくなる。まかり間違えば、化学兵器と生物兵器で、首都は大混乱に陥った可能性もある。これは単なる愉快犯どころの騒ぎではなく、国と対決する確信犯の仕業だった。教団すなわち教祖が、内に秘めた狂気の深さには、身震いする他なかった。

「教祖はどこに隠れているのでしょうね」

「さあ。問題は、科学系の幹部が生物兵器と化学兵器を持ち出していないかどうかです。もしそうだとすると、第二、第三の事件が起こります。敵も、自暴自棄(やと)になっているでしょうからね」

これは実感だった。例えば、七三一部隊でも研究していた野兎病菌は、実際に第二次世界大戦でソ連軍が使っていた。スターリングラードの攻防戦で、ソ連軍が野兎病菌を散布して、ドイツ軍に多大な打撃を与えたのだ。仮に野兎病菌のエアロゾル五〇キログラムを東京上空で散布すると、死者は五万人、感染者は五十万人を超えるに違いない。その十分の一の五キログラムでも、死者五千人、感染者五万人である。


翌三月二十九日水曜日が、前以て設定された教室の花見だった。大所帯の臨床科とは違って、衛生学教室は十人しかいない。そのため赴任した翌年から、隣の公衆衛生学教室に呼びかけて合同で実施することにしていた。特に今年は、公衆衛生学の上畑教授が年度末で退官だった。上畑教授は四年先輩であり、既に十年教授職にあった。まずはその労をねぎらう。

「お世話になったのは、こっちです」

上畑教授が応じた。「沢井先生が赴任されて、年に四回勉強会を開くようになったでっしょ。あれは本当に勉強になりますけん、どうか今後も続けて下さい」

それはむしろこちらが感謝しなければならない事柄だった。公衆衛生学が得意にしているのは、何といっても統計処理で、衛生学教室の不得意分野と言ってよかった。

「ところで沢井先生、忙しかでしょう」

上畑教授から訊かれる。「九大医学部で、サリン中毒のマニュアルを作成することは聞きました。私は残念ながら参加できませんが、どこにも負けない立派なものば作って下さい」

「はい、必ず」と答える。

「今度の事件、あの教団には、理科系の科学者が多数かんどるらしかですね」

「それは間違いないと思います」

「九大の出身者はおらんでしょうね」

「さあ」と首を捻るしかない。

「そげな卒業生を出すこと自体、その大学の教育がうまくいっとらん証拠ですよ」

上畑教授が強い口調で言う。「科学者が倫理観を失えば、もうおしまいです」

確かに正論だった。頷きながら、しかしと内心で思う。これが国家対国家の戦争となると、話は別になる。第一次世界大戦では、多くの化学者と物理学者が化学兵器の生産に駆り出された。その筆頭格がフリッツ・ハーバーだ。当時ドイツが最も必要としていたのは、肥料と弾薬の原料であるアンモニアだった。空中窒素固定法によって、アンモニアの合成に成功したのがハーバーである。その後、ハーバーはカイザー・ヴィルヘルム研究所で、塩素ガスやホスゲン、ジホスゲン、さらにはイペリット、別名マスタードガス生産の責任者になる。

ドイツの敗戦後、戦争犯罪人のひとりになるのは確実と、ハーバーはスイスに亡命する。一九一八年、そこにノーベル化学賞の受賞の報が届く。これに対して、米英からは激しい非難がスウェーデンの学士院に寄せられた。しかしスウェーデンは、ハーバーの業績は「ドイツのみならず全人類への貢献である」との見解を曲げなかった。一九一九年に行われた授賞式には、連合国側の受賞者たちは出席を拒否した。

式のあと、ハーバーはカイザー・ヴィルヘルム研究所に戻り、研究を再開する。ハーバーの許には日本を含めて世界各国から留学生が集まった。実業家の星一(はじめ)が中心になって、日本の財界も積極的な支援をする。星一はSF作家星新一の父である。親日家のハーバーは日本にも招かれ、各地で歓待された。

しかしヒトラーが政権を握ると、ユダヤ人であったハーバーは研究所から追放され、再びスイスに亡命、一九三四年心筋梗塞で急死する。ドイツのどの新聞もハーバーの訃報を報じなかった。にもかかわらず葬儀には多くの参列者が集った。ナチス・ドイツ政府が圧力をかけたにもかかわらずである。

翌年の一周忌に、ハーバーと同じ年にノーベル物理学賞を受賞したマックス・プランクが追悼会を開催しようとした。ナチス政権はドイツの大学の全構成員に対し、追悼会への参加を禁止する。しかし追悼会は決行され、ドイツ化学会の研究者や化学工業会の重鎮たちが参加し、会場は満席になった。

この追悼式で感動的な演説をしたのが、オットー・ハーンである。オットーはカイザー・ヴィルヘルム研究所で、ハーバーの最も優秀な部下だった。ジホスゲンとホスゲンの混合物を製造するとともに、ガスマスクの防御効果の実験もしていた。

大戦後の一九二一年にはウラニウムZを発見、一九三八年にはウランに中性子を当てると核分裂が起きる事実を発見する。この功績によって一九四四年、ノーベル化学賞を受賞する。

ドイツの敗戦でイギリスに抑留されていたとき、米軍による日本への原子爆弾投下を知り、大いに嘆く。ハーンも親日家だった。帰国後は、カイザー・ヴィルヘルム協会の後身であるマックス・プランク協会の会長を務めた。一九五七年、ハーンは十八人の科学者の連名で、いかなる種類の核兵器の開発にも参加しないというゲッティンゲン宣言を行う。そして原子力の平和利用のみを進め、一九六八年死去した。

科学的な知識は、このように両刃の剣であり、上畑教授が言うように必ず倫理観に照らし合わせるべきなのだ。

オウム真理教の科学者の場合、その倫理観が偏狭な宗教によって黒塗りされてしまったのだ。

「地下鉄サリンで亡くなった人たちは、もう永遠にこの桜を見られないんですね」

女性研究者が、頭上の桜を見上げながら言って、みんなが沈痛な表情で頷く。確かにそうだった。松本サリンの犠牲者や地下鉄サリンでの死者は、突然、人生を絶たれていた。どんなに無念だったことか。そしてその遺族も、涙を浮かべてこの桜の季節を迎えているに違いない。

「先生、この写真を見て下さい」

公衆衛生学の男性講師が、週刊誌を広げてさし出す。

写真には、オウム真理教の教祖がほくそ笑んだ顔が大写しになっていた。抱えているのは段ボール箱で、中に一万円札の束がぎっしり詰まっていた。

表紙を見ると、『フォーカス』の四月五日号だった。一九九〇年二月の撮影というから、教団の幹部らが一斉に総選挙に立候補したときだ。みかん箱に入れていた現金二億二千万円と残高八千万円の普通預金の通帳を、幹部のひとりが持ち逃げしたとして、教祖自身が警察に一一〇番していた。通報から四時間後に、別の幹部が荻窪署に顔を出し、勘違いだったと被害の訴えを取り消した。勘違いの証拠として教祖が見せたのが、その段ボールの中の現金だったのだ。

今から考えると、選挙中にマスメディアの耳目を集めるための自作自演だったと分かる。しかしこの写真の現金と、教祖の満足そうな顔こそが、オウム真理教の本質を表わしていると言えた。

「このお金で、あの馬鹿でかい研究棟を造り、研究に必要な機器や化学物質を集めたのですね」

牧田助教授が言う。「どの大学の研究室もあれだけの資金は集められません」

「うちの教室なんか、その百分の一か千分の一でっしょ」

上畑教授が応じる。それは衛生学教室も同様だった。

午後二時過ぎ、ささやかな花見の宴を終えて教室に戻ると、警視庁捜査一課の真木警部からファックスが届いていた。三月二十五日に静岡県警に送信されていたファックスが、そのまま転送され、「こういうものが届いていました、参考のために」という警部の言葉が添えられている。

発信者は九大の大学院生で名前は吉田一郎とあり、医学部大学院の身分証明書のアルファベットと番号が付記されていた。内容は、「こういう論文が既にあるので、それを是非参照されたし、ついてはその要約を記します」と書かれている。『福岡医学雑誌』と『臨牀と研究』に執筆した二論文の要点が見事にまとめられていた。

吉田一郎は匿名であるはずはなく、もちろん面識もない。身分証明書の番号からして、医学部大学院で生化学分野を専攻する院生だ。日頃から文献を読み、地下鉄サリン事件に接して、警察に一報しなければならないと思ったのに違いない。そのやさしい機転と、日頃の勉強ぶりが嬉しかった。送付先を静岡県警にしたのは、オウム真理教の総本部が静岡県富士宮市にあったからだろう。

じっくり目を通す暇のなかったこの日の新聞を、改めて点検し直す。西日本新聞は、上九一色村の教団施設で、信者たちが日頃から解毒剤を大量に飲まされていたことを報じていた。これによって、中核施設の第七サティアンで、信者たちがサリン製造に従事させられていたと推測されるという。

さらに富士宮市の教団総本部からは、現金七億円と一〇キログラムの金塊も押収されていた。こうした大金の源はもちろんお布施である。電極をつけたヘッドギアの貸出しが一週間百万円、修行法伝授のビデオテープは一本十万円である。さらに教祖が入浴したあとの水は、一リットル十万円で信者に売られていた。また教祖に何か質問する場合、三万円を支払わなければならないという。

これを読めば、まさに教団が集金マシーンだった事実が分かる。教祖がはいったあとの風呂の水を売るなどというのは、噴飯ものの狂気の沙汰であり、在家信者たちが有難く思って一リットル十万円で買っていたというのも、もはや洗脳状態に陥っていた証拠だろう。

こういう金まみれの教団の実態から、警察庁は国税局に対して税務調査を要請していた。これ自体も、遅きに失していることは否めない。もう少し早く、この側面から教団の闇に迫る手立てがあったのではなかったか。ここにも縦割り行政の弊害が出ていた。

これに呼応してか、モスクワのオスタンキノ地区裁判所は、市北部にある教団モスクワ支部を差し押さえ、施設を封印していた。むろん宗教活動の停止と、銀行口座を含む資産差し押さえの決定がなされていた。ロシアにおけるのと同様な差し押さえが、もっと早く日本でもできなかったのか、すべては後の祭だった。

読売新聞は、地下鉄サリンの犯人と思われていた入院患者の身許が判明し、犯行とは無関係な被害者であったことを報じていた。さらに滋賀県の彦根市で教団の車を運転していた男を逮捕し、車内から化学プラントと見られる設計図や光ディスクが発見されたとの報もあった。

朝日新聞は、富士宮市の教団施設で、住民登録しながら学校に通っていない児童と生徒が二十六人いる事実を伝えていた。調査したのは文部省であり、これは学校教育法に違反するという。

同様の未就学の子供は上九一色村にも多数いると思われ、実態の把握について警察庁に協力を要請していた。

この文部省の動きも、今から思えば遅過ぎ、もっと早く手を打つべきだった。国税局も文部省も、そして警察も、宗教法人という水戸黄門の印籠を前にして、怖気づいていたとしか思えない。

一方、何面にもわたって新事実を報じているのは日刊スポーツだった。元タレントの女性信者が、南青山の東京本部で取材に応じていた。この信者は先述したように九歳の男児を取り戻したあと、上九一色村にいた。強制捜査後、教団の広告塔として三つのワイドショーに出演したという。〝教団はむしろ被害者で、ハルマゲドンを唱える尊師の存在が邪魔だと思う集団の仕業だ〟と、まだ世迷いごとを言っている。広告塔でありながら身分はまだ〝サマナ（沙門）〟であり、ホーリーネームもない。修行のため教祖の髪を細かく刻んだものを、湯の中に入れて飲んだという。教団からは月八千円の小遣いを貰うものの、使う場所がないと答えていた。

テレビ朝日のワイドショーには、元タレントとともにその子供も一緒に出演していた。施設内で算数と国語を習っていたらしい。その教師は、二十二日の強制捜査で逮捕された四人のうちのひとりだった。

他方で日刊スポーツは、強制捜査の三日前、つまり地下鉄サリン事件の前日の三月十九日の未明、教祖一家が杉並区のラーメン店に来ていた事実を報じていた。ここは阿佐谷にあるオウム真理教が経営するラーメン店で、乗りつけた車はロールスロイスやベンツなど数台の高級車だ。リムジンからは教祖、黒いベンツからは教祖の妻子らしい親子連れが出て来た。このときラーメン店の窓は、すべて内側から布が張られ、外には見張りや運転手を含めて二十人近くがいた。一行は一時間半後の午前四時半に店を出て、立ち去った。教祖がいつも坐る白い椅子も、別のバンに積み込まれた。地下鉄にサリンを撒く前の〝最後の晩餐（ばんさん）〟だったのかと記者は推測する。

同紙はまた囲み記事で、米国のワシントン・ポスト紙やCNNテレビなどが、警察の対応遅れを批判している旨も報じていた。警察側の失策として、米国のマスメディアは、松本サリン事件と上九一色村の悪臭騒ぎに対する危機感の薄さをあげていた。確かにFBIやCIAなどの捜査機関を持つ米国から見れば、日本の警察は余りに脳天気過ぎるのに違いなかった。

この二十九日は、明日からの学会出張に備えて、後事は牧田助教授に託し、午後六時に教室を出た。地下鉄の売店で夕刊数紙を買うのは忘れなかった。入浴して夕食を食べながら夕刊を広げる。警察の捜査の進捗を知るには、テレビよりも新聞のほうが断然情報量が多かった。

毎日新聞の夕刊は、教団の〝科学技術省〟に属する十数人を殺人予備罪で立件する方針を固めていることを伝えていた。

朝日新聞の夕刊によると、教団施設でこれまで押収した化学物質や医薬品は以下の二十五種だった。三塩化リン、イソプロピルアルコール、フッ化ナトリウム、ヨウ化カリウム、メチルアルコール、硫酸、アセトニトリル、グリセリン、硝酸、シアン化ナトリウム、塩化アルミニウム、アセトン、エチルアルコール、エーテル、クロロホルム、硝酸塩、硫黄、塩化アンモニウム、次亜塩素酸ソーダ、苛性ソーダ、フッ化水素、塩化マグネシウム、フェニルアセトリン、そして解毒剤のアトロピンとPAMである。

このうち三塩化リンとイソプロピルアルコール、フッ化ナトリウムは、サリン製造に欠かせない原料だ。これにヨウ化カリウムとメチルアルコールで合成した物質があれば、サリンを作ることができる。

甲府市内の倉庫からは、大量のグリセリンが見つかっていた。グリセリンに硝酸と硫酸を加えれば、ダイナマイト製造も可能だ。加えて先述のように有機物質のペプトンも発見されており、これが細菌兵器を作る際の培地用であるのは間違いない。この教団にとって、他の宗教団体の貴重な幾多の経典に相当するものが、これらの化学薬品だったのだ。

同紙は、上九一色村にある六つの敷地に散在する、十のサティアンの役目にも言及していた。まず第一上九に印刷工場があり、第三上九の第七サティアンに化学工場、第四上九にパソコン工場、第五上九に機械整備工場がある。

またこの時点で捜査本部は、化学合成の装置が大小二つあることを突きとめていた。大きいほうは第七サティアンの祭壇裏にある大型化学プラントで、これは稼動前であったと推測された。小規模装置のほうは、第七サティアン脇にあるプレハブ小屋で、相当以前から使用されていたと思われる合成器や蒸留機があった。

一方で教団は、液体窒素プラント導入も計画していた。三月十日頃、教団の関連会社員と名乗る男が、都内の複数の化学会社に、購入を申し込み、いずれの会社からも不審がられて拒絶されていた。液体窒素プラントは、空気を圧縮して酸素や不純物を除去し、そのあと冷却して液体窒素を生成する設備だ。高さ二〇メートル、直径三メートルの製造装置と、高さ一〇メートル、直径四メートルの貯蔵装置から成り、総額は五億円に上るという。

液体窒素は気化させて半導体の製造や、金属の熱処理に使われる。零下一九六度以下の超低温の液体の状態では、物質を冷凍もできる。教団の科学技術省は、サリンなどの毒物を冷凍処理して運搬しようとしていたとも考えられる。

また同紙は、ニューヨーク、ボン、スリランカ、モスクワに教団の海外支部があることも報じていた。このうち信徒数が〝三万人〟と多いのはモスクワであり、ロシアの中枢部と密接な関係を有していた。その筆頭が、エリツィン大統領の側近で、第一副首相兼経済相を務めていた安全保障会議書記のロボフ氏と、元最高会議議長ハズブラートフ氏である。

ロボフ氏は一九九二年の来日前、東京のロシア大使館に、教祖との会談の日取りを決めるよう命じていた。ハズブラートフ氏は一九九二年三月に、モスクワで教祖と会談していた。その際、教祖は使い捨ての注射器百万本の寄付と、病院への無償援助を申し出たという。

また信徒の中にはロシア軍化学部隊の隊員もいるらしく、ロシア製の毒ガス検知器を教団が入手したのは、このルートとも目されている。

読売新聞夕刊の記事は、ひときわ衝撃的だった。複数の元信者が、死亡した信者の遺体が焼却され、富士山麓に散骨されたと証言していた。しかし当の上九一色村では、信者の死亡届を受理したり、埋葬許可を出したりはしていなかった。

また別の元信者の証言によると、富士宮市の富士山総本部で昨年の七月、幹部信者が五〇度の熱湯の中に七分間入れられたという。これも一種の修行だったらしい。しかし全身やけどを負い、教団関連の病院に搬送されたまま、消息不明になっている。

その他にも、栄養失調で死んだ女性信者もいるという証言が複数ある。教団では信者が出家する際、〝葬儀を教祖が行うことに異議がない〟旨の承諾書に署名させていた。

教団の治療施設である診療所は、上九一色村の第六サティアンにあり、保健所から許可を取ったのは今月の十日だった。医療行為はそれ以前から行われていたはずで、教団は医療法違反などでの摘発を恐れ、急遽手続きをしたのだ。

上九一色村を管轄する吉田保健所によると、以前から医療行為をしているという情報を得て、昨年十二月に教団に事情を聞いていた。しかし教団が医療行為をしていても、保健所に強制的に調査する権限がないため、診療所の開設手続きを取るように指導するだけに終わっていた。

その一方で警視庁大崎署捜査本部は、教団施設内で大量の向精神薬の他、覚醒剤の原料や注射針なども押収していた。教団は修行目的で、向精神薬や覚醒剤の投与を日常的にしていたと思われた。

こうした一連の広範囲にわたる違法行為を前に、公安調査庁は破壊活動防止法の適用を検討していた。これに対し、思想史専攻の大学教授は、「宗教に破防法などとんでもない」と反対し、某作家は「国民を守るためには破防法を適用すべきだ」と主張していた。

「こんな変テコな宗教にのめり込む人たちがいるのが不思議です」

妻が言う。妻もテレビや新聞で大よその内容は知っているのだ。「ちゃんと大学で勉強をした若い人が、信者にはいっぱいいるのでしょう」

確かに妻の言い分は、大方の見方を代表していた。しかしどうしてなのか、確かな理由は見つからず、「どうしてだろうね」と答えるしかなかった。

出張の旅装を整えながらも、この疑問は頭の中で尾を引いた。幹部の中には法律を学んだ弁護士もいる。れっきとした医師もいる。化学や生物学専攻で大学院で学んだ者もいる。頭脳明晰なのは間違いない——。

眠ろうとして床に就いたとき、「宗教が倫理観を黒塗りにする」という命題に再び行きつく。第一次世界大戦で、フリッツ・ハーバーのような科学者たちが、専門知識を生かして毒ガスを製造したとき、彼らの頭を占めていたのは「国家」だろう。お国のため、母国の勝利のための毒ガス製造だったはずだ。そのとき、人を大量に殺生していいのかという倫理観は、もうどこかに吹き飛んでいたはずだ。殺すか殺されるかの戦争だから、自国民を守るため敵を殲滅するのは仕方がない——。このとき、倫理観は超法規的な概念によって無力化される。ノーベル賞の選考委員たちがハーバーを受賞者に選んだのも、そこを勘案したからに他ならない。

この〝国家〟が〝宗教〟と入れ替わったとき、同様なことが言えるだろうか。

いやそうではない。宗教が倫理観を手放したとき、それはもう宗教とはいえないだろう。

では逆に、国家は倫理観とは無縁であってもいいのか。いや、倫理観のない国があれば、それは危険な国家だ。そして国家は大なり小なり、倫理に反することもしている。反倫理的な国家行為が許されるのが戦争といえるだろう。

それでは、ある宗教が他の宗教を敵と見立てた場合、戦争と同様な状況になり、そこでは完全に倫理観は失われる。現在も過去も、その例は枚挙にいとまがない。

こう考えると、オウム真理教は何を敵と考えていたのか。無数に存在する他の宗教ではない。ならば、オウム真理教がこの日本国を敵だと考えていたと仮定するならどうだろう。国から自分たちが弾圧されていたという前提に立てば、これは戦争と見なせる。戦時下なら、倫理観は黒塗りされて当然だ。

おそらく教団内には、そうした雰囲気と危機感が醸成されていたのに違いない。そうした〝空気〟の発信元は、教祖をおいて他にはない。

その教祖の頭の中はどうなっているのか。狂気に蝕まれているのだろうか。

新たな疑問にかられたとき、ようやく睡魔に襲われた。


翌三月三十日木曜は、八時半に家を出て地下鉄に乗り、博多駅で降りる。新幹線の改札口を入って、待合室でくつろぐ。缶コーヒーを飲みながらテレビを見ていると、信じ難いニュースが報道されていた。

警察庁長官が、自宅マンション近くで狙撃され、瀕死の重傷を負って救急搬送されていた。

オウム真理教の捜査が続けられるなかで、それを束ねる警察のトップが撃たれるとは、信じられない。警察庁長官となれば、国の要人だ。特にこの時期、警察の中枢としてその重要性は大臣以上だろう。身辺の警護は一体どうなっていたのか。

ともかくこれは、警察に対する真っ向勝負だった。戦国時代であれば、真田幸村が敵将の徳川家康そのひとを討ち取ろうとしたのと同じ戦法だ。また第二次世界大戦で、米軍が日本海軍の大将である山本五十六の搭乗機を、ソロモン諸島で撃墜させたのと同じやり方でもある。他方これはまた、警察の捜査を攪乱(かくらん)する戦術、あるいは陽動作戦とも言えた。

犯人は誰なのか。それはもうオウム真理教をおいて他に考えられない。接近してからではなく、かなりの距離から狙っての逃走だから、絶対に正体を見破られたくない者の仕業だ。

そしてもうひとつ、この狙撃手は絶対に素人ではない。プロの狙撃手か、よほどの訓練を受けた者だろう。そういう人物を教団が雇い入れたのか、そういう人間が教団幹部の中にいたのか、これは分からない。

朝刊を何紙も買って新幹線に乗り込む。指定席でゆっくり新聞を広げた。さすがに朝刊では、狙撃事件については触れていなかった。

西日本新聞は、昨年から教団信者の脱走が相次いでいたことを報じていた。昨年だけでも五十人、今年にはいっても十人くらいいるらしい。ある大学生は、大量の薬物を投与されて恐くなったと証言している。しかし脱出しても、他の信者が実家近くで待ち伏せしていて、連れ戻される例も多いらしい。血のついた作業服で抜け出し、住民に保護された若い男性もそうで、連れ戻されて暴行を受けた挙句、独房に閉じ込められたという。また昨年夏、住民宅に駆け込んだ看護婦の女性は、いったん実家に戻ったところを連れ戻され、それ以来施設から出て来た様子はないらしい。

読売新聞は大見出しで、教団の「化学班」が特定された旨を伝えていた。警察当局は、教団の研究部門である〝科学技術省〟のメンバーの名簿を押収し、化学班やその周辺人物のリストアップを終えていた。

この中には、サリンの原材料や製造機器を調達した関連会社の役員らも含まれる。メンバーの出身大学関係者にも、事情を聞いているという。

他方、朝日新聞のほうは、松本サリン事件があった昨年六月以降、教団が解毒剤を大量に購入していた事実を報じていた。例のＰＡＭを半年で六百本も売っていたのは、都内の大手医薬品卸売会社だった。この会社は一九九〇年頃から教団の付属医院と取引を始め、月々三十万円程度の範囲で、栄養剤などの一般的な薬品を売っていたという。

ところが昨年六月になって突然、購入薬品が様変わりする。まず六月にＰＡＭ五十ケース、アンプル数にして二百五十、七月に五十ケース、十月と十一月に八ケースずつ、十二月に四ケースと注文は続き、合計六百アンプルに達した。

これだけでなく、昨年十月と今年二月の二回、アトモラン七千二百錠ずつの注文があり、タチオンも昨年十一月に百五十アンプル、今年二月に六千錠を販売していた。

ＰＡＭがサリンの緊急解毒薬であるのに対して、アトモランとタチオンは肝機能の回復薬である。ＰＡＭと併用すると解毒効果が高まる可能性がある。

これを読むと、教団の医師たちがサリン中毒の治療を十二分に心得ていたことが分かる。教団の化学班の連中がサリン製造に狂奔（きょうほん）する一方で、医療班の連中は万が一の事故に備えて、治療体制を整えていたのだ。何たる悪魔の科学だろうか。

第七サティアンにある化学プラントは、昨年四月頃着工され、五月に完成していた。付属医院がＰＡＭの購入を開始したのは、その直後の六月だから、いかに用意周到のサリン製造だったかが推測できる。

毎日新聞は、地下鉄サリン事件の攻撃目標が霞ケ関駅であると、警視庁捜査本部が突きとめたことを報じていた。というのも、事件が発生した五電車の霞ケ関到着時刻が、午前八時九分から十三分の四分間に集中しているからだ。五人以上と思われる犯人たちは、霞ケ関駅での同時多発を狙って、別々の駅から行動を開始したと思われる。

日本の中枢機関が集中する霞ケ関が攻撃目標にされたのなら、もうこれは警察庁長官狙撃と軌を一にする犯行動機だ。つまり教団の戦争相手は国家だったと言える。

国家転覆とはいかないまでも、ここまで国に対してテロ行為を挑むのは、正気の沙汰とは思えない。何がしかの狂気に染まらなければ踏み出せない行為だ。

別の紙面には、オウム真理教の階級が図示されて分かりやすかった。教祖が〝尊師〟であり、その下に〝正大師〟、〝正悟師〟、〝供養値魂師〟、〝正師〟、〝化身成就師〟、〝師〟、〝師補〟、〝サマナチオ〟、〝サマナ〟、〝サマナ見習〟、〝準サマナ〟、一般信徒と十三階級がある。〝正大師〟は五人、〝正悟師〟が十人ほどで、この十五人くらいが最高幹部と言える。

最近では一部を簡略化して、〝師長〟、〝師長補〟、〝愛師〟、〝菩師〟などとも称されるらしい。すべて教祖が階級を認定し、師以上になると、ホーリーネームが授けられる。

信者の複雑な階級は、身につけるバッジの〝プルシャ〟と、帯の色などで、ひと目で区別できるという。移動の際、最高幹部クラスには運転手つきの専用車が用意される。一般信徒は、一時間に二本、巡回するマイクロバスやワゴン車で施設間を移動する。

階級付けと処遇の差は、権威を保つための見事なやり方であり、宗教とは名ばかりの疑似軍隊組織だった。

車窓外に眼をやる。関門トンネルはとっくの昔に通過していた。山口県はトンネルが多く、外の景色が見えたかと思うと暗闇に閉ざされ、落ち着かない。広島県でも大して変わらず、瀬戸内海の島々をじっくり眺めたい気分は裏切られる。

窓の外に眼をやるのを諦めて、今度は日刊スポーツを広げる。スポーツ紙とはいえ、今回の一連の事件に関しては、一般紙より詳細な記事を載せているので、一目置いていた。

そこには、教祖がチベット仏教のダライ・ラマ十四世と会見している写真が掲げられていた。ダライ・ラマ十四世はノーベル平和賞受賞者で、チベット独立運動の精神的指導者でもある。二人が初めて会ったのは一九八七年であり、以来数回会見を求めていて、〝交遊〟は八年に及ぶという。自らの権威づけのために、ダライ・ラマ十四世の接見は、何としても必要だったのだ。〝ダライ・ラマ法王は尊師のよき理解者である〟と銘打って、教団の広報誌「聖者誕生」に写真が掲載された。

今回の事件を知ったダライ・ラマ十四世は、「非常に悲しい出来事だ。麻原は隠れていないで表に出るべきだ」と、教祖を非難していた。

別の紙面で日刊スポーツは、教祖の後継者は、十一歳の三女である旨を伝えていた。三女は教団№2の〝法皇官房長〟の地位にあるという。もちろん〝正大師〟であり、アーチャリーのホーリーネームを持つ。その他の〝正大師〟は、教祖の妻のマハー・マーヤ、上祐史浩外報部長がマイトレーヤ、教祖の一番弟子である石井久子がマハー・ケイマ、〝科学技術省大臣〟がマンジュシュリー・ミトラである。

その下の〝正悟師〟には、アパーヤージャハの青山吉伸弁護士らがいる。

教祖は四人の娘を持ち、長女のスワミ・ドゥルガーが十六歳、次女のスワミ・カーリーが十三歳、四女は五歳だという。

またこの時期、教団はパソコン通信を通して、家宅捜索の現場リポートや批判メッセージを発信していた。教団はパソコンショップを経営しており、パソコンネットワークも開設していた。秋葉原のビルの六階にあるパソコンショップ「M」が中心で、大阪や名古屋、京都、札幌にもチェーン店を持っていた。

この他、恵比寿にはフィットネスクラブ「S」があり、都内四ヵ所にラーメン店の「U亭」、お好み焼き「A」を経営している。もちろん従業員のほとんどが信者で、利益は教団の活動資金になっていた。

日刊スポーツはまた、教団の技術者の詳細にも触れていた。小さな文字ではあるものの、見逃しはできなかった。教団の〝科学技術省〟は、大学の理科系学部出身者で構成され、総勢二百五十人だというメンバーたちは、三月中旬に大型バスに分乗して、上九一色村の施設から脱出していた。

また同紙は、教団のエリート集団のうち、高い地位にある人物たちをひとりひとり紹介している。これはありがたかった。ボーディサットヴァ・ヴァジラパーニ師長は、東大理学部物理学科卒で、素粒子理論を専攻していた。オウム真理教付属医院の薬剤師は、愛欲天メッターベーサッジャパンディタ師というホーリーネームを持ち、第一薬科大薬学部を卒業している。

教団の建築部門のトップを務めているのは、大阪府立大大学院緑地工学コースの修士課程を修了した人物であり、大手建設会社技術部に勤務した経験を持つ聖者ティローパ正悟師である。

多言語に精通し、ノストラダムスの予言詩の翻訳と研究にあたっているボーディサットヴァ・ヴィマラ師は、京都大理学部入学とある。まだ在学中なのだろうか。

その他にも、信州大理学部地質学科を卒業して大学院博士課程に進み、宇宙測地学を専攻した者や、明大卒で運命学を研究し、情報収集と分析にあたっている者、桐蔭学園横浜大学工学部制御システム工学科入学のコンピューター言語に精通するプログラマーもいた。

こうやって見ると、こうした理系の研究者たちは、教祖に〝魅了〟されて入信した側面もあろうが、実際はヘッドハンティングだったのかもしれなかった。

信者の経歴を眺めて、教祖が特に眼をつけ、教団内の地位を特段の措置で登らせていったとも思われる。それは〝宗教的修行〟というよりも、教団に何か貢献すれば、ひとつ階級を上げてやるといったやり方だったはずだ。

文系の研究者がそうであるように、理系の研究者たちも、進まねばならない先が長い。頂点にのぼりつめるのには、十年二十年、三十年とかかる。

ところが教団の中では、教祖のいいなりになっている限り、文字どおりトントン拍子に出世する。しかもふんだんに資金があるので、専門分野でやりたいことがあれば、教祖の目論見の範囲内で、何でも思いどおりにやれる。となれば、彼らにとって、教団は別天地であったはずだ。倫理観などはその過程でどんどん薄くなっていく。教団の〝敵〟のためには力を惜しまなくなる。

そうした強力な流れが固定してしまえば、途中で抜け出すのはもはや不可能だ。教祖は抜け出そうとする人物を、配下の別働隊である〝武闘派〟を使っていつ何どきでも抹消できる。こうなると、教祖が定めた道を邁進(まいしん)するしかない。科学者の悲劇だ。

第二次世界大戦中、中国大陸で人体実験を繰り返した七三一石井部隊も、似たような状況下にあったのかもしれなかった。教祖の代わりに君臨したのは〝国家〟としての旧日本軍だった。

当時の七三一部隊の大規模な陣容は、オウム真理教の比ではなかった。医学系のエリートたちがこぞってヘッドハンティングされていたのだ。

オウム真理教の〝化学班〟の連中は、遅かれ早かれ捕縛され、断罪されるだろう。それは間違いない。

しかし七三一部隊はそうではなかった。反対に、敗戦後も華々しい経歴で生き延びた。それを思うと、日本は果たしてこれでよかったのかと、疑念にかられると同時に戦慄を禁じ得ない。

まずＧＨＱの細菌戦調査官マレー・サンダース中佐の通訳を買って出たのが、石井四郎が初期の頃、片腕にしていた内藤良一だった。内藤は京都帝大時代から陸軍依託学生で、昭和六年に卒業すると大学院に進み、衛生学・微生物学の木村廉(れん)教授に師事、昭和十一年には陸軍軍医学校教官になる。翌年から欧米に駐在し、主としてペンシルベニア大学で乾燥血漿の研究に従事する。昭和十八年には七三一部隊の軍医中佐になり、敗戦時は新潟にいた。英語が得意なのもその経歴からであり、サンダース中佐にとっても得難い人材だったのだ。

大連にあって七三一部隊のワクチンの製造部門を統轄していた安東洪次博士は、東京帝大医科大学出身で、戦後は東大の伝染病研究所の教授になっている。

七三一部隊の病理学者だった石川太刀雄丸博士は京都帝大医学部卒で、戦後何百という人体標本を持ち帰り、金沢大学の教授になり、後には同大がん研究所長になる。

石井四郎とともに、若い医学者たちの七三一部隊へのヘッドハンティングのリスト作りをしていた木村廉博士は、京都帝大医科大学出身で、戦中から京都帝大の医学部長を務め、後に名古屋市立大の学長となり、日本学士院賞を受賞した。

七三一部隊の薬理研究班を率いていた草味正夫博士は、戦後、昭和薬科大学の教授になった。

七三一部隊の南京支部にいて、腸チフス菌やパラチフス菌で、食物や飲水を汚染させる研究をしていた小川透博士は、戦後も名古屋市立大で研究を続けた。

七三一部隊の病理班のトップとして生体解剖を実行した岡本耕造博士は、京都帝大医学部卒で、戦後は京都大学の病理学教授になり、医学部長も務め、近畿大学の医学部長をしたあと、日本学士院賞を受けて、学士院会員になった。二年前に死去した際、故人の過去は一切封印されていたのを覚えている。

人体の内部で細菌を培養して、細菌の毒性を増加させる実験をし、さらに大粒の榴散弾の細菌爆弾の実験もした田部井和（かなう）博士は、戦後に京都大学の細菌学教授になる。

東京帝大で七三一部隊のためのヘッドハンティングのリスト作りを担当した田宮猛雄博士は無論、東京帝大卒で伝染病研究所の教授を務めており、医学部長になり、日本医師会会長に就任する。その後、初代の国立がんセンター総長になった。

　七三一部隊でノミの大量生産を担当した田中英雄博士は、戦後大阪市立大医学部長になった。

　七三一部隊関連の満鉄衛生技術廠細菌第一部長だった山田秀一博士は、戦後熊本大学医学部の教授になる。

　七三一部隊で凍傷実験を指揮して、多数の被験者を凍死させた吉村寿人（ひさと）博士は、京都帝大医学部卒で、戦後は京都府立医大の生理学教授になり学長まで務めた。その後、兵庫医科大、神戸女子大教授を歴任し、冷凍食品業界や水産業界の協会の顧問を務めた。

　東京帝大の伝染病研究所の第四部部長で、人体実験のために南京の防疫給水部を訪問していた小島三郎教授も、戦後は国立予防衛生研究所の所長になる。

　以上は氷山の一角であり、七三一部隊に関係した医師や科学者たちは、戦後は何ら汚点を追及されずに、そのまま戦前の経歴にふさわしい地位に復帰し、それぞれの分野の頂点で名を成した。

　また、関東軍司令部と七三一部隊をつなぐ重要な役割を果たした明治天皇の孫にあたる竹田宮恒徳（つねよし）王は、さすがに戦後、皇籍離脱する。竹田宮は、戦時中は宮田という変名を使っていたといい、敗戦直後は千葉県で牧場を経営していた。

　敗戦から六年後の一九五一年、日本政府は大佐以下の旧日本軍将校の、公職からの追放を解除する。竹田恒徳もこれに準じて日本体育協会の専務理事になる。一九六二年には、日本オリンピック委員会の委員長に就任する。

　山西省にあった七三一部隊の分遣隊の主計中尉だった鈴木俊一は、後に東京都知事になる。

　石井四郎のあと、七三一部隊の二代目部隊長を務めた北野政次（まさじ）軍医中将は、東京帝大医学部卒である。戦後、日本ブラッド・バンクの設立に関与し、先述した内藤良一がこれをミドリ十字という会社に脱皮させ、七三一部隊の元隊員を多数雇い入れる。内藤は人工血液についての先駆的な研究をし、その後、ミドリ十字の社長、さらに会長になる。

七三一部隊の活動に象徴されるような倫理観の黒塗りは、戦時中、旧日本軍と一部の軍医、そして一部の医師たちにも、雰囲気として伝わっていたのではないか。

母校の九州帝大医学部で起こった米軍捕虜の生体解剖事件も、そうした黒い雰囲気の下で行われたとしか思えない。

米軍の爆撃機B29が撃墜されて、うち九名が生存のまま旧日本軍の西部軍に捕えられたのが発端だった。機長をのぞく八人は西部軍の収容所に移され、九大医学部解剖学教室に運ばれて生体解剖の犠牲になった。敗戦のわずか三ヵ月前の一九四五年五月である。

第一外科の石山福二郎教授以下、助教授や講師、助手たちによって実施された生体解剖の目的は、第一に肺摘出による肺虚脱の実験、第二に、海水による人工血液代用がどのくらい可能か、第三に心臓摘出に生体はどのくらい耐え得るか、などであった。

敗戦後、GHQによる戦争犯罪の追及が始まる。石山教授は福岡刑務所で尋問され、独房の中で縊死する。部下たちの釈放を嘆願する遺書が残されていた。

長い裁判の後、判決が下ったのは敗戦から三年後の一九四八年八月だった。助教授二人と講師ひとりは絞首刑、もうひとりの講師と助手は終身刑、その他の医局員や研究生たちも重労働二十五年か十五年、看護婦長までが重労働五年を宣告された。解剖室の使用を許した解剖学第二講座の教授以下までも、重労働二十五年から三年を申し渡された。

その後、朝鮮戦争が勃発し、判決から二年後にマッカーサー元帥が絞首刑者の再審減刑を行った。その他の者も、講和条約によって恩赦での減刑を受けた。

いくら減刑処置がとられたとはいえ、七三一部隊の医師たちに対する措置とは大違いである。それはひとえにGHQの思惑にあった。それを後押ししたのは、本国の細菌戦専門家や化学戦部隊の中枢部だった。特に細菌戦を担当するキャンプ・デトリックの専門家と、化学戦部隊の将校が来日して、七三一部隊の幹部を直接尋問したとき、流れは決定的に変わった。

それまで知らぬ存ぜぬと言って、ノラリクラリと尋問をはぐらかしていた幹部側から、免責と引き換えでなら、極秘情報を明示できるという条件が提示されたのだ。

報告を受けたマッカーサーは、ワシントンに打電して返事を待つ。ホワイトハウス側でも議論が沸騰する。

都下の自宅にいる石井四郎にも、尋問の手は伸びた。そこで石井は、「自分には細菌戦に関する二十年に及ぶ実績がある。従って細菌戦の専門家として貴国に雇われたい」と述べた。さらに、現時点で最強の生物兵器は何かと訊かれて、炭疽菌であると答えた。その理由は、大量生産ができ、耐久性があり、毒性が持続し、致死率も八割から九割だからだと述べた。伝染病を起こす菌としてはペスト菌が最も有効であり、昆虫に媒介させるのであれば脳炎だとも付言する。紆余曲折のあと、取引は成就を見る。本来であれば、石井四郎はA級戦犯だったろう。

石井四郎は一八九二年、明治二十五年の千葉県生まれである。最初から軍医志望であり、金沢の四高卒後京都帝大医学部時代から陸軍依託学生だった。大正九年に京都帝大を出ると、翌年陸軍二等軍医として近衛歩兵第三連隊付になる。さらに翌年、東京第一衛戍(えいじゅ)病院勤務になり、大正十三年から京都帝大大学院の清野謙次教授の許で、二年間微生物学を学んだ。その間に一等軍医になり、大学院修了後、京都衛戍病院に勤務した。

昭和三年から二年間、欧米出張を命じられ、帰国後は三等軍医正に昇進、東京陸軍軍医学校教官に任じられた。このとき、軍医候補生に対して、既に生物兵器について講義をしていた。第一次世界大戦の毒ガスと細菌戦で、九万人以上の悲惨な死者が出、一九二五年のジュネーブ議定書で、化学兵器は禁止された。そこで残るのはバイオテロ作戦である。つまり細菌の研究が何より重要だと力説していた。

石井は京都帝大の後輩で細菌学者でもある内藤良一に眼をつけ、軍医学校の地下室に「防疫細菌研究室」の表札をかけて、研究を続ける。発明したものには必ず〝石井式〟の名称をつけ、特許を取るのも忘れなかった。退役後も役立つからである。

昭和七年の第一の発明が、野戦にも携帯できる小型培養装置である石井式細菌培養缶だった。同年には、石井式濾水機も完成させ、将校集合所に持ち込み、自分の小便を濾過して見せた。さらにこれを小型化して兵が腰に下げ、水溜まりの水でも飲める石井式小型濾水機も作って特許を取った。

石井を一躍有名にしたのは、石井式大型防疫給水車である。これは九州帝大細菌学の戸田忠雄教授が研究していたシャンベラン型濾過器を、大型にして改良したもので、これも特許権を取得する。トラックに二本の濾過器を積み、河川の水を動力で濾過し、細菌はすべて筒内に残し、クロールカルキで浄水してすぐに飲める仕組みである。残渣物は、金属ブラシで内面を回転洗いして除去でき、繰り返し使用できた。この功績で二階級特進になり、陸軍技術有功章を授与された。この改良型である逆浸透型浄水セットは、現在でも自衛隊で使用されている。

また石井はタバコチューインガムも作って特許を取った。これによって歩哨や隊員のタバコ点火が不必要になり、敵の発見目標になって急襲されるのを回避できた。

さらには、石井式暗号用透明液と用紙も発明する。書いた文字は間もなく消え、小便や少量の水で再度文字が浮かび上がる。これを暗号にするため、特殊な紙と携帯用液も作った。また石井式野戦用総合ビタミン錠も特許権が付与された。石井は陸海軍に出張して、その効能を説いてまわった。

昭和十四年に勃発した日ソ両軍の衝突、ノモンハン事件で使用されたのが、石井式対戦車ちび弾である。タコツボにはいった兵が、敵戦車の底板にこのちび弾を近づけると、強力磁石で付着し、中の発火装置が働いて戦車を爆破した。これも特許を取る。

その他にも、特殊な防腐薬を入れて炊飯すると長期保存がきく石井式防腐炊飯食、野戦で環境に応じて温度を調節できる装置を缶詰の下に装着した石井式冷温兼用調節缶詰、軍衣や軍服を破れにくく、また保温と通気性に富んだものにする石井式縫製法と素材、石井式海軍食及船酔予防薬、鉄兜(かぶと)がかぶりやすく、熱中症予防に帽子垂れもついた石井式戦闘帽、海に不時着したとき海中で夜光塗料が流れ出て救命目標になり、救命具そのものも海草やスルメや麺類で作られているため二ヵ月は食べられる石井式救命具、また同様にテントそのものが食糧で作られ、夜光塗料で光る石井式テントもあった。

実戦用の発明としては、まず石井式細菌戦用陶製弾頭弾がある。これは九谷焼に細菌やシラミ、ノミを入れ、敵陣で破割して、塹壕内に病原菌を持つシラミとノミを撒き散らす武器である。

本格的なものとしては、石井式イペリット弾、石井式神経ガス弾があり、石井式細菌戦用ネズミ特殊飼育缶、石井式細菌戦用シラミ・ノミ細菌付着装置がある。この装置は、いったん軍服にノミとシラミがつくと、容易には除染できないようになっていた。

こういう戦闘用の発明品で特許を持ちつつ、石井は軍医少将として数年を過ごす間に不満を募らせる。そろそろ中将ひいては大将になってもよいのではないかと、陸軍省に上申した。しかし大将になれるのは兵科と決められていたので、これは却下された。とはいえ発明品に対して、軍の経理部からしこたま特許料を取り続けていたので、石井が相当の蓄財をしていたのは間違いない。軍医中将になったのは昭和二十年三月である。

同年三月十日の東京大空襲のあと、石井は家族をハルビンに呼び寄せる。しかしイタリアはすでに降伏し、五月にはドイツも降伏、六月には沖縄が陥落する。七三一部隊では、最後の決戦を予測して、ペスト菌、コレラ菌、炭疽菌などの増産を開始する。それを各地に配布するためのトラック八十台も調達された。

八月にはいって広島と長崎に原爆が投下されると、もはや日本の敗色は濃厚になる。七三一部隊は、平房にあった本部を徹底的に破壊する。囚人や使役に駆り出されていた中国人や満州人も、機関銃や毒ガス、毒薬で殺害される。死体はそのまま松花江に捨てられるか、焼却された。

八月十一日の午後から隊員と家族の撤収が開始される。石井の家族もその中にいた。千人を乗せた十五両の無蓋の貨車は新京に向かう。八月十五日の降伏の日、石井自身は関東軍司令本部で天皇の放送を聞く。その日の午後、七三一部隊の列車が新京に到着する。

翌日の夜、石井は隊員に向かって、「七三一の秘密は墓まで持って行け、もはや今後、お互い連絡は一切取り合うな」と厳命する。

そのあと軍用機を仕立てて、家族と共に内地に向けて飛び立ち、原隊に復帰せずに、千葉の実家近くの飛行場に着陸させた。そこで石井は死んだと偽の葬式を出し、東京に戻り、新宿区若松町に旅館を開業した。番頭よろしく帳場に坐る。進駐軍の兵士が日本人女性を連れて出入りするようになったので、その旨の表札を英語で書いて掲げる。日々客は増える一途を辿った。

GHQの追及は、そんなときに隠れ住む石井の許に迫ったのだ。訴追免除の措置を受けて、石井は極東国際軍事裁判のキーナン首席検事に、生物兵器の現状を報告する。その見事な英文を読んで、検事は一驚したといわれる。

密かに日本に戻った石井は隠遁生活を続け、決して表舞台には出なかった。それでも老いと病魔からは逃れられず、自らの喘鳴と呼吸困難に気がつく。国立東京第一病院を受診し、喉頭癌の宣告を受けた。

死期を予感した石井が生前に指名した葬儀委員長は、前述した二代目の防疫給水部長北野政次だった。昭和三十四年（一九五九）十月九日、石井は永眠する。享年六十七だった。その墓は若松町に近い月桂寺境内にある。

トンネルにはいって我に返る。いつの間にか神戸を過ぎ新大阪に近づいていた。名古屋に着く前に昼食をすませておく必要があり、京都を過ぎて車内販売の弁当を買った。鯖鮨を選んでいた。このあたりはトンネルがなく、琵琶湖の景色を左側に楽しめた。弁当を食べ終えてしばらく車窓の風景に眼をやる。どことなくひなびた景色が続く。ほっとする眺めだった。

七三一部隊の実態は、ソ連側も無知ではなかった。五十万人いる捕虜の中から、防疫給水部の隊員、さらに七三一部隊の隊員そのものを見つけるのは困難ではなかった。

他方、七三一部隊が知り得たデータは、同盟国のドイツにすべて伝えられていた。ドイツ降伏時に、ドイツの研究所の大半を手中に収めたソ連軍が、それらのデータを入手していた可能性も否定できなかった。

事実、ソ連は七三一部隊の軍医少将と細菌製造班長だった軍医少佐から、詳細な情報を得ていた。しかし、ソ連としても取得した情報は、手の内に隠しておきたかったのだ。

そのため、一九四六年五月に始まった極東国際軍事裁判、通称東京裁判でも、ソ連側の検事は細菌戦について何も言及しなかった。

こうして七三一部隊の実態は、日本人の眼からも闇に消えていく。ドイツ人がナチス・ドイツの指導者たちを執拗に追及したのに対して、日本国民はそうしなかった。事実を掘り起こした森村誠一の長編ドキュメント『悪魔の飽食』が、一九八一年に刊行されるまでは——。

石井四郎は、一九四九年頃、自宅から姿を消した。他にも七三一部隊の最高幹部の多くが消息不明になっていた。

石井四郎はその後、米軍の細菌戦担当部署で、細菌を使った人体実験について講義をしたという情報もある。また朝鮮戦争の真っ只中の一九五二年、南朝鮮を訪問したのは、どうも事実のようだ。

果たして米軍は、朝鮮戦争で細菌兵器を使用しただろうか。七三一部隊のデータをそのまま使って、朝鮮戦争で実験した疑惑のほうが妥当だという。

これらの謎は、まだ闇に葬られたままであり、今後も解明は無理だろう。同じ敗戦国のドイツが、収容所でユダヤ人に人体実験をしたり、同じドイツ民族の障害者たちを闇に葬った戦争犯罪人を自らの手で執拗に追及したのとは逆に、日本では何ひとつ非難の声をあげなかったのだから。戦争の記憶が遠ざかるに従い、以上の事実も白紙に戻るに違いなかった。

名古屋での泊まりは、キャッスルプラザにしていた。駅構内をぶらつくうちに、もう新聞が夕刊に変わっているのに気がつく。警察庁長官狙撃事件の詳細が知りたくて、何紙か買い込み、ホテルにチェックインした。

さっそく紙面を広げる。読売新聞によると、犯人が少なくとも二〇メートル離れた地点から四発を命中させたことから、相当銃器の取り扱いに慣れている人物の犯行だと、捜査本部は推測していた。使われたとされる三八口径の短銃は、距離が二〇メートルもあると静止している目標物に当てるのがやっとだという。しかも通常は、六発入る弾倉に、暴発防止のため五発しか銃弾を込めない。五発中四発を命中させるのは、かなりの訓練をした者でないとできないらしかった。

毎日新聞は、使用された短銃がコルト社の回転式三八口径の物の中でも、銃身の長い「コルト・トゥルーパー」だという見方を、捜査本部がしている旨を伝えていた。コルト・トゥルーパーは全長二九センチ、重さは一・二キロと大型のため、護身用ではなく、射撃用として米国では出回っているという。

　朝日新聞によれば、この短銃は、人さし指で引き金を引く動作だけで撃鉄が上がり、弾倉が回転して撃鉄が落ちて発射するダブルアクション機構である。引き金を引くのに大きな力がいるため、銃身のぶれが大きく、角度で一度ずれれば二五メートル先では四〇センチほど弾道がずれる。

　例えば三年前に金丸信自民党副総裁を銃撃した右翼団体の男は、三発発射したもののすべて外していた。従って今回の銃撃の犯人は、極めて熟練した狙撃手に違いなかった。

　オウム真理教の幹部に多数の科学者がいるのは明らかだとしても、こうした傑出した狙撃手が果たしているのだろうか。いるとすれば、日頃からそれを目的とした訓練を積んでいるはずだった。山中か、あるいは建物内に、それなりの訓練場が見つかれば、そうだと推測できる。

　それとも信者のうち元自衛隊員か警察官だった者を、海外に派遣して訓練させたのだろうか。その際も指導者は必要だろう。教団がロシアの高官と密接なつながりを持っていた事実は、既に判明している。ロシアの軍関係者の指導下で、修練を積んだとしても不思議ではない——。改めて教団を包む闇の深さに戦慄を覚えながら、ベッドの上で仮眠をした。

　一時間ほどウトウトしたあと、念のため教室に電話を入れた。今のところ急ぐ用事のファックスは何もはいっていないという。

　夕食はホテル内の中華レストランで腹を満たした。部屋に戻ってテレビをつけ、ニュースで狙撃された警察庁長官の手術が成功した旨を知って安堵する。もしもこれで救命されなかったならどうなっていたか。国家としての権威が失墜しかねなかった。

　寝る前に、持参していた懸案事項のファイルに眼を通す。目下急がねばならない仕事は、九大医学部で出すサリン対策マニュアルだった。当初簡単だと甘く見ていたのが間違いで、わずかA4用紙二枚ほどにまとめるのが至難の業だった。あれもこれも詰め込もうとすれば、いきおい字が小さくなる。これでは読む気がしなくなる。かといって簡単にし過ぎると、大切な点が漏れてしまう。ひと目見て理解するには、やはりフローチャート式の図解をするのが一番だ。その流れをどうするかについても、熟考を要した。通常の論文執筆と異なる別の視点が必要になった。

頭を使ったせいか、その晩はよく眠れて、一度トイレに目が覚めたあとも、熟眠でき、五時半に起床した。朝食は七時からなので、用意をすませて、六時半にロビーに降りた。

新聞のラックには、もうその日の朝刊が置かれ、客ひとりだけが見入っていた。

朝日新聞によると、国松孝次長官の傷は、腹部と大腿部、臀部の七ヵ所で、千駄木の日本医大付属病院高度救命救急センターに搬送されたとき、出血多量でほとんど意識はなかったという。幸い一万ccの緊急輸血で止血には成功、約六時間にわたる手術で、銃弾の摘出を終えていた。

また事件の二日前の早朝、不審な男が、川岸のフェンスを乗り越えて、長官の住むマンションに向かおうとしているのが、犬を連れて散歩中の住民から目撃されていた。男は三十歳から四十歳くらいで、身長は一七〇センチくらい、茶色っぽい髪をしていた。

読売新聞は、犯行の前夜、他県ナンバーの若草色のワゴン車が、二回ほど現場付近にいた事実を伝えていた。長官の住所は、官庁の名簿に記載はなく、電話帳にも載っていない。しかも、マンションの住民が通常使う正面玄関ではなく、裏口を使って長官は通勤していた。犯人はこの事実を知っていたのだ。

また別の紙面で、地下鉄サリン事件で使われた容器が輸液バッグであり、十一個確認されたと報じていた。容器は二〇センチ四方の正方形で、大半のバッグには直径数ミリの穴が開けられていた。バッグの中からはサリンの残留物も検出された。事件の際、足元に置いた新聞包みを、傘で刺す男が目撃されており、傘の先には針がついていたと見られている。バッグに穴が開くと、サリンが滲み出してガスが発生したと推測された。

そうなると、バイナリ・ウェポンではなく、サリンそのものをバッグに詰めたとしか考えられなくなる。それ自体では無毒な二種の原料を、現場で混ぜ合わせるのは、手順が複雑過ぎると判断したのだ。

朝食をすませて一度部屋に戻り、学会会場には九時前に到着した。旧知の学会員たちから話しかけられ、口々に「今度の事件で、また大忙しでしょう」とか、「あの二つの論文には心底驚きました」と言われた。

発表の中で最も注目したのは、信州大学医学部衛生学教室からの報告だった。前年の松本サリン事件の現況が、より具体的に分かるからだ。それは十一時から組まれ、分会場はすぐに満員になった。いきおい他の会場はガラ空きのはずで、発表者には気の毒なほどだ。

まず発表されたのは、抄録に載せられていたとおりの「被災者の時間的・地理的分布」についてだった。事件発生の三週間後、各町内にアンケート用紙を配布して、八五％の回収率で、千七百四十三名から回答を得ていた。立派な疫学調査だった。住民が最も早く自覚症状を感じたのは六月二十七日の午後八時から九時までの間で、五名いた。ついで午後九時から十時までの間に感じた者が八名いた。症状を感じた者のピークは、やはり午後十一時から十二時までで、三割に達している。

意外だったのは、翌日の午前六時から八時の間にも小さなピークが見られた事実で、これはサリンガスが朝になっても付近に残留していたことを物語っていた。

自覚症状を持ったのは圧倒的に住民が多いものの、患者の搬出に従事した消防関係者にも十二名、有毒物質のサンプリングをした行政関係者にも一名発症者がいた。これこそ二次汚染に他ならなかった。

スライドには、時間軸に沿っての棒グラフと、付近の地図を基にした患者分布のグラフも呈示された。短い報告ではあるものの、これが将来にも役立つ貴重な疫学調査であるのは間違いなかった。

質問に移り、参加者のひとりが「あの事件の第一通報者による消防への通報は午後十一時過ぎだったと記憶しているが、実際はそれより三時間も前に症状は発生していたのですね」と質問した。女性の発表者は「そうです」と言い切る。質問者は「それはもう長野県警にも連絡は行っていますか」とさらに問い、発表者は「統計がほぼ出来上がった昨年八月の時点で一応報告しています」と答えた。

しかし問題は、信州大の衛生学教室からの報告を、長野県警がどれだけ重要視したかだった。今から考えると、その貴重な情報もおそらく一顧だにされなかったのだろう。

座長が再び質問を促したので、手を上げる。すぐに指名されたのは、座長と旧知の仲だったからだ。

「早い時間に症状を感じた五名と八名、計十三名の住所はどのあたりか分かりますか」

これが分かれば、犯人たちがどこを狙ってサリンガスを発生させたのか絞り込める。今では、犯人たちの攻撃目標が裁判官宿舎であると分かっていて、その傍証にもなるのだ。しかし発表者の返事は、「そこまでは調べていません。原資料に当たれば判明しますが」だった。

「症状自覚者が午後八時から出て、ピークが十一時から十二時にあるとすれば、犯人たちの車は、三時間以上も現場に駐車していたことになります。アンケートに答えた住民の中に、何か目撃情報を記入した人はいませんでしたか」

それが追加質問だった。

「すみません。アンケート用紙にそのような質問事項は入れておりません」

発表者が申し訳なさそうに答える。無理もなかった。あくまで実施されたのは疫学調査であって、犯罪捜査ではないからだ。

しかしこの自覚症状発生時刻が午後八時過ぎだという事実は、真犯人を推定するうえでも極めて重要だった。これだけで、第一通報者の会社員が犯人でないことは明白である。仮に自宅敷地内の池付近でサリンを扱い始めたのが午後八時だとすれば、通報した午後十一時過ぎには死亡していたはずだ。

長野県警は、どうして症状発生時刻について、すぐさま聞き込み捜査をしなかったのか。ここにも初動捜査の落度を指摘できる。

次の報告も、同じ発表者によるもので「被災者の自覚症状」だった。九大でマニュアルを作成するにあたって、大いに参考になる。実施された調査は、対象を重度被災者の入院群、中等度被災者の外来受診群、軽度被災者の未受診群に分けていた。

入院群のほとんどは「目の前が暗くなる」と感じ、他に鼻水、頭痛、「物がぼんやり見える」が多かった。

外来受診群では、七割が鼻水を呈し、次いで「目の前が暗くなる」「息苦しさ」、頭痛と咳、「目が痛い」が多かった。これに対して未受診群では、鼻水が最も多かった。

質問にもいくつか手が上がり、発表者は丁寧に答えた。控え目な報告ではあるものの、これはこれで大いに参考になる。つまり、鼻水だけの症状であれば、放置していてもよいことが分かる。逆に「目の前が暗くなる」症状があれば、もう重症と考えてもよかった。これに「視野が狭くなる」が加われば、入院を要する重症型であると判定できる。

二つの報告をした女性発表者には盛大な拍手があり、昼休みの休憩にはいった。

ロビーに出ると、顔見知りの参加者から次々に話しかけられる。盛んに長野県警の悪口が飛び出す。「そもそも、あれはしたり顔の化学専門家が悪かったんですよ」とある参加者が言えば、

「化学薬品の調合を間違うと、思いがけない反応が起こると言った農薬の専門家がいたでしょう。そんな反応で毒ガスが生じるなど、ありえませんよ。馬鹿じゃないですか」と別の参加者も応じる。「原因物質がサリンだと分かったあとでも、化学と薬学の知識があれば容易に作れる、と言った化学者もいました。聞いてあきれます」

それぞれに不満をぶつけ合い、終わりそうもない。旧知の四人で連れ立って昼食をとることにした。

「あの第一通報者が犯人でないことは、英文の文献を集めているかどうかで分かるはずです。サリン製造には、どうしても英文の文献が欠かせません。そんな文献は、ひとつとしてあの会社員の家にはなかったのではないですか」

そう言うと、他の三人も頷く。

「全く、県警はサリンを軽く見ていましたよ。それがそもそもの間違いです」

と、県の衛生部で働く知人が言う。「どうして沢井先生がおっしゃる文献を、家宅捜索で調べなかったのですかね。押収したのは、しょうもない農薬とか薬品ばかりでしょう」

「沢井先生が、自覚症状の発生時刻について質問されたでしょう。やはり目のつけ所が違うと思いました」

「あれも捜査本部が調べていれば、犯人たちが留まっていた場所も見当がついたはずです。たぶん、サリンガスを発生させるには小型トラックかバンくらいの車は必要でしょうし、それが三時間も同じ場所にいれば、誰か目撃者がいたと思います。停車していた場所は、池の脇の駐車場です。それが、県警は池が発生場所と思い込んでいたので、聞き込みが遅れたのです。すべてがボタンの掛け違いですよ」

「そうですよね」

三人が頷き、うちひとりが口を開く。

「あの初動捜査の思い込みは、何ヵ月も続いたでしょう。容疑者とされた会社員は可哀想です。奥さんが重症で、本人がそれよりも軽い症状だったというだけでは、第一通報者の彼を犯人には見立てられないはずです」

「それに、彼自身が自分は犯人ではないと、一貫して言い続けたのですよ」

もうひとりも口を尖らせる。

「いや、あれは新聞も悪いですよ」

たまりかねて補足した。「鬼の首を取ったように、翌日から大々的に書き立てましたからね。新聞社に、科学的な知識のあるデスクがいなかった証拠です。長野県警が翌日の夜、殺人容疑で家宅捜索を始めると、その尻馬に乗って、書き立てたのです。そういう雰囲気が出来上がると、警察もなかなか引き返せなくなります」

「あれは、殺人容疑だったのですか」

ひとりが驚く。「参考人聴取くらいでは済まなかったのですかね」

「いち早く家宅捜索したかったからでしょう。犯行現場と思われる駐車場は、それで無茶苦茶に踏み乱されて、犯人の遺留物などもどこかに行ってしまったのです。犯人たちが乗った車のタイヤ跡なども、消えてしまったのですよ」

「本当に情けないですね」

「あのときの捜査がしっかりしていれば、地下鉄サリンも起こらなかったでしょうに」

四人とも沈痛な顔のまま、勘定を済ませて学会の会場に戻った。

出張している書店のコーナーで、本を物色していたとき、話しかけられたのが信州大の衛生学教授だった。もちろん顔だけは知っていた。名刺をさし出されて、こちらも名刺を出す。

「さきほどは、貴重な質問をありがとうございました。全く先生の視点で調査をしなかったのが悔やまれます」教授が頭を下げる。

「いえいえ、県警でさえ、そこは考えなかったのですから。事件直後に、よくぞあそこまで調査をされたと感心しました。大いに参考になりました」

「実は」と言って教授が、Ｂ４の紙を差し出す。サリン中毒患者の診療上の要点が、二枚にわたって記されていた。

「これは松本サリンのあと、信州大医学部で作成した治療上の注意です。沢井先生が書かれた二つの論文を参考にして、附属病院院長の音頭取りで完成したものです。完成したのが今年の三月二十一日です」

教授が末尾の文字を示した。一九九五年三月二十一日、信州大医学部附属病院有毒ガス中毒医療対策特別委員会と記されている。

「地下鉄サリンの翌日に作成されたのですか」驚いて確かめる。

「お恥ずかしいのですが、事件後に急遽完成させたのです。すぐさま病院長は、都下の主な病院にファックスを入れたはずです。遅まきながら、少しは役立ったかなと思います。一度先生にお礼を申し上げなくてはと思っていたのが、今日になりました」

「いただいてもよろしいですか」

「どうぞどうぞ。そのためのものです」

「うちでも対策マニュアルを作成中なので、参考にさせていただきます」

「そうでしたか。完成したら、私どもにも送っていただけないでしょうか」

「もちろん、送らせていただきます」

そこで別れ、会場に急いだ。午後三時から始まる産業廃棄物のセクションでは、座長役を任せられていた。産業廃棄物にはそれこそ無数の有毒物質が含まれており、どの物質がどの臓器を特異的に障害するのか、分かっていないことだらけだった。それだけに、どの教室も有害物質の同定と、障害される臓器についての動物実験に取り組んでいた。

各発表に質問も多数出て、座長としては満足できた。質問の手が全く上がらず、座長から発表者に何か質問しなければならなくなる事態は、発表自体が面白くないか、座長の盛り上げ方が不足しているかのどちらかだった。

五時半過ぎにその日の発表は終わり、六時半から懇親会に移った。そこでも次々に名刺が差し出され、質問攻めにあった。どうして松本サリンの前に、サリン中毒の論文が書けたのかという質問に答えていると、何人もの参加者が周囲を取り巻く。

実は大学卒後、神経内科に入局して末梢神経の病気をテーマにしたとき以来、第一次世界大戦に興味を抱いていたのだ。父親が軍医だった影響もあった。十年ほど前、オックスフォード大学出版局から、『The Poisonous Cloud: Chemical Warfare in the First World War』(『魔性の煙霧　第一次世界大戦の毒ガス攻防戦史』) が出版され、少しずつ訳出を試みていたのだ。

「第一次世界大戦は、実は毒ガス戦だったのです。日本では、第一次世界大戦など全く対岸の火事だったのですけど」

そう言うと、周囲が一様に意外な顔をする。

「まず使われたのが塩素ガスです。一九一五年に、ベルギー国境での第二次イープル会戦で使われました」

中には知っている学会員もいて相槌を打つ。

「発案者はフリッツ・ハーバーという化学者です。一九一三年に空中窒素固定法を開発して、アンモニア合成に成功した人物です。当時のドイツでは、食塩水を電気分解して苛性ソーダを作る工業生産が盛んでした。副産物として大量の塩素が生じて、この処理に困っていました。そこに目をつけたのが、ハーバーです。

一五〇トンの塩素ボンベを一斉に開いて、アルジェリア兵で構成されたフランス軍に大きな打撃を与えます。このあと、ドイツ軍は塩素とホスゲンを混ぜた毒ガスを使い、さらにジホスゲンを製造しました。そして第三次イープル会戦で投入したのが、マスタードガスです。マスタード臭からそう言われ、またイープルで使用されたので、イペリットとも呼ばれています」

聞き入っている参加者たちが、全く知らなかったという顔をする。衛生学会の学会員ですら、この有様なので、一般人は全く知らないのも当然だった。

「では今回のサリンは使われなかったのですか」

脇から質問されて向き直る。

「サリンができるのは、論文にも書いていますが、第一次世界大戦後で、今から六十年ほど前です。ですからドイツは第二次世界大戦のとき、既にタブンやサリン、ソマンを大量に所有していました」

「敗戦が濃くなったとき、よく使いませんでしたね」誰かが言う。

「軍需相だったアルベルト・シュペーアが反対したからです。それに第一次世界大戦後に開かれたジュネーブ会議で、化学戦は禁止されていました。シュペーアも、第一次世界大戦での毒ガスによる泥仕合は、よく知っていたのでしょう」

「そうすると、サリンが世界で初めて使われたのが松本ですか」

「そうなります」深々と頷く。これはもう断言してよい事実だった。

「日本は原子爆弾も初めて、サリンも初めてになりますね」

正面にいた学会員が掠れ声で言った。「しかも今度は、日本人が同じ日本人に使ったのですからね」

確かに言われるとおりで、頷くしかない。

「こんなことがよくぞ今まで放置されていましたね」

別の学会員が心外だというように顔をしかめた。「日本にもＣＩＡやＦＢＩなどの組織があれば、事前に見当はついたのでしょうがね」

「いや、そこまでされると別の弊害が出ますし」誰かがたしなめ、別のひとりが口を挟む。

「宗教という隠れ蓑がいけなかったのですよ。手を出すと、すぐさま宗教弾圧と言われますからね。信教の自由という錦旗を掲げられると、へっぴり腰になります」

「そこを密偵か何かを放って探るのです。いわば囮捜査です」

確かに正論だった。しかし今回は、逆に教団のほうが警察官や自衛官を信者にして、情報を得ていたとも考えられる。

「教団が作った毒ガスは、サリンだけではないと思います。その先の毒ガスも作っていた可能性はあります。作り出すと、そこに留まれずに行き着く所まで行くのが、この分野ですから」

そう口にして、この推測は間違っていないと改めて思った。

「どんな毒ガスですか」

「ＶＸです。第二次世界大戦後に、ドイツとスウェーデン、イギリスで発見され、実戦用に開発したのがイギリスとアメリカです。今のところこれが世界最強の毒ガスです」

周囲の学会員が信じられないという顔をする。その後も議論が百出し、食事を取りに行くのも躊躇された。誰かがビールをついでくれ、飲み干したのを機に、中央のテーブルに料理を取りに行った。

翌日の四月一日土曜日は学会二日目だった。当初から出席は諦めていて、朝食を取ったあと九時にチェックアウトした。名古屋駅で新聞と週刊誌を買い込んで新幹線に乗った。朝刊を開く。

毎日新聞は、オウム真理教の信者たちが、三月上旬から一斉にパスポートを申請していることを報じていた。その数は静岡県扱いだけで九十三人にも達し、いずれも教団総本部のある富士宮市に住民票を置いていた。申請の時期は三月九日頃からで、目黒公証役場の事務長拉致事件のあとである。拉致事件は二月二十八日に発生、警視庁が公開捜査に踏み切ったのは三月四日なので、その五日後に相当する。旅券は未発給だという。

さらに小さな記事もあり、それによると、教団は一九九二年秋、東京都内の名簿会社から、翌年春に卒業する大学生三万人分の名簿を購入していた。

朝日新聞は、地下鉄サリン事件の被害者の多くが通勤途中にあったため、通勤労災が数千人規模になると推測していた。企業や官庁の被害者数で最も多いのは、帝都高速度交通営団の二百二十九人である。そのうち二人が死亡している。日産自動車が六十二人、都庁が三十五人、郵政省が二十九人と続く。

また他紙の小さな記事で、銃撃された警察庁長官が意識を取り戻したことも報じていた。重大な合併症もなく、山場は越えたらしかった。

『週刊朝日』を開いて頁をめくるうち、教祖が昨年三月十一日に仙台支部で行った講演を「宣戦布告」と見なしている記事が眼にはいる。三月十一日といえば、松本サリン事件の三ヵ月前だ。教祖はこのとき〝今夜のこの仙台支部からの説法は、皆さんに大きな衝撃を与えるかもしれない〟と切り出して、以下のように続けたという。

——もともと私は修行者であり、じっと耐え、いままで国家に対する対決の姿勢を示したことはない。しかし、示さなければ私と私の弟子たちは滅んでしまう。

内閣調査室と呼ばれる、この日本を闇からコントロールしている組織や、それと連動する国家公安委員会、あるいは警察の公安などが、いままでオウム真理教に対してどのような弾圧をなしてきたか。

私の目が失明に向かい、病にかかりだしたのは八九年の初めからである。そしていま、私の左のこめかみのところには水疱ができている。私の口の中には水疱がある。

私はロシアから毒ガス探知機を取り寄せた。そのデータから、イペリットガス、マスタードガスの反応がでていることは間違いない。神経ガス、あるいは精神錯乱剤と呼ばれるものがオウム真理教に対して、特にあなたがたがいままで修行を行ってきた富士山総本部道場に対して噴霧され続けてきたことは間違いない事実である。

早く悟りなさい。早く解脱をしなさい。そして早く聖に到達しなさい。もう一度言おう。オウム真理教がこのままでは存続しない可能性がある。信徒は立ち上がる必要がある。


一読してこの〝説法〟は、教祖と教団の真意を摑むための鍵になるような気がした。まず、自分が失明に向かったのは一九八九年初めからだという発言は見逃せない。教祖の視力低下は今始まった現象ではない。幼少時からの障害だ。それが三十代半ばになって急に悪化するとは考えられない。これは、信者の危機感を煽るための修辞だろう。

一九八九年は、坂本弁護士たちが被害対策弁護団を結成した時期だ。そのあと教団は、政治団体の「真理党」を作り、翌年二月の総選挙に立候補している。

国家権力による弾圧がその頃から加えられていると教祖が訴えているのは、被害妄想だろうか。いや妄想ではなく、肥大した被害意識だろう。自らが他者を攻撃しようとするとき、逆に攻撃されるのではないかという被害意識が生じる。その頃マスコミも教団の〝狂気〟を取り上げ出したので、被害意識を抱きやすい。教祖をはじめとして幹部たちが総選挙に立候補したのは、教団にまとわりつく胡散臭さを払拭せんがための防御策だったのだろう。仲間うちだけで崇め奉られて自信過剰になっている教祖は、あるいは本気で当選を信じていたのかもしれない。

こめかみにできた水疱までも、迫害の証拠にしているところからすると、被害意識を教団の中に広めて信徒に危機感を抱かせるためだ。こうやって共有された被害意識によって、教団の結束が強化される。

他方で毒ガス探知機は、〝敵〟からの攻撃を察知するためだと語っているのは、真っ赤な嘘だ。自分たちが生成している毒ガスが漏れるのを検知するために他ならない。この時点で、教祖は明確に〝国家〟との対決を意図したと推測できる。

ここで教祖がイペリットとマスタードガスを別物と考えているのは、毒ガスに対して正確な知識を有していない証拠だ。毒ガス生成の詳細は、化学班の幹部たちに丸投げだったことがうかがわれる。

こうして信徒に危機意識を注入する一方で、教祖は〝早く悟れ〟、〝早く解脱せよ〟と急き立てている。記事は某宗教ジャーナリストの言を引用して、教団の引締めをはかったものと解していた。確かにこの時期、教団から脱出する信者もいたはずであり、教祖が焦っていたとも考えられる。〝早く悟れ〟、〝解脱せよ〟と強調したのも焦りの表われだ。

記事はまた、昨年十一月に刊行された教団の月刊誌『真理インフォメーション』にも触れていた。この中で教祖は〝科学技術省〟の幹部たちと対談していた。その主題が〝果たして、最終戦争は起きるのか〟だ。教祖は〝結論からいうと、最終戦争は避けられない〟と発言していた。そして締めくくりは、〝わたしは第三次世界大戦が起きることをいまでは喜んでいます……さあ、賢いあなたはどうしますか。聖者の道を歩き、その準備をしっかり行いますか。それとも、光に包まれ、もだえ苦しみながら死にますか〟だ。

教祖がここで言った〝聖者の道〟とは、相手が〝科学技術省〟の面々であるだけに、毒ガスの生成を指すのだろう。とすれば、この時点で教祖は、世間との対決を決心していたのだ。大雑把に言えば、自爆を覚悟していたのだろう。

『週刊新潮』は教祖の少年時代の様子を、盲学校時代の同級生から聞き出していた。柔道二段で目立ちたがり屋であり、子分に駄菓子屋で盗みを命じていたという。体育祭では応援団長をするなど、いつも自分が中心にいないと気がすまないタチで、常時子分を引き連れて回り、命令にそむく奴はぶん殴っていたらしい。とすると当時の性向が次第に肥大化し規模も大きくなったのだ。

父親はインタヴューに答えて、「学生時代は皆のリーダーシップをとって、生徒会長にも立候補したような子だったのに……」と嘆いていた。家族によると、左眼は先天性緑内障で失明していて、わずかに残っていた右眼の視力も、二年前から進行した緑内障によって失われているという。

わずかに見えるのと、完全に見えないのとでは、不自由さの度合いが天と地ほどにも違う。教祖が信者を前にして、自分の眼が悪化していると吐露したのは本当だったのだ。完全な失明への恐怖も、自爆への決意を促したとは言えないだろうか——。

同誌はまた、上九一色村の住民の証言として、何度もロシア人らしい長身の男が教団施設に出入りしていたことを伝えていた。最初に目撃したのは去年の暮であり、強制捜査の始まる前まではいたという。ロシアから買い入れたヘリコプターについては、某軍事評論家が注釈していた。この軍用ヘリコプターのミル17は二十六人乗りで、円にして一億円の安値であるという。教団は当初百人乗りのミル26を買い付ける予定だったが、運輸省の運航許可が下りず、断念したらしい。

記事によると、教団がロシアに接近したのは、ソ連が崩壊した一九九一年からだ。エリツィン大統領は西側との交流の一環として、モスクワにロシア・日本大学を設立、学長に側近のロボフ安全保障会議書記を就任させる。ロボフは日本で各種団体に出資を依頼するも、応じたのはオウム真理教のみだった。翌年の三月、教祖以下三百人がモスクワに乗り込む。教祖はまずロボフに会い、ついでルツコイ副大統領、ハズブラートフ最高会議議長、サドブニチイ・モスクワ大学長と会見、モスクワ大学とモスクワ工科大学で講演をさせてもらった。その後、テレビとラジオの放送時間帯を買い、巨額の寄付をしてロ日大学の建物の中にモスクワ支部を開設、ロシア全土に布教の網を広げて行く。三年後の現在、ロシア国内の信者は三万人と言われ、その中には元ロシア軍化学部隊の兵士やその他の軍関係者、警察関係者がいるという。ソ連崩壊後、軍関係者や警察関係者は公職から退かざるを得ず、教団がそういう人材を狙い撃ちしたのは間違いないらしかった。

なるほどそうなると、教団がロシア側の人材だけでなく、生物・化学戦のノウハウを仕入れたのは、架空の物語ではなくなる。

また記事は、警察庁長官狙撃事件の現場に残されていた、北朝鮮の階級バッジについても言及していた。実際に教団が北朝鮮と関係があったのか、それともバッジは捜査攪乱のためだったのか、見方は二つに分かれていた。とはいえ、ロシアの捜査当局が作成した教団の資料には、取引企業のひとつに在日本朝鮮人科学技術協会という名前が記されているという。

北朝鮮が生物・化学戦の下準備をしていることは、充分考えられる。しかし接触は試みたとしても、北朝鮮との取引が実際あったかは疑わしい。狙撃現場に残したバッジは、一種の目くらましだろう。

列車はもう新大阪駅を過ぎていた。名古屋駅で買い込んだ幕の内弁当を開く。整理できていない頭の中はそのままにして、卵焼きや鯖の味噌煮を味わう。

地下鉄サリン事件の直後、一部の識者がサリンは海外から持ち込まれたものだと主張したのは、今となっては完全に誤りだった。教団のあの大がかりな装置と、強制捜査で押収された膨大な原料を知った今、上九一色村で生成されたのは、もはや疑いようがない。

しかしそのサリン生成の立役者は、一体誰なのか。凡庸な科学者でないことは自明だ。そういう特殊な人材を、教団はどうやって獲得できたのだろうか。目下、その人物に興味が湧いていた。

午後三時前に博多駅に着き、そのまま教室に向かった。何人かの教室員がいるはずであり、声をかけてやりたかった。

教室員のひとりが、秘書からの伝言だと言ってファックスを手渡してくれた。ひとつは大阪の化学会社の技術者からで、もちろん面識などない。産経新聞が三月三十日に発行した緊急増刊で、コメントを求められて「サリンはアルカリで分解が加速する」と答えていた。それについての質問で、その反応は以下でよいのかと、化学式が示されていた。サリンに水酸化ナトリウムを加えると、サリンの構造からフッ素がとれて無毒化され、代わりにフッ化ナトリウムが生じる化学式で、間違いなかった。さっそくその旨の返信をした。それにしてもこういう問題に関心を持つとは、いかにも化学者らしかった。

ここで思い出したのが、ひと月ほど前に三菱化学の環境安全部から届いていたファックスだった。未整理のファイルからそれを取り出す。内容は、五年前に『産業医学ジャーナル』に書いていた「職業関連性疾患、酸化エチレン」に関する問い合わせだった。厚生省の薬務局安全課の課長補佐から、酸化エチレンの毒性について知りたい旨の依頼があり、その論文を渡したところ、死亡例の出ている文献そのものの原報を入手して欲しいと依頼があったという。三菱化学環境安全部でも努力したものの入手できない、ついてはその文献のコピーを送っていただきたいという依頼だった。

この文献はフランスの専門誌に載った論文で、酸化エチレンによる三例の死亡例を報告していた。整理したファイルを探しても見つからず、ようやくその論文が要約された米国の専門誌のコピーだけが出て来て、そのまま返事を怠っていたのだ。

すぐさまその旨を記して、要約を先方に返信し、末尾に「当方はサリン事件で大忙しとなっております」と付記した。返事が遅れた口実のつもりだった。

まだ研究のために残っている教室員に声をかけて、大学を出る。地下鉄の駅の売店で、夕刊を買った。毎日新聞を開くと、教団の顧問弁護士と外報部長がテレビ朝日の生放送に出演して、昨年七月上九一色村で発生した異臭について、〝第七サティアンで農薬の実験プラントを造る過程で発生した〟と発言したと報道していた。

ことここに至っても大嘘をまことしやかに口にする教団に、開いた口が塞がらない。あの異臭騒ぎに対して、当の弁護士は〝毒ガス攻撃と思う〟と語っていたのだ。

他方で同紙は、地下鉄サリン事件の五日前に地下鉄霞ケ関駅構内に置かれた噴霧器型のアタッシュケースと同類のジュラルミンケースが、信者の車から発見された事実も報じている。信者は滋賀県で職務質問されて逃走、二時間後に逮捕されていた。後部トランクからは、信者の名簿を記録した磁気ディスクと、側面に穴のあいたケースが見つかった。ケースの中にはファンがあり、バッテリーで駆動する仕組みになっていて、活性炭入りの空気清浄機のようになっていた。

朝日新聞の夕刊は、教団の科学部門の信徒約三十人の所在確認が、全国の警察本部に指令されたと伝えていた。その中のひとりの男性は、最近教団が出版した本の中で、教祖と対談してサリンやタブン、ソマンなどの効力と、解毒法について詳しく語っているという。

この三十歳の人物は、国立大学の卒業論文のテーマが木材防腐剤の電気化学的研究だった。大学院化学研究科に進み、一九八九年頃〝オウム真理教には大学以上の設備が整っており、一日二十時間以上研究できる〟と語っていた。もちろん出家していたが、教団特有の寄進など全くしていないらしい。

なるほど、と納得する。この男が寄進したのは自分の頭脳と知識だったのだ。多分に、この化学者は教団によってヘッドハントされたと言える。才能を思い通り発揮できる道を示されると、科学者はマッド・サイエンスも容易に受け入れてしまう。その好例ではないか。

家に帰り着いて、ゆっくり風呂を浴びる。湯に浸りながら、オウム真理教が正体を現す前のマスコミへの露出度を思い出す。あれは松本サリン事件の何年か前だ。人気のお笑いコンビの番組に出演した教祖は、例の紫色の衣を身に着け、白い座布団に胡坐をかいている。スタジオに集まった若い女性の人生相談を受け、にこやかな顔で答え、お笑いコンビが「名答だ」と言って囃し立てた。そんな番組がいくつもあった気がする。それを見て教団に惹きつけられた若者が多かったのは容易に想像がつく。

マスコミにちやほやされていたときの教祖は、いかにも満足そうだった。ちょうど化学者の男性が教団に身を投じる頃だったろうか。それがどういう過程で、殺人集団への道を辿りはじめたのだろうか。

風呂から上がると、夕食が待っていた。こういう出張から帰った日は、必ずといっていいほど、好物のステーキだった。奮発して家内が買うのは神戸牛ではない。佐賀牛か鹿児島牛で、確かにうまさは劣らず、むしろより美味だとさえ思えた。

「買物の帰りに通った小学校の桜が満開でした」

妻が顔をほころばす。

「あそこは何本も桜があるからね」

答えながら、あの小学校の桜を見たのは、九大に赴任した三年前の春だったことに気がつく。

「大濠公園も西公園も、桜が満開のようです」

妻から言われたものの、花見に行く時間はとれそうもない。妻には申し訳なかった。

翌日の日曜日は、四月から始まる授業の準備をしなければならなかった。第一回目のテーマは無機水銀にしていた。水俣病で有名な有機水銀中毒については、そのあとの講義で取り上げる。

無機水銀と人類の関わりは古く、神話まで遡る。英語のマーキュリーは、ラテン語のメルクリウスに由来する。メルクリウスはローマ神話の登場人物のひとりで、商業の守護神であり、神々のメッセンジャーである。ギリシャ神話ではヘルメスと称される。

水銀は金属水銀と水銀化合物から成り、常温では銀白色の液体で、室温で容易に蒸発する。この水銀は金と素早く結合するため、水銀のある所には金鉱石がある可能性があり、温泉の存在も推測できた。

水銀の硫化鉱物が辰砂（しんしゃ）で、鮮やかな紅色を呈する。このためローマ人たちは辰砂を顔料や女性の口紅として重宝し、祭日には聖なる色として、神像の彩色にも用いた。

日本で水銀の有用性について明確に記述したのは、江戸末期の経済学者佐藤信淵（のぶひろ）である。曰く「水銀は薬物となり、白粉となり、朱を製し、鏡を明にするのみならず、鍍金を為し、諸金を粉末にするなど、人世の要用きわめて多きものなり」と記している。

東大寺の大仏の鍍金（めっき）には、二トン半の水銀を用いたと考えられる。大仏に塗った水銀と金の合金を炭火で三五〇度まで熱して水銀を蒸発させ、金だけを焼きつける方法をとった。この結果、多くの人夫が水銀中毒になったはずである。そのため大仏師の国中公麻呂（くになかのきみまろ）は、水銀蒸気を防ぐため、口覆いを用いさせたと言われている。

水銀を用いる職場は多く、近現代でも殺菌剤や電池、体温計、苛性ソーダなどの製造現場で、水銀中毒が発生した。中世のヴェネチアでは鏡作りが盛んだった。鏡の裏側に水銀を塗る仕事をする職人は、中毒になりやすく、鏡に映る我が身の不幸を嘆いたと言われる。

　有名人ではニュートンの水銀中毒が明らかになっている。若い頃、錬金術の研究をし、るつぼに大量の水銀を入れて熱し、その脇で寝ていたため、中毒症状の手の震えに悩まされた。その証拠はニュートンの書字と、毛髪からの過量な水銀の検出である。

　水銀中毒が広範囲に起こったのは、帽子職人の間だった。十七世紀にフェルト帽が製造されたとき、野兎やネズミ、ビーバーなどの毛の処理に硝酸水銀が使われた。これによって帽子が鮮やかな人参色を呈した。近代になっても、帽子屋や帽子工場での水銀中毒は多発する。症状は振戦と歯肉炎、そして興奮である。

　薬としては、疥癬(かいせん)に対して水銀入りの膏薬(こうやく)が古くからあり、梅毒患者の皮疹にも水銀塗布療法が近年になって用いられた。塗布だけでなく、水銀燻蒸(くんじょう)法で蒸気を梅毒患者に吸わせる治療も施された。これで救われた患者もあった反面、多くの患者が命を落とし、医師も水銀中毒になった。

　わが国では水銀鉱山で患者が出た。よく言及されるのが、昭和十一年頃に北海道で発見されたイトムカ鉱山である。嵐で露出した水銀の鉱床が発見され、朝鮮からの人夫が多数動員された。ひと月働くと手が震え出す。休ませると治り、また鉱山にはいると震え出す。何かしようとすると余計震える。不思議にも、酒が少しはいると震えなくなった。

　戦後の日本でも、殺虫剤の化学工場、温度計工場、体温計工場、パルプ工場で水銀中毒が発生し、次第に水銀の使用が禁止されるようになった。

　水銀の慢性中毒になると、まず初発症状が口腔炎として出現する。味覚異常として甘味の変化と金属味があり、歯肉の発赤腫脹、唾液分泌増多、歯肉への紫色の色素沈着などが生じる。

　二つ目は手指振戦で、進行するにつれて微細から細大になり、部位も腕や下肢、頭部、体幹まで広がる。振戦は、何かしようとすると増大する企図振戦である。

慢性中毒に特徴的なのが、三つ目の精神症状である。些細なことに興奮し、心配し、狼狽する。羞恥心が強くなり、記憶力や注意力、理解力の減退、頭痛を訴える。不眠とともに悪夢にも苦しむ。悲観的になって自殺企図もありうる。

診断の決め手は、尿中水銀の増加であり、治療は何といっても水銀曝露からの離脱である。キレート剤として水銀の排泄を促すD-ペニシラミンの内服も有効である。

以上の内容を骨格にして、雑談を加えれば、九十分間の講義は全うできるはずだった。衛生学というのは、特殊な学問ではなく、日常生活に直結する医学的常識とも言えた。知っていて損はせず、歴史的な視野もぐっと広がる。教養課程を終えて進学してくる医学生には、衛生学が面白いものだと感じて欲しかった。


講義準備が一段落したところで街に出、コンビニエンス・ストアで朝刊と週刊誌を買った。未だかつて、こんなに新聞報道や週刊誌に眼を配った覚えはない。まず購読している毎日新聞をもう一度眺める。

見出しは「ウラン濃縮の資料所持」だった。滋賀県で逮捕された信者が持っていた磁気ディスクの中に、ウラン濃縮技術に関する大手重機メーカーの極秘資料が含まれていた。この男は〝科学技術省〟の庶務担当者で、上九一色村に強制捜査がはいる前日に、教団施設から脱出していた。

この資料の内容は、ウラン濃縮技術に関する極めて詳細な記述だった。ウラン濃縮とは、天然ウランの中に〇・七二%しか含有されていないウラン235の存在比を、人工的に高める操作で、遠心分離法が既に実用化されている。その他にも次世代の製造方法として、レーザー法やプラズマ法があるという。

この大手重機メーカーは、多くの原子力発電のプラントを建造していて、教団は化学兵器や生物兵器に加えて、核爆弾の製造も視野に入れていたと推測される。

改めて〝科学技術省〟の途方もない計画に息をのみたくなる。これらすべての企図が、教祖の命令に沿うものだったのだろう。教祖の文字通りの手足となって、〝科学技術省〟の面々は必死に働いたのに違いない。自らの頭脳こそが、教祖へのお布施だったからだ。

新聞はまた別の紙面で、東京都中野区にある教団の付属医院についても詳しく報じていた。西武新宿線の野方駅前商店街のビルの二階に医院があり、ベッド数は九床、循環器科、神経科、精神科、産婦人科など八科があり、約十人もの医師を抱えているという。上九一色村で押収された大量の薬品類の買い付け窓口もこの医院で、一九九〇年六月に中野北保健所から開設許可を受けていた。サリンの治療薬であるPAMを、大量に購入したのも判明している。

医院の医師と看護婦は、教祖と同じ脳波を感じるという電極付きの帽子をかぶっていた。上九一色村の強制捜査の際、拉致・監禁容疑で逮捕された四人のうち、三人がこの医院所属の医師だった。治療を口実にしたお布施を強要する場が、この医院だったようだ。

脳梗塞で倒れたある男性は、身内にいた信者の勧めでここに転院させられ、一年二ヵ月も入院させられていた。その間、練馬区に所有していた土地と建物を教団に贈与する契約を強制された。身体から毒を抜く施術と言われ、温熱療法を受けた。治療費とは別に百万円を要求され、月十万円の月賦で支払ったという。温熱療法のおかげで、あちこちに火傷ができ、長男の助けで退院したあと、契約を強要されたと民事訴訟を起こしていた。裁判の過程で教団側は、温熱療法も強要もなかったと、巧みに反論中だという。

ここにも〝科学技術省〟の面々と同じく、魂を奪われた医師がいたのだ。電極付きの帽子をかぶるなど、児戯にも等しい行為に呆れる他ない。

毎日新聞はまた、目黒公証役場事務長拉致事件で特別手配されている松本剛容疑者が、教祖の秘書室長であり、富士宮市の富士山総本部の土地取得にも関与した事実を伝えていた。

一方、朝日新聞によると、警視庁と山梨県警の合同捜査本部はサリン製造容疑を裏付けるため、押収した化学物質から実際にサリンを生成する実験に取り組むという。もちろん捜査当局にはそれにふさわしい施設はなく、自衛隊の施設や、教団の施設の利用を検討中らしい。

そこまでしなくてはならないのかと、多少鼻白む思いがした。ここまで材料が揃えば、もはや教団がサリンを生成していたことは明らかではないのか。それよりも、〝科学技術省〟の面々の逮捕のほうが火急の任務であるのは言をまたない。

週刊誌も多くの頁をさいて、教団の実態をあきらかにしていた。『サンデー毎日』によると、教団はここに至っても、〝サリン事件とわれわれは関係ない。むしろ被害者だ〟と反論していた。教祖は、人類最終戦争であるハルマゲドンが一九九七年に起きると、前々から予言していたという。『サンデー毎日』こそは、六年前に教祖がインチキ商法をしていたのを告発した週刊誌だった。この週刊誌記者は、六年前に上九一色村の教団施設を訪問していた。周囲はのどかな田園で、放牧された牛の声がより一層閑静さを際立たせたという。

訪問の目的は、教団の異様な商法についての質問だった。例えば、〝尊師御宝髪〟だ。教祖の髪の毛を袋に入れたものが、信者に三千六百円で販売されていた。この他にも、各修行毎に細かく値段分けがされていた。

まず入会金が三万円、月会費三千円である。解脱を目指す〝ヨーガタントラコース〟が、四種類に分けられている。密儀伝授の〝イニシエーション準備クラス〟の初級が十回で三万円、中級十回で三万五千円、上級二十回が八万円である。一回は三時間を要するので、全部で百二十時間かかる計算になる。

第二の通信講座の第一部が六十日で七万円、第二部六十日も七万円する。第三の〝深夜セミナー〟が六時間六千円、第四の〝集中セミナー〟一泊が八千円と、これは比較的安い。

その次が、超能力の獲得を目指す〝シッディコース〟である。これにも四種あって、毎月二回のセミナー〝総合超能力プログラム〟がひと月一万五千円、〝シッディ・イニシエーション〟が一回一万五千円、通信講座がひと月一万五千円、〝超能力セミナー〟が二万円に設定されている。

さらに第三段階に、修行者の身体に教祖が手を触れてエネルギーを注入する〝シャクティーパット〟が控えていて、解脱を目指す者は必須課程である。受ける資格は、五万円以上のお布施者で、前述した種々のコースを通じて合計六十単位の修行をした者に限られている。〝集中セミナー〟と〝深夜セミナー〟は一泊で六単位、〝イニシエーション準備クラス〟は一回で三単位、〝通信講座〟は一日で一単位になっている。

この〝シャクティーパット〟は、教祖でなく解脱者からも受けることができ、これは三万円以上のお布施をし、三十単位以上を修得した者に限定される。

この他に、十泊十一日の〝集中修行〟を受けるには二十二万円以上のお布施を要し、限定三十人の〝水中エアータイトサマディ〟や〝血のイニシエーション〟を受けるには、一万円から百万円のお布施をしなければならない。これが百万円を超えるお布施になると、〝シークレット・イニシエーション〟を受けることができる。さらに〝特別イニシエーション〟として、五十万円コースと三十万円コースの二つがある。

またこの他にも、三万円以上のお布施でできる〝シークレットヨーガ〟、三万円の〝運命鑑定書〟がある。さらに何か教祖に質問する場合、〝お伺い書〟に記す必要があり、二万円を要求される。

もちろん修行道具として各種の品が販売されている。修行やヨガに関するビデオテープは八万円から四十万円する。セミナーの録画ビデオが一万五千円、白檀の数珠二本組が一万五千円する。他にも先に述べた〝甘露水〟がある。

これらを一読して分かるのは、この教団が巧みな霊感商法をしていたという事実だ。しかもこの商法には諸段階があり、〝超能力〟を売物にして、少しずつ洗脳していく仕掛けになっている。〝教祖のシャクティーパット〟を受ける資格の六十単位を、最も手早く獲得するには一泊六単位の〝集中セミナー〟か〝深夜セミナー〟を十泊こなせばよい。しかしこのときにはもう洗脳されていて、脱け出すことが困難になる。しかも現に多額の金を払い込んでいるので、脱け出すのが惜しくなる。どうせなら行きつく所まで行こうという気にさせられる。

謳い文句の〝超能力〟に、最も引きつけられやすいのは若者である。年寄りは、そんなものは存在しないことが分かっているし、今さら遅いと歯牙にもかけない。しかし若者は違う。何とかして他人に優る〝超能力〟を早く身につけたいものだと思っている。

マスコミにもてはやされ、〝空中浮揚〟の写真を流布した教祖であれば、若者はいやが上にも魅了される。

そういえば、この教祖が「オウム神仙の会」の直後に設立したのが株式会社「オウム」で、十一年前のことだ。そのあと、雑誌『ムー』に教祖の空中浮揚の写真が載り、初めての著作『超能力「秘密の開発法」』を出版している。今となっては、この〝超能力〟を売物にした霊感商法こそが、オウム真理教の本質だったと喝破できる。宗教的な装いをまとい、宗教法人の認証を取ったのは、この濡れ手で粟の商売を無税にする方便だったのだ。

そして霊感商法の最後の仕上げが〝出家〟である。信者の財産を全部巻き上げるお布施をさせ、これには税金がかからないから、教祖丸儲けになる。

金が貯まりに貯まるなかで、教祖の誇大妄想的思考が膨張していく。そこに性来の目立ちたがり屋が結びついた結果が、五年前の総選挙立候補だったのだろう。

しかし、霊感商売がいつまでも続くはずはない。信者の中にもだまされたと気がつき、脱けようとする者もいたはずだ。また家族を洗脳されて奪われた人たちも被害届を出しはじめる。『サンデー毎日』のように、告発記事を掲載するマスコミも出てくる。被害者の声をまとめて、被害者の会を結成させる弁護士たちも活動を開始する。

おそらくこの頃から、教祖は実態を暴かれる恐怖にかられ出したのに違いない。誇大妄想的思考が裏返って、被害意識が深まっていく。身を護るには、武装しかない。弟子たちを鼓舞するために、世界の終末を予言してハルマゲドンを唱え出す。

このハルマゲドンの根底には、教祖が自覚しようとしまいと、自爆の思考が横たわっていたのだ。わずかに残された視力もやがて閉ざされる。正体を暴かれて、いずれは断罪される。法によって裁かれた若い頃の傷害罪と、ニセ薬販売による薬事法違反が、教祖の頭の中をいつもよぎっていたのに違いない。

しかし我が身ひとつの自爆は、恐ろしいし、孤独だ。信徒を道連れにすれば恐くはない。金はふんだんにある。最も華々しい自爆が、教祖である自分にふさわしい。これこそ、これまで存在したどの宗教法人もできなかったことではないか。この道を突進するしかない。その駆動力が〝科学技術省〟なのだ。ここにこそ、オウム真理教の独自性がある。オウム真理教は科学者の集団であって、他の宗教団体がこれまで成し遂げられなかったことを完遂する――。

教祖の歪んだ思考は、以上のような道筋を踏んだのに違いない。

『サンデー毎日』はまた別の頁で、「聖路加病院の24時間」の見出しで、被害者治療の実態を伝えていた。地下鉄サリン事件当時、日野原重明院長は、定例の幹部会議中だった。連絡を受けて会議を打ち切り、救急センターに全員が向かった。九時からの外来診療を中止し、病院挙げての治療を開始、全医師の三分の二にあたる百人の医師が駆けつけた。最終的には看護婦を含めて五百人が治療にあたった。

病院は病室だけでなく、院内の至る所に酸素供給口などが埋め込まれていて、これが百十人もの救急患者を受け入れるのに役立った。

午前十時十五分、信州大学附属病院の柳澤信夫病院長から電話が入り、その後は柳澤病院長と連絡を取りつつ治療が繰り広げられた。こうして事件当日、六百四十人の被害者が治療を受けたという。

信州大の柳澤院長が参考にしたのが、松本サリン事件の前後に書いた論文二本だったのは、日本衛生学会で知らされたとおりだ。

『週刊読売』も、遅ればせながら「史上最大、暁の大捜索」の見出しで、三月二十二日の上九一色村その他への強制捜査を報じていた。教祖は、捜査直前に上九一色村を車で出て、都内のホテルの地下に駐車していた。

記事の最後のほうで眼を引いたのは、松本サリン事件の第一通報者へのインタヴューだった。それによると、今年の一月になっても、警察はその会社員の知人や友人に聞き込みをしていたという。家宅捜索で押収した名刺や住所録に書かれていた人たちばかりのようで、会社員もあきれ顔である。

全くもって長野県警の頭の切換えの遅さに驚かされる。地下鉄サリン事件が起こらなければ、まだ疑っていたに違いない。

その会社員は、地下鉄サリン事件の当日、妻をその前から自宅に外泊させ、ほとんど徹夜の介護が続いていた。床ずれを防止するため、三時間おきに体位交換をし、おむつ交換も必要に応じてしなければならない。自分自身も後遺症で微熱と不眠に悩まされ、寝たきりの奥さんのほうも三七度五分から八度五分の発熱が続いている。事件から九ヵ月、氷枕をはずしていないというくだりに、胸を締めつけられる。

あの松本サリン事件で被害を受け、生き延びた二百人のなかで、この夫人ひとりがまだ意識が戻っていなかった。会社員の悔しさは推して余りあった。十六歳になる息子さんも大人不信、警察不信になっているらしく、これも無理もない。カマをかけるような事件直後からの事情聴取で傷つき、母親をこんな状態にされれば、不信感が生じないほうがおかしい。

濡れ衣を着せられた会社員は、「私が一番不満なのは、松本の事件のとき、警察は捜査を長野県警に任せっ放しにしたこと」と口にしていた。これこそ被害者を代表する正直な感想に違いない。

サリンという前代未聞の化学物質が犯行に使われ、多くの犠牲者を出したというのに、警察庁自身がすわ一大事と思ったフシがない。まさしく世紀の怠慢だったと弾劾できる。

それでも会社員は、「妻が生きていてくれるから頑張れる」と漏らしていた。


四月三日からの一週間は、一年間の講義の準備計画に追われた。牧田助教授と年間の講義分担も決める。衛生学だから、実験授業も組み入れなければならない。その眼目のひとつが、水質検査だった。水道水や井戸水にどういう化学物質が含まれているか、試薬を使っての実験をする。田舎の親戚にまだ井戸水を使っている所があれば、その医学生にサンプル採取を依頼しなければならない。他方で、浄水場の見学という手のかかる授業もあった。

その日の午後、警視庁の真木警部から、どういう生物兵器があるのか知りたいというファックスがはいった。すぐさま資料を揃えて返信をする。どうしてこれが必要なのか記されてはいなかったものの、教団施設で生物兵器製造の痕跡が発見されたのかもしれなかった。

これに関連して思いついたのは、教団の医院でさまざまな向精神薬を使っていたのではという疑念だった。さっそく真木警部にファックスを追加する。抗精神病薬のハロペリドールや、抗不安薬のエチゾラム、ロフラゼプ、ジアゼパムが主なものだ。「これらを大量に使用している可能性がありますので、この点に特に留意され、捜査をお願い致します」と付記した。

同じ日の午後、今度は警視庁鑑識課の今警部補からのファックス六枚が送られて来た。資料はいずれも直腸温や口腔温を折れ線グラフで記録したもので、横軸に時間が分で記されていた。六十分から五百四十分までである。縦軸は温度で、三七度から四九度超まである。大方のグラフが百八十分で終了しているのに対して、四百二十分までのグラフもある。時間にして七時間だ。

これが何の記録なのか調べて欲しいというのが依頼だった。ちょうど明日は教授会なので、生理学の教授に相談すればよかった。

前日の各紙は、地下鉄サリン事件の死者が十一人に達したと伝えていた。日比谷線小伝馬町駅のホームで倒れた会社員は、ずっと意識不明が続き、四月一日夜に亡くなったという。小さな記事を読みながら、家族の慟哭が耳に聞こえるようだった。別の欄では、サリンを入れた袋は、点滴のバッグではなく、通常のナイロン袋にポリプロピレンを塗って、硬度と耐久性を高めていたようだと報じていた。

この日の夕刊で西日本新聞は、警視庁大崎署捜査本部が、第七サティアンからヨウ化メチルを新たに発見したと記していた。確かに記事にあるとおり、ヨウ化メチルは、市販の毒物である三塩化リンから出発してサリン生成に進む初期段階で必須の物質だった。一方で捜査当局は、サリン生成の実験を行う方針を固めて、自衛隊に協力を要請していた。このサリン生成実験については、松本サリン事件のあと、長野県警から警察庁へ実験要請がされたという。しかし警察庁は研究機関から危険だという理由で断られ、この件は立ち消えになっていた。

一方、毎日新聞によると、捜査当局は礼拝堂のある第十サティアン脇のプレハブ建物を、細菌実験施設であると確定していた。

朝日新聞のほうは、捜査当局が押収した書類の中に、〝サッチャン〟の隠語が散見されると報じている。〝サッチャン〟をサリンに読み替えると意味が通じるという。教団はこうした面白がる態度で、サリン製造をしていたのだ。彼らの頭の中では、松本サッチャン、地下鉄サッチャンくらいの軽い認識しかなかったのではないか。被害者の姿など全く眼中になかった証拠である。

翌四月四日火曜日も、地下鉄の駅で朝刊を買う。もうこの頃になると、教室員の誰も新聞を持ち込まなくなっていた。教授が買ってくるから、それを読めばよいくらいの態度だった。目ぼしい週刊誌は牧田助教授が見つけて持参してくれた。

牧田助教授から、「いつかこのサリン事件について、講義で話さなくていいでしょうか。学生たちも聞きたがっているはずです」と言われ、なるほどと思った。問題はその時期だった。夏休みにはいる前くらいだったら、事件も大方山場を越えているに違いない。この講義は、教授よりも助教授にしてもらったほうが、面倒なことにならなくてすむ。言い出しっぺも牧田助教授だ。サリンの講義は助教授に任せることにした。

朝日新聞は、滋賀県彦根市で逮捕された信者の持つ書類から、レーダー装置の設計図が発見された旨を報じている。上九一色村は霧が多く、ヘリコプターや自家用機を飛ばすため、誘導装置として教団が製造を計画していたのではないか。新聞は専門家の見方としてそう伝えていた。

西日本新聞の記事には、教祖がかつてロシアの大学で行った講義の実態が載っている。教祖は一九九二年から昨年まで、計四回ロシアを訪問していた。教祖がこだわったのは、科学関係の大学での講義だった。一九九三年五月の訪問の際、モスクワ化学技術大、モスクワ精密化学技術大、モスクワ技術物理大など、モスクワの六大学に対して自らの講義を申し出ていた。実現したのは四つの大学で、数十人から二百人の学生を前に、教団の教えと活動を語ったという。そのあとで、入信申請書を渡し、将来活躍したい分野に関する質問項目への回答を求めていた。その列挙された二十四項目の第一が物理学、第二が化学、第三が生物学だという。

記者は、この三分野に強いロシア人の若者を狙い撃ちにして、入信させていたのではないかと評していた。二年前の五月といえば、教祖が初めて〝サリン〟を口にしていた時期だ。教祖がこの頃、本格的に化学・生物兵器実現に舵を切ったのは間違いない。その際、ロシア人の若者の頭脳が鬼に金棒になると思ったのだろう。

読売新聞は、熊本県波野村の教団修行道場に、熊本と福岡の両県警が強制捜査に入る旨を報じている。名目は元信者への監禁致傷容疑である。この元信者は、博多駅前の教団福岡支部で入会手続きをし、上九一色村で〝超能力体験セミナー〟に参加した。ところが薬物のようなものを飲まされ、これは違うと思い「帰りたい」と申し出た。すると信者数人によって小部屋に閉じ込められ、逆エビ状に縛られて暴行を受けた。昨年八月中旬の出来事だった。

こうした被害にあった元信者は、ひとりや二人ではないはずで、日常茶飯事に行われていたと思われる。

毎日新聞は、捜査当局が、上九一色村から器材や薬品を移転したと見られる他の二施設を一斉捜索すると伝えている。ひとつは山梨県富沢町の〝富士清流精舎〟で、建物は四千平方メートルの敷地いっぱいに建つ地下一階、地上二階建の工場である。もうひとつは、群馬県長野原町の〝ぷれーめん研究室〟だという。

午後三時からの教授会は、新年度になって初めての会合だった。毎年ひとりか二人の新任教授の紹介も兼ねていた。新任教授の選出は教授会が最終決定をするので、当人にとっては御礼の意味をこめて挨拶をしなければならない。

　公衆衛生学の上畑教授の後任はまだ決まっていなかった。科によっては選考に手間取り、何ヵ月もの空席が続く場合もある。今年の新任教授は神経内科学で、八年後輩だった。業績、人柄ともに申し分なく、すんなり決まっていた。

　挨拶のあと議題にはいり、医学部長から九大病院としてサリン対策のマニュアルを作成したい旨の発言があった。言い出しっぺとして指名されて、作成の意図を説明する。あらかじめ作成していた素案は、事務方から各教授の手許に配布されていた。これをどうやって完成させたらよいかが議題だった。

　医学部長が意見を求めて、いくつもの手が上がった。ほとんどの意見は、ここまで素案が出来上がっているのであれば、関係部門の責任者が集まって早急に完成してもらいたい、その決定には全教授が従うというものだった。主な関係部門は、麻酔科や救急部、薬剤部、検査部あたりでどうかという結論になり、最終的な決定は病院長に一任された。

　この決定はありがたかった。少人数で検討したほうが話は進めやすい。マニュアルの完成は五月末頃でどうかという医学部長の意見も、そのまま承認された。五月末なら、あと二ヵ月はある。何とかできるはずだ。

　その他の議題も終えて、四時半過ぎに散会する。何人もの教授から、「本当に大変ですな」と労をねぎらわれた。その中に第一生理学教室の堀下教授もいて、立ち話をする。堀下教授は名古屋大学の出身で、教授就任は私より三年先だった。年齢もさして変わらず、親近感を覚えていた。手にした折れ線グラフのコピーを見せながら説明する。

「警視庁の鑑識課から依頼されたもので、これが何のグラフなのか生理学の立場から突きとめていただきたいのです。オウムの施設から押収された資料だと思います」

堀下教授は真顔になり、コピーに眼を通す。

「ほう、直腸温と口腔温を測定しているのですか」

「横軸は分単位の時間経過です」

「何かの動物実験ですか。四九度まで目盛がありますよ」

教授が驚いて眼を上げる。

「そこを何なのか、何の実験なのか推定していただきたいのです」

「分かりました。一日だけこれを預らせて下さい」

教授から同意を得て別れた。

教授室に戻ったとき、熊井病院長から電話がはいった。先刻の件で、関係部署を選定したので、これでいいかファックスするという内容だった。

すぐさま送信されたファックスには、衛生学教授、第一内科、麻酔科長、輸血部長、検査部長、集中治療部長、救急部長、総合診療部長、薬剤部長、看護部長、事務部長と記されている。打合せ会の開催案を四月十七日月曜、午前十時、場所は病院長室に設定されていた。対応の早さに感謝しつつ、折返し、申し分ない旨をファックスした。

この日も帰りがけに夕刊を買った。西日本新聞が、山梨県富沢町の〝清流精舎〟について言及していた。この建物の正式名は〝真理科学技術研究所〟で、完成したのは三年前だった。施設脇の川に廃液が垂れ流しにされ、県が水質検査をしたものの、詳細は分からなかったという。その後、地元民から撤退要望があり、教団に申し入れると、提示された買い取り額は十億円だった。余りに高額なので、町は断念する。

ここには各地の金属関係、薬品関係企業から物資が大量に運び込まれ、外側には巨大な空気清浄機が並んでいる。上九一色村の第七サティアンそっくりの外観を呈していて、短銃などの武器を製造しているとの噂も広まっていた。働いているのは信者たちであり、修行の奉仕活動とされていた。昨年、ロシア人の団体が何度かバスで乗りつけていた。

読売新聞は、この清流精舎に、迷彩服姿の警視庁機動隊員百五十人が捜索にはいった旨を伝えている。隊員たちは防弾チョッキに催涙銃、防毒マスクも用意していた。施設内には、頭に電極付きのヘッドギアをかぶった信者たちが四十人近くいて、〝宗教弾圧だ。我々は無罪〟と叫んで抵抗した。別の信者たちは路上で座禅を組んで瞑想していた。

しかし内部には大型の工作機械以外に目ぼしい物はなく、捜索は空振りに終わった。

読売新聞はまた、教団のニューヨーク支部が分子工学のコンピューターソフトウェアを、米国の二社から購入しようとしていたと記している。このソフトは四千万円の高額で、化学薬品の複合変化を分子工学的に追跡でき、危険な毒物製造にも使い得るという。

注文に応じて一社は、社員を教団支部に派遣、ソフトを設置して説明をした。支部の四階はコンピューターが林立して、一流の研究室なみの設備になっており、社員は驚いたらしい。通常はソフトを稼動させるのに半年以上かかるのに、教団はひと月でやろうとしていたので、社員は不審に思ったという。ところが地下鉄サリン事件が発生した翌日、教団は一回目の講習会をキャンセルして、ソフトは一週間後に返却された。

帰宅して開いた毎日新聞が、教団の〝厚生省〟の存在を報じていた。静岡県で逮捕された信者が、種々の薬品とともに十数冊のノートを所持していて、そこには手書きで細菌の培養方法が記されているという。この二十五歳の男性は私大農学部農芸化学科を中退しており、教団の〝厚生省〟の研究員であることを供述した。

これに関連した記事は、翌朝の朝日新聞にも掲載されていた。熊本県波野村の教団道場からポリペプトンに加え、リン酸二カリウムも見つかっていた。この二薬品は微生物を培養する際の栄養分として使用される。

一方で毎日新聞は、上九一色村で衰弱した状態で保護された男性信者が、薬物中毒の症状を示していると伝えていた。その他にも五人が監禁されていて衰弱し、いずれも薬品を連日投与されていた疑いがあるという。

この日の夕刻、第一生理学の堀下教授から電話があった。今から行ってもよいかと聞かれ、教授室の中を片づけて待つ。

「先生、これはどう考えても、人間の体温表です」

入室するなり堀下教授が言った。ソファーに坐ってもらい説明を聞く。秘書が運んで来たお茶をひと口飲んでから、教授は続けた。

「人体実験でもした際の記録ですかね。こんなデータ、普通はあり得ません」

「やっぱりそうですか。あの教団は温熱療法と称して、患者を熱い風呂に入れています」

「温熱療法ですか。確かにそうでしょう。しかし、このグラフによると、四二度近くまで体温を上げています。それが治療ですか」

「修行の一環としても、熱い風呂に浸るという方法を使っているらしいです」

「修行なのか、拷問なのか。このグラフを見る限り疑問ですよ」

教授がグラフに眼をやる。「時間軸を見ると、最大で四百二十分になっています。七時間の修行です。体温が四二度以上になっている時間も、一時間を超えています。よくも耐えられましたね。火傷を負った信者はいなかったのですか」

「いえ、そこまでは知りません」

「サウナであれば、外気温が六〇度でも七〇度でも、火傷はしません。皮膚の発汗作用で何とか体温が保てるからです。しかしこれは風呂でしょう。発汗したところで追いつきません。極めて危険です」

教授が眉をひそめる。「直腸温や口腔温をわざわざ測定しているので、これは素人の仕業ではないですよね」

「教団には医師が何人かいます。看護婦もいるはずです」

「よくもこんな無茶なことができますね。とても医療行為とは思えません」

堀下教授が首をかしげる。「ともかく私の結論は、ここにまとめさせてもらいました」

差し出された用紙を見て驚く。要点が九項目にわたって列挙されていた。

「ありがとうございます。その旨を警察のほうには伝えます。お時間をとらせて申し訳なかったです」

礼を言うと、教授はお茶をきれいに飲み干して立ち上がった。

教室の外まで送って部屋に戻り、一枚の紙に報告書をまとめる。ファックスの表書きに、「御依頼の件の報告書をお送りします。この報告書のように、私共は温熱療法ではないかと考えています」と記した。

報告書

お送り頂きました資料を専門家（生理学者で、温熱についての研究でわが国の第一人者である九州大学医学部生理学教授堀下哲治先生）と分析し、以下のような意見がでましたのでご報告致します。
一、堀下哲治先生の御意見
①資料には直腸温と口腔温が両方測定されていることからみて、ヒトのデータである可能性が大きい。動物実験では口腔温を測定することは少ない。

②資料全体からみて、データのバラツキが少ないことから、対象はヒトである可能性が大きい。

③体温の上昇が急速であるので、発熱物質ではない。発熱物質とされている医療品や化学物質では、発汗が起こるので通常もっと緩やかに上昇する。

④発熱物質、インターフェロンなどは、このように42℃以上に体温が上昇することはまずないし、またデータのバラツキがでてくる。これらの点でも発熱物質は否定できる。

⑤このような体温の上昇の仕方は、湯につけるなど受動的な操作による可能性が極めて大きい。

⑥体温は急速に低下しているので、何らかの冷却操作がなされている。

⑦42℃を目標として体温を下げている。

⑧42℃以上に体温を上げると危険なので、急に冷却したのではないか。

⑨新聞に取り上げられている「温熱療法」では、このようなデータが可能である。つまり、47℃〜49℃の湯につけると、このようなデータがでることはあり得る。

二、沢井の意見

①データのバラツキが少ないので、やはりヒトのデータである。

②医薬品とその他の化学物質では、このように急速に42℃に体温を上げることはまずない。

③臨床的に「温熱療法」の必要性は現在ない。

④これは人体実験の可能性が大きい。

⑤42℃以上に体温を上昇させると死亡する危険がでてくるので、殺人罪の適用となる可能性がある。

⑥47℃〜49℃の湯につけると苦痛が大きいので、医療行為というより犯罪の可能性が大きい。

三、結論

①これはヒトのデータである。

②「温熱療法」である可能性が大きい。

③発熱物質である可能性は極めて少ない。

このファックスへの返事は午後七時を過ぎてはいった。丁重な言葉で礼が述べられていた。この時期、今警部補のいる鑑識課では夜を徹しての仕事に追われているのに違いなかった。

帰途、駅で夕刊を買い、読売新聞の記事に眼が釘づけになった。松本サリン事件の際、サリンの発生源がもうひとつあったという内容だった。裁判官宿舎の敷地内の樹木が激しく枯れており、サリンを浴びた可能性が高いという。その枯れ方が、第一通報者の民家付近から流れてきたにしては、不自然と断定されていた。

記事を読んで、まだ新聞がサリンの発生場所を「民家」とか「民家周辺」と書いているのには失望する。民家では絶対なく、民家周辺でも不正確で、ここは「駐車場」と書くべきだった。警察からの正式な発表がなされていないので、新聞はまだ不明確にしか書けないのだ。

記事はその先で、昨年九月から今年一月にかけて報道機関に郵送された怪文書にも触れていた。「松本サリン事件に関する一考察」と題する文書は、十二頁にも及ぶ長さだという。その中で、現場でのサリン発生は、①サリンがすぐに気化しないように有機溶剤に溶かして運んだ、②ドライアイスの中にサリンを充塡したものを置いた、と指摘していた。加えて〝発生した場所は一ヵ所だけではない可能性も考えられる〟と付記していた。さらに〝満員の地下鉄でサリンが放出されれば、惨事になる〟とも記していたらしい。

今考えると、これは教団の目くらまし戦術である。その目的のひとつは、松本サリン事件の犯人が、何か得体の知れない者、オウム真理教とは別ものがいることを示唆するためである。

そして、もうひとつは、犯行ではあたかもサリンの袋を置く方法がとられたことをほのめかすためだ。このほのめかしで隠蔽したかったのは、サリンを噴霧させる車両の存在だろう。仮に地下鉄サリン事件と同じ方法で、サリンのはいった袋を松本で置いたとしたら、遺留物が残るはずであり、あのような拡散には至らなかったろう。サリン噴出車両がある事実を警察に摑まれたくなかったのだ。袋と車両では、捜査のやり方が根本的に違ってくる。あの長野県警の初動捜査の失態は、車両の使用を全く考慮しなかったことから発している。


四月六日の木曜の朝、朝食時に毎日新聞を広げる。第七サティアンの巨大なシヴァ神が発泡スチロール製だと伝えていた。そしてその背後に、サリン製造の疑いの強い秘密実験室が造られているという。大型機材を取りはずしたり、パイプ類を交換していた跡も確認されていた。

「嘘の塊のような教団だな」

思わず口にしてしまう。

「こんな大それたことをして、何をどうしようとしたのでしょうか」

妻から心配気に反問され、首を捻るしかなかった。

朝刊は大雑把に眼を通しただけで、改めて地下鉄の売店で買い直し、坐ってから読んだ。

シヴァはヒンズー教の三大神のひとつで、オウム真理教の主宰神らしい。破壊の神でもあり、創造の神でもあるという。すると教団は、何を破壊し、何を創造しようとしていたのか。現世を破壊して、理想の来世を創ろうとでもいうのだろうか。

表向き、信者への教え諭しはそうだったのかもしれない。来世の幸福に至るひとつの方法が〝解脱〟であり、そのために、さまざまな方法を用いて信者を導く。その過程には、世にあるカルチャーセンター同様に金がかかる。しかしその金額は半端な額ではない。最後に出家を要求され、全財産が巻きあげられる。

その集めた金で、この世を破壊する化学兵器と生物兵器を造り、一気に最終戦争に導く。その先に信者たちだけのユートピアが待っている——。こう考えれば、教団の行為そのものは首尾一貫している。

しかし、人はこんな単純かつ極端な論理にだまされるものなのだろうか。そのこと自体が理不尽に思えるものの、信じてしまえば理不尽さはどこかに吹っ飛んでしまうのかもしれなかった。とはいえ、そんな論理を編み出した教祖は、本気でそれを信じていたのだろうか。いや、そうではなかろう。信者を操る快感だけに酔いしれていたのではなかったか。

記事を読むと、元来この第七サティアンには大きな化学プラントがあり、今年初め以降、大幅な改装が行われたのだという。建物全体を白いシートで覆って、昼夜突貫工事をし、外に出ているパイプの形状も変わったらしい。

その後、二月からメディアや一部の宗教評論家を施設内に入れ、巨大なシヴァ神を公開していた。これも目くらまし戦術のひとつだったことが分かる。

では今年初めに、何があったのだろう。思い出せば、元日の読売新聞のスクープ記事に行きつく。上九一色村で、サリンの残留物質が検出されたと報道されたのが、今年の一月一日だ。

これで教祖は驚愕したのだ。さし迫る強制捜査に震えて、第七サティアンをつぶしにかかる。それを急遽聖域に造り替え、化学工場ではないと、宣伝する。時間稼ぎに出たのだ。

このとき、警察が強制捜査に踏み切っていれば、すべては明るみに出ていただろう。警察は、去年六月二十七日の松本サリン事件に続いて、今年の一月初旬にも、好機を逃していた。前者は長野県警、後者は山梨県警の優柔不断の結果であり、構造的に統率する力を欠いていた警察庁と国家公安委員会、警視庁の見透しの甘さが原因になっている。

西日本新聞の朝刊は、教祖と〝化学班〟の幹部たちの所在がなお不明だと告げていた。逃げ切れるはずもなく、問題はいつ逮捕されるかだけだ。これだけの被害者、犠牲者を出していながら、逃げること自体、似非信者、似非教祖、そして似非宗教だったことの証明だろう。

この日に発売されたばかりの『週刊文春』は、姿を消した幹部たちの素顔を紹介していた。教祖の妻は、千葉県木更津市の出身で、両親ともに学校の教師である。千葉大教育学部を受験して不合格になり、通った予備校で教祖と知り合って結婚する。妻の家族の反対はあったものの、その実家の援助で船橋市に一戸建ての新居を購入する。その後娘四人、息子二人の子供ができ、現在三女が教団の後継者と目されている。

〝科学技術省の大臣〟で、オウム化学部門のトップに位置している村井秀夫は、マンジュシュリー・ミトラの出家名を持ち、大阪大学理学部を卒業して大学院に進学し、宇宙物理学を専攻した。卒業後は神戸製鋼に入社、一年後ヨガを通して教団に接し、四年で退社、出家した。

連日テレビに生出演している出家名マイトレーヤの上祐史浩は〝外報部長〟で、教団設立時の役員でもあり、モスクワ支部長も務めている。早稲田大学高等学院から早稲田大学理工学部に入学、英語サークルにはいり、英語討論では頭抜けた存在だった。大学院に進み、理工学研究科を修了して一九八七年に宇宙開発事業団に就職する。しかし〝趣味のヨガと両立できない〟との理由で、ひと月で退職した。

教団のナンバー2で、教祖の一番弟子である石井久子〝大蔵省大臣〟も、教団設立時の役員である。出家名はマハー・ケイマで横浜出身、地元の高校を経て産業能率短大を卒業、日産火災海上保険に入社した。経理部に配属され、会社帰りに教団の渋谷の道場に通い、一九八六年に退職して出家した。その際に妹一家も教団に引き入れた。反対した両親は娘たちを脱会させようとしたが、ことごとく失敗、「あの子は狂っている」ともらして諦めた。今では近所づきあいも断って、ひっそり暮らしているという。

この三人は教祖に次ぐ〝正大師〟の地位にある。次に位置する〝正悟師〟は八、九人いる。そのひとりである出家名ミラレパの新實智光は、〝自治省大臣〟を務め、施設周辺の警備や教祖のボディガード役を担っている。愛知県岡崎市の出身で、岡崎東高校を経て愛知学院大学法学部法律学科を卒業、地元の食品会社に就職した。大学生の頃からオウム真理教の名古屋道場に通っていて、会社は半年で辞めて出家する。九州支部長や大阪支部長、秘書室長を歴任して、最近は脱会者を連れ戻す特務部隊の〝行動隊〟のリーダーと見られている。

出家名ティローパの早川紀代秀は、〝総務部長〟を務め、武闘派と目されている。大阪市出身で、神戸大学を卒業後、大阪府立大学大学院で農業工学を学んだ後、ゼネコンの土木技術部に就職する。オウム大阪支部のセミナーに通い、出家した。

化学部門の筆頭格にあると見られているのが出家名ジーヴァカの遠藤誠一で、帯広畜産大学獣医学科を経て京大大学院に進み、ウイルス研究所で遺伝子工学を学んでいる。教祖の血を飲む〝血のイニシエーション〟の根拠として、尊師の血中のＤＮＡに秘密がある、京大の医学部で研究結果が出たと宣伝したのが、この遠藤誠一である。

行方不明になっている坂本堤弁護士が、これを調査して事実無根と反論した。その結果、出家名アパーヤージャハの青山吉伸弁護士が反論を認め、「遠藤が教団施設で実験した」と訂正する。この〝法務省大臣〟の青山吉伸と、上祐史浩、早川紀代秀の三人が、坂本弁護士失踪の直前に法律事務所を訪問していた。

同様にして連れ去られ、行方が分からない假谷公証役場事務長にしても、教団の徹底した〝邪魔者は消す〟というやり方は歴然としている。おそらく被害者は、この二人にとどまらないだろう。闇の中で殺害され、闇に葬られた犠牲者は、まだ他に何人もいるはずだった。

一方で『週刊新潮』は、国松孝次警察庁長官狙撃事件の詳細について、突っ込んだ報道をしていた。一週間ほど前の三月三十日午前八時半の事件発生当時、長官の周囲には警察関係者が四人いたという。長官を迎えに来た秘書官、運転手、そして長官車から十数メートル離れた所にいた覆面パトカーの中の私服警官二人だった。四人のいずれも武器は携行していなかった。さらに警察への第一報は、警官ではなく、マンションの管理人からだった。

狙撃前、長官は秘書官の差しかける傘で雨を避け、マンションEポートの入口を出て、迎えの公用車に向かう。狙撃手は、隣のFポートの陰に身を隠し、植込みから上半身を出し、左手の上に銃を乗せて狙いを定めて四発撃った。最初の一発ははずれ、あとの三発が命中した。その距離は二十数メートル、確実に的の大きい腹部と腰部を狙っていた。

狙撃後、用意していた自転車に乗り、西側の出口から姿を消した。明らかに射撃に熟練した者の犯行だった。

この前日と前々日、不審な複数の男が現場周辺で目撃されていた他、教団施設への強制捜査のあと警視庁に〝不当な強制捜査をやめなければ、十日ごとに報復する〟という予告がなされていたという。三月三十日は、地下鉄サリン事件からちょうど十日後だ。この予告どおりになれば、次は四月九日である。警察も戦々恐々としているらしい。

目下、警察が全力を挙げて洗い出しているのは、教団の中にいる退職警官と退職自衛官だという。こうした信者は、教団の中に多数いて、当局者も愕然としている——。

ここまで読まされると、なるほどと思ってしまう。退職警官の信者がいれば、警察組織の内部にスパイがいるも同然ではないか。隠密裡の警察の動きは、手にとるように教団側に知られていたと見るべきだろう。

こうした殺人集団ともいえるオウム真理教に対して、殺人予備罪で解散命令が出せないか。この問題で政府が二の足を踏んでいる状況を、『週刊新潮』はさらに突っ込んで記事にしていた。

そこに立ちはだかっているのが、宗教法人という隠れ蓑だった。管轄するのは文部省の外局、文化庁であり、現在国内には十八万を超える宗教法人が存在していた。いったん認証されると、もはや行政が裁量を働かせる余地はなくなる。野放しの聖域と化すのだ。

浄財として集めた金は非課税であり、法人税も固定資産税もない。営利事業を行った場合も、収益部分に対する税率は、一般企業が三七・五%なのに比べて、二七%と低い。

しかしここで教団に対する解散命令を請求したとしても、これは刑法上の問題になって裁判には七年も八年もかかってしまう。そのための証拠集めは、認証を与えた東京都がしなければならない。そこまでの力量は都も持ち合わせていない。となれば、利害関係にある人が訴えるしかなくなる。被害者団体などが考えられるものの、相手がオウム真理教となると、報復を覚悟しなければならない。つまり現行の宗教法人法では不可能に限りなく近いのだ。

残る手段は特別立法しかない。しかし、と某政治評論家はコメントしていた。ここまで政治家が宗教法人を野放しにしてきたのは、宗教法人を重要なスポンサーとし、選挙で自分たちの手足として使ってきたからだという。宗教法人からいくら金を吸い上げても、帳簿には残らないので、後腐れは一切ない。一種のマネーロンダリングである。実際、日本の国会議員の七割が、宗教法人と何らかの関係があり、その応援がなければ選挙には勝てない。この理由で、法改正はむずかしいというのが、その評論家の結論だった。

こうした日本の事情とは対照的に、ロシアでの対応は早く、法務省は教団のモスクワ支部の法人登録を抹消済みだった。

このロシアでの布教の実態を生々しく伝えているのは『週刊宝石』だった。記事によると、教団に奪われた子供を救出する「青年救済委員会」が設立されていた。

ある母親の息子は、十七歳のときにラジオ放送局「マヤーク」で教団のことを聞き、支部に通い始めていた。演習会や講習会が数日からひと月続いたあと、息子は全く別の人間になり、ロボットのような存在と化したという。母親は、「いま息子は二十歳ですが、私にとっては事実上息子は存在しません」と嘆息していた。

別の母親の娘は、二年前の一月、友人に誘われて教団を訪れた。集会に参加して帰宅すると、すぐに電話が鳴り、翌朝はまた電話で次の活動の状況が伝えられる。手紙も届く。いつも娘は教団の管理下に置かれていたという。一変したのは去年一月十六日の二十四時間講習会に参加してからだ。帰宅したとき全く別の人間になっていた。動作が遅く、顔に表情がなく、身体は痩せて猫背になっていた。社交家だったのに友人と絶縁し、親戚づきあいもやめてしまった。〝親子の間に愛情など存在せず、執着があるばかりだ〟〝教義に従って、出家したい〟と言い出した。八月になると断食を宣言し、家では何も口にしない。信仰の邪魔をするなら窓から飛び降りると口走るようになる。たまりかねた母親は、日本人支部長に会って抗議した。すると支部長はロシアの法律の〝信教の自由〟を読み上げ、〝あなたは法を侵害している〟と叱責された。娘は教団の契約書に自分で記入し、母親にも、親の意思で娘を教団に行かせるという項目にサインを迫った。母親が拒否すると、九月十七日、娘は予告なく家を出てしまった。

また別の女性は、娘の病気の回復を願って支部を訪れた。すると日本人の指導者から〝治療にはアレクセーエフ通りにある施設で、六時間の講習に参加しなければならない。訓練で全ての病から解放される。それには二万五千ルーブル（ほぼ月収に相当）を支払わなければならない〟と説明された。母親がそれは無理、一万ルーブルにして下さいと言うと、その男性は〝一度に二万五千ルーブル支払わないと効果は半減する。しかしいいでしょう。一万ルーブル出しなさい。但し完全には浄化されないということを忘れてはいけません〟と言って金を要求した。

このロシアでの教団のやり方には、日本でのやり口がそのまま集約されていると見てよい。まず標的にするのは若者である。おびき寄せる手段としては、瞑想や病気の快癒、あるいは東洋のヨガだ。講習会に通わせ、集中講義と二十四時間講習で洗脳する。この洗脳で家族からの引き離しを図る。親と子の絆を忌わしいものとして断ち切り、代わりに教祖への帰依を説く。この一連の過程は無料ではなく、お金が要求される。そして最後は出家で完成である。洗脳されて、家族も捨てての出家だから、もはや教団からは抜け出せない。脱会すれば地獄が待っていると教えられているから、身動きできない。

人を洗脳してロボット化していくのには快感がつきまとう。人を意のままに動かせるという快感だ。教団の幹部たちは、この快感に酔い痴れ、自らもそこから這い上がることができなくなったのに違いない。まして抜け出そうとすれば、リンチにあう。自然に、互いに監視し合う仕組みが出来上がる。あらゆる閉ざされた集団に適用可能な法則がそこにある。

昼食時、教室員たちが談話室に集まって来たので、持参の愛妻弁当を持ってテーブルにつく。牧田助教授は、いつものように裏門近くにある食堂から出前を頼んでいた。その他、教室員が食べるものはさまざまで、朝方買ったサンドイッチもあればお握りもある。もちろん自分で詰めた小さな弁当箱を開く女性研究員もいる。

「教祖はまだ捕まりませんね」

牧田助教授が言った。「どこに隠れているのでしょうか」

「弟子たちはよくテレビに顔を出していますよ。あの弁のたつ幹部など、まるでタレントなみの扱いです」

教室員のひとりが腹立たしげに言う。「テレビ局も、何であんな連中を登場させるのでしょうか。ここに至っても、自分たちは被害者だと主張していました」

「確かに、よくもあんなに嘘八百を並べられるなと、あきれます」

牧田助教授が応じる。「四、五日前でしたか、教団の外報部長が、一連の事件は創価学会の仕業だと言いました」

「それはわたしも見ました」

女性教室員が頷く。「根拠として、例の公証役場の事務長が拉致された事件で、レンタカーを借りるときに使われた免許証の名義人が創価学会員だったからだ、と言っていました」

「いやそれも、連中が仕組んだことでしょう。テレビタレント気取りの上祐が言うことは、すべて嘘です。ペラペラと彼の口から出て来る言葉は、すべて嘘のカタマリです」

そう断言する。

「沢井先生のおっしゃるとおり。見ていて腹が立ちます。こちらが考える間もなく、嘘が連発されると、本当かなと思ってしまいます」

「嘘をつき出すと習癖になりますからね。あの上祐外報部長と青山弁護士が、教団の嘘の広告塔です。二人の口から出てくる言葉は、すべて真っ赤な嘘と思ったほうがいいです」

〈教祖の哀れな嘘ロボットだ〉と言おうとしてやめた。口にするのも馬鹿馬鹿しかった。

午後は教授室に籠って、九大医学部でのサリン対策マニュアルの草案を練り直す。しかしこれで終わりにはしたくなく、いずれ九大主催でワークショップを開く必要性を感じていた。その際サリンだけにとどまらず、議論の対象を広げて「化学兵器防御対策」とすべきだ。開催にこぎつけるには一年か二年はかかる。シンポジストに誰を招聘するか、今から考える必要があった。少なくとも、松本サリン事件で治療にあたった医師、地下鉄サリン事件で最も多くの患者を治療した聖路加国際病院の医師は欠かせない。さらにもうひとり、上九一色村の教団施設から、サリン生成の副産物を発見するのに貢献したアンソニー・トゥー教授も、米国から招くべきだった。これまでトゥー教授の名前は、今でも年に十四万人の死者を出す毒蛇の研究者として知っているのみだった。しかし、松本サリン事件のあとに刊行された東京化学同人『現代化学』の九月号で、トゥー教授の論文を読み、造詣の深さに驚かされた。コロラド州立大学の教授なので、連絡は早目にとらねばならなかった。もちろん招待するには費用もかかる。予算については、医学部からの助成金では到底まかなえない。製薬会社からの協賛金が必要だった。

四月八日の土曜日、朝のテレビがオウム真理教の付属医院院長の逮捕を報じた。八日の午前一時過ぎ、石川県の路上で盗んだ自転車に乗っているところを職務質問され、占有離脱物横領容疑で逮捕されていた。

「こんな立派な経歴を持っているのに、どうしてこんなことするんでしょうね。四十八歳だというのに」

林郁夫の経歴と年齢を聞いて妻が驚く。

「その他にも、悪い医師が四、五人、教団で働いている。何でだろうね」

妻にはそう答えるしかない。洗脳されて医師として働いているのか、教祖への帰依なのか、あるいは脱会して殺される恐怖があったからか。たぶん、それらの要素がすべてからんでいるのに違いなかった。

「院長が捕まりましたね」

教室に出勤しても、土曜日にもかかわらず出て来た研究員が言う。その日のテレビは何回も、林郁夫の逮捕を報じた。

翌日の九日日曜日は、家で休養をとった。その代わり朝刊を買いに出かけて、じっくり読む。どの新聞も林郁夫の逮捕劇を詳細に伝えていた。

林郁夫が石川県の七尾署に逮捕された占有離脱物横領容疑とは、つまるところ、乗り捨てられていた自転車を盗んだ疑いだった。北陸地方まで逃げていたところに、林郁夫の逃亡意志の強さが出ていた。しかしいつまで逃げ隠れできると思っていたのか。逃げ出したのは強制捜査のあった三月二十二日の前日あたりだろうから、二週間以上は逮捕に怯えながら過ごしていたはずだ。フードをかぶった護送時の写真は、観念した表情をとらえていた。案外ほっとしているのかもしれなかった。

石川県で逮捕後すぐに警視庁が、今度は監禁容疑で逮捕していた。昨年の十二月下旬から先月二十二日にかけて、上九一色村の施設で、脱会を希望したピアニストを殴り、全身麻酔をかけて監禁した疑いだという。この女性は二十二日の強制捜査で保護救出されていた。

また一方で、治療目的以外で信者に麻酔薬や幻覚剤などを、繰り返し投与した疑いもあった。その他にも、カルテを偽造して信者の家族を監禁した嫌疑もあるという。教団が大量の劇薬物を購入する際、医院名で注文した張本人も林郁夫と目されていた。一方で、教団発行の雑誌に、生物兵器やサリンを含む毒ガス兵器の予防法を論述していた。

以上の毎日新聞の報道に対し、読売新聞も林郁夫が院長を務める医院のでたらめさを詳しく伝えている。六十歳代の男性は脳梗塞の後遺症で、中野区の教団付属医院に入院した。狭い部屋に八床のベッドが置かれ、廊下には薬草が山積みされ、教祖のポスターが到る所に貼られていた。常に大音響の念仏じみた音楽が流れ、丸刈り頭の患者は、首からお守りをぶら下げていた。

数日後、医院からコップ一杯一万円の甘露水を勧められた。温熱療法も執拗に迫られた。治療費とは別に多額のお布施も要求された。断ると医師から〝店を売ってでも〟と強要され、家族にお布施を求める電話がかかってきた。

仕方なく二十万円だけ払って受けた温熱療法は、四七度から四九度の高温の湯に浸るものだった。患者には何ヵ所も火傷の痕が残った。

見かねた家族が退院を希望すると、〝今退院させるとエネルギーが下がるので許可できない〟と医師から拒否された。その後、患者の住民票が無断で自宅から医院に移され、患者名義のアパートの所有権が教団に渡っていることが分かった。その間、患者は〝退院すると殺されるぞ〟と脅かされていた。自宅にも〝殺してやる〟という脅迫電話がかかってきた。このため二年前の三月、医院の監視の隙をついて、家族が患者を救出した。アパートを取り戻す裁判は今も係争中だという。

医院は大量の麻薬と向精神薬を購入していて、これを教団での儀式にも使っていた。元信者によると、ある儀式ではまず点滴されて眠くなり、しばらくフラフラの状態が続いた。ワインのような液体を飲まされたときは身体が震え、そのうちゲラゲラ笑い出したという。

警視庁鑑識課の今警部補から依頼された例のグラフは、やはり温熱療法のデータだったのだ。あれでは火傷するのが当然で、死亡者がいたとしても不思議ではない。

記事は林郁夫の経歴についても〝心臓外科のホープ〟だったと記して、詳しく伝えている。茨城県東海村の、国立療養所晴嵐荘病院の初代循環器科医長を務めたのは、一九八四年二月から一九九〇年一月までだった。初めは若い医師の中心的存在だったのが、一九八九年末から患者の苦情が相継ぐようになる。多量の水を飲ませて、自然食のみを勧め、治療に瞑想を取り入れるようになったからだ。病院側の調査に対しては、〝オウム真理教の修行であり、ちゃんとした治療〟と答えていた。

一九九〇年の一月、病院を辞職し、間もなく教団の付属医院の院長に就任する。教祖から、〝治療省大臣〟に任命された。施設近くからサリン分解物が検出されたと報じられたあとの今年一月、教団がマスコミに送りつけたビデオにも登場し、被害を受けているのは教団側だと、独自の調査結果を示していた。

林郁夫の父、兄夫婦ともに医師だという。親族のひとりは「親兄弟の縁を切って入信、母は泣いて引き留め、せめて子供だけは置いていくように説得したが、聞く耳持たなかった」と嘆いていた。

慶応大学時代の同級生は「真面目な学生だった」と評し、国立療養所時代の同僚も、「腕の立つ医師だったのに」と首をかしげていた。

この記事からすれば、完全に洗脳されていたと見るのが妥当だ。ロシアでの入信騒ぎと同様、洗脳によって親兄弟との縁は断ち切られ、人格は全く別人になってしまう。操られるロボット、操り人形同然になってしまうのだ。

林郁夫が院長を務める付属医院は、数年前からサリンの解毒剤ＰＡＭを大量に購入していた他、モルヒネなどの麻薬や向精神薬も大量に購入していた。上九一色村の教団施設周辺には、筋弛緩剤などの薬の空き瓶や点滴バッグ、注射器が捨てられていた。

また、富士宮市の教団総本部のヘリコプター駐機場に置かれていたコンテナからは、人骨のはいった骨つぼも発見された。

教団の医師が関与した〝治療〟で、死亡した患者がいたとしても不思議ではなく、薬物による拷問が原因の死者もいたはずだ。発見された人骨は、犠牲者のほんの一部に違いなかった。

この日のテレビには、教団の外報部長の他、〝科学技術省〟の大臣も出演していた。聖者マンジュシュリー・ミトラ正大師の村井秀夫三十六歳で、見かけは好人物に見える。上祐史浩〝外報部長〟と同様に弁がたつ。ここに至っても、教団は被害者、国松長官狙撃には関与していないと発言していた。

「教団の幹部が、どうしてこんな昼間からテレビに出られるのですか」

妻もあきれ顔だ。

「全体ではオウム真理教は限りなくクロに近いけど、個々の人物がかかわった犯罪がはっきりしないからだと思う。何か微罪容疑で逮捕して、ひとりひとりを調べ尽くしていくしか手立はない。そのひとりひとりが、膨大な人数になるからね」

確かにそこが、通常の犯罪捜査とは違う所以だ。警察の苦労がしのばれた。しかしこれも、強制捜査の遅れが招いた結果だった。

翌日の月曜からも、忙しい日々になった。

四月十二日、熊井病院長からファックスが送られて来た。文部省高等教育局医学教育課長から、各国公私立大学付属病院長宛に出されたファックスの転送だった。標題は「サリン中毒に対する医療体制の確保について」となっている。内容は、信州大学附属病院長の柳澤教授が作成した資料を活用されたい、と記されている。

添えられた資料を一読すると、救急処置がＡ４用紙三枚に要領よくまとめられていた。大項目として対処法は、重症者、軽症者、救助チームの被災予防の三つに分けられている。しかしすべてが文章であり、一瞥しただけでは理解しにくい。目下作成中の九大医学部による対策では、見てすぐ分かるようにチャート式にしている。そのほうが救急の場面では利用しやすい。少なくとも信州大学版を超える必要があった。

同日、ユニチカ株式会社からファックスがはいった。サリン関係の論文を郵送いただけないかという内容だ。ユニチカという会社が何の会社か分からぬまま、『臨牀と研究』に載せた論文をまずファックスし、残りの関係論文は郵送する旨を返信した。

返礼のファックスもすぐに届いた。ユニチカの繊維マーケティング企画室からのもので、末尾に「弊社の活性炭繊維マスク（主に防塵用）の見本を郵送致しますので、ご意見、アドバイスを戴ければ幸甚です」と書かれていた。これでどういう会社かは理解できた。一連のサリン事件で防毒マスクが一躍脚光を浴び、マスクを作っている会社は、対策を迫られているのだ。

テレビ朝日報道部のウィークエンドライブ週刊地球ＴＶ係から電話がはいったのも、同じ十二日だった。サリン関係の論文が入用なので送っていただけないかという内容だった。こういう依頼は迷惑どころか、ありがたかった。「論文はいくつも発表しています。どれが必要か分かりませんので、とりあえず最初のものをお送り致します」と書き添え、ユニチカ宛と同じ「サリンによる中毒の臨床」を送信する。すぐに返信のファックスがはいり、お礼とともに、他の論文もあれば送信お願いしたいと書かれていた。『福岡医学雑誌』に載せた論文もファックスする。テレビはどの局も特集番組を流し、それなりの独自性を出そうとして大童のようだ。

この日、教団幹部の新實智光が逮捕されたと報じられた。逮捕されたのは、千代田区一番町の超高級マンションだという。分譲すれば一億円以上、ひと月の家賃は七十万円で、ここが教団幹部のアジトと目されていた。新實智光は、数人の男と脱会を申し出た元看護婦に暴行を加え、車で連行し、施設内に監禁した容疑が持たれている。教団に、こうした脱会希望者を連れ戻す〝行動隊〟があるのは確実で、新實智光はその中心的メンバーと見られている。〝行動隊〟トップの幹部はまだ所在不明である。

四月十三日の木曜日、警視庁鑑識課の今警部補にファックスを入れた。「上九一色村で保護された信者から、色々と薬物が検出されているようです。問題のある薬物が使用されているようなので、その目的を解析してみましょうか」と書いた。警察のほうでもこれは是非知りたい事項で、いずれ問い合わせが来るはずだった。返信はすぐに届き、信者から検出された薬剤は、リドカイン、レボメプロマジン、プロメタジン、ペントバルビタール、アトロピン、ゾピクロンの六種であり、是非使用目的を明らかにしていただきたい、という内容だった。

こちらから持ちかけた課題ではあるものの、何に使われたかはピンとこない。ここは精神科にでも問い合わせなければ解決しないと判断する。

同じ十三日の午後、今度は警視庁の真木警部から電話がはいった。上九一色村その他で保護された信者たちの中に、一時的に幻覚状態に陥った者が多数いる。これには何か薬物が使用されているのではないか、という問い合わせだった。これについては新聞記事で既に知っており、おそらくＬＳＤを投与されたのでしょうと即答する。

電話を切ったあとで、東京化学同人から出版されている『身のまわりの毒』を読み直す。著者は、上九一色村の土中からサリンの分解物を検出するのに貢献したアンソニー・トゥー博士だ。その第三章「麻薬」の中に、ＬＳＤの作用が詳しく書かれていた。

リゼルグ酸ジエチルアミドがＬＳＤで、経口で少量摂取すると、一時間弱で鮮明な幻視が起こる。幻覚は二、三時間で最高潮に達し、十時間前後持続する。〝奥深いところの自己との出会い〟〝愛の高まり〟〝精神の調和〟といった快楽の桃源郷が出現する。視覚と聴覚、時空間の変容が起こり、瞳孔が開き、腱の深部反射亢進（こうしん）、頻脈、血圧上昇、体温が上昇する他、呼吸も深くゆっくりになる。不眠と食欲減退も起こる。微量で多大な幻覚効果を生じる反面、毒性は低く、ＬＳＤで死ぬことは少ない。

教団の医師たちは、この作用を熟知しており、入信したての患者に陶酔感を味わわせ、帰依への意志を駆りたてるのに違いない。全くの邪道であり、修行とは名ばかりの詐欺行為である。その意味でも教団医師たちの罪は重い。

今警部補から新たなファックスがはいったのは、十四日の金曜日だった。押収された薬品の中にチオペンタールナトリウムとペントバルビタールナトリウムがある。使用目的は何かという質問だった。さっそく返信をする。

チオペンタールナトリウムは、全身麻酔薬として広く使用され、自白剤としても使われる。教団もこの目的で使ったと思われる。ペントバルビタールナトリウムも一種の麻酔薬であり、少量から少しずつ注射していけば、気分がほぐれて自白を促す作用がある。しかし、投与量が多いと呼吸停止に至る。同種のペントバルビタールカルシウムのほうは、ラボナという商品名で発売されている。強力な睡眠薬であり、かつては持続睡眠療法に使われた経緯がある。そこまで記し、末尾に、「救出された看護婦に直接会えれば、より詳しい情報が得られるかもしれません」と書き添えた。

この日購入した『フォーカス』には、教団のアジトである千代田区一番町の超高級マンションが写真入りで紹介されていた。十二階くらいはある。眼下に千鳥ヶ淵を見下ろし、隣はイギリス大使館だという。皇居も一望できる。七階の一室3LDKは昨年十月、自称医師夫婦が借りたあと、今年の一月からはオウム真理教の服を着た信者たちが出入りし出した。〝外報部長〟の上祐史浩や教団弁護士の青山吉伸の他、〝科学技術省大臣〟の村井秀夫も盛んに出入りしている。外来者用の駐車場には、上祐史浩と青山吉伸用の二台の白いクラウンが駐車していて、もちろん警察も周辺に車を配置して警戒していた。裏の行動隊の新實智光が逮捕されたのもここだった。

『フォーカス』は、この裏の行動隊のメンバーも写真つきで紹介している。まず、〝防衛庁長官〟が、マハー・カッサパこと岐部哲也である。岐部哲也が乗っていた車からは、大量の銃器部品が発見されていた。警察が分析したところ、これが旧ソ連軍の突撃銃AK47の模作品だと判明した。通称カラシニコフと呼ばれるこの自動小銃は、一連射の掃射で五〇〇メートル以内の目標を破壊できる。しかも部品はわずか八個という簡素な作りで、世界で最も多く生産された突撃銃だという。教団では、山梨県富沢町の〝清流精舎〟でこの部品を大量に生産していた。

岐部哲也は大分県の国東(くにさき)半島の生まれで、大分舞鶴高を出て、画家を目指して上京、新聞配達をしながら東京藝大を二度受験するも失敗する。杉並区の美術専門学校に入学して、卒業後はデザイン会社に就職する。手塚治虫の「火の鳥」の装丁や、松任谷由実のアルバムジャケットの制作にも関与したという。一九八六年、同棲していた女性が教団に入信したので自分も入信した。以後は、教祖のボディガード役もこなすようになった。

裏の行動隊の司令官として警察が行方を追っているのが、ティローパこと早川紀代秀である。神戸大を出て大阪府立大大学院で緑地計画工学を専攻、一級土木施工管理技士と一級造園施工管理技士の資格を持ち、今では〝建設省大臣〟の地位にある。坂本堤弁護士失踪事件の前々日、坂本弁護士と会い、〝たたりがあるぞ〟と捨て科白(ぜりふ)を吐いていた。

その下で〝建設省〟ナンバー2と見られているのが、山口組系暴力団の組長だった中田清秀である。名古屋市の生まれで、実家は風呂屋だった。父親が事業に失敗して北海道に夜逃げをしたあと、風呂屋の経営は親族がしていた。中田清秀は北海道で山口組系暴力団の組長になり、三十歳を過ぎて名古屋の組の組長代行になった。廃業した風呂屋は、中田が地主との間で建物新築のために土地賃借の更新契約をした。ところがこの契約に、建物建設の権利をオウム真理教に譲渡できるとの一項がはいっていた。老齢の地主はこれを知らなかったとして、契約無効の訴訟を起こしていた。

『フォーカス』はその他にも、教団の科学部隊の面々にも言及して写真を載せている。注目したのは化学部門の専門家と目される、ボーディサットヴァ・クシティガルバ師長こと土谷正実という人物だった。土谷は自身の名をつけたクシティガルバ棟という化学研究施設を、第七サティアンの横に持っていた。第七サティアンは大がかりな化学工場の様相を呈してはいるものの、本格的に稼動していたかどうかは疑わしい。実際にサリン生成が実施されていたのは、この土谷正実の研究施設なのかもしれなかった。しかし『フォーカス』は、この土谷なる人物の経歴は摑んでいないようで、一行も触れていない。三十歳であり、写真を見る限り無表情の大人しい顔をしている。

教団を脱会した某信者によると、昨年七月九日に上九一色村で起きた異臭騒動の直前、百人近い信者が一斉に体調不良に陥ったらしい。その日を境に、一般信者は一日に解毒剤、抗生物質、薬物中毒防止薬を三錠ずつ飲むように指導された。幹部たちはその三倍の量の一日二十七錠を服用していた。こうした体調不良に対し、教団側は〝米軍のせい、科学部隊がやっているのは農薬の研究だ〟と、信者たちには説明していた。

別の頁では、教祖と仲良く並んでいる〝治療省大臣〟の林郁夫の写真を掲げていた。林郁夫は教祖の主治医のような役目もし、石川県で逮捕されたとき、各地の貸別荘の地図を所持していた。前日には、付属医院の看護婦も同じ石川県の穴水町で逮捕されていた。『フォーカス』は、教祖が潜伏する場所を探していたのではないかと推測していた。

翌日の四月十五日土曜日は、福岡市内の中華料理店で九大医学部の同期会があった。毎年この時期に催される会には、ほとんど出席していた。昭和三十九年の卒業生は八十七名で、大方が五十代半ばの年齢なのに既に物故者が四人いた。大学教授になったのは九人で、そのうち母校の教授には三人、衛生学の他に生化学と耳鼻咽喉科で就任していた。幹事の司会で始まる会の冒頭では、その年の死亡者を追悼して黙想がある。幸い今年はなく、乾杯の音頭は、一番遠い所から参加した同期がするならわしだった。今年は徳島大学で細菌学の教授をしている同期生が、参加者三十余名を前に短いスピーチをしてビールのコップを持ち上げる。京都や東京からも駆けつけている同期生がいるのに、やはり四国は遠いという印象があるのに違いなかった。丸テーブルに六人ずつ適当に坐っていて、「沢井君、サリンで大変じゃろう」とか「あんたを九大に呼んでよかったよ」と言われた。

実を言えば、九大に来たのは同期生たちの半強制によるものだった。前にいた産業医科大学では神経内科の教授と中毒学研究所の所長をしていて、何も不満はなかったのに、同期生から「母校を見捨てる気か」と言われたのが仇(あだ)になった。

雑談をしていると、司会をしている幹事から突然指名され、「今活躍中の沢井君に、少しばかりサリンの裏話ばしてもらいます」と告げられた。断るわけにもいかず、マイクの前に出る。

「裏話などありません。しかしひとつ言えるとは、松本サリンと地下鉄サリンの他に、オウム真理教は他の毒ガスも作っていたのではなかかという疑いです。例えば、ホスゲンやＶＸといった毒ガスです。いずれ明らかになるとは思っとりますが」

サリンを生成する実力があれば、その他の強力な毒ガスにも手を伸ばさないはずはない。それが直感だった。言い終えて席に戻ろうとすると、質問が飛んで来た。あの教祖の麻原彰晃はどこにいるか、という問いだった。これればかりは不明、警察が必死で捜している、と苦笑しながら答えるしかなかった。

料理が運ばれて、さっそく飲み食いが始まる。

「さっき沢井君が言ったホスゲンはどげな毒ガスね」

開業している内科医が訊く。知らないのも無理はない。毒ガスなど学部でも教えられないし、日常の臨床でも全く無関係だ。

「第一次大戦で、ドイツが塩素ガスに続いて作った毒ガス。空気より重たかけん、塹壕内の兵士を襲い、肺水腫を起こして死亡させる。フランス軍もこれれば作って対抗した。第一次大戦で毒ガスによる死者の八割は、このホスゲンによるもん。悲惨さは、例のレマルクの『西部戦線異状なし』に見事に描かれとる。読むとよか」

「治療はどげんするとね。ま、そげな患者は来んと思うが」

別な内科医が言って大笑いになる。

「症状は全く肺水腫と同じだけん、酸素吸入を陽圧で呼吸管理をするとよか。もちろん汚染した衣服を脱がせんといかん」

「なるほど。案外簡単やね」

「作るのも簡単だから、オウム真理教はもう作っとるはず」

「もうひとつのＶＸちいうのは何ね」

正面に坐る外科医の友人が身を乗り出す。

「この化学名は、Ｏ－エチル＝Ｓ－２－ジイソプロピルアミノエチル＝メチルホスホノチオラート」

口にすると、テーブルについていた全員が、げんなりした顔で身を退く。化学名は、その構造を頭に浮かべると、何とか覚えられる。

「無臭で琥珀色の液体で、車のオイルに似とる。粘度が高く、溶剤に溶かして散布すると、その蒸気は空気より重かけん、塹壕戦にも使われやすか。液体では皮膚と眼球から吸収される。皮膚に一ミリグラム付着すると死ぬ」

「一ミリグラムちいうと、ほんの一滴じゃなかね」

「そげん。ホスゲンと同じで、皮膚からよく吸収される。吸収されたあと、血液循環で全身に回るまで時間がかかるけん、死ぬまで数分かかる。衣服の上からかけられると、時間はなお遅れる。この時間差が犯人にとっては都合がよか。逃げる時間があるけんね。症状は大方サリンと同じで、意識障害と痙攣発作、呼吸困難。治療もサリンと同じ。汚染の除去には、漂白粉や次亜塩素酸ナトリウムがよか」

「それば、オウム真理教が使った形跡があるとね」

右隣の内科医から訊かれる。

「形跡はまだなか。ひとつ毒ガスを作れるとなると、技術はあるから、他の毒ガスも作ってみたくなる。科学者というもんは、そげなもんじゃろ」

「オウムには化学班があったらしいけんね」

友人たちが納得する。

酒がはいるに従って、席を立って他のテーブルに移る者も出はじめる。はす向かいのテーブルに、飯塚市で精神科病院の院長をしている同期生を見つけ、隣に坐らせてもらう。

「すまんが、上九一色村で保護された信者の血液から、何種類もの向精神薬が検出されとる。何に使われたか、見当をつけてくれんじゃろか」

今警部補に回答するのに、いい加減な推測では申し訳ない。専門家の判断を仰いでおく必要があった。

「どげな薬ね。ともかく今は大忙しじゃろ」

「前代未聞の事件じゃけんね。リドカインとレボメプロマジン、プロメタジン、アトロピン、ゾピクロンなど。一部は自白剤として使われたかもしれん」

「昔は、無意識の精神内界を知るために薬を使ったけど、今はせん。とにかく、月曜日でも、検出された薬の名ばファックスしてくれんね」

同期生が快諾してくれる。医学部同期の卒業生は全科に散らばっており、何かにつけて医学的な疑問が生じたときは都合がよかった。

翌日の日曜日は、九大医学部における「サリン対策マニュアル」の原案作成に、時間を使った。大項目として予防対策と診断の二つに分け、それぞれA4用紙一枚にする。予防対策の小項目として、①サリン対策にあたって、②サリンに対する個人の防護、③医療機関での注意事項とした。右上の余白にサリンの構造式、下の余白には神経剤の薬理をムスカリン様作用、ニコチン様作用、中枢神経作用に分けて細かく説明した。

二枚目の診断では、①中毒症状、②診療時のチェックリスト、③入院可否の決定、④サリン中毒の診断、⑤生命に対する危険な五つの症候、に分ける。

そして搬入後の治療マニュアルを、三枚目にフローチャート式にまとめた。最も苦心したのはこの三枚目だ。イエスかノーで治療の流れが分かれるように図示しなければならない。これには頭を使った。こうしたフローチャートはどの文献にもなく、九大医学部が初めて作成する。治療の現場では、このフローチャートが最も役に立つはずだった。

翌四月十七日の月曜日に、さっそく飯塚の精神科病院院長にファックスを入れた。教団でこういう向精神薬を使用したのは、精神科医かそれとも他科の医師か、背景についても考えてもらえれば幸いと書いた。

午前十時から、大学病院の病院長室でサリン中毒対策についての会合が開かれた。この多忙な時期、第一内科の保科教授、麻酔科の高松教授、検査部の浜崎教授、総合診療部長の柏田教授の他、薬剤部長や看護部長、事務部長も出席していてありがたかった。前日に仕上げた原案を配布して、熊井病院長が意見を各自に求めた。

出された意見は大いに役に立った。まず薬剤部の大山教授が指摘した。

「非常によく練られとって、沢井先生のご苦労のあとがしのばれます。ですけど、一頁目の右上、サリンの構造式はいらんのじゃなかでしょうか。私ら薬学の専門家は興味があります。しかし現場の先生方や看護婦は、こんなこと知らんでよかと思います」

言われたとおりで、却って紙面を複雑にしている。無用の長物かもしれなかった。内科の保科教授も、「そげんです。我々も使っとる薬の構造式なんか、誰も知らんし、知る必要もなかですけんね」と言った。

麻酔科の高松教授の意見も、的を射ていた。

「沢井先生、二頁目の最後に〈生命に対する危険な五つの症候〉を記されとるのは、大変助かります。①著しい呼吸困難や呼吸異常、②鼻血、③四肢の筋力低下、④けいれん発作、⑤意識障害の五つです。こんうち、死因になるとはどれですか。つまり、サリン中毒の死因は何ですか」

「確かにそれは、整理する必要があります。考えられることは、呼吸筋の筋力低下による呼吸不全、中枢性の呼吸抑制、気道閉塞、循環不全くらいでっしょか」

咄嗟に思いつくまま答える。

「それば明記してもらうと、助かります。それらの死因ば防ぐとが、治療の大方針ですけん」

言われてみれば、まさしくそのとおりだ。

「先生、この入院させるか、帰宅させてよかかの判断基準は役に立ちます。けれども、そもそものサリンの重症度分類があると助かります。軽症と中等症、重症を、症状を分けて書かれとると、現場では助かります」

そう言ってくれたのは、総合診療部の柏田教授だった。他の出席者も頷く。なるほど重症度分類の視点が欠けていたと反省する。

「それに関連してですけど、治療については、一枚目にも二枚目にも書かれていなくて、三枚目のチャートの中に書かれとるだけです。治療の項目も、二枚目に少し繰り上げてはっきり明記されたほうが、頭にはいりやすかです」

看護部長の指摘ももっともで、合点するしかない。

「沢井先生、そもそも治療の原則は何と何ですか」熊井病院長が改めて訊く。

「はい。それは汚染除去、薬物療法、呼吸管理だと考えとります」

「でしたら、その三原則ば、まず治療の項の冒頭に掲げたらどげんでっしょか」

「そうさせていただきます」

「そして先生、三原則の次に、薬物療法の中で重要なＰＡＭと硫酸アトロピンの使い方を、簡単に説明してもらうと、もう充分なマニュアルになります。それば加えると二枚におさまりませんか」高松教授が訊く。

「はい、記述を簡略化すれば、充分おさまります」

「沢井先生、これは医学には素人の意見ですけど」

控え目に口を開いたのは事務部長だった。

「一枚目の予防対策に、まずは全体的な注意、個人の防護、医療機関での注意事項と、三つがあげられています。しかし、地下鉄や電車、バスの中、駅などの公共機関でどう動いたらいいのか、別項目で示してもらえるとありがたいです」

「いいですね、それは」

病院長が頷く。「沢井先生、それは一番目の〈サリン対策にあたって〉の中のいくつかを公共機関での対応として独立させたらどげんですか。そん代わり、冒頭のところは〈サリンとは〉として、サリンがどういうものかを、バシッと説明するとです」

指摘されると、これも異存はなかった。

「三頁目の治療のフローチャートについては、何か提案はなかでしょうか」

一番苦労したのがフローチャートだっただけに、意見を聞きたかった。

「これもよくできとります」

高松教授が言う。「しかし、ちょっとチャートとしては複雑な感じもします。右側の〈治療にあたっての注意点〉や〈搬入後、並行して行う事項〉は、一頁目と二頁目に説明してあるので、いらんのではないですか。そうすると見易か図になります」

「沢井先生は、たぶん三枚目ですべてをまとめようとされたんでしょうね」病院長が確かめる。

「そうでした。三枚目のタイトルを〈搬入後の治療マニュアル〉としたのも、そんためです」

「いや、これは〈まとめ〉ではなくフローチャートだと割り切ったがよかです」

総合診療部の柏田教授が言い、第一内科の保科教授が言い添える。

「フローチャートとして、脇のほうに注意点をいくつか付記したらどげんですか。そして〈処方内容〉は一番下に移すと、まとまりがよくなります」

どの意見にも頭を下げたくなる。会合は一時間ほどで終わった。次回の開催は五月中旬にと決められた。退室するとき熊井病院長から肩を叩かれた。

「沢井先生、日本一、世界一の治療マニュアルができますよ。サリンの論文はたくさんあるでっしょが、マニュアルはそうなかでしょ」

励ましはありがたかった。万全を期して作成した原案だったのに、やはりひとりよがりだったと反省する。改めて多方向からの視点の大切さを痛感する。午後いっぱい、記憶が新しいうちに改訂案の作成に打ち込んだ。

手こずったのは、冒頭の〈サリンとは〉だった。分かっているつもりでも、簡潔に記せと言われると難しい。呻吟(しんぎん)した挙句、次のような文章に落ち着いた。

——サリンは致死性の高い化学兵器で、タブン、ソマン、ＶＸとともに神経剤に属する有機リン系の化学物質である。無色、無臭の液体であり、蒸発しやすい。通常、呼吸器（特に上気道）を通して吸収される。皮膚からも吸収される。吸収されたサリンはコリンエステラーゼと容易に結合し、その作用を失わせる。全身にアセチルコリンが過剰に蓄積するため、表1に示す多彩な症状が出現する。中毒症状は急激に出現する。

表1は一頁目の下に小さい文字でまとめていた。次が〈公共機関等での一般的事項〉だ。①不審な物体には素手で触れてはならない。②近づいて臭いをかいではいけない。③なるべく多くの水を確保しておく（除染）。④さらし粉を常備しておく（除染剤はさらし粉1、水4の割合）。⑤毛布をできるだけ多く用意しておく（移送と保温）。⑥風向を明確に把握し、避難させる。⑦風上または新鮮な空気のもとに誘導するよう指導する。⑧非常口や避難口の扉をできるだけ開け、新鮮な空気を入れる。⑨呼吸管理などの救急医療は、できる限り新鮮な空気のもとで行う。

三番目には一頁目の右上に、〈個人の防護対策〉を掲げた。①風上または新鮮な空気のもとに向かって逃れる。②サリンを吸入しないように鼻をおさえ、息を止めて逃れる。③ハンカチで鼻をおさえることも重要であるが、屋外でも続けると危険なこともある。④屋外ではウェットティッシュ、または水で濡らしたガーゼで口鼻のまわりを拭く。⑤サリンの液体がしみついた衣服、靴などは速やかに廃棄する。⑥サリンの液体が身体についたときは、速やかに水で洗い流す。

四番目は、その下に〈医療機関での注意事項〉を置いた。①汚染された上着や靴などは早急に取り除く。②換気充分な部屋で治療を行う。③皮膚が汚染している可能性があれば、まず水や石鹸水で洗う。④眼はまず水で洗う。⑤重症例では気道を確保し、呼吸管理に重点を置く。⑥血管を確保し、輸液を行う。

さらにその下に〈予防〉の項を設けた。予防薬として、前以て臭化ピリドスチグミン30ミリグラムを、8時間毎に服用することもなされてきた、とのみ記した。

これらの五項目は枠で囲み、頁の下方に、小さな活字で〈サリン等神経剤の薬理〉を置く。

一頁目の全体を眺めて、予防についてはほぼ完全に言い尽くしていると、自画自讃したくなった。

二頁目の診断と治療には一部分、既報されたばかりの二つの報告書の結果を取り入れていたので、その旨を記した。ひとつは〈中毒症状〉で、松本市地域包括医療協議会が出した「松本市有毒ガス中毒調査報告書」が大いに役立った。〈入院可否の決定について〉は、聖路加国際病院発行の「サリン中毒患者診療成績学術報告書」の内容をそのまま採用していた。治療のところは、PAMと硫酸アトロピンの使い方を簡潔に記載し、それぞれを枠で囲む。

そして最後に、小さい文字で文献を六つ書き加える。これも全体を見渡して、理解しやすく工夫できたと自己満足する。各事項を枠で囲んでいるので、格段に頭を整理でき、患者が搬送されたとき、この一枚の紙だけで万全な治療が行える。

三枚目が〈治療フローチャート〉で、まず搬入された患者に意識があるかどうかを確認し、イエスであれば、左の線に沿って対処し、ノーであるなら右の線に従って処置を行えばよかった。その先のチェックは呼吸をしているか否かや、頸動脈が触知できるか否かで、対応が分かれる。

左下の空いているところには、注意事項を五つ掲げた。そのうち重要なのは注①であり、治療にあたっての注意点を記している。患者と直接的な接触は禁物で、治療者は皮膚を露出してはいけない。手袋やゴーグル、マスク着用を原則として、撥水性ユニフォームや防毒マスクの使用が望ましい、と記した。

頁の下方は枠内に、具体的な〈処方内容〉を四つに分けて掲げた。硫酸アトロピン、PAM、ジアゼパム、そして安静の重要性だ。サリン中毒は、運動によって症状が悪化するので、しばらくの安静は必須事項だった。

全三枚を書き上げ、これで改訂案はまとまったと安堵する。明日にでも、病院長以下各委員にファックスを入れ、五月の第二回会合まで、また案を練っておいてもらえればよかった。

教団信者の血液から検出された向精神薬について、問い合せていた同期生から、翌十八日ファックスがはいった。実にありがたい意見が述べられていた。


さっそく調べたり、薬剤師の意見を聞いたりしました。テレビを見ていると、名前は忘れましたが、数年前一年間程精神科に入局していたことのある医師が、オウムの中にいると聞きました。その線が一番考えられやすいと思います。数年前というと、ゾピクロン（アモバン）が流行した時代です。それと、レボメプロマジン＋プロメタジン（ピレチア）は、古い教科書ならどれにも載っている薬剤です。不思議なのはクロールプロマジンやハロペリドールがないことですが、多分犯人は精神科を深く勉強することなく、うわべだけのアモバンやレボメプロマジンの使い方のみを知っていたにすぎないと考えられます。ペントバルビタール（ラボナ）とかチオペンタール（ラボナール）は、三十年前の昔、イソミタールインタヴューとして精神分析に使用されていたことがあります。自白させることなどと関係しているでしょうが、余りにも古い使い方で、今は使用しません。また持続睡眠療法は教科書に載っているだけで、三十年程前からもう実施しているところはありません。古い教科書を一冊片手に、未熟な精神科医が、ＬＳＤ中毒などの禁断症状としての興奮を抑えるために、レボメプロマジンや睡眠薬を使用したと考えられます。

アトロピンとかリドカインなどは、リン中毒などの解毒剤として蓄えていたのではないか、と別系統から考えられます。

これについては、丁重に礼を述べた返信を送った。同期生が言及している未熟な精神科医というのは、京都府立医科大卒の中川智正かもしれなかった。

この週の週刊誌は、それぞれオウム真理教の内部の闇を明らかにしていた。『週刊文春』は、上祐史浩外報部長と青山吉伸弁護士が教団の〝表の顔〟だとすれば、〝裏の顔〟は〝自治省〟だと断じていた。その〝大臣〟が新實智光で、省内には四十人近く部下の信者がいるという。自治省の表向きの任務は教祖の警護であるものの、実際には銃や警棒の使い方の他、ダイナマイトや火炎瓶の作り方まで手がけている。これには経験が必要であり、元警察官の信者は優遇されて配属されるらしい。

元信者たちの証言を集めて『週刊文春』は、〝裏の顔〟として、〝防衛庁〟をも挙げ、そこには元自衛官の信者が集められ、岐部哲也〝防衛庁長官〟の指揮下で動いていると報じていた。

教団の内実に関する元信者たちの具体的な証言には、真実味が感じられる。お布施の額に上限はないのかと質問した信者は、修行不足だとして独房に入れられ、暴行を受けたという。数人の信者が、〝このままでは修行よりも、外からの毒ガス攻撃から身を守る作業に時間を取られる〟と不満を述べたとたん、全員の姿が見られなくなったらしい。

また一方で元信者によると、教祖が俗世間と戦うために策定したのが〝救済計画〟だった。これには五段階があり、ステップ１が毒ガス、ステップ２がピストル、ステップ３が水道水で、細菌兵器を上水道タンクに放り込む方法である。ステップ４はラジコン・ヘリコプターによる薬品の散布だという。続くステップ５が何なのかは、元信者は聞いていなかった。

これら〝自治省〟内にいた元信者は、いまだに教祖の声が地獄の叫び声として耳に響き、テレビで事件の報道があると消してしまうらしい。

『週刊文春』はまた、ジャーナリストの江川紹子氏の協力を得て、〝法務省大臣〟の青山吉伸の弁護士としての逸脱行為を詳述していた。青山吉伸は京都大学法学部在学中に司法試験に合格し、大阪の共同法律事務所に就職している。入所四年目の一九八八年にオウム真理教に入信、事務所でヨガ教室を開いて同僚たちからひんしゅくを買った。一方で大阪弁護士会館で、各弁護士の郵便箱に教団のチラシを入れたりもした。入信した翌年末に、事務所をやめて出家し、教祖からアパーヤージャハの出家名を授かった。

坂本堤弁護士一家が拉致された一九八九年十一月四日の四日前に、青山吉伸は教団幹部と共に坂本弁護士が勤める横浜法律事務所を訪れている。それ以前にも坂本弁護士は青山吉伸と会い、「あの人は駄目だ。弁護士というより信者だよ」と周囲に漏らしていた。

青山吉伸は、オウム真理教被害対策弁護団の伊藤芳朗弁護士までも、虚偽告訴罪で刑事事件として訴えていた。訴えられると、伊藤弁護士も時間と労力を割かれるのでたまらない。その他にも青山吉伸は、教団に反対する住民や警察と行政も告訴し、民事提訴の対象にしてきていた。それでいて法廷をすっぽかすこともしばしばだという。伊藤弁護士はこの青山吉伸の態度を、乱訴の典型だと非難していた。裁判制度を悪用した嫌がらせであり、弁護士としてあるまじき行為なのだ。しかしまだ、青山吉伸が所属する大阪弁護士会は、青山弁護士に対して何ら処置をとっていない。

続いて『週刊文春』は、信者たちが置かれている悲惨な状況を微に入り細に入り記していた。富士宮市の富士山総本部は、掃除をしないので部屋中埃だらけで、便所も汲み取り式だった。毒ガス攻撃があるという理由で窓は閉め切られ、換気扇も回さない。便所の臭気は涙が出るくらい強烈だった。そこここにネズミやゴキブリが動き回り、食べ物を置いておくとすぐ食われてしまう。

教祖の指示で、信者はみんな長袖に長ズボン、子供たちも同様で、暑い日は大汗をかく。しかし洗濯もろくにしないので、衣服も黒く汚れ、身体中ダニに食われて痒い。

某女性信者は、東京亀戸の新東京本部で研修を受けた。最初の二週間は缶詰状態で外にも出られず、食事は一日二回、飯と野菜の水煮に薄く味付けしたのが出た。朝六時起床して翌午前二時までが修行で、正午と午後七時に一時間ずつの食事時間があった。研修の内容は、教祖の説法を丸暗記してテストを受ける他、瞑想と気功めいたものを毎日毎日こなす。四時間の睡眠だから、座禅の恰好で蓮華座（れんげざ）を組んでいると、眠気が襲ってくる。寝ると、動物のカルマだといって叩かれる。

〝修行〟がやっと終わって、今度は教団関連会社の「マハーポーシャ」経営のコンピューター販売店で働いた。従業員は大部分が信者で、みんな教団に数百万円の借金をしていた。在家信者がお金がないからと言って〝イニシエーション〟を断ると、教団が金を貸しつけて受けさせる。その挙句、借金ができてタダ働きになる。奴隷と同じだった。

この女性信者はその後、飲食店部門に移り、新東京本部の五階にある寮に住んだ。寮といっても、ひとり一畳分が与えられるだけで、食事はパンと饅頭、大豆タンパクの唐揚げや昆布が配られた。これは供物なので絶対捨ててはいけない。室内は閉め切っているため、すぐ腐ってカビも生える。それでも食べないと、死後は餓鬼の世界に落ちると言われ、泣きながら食べた。

勤務は朝九時から午後九時までだった。寮に戻ると、今度は午前〇時からの修行が待っていた。修行は午前四時まで続くため、睡眠時間は三時間ほどだった。自分の頭で考えられず、ロボットのように働くだけだった。

そのあと出家を勧められたものの、断固として断ると上九一色村の第六サティアンに連れて行かれた。ここで幹部たちが入れ代わり立ち代わりやって来て、出家を強要された。それでも断ると、別の建物の小部屋に閉じ込められ、〝バルドーの導き〟というイニシエーションを受けた。

真っ暗な部屋で二本のビデオを見せられた。一時間の一本目には、人が死ぬシーンがかき集められていた。銃で撃たれた人やサーキット場での爆発、バイク事故、映画の人が死ぬ場面をつなぎ合わせたものが、延々と流される。音声は教祖の声のみで、〝人は死ぬ、必ず死ぬ、絶対死ぬ、死は避けられない〟と壊れたレコードのように繰り返された。

二本目は画面がほとんど真っ暗で、ときどきアニメーションが出る。スピーカーから流れる音声で地獄の様子が語られる。地獄に堕ちた人間が腹が空いたと訴えると、番人が口をこじ開け、顎の骨が砕けて口の中は血だらけになる。そこに焼けたドロドロの鉄が注がれる。それでも死なない。これが五時間以上反復された。

それが終わると、アイマスクをされて外の小屋に連れて行かれた。異様な音楽が流れている真っ暗な部屋だった。教祖とマハー・ケイマ正大師がかけ合いで、〝お前は地獄を知ってるか〟〝私は地獄を知りません〟と歌う。そのあと、風の吹きすさぶ音がして、女性の悲鳴が遠くに聞こえる。不安になったとき、すさまじい音が耳元ではじけて、さらに震え上がる。それは、すぐ近くで幹部の大師が叩いた太鼓の音だった。

その大師が〝お前はこういう悪業を積んだろう〟と言って、太鼓を打ち鳴らす。内偵や身上書によって信者の過去を知っている大師は、罪を口にしてそのたびに太鼓を打つ。問われるたび、「はい」と信者は答えるしかない。最後に、〝お前は出家できないのか〟と問われる。これが三時間も続いた。しかし女性信者は出家を拒む。

アイマスクのまま蓮華座を組まされ、後ろ手錠をされ、足は紐で縛られた。〝痛いだろう。その痛みはお前のカルマだ。出家できないのは自分のカルマに気がついていないからだ〟と言われ、放っておかれた。その間も、〝出家するぞ、出家するぞ〟と繰り返す教祖の声がスピーカーから流れてきた。

何とか身をよじって紐をはずしたとき、幹部がはいって来て、〝どうやって取ったんだ〟と怒鳴り、竹刀で部屋中を叩いたあと、女性信者を仰向けに倒して〝もう一度蓮華座を組め〟と強要した。足を突っ張って抵抗すると、男二人がかりで蓮華座を組まされ、また紐で縛られた。ようやく解放されたのは十二時間後だった。それでも教団からは逃げ出せず、東京の道場に通った。道場にいるとき、教祖から電話がかかり、〝怖い思いをしたのは自分のカルマだということが分かるか。それを二人がかりで落としてやった意味が分かるか〟と、またもや出家を迫られた。脱会の決心がついたのは、そのときだった。

この元信者の告白を読むと、教団の仕打ちは洗脳と脅迫を混ぜたものだ。目当ては、表向き出家だとしても、本当の目的は、出家に伴う持参金というべきお布施だ。教団の幹部たちは、信者の身上調査に基づいて、犯した罪、カルマを指摘して弱点を克明に突く。

教団の関連会社が、何十人もの探偵を募集している事実は、どこかで読んだ記憶があった。特に調べ上げるのは、〝罪〟と財産だ。〝罪〟のない人間などいない。それをカルマだと言って突き続けて洗脳する。お布施として巻き上げられる財産が多ければ多いほど、出家の強要度は増す。このとき宗教や信心とは名ばかりで、教団の存在は、暴力団と何ら差がなくなっている。

『週刊文春』はさらに、教団の〝化学班〟に属している土谷正実の身上を調べ上げていた。今まで謎の人物とされていただけに、興味をそそられる。

土谷正実は昨年十二月、教団のラジオ番組に出演していたらしい。教祖から〝ハルマゲドンで使われる新兵器は？〟と質問され、サリン、ソマン、タブン、ＶＸについて、特徴と防御の仕方を解説していた。

現在三十歳の土谷は、一九八四年に都立狛江高校から筑波大学第二学群農林学類に入学、四年後に卒業して同大学院化学研究科に進学して、有機物理化学を専攻する。

教団との出会いは、大学院一年生の秋、つくば市内で開かれた教祖の講演会に出かけたときで、それ以後教団に傾倒していく。道場に通って、車の事故で受けたむち打ち症が嘘のように治ったと、周囲に漏らしていた。

大学院二年生になると、毎週土曜日に超能力セミナーに通い出す。家賃三万一千円のアパートから一万二千円の共同トイレのアパートに引っ越して、差額は教団に寄進した。一九九〇年の一月、出家すると言って両親を驚愕させる。六月になると実家にも帰らず、大学院にも行かなくなった。父親によると、別人のようになり、目は死に、若々しさと明るさもなくなった。

一九九一年二月に修士論文を書き上げ、審査にも合格する。四月以降、研究室にも姿を見せなくなる。七月、土谷正実が講師をしている塾に通う高校生の親から、両親に電話がかかって来た。おたくの息子がうちの子をオウムに引き入れた、どうしてくれるかという内容に、両親は腰を抜かす。つくばのアパートに行き、閉じ籠もっているのを無理に連れ出して茨城県内のお寺に預けた。

土谷正実の部屋は教団の物品で埋め尽くされ、冷蔵庫の中には米三合と味噌があるだけだった。テレビも新聞もない。預金通帳には十円しか残っていなかった。この時期息子は、わずか三時間しか眠らず、塾の講師を二つかけ持ちして、警備会社、豆腐屋にも勤めていたと、両親は知り愕然とする。まるで教団に金を貢ぐロボット、いや奴隷になっていた。

そのうち家の電話機と玄関のドアに盗聴器が仕掛けられ、両親の会話から寺の住所を教団が摑んだ。青山吉伸弁護士からも電話がかかり、〝息子をどういう場所に入れているのか、近所にバラしてやる〟と脅された。実際に八月七日から、近所そこら中に教団のビラが撒かれ、町内全部と駅までの道沿いの壁や電柱にもビラが貼られていた。

これが三日続いたあと、父親が勤める会社の周辺でもビラ撒きが始まり、東京港区にある本社付近でもビラが撒かれた。

その次は、お寺に何台もの車で乗りつけ、周囲でビラを撒き、街宣車で怒鳴りちらした。

嫌がらせの一方、教団は土谷正実の人身保護請求を申し立て、両親を告発した。土浦署の対応が遅いため、今度は東京地裁に同じ請求を申し立てた。請求人は教団付属医院の林郁夫だった。

人身保護請求がなされると、本人は二週間以内に裁判所に出頭しなければならない。出頭する途中で教団に拉致される恐れがある。両親は出頭する前日、息子と一緒に帝国ホテルに泊まった。土谷正実は隙を見て逃げ出し、以来音信不通になった。両親は何度か上九一色村を訪れるも、無益だった。

「警察や裁判所には、本当に歯がゆい思いをさせられてきました。こちらの言うことを全然聞き入れてくれない。大事件が起きてしまってから、大変だと言っている。どうしてここまでオウムをのさばらしたのか」と父親は嘆く。

土谷正実が自分の出家名のつけられた第七サティアン脇のクシティガルバ棟で、毒ガス生成に邁進するようになったのは、そのあとだろう。

四月中旬、福岡県警と福岡ドームから、毒ガス事件発生時の対応について緊急の相談を受けた。余裕はなかったものの、夕方以降なら何とか時間を作れる。毒ガスについての相談を断るわけにはいかなかった。

福岡県警の目的は、毒ガス使用事件発生時における各種初動措置訓練だった。既に大筋の案は出来上がっていて、早朝の天神地下街に事件が発生したと仮定していた。その訓練想定の内容を説明されて、頭が下がる思いだった。

平日の午前八時五分頃、天神地下街中央広場付近を通行していた約五十人が、次々とその場にうずくまり、咳や目のかすみ、吐き気を訴え、中には倒れた人もいる。目撃者がすぐさま地下鉄天神駅駅務室と地下街防災センターに駆け込み、状況を説明するとともに、駅員に一一九番、一一〇番通報を依頼する。

中央広場北側のフードショップ従業員も異変に気づき、様子を見に行くと、広場北西角の柱の下に買物袋があり、そこから液体が流出、異臭を放っているのを発見、直ちに一一〇番通報した。

地下鉄から降りた客は、異常を察知して接続階段に殺到、地下街と地下鉄構内はパニック状態になった。天神駅の八時台の平均発着時間は、一分四十秒おきであり、その間も、降車客は増えるばかりだ。

天神交差点周辺では、地下街から逃げ出した人で歩道は一杯になり、渡辺通りと明治通りでは車両が渋滞し大混乱をきたしている——。そうした状況設定だった。

「よくできた想定です」

感心して言う。「この時間帯、地下街の通行量はどのくらいですか」

「岩田屋接続通路前が五千六百人、福ビル接続通路前が千五百人です。三年前の調査です」

担当者が答える。「地下街には、地上との接続階段が二十一ヵ所あります」

担当者は、既に訓練日は今月二十八日に決まっていて、現場での訓練は無理なので、机上で訓練をするという。

「なるほど机上訓練ですか」

それでも、やらないよりは大いに役立つはずだった。

「それで沢井先生に、机上訓練の冒頭に、講話をお願いできないかと思いまして。毒ガスの特性と対処方法について、三十分くらいお話ししていただければと思います」

「二十八日ですか」

手帳を確かめる。「朝の八時くらいからであれば何とかなります」

「ありがとうございます。時間は先生に合わせて企画します。八時にここにお迎えに来て、八時半にまず警察本部長が挨拶して、すぐ先生の講話に移らせていただきます。終り次第ここにまた送らせてもらいます。本当にありがとうございます」

二人の担当者は嬉々として帰って行った。

福岡ドームの担当者の訪問は、その翌日だった。アリーナ内でサリンが発生したと仮定して、その初期対応と避難経路、排気方法について、何か参考意見をうかがいたいという相談だ。

「アリーナ内の空調機運転で、内部の空気の流れを確認するための実験です」

担当者が図面を見せてくれる。福岡ドームが七階建と知るのは初めてだった。

「空気の流れは、どうやって確認するのですか」

「それはもう、設計の段階で精密に計算されています」

担当者が自信たっぷりに答える。

「サリンがどこに置かれたかで、対応は当然違ってきます」

「はい。発生場所は数ヵ所に想定して気流も計算しています。心配しているのは、排気によって毒ガスを却って拡散させて、被害者を多くしないかということです」

「いえいえ、初動の大切さは、一刻も早い避難と換気です。その際、排気口に人がいないようにしなければなりません。排気されたガスで、二次被害が出ます」

「その点は、ドームでは心配ないです。排気口の周辺には人はいません」

あくまで担当者は自信たっぷりだ。

「話を元に戻しますが、やはり煙の流れの実験をすべきです。設計上で計算済みといっても、それだけでは安心できません。眼に見える形で確かめる必要があります」

「そうでしょうか」

「そんなものです、実験というのは。例えば誰かに煙草を吸ってもらい、その煙の流れを追えばよいのです。簡単な実験ですよ」

「しかしドーム内は禁煙になっています」

担当者が首を横に振ったのには、こちらが驚かされ、ここは実験ですからと説き伏せた。

「分かりました。管理部長が喫煙者なので、さっそく頼んでみます」

「それがいいです」

試験の実施は来週の月曜日らしかった。その結果はいずれ報告させていただきます、と感謝しながら担当者は帰った。

各方面でサリン対策が真剣に講じられているのはありがたかった。まだオウム真理教の幹部たちは逮捕されておらず、サリンを持って逃亡を続けていないとも限らない。国内のどこかで、それを撒く可能性もあるのだ。何より教祖が、まだどこかに姿を隠していた。

この週発行の『週刊宝石』は、教団とロシアの結びつきについて詳しく報じていた。モスクワに八ヵ所ある教団の道場を、二十四時間態勢で警護にあたっているのが「オウム・プロテクト」という警備会社で、専属契約を結んでいた。職員は十二人いて、うち二人は旧ＫＧＢ（ソ連国家保安委員会）第九局の大佐と中佐だった。二人の自宅には教祖の写真が飾られ、部屋に上がるときも靴を脱ぐ。旧ＫＧＢと関係しているのが、前に述べたとおりエリツィン大統領の側近で、ロシア安全保障会議書記のロボフだ。エリツィン大統領令で一九九一年、ロボフがロ日大学を設立、学長に就き、教団から多額の寄付を貰っている。翌年二月にロボフは来日、教祖と会談し、三月には弟子三百人を伴って教祖がロシアを訪問している。現在も、ロシアの新聞は連日、一面で教団とロシアの関係を報じているらしかった。

『週刊朝日』は〝シークレット部隊〟の内実を報じていた。この部隊はもともと脱走信者の連れ戻し部隊で、〝自治省〟〝建設省〟〝防衛庁〟〝治療省〟〝諜報省〟から武闘派をよりすぐって組織していた。たいていは、若くして入信し、教祖に深く帰依した信者ばかりで、無限の忠誠心を持っている。中でも既に逮捕された中田清秀は、二年ばかり前、新宿の歌舞伎町で顔見知りの暴力団員と会った際、〝俺はオウムの特攻隊長をやっている。教団からは月百万円貰っている〟と言っていたという。また、周辺の知人にも、札束が入った財布をちらつかせて、〝短銃なら相場の二倍で買う〟と言っていた。中田はもともと銃の腕前はかなりのもので、短銃なら一〇メートル先の一斗缶に五連発で五発とも命中させた。この頃は〝腕が上がっている〟と漏らし、日本刀やダイナマイトも必要、三八口径が五丁欲しいと漏らしていた。

これまた逮捕済みの〝防衛庁長官〟の岐部哲也が所持していた手帳には、ロシア製戦車の種類と値段、運搬方法が書かれていた。

『週刊朝日』の誌面には、このシークレット部隊の幹部たちの名前と経歴が表になっている。早川紀代秀（45）、新實智光（31）、岐部哲也（39）、満生均史（43）、石川公一（26）、中田清秀（47）、古川真生（23）、松本剛（29）である。このうち満生均史は〝建設省〟のナンバー2で千葉工業大学工学部を卒業、家業の不動産業に従事したあと、一九八六年に入信し、熊本県波野村での用地買収を担当した。

石川公一は東大医学部に在籍する〝法皇官房〟の事実上のトップ、今月八日に有印私文書偽造容疑で逮捕されていた。

目黒公証役場事務長拉致事件で特別手配中の松本剛は、まだ行方が知られていない。しかし石川県内のホテルと貸別荘に潜伏していたことが明らかになっていた。その逃亡に同行したのが〝諜報省〟トップのアーナンダ師I・Y（25）で、高校時代からの信者だという。

松本の掌紋は、石川県の金沢ニューグランドホテルの客室と、穴水町の貸別荘から見つかっていた。この貸別荘は能登半島にあり、今年三月下旬、ひと月の予定で借りられていた。石川県警の捜査員が踏み込んだとき、部屋には大量の血のついたガーゼ、女性用のカツラ、大きなハイヒールがあった。どうやら松本は心臓外科医の林郁夫から、顔の整形手術を受けたのではないか、と推測されている。

この別荘から借り主が姿を消した夕刻、金沢ニューグランドホテルに大きな荷物を持った男がチェックインし、チェックアウトのときは手ぶらだった。不審に思ったホテル側が警察に通報、警察官が部屋を調べると、ハンガーから松本剛の掌紋が見つかった。

この石川県と教団のつながりは深いという。金沢市から二〇キロ離れた寺井町の工作機械メーカーの元社長が熱心な信者で、教祖自身も何度も石川県を訪れていた。泊まるのは必ず金沢市内の一流ホテルのスイートルームだった。一九九二年九月に教祖がこのメーカーの社長に就任すると、社内に教祖のポスターが張り巡らされ、一日中教団の音楽が流れた。百三十人いた従業員は、入信を強要されたため一斉に退職、代わりに教団の信者たちが乗り込んで来た。

どうして教団が石川県に眼をつけたのか。その理由は二つ考えられている。ひとつは教団設立当時からの幹部二人が石川県出身なのだ。うちひとりは金沢市の出身で、京都大学在学中に入信し、卒業後に教団ニューヨーク支部を設立していた。渡仏して『ノストラダムスの大予言』の翻訳も手がけていた。

もうひとつの理由に、穴水町の貸別荘から車で四十分のところにある七尾港が挙げられる。この港には年間百三十隻ものロシア船が入港していた。ロシアへ逃亡するには絶好の場所である。例えばの話、教祖が髪と髭を剃って、体重を減らし、そのうえで整形手術を加えれば、あとは偽造パスポートで出国できる。それまでは、貸別荘に身を潜めればいいのだ。しかし貸別荘の存在が明らかになり、付属医院院長の林郁夫が逮捕された今、港からの出航はもはや不可能だった。

他方で、四月十二日、成田発モスクワ行きのＪＡＬに教祖夫妻や長女の名で、搭乗予約がはいっていた。十四日には広島空港発ソウル行きのアシアナ航空に教祖の妻と三女、教団幹部の予約がなされていて、捜査本部はこれらを陽動作戦と見ていた。

教祖は一体どこに隠れているのか。実は地下鉄サリン事件のあと、三月二十四日に、ＮＨＫテレビに教祖がビデオ出演していた。ＮＨＫはこのビデオの入手経路については、取材源の秘匿を理由に公表を拒んでいた。しかし取沙汰されているのは、新宿のビルに事務所を構えている某コンサルタントだ。この男性と教団がつながったのは、福岡のフクニチ新聞社の経営破綻のときだった。

一九九〇年、倒産状態のフクニチに二億円を融資したのが、大阪の中堅空調工事会社の経営者である。コンサルタントはこの経営者を師と仰いでいた。

融資のあと、フクニチスポーツの一頁全面を使って、教祖を主人公とする劇画が週一回載るようになる。スポンサーはもちろんオウム真理教だ。編集側は一切の協力を拒否したものの、スポーツ紙が休刊されるまで一年余にわたって掲載された。

一九九二年四月フクニチ新聞社は倒産、大阪の経営者はフクニチ本社の土地を売却して巨額の利益を得た。目下、その処分をめぐって、大阪の経営者とフクニチ旧経営陣が係争中だという。

この不可解な経営者はまた、教団のアジトがあった千代田区一番町の高級マンション七階の部屋の隣室も、自分の名義で所有していた。

『週刊朝日』は、その他にも、教団の裏の基地が新宿にあるのではないかと推測していた。一番町の高級マンションのアジト、コンサルタントの新宿の事務所、そして教団関連企業の「世界統一通商産業」がはいる赤坂のマンションは、ＪＲ四ツ谷駅を中心にわずか一・五から二キロ圏内にあるという。

さらに教団と土地取引で関係を持つ東海地方の暴力団は、事務所をＪＲ新宿駅周辺に十ヵ所所有していた。その一角に教祖が身を潜めたら、もはや見つけるのは困難だと、警視庁幹部は発言していた。

今でも東京でテレビに生出演したり、記者会見をしまくっている上祐史浩外報部長は、二日に一度の割で教祖と携帯電話で連絡をとっているという。これが本当であれば、教祖はまだ国内のどこかに隠れているはずだった。

『週刊朝日』はさらに、教団による学校乗っ取りの計画があった事実も伝えていた。

西日本の小都市にある小中高短大を運営する学校法人に、教団の代理人から二、三年前に提携の話が持ち込まれた。地方の短大は軒並学生が減り、運営に四苦八苦している。いいスポンサーがあれば、願ってもない話になる。しかしこの教団の思惑は、学校法人側の理事の反対で、二年前に破綻していた。

教団が学園建設を目論んで、静岡県の学事課に相談したのは一九八九年である。静岡県富士宮市に総本部を設立した翌年だった。信者の子弟を対象にした、初等部、中等部、高等部の一貫教育をし、宗教科を設けて宗教教育をし、奉仕の精神を培(つちか)う、と設立趣意書には書かれていた。名称は〝学校法人真理学園〟で、全寮制である。

教団側からの相談は一九九〇年八月まで、七回に及んだ。しかし学事課が児童と生徒数の減少を理由に、新設の難しさを説明して、教団側は正式な申請を断念した。既存の学校法人に触手を伸ばしたのはそのためだった。

今に至っても上祐史浩外報部長は、逮捕される信者が毎日増えていることに、記者会見で抗議していた。違法捜査による不当逮捕だと言うのだ。四月十四日現在、逮捕者は百十人近くになっていた。

教団側も、〝法務省〟と〝自治省〟で対抗マニュアルをまとめ、信者に緊急配布していた。指示はともかく〝黙秘〟で、〝しゃべればしゃべるほどドツボにはまる。万が一誘導に引っかかり調書を取られてしまったら、署名捺印しない〟と命じていた。

四月二十日、「大阪府有害物質災害対策検討委員会」から報告書が届いた。この時期、どの自治体でもそれぞれ対策を練っていた。頁をめくると、後ろのほうに、牧田助教授と書いた論文「サリンによる中毒の臨床」がそのまま掲載されていた。引用したので、報告書を送ってくれたのだ。こんな風に、あのとき書いた論文が各方面で役立っているのが嬉しかった。

これと前後して発刊された『週刊新潮』は、警察や自衛隊内部に潜んでいる信者について伝えていた。三月二十二日から始まった強制捜査が、事前に教団側に知られていたのは確実だという。東京亀戸の道場では、その前夜に信者が大挙して押しかけ、荷物を運び出している。上九一色村でも、前日午後、建物内で切断作業をする金属音がずっと続いていた。何よりも幹部たちが逃げ出したのも前日だった。

教団の信者名簿と教団刊行物の定期購読者リストを調べると、十数人の退職自衛官だけでなく数人の現役自衛官がいた。

国松孝次警察庁長官の狙撃事件にしても、長官警護がほとんど丸腰であることを知っていたのは警察関係者しかいない。信者を洗い出すと、警視庁だけでも六人もいた。これでは、捜査情報が漏れていたのも当然だ。

この週発行の『週刊文春』は、ジャーナリストの江川紹子氏の全面的協力を得て、別の観点から教団の悪をあぶり出していた。その第一は、目黒公証役場事務長拉致事件に関してだ。假谷清志氏の行方は今もって判明していない。假谷さんの妹は信者で、財産のすべてをお布施して出家するよう教団から求められていた。妹は既にゴルフ会員権売却代金の六千万円をお布施していた。都内に土地建物の資産を持っているのを知っている教団は、それをも強要したのだ。しかし箱根の別荘は、友人たちと共同で買っていたため、出家して権利を教団に渡せば、友人たちに迷惑がかかる。妹が迷っていると、教団は今年の二月二十八日が出家の書類に署名する期限だと迫った。

困り果てた妹は、二十五日に兄に相談する。假谷さんの長男も駆けつけて事情を聞くと、出家をする際はテレホンカード一枚に至るまですべてをお布施しなければならないという。假谷氏も長男も事の重大さに驚く。実は假谷さんの自宅近くに教団の本部があり、地元には反対する会ができていた。その回覧板を見て、假谷さんはオウムは財産を奪い取る宗教だと直感していた。結局自宅に妹を預かった。

假谷さんは、知り合いの弁護士に教団と交渉してくれるように頼んだ。しかし教団と接触すれば自分の身が危いと分かっているだけに、誰も引き受け手がなかった。そこで長男は、自分が勤める会社の顧問弁護士に相談することを決め、面会の約束をとりつけた。そして二十七日は夜遅く父の待つ家に帰った。

假谷さんの様子は明らかに変で、何かに怯えていた。聞くと、昼間教団の幹部が公証役場に来て、妹の行方を訊いたという。假谷さんはもちろん「知らない」と答えた。午後二時に假谷さんが銀行に行くとき、公証役場の門のところに見張りの男が立っていた。役場から目黒通りに出ると、白い服を着た男女が乗る車がいた。銀行から出てきたら、出口に同じ車が停まっていた。尾行されていると気がつき、役場には戻らず、行きつけの喫茶店に飛び込む。家に電話をかけようとしたとたん、車の中にいた二人が店にはいって来た。假谷さんは何も注文せず、急いで役場に戻った。

夕刻になって、たまたま体格のよい客が来たので、假谷さんは一緒に帰りませんかと誘った。駅では、電車のドアが閉まる直前に飛び乗った。目黒駅から乗って、五反田か大崎に着いたとき、二人連れの男が別の車両から移って来て、目の前の席に座った。

そしてこの日の深夜、假谷さんは長男の面前で便箋二枚にメモを書く。自分の身に万が一の事故があった場合、すぐに警察に届けるようにと記されていた。

翌二十八日、長男は会社の顧問弁護士の事務所に出かけ、そのあと会社に出勤した。午後五時、妻からの電話で、父親が拉致されたことを知る。犯行の目撃者が一一〇番通報してくれた、大崎署に連絡してくれという話を聞いて、おっとり刀で警察署に駆けつけた。

假谷さんは、昼間は働いて夜間の高校と大学を出た苦労人だった。裁判所に就職し、その間に妹の夫である裁判官と知り合う。妹婿が公証人となって目黒公証役場を開設した際、その事務長に就任する。一九五九年に三十二歳で結婚、三人の子供に恵まれた。

『週刊文春』はまた、教祖の専用車であるベンツ一〇〇〇SELが、装甲車並に改造されている事実も伝えていた。この改造を依頼されたのは、中部地方にある自動車工場だ。ウィンドーは米国製の超防弾ガラス、ボディは厚い鉄板で強化され、床にも鉄板が敷きつめられている。このため地雷を踏んでも大破はしない。強化されたラジエーターは、銃弾が撃ち込まれても壊れない。それでも最高時速は、優に二〇〇キロは出るという。最近特別注文されているのは、噴射装置であり、車内には既に大型コスモクリーナーが設置されている。これが完成すれば、催涙ガスを噴射しながら逃走できるらしい。

四月下旬の週末、聖路加国際病院から報告書が送られて来た。地下鉄サリン事件の被害者を治療した経験から、早くも四月十七日に学術報告会が開かれたと聞き、ファックスを入れていた。九大でサリン対策マニュアルを作成するにあたって、聖路加国際病院のデータは不可欠だった。届いた報告書を見て舌を巻く。さすが聖路加国際病院という思いがした。

夕刻に院内のトイスラーホールで、日野原院長のもと開催された学術報告会には、救急センター長の他、内科医長や脳外科部長、眼科部長、小児科チーフレジデント、臨床検査科部長、精神科医長、看護部長のみならず、産婦人科医長も、それぞれの体験をまとめていた。

三月二十日の事件当日、搬入された患者は六百四十人に達していた。うち救急車搬送は九十九人である。入院になったのは百十一人で残りは外来で治療された。しかし不幸にもひとりが死亡していた。入院患者の数は急速に減り、翌日には三十一人。翌々日には十人に減り、三月二十六日にはわずか二人になっている。治療によって入院患者は速やかに回復して退院して行ったことが分かる。

医師や看護婦は、通常の重症救急患者のとき同様に、マスクとゴム手袋を着用して処置に当たった。ところが数時間診療している間に、眼の疲れや息苦しさを感じたため、室内の換気を最大限にした。患者の衣類はビニール袋に入れて密封された。

来院時に心肺停止状態あるいは呼吸停止になっていた重症患者は五人いて、いずれも縮瞳と意識障害が著明であり、検査結果ではコリンエステラーゼ値が極端に低かった。測定不能だった三十二歳女性は、蘇生せず即日に死亡、値が一〇だった二十一歳女性も二十三日目に死の転帰をとった。同様に一〇から一九と低値だった三人の患者は、入院六日目までに退院していた。

内科医長と脳外科部長のまとめは、ともかくサリン中毒の診断は縮瞳、治療は呼吸の確保となっている。この縮瞳について眼科部長は、アトロピンは無効で、むしろ瞳孔を開くミドリンPが有効と結論づけていた。結膜充血があれば、抗生物質のはいった点眼薬も有用だった。

産婦人科に入院した女性は四人いた。妊娠週数は九週から三十六週である。主訴はいずれも視野狭窄、頭痛、吐気、嘔吐で、治療はアトロピンの静注と点滴のみである。コリンエステラーゼの低値はさして顕著ではなかった。四人とも二週間で退院、妊娠三十六週だった三十三歳女性は、四月十二日に三五〇〇グラムの赤ちゃんを無事に出産した。

臨床検査科部長からは、コリンエステラーゼ値と白血球数の変化が報告されている。事件当日に受診した患者四百五十一人のうち、三分の一は低値を示していた。しかしこの低値は四、五時間後には正常値に達しており、検査が遅れると、異常なしと判断される恐れがあった。白血球数も、三分の二の患者で増加していた。

一晩だけ入院した被害者のうち二人が、精神科外来を受診した。悪夢や不眠、フラッシュバック、思い出すことの回避、抑うつとともに、頭痛、腹痛、肩や手の痛みを訴えた。これらは心的外傷後ストレス障害（ＰＴＳＤ）と身体化障害であり、その後の経過は良好だと、精神科医長が総括していた。

看護部長の報告では、事件発生当日、三百人の看護婦に加え、看護助手とボランティアが活動した。患者が多いため、ストレッチャーや点滴スタンド、リネンなどの必要物品の調達と、患者スペースの確保が大変だったらしい。同時に、状態の把握と重症度を判断しての搬送、身許確認と外部からの問い合わせへの対応にも忙殺された。

驚かされたのは、事件当日の午前十時三十分に、早くも医師と看護婦に対して、診察のチェックポイントと処置に関する要約を配布している点だった。

結論として報告書は、医療情報の伝達が最重要と強調していた。そのためには、まず総指揮をとるヘッドクォーターの設置が不可欠であり、これなくしては一貫した行動がとれず、医療従事者は右往左往するしかない。その下に学術班がいて、サリンに関する正確な医学情報を得る。図書で文献を検索したり、中毒センターに連絡して情報を収集したり、必要ならば他施設にも問い合わせる。この情報を基に、ヘッドクォーターは診療方針を決定する。そして第二班である秘書および連絡係を通じて、決定事項を文書化して、関係各所に伝達する。同時に現場の状況をヘッドクォーターに伝える。この情報に基づいてヘッドクォーターは、重症度別患者数、空き病床数を絶えず把握し、より重症の患者をより集中的治療のできる病床に収容させる。そして最低一名は、院内各所を頻回に訪れ、診療内容を確認し、方針を徹底させ、治療内容の均一化を図る。以上が総括である。

さらに報告書は、反省点としていくつかをまとめていた。ひとつは受診者の脱衣である。すぐに衣服を脱がせ、衣類と所持品は二重にビニール袋に入れて、厳重に結紮（けっさつ）して保管しなければならない。そのうえで、中等症以上の患者の衣類と所持品は廃棄が望ましい。軽症者については、衣類は数日換気のよい所に放置したあと、洗濯すればよい。所持品も、数日間放置後に使用できる。

第二の反省として、本来なら受診者全員にシャワー浴を施行すべきだった点が挙げられていた。シャワーが不可能ならば、可能な限り、洗面と手洗いをさせるべきである。

第三に、医療従事者は必ずゴム手袋を着用し、頻回に更衣し、手袋も交換しなければならない。同一スタッフが継続的に重症者のベッドサイドにいるべきではなく、交替が必要である。もちろん、集中治療室と救急部では、強力な換気が不可欠になる。

通読して、これらの記述が、世界で初めて多数のサリン中毒患者を扱った医療機関の経験に基づく、貴重極まる資料であることが分かる。逆に言えば、被災現場近くにこうした優れた病院が存在したことは、被害者にとって不幸中の幸いだった。

聖路加国際病院の経験は是非とも、九大のマニュアルに取り入れる必要があった。四月二十三日の日曜日は、そのマニュアル作成に没頭した。

その日、夜十時のテレビニュースは、教団ナンバー2の村井秀夫が、南青山の教団総本部前で、報道陣の中に紛れ込んでいた男に刺されたと告げた。重傷と思われ、救急車で搬送されたという。

「これは口封じですよね」

一緒に見ていた妻が言う。

「ひどいね」

絶句するしかない。「ナンバー2で、〝科学技術省大臣〟でもあるので、教団の秘密はすべて知っていたと思うよ」

「この人、よくテレビに出ていましたからね」

妻の言うとおりで、マスコミに登場するのは、上祐史浩外報部長、青山吉伸弁護士と、この村井秀夫だった。

翌二十四日月曜日、村井秀夫が午前二時半過ぎに、出血多量で死亡したことが報じられた。犯人は徐裕行といい、右翼団体に属し、暴力団事務所にも出入りする人物だった。〝義憤にかられて自分ひとりで決めてやった。教団幹部なら誰でもよかった〟と供述しているという。犯行に使われたのは牛刀だった。

出勤しても、この事件を牧田助教授が口にした。テレビは音声を小さくしてつけっ放しだ。

「これは誰が何と言っても、口封じですよね」牧田助教授が言う。

「当然、誰かの刺客でしょう。教祖か、教団内部の誰かか」

「刺されて、意識を失う前に〝ユダにやられた〟と言っていたそうです。ユダとは、組織内の裏切り者の意味ですよね」

村井秀夫がそんなことを口にしたとは知らなかった。一枚岩と見えた教団も、何人もが逮捕されて瓦解しはじめたとしても不思議ではない。昼食時のテレビはこの事件を詳述していた。

倒れる村井秀夫を怯える顔で抱きかかえた上祐史浩は、もっと何か言おうとする村井秀夫の口を塞いだらしい。耳を近づけてでも何かを聞き取ろうとするのが普通だろう。上祐史浩は、村井秀夫が口にしたのは〝ユダ〟ではなく〝ユダヤ〟だと否定した。こうなるとますますおかしい。第一、犯人が言うように〝教団幹部なら誰でもよかった〟なら、上祐史浩でもいいはずだ。

後になり、日が経つにつれて、この事件の背後にも深い闇が広がっているのが判明した。通常、教団の東京総本部は、深夜でも信者が自由に入れるように、地下のドアは二十四時間開けられていた。事件当日の午後八時半、上九一色村から車で総本部に戻った村井秀夫は、当然地下のドアからはいろうとした。しかし施錠されていたため、報道陣にもみくちゃにされながら正面入口に近づいたところを、徐裕行に刺されていた。徐裕行は当初から正面玄関で待ち構えていたという。となれば、教団内部に協力者がいたのだ。

徐裕行の刺し方は、全くのプロのやり方だった。カバンの中に隠し持っていた刃渡り二一センチ強の牛刀で、村井秀夫の左腕を斬りつけ、怯んだところを、右脇腹を深々と刺し、刃を回転させて引き抜いていた。傷は肝臓から腎臓に達し、出血多量で、日付の変わった午前二時半に死亡した。

村井秀夫の不用意な発言は、しばしば教団の説明とは食い違っており、これが教祖の不興を買ったとも考えられた。特に〝教団の総資産は一千億円〟と口にしたとき、教祖のみならず外部の者も唖然とさせた。その他にも、教団が〝自分たちこそ毒ガスで攻撃されている〟と説明していたのを覆し、〝農薬実験に失敗した〟とか、発見された種々の薬剤を〝農薬製造用だ〟と答えていた。

犯人の徐裕行は、一九六五年生まれの在日韓国人二世で、一九九四年に山口組系の暴力団羽根組組員と知り合い、東京で共同生活をする。羽根組の本部がある伊勢市にも行き、羽根組組長のボディガード役を務めた。羽根組の東京事務所に戻ったのは今年の四月初めで、ここで若頭から犯行を命じられたという。

教団と暴力団との接点も、このあと少しずつ解明されていく。まずは教祖自身の暴力団とのつながりだ。教祖は盲学校を卒業後、別府に一時住み、鍼灸師として山口組系石井一家に出入りし、二代目総長に気に入られていたという。

さらに今年一月十七日の阪神・淡路大震災直後、ボランティア活動する信者たちを激励するために、教祖は神戸入りをした。その際、暴力団最高幹部らと密談している。同時期、徐裕行も若頭に同行して、神戸の山口組総本部を訪ねていた。ところがそれ以前の一九九〇年二月の総選挙のとき、徐裕行は教祖をモデルにした張りぼての製作をしていた。

二つ目の教団と暴力団の接点は、上九一色村の第六サティアンで見つかった大量の中国米である。この米は中国の大連港から輸入され、横浜港に着いていて、大理石粉粒として送られた物の一部で、密輸だった。密輸の摘発があったのは今年の三月八日、関係者十一人はこのあと十月に逮捕される。犯人たちは一年間に二十隻分、四千トン強の中国米を密輸し、国産米コシヒカリとして、国内で売りさばいていた。稼ぎ高は十数億円である。

こうした密輸米の運搬を担うのは大方、暴力団の密輸グループであり、横浜港から第六サティアン付近まで運んだのも暴力団だった。その運賃のほうが教団にとっては高くついたと思われる。

もうひとつ教団と暴力団との接点は、覚醒剤である。二年前の一九九三年頃、関東で密輸ルートの覚醒剤の三分の一の価格のものが流通した。供給源は教団であり、同時期に関西や九州でも教団の信者たちが、暴力団関係者に売りつける動きがあった。問題はこの出所であり、教団で製造していた事実は、村井秀夫殺害の三日後に逮捕された土谷正実の供述で明らかになる。信者の毛髪や尿からも覚醒剤の反応が出ていた。

覚醒剤の大量生産の技術を教団が習得したのは、どうやら台湾らしかった。一九九二年末から、教団の〝科学技術省〟の幹部たちが台北を訪問、日本の暴力団の仲介で台湾マフィアと接触している。教団製造の覚醒剤を、台湾の密売ルートに乗せるのが目的だった。しかし持ち込んだ覚醒剤は持続時間が短く、粗悪品ばかりで台湾マフィアからは断られた。

そこでマフィア側は、良質な覚醒剤製造の方法を伝授すると持ちかけ、代金五百万円を振り込ませた。教団の幹部は一九九四年七月末から三日間、高雄にある工場で製造方法を学んで帰国したという。

台湾マフィアの幹部はそのあと、一九九四年末に東京に来て、中田清秀と早川紀代秀と会った。このとき二人からは、銃の取引も持ちかけられている。

以上のような覚醒剤の製造と密売の責任者が、〝科学技術省大臣〟の村井秀夫だった。従って村井秀夫はこの覚醒剤の製造・密売に関して、教団のみならず、取引先の暴力団にとって、すべてを知る人物だった。この村井秀夫が逮捕されて自供すれば、教祖と関連する暴力団は窮地に立たされる。早々に消したほうがよいという点で、両者の目論見は一致していたのだ。

他方、暴力団と教団の橋渡し役をしていたのが早川紀代秀で、特に北朝鮮ルートやロシアルートに関しては早川紀代秀が鍵を握っていた。禁欲主義で教団一筋の村井秀夫とは異なり、早川紀代秀は大雑把で、中田清秀などの子分の信者をスナックバーに連れていったり、自身も新宿のロシアンパブに入り浸っていた時期もあった。

しかも早川紀代秀は、先述の総選挙での教祖の張りぼて製作を機に、刺殺犯人の徐裕行と知り合う。早川紀代秀の子分の中田清秀も、徐裕行の知り合いが経営するクラブに時々顔を出す。その店には、山口組関係者も出入りしていた。

この徐裕行と教団のつながりは、三重県の総合病院の乗っ取りでも明らかになった。一九六九年設立のこの病院は、ゴルフ場や韓国のリゾート開発に失敗、六十億円の負債を抱えていた。傾きかけた病院に群がったのが暴力団で、一九九四年初めからは教団も乗り出した。その主役となったのが早川紀代秀と中田清秀であり、嫌がらせをする暴力団のひとりが徐裕行だった。こうして病院の廊下には暴力団員がたむろし、病室は教団の信者男女に占拠される。

以上のように、教団と暴力団の接点に、村井秀夫刺殺の犯人徐裕行がいた。

もうひとつ、村井秀夫と〝建設省大臣〟の早川紀代秀は仲が悪かった。刺殺される数ヵ月前から、村井秀夫は早川紀代秀がロシアと密約をしていると教祖に密告していた。そのあとも、部下の土谷正実に〝尊師と早川紀代秀が自分の処置を相談したらしい〟と漏らしていた。

そして当の早川紀代秀は、村井秀夫殺害の三日前の四月二十日、テレビ番組にわざわざ出演した直後逮捕されている。あたかも自分と殺人事件は関係ないと示しているようだった。早川紀代秀は、地下鉄サリン事件のときもロシアにいて、全くの無関係を装っていた。

加えて、村井秀夫が日頃から肌身離さず所持していた革表紙のシステム手帳がなくなっていた。村井秀夫はこの手帳に、行動スケジュールと教祖の指示を細かく書き込んでいたという。もちろん取引先の暴力団名や、売買価格、運搬ルートなども記されていたはずで、やはり教団の幹部によって抜き取られたと考えられる。

村井秀夫が刺されたあと、〝ユダの仕業〟と言ったのは、まさしく幹部の誰か、あるいは複数の幹部を指していたのは、ほぼ間違いなかった。

四月二十八日の金曜日、八時に約束どおり福岡県警の車が迎えに来た。東公園にある警察本部の建物までは、車で十分とはかからない。一階の会議室に通される前に、本部長の部屋で労をねぎらわれた。そのまま下に降りて、会議室に案内されて驚いた。百人近くが、びっしり机についている。多くが制服姿である。係員から式次第と配席表を渡された。

警察関係の他、陸上自衛隊第四師団、県の消防防災課、医療指導課、薬務課、福岡市消防局と交通局、北九州市消防局、日本赤十字社県支部、県医師会、福岡市医師会、福岡市救急病院協会、北九州市医師会、さらに県医薬品卸業協会、福岡地下街開発株式会社、博多駅地下街関係者、JR博多駅関係者、株式会社福岡ドームと、福岡県の警備と医療のめぼしい関係者が集まっている光景は壮観だった。

演台のすぐ前の席に、本部長と並んで座らされた。左側にOHPの機器があり、前方の発表席の脇にスクリーンが掛けられている。八時半きっかりに、警備課管理官の司会で始まり、右隣の本部長が立って前に出る。手短な挨拶で出席者に謝辞を述べた。そのあとマイクの前に立たされ、全体を見渡す。大学での講義とは違い、みんな真剣な眼でこちらを見、手元の資料に眼をおとす。資料として、九大での対策マニュアルの準備稿を渡していた。それを基にして、OHP向けの原稿は係官が作成してくれていた。決定稿でなくとも大いに役立つはずだった。

持ち時間の三十分は厳守するように念を押されていたので、要点のみを強調するやり方でいく。スクリーンにひと項目が大写しになる。まずサリンの概要を説明し、次に公共機関での注意に力点を移す。続いて個人の防護対策、医療機関での注意も要点をじっくり説明する。その他の診断や治療はかいつまんで話し、三十分足らずで講話を終えた。

続いて天神地下街の措置、地下鉄の措置、警察と消防の措置の他、救急病院協会、日赤、医薬品卸業協会の措置、最後に自衛隊の措置などが、次々と語られた。最も長かったのが警察の措置で、初動措置と交通規制が約十分ずつ、澱みなく説明された。消防と自衛隊の説明も、他よりは少し長く、よく検討されているのが分かる。

最後が総論的な検討会で、各部署から質問が出され、該当の部署がそれに答える形で進められる。聞いていて、これだけの連携が事前に机上で行われていれば、ひとまず安心だと思えた。

検討が終わったとき、司会者から寸評を求められた。頼もしく感じた旨を率直に伝え、実は福岡ドームでも同様の机上訓練が行われたことを口にする。その際、最も肝腎だったのがドーム内の換気で、これだけは本当に実演で実験されたと言うと、聴衆の目の色が変わった。実際、この検討会で抜けていたのが、地下街の換気だったからだ。

「空気の実際の流れなど、これまで実験したことがないらしいのです。ドームのような環境ではこれこそ大切ですと係員に言うと、どうしたらいいでしょうと訊かれたので、客席で煙草でも吸って煙の流れを調べればいいでしょうと答えました。すると、ドーム内は禁煙になっています、そんなことはできない、と係の人は滅相もないと首を振りました。実験ですからここは例外的にやってみるべきですと説得したのです。ですから、あのドームで煙草を吸ったのは、唯一実験で駆り出された人のはずです」

会場にどっと笑い声が起こる。「あとで換気のデータを見せてもらいました。実に細かく、空気の流れが図示されていて、さすが空調の専門家だなと感心しました」

言い終えると拍手が起こり、閉会になった。本部長から丁重に礼を言われ、玄関先まで見送られる。このくらいの距離なら歩いてでもいいですと辞退するのを、無理やり車両に押し込まれ、研究棟まで送ってもらった。何の謝礼もない仕事ではあったものの、県の関係者がこれほど真剣に対策を講じてくれているのがありがたかった。

五月のゴールデンウィーク前の週刊誌は、村井秀夫刺殺事件その他を精力的に取材していた。『フォーカス』は、村井秀夫の教団への最大貢献が、PSIと呼ばれる電極つきのヘッドギアの考案だったと伝えていた。

一方で『フォーカス』は、〝建設省大臣〟の早川紀代秀の逮捕劇を改めて報じていた。四月十九日の深夜、上祐史浩と一緒に報道番組に緊急出演した直後、任意同行を求められ、翌日未明に逮捕に至っていた。

この早川紀代秀の仕事は、地上げだけではなかった。〝防衛庁〟〝自治省〟〝諜報省〟を取りしきり、拉致事件を指揮する他、化学プラントから軍備まで面倒を見ていた。

上九一色村の倉庫用地四千坪や富士宮総本部の用地を買いつけたのも早川紀代秀であり、お布施の名目で巻き上げた不動産を素早く転売するのも、早川紀代秀の任務だった。常に札束を入れた紙袋を持ち歩いて、現金決済をした。通常使われる銀行の帯封付きの百万円の束ではなく、古い紙幣一千万円を無雑作に紐で括った札束が使われた。

暴力団とのつきあいが生じたのはその際だという。あとでトラブルになりそうな不動産は、暴力団関係の不動産屋に買ってもらっていた。一九九〇年に不動産融資総量規制ができてからは、その筋の不動産業者は、バブル崩壊とは無縁の教団に群がったのだ。第七サティアンの化学プラントの調達も早川紀代秀であり、旧ソ連製自動小銃カラシニコフの設計図を入手し、量産体制も計画していた。その他にも、T72戦車や戦闘機、核弾頭にまでも興味を示していた。

こうした功績で、早川紀代秀は実質的には上祐史浩や村井秀夫よりも格上の地位にあり、陰の大幹部になっていた。

別の頁で、『フォーカス』はまだ捕まっていない〝諜報省〟のトップ、井上嘉浩の正体を伝えていた。この裏部隊は盗聴による情報収集が主任務だった。目下逃亡中の目黒公証役場事務長拉致事件で指紋を残した松本剛を助けているのも、井上嘉浩だと思われる。井上嘉浩が住民登録をしている西早稲田のマンションには、早川紀代秀も松本剛も非常階段から出入りしていたという。

井上嘉浩が率いる〝諜報省〟は、これまで少なくとも十件の拉致事件に関与していた。脱会者の連れ戻しが主な役目である。その中で最大の仕事が假谷事務長の拉致だった。この事件の一週間前、教団関連の化粧品販売会社が、拉致現場近くのビルの一室に移転していた。代表は、麻布高校から東大法学部を出た男で、かつてマッキンゼー・ジャパンで経営コンサルタントをしていた。この代表が入信し、井上嘉浩が会社役員となって、代表を意のままに使っていた。アジトになった事務所に〝諜報省〟の連中が出入りし、事件現場の下見をしていたのだ。

二十五歳の井上嘉浩は、京都の進学校の洛南高校在学中に入信、〝空中浮揚〟を成し遂げていた。東大生を喫茶店に連れて来させ、論破して入信させる弁舌の巧みさを有していた。脱会信者が出ると、実家まで押しかけ、夜中まで拡声器で喚きたてた。

現在、捜査当局は逮捕済みの教団幹部たちから、連日事情聴取をしていた。四月十二日に逮捕された〝自治省大臣〟の新實智光は、黙秘して瞑想状態らしい。四月六日に逮捕した〝防衛庁長官〟の岐部哲也は、完全黙秘という。他方で、四月八日に捕まった林郁夫は、教祖の病状について供述しはじめていた。

一方『週刊文春』は、事情聴取を受けている幹部たちの状況をより詳しく報道していた。現在最も口を開いているのが林郁夫で、覚醒剤や自白剤などの違法使用を認めていた。自白して気が安まったのか、今では〝監弁〟である仕出し弁当を三食ともたいらげ、次の弁当を楽しみにしている。夜も安眠だという。

新實智光は〝尊師に逆らうと地獄に堕ちる〟と言って、まだ忠誠心を崩していない。スキンヘッドの元暴力団組長中田清秀は、初めいくらかしゃべったものの、青山吉伸弁護士が接見に訪れて以来、雑談にも応じていない。この中田清秀は、三年かけて全身に刺青を彫っているという。背中は竜に乗った観音、左腕に鬼、右股は鷲、左股は竜である。

『週刊文春』はまた、ジャーナリストの江川紹子氏の協力を得て、假谷事務長の妹から入信した経緯を詳しく聞いていた。これを読むと、教団の誘惑の手口が克明に分かる。

一九九二年の秋、自宅にフィットネスクラブのチラシがはいっていた。〝スーパースターアカデミー〟が、十一月にヨガ教室をオープンするという内容だった。腰痛があって、ヨガに興味を持っていた妹は、申し込みをし、恵比寿にある教室に通い出す。生徒は若者から年配まで二十人ほどいた。Nという女性講師に宗教臭はなかった。そのあと瞑想のクラスができ、今度はN講師と一対一の指導になった。しかし翌年七月に教室は閉鎖される。

N講師はその後も連絡して来て、妹はその年の十月に入会する。南青山の東京総本部の地下の喫茶店で手続きをした。ヨガの団体に入会したくらいに軽く考えていた。ある日、Nが九十二本ものビデオテープを持って来て、〝お貸しします〟と言った。そのときの同行者が松本剛だった。翌年の一九九四年一月、ヨガの同好会をやるからと誘われ、週一回通うようになる。帰りは松本剛が送ってくれた。その春、妹のテレビが壊れた際、電器屋から買ってくれたのも松本剛だった。

三月、Nから〝修行が進む〟といって、電極付きのヘッドギアである帽子を勧められた。一週間コースで百万円のところを、〝一千万円払えば生涯受けられる〟と言われ、一千万円を支払った。六月までに三回上九一色村に行き、一週間から十日くらい、電極付き帽子PSIの修行を受けた。

七月に松本剛から立位礼拝を習った。これはチベット仏教の五体投地を模倣した礼拝で、シヴァ神や教祖に帰依するという文言を繰り返しつつ、手を頭の上に伸ばして合掌し、額と胸におろし、最後に全身を前に投げ出す。

翌日、〝キリストのイニシエーション〟を受けた。紙おむつをはき、教祖から薄黄色や淡緑の液体を手渡されて、飲む。そのあと第六サティアンの小部屋にはいった。その際気分が悪くなったのみで、幻覚はなかった。

自宅に戻ってからも、松本剛から電話がかかり、ヨガ講師だったNの訪問を受け、再び一千万円のお布施に同意する。昨年末になると、松本剛から正月のイニシエーションを受けるようにと誘われ、断りきれなかった。

今年の一月一日、南青山の道場に行くと、男の信者から、自分が個別的な担当になったと告げられた。以後はその男に毎日送迎されることになる。急死した友人の葬式の日まで迎えに来た。そして一月二十日に、四千万円のお布施を教祖に直接渡した。これでお布施総額は六千万円に達する。このとき教祖から出家を勧められた。

二月十日に再び上九一色村に連れて行かれ、また〝キリストのイニシエーション〟を受けた。これで妹は意識朦朧となる。そこへ出家志願者の申込み用紙を差し出され、預金と保険の額、所有するオレンジカードなど、すべてを書くように強制された。

これが終わると出家見習いの〝セミサマナ〟になり、南青山の道場で寝泊まりするようになった。修行は午前三時まで眠れない。四つの決意文を、それぞれ千三百回ずつ唱える修行だった。

二月二十四日、妹は友人を導くという理由をつけて、やっと南青山の道場を身ひとつで脱け出す。そして兄にすべてを打ち明け、兄の自宅に匿(かくま)ってもらった。二十七日、兄から何者かに尾行されたと聞き、すぐに兄の家を出て友人の所に避難した。翌日の夕刻、教団に電話をかけ、出家も止め、信徒も辞め、脱会すると告げた。しかしこの二十八日の当日午後、兄の假谷事務長は既に拉致されていたのだ。

『週刊文春』はさらに、教団の隠された組織〝新信徒庁〟の実態も暴き出していた。事務長拉致事件で特別手配されている松本剛は、この組織の幹部だと目されている。〝新信徒庁〟の一大目的は〝社会逃避者を導き、出家に結びつける〟ことである。

まず、まだ出家していない信者の住むマンションやアパートで調査をする。電話番号や勤務先、入居年月日はもちろん、購読新聞、近所とのトラブル、車の有無の他、銀行口座番号、保証人、郵便受けにどういう投函物があるかを調べる。電気代と水道代の領収書などから、水道代がいくらで、電気代がいくら、家賃がいくらかも細かく記す。そのあとが本人の尾行である。人間関係も調べあげ、借金苦や離婚問題、何らかの病気で悩んでいないかを細かく知り、新信徒の弱点を把握する。教団が目をつけるのは、あくまで広い意味での社会逃避者である。

こうした逃避予備軍をおびき出す手口として、〝新信徒庁〟が考え出したのが、夜逃げ屋である。〝借金苦から消費者の生活を守ります。無料相談〟〝トラブル解決のプロ集団。法律手続きのプロ。運送も請負います〟といったチラシを、方々に配布する。夜逃げ屋はもちろん信者チームから成り立っている。

夜逃げ希望の相談者があると、夜逃げの契約をさせ、身体の安全と生活を保証する。そして研修への参加を促し、共同生活に導入する。そこにはサクラとしての信者がいて、オウム真理教の名は出さず、教団の教えをそれとなく植えつける。この過程で、社会逃避者は社会批判者に変容させられ、教団への帰依心が知らない間に醸成される。

この〝新信徒庁〟の第二の任務は盗聴だ。これは、信者をつくる際に不可欠な手段である。NTTの身分証明書を持ち、作業服を着て、目的の家を訪れ、点検を装って、ヒューズボックスなどに盗聴器を仕掛ける。盗聴した内容を受信する方法にも、〝新信徒庁〟は非常に巧みだった。

他方で、高速道路の監視システムに関しても熟知していて、逃走の際はそのシステムの網をくぐり抜ける手口を使っていた。教団の車の追跡が困難なのもそのためだ。警察の動きは、教団への強制捜査があった三月二十二日の三ヵ月前から摑んでいたという。

その情報網に驚いたのは、米国化学生物兵器管理研究所副所長のカイル・オルソン氏である。化学兵器処理コンサルタントでもあるオルソン氏は、教団で発見された薬品の調査のため来日することが、四月十一日、決まった。すると翌日、信者と名乗る人物から米国の自宅に電話がかかって来たので氏は驚く。訪日の日取りも、自宅の電話番号も、教団側には筒抜けだったのだ。

来日後も、オルソン氏が宿泊したホテルに、夜中に何度も電話がかかってきた。〝いつでも、あなたがどこにいるかは分かっている〟と威嚇したという。

教団の得意技が名簿集めで、多種の名簿から必要な人物を抽出して接近を図っていた。ロシアに進出する前には、外国語大学ロシア語科出身者に的を絞って勧誘をしていた。

捜査を開始した警察の動きは、天気予報の用語を暗号にして、教団中枢に通信されていた。ここからも警察内部に信者がいるのはもはや確実だった。

自衛隊の中にも、五十人以上の信者がいると推測されている。そのほとんどがＯＢだが、防衛大や幹部候補学校の出身者の他、偵察教導隊、空挺団やヘリ部隊、戦車連隊、三沢基地の自衛官など、あらゆる部署にその情報網は張り巡らされている。ＯＢや現役を信者にする以外にも、熱心な信者を警察や自衛隊に入隊させる手口も使っているらしい。

『週刊文春』はまた、教祖の来歴についても、詳細に調べ上げていた。

教祖の麻原彰晃こと松本智津夫は、一九五五年三月二日、現在の熊本県八代市で生まれた。実家のすぐ傍を球磨(くま)川が流れ、周囲にはのどかな田園風景が広がっている。教祖には兄が三人と姉が二人、弟がひとりいる。畳職人だった父親は隠居して、現在は妻と一緒に、鍼灸院を経営する長男と暮らしている。

教祖は生まれつき左眼が先天性緑内障で視神経萎縮のため見えず、右眼は弱視だった。盲学校に入学すれば、国庫からの奨励金の他に障害年金も貰えるので、六歳のとき熊本市内の県立盲学校にはいる。そこの寮で十四年間暮らす。生徒は一学年十人ほどで、年の違う生徒三、四人が相部屋で一緒に寝起きする。起床は七時、就寝は十時で、門限も厳しかった。

身体も大きく、全盲でもない教祖は何をするにも他の生徒よりは有利で、次第にガキ大将になっていく。いわゆるお山の大将である。威張りまくり、強引で喧嘩好きだった。みんな教祖の声を聞いただけで恐しくなった。教師にとっても扱いにくい生徒で、謹慎処分を二度受けた。生活態度を注意した寮母には、〝俺が宿舎ば焼くぐらいのことは、やってやっぞ〟と凄んだ。

柔道部に属して二段を取り、陸上も水泳も得意だった。高等部に上がるとバンドを組み、ボーカルを担当、西城秀樹ばかり歌い、特に「情熱の嵐」が十八番だった。

しかし人気はさっぱりだった。小学部の児童会長選挙にも落選、中等部でも高等部でも落選する。寮長に立候補した際には、寮生を集めて票集めに奔走するも、落選の憂き目に遭う。それというのも、とにかく乱暴で、大抵の寮生を殴りつけ、手を出さなかったのは、自分より勉強ができたり、楽器の演奏がうまい二、三人だけだったからだ。

寮では〝政治家になりたい〟と言い、毛沢東や田中角栄の伝記を読み漁った。

二十歳で鍼灸師の免許を取って盲学校を卒業すると、熊本市内の鍼灸院に勤め出す。周囲には、東大を受験するので生活費を稼ぐのだと言っていた。午後三時に勤務を終えると、その足で図書館に向かう。世界史や漢文、英語の参考書を手にしていた。その頃はもう英語や中国語の会話力もなかなかのものだった。東大の医学部を狙っていたが、目のことがあるので諦めたと、周囲に漏らし、鍼灸院は三ヵ月で辞める。

翌年、教祖は経営していたマッサージクラブの従業員を殴って、傷害容疑で逮捕され、一万五千円の罰金刑を受けた。その翌年には上京し、予備校にはいり、そこで知子現夫人と出会う。知子はやがて妊娠し、結婚する。知子夫人の家族は反対だったので、翌年一月、二人は船橋市内でひっそりと松本鍼灸院を開業した。結局、東大入試には落ち、進学は断念する。十二月、夫人の実家の援助で、船橋市に建て売りの新居を構えた。二十三歳のときである。

教祖は寿司好きだった。隣の寿司屋に毎日食べに行き、「越の誉」を一合飲んだ。〝今の日本はおかしい。時代や社会を変えていかなければ〟、〝この仕事は長くやるつもりはない。今は資金を貯める時期で、これからのステップに過ぎない〟と言っていた。酔うと、創価学会や立正佼成会を名指しして、〝金儲けだけが目的の邪教〟と罵った。

教祖は船橋駅から五、六分のマンションに、鍼灸院「亜細亜堂」を開く。商売は繁盛する。しかし満足せず、自宅脇に造った小屋で漢方薬の調合を始め、患者に売り出す。近所の医師から白紙の処方箋を入手して、金額を記入、健保組合から調剤報酬を不正に得ていた。これが発覚、千葉県から数百万円を返還請求された。それ以前、地元の情報誌に、〝何でも治る〟〝耳にハリを打てば一ヵ月で何キロも痩せる〟といった誇大広告を出していた。最初に取る費用は十万円だった。患者の言葉として、〝いつの間にか治った〟〝自然に痩せた〟という体験談も載せた。会員を募集し、会員特典なども付記する。

不正請求が発覚すると「亜細亜堂」をたたみ、同じ船橋市内の高根木戸駅近くに、「ＢＭＡ薬局」を一九八一年に開店する。謳い文句は〝コンピューターを導入した漢方薬〟である。自然食品も扱い、ヨガも取り入れる。三ヵ月で百万円以上するコースも用意した。坊主頭にし、白衣を着た。店の陳列台には、無農薬野菜と称するしなびた大根や人参が並び、野菜ジュースも扱い、奥まった所で漢方薬を売った。

地元情報誌に大々的な広告を出したにもかかわらず、客足は良くなかった。やがて東京のホテルで〝漢方薬〟の出張販売を始める。白衣から背広に着替え、妻の運転するワゴン車に乗って出かけた。

行く先は、新宿のホテルセンチュリーハイアットなど、高級ホテルばかりである。そこで人参や蛇の皮などを酢酸やエタノールに漬けたものに、〝風湿精〟〝青龍丹〟などの名前をつけ、〝神経痛と腰痛が三十分で消える〟と言い、三万円から六万円で売った。

ところが効き目がなく下痢をしたと、被害者が訴え、翌年、警視庁保安二課と新宿署に薬事法違反で逮捕される。教祖は医薬品の製造と販売に必要な厚生省の許可を受けていなかった。この時点で、千人近い客から四千万円を荒稼ぎしていた。被害者は高齢者がほとんどで、会費を先払いした会員には金は戻ってこなかった。教祖は二十万円の罰金を払い、薬局は閉店する。

このあと教祖はしばらく姿を消す。自宅には妻と長女と生まれたばかりの次女が残った。その後しばらくして妻子も姿を消し、どこかに隠棲する。やがて三女が生まれた。教祖はどうやら一時、阿含宗に入信していたようである。後に自著の中で、〝阿含宗の優れた点は、マスコミをうまく使って一般大衆に宗教の必要性をアピールしている〟と語っているからである。

松本智津夫が麻原彰晃となって世に姿を現わしたのは、逮捕からちょうど二年後の一九八四年五月だった。教祖はヨガの講師になっていた。渋谷駅近くのマンションに一室を借り、株式会社「オウム」を設立する。役員に妻の両親の名前も並んだ。

〝本格的にインドで学んだヨガを実践〟するヨガサークルだったのが奏効し、口コミで人が集まる。会社員やＯＬに混じって、他でヨガを教えている講師までもが来た。好きな時に来て、好きなだけ修行し、夜は車座になって、教祖が仏教やチベット密教の話をした。会員たちは〝麻原さん〟と呼んでいた。この頃の入会者に、後に大幹部の〝大蔵省大臣〟になる石井久子がいた。

人数が増え出すと、神奈川県丹沢に山荘を借りて、合宿セミナーを開いた。参加者は百人程度で、教祖はジャージ姿で薪集めもした。昼間はヨガの修行をし、夜は悩み相談を個別に遅くまで受け、睡眠時間は三、四時間だったらしい。

そして翌年の秋、オカルト雑誌の『ムー』や『トワイライトゾーン』が、教祖の〃空中浮揚〃の写真を掲載した。これは教祖自身が出版社の近くに出向き、編集者を喫茶店まで呼び出し、写真掲載を依頼した結果だった。

この〃空中浮揚〃は、慣れてくると数時間でできる技で、ほんの一瞬飛び上がったのを写せば、誰でも同様の写真が撮れる代物である。

しかしヨガの修行で超能力が得られるという教祖の記事は読者に受けた。『トワイライトゾーン』は、教祖に連載記事を依頼するようになる。この雑誌記事が単行本発刊に結びつく。都内の出版社から最初の本を出したのは、〃空中浮揚〃の写真掲載からわずか半年後である。この二年前、「オウム神仙の会」が発足していた。勢いを得た教祖は、テレビ数社に、〃水中サマディ〃を実演するのでスポンサーになってくれないかと持ちかける。これはさすがに門前払いされた。

それでも出版の翌年の一九八七年初めに六百人だった会員は、年末には一千人を突破する。やがて機関誌『マハーヤーナ』を創刊し、「オウム真理教」を名乗り始める。〃金がない〃といつも嘆いていた教祖は、お布施を導入してやっとひと息ついた。会費も引き上げた。こうして一九八八年、富士宮市に総本部道場が完成する。信徒や支部が増えていった。同時に宗教法人認証の申請もする。昭和が平成に変わった一九八九年三月である。

しかし東京都は各地で教団が起こしているトラブルを知っていて、認証には消極的だった。すると信徒三百人が都庁七階の宗教法人係に押しかけ、八月にようやく「オウム真理教」の認証をもぎ取った。これと前後して、教団は政治団体「真理党」を東京都選管に届け出た。

一方この直前、坂本堤弁護士らが「オウム真理教被害対策弁護団」を結成する。直後には『サンデー毎日』が、「オウム真理教の狂気」の連載を開始する。怒った教祖と信者は編集部に大挙して押しかけ、抗議した。

十月には、信者の親たちが「被害者の会」を結成、坂本弁護士は十月二十六日にＴＢＳで取材を受けた。このビデオはその夜、早川紀代秀、青山吉伸、上祐史浩に見せられ、脅迫されて放映は中止になった。三十一日にこの教団幹部三人は、横浜法律事務所の坂本弁護士を訪問、険悪な状況になった。このあとの十一月四日の未明、坂本弁護士の一家は襲撃され、どこかに拉致される。

教祖はこの年の五月に肝硬変にかかっていたことが分かった。不治の病であり、治療法は肝臓移植しかなかった。教祖はここで翌年の総選挙に打って出ることを決意、幹部の意見をまとめ上げる。衆議院総選挙に出るためには、『サンデー毎日』のキャンペーンも、ＴＢＳのビデオ放映も大きな邪魔だったのだ。教祖は記者会見で、〝オウムをインチキな宗教にしたいんだろう！〟と叫んでいる。

このインチキを暴露しようとした坂本弁護士は、大きな目の上のたんこぶだったのだ。警察の捜査にも、教団は徹底して協力を拒み、シラを切り続ける。

明けて一九九〇年一月、幹部二十五人が立候補を表明する。教祖は東京四区から打って出た。選挙区に大量の住民票を移動し、他候補のポスターも破った。選挙運動中は、教祖の似顔絵の面をかぶり、張りぼてを身につけて踊った。二月十八日の投票結果は、教祖の獲得票が千七百八十三票の無惨な落選、他の幹部たちも泡沫候補以下の得票数だった。これに対して教祖は、〝明らかに票が操作された〟と叫び、権力側の謀略だと訴えた。

選挙で敗北すると、教祖は四月に石垣島ツアーを決行、信者たちを強引に出家に導いた。熊本県波野村に土地を取得したのは、このあとの五月であり、翌年六月には長野県松本市にも土地を賃借する。九月にはテレビ朝日の「朝まで生テレビ！」に教祖や上祐史浩らが出演、宣伝活動に邁進する。十一月には教祖が、東京大学、信州大学、東北大学、京都大学で講演をした。

翌一九九二年二月には、ロシアのエリツィン大統領の側近だったロボフ露日基金会長が来日、多額の寄付をした教祖と会見する。三月、今度は教祖が、信者三百人を引き連れてモスクワに行き、要人たちと会い、四月には早くもモスクワ放送で教団のラジオ番組を始めた。五月にはスリランカ、七月にブータン、十月にはアフリカ、十一月はインドと、教祖はツアーを組んだ。

こうした宣伝活動はあくまで表の顔であり、裏では着々と武装化に取りかかっていたのだ。

こうやって改めて教祖の来歴を辿ると、その異様な体質が見えてくる。

第一に、お山の大将的な暴力に訴える体質である。一種の権力志向ではあるものの、その力はある限られた閉鎖的な集団のみで通用し、決して普遍的ではない。

第二に、学歴に対する強烈な劣等感である。東大医学部を志望し、合格すれば、この劣等感は一挙に解消できると目論んだものの、事は見事に失敗する。残された解決法は、高学歴の者を顎で使う道だった。日本やロシアの有名国立大での度重なる講演は、その助走だった。

第三に、骨の髄までのペテン師、詐欺師だという点である。〝インチキ〟という言葉には特に敏感であったのも、それが本質を突いていたからだ。このインチキ性を覆い隠すためには宣伝が必要であり、教祖はナチスの宣伝相ゲッベルスなみに、狡智に長(た)けている。〝空中浮揚〟の凡庸な一枚の写真を巧みに宣伝し、超能力だと大ボラを吹いたのも、その一例だ。

第四に、狭隘(きょうあい)な反権力主義であり、何度も警察に逮捕されているので、特に官憲への恨みが強い。これは逆に自らの官憲志向を生み出し、教団内部に〝官憲〟の網を張り巡らし、脱会者を取締まるのに意を用いる。

第五に、度はずれた金の亡者である。貧しい生い立ちと、権力志向の乖離を埋める手っ取り早い方法が、教祖にとっては金であった。金さえあれば、何でもできると気がついてからは、ひたすら信者に出家を迫り、財産を巻き上げる。その金で、ロシアの権力者に近づき、有名人との会見をお膳立てさせる。それを宣伝に使い、信者を増やす戦術に利用する。そして丸裸にした信者たちを奴隷のように使い、各種の商売で利益を生ませる。一方で安価な労働力として、教団施設の建設現場でこき使い、兵器工場でも使役する。それを〝修行〟だと言い含めれば、何の反感も買わない。

頭のてっぺんから足のつま先まで、ペテンと欺瞞に満ち満ちている教祖にしてみれば、もはや世の中に堂々とした姿は見せられないはずだ。目下、どこかに息を潜めて隠れている。しかしいつまでも隠れおおせるはずもない。いつか見つかる日が必ず来る。そのときどういう弁明をすべきなのか、ペテンに満ちた頭で考えているに違いない。

そのペテンが沁み込んだ頭の選択肢として、自殺があるだろうか。肝硬変を患い、右眼も失明に近づいている――。

しかし自殺は不可能だろう。生育史から考えると、自殺とは最もかけ離れた道を歩んで来た人生である。今さら自殺など思い浮かぶはずもない。これまで通り、何とか生き延びられると考えているに違いない。自分のことを最も知っている村井秀夫の抹殺を決めたのもそのためだった。自らの手で殺人を犯したのではない。すべては弟子たちがやったことだ。そう主張すれば、必ずや生き延びる道は開ける――。ペテンに凍りついた頭は、冷静にそう考えているはずだった。

『週刊新潮』は、その教祖が四月二十六日に新著を緊急出版したことを告げていた。『亡国日本の悲しみ』という表題に、〝迷妄の魂よ、大悪業の恐怖を知れ〟の副題がつき、教祖の横顔が載っている。全五章から成る本の第一章は〝神々の怒り〟、第二章が〝死について〟、第三章が〝憲法論〟、第四章は〝オウム真理教の実体〟、第五章が〝日本の運命〟である。インチキ頭の中味が赤裸々に露呈している本になっている。

第一章では〝このまま信者の不当逮捕を続けると必ずや神々の怒りが爆発する〟と言い、第二章では〝自分の前世は中国の豪商の家に生まれ、道教に出家した〟のだと言う。第三章で〝信教の自由〟を説き、第四章では〝第三次世界大戦でアジア文明が滅亡したあと、オウム真理教こそが精神文明を残し、発展させる〟と豪語する。最終章では、〝米国が日本に核を落とすのは二〇〇三年で、それをやめさせる方法は二百兆円を米国にさし上げることだ〟と大真面目で説く。噴飯ものの内容ではあるものの、〝二百兆円〟云々は教祖の体質が露呈していて、苦笑させられる。

『週刊新潮』は、教団とロシアを結びつけた人物として、山口敏夫代議士に言及していた。山口氏は、日ソ友好議員連盟会長だった石田博英氏の秘書を務めた来歴から、ロシアに人脈を築いていた。ロ日大学設立構想ができたのは、五年前の一九九〇年一月、安倍晋太郎元自民党幹事長が訪ソし、山口氏が同行したときである。翌年七月、ロシア連邦初代大統領にエリツィンが就任する。その腹心のロボフ安全保障会議書記が、十月にロ日大学構想をぶち上げる。こうして山口代議士のソ連人脈であるスミルノフ元ソ連対外文化交流団体連合会副会長が動き出し、十二月のソ連崩壊とともに、ロ日大学計画が認可される。

しかし出資金が集まらず、ここで山口氏がオウム真理教とスミルノフを結びつけたと考えられる。

十二月中に教団の早川紀代秀がモスクワに入り、翌年の一九九二年二月十三日、ロボフ・教祖会談がホテルオークラで実現する。このとき五億円が用意されたらしい。翌日、ロボフは山口代議士と会談する。山口氏はもちろん、今となってはすべてを否定している。否定しているとはいえ、充分に納得できる。

『週刊新潮』は、教団が隠密裡に少なくとも九人を死亡診断書なしに埋葬した疑惑も報じていた。九人の内訳は、信者や家族から成り、男性三人、女性六人である。死後に火葬され、教団独自のピラミッド型の骨壺に入れられ、教団がシャンバラ（理想郷）と呼ぶ場所に埋められたという。火葬場の許可など教団が取っているはずはなく、これは墓地埋葬法二〇条違反で、六ヵ月以下の懲役又は罰金らしい。

しかし、教団内における死者が九人にとどまるはずはない。脱会しようとした信者を翻意させる過程で、もしくは邪魔者扱いにされて、死んでいった信者はもっと多いはずだ。

『週刊新潮』はまた、民放がはからずも教団の宣伝部に成り下がっている実態を暴いていた。上祐史浩外報部長と青山吉伸顧問弁護士が、〝視聴率男〟として連日ひっぱりだこだという。青山吉伸が初めてテレビに登場したのは、地下鉄サリン事件の二日後の三月二十二日夜十一時の日本テレビである。櫻井よしこ氏がキャスターを務める「きょうの出来事」に出て、番組史上二位の一九・二％の視聴率になった。

これ以降、モスクワから帰国した上祐史浩と村井秀夫が加わり、朝から晩までどこかのテレビに出ている状態に突入する。青山吉伸と上祐史浩が出た三月二十六日のテレビ朝日「サンデープロジェクト」の視聴率は一七・四％を記録する。これは六年前の放送開始以来最高の数字で、通常の三倍近い数字だった。

これに味をしめた同番組は、翌週も青山吉伸・上祐史浩コンビを出演させ、一八・六％と、前回を上回る視聴率を稼ぐ。さらに三月三十一日深夜のテレビ朝日「朝まで生テレビ！」では、二人のコンビに加えて在家信者も出演させ、八％の驚異的視聴率になる。それまでの最高は五・八％で、通常は一％弱らしかった。

ＴＢＳの「報道特集」も負けじと、四月九日にオウム問題を取り上げ、二〇・二％の視聴率を上げ、日本テレビが中継した巨人対ヤクルト戦の二〇・五％と互角に渡り合った。

そして四月十七日、日本テレビは特番「緊急スペシャル!! オウム真理教の世界戦略とサリン事件の謎　今夜真相に迫る！」を組む。視聴率は三六・四％に達し、日本テレビにとっては〝オウムさまさま〟になっていた。

他方で『週刊宝石』は、別の観点から自衛隊の出動態勢について詳述していた。この臨戦態勢が続いているのも、教団がまだサリンを隠し持っていて、追いつめられた際に使用する可能性があるからだ。全国の駐屯地で隊員一万三千人が待機しているという。

毒ガス攻撃には通常の装甲車は無力であり、外部のガスを遮断できる戦車しか使えない。戦車ならハッチを閉めて、内部の気圧を高められるからだ。

上九一色村に近い静岡県の駒門駐屯地では、戦車部隊の第一機甲教育隊が、東部方面隊第一師団の戦車を多数保管している。その中心が74式戦車だという。日本にある戦車は、採用年代が示された61式、74式、90式の三種で、後二者が核・細菌・化学戦に耐えられる。90式の戦車一両の製造費は十億円である。

全国には十三の師団があり、一個師団に五十四両配備されている。唯一、北海道の第七師団には二百五十両を保有、国全体では修理中のものを含めて千両強の戦車がある。

もうひとつの防衛武器がヘリコプター、通称コブラだという。防衛庁長官直属である千葉県木更津の第一ヘリコプター団には、大型輸送ヘリＣＨ－47が三十機、双発連絡機ＬＲ－1が二機、小型偵察ヘリＯＨ－6を六機の他、コブラを十六機備えている。コブラは時速二五〇キロで飛び、二〇ミリバルカン砲やミサイルを搭載している。

もうひとつ陸上自衛隊の最強部隊である習志野の第一空挺団のレンジャー部隊も待機している。日航機墜落のとき、生存者を救助したのも、この部隊だった。

さらに東部方面隊傘下の練馬の第一師団と、群馬の第十二師団は、化学防護隊一個小隊を持ち、待機している。地下鉄サリン事件で出動した大宮の第百一化学防護隊も、もちろん引き続き出動待機中らしかった。

連休中は、五月の講義の準備をする必要があった。その間、平日には大学に出て、事務的な仕事をこなす。連休明けに開催される九大医学部でのサリン対策マニュアル検討会向けの改訂案はほぼでき上がっていた。

教室員の半数は連休を返上して自らの研究に専念している。牧田助教授もほぼ休日返上だった。教授室にいた午後、『臨牀と研究』の発行元である大道学館の社長であり編集発行者の古山氏から電話がかかってきた。

「先生、よかった。おられましたか。この時期、忙しかでっしょ」

どうやら自宅にも電話したらしかった。また原稿の依頼かと勘ぐったのは間違いだった。

「新聞で沢井先生の名前ば見るたび、ようやられとるなと、感心しとるとです。実は、去年の九月号に書いていただいた〈サリンによる中毒の臨床〉です」

「あれは助かりました。すぐ載せてもらって、いろんなところで読まれました。松本サリンの前に書いていた〈サリン—毒性と治療—〉のほうは『福岡医学雑誌』に投稿していたため、掲載は『臨牀と研究』と同時期になりましたが」

「あれはもう先生の卓見です。うちに投稿してもらっとったら、松本サリンの前に載せたはずです。ま、しかし、それはそれで、よかでっしょ。実はですね。〈サリンによる中毒の臨床〉に、別刷請求が一万部はいったとです」

「一万部ですか」

「はい、一万部です」

驚く他ない。発刊の際、百部の別刷は要求して確保していて、とっくの昔になくなっていた。それ以後は、依頼のたびコピーを送るようにしていた。

「いったいどこから？」

「厚生省ですよ。詳しいことはこっちも聞きまっせん。病院を含めて関係部署に配布するには、そのくらいの部数が必要なんでしょう。幸い、こんなこともあるかと版は残しとったんで、すぐに刷り、もう送りました。一万部の別刷請求など、七十年の歴史で初めてです。おやじの代でもなかったはずです」

「それはよかったです」

「それで、ついでに先生のために、百部余計に刷っとります。あってもよかでしょう？」

「そりゃ助かります」

「もちろん無料ですけん、はい。またよか話があったら投稿して下さい。すぐ載せます」

お互い礼を言いあって電話が切れる。受話器を置いて、そうかと思いつく。五月中に、九大でのサリン中毒マニュアルが完成する。それをそっくりそのまま『臨牀と研究』に掲載してもらえれば、国内各地の病院に伝わり、後世にも残る。

これは名案と思ったところで、一万部の別刷で、大道学館はいくら儲けたのだろうと、下衆の勘繰りのような疑問が湧いた。一部百円として一万部なら百万円だ。半額としても五十万円になる。相手は厚生省だから値切りはしないだろう。言い値で話はまとまったはずだ。論文を書いたのは牧田助教授と二人なのに、ビタ一文こっちに回って来ないのも妙な話だ。電話をかけて確かめようとして思いとどまる。ま、ここは無料の別刷百部で折合うのが妥当だった。

考えてみると『臨牀と研究』は実に奇特な医学雑誌だった。大道学館は九大医学部の構内にあって、九大医学部が全面的に支援しているといってよかった。支援といっても財政的な支援ではなく、執筆面での協力だ。稿料は薄謝であり、編集は古山氏がひとりで務めている。

創刊が大正十三年だから驚く。古山氏の父親が創刊した月刊誌で、当初は『實地醫家ト臨牀』だったらしい。それが戦争の最中の昭和十九年、現在の誌名に変えられた。あの紙の少ない戦争中も、戦後のドサクサの中でも休刊がなかったという。毎号、「痛み治療の最前線」、「外来で診る性感染症」、「最新のアレルギー治療のコツ」など、読者に最新の情報を届ける工夫がなされている。すべての科に横断的な内容なので、臨床医であれば誰でも読みたくなる。しかもそうした特集の他に、対談や臨床講義、随筆なども載せられている。

第一線の執筆者は、九大関係者ばかりではない。他大学の出身者も、依頼されれば腕をふるって原稿を寄せるので、特集された主題に対する各論文は、まさに百花撩乱の趣を呈する。駆け出しの専門医にとっては、原稿依頼が来ること自体が、その道で認められた証になっていた。

学部学生への次回の講義内容は、シアン化水素に決めていた。シアン化水素と学生に言っても、大概はきょとんとする。その水溶液が青酸だと説明すると大方が納得し、シアン化カリウムが青酸カリだと告げると、もう全員が頷く。

シアン化水素は、呼吸器を通じて吸収され、ミトコンドリア内のシトクロム酸化酵素と結合して、その作用を不活化する。これによって細胞は呼吸できなくなり、低酸素状態に陥り、急激に中毒症状が出る。常温では無色透明の液体であり、二六度Cでアーモンド臭のある気体になる。

古代エジプト人は、既にこの猛毒物質を知っていた。実際に化学物質として取り出したのは、十八世紀末、スウェーデンのシェーレである。以来、殺人や自殺の道具になった。

病理学的には、特異的な変化はなく、脳浮腫が起こり、うっ血と小出血巣が見られ、大脳基底核の中でも特に淡蒼球に、出血性軟化が生じる。

産業上の中毒発生場所は、メッキ作業やアクリロニトリル製造の現場や、シアン化ナトリウムやシアン化カリウムの使用環境である。焦げたアーモンド臭を示すガスを吸って急性中毒に陥る。頭痛とめまい、悪心（おしん）、嘔吐があって意識を失い、痙攣発作ののち呼吸麻痺がくる。

実は、シアン化水素による死者を最も多く出す環境は、火災現場である。一般に火災現場では、一酸化炭素が生じて死に至らしめると考えられている。しかし実は、シアン化水素中毒こそが死因である。この中毒の決め手は、曝露時間よりも曝露濃度である。秒単位で中毒症状は進展する。

診断には、血清中や尿中のシアン検出が重要で、脳波では徐波、胸部X線検査で肺水腫が見られる。心電図で、不整脈、頻脈、心房細動、ＳＴ－Ｔの異常が出現、血液ガス分析で、代謝性アシドーシスが示される。

治療は、何といっても迅速な気管内挿管と一〇〇％酸素吸入である。一方で亜硝酸アミルを吸入させ、亜硝酸ナトリウムやチオ硫酸ナトリウムの静注を行う。

スライドに沿ってここまで説明すると、大方の医学生が退屈しはじめる。少し話題を変えて、再び興味を呼び起こさねばならなかった。

実を言えば、このシアン化水素を化学兵器として使用することを思いついたのが、英国の軍需相チャーチルだった。一九一七年だから、第一次世界大戦の終盤である。シアン化水素にクロロホルムを混ぜ込み、酢酸クロロホルムを加え、さらに酢酸セルロースの濃厚液を添加してドロドロにする。これをガラス瓶に詰めて、航空機から投下すれば、立派な化学兵器になる。英政府も同年七月、この爆弾の使用を許可する。しかし兵士の間でこの爆弾は不人気で、危険この上ない代物を誰も運びたがらず、十二月に使用禁止命令が下された。

同じ頃、かつて塩素ガス爆弾を考案し、第一次世界大戦後にノーベル化学賞を受賞したドイツのフリッツ・ハーバーが、シアン化化合物を利用した殺虫剤の研究にとりかかっていた。ハーバーのノーベル賞受賞の理由は、もちろん塩素ガス爆弾の発明ではない。第一次世界大戦以前に、空気中の窒素を固定する画期的な発明をしていたからだった。この固定した窒素からアンモニアを生成する過程で、大量の塩素が発生する。この廃品利用として、ハーバーが考え出したのが塩素ガス爆弾だった。

第一次大戦後、いや大戦中からドイツは食糧難に喘いでいた。イギリスの海上封鎖によって輸入量が激減、最大の穀物輸入相手国のロシアを敵に回したからである。敗戦後は膨大な賠償金も科せられていて、食糧など輸入する余裕もない。せっかく収穫した穀物もネズミなどに食われて、目減りしていた。ハーバーは軍の指示を受けて研究に没頭し、一九二三年ついにチクロンBを完成、すぐに商品化された。

この時期、欧州全体が農業生産の落ち込みに苦しみ、栄養失調患者が巷に溢れていた。特に経済封鎖をされているドイツの惨状は目に余った。こんな状況下で、農業生産の大敵である「害虫」を駆除できるチクロンBは救世主になる。ドイツ害虫駆除会社によって、殺虫剤として缶入りで売り出された。

チクロンBの缶の中味は、青酸と珪藻土に安定剤を加えたもので、強い刺激臭があった。効能もよく、ガス化によって、倉庫などで害虫を一斉に駆除するにはもってこいだった。考案者のハーバーはユダヤ人で、大の親日家でもあった。日本にも招かれ、特に実業家星一が中心となって、ハーバーへの財政的な援助を惜しまなかった。前述したように星一はSF作家星新一の父である。

しかし一九三三年、ヒトラーが政権を取ると、ハーバーはカイザー・ヴィルヘルム研究所から追放され、スイスに亡命する。化学研究への夢は捨て切れず、翌年早々、ハーバーはドイツへの帰国を決める。国境近くのバーゼルに辿り着いた一月二十九日、不幸にも心筋梗塞で急死した。

ドイツのどの新聞も、ハーバーの訃報には触れなかった。葬儀にもナチス政府の圧力がかかった。にもかかわらず、かつての同僚や友人、後輩の化学者たちが参列した。

一年後の一周忌に、マックス・プランクが追悼会を開こうとする。ハーバーがノーベル化学賞を受賞した年に、プランクは熱力学の分野での功績によってノーベル物理学賞を受賞していたのだ。ナチス政権は、ドイツの大学の全構成員に対して、追悼会への参加を禁止した。しかし、追悼会は決行され、化学分野の研究者や化学工業会の重鎮たちが大挙して参加、会場は満員になった——。これも先述したとおりである。

このように多少話を脱線させると、学生たちは身を乗り出す。さすがにヒトラーがユダヤ人に対してどういう措置をしたか、みんな興味があるのだ。

ユダヤ人であるハーバーが創薬したチクロンBは、皮肉にもユダヤ人「絶滅収容所」での大量虐殺に使われた。

絶滅収容所は、ポーランドに六ヵ所設けられた。ポーランドは当時欧州最大のユダヤ人居住国で、三百万人強が住んでいた。ヘウムノ、ベウジェツ、ソビボール、トレブリンカ、アウシュヴィッツ゠ビルケナウとマイダネクにあった絶滅収容所のうち、最大だったのはもちろんアウシュヴィッツ゠ビルケナウで、一九四一年十一月から稼動する。

このうちヘウムノの収容所は、ガストラックの停泊所だった。輸送されて来たユダヤ人は、そこで三台のガストラックに乗せられ、そのまま排気ガスによって毒殺された。一九四一年十二月の〝操業〟以来、わずか半年で十万人弱がその犠牲になった。

もともとアウシュヴィッツはオーストリア＝ハンガリー帝国軍砲兵隊の兵舎であり、ビルケナウはタバコ専売公社の建物で、これらがポーランドの政治犯の収容施設に転用される。一九四〇年五月、ここにアウシュヴィッツ司令官としてヘースが赴任、強制収容所、そして絶滅収容所になる。

問題は、絶滅の方法である。排気ガストラックでは、とうてい間に合わない。ドイツ国内の数ヵ所で、精神病患者の抹殺で使われている、浴室に一酸化炭素を吹き込むやり方でも、埒が明かない。アウシュヴィッツでは、害虫駆除のため、例のチクロンBが缶入りで大量に備蓄されていた。この使用をヘースは思いつき、国家保安本部の大隊長アイヒマンに報告する。

国家警察の手で逮捕されたユダヤ人は、鉄道で運ばれ、アウシュヴィッツの引込線西側の荷役ホームで降ろされる。ここで収容所部隊に引き渡され、SS（ナチス親衛隊）医師によって、荷役に使える組とそうでない組に選別された。ホームに残された手荷物はその後選別所で仕分けされた。

作業に使えると判断された組は、収容施設にはいる。一方の抹消組は保護拘禁所を抜け、倉庫脇のテント内で脱衣させられた。シラミ駆除のために、特別な倉庫にはいるのだと説明がなされ、ユダヤ人たちは五つある部屋に導かれる。各部屋とも二、三百人を収容できた。扉が閉められると、缶入りのチクロンBの中味が、天井の小穴を通して室内に噴射される。

三十分経過して扉が開けられる。死者は運び出されてトロッコに乗せられ、トロッコ線を通って大きな壕まで運ばれた。残された衣類は、トラックで選別所に移された。

脱衣、ガス室への案内、死体の運び出し、ガス室の清掃を行うのはユダヤ人の特殊部隊であり、大きな壕を掘り、土をかぶせるのもユダヤ人だった。彼らも後日、抹殺される運命にあった。

死体の金歯を抜き、女性の髪を切る役目も、ユダヤ人の特殊部隊が担った。ガス室まで歩いて行けない病人は、ヘースの部下である保護拘禁所長か連絡隊長が、小銃で頸部を狙い、射殺した。問題は死体の処理で、当初は壕の中でそのまま焼かれ、後には大規模な火葬場で焼却された。灰は、まず骨粉製造機で粉末にされ、森林や原野に撒布された。

収容所行きになったユダヤ人の残留物には莫大な価値があった。荷役ホームに残されたトランク類の中には、宝石、黄金や白金の時計、指環、耳環、首飾りの他に、各国の何百万という紙幣があった。脱衣場の衣服の中にも同様な貴重品があり、死体の歯の詰物の下にダイヤモンドが隠されていた。

貴重品や現金は箱詰にして、ベルリンの経済行政本部を通じて国立銀行に預けられた。そこからスイスに運ばれ売却された。

通常の時計はまとめてザクセンハウゼンにある時計工場に送られて修理され、戦線の武装ＳＳや国防軍に供出された。時計工場で働いているのも収容者たちだった。

金歯は、ＳＳ病院で歯科医師の手で溶かされ、金の延棒にされて、衛生長官に毎月送られた。切り取られた女性の毛髪は、バイエル社に送られて有効利用された。衣類も古着として転用され、靴類も分解されて活用された。

しかしこれらの貴重品は、途中でＳＳ隊員、警官、作業員、駅員、はては収容されている抑留者によって掠め取られた。特に抑留者はこれで民間労働者やＳＳ隊員を買収し、酒やタバコ、偽造証明書、食糧などを入手できた。

こうして絶滅作業によって殺害されたユダヤ人は、五百万人弱と言われている。皮肉にもユダヤ人のハーバーが創案したチクロンＢが、ユダヤ人絶滅作戦で大きな力を発揮したのである。

しかしこうしたナチスの悪業にも、終焉の時が訪れる。一九四五年四月下旬、ソ連軍が刻一刻とベルリンに迫って来た。ヒトラーと愛人エヴァ・ブラウンは、総統官邸の地下壕で四月二十九日、結婚式を行う。その翌日、エヴァは愛犬ブロンディに青酸カリを飲ませ、自分も青酸カリ入りのカプセルを口の中で噛み砕いて死ぬ。ヒトラーは自室でピストル自殺をする。最後まで忠誠を誓って一緒にいたゲッベルス一家も、ヒトラー夫妻と運命を共にする。妻のマクダは、三歳から十二歳までの六人の子供に青酸カリを飲ませた。旅に出るので車酔い止めの薬だと言いきかせていた。そのあとマクダは夫の待つ部屋に行き、二人で青酸カリを口にした。ヒトラー夫妻とゲッベルス夫妻の死体は庭に運び出されて、ガソリンをかけられる。ほとんど焼き尽くされたものの、ソ連軍の手によってヒトラーの頭蓋骨の一部が発見される。歯型によって後にヒトラーのものと確認された。

ここで講義を終えてもよかった。しかし時間が余れば、余話として日本の青酸ガス兵器作戦について触れておきたかった。

日本軍は青酸ガスを直径一一センチの球形のガラス瓶に入れ、「ちゃ瓶」あるいは「ちび」と称していた。戦車や砲塔の銃眼に投入すれば、敵を殺せると考えられたのだ。これは実際に一九四二年、ビルマ戦線で使用されたものの、その効果のほどは不明である。

このちび弾の前身は、商品名サイロームで広島県大久野島にあった東京第二陸軍造兵廠忠海(ただのうみ)製造所で作られた。青酸を赤土様の珪藻土に吸収させて缶詰にしたもので、殺鼠殺虫剤として、一九三〇年頃から民間に売り出された。カイガラ虫退治に手を焼いていた広島県や愛媛県のミカン農家には大歓迎された。

この忠海製造所で作られた青酸手投瓶、通称ちびは、二十万本に達した。ここではその他にも、「きい一号」のイペリットや「きい二号」のルイサイトも製造された。

一九四五年八月十五日、無条件降伏をしたあと、次々と戦犯容疑者が巣鴨拘置所に出頭を命じられる。第三十四、三十八、三十九代の内閣総理大臣だった近衛文麿も、出頭最終期限日の十二月十六日、青酸カリを服毒して自殺した。

青酸カリは、戦後の混乱期に帝銀事件によって、またその名を轟かす。一九四八年一月二十六日午後三時、帝国銀行椎名町支店で、青酸化合物で行員を毒殺、約十八万円を強奪するという事件だった。都の防疫班の腕章をつけた男が、集団赤痢の予防薬と称して、十六人の行員らに一斉に青酸カリないし青酸ナトリウムを飲ませたのだ。生存したのは支店長代理ら四人のみだった。

犯人として検挙されたのは、画家の平沢貞通だった。しかしこの平沢は、若い頃に狂犬病の予防接種をし、コルサコフ症候群の後遺症があった。尋問に対する返事も二転、三転し、誘導尋問にも容易にひっかかった。死刑判決が出たあと、何度も冤罪だとして再審要求がなされた。三十九年を獄中で過ごした平沢貞通は、一九八七年九十五歳で死去した。真犯人は、七三一部隊の生き残りではないかという説も根強い――。

ここまでの準備をしておけば、学生たちの頭に、シアン化合物に関する知識がいくらかでも刻まれるはずだった。

講義準備を終えた五月五日、新宿駅青酸事件が起きた。駅のトイレに、青酸ガス発生装置が仕掛けられていたのだ。犯人は不明だった。しかし教団側が、警察の捜査を攪乱しようとしている可能性は充分考えられた。

連休後半に発刊された『週刊読売』は、四月十九日に発生したＪＲ横浜駅の異臭騒ぎを詳述していた。午後一時頃、横浜駅構内や、京浜東北・根岸線の車内で、急に目や喉に激痛を訴える人が続出した。乗客は列車から降ろされ、駅構内は立ち入り禁止になった。七百人以上が被害を受けていた。

二日後の二十一日にも、横浜駅西口の商業ビルで再び異臭騒ぎがあって、こちらは二十七人が手当てを受けた。こうした異臭騒ぎは、それ以前にも二件発生していたらしい。二回目は、地下鉄サリン事件があった三月二十日の午後だ。横浜駅から五〇〇メートル離れた東急ハンズ横浜店で、異臭が発生していた。それに先立つ三月五日にも、第一回目があった。深夜、横浜市内を走る京浜急行の車内で、同じような異臭騒ぎがあり、頭痛や目の痛みを訴えて十一人が治療を受けていたのだ。

これら一連の事件で、残留物はなく、原因物質も同定されていない。もちろん犯人も雲隠れしたままだという。

『週刊読売』は、こんな後手後手に回ってあたふたしている事態に対して、元東京地検特捜部長の河上和雄氏の談話を載せていた。河上氏は、オウム関連事件の一番の責任は政治家にあると断言し、これまでどうして教祖や教団幹部を国会で証人喚問しなかったのかと批判する。例えば証人喚問で、毒ガスを撒いたのは米軍だと言えば、それだけで偽証罪で告発できたはずだと言う。

それを政治家がしないのは、選挙の際に宗教団体のお世話にならなければならないからだ。宗教法人の認証にしても、自治体任せで、都道府県は実態を把握していない。政治家は平和呆けしている、と河上氏の論法は鋭く、説得力があった。

一方、『サンデー毎日』も、横浜駅での異臭事件に触れていた。東大農学部の教授は、原因物質は亜硫酸ガスか塩化水素ではないかと見ていた。作家の佐木隆三氏は、これは便乗犯や愉快犯の仕業ではなく、教団による威嚇であると断じていた。なるほど、四月二十六日発売の書で、教祖が〝日本に大きな災いが降りかかるだろう〟と〝予言〟した事態を、信者たちが必死で演出していると考えたほうがいい。〝大きな災い〟が降りかかっているのは、間違いなく教団と教祖のほうなのだ。

連休が明けてすぐ、九大のサリン対策マニュアルの検討会が開かれた。改訂案は熊井病院長を通じて、各委員にあらかじめ配布されていた。会合の席に着く前、第一内科の保科教授からは「よくできとりますよ」と、笑顔で肩を叩かれた。会議そのものは、二十分ほどで終了し、改訂案は最終稿として承認された。

「とにかく見やすかし、頭にはいりやすかですよ」

そう言ってくれた麻酔科の高松教授の言葉が、全員の感想を代表しているようだった。

最終版のマニュアルは、さっそく厚生省健康政策局指導課宛にファックスした。数日後、返礼とともに、指導課からは独自に作成したマニュアルが送られて来た。神奈川県ではこれを十ヵ国語に翻訳して県民に配布したとも付記されていた。しかしどこか読みにくく、例によって自画自讃すれば、とりつきやすい点では九大のマニュアルのほうが数段優っていた。

この頃、ひと月前に逮捕された〝治療省大臣〟の林郁夫が、地下鉄サリン事件について自供を始めていた。

地下鉄サリン事件の二日前の今年三月十八日の早朝、林郁夫は〝科学技術省次官〟の林泰男から声をかけられ、〝科学技術省大臣〟の村井秀夫が呼んでいると知らされた。

林泰男について村井秀夫の専用シールドルームに行く。第六サティアンのシールドルームは一坪の広さで、それが百室以上あった。一室一室が高額なお布施をした信者用の修行の場だった。頭には例の電極付きヘッドギアをつける。他の並の信者にとっては憧憬の場になっていた。

村井秀夫の前に坐ったのは林郁夫と林泰男、〝科学技術省次官〟の三人、広瀬健一と横山真人、豊田亨だった。

「君たちにやってもらいたいことがある。これは」

と言って村井秀夫は少し顎を上げ、天井を見る仕草をした。「──の命令だからね。近く強制捜査がある。捜査の鉾先をそらすため、地下鉄にサリンを撒いてもらいたい」

林郁夫は驚いて腰を浮かしそうになる。これはまさしく大量殺人だった。

「もし抵抗があるなら、断っても構わない」

村井秀夫が言い添えても、林郁夫は言葉が口をついて出ない。他の四人も黙っていた。

「じゃ、やってくれるんだね」

村井秀夫から問いかけられたとき、五人共「はい」と返事をしていた。

「サリンを撒く対象は、オウムを弾圧してつぶそうとしている国家権力の代表者たち、つまり公安警察、検察、裁判所に勤める連中だ。彼らは地下鉄を利用して、霞ケ関で降りる」

そう言うと、村井秀夫は地下鉄の路線図を拡大したコピーを、壁面に掲げた。

「君たちはそれぞれ違う路線の地下鉄に乗り、霞ケ関駅の少し手前の駅にさしかかったとき、車内にサリンを撒いてから、降車する。そうすれば、列車が霞ケ関駅に着くまでに、サリンが車内に充満して、ちょうど霞ケ関駅で降りるはずの国家権力の代表者たちは死ぬ」

村井秀夫はそこで言いさし、「問題はその方法です」と続けた。「かつて予備実験として、アタッシュケースに仕込んだ加湿装置を使って、擬似ガスを発散させようとしたがダメだった。開放的な駅構内ではうまくいかず、やはり密閉空間であることが必要不可欠条件です」

そういう予備実験をしていたとは、林郁夫は知らなかった。他の四人は知っている風で、頷いていた。

「尊師のアイデアは、プラスチックの容器にサリンを入れて、撒くときは蓋を取って床に転がし、逃げるという方法です。一応はこれでやるけれども、君たちにも何か他にいいアイデアがないか考えておいてくれ」

村井秀夫は特に林郁夫の方を向いて言った。「実行日は明後日、三月二十日の月曜日、朝の通勤時間帯の午前八時です。サリンを撒くタイミングは、霞ケ関駅より五分から十分前に通過する駅です。それだけの時間があれば、サリンガスは霞ケ関駅到着時刻にピークに達するはずです」

話を聞き終えて五人が立ち上がり、部屋を出ようとしたとき、村井秀夫が呼び止めた。

「これはマハームドラーの修行なんだからね」

言われて林郁夫は、なるほどと思い至る。〝マハームドラー〟とは、教祖の言う第一段階の解脱だった。昨日、尊師通達があり、林郁夫を含めてこの五人が〝正悟師〟に認定される予定になっていたのだ。

林郁夫は〝治療省〟に戻り、強制捜査に備えて、廃棄する物品の選別をした。午後になって、林泰男と〝諜報省大臣〟の井上嘉浩が姿を見せた。

話の目的は、サリンを撒く方法についてだった。井上嘉浩は、二〇〇ccの注射器、もしくはいちじく浣腸のような容器はないかと訊いてきた。林郁夫は、点滴の袋にサリンを入れ、それにプラスチック管をつなぎ、袋はポケット、管先は靴のあたりにセットするようにしたらどうかと提案した。林泰男は「それはいいアイデアだ」と賛同し、村井秀夫に話しに行くと言って井上嘉浩と共に帰って行った。

その日も林郁夫は、信者たちに対する〝ニューナルコ〟に没頭した。〝ニューナルコ〟は、電気ショックの副作用を利用して記憶を消す方法で、もとはと言えば、教祖の指示で始めたものだった。悪いデータを消去して修行を促進できると教祖が主張して、林郁夫はしぶしぶ実行していた。麻酔で眠らせ、筋弛緩剤で痙攣が起こらないようにして、三、四秒間、両のこめかみに通電する。筋弛緩剤を投与していなければ、大きなてんかん発作が起きる。連続して行えば、それ以前の数日から数週間の記憶は消えてしまう。本来は重篤なうつ病の治療に使う方法だった。

夕刻、井上嘉浩がまたやって来て、松本剛ともうひとりの指紋消しの催促をした。この指紋消しは、実は午前四時頃にも、井上嘉浩と〝法皇内庁大臣〟の中川智正がやって来て、依頼されていた。

指紋を消すのは違法行為であり、未経験だったので尻込みすると、中川智正が言った。

「まだらに皮膚を取ればいいんですよ」

「それなら、そちらでやって下さい」

と言おうとしたら、中川智正は姿を消した。

仕方なく、林郁夫は第六サティアン三階の瞑想室で指紋消しを始める。十九日の午前八時だった。麻酔係は、拒む妻を説き伏せて務めさせ、外回りに二、三人の看護婦をつけた。夕方近くやっと二人の手術を終えた。真皮まで切り取り、他の部位の皮膚を移植するので時間を要した。

専用のシールドルームに戻ると、扉に〝渋谷に九時、井上嘉浩の携帯電話に連絡〟というメモが貼ってあった。

林郁夫は上九一色村を午後七時に出発する車を自分で運転した。二晩徹夜だったので、眠気を払うため、途中でコーヒーなどを飲んだ。

渋谷に着くと、公衆電話から井上嘉浩の携帯に連絡をした。迎えが来て、アジトの渋谷ホームズに連れて行かれた。そこには実行役の連中が集まっていて、変装の準備をしていた。林郁夫は眠くてたまらず、壁にもたれてうとうとしていた。やがて井上嘉浩の部屋に集められ、そこには運転手役の連中も来ていて、林郁夫の運転手は新實智光だった。

眠くてたまらず、再びうとうとしていると、他の連中が下見をしておくというので、林郁夫も腰を上げる。千代田線の新御茶ノ水駅での実行役になっている林郁夫は、丸ノ内線の御茶ノ水駅が受け持ちになっている広瀬健一とその運転手役の北村浩一と、ＪＲ御茶ノ水駅まで行った。そこで二人と別れ、運転手役の新實と北村とは近くの喫茶店ジローで待ち合わせすることになった。

林郁夫は新御茶ノ水駅から千代田線に乗り、千駄木駅まで行って、引き返す。実行後の出口は総評会館口と決めた。ジローに戻り、渋谷ホームズまで帰る途中、広瀬健一が自分もサリン中毒になったらどうしようかと言い出した。林郁夫は、それもそうだと考え、車を白山通りから野方のＡＨＩに向かわせた。林郁夫はそこで事務方に、明日の午前中は駐車場を空けておくように言い渡した。医師と看護婦にはサリンのことを告げるわけにもいかず、黙っていた。渋谷ホームズに戻ったときは、午後十一時を過ぎていた。またうとうとしていると、これから上九一色村に行くと知らされ、出発する。渋谷から甲州街道に出、第七サティアンに着くまで、林郁夫はひたすら眠った。

第七サティアンに着いたのは、午前三時くらいだった。戸口に村井秀夫が待ち構えていて、建物内に案内した。〝サリン入りの袋は用意できた。その袋を、前以て尖らせた傘の先で突き刺して穴を開けるのだ〟と、村井秀夫が説明した。〝その前に練習のための水袋を作ったので、練習をしておくように〟とも言い添えた。林郁夫はやる気がせず、練習は控えた。

サリンの袋は十一個用意されていて、誰かが三袋を受け取らなければならなかった。〝私がやります〟と言ってくれたのは林泰男だった。内袋が破れていた袋も、林泰男が引き受けてくれた。

渋谷に戻る前に、〝第一厚生省大臣〟の遠藤誠一が、メスチノンというサリン中毒の予防薬を配布した。外国からわざわざ取り寄せたのだと、遠藤誠一は言った。戻りの車の中でも、林郁夫は眠り続け、午前五時過ぎに渋谷ホームズに着く。サリン入りの袋を受け取り、マスクも貰う。林郁夫はサリン中毒の治療注射薬、硫酸アトロピンを配った。逃走資金として、各自五万円貰った。渋谷ホームズは午前五時四十五分頃に出た。

林郁夫は新實智光の運転する車で、まず千代田線の新御茶ノ水駅に向かう。途中市ヶ谷のコンビニで、セロテープとカッターを買った。手袋は、広瀬健一がくれた白い木綿の手袋は嫌で、新實智光がどこからか買って来た黄色い滑り止めつきの軍手にする。サリンの袋を包む新聞紙も、新實智光が入手した「聖教新聞」と「赤旗」のうち、後者を選んだ。

総評会館口の出口を新實智光と確かめて、千駄木駅に向かう途中、新實智光から、犯行後は〝法皇官房長官〟の石川公一が、教団以外の組織がやったと思わせる犯行声明文を、コンビニのファックスなどを使って、報道関係に送ることになっていると告げられた。

千駄木駅で降車して、狭い駅構内にはいったのは午前六時四十五分である。まだ一時間の余裕があった。この千駄木駅は日本医科大が近く、救急センターには、火傷を負った信者をよく入院させてもらっていた。その見舞いで、林郁夫はよくこの駅を利用していた。

始発駅は北千住だと思い込んでいた林郁夫は、千代田線に乗り込む。路線図を見上げて、その先に綾瀬駅があるのに気がつく。初めて公式試合の関東中学硬式庭球大会に出たのも、綾瀬だった。林郁夫は今一度その綾瀬のテニスコートが見たくなり、綾瀬駅で下車する。駅の外を歩いてみてもテニスコートなどなく、全く風景は様変わりしていた。

駅に戻り、今度は北千住駅に向かう。車内は混んでいて、北千住駅での降車客も多かった。疲労感があり、JRのホームに上がってベンチを探した。時間が迫ってきたので、改札口近くのトイレでサリンの準備をして、千代田線のホームに降りた。新御茶ノ水駅に午前八時過ぎに着く車両が、十分後に出るのが分かった。指示されていた先頭車両の前の入口から乗るべく、ホームの先まで行き、ベンチで待つ。いくつか列車を見送って、目当ての電車が来たので、一両目の二番目のドアに並んだ。最前列だった。

電車が着いてドアが開き、後ろから押されるようにして中にはいった。車内はかなりの混雑だった。電車は新御茶ノ水駅に近づき、アナウンスが聞こえたので、林郁夫はサリン入りの袋二つを新聞紙で包んだものを床に落とす。そして傘の先で包みを突き刺した。一回は手ごたえがあったものの、二度目と三度目にはなかった。人に押されるようにしてドアから出、人の流れに沿って改札口の方に歩いた。電車はそのまま発車して行った。

人波を抜けて傘の先を見ると、新品の傘を包んだセロファンの先に水滴のようなものがついていた。改札口を出て、水場で洗おうとするも見つからず、階段を上がって外に出た。新實智光が助手席のドアを開けて待っていた。林郁夫は街路樹の根元の土に傘を三度突き刺し、木の幹に傘を打ちつけて先端の土を振り落とした。

〝どうでしたか〟と新實智光が訊いた。

〝ちゃんとやってきましたよ〟

憮然として林郁夫は答える。外は上天気で、眩しいくらいの日射しがあり、道には車列が流れていた。

新實智光が用意していたビニールのゴミ袋に、捨てる衣類や靴、手袋、マスク、傘を入れた。サンダルも用意されていた。

渋谷ホームズに戻ると、井上嘉浩たちがテレビを見ていた。画面には救急車が集まっているのが映っていた。死者も既に出ているようだった。

午前十時頃に解散になった。林郁夫は自分の車でひとり、野方のＡＨＩに向かう。途中で新宿の三省堂に立ち寄る気になり、新宿の方向に進路を変える。ところが甲州街道にさしかかったとき、喉の詰まりと筋肉の痙攣を感じ出した。車には傘や靴などを入れたゴミ袋が積んであった。運転するのは危険だと感じ、車を西口駐車場にとめ、電話で野方のＡＨＩの看護婦を呼び出した。その間、車から離れて、京王デパートの前を通った。早くも事件の号外が貼り出され、テレビの前には人だかりがしていた。

林郁夫はサンダル履きが不自然と思い、デパートの靴売り場に行く。だが、ＡＨＩに電話をしたとき以上に呂律が回らなくなっていた。すぐに呼び出した看護婦と落ち合い、野方のＡＨＩに向かう。到着後、シャワーを浴びて汚染の除去をした。その日は、日頃と同様に入院患者の回診をし、夕刻になって上九一色村に向かった。運転は呼び出した看護婦が申し出てくれた。

上九一色村に着いたのは午後九時頃だった。みんな強制捜査に備えて、慌しく荷物の整理をしていた。午後十一時頃、教祖から呼び出しがかかった。

〝今戻ったところです。やって来ました〟

林郁夫が伝えると、教祖は〝サリンで殺された人たち、殺されるであろう人たちは、ポアされてよかった。よい転生を果たすだろう〟という意味の言葉を口にした。

林郁夫が頭を下げて立ち上がろうとしたとき、教祖が〝地下鉄サリン事件は、世間ではオウムの犯行と言われているようだが……〟と言いかけてきた。

〝はい〟と林郁夫はきっぱりと答える。教祖は、〝これから村井秀夫の指示に従って、治療棟の地下に薬品を隠すのに協力するように〟と言った。

日付が変わっても、徹夜で準備を続け、三月二十一日午前九時に館内放送で強制捜査の情報が流された。

林郁夫は強制捜査対応策のため、第二上九のバリケードに出向いた。大がかりな隠蔽工作は一日中続き、夕方前に〝科学技術省〟と〝法皇官房〟の幹部たちが、車で脱出したと聞かされた。夕闇が迫る頃、新實智光がやって来て、〝尊師の指示が出た、一緒に逃げる、すぐ用意しろ〟と告げた。妻や子供、治療省のスタッフにも説明する余裕もなかった。一台の車に、林郁夫、新實智光、北村浩一、〝自治省次官〟の外崎清隆の四人が乗り、八王子方面に向かった。その晩三月二十一日と次の晩は、八王子市内のカプセルホテルに泊まった。テレビでは、一日中第十サティアンに強制捜査がはいっているところが映っていた。

他の実行犯の行動については、林郁夫の自供の九日後、五月十五日に逮捕された井上嘉浩が、およそ半年ののちに口を割った。教祖の愛弟子と目される井上嘉浩は、京都一の進学校である洛南高校時代から、教師の目にとまっていた。洛南高校は空海の創立になる綜藝種智院を基にしている。阿含宗に入信していた井上は、教祖の空中浮揚の写真に驚愕し、〝解脱への道〟に魅了される。以降ヨガに没頭、教師にヨガのポーズをとって驚かせた。「オウム神仙の会」にはいり、セミナーに参加する。厳しい修行にも耐え、高校三年のとき、ニューヨークに連れて行かれ、デモンストレーションをする。三から四リットルのお湯を飲み、腹の動きでそれを一挙に吐き出した。ヨガの浄化法だった。次の日は幅五センチ、長さ三メートルある布を呑み込み、少しの湯を飲み、布で胃の中を洗浄し、腹部の筋肉を動かして、再び布を一気に吐き出した。三日目は、空中浮揚も実演してみせ、米国人たちを驚嘆させた。

こうして井上嘉浩は一躍教団の寵児となり、修行の天才と目された。その後も厳しい修行を課され、一九八八年十一月、アーナンダ大師となり、十八歳で福岡支部の支部長に抜擢される。

この井上嘉浩は、逮捕されたあとの獄中で、脱会の決意を固める。父からの手紙による切々たる説諭もあった。父との文通は半年に及んだ。そして逮捕からおよそ半年後、二十六歳の誕生日の二日前の一九九五年十二月二十六日、オウム真理教からの脱会を宣言する。残る信者たちにも脱会の呼びかけをした。

教祖の裁判がその四ヵ月後に開始されてからは、検察側の証人として、出廷回数は百回を優に超えた。まさしく法廷は師弟対決の場と化した。

その過程で、地下鉄サリン事件の前段階である〝リムジン謀議〟が明らかになる。

事件の二日前の三月十八日午前一時過ぎ、教団経営の杉並区の〝識華(のりか)〟で正悟師の内定祝賀会が開かれた。前日、井上嘉浩にもその内定通知が届いていた。

〝おい、Xデーが来るみたいだぞ〟

それが幹部たちに対する教祖の唐突な発言だった。

未明になって、上九一色村に帰るリムジンに教祖と同乗したのは、井上嘉浩、村井秀夫、青山吉伸、遠藤誠一、石川公一の五人だった。

Xデーとは強制捜査の日で、話はどうしたら国家機関に立ち向かえるかに行き着く。

〝地下鉄にサリンを撒けばいいんじゃないでしょうか〟

そう発言したのは村井秀夫だった。

〝それはパニックになるかもしれないな〟

教祖が賛意を示し、井上嘉浩に意見を求めた。

〝アーナンダ、この方法でいけるか〟

〝私には分かりません。サリンを七〇トン作ろうとしていることは、向こうも気づいていると思います。こちらが七〇トンを既に作っていると思っているなら、怖くて入って来れないでしょう。反対にこちらがまだ作り切っていないと気づいているなら、堂々と入って来るのではないでしょうか。それなら牽制(けんせい)の意味で、硫酸か何かを撒いたらいいんじゃないでしょうか〟

井上嘉浩は答えた。

〝サリンじゃないと駄目だ。アーナンダ、お前はもういい。マンジュシュリー、おまえが総指揮でやれ〟

教祖は村井秀夫に言い、誰にサリンを撒かせるかの話に移った。

〝正悟師になる四人を使いましょう〟

村井秀夫が提案する。四人とは、林泰男、広瀬健一、横山真人、豊田亨で、いずれも〝科学技術省次官〟だった。

〝クリシュナナンダを加えればいいんじゃないか〟

林郁夫を加えることを教祖が提案し、遠藤誠一に訊く。〝サリンは作れるか〟

〝条件が整えば、作れるのではないでしょうか〟。遠藤誠一は答えた。

このあと二十日の午前二時半、井上嘉浩は村井秀夫の命令でコンビニでビニール傘七本を購入した。午前三時、実行役五人と運転手役二人が集合し、村井秀夫がサリンを撒く方法を教えた。そして渋谷ホームズに向かった。

林郁夫が傘の先で刺したサリンは、霞ケ関駅に着く頃、乗客に被害をもたらしはじめた。駅助役は、他の駅員と一緒に乗客を避難させたあと、サリンの包みを持って二〇〇メートル離れた駅事務所まで運んだところで倒れ、痙攣を起こした。同僚の手で地上に運ばれ、救急車で日比谷病院に収容されるも、間もなく絶命する。ここではもうひとりの助役も死亡し、二百三十一人が重軽症を負った。

中目黒発東武動物公園行きの日比谷線に乗った豊田亨の、運転手役は高橋克也だった。恵比寿駅で停車直前に袋を刺し、降車する。神谷町に到着する直前に、車内に異臭がたち込めた。刺激臭は、先頭車両の後部の床に置かれた新聞紙包みから発していた。乗客が運転士に知らせ、乗客を降ろした電車はカラのまま霞ケ関駅で停止する。液体が揮発性のため、駅ではいったん閉めた出口を開けて、換気に努めた。しかし神谷町駅ではひとりが死亡、負傷者五百三十二人の犠牲が出た。

逆の北千住発中目黒行きの日比谷線に乗る林泰男は、杉本繁郎(しげお)が運転する車をJR上野駅前で降りた。八両編成の地下鉄電車の前から三両目に乗り、床に置いた三袋を刺したあと秋葉原駅で下車する。直後に車内から悲鳴が上がり、乗客が次々と倒れた。乗客のひとりが次の小伝馬町駅で袋をホームに蹴り出した。このため小伝馬町駅にはいって来た五つの電車の乗降客も被害を受けた。車内で四人、駅で三人の死者が出、重軽症者は二千四百七十五人にのぼった。林泰男は秋葉原駅で杉本繁郎と落ち合い、渋谷ホームズに戻った。

北村浩一が運転する車でJR四ツ谷駅に着いた広瀬健一は、電車を乗り換えて午前七時にJR池袋駅で下車する。七時四十七分に、地下鉄丸ノ内線池袋駅から、折り返しの荻窪行き電車の前から二両目に乗った。途中で三両目に移り、御茶ノ水駅の手前でサリンの袋を床に落として到着時に刺し、御茶ノ水駅で降りた。電車は運行を続け、乗客の通報で中野坂上駅で重症者が搬出され、サリンの袋も回収された。終点の荻窪駅に到着したあとも、折り返しの運転を続け、ようやく新高円寺駅で停止する。この路線ではひとりが死亡、三百五十八人が重軽症を負った。

広瀬健一も、逃げる途中で中毒症状を起こし、林郁夫から配られた硫酸アトロピンを右太腿に注射した。そのままAHIに向かうも、そこでは治療をしてもらえず、仕方なく渋谷ホームズに戻る。そこで林郁夫に解毒剤の点滴をしてもらった。

逆の荻窪発池袋行きの丸ノ内線に乗った横山真人は、外崎清隆の車で送られ、新宿で降りる。そこから電車に乗り、四ツ谷駅の手前でサリンの袋を刺す。しかし穴は一袋しか開いておらず、電車はそのまま池袋駅に着く。さらに折り返して終点の新宿まで向かった。途中、本郷三丁目駅で駅員がサリンの袋をモップで回収した。ところが新宿駅に着くと、また池袋行きになって運行は継続される。ようやく国会議事堂前駅で停止したときは、犯行から一時間四十分が経過していた。被害者に死者はなく、二百人の重軽症者を出した。

結局、この地下鉄サリン事件では死者十一人、重軽症者は六千人を超えた。

井上嘉浩が逮捕された翌日の五月十六日、ついに教祖が逮捕された。

教祖がＮＨＫの番組にビデオ出演したのは三月二十四日だった。音響分析から、空気清浄器の音がはいっているのが確認される。教祖の好物のメロンが、毎日のように届けられているのは、教祖の住居のある第六サティアンだった。信者からも、中二階の隠し部屋に潜んでいるとの情報が得られていた。

五月十六日の未明、三百人の捜索隊が上九一色村に向かった。教祖の居住棟である第六サティアンの前には、既に四百人近い報道陣が詰めかけていた。

濃霧が立ち込めるなか、午前五時二十分、捜索隊が第六サティアンに突入する。背後には、万が一に備え第六機動隊のスナイパー部隊が配置されていた。

正面からはいろうとした捜索隊を、多数の信者が阻んだ。機動捜査隊員ら三十人は裏口にまわった。教祖の妻、松本知子が応対に出る。〝尊師はいません〟と言うのを構わず中になだれ込む。教祖の居住部屋である一階で、三女が〝何しに来たの。こんな所にはいない。ずっと会っていない〟と顔をそむけた。教祖の部屋には風呂とサウナがあり、冷蔵庫を開けると、エビや肉がはいっていた。

この頃には正面部隊も、鍵を壊して中になだれ込んだ。体育館ほどの大きさの建物の壁や畳を剝がして捜索する。中二階にあるといわれた隠し部屋は、既に撤去されていた。どこを探しても教祖の姿はなく、午前八時に、一時間の休憩にはいる。隊員たちは前夜から寝ていなかった。外では雨が降り出していた。

第六サティアンには、二階と三階の間の外壁に空気穴があった。するとそこから三女が顔を出して、外で休んでいる隊員たちにアッカンベーをした。

捜査員のひとりが捜査一課の幹部に申し出、許可を得て中にはいる。空気穴の先が怪しいと見込んで、第六サティアンに足を踏み入れた。三女がつきまとうので追い払おうとすると、〝いいじゃない、わたしのうちよ〟となおもまとわりつく。

二階に上がってクリーム色の天井を見上げる。別段変わった点はない。二つの扉があり、片方の部屋にはいると、段ボール箱に少女コミックが一杯詰め込まれている。三女の部屋と思われた。この部屋の天井裏に潜んで、教祖は三女と話をしていたのかもしれない。机に乗って天井を叩いてみると、空洞だと分かった。手袋をはめたこぶしで叩くと穴ができ、首を突っ込む。天井裏の奥がもうひとつ壁で仕切られていた。そこが怪しかった。

捜査員はひとりでは無理と判断し、応援を頼む。駆けつけた応援組が、奥の壁を金槌で叩き割る。開いた穴から頭を突っ込むと、中は真っ暗であるものの、人ひとりが横になれる広さがあった。慣れてきた眼に、誰かが寝ているのが見えた。ぴくりとも動かない。

「麻原か」

問うと〝はい〟と小さな声がした。

「降りて来い」

言うと、天井から教祖の足が出てきた。二人の警察官が肩を出すと、教祖はそこに足をかけた。すえた汗の臭いが漂った。

〝重くてすいません〟

教祖は言い、やがてさし出された脚立を伝って一歩ずつ降りてきた。例の紫の服を着、頭には青いヘッドギアをかぶり、髭は伸び放題だった。壁際の小さな椅子に腰かけた。

「どこか悪いところはないか」

幹部隊員が訊く。〝どこもない〟という返事だった。捜索隊の医師と看護婦が、手首の脈を取ろうとすると、〃パワーが落ちる。弟子にも触らせていない〃と拒んだ。

「いつからあそこにいた」

〃瞑想にふけっていた〃

「目は見えるか」

　この問いには返事がなかった。手錠をはめられると、〃痛い。ゆるめてほしい〃と言った。左手首より右手首のほうが太かった。

　殺人と殺人未遂容疑の逮捕令状は、捜査幹部が読み上げた。隠し部屋には、現金九百六十六万五千三百六十三円がはいった籠もあった。

　午前九時五十分、警視庁では警視総監が記者会見に臨んだ。

――首魁（しゅかい）の麻原彰晃こと松本智津夫を逮捕しました。地下鉄サリン事件は無辜（むこ）の市民を無差別に殺害する犯罪史上例を見ない凶悪事件。一日も早く国民の不安を取り除くため、総力を挙げて捜査に取り組んだ。国民の皆様の協力に感謝する。

　逮捕の模様は、日本医科大学付属病院に入院している国松孝次警察庁長官にも、警察無線で逐一知らされていた。長官は教祖の逮捕のひと月後の六月十五日、七十七日ぶりに登庁し、職務に復帰した。

懸案だった九大の「サリン対策マニュアル」は、五月下旬に出来上がった。すぐさま、厚生省を含めて、全国の各大学病院と県警本部、県下の総合病院に配った。幸い、好意的な礼状がいくつも届いた。

その余波なのか、講演依頼が相継いだ。講義に支障がない限り、そうした要望には二つ返事で応じた。まず北九州市の内科医会で講演をし、主催者から「いつもは四、五十人の出席でしたが、今日はその三倍の数です」と言われた。百人程度はいるホテルの会場には、折畳みの椅子まで持ち込まれていた。

その翌週には、下関市の医師会の依頼で「化学兵器の研究の現状と対策」についてしゃべった。このときも、木曜日の夜七時からの開始というのにもかかわらず、市医師会館五階の講堂は、立錐の余地もないくらいの参加者になった。講演後の懇親会も満員の盛況で、次々と質問を受けた。化学兵器が実際に華々しく使われたのは、第一次世界大戦の欧州ではあったものの、その後の日中戦争では、化学・細菌兵器の使用は日本の独壇場と言ってよかった。この点についても七三一部隊の活動を含めて、質問攻めにあった。

この会で見せられたのは、四月下旬に山口県の医師会長から、各郡市医師会に配布された「サリン中毒に対する初期診療マニュアル」だった。厚生省からの通達と、信州大学附属病院が出したマニュアルが別添えされている。一読して、非常に分かりにくい。現場での緊急診療用というよりも、学習のためのマニュアルになっていた。これなら九大のマニュアルのほうが、数段実用的だった。

六月にはいって、警視庁鑑識課の今警部補からファックスがはいった。こちらの要望に応じた資料で、鑑識課員のサリン被害の一覧表だった。サリン撒布の現場を詳細に調べる鑑識課員に、二次的な被害が出るのは当然であり、返信を見ると果たして十六人の課員が発症していた。

ファックスの最初の頁に、地下鉄車両におけるサリン設置場所の一覧があった。日比谷線下りは一両目、上りは三両目、丸ノ内線の池袋から荻窪行きは三両目、荻窪から池袋、折り返して新宿行きは五両目（折り返し後の二両目）、千代田線上りは一両目だった。

このうち最も鑑識課員に被害が出たのは、日比谷線の霞ケ関駅と築地駅で、それぞれ五人が発症していた。同じ日比谷線小伝馬町駅で三人、丸ノ内線で三人が症状を呈している。いずれも任務は、車内やホームでの現場観察と採証、現場指揮である。症状は、目の前が暗い、喉の痛み、くしゃみ、息苦しさ、鼻水、咳、涙が最初で、ついで視野狭窄、物がぼんやり見える、があり、最後に頭痛や眼の充血、手足のしびれ、吐き気、嘔吐になる。幸い、症状は数分から三十分で消失していた。

丸ノ内線で発症した三人は、翌日の電車車庫で採証活動をしていて、息苦しさや鼻水、目の前の暗さを呈していた。車内に翌日まで、サリンのガスが残っていた証拠である。

最も重症だった日比谷線霞ケ関駅で現場観察と採証をしていた鑑識課員は、詳しい手記を残していた。

一両目の後方に、新聞紙で包装された二五センチ×三〇センチの包みが床に置かれていた。その周囲一メートルの範囲に、透明の液体が、包装された新聞紙を通して流れ出している。位置は進行方向に向かって左側、最後部ドア近くの床面で、液体は車両の中央方向に流出していた。ドアと窓はすべて閉まっており、鑑識課員は運転席のドアから車内に入り、先頭部から後方に進みながら窓をおろし、包みの方に近づいた。甘酸っぱい臭いがした。物件を確認、位置と形状をノートに記入していたとき、右手の指が利かなくなった。これは危ないと感じて車両の最前部に戻り、ホームに出て、不審物について記載しようとした。そのとたん、めまいがして両膝から崩れ落ちた。目の前が暗くなり、呼吸が苦しくなり、頭痛に襲われたとき、救急隊員が酸素マスクを口に当ててくれた。すがるようにして、酸素を何度も何度も深く吸った。ものすごい、頭が割れるような痛みのなかで、地獄の幻覚を見た。そのまま三日間入院し、二十日間の自宅療養を余儀なくされた。

この手記の内容は貴重だった。まず手指の感覚が低下し、次に手指の痙攣とともにめまいが生じ、膝関節の脱力が起きる。ついで呼吸困難と頭痛も加わり、下肢筋の硬直と痛み、吐き気と発汗、目の前の暗さ、激しい気道閉塞感と頭痛に襲われたところで、救出されていた。

これがより重症であれば、そのまま呼吸停止に陥ったはずである。迅速な救急隊員の措置が効を奏したと言えた。

七月にはいってすぐ、警視庁大崎警察署長から、以下の事項について照会があり、意見を求められた。

一、假谷清志さんに心疾患があるや否や
二、全身麻酔薬の塩酸ケタミンとチオペンタールナトリウムの組成、薬理効果、副作用
三、塩酸ケタミンとチオペンタールナトリウムの相乗効果
四、チオペンタールナトリウムの用法上の危険性

意見書作成のために、一件資料と林郁夫、中川智正両人の供述調書、假谷氏のこれまでの診療

録が送られて来た。

目黒公証役場事務長の假谷氏拉致事件は、地下鉄サリン事件のおよそ二十日前の二月二十八日に起こっていた。

前にも述べたとおり、事件の発端は、新信徒庁の幹部と目される松本剛と、〝東信徒庁長官〟である飯田エリ子が、假谷事務長の妹にしつこくお布施を強要したことにあった。あまりの執拗さに根負けした妹は、合計六千万円のお布施をした。うち四千万円は、直接教祖に手渡し、〝この恩恵は、来世であなたにきっと返ってきます〟と言われた。

妹はその他にも都内や箱根に不動産を所有していた。飯田エリ子は妹に出家を勧め、その全財産をも奪おうとする。特に教祖が求めたのは、妹の名義になっている公証役場兼自宅だった。ここを道場にする目論見があった。不安になった妹は、兄に相談、ここは姿を隠したがよいと判断する。二十七日の昼、教団幹部がゴルフ会員権取扱い業者を装って假谷氏と面会、妹の行方を訊き出そうとするも、教えなかった。

そこで飯田エリ子と〝自治省次官〟の中村昇が、假谷氏を尾行するとともに、〝諜報省大臣〟の井上嘉浩に加勢を頼んだ。同日の深夜、第二サティアンで開かれた信徒対応責任者会議で、教祖は妹の失踪を聞き、飯田エリ子の不手際だと厳しく叱責する。

会議終了後、教祖は同じ第二サティアンの三階の自分の瞑想室に、飯田エリ子と中村昇、井上嘉浩を呼びつけた。村井秀夫も同席する。ここで中村昇が、假谷事務長の拉致を口にし、妹の居場所を吐かせる策を提案する。教祖は承諾し、実行犯に中村昇と〝自治省〟の井田喜広を指名する。二人だけでは心もとなく、中村昇から誰か援助してくれたほうがいいと言われた教祖は、井上嘉浩を指名した。ここで井上嘉浩が、事務長の拉致の際に注射で大人しくさせる策を提示、助っ人として医師で〝法皇内庁大臣〟の中川智正を加えたらどうかと申し出る。教祖も〝それで行こう〟と了承した。拉致の際、村井秀夫が発明したというレーザー銃も使おうという話になった。井上嘉浩は部下の松本剛ともうひとりに命じて、レンタカー二台を手配させた。総勢七人で二十八日午前十一時頃から、公証役場周辺で張込みを始める。このとき井上嘉浩と部下の平田信が、通行人に向けて、村井秀夫考案のレーザー銃を試射した。しかし全く効果なく、この使用は断念する。

午後四時半、仕事を終えて職場を出た假谷氏を、中村昇と、〝自治省〟の高橋克也、〝諜報省〟の井田喜広が徒歩で尾行した。松本剛のほうはワゴン車で併走し、途中で左折して假谷氏の行く手を阻んだ。この瞬間、歩いて追尾していた三人が假谷氏に襲いかかり、三人がかりでワゴン車に押し込んだ。

ワゴン車の後部座席に待機していた中川智正は、「助けて、助けて、助けて」と叫ぶ假谷氏が、無理やり前部座席から後部座席に押しやられたとき、かねて用意のケタミンを足に筋注した。松本剛が運転するワゴン車はそのまま走り、假谷氏は二、三分で静かになり眠った。

中川智正が井上嘉浩から同行を頼まれたのは、この日の朝だった。第六サティアンに井上嘉浩が来て、〝これから一緒に出かけてもらいます。麻酔薬を準備しておいて下さい〟と言った。中川智正は、誰かの拉致であり、抵抗を封じるための麻酔だと直感、すぐさま三階の〝治療省〟に行く。薬品棚から筋肉注射用のケタミン二瓶と、一箱五本入りのチオペンタール二箱を取り、注射器のはいった自分の救急鞄を手にして、井上嘉浩の車に乗り込んだ。杉並区の今川アジトで、井上嘉浩から、今回の拉致の目的を聞かされる。

アジトを出たレンタカーの三菱デリカには、中川智正と井上嘉浩、〝諜報省〟の平田悟、高橋克也が乗り、松本剛が運転席に坐った。現場に着いて三時間待機する間に、中川智正はケタミン液を注射器に吸引して待ったのだ。

眠った假谷氏を乗せたワゴン車は、世田谷方面に走り、ファミリーレストランの駐車場で迎えの車を待った。一時間後に教団から迎えの車が来て、その車に近くの公園で假谷氏を移し、上九一色村に向かった。運転するのは高橋克也で、助手席に平田悟、後部座席の右に假谷氏、その横に中川智正が坐った。

中川智正は假谷氏の血管を確保し、側管からチオペンタールを六本ほど、間を置いて打った。中央高速に乗った頃から、雪が降り出した。午後十時頃に上九一色村に着き、第二サティアン一階の小部屋に、三人で假谷氏を担ぎ込み、床に横たわらせた。

このあと中川智正は、第六サティアンにいる林郁夫に、自白用の〝ナルコインタヴュー〟を依頼しに行く。林郁夫は必要なチオペンタールと注射器、点滴器材を持ち、中川智正と車で第二サティアン一階に向かった。假谷氏は、入口をはいって左側の突き当たりの部屋で、毛布の上に寝かされていた。瞑想室として使われているそこは全面ステンレス張りの小部屋だった。

林郁夫は脈拍と呼吸、血圧を確認する。脈拍も血圧も正常、假谷氏は自分で少し顔を動かせる程度で、身体を揺すると「ウーン」と唸った。この意識低下の状態で〝ナルコインタヴュー〟は無理だと林郁夫は判断する。敷布団を敷き、その上に假谷氏を移し、上に毛布を掛け、左腕に電解質液を点滴し、導尿のカテーテルも入れた。

その後、林郁夫は室外に出た。中川智正と井上嘉浩、平田悟ともうひとりがそこにいた。〝ナルコインタヴュー〟をするには、相手の素姓と聞き出す目的を知らなければならず、林郁夫は井上嘉浩と平田悟から説明を受けた。

中川智正と一緒にシールドルームに戻ったとき、假谷氏は少し意識が戻り、「オウムがやった、オウムがやった」と、頭を動かしながら言っていた。これが日付が変わった三月一日の午前三時頃で、林郁夫は右手甲の静脈にチオペンタールを徐々に入れ、〝假谷さん、假谷さん、妹さんはどこにいますか〃と質問した。「誰にも分からない、私にも分からない」が、假谷氏の返事だった。

これは假谷氏の頭の中にデータがないか、妹の居場所を強烈な意志でブロックしていると判断した林郁夫は、〃ナルコ〃を終了する。翌日の午前九時頃まで傍に付き添っていると、假谷氏が再び「オウムがやった、オウムがやった」と言い出した。

林郁夫はあとを中川智正に託して第六サティアンに戻った。假谷氏が覚醒するとまずいので、中川智正は、チオペンタールの投与を必要に応じて続けた。すると午前十一時、假谷氏の容態が急変し、中川智正は応急用のマスクで蘇生術を施す。しかし奏効せず、中川智正は脈と瞳孔を調べて死亡を確認する。

すぐに村井秀夫に報告し、二人で遺体の前に戻った。村井秀夫は、地下階にあるマイクロ波加熱装置で遺体を処理するように中川智正に命じ、その使用法も教えた。

マイクロ波加熱装置は地下一階の中央にあり、本体とドラム缶が接続されていた。ドラム缶の中に假谷氏の遺体を坐った状態で入れ、蓋をし、マイクロ波のボタンを押した。

この日の午後遅く、用事があって第二サティアンに行った林郁夫は、トイレ付近で中川智正に会ったので、假谷氏の状態を訊いた。〃大丈夫です〃という返事だった。

翌々日、林郁夫は第六サティアンの三階で中川智正と出会う。〃亡くなってしまいました〃と、死亡を初めて知らされた。

假谷氏の遺体は、ドラム缶の中で連続三日間マイクロ波を照射された。遺体は骨と化し、衣類はもはや確認できない状態になっていた。

遺骨は粉々に砕かれたあと、硝酸で溶かされ、溶液は本栖湖に流された。

林郁夫は五月十六日、六月十四日、六月二十八日の三回、中川智正は六月一日、六月十五日、六月二十八日、六月二十九日の四回供述調書を取られていた。二人の供述のなかで大きな相違点があるのは、〝ナルコインタヴュー〟の実施時刻だった。林郁夫は二月二十八日の午後十一時から午前〇時と供述し、一方の中川智正は林郁夫を呼んだ午後十一時から翌三月一日の午前三時までは、假谷氏が深く眠っていたので、インタヴューは午前三時に始まったと供述している。

もうひとつ、林郁夫が假谷氏の許を離れる午前九時の状態に関しても、二人の供述は食い違っていた。午前九時の時点で、假谷氏は覚醒しはじめていたと林郁夫は供述している。一方の中川智正の供述では、いったん十五分くらい席をはずして戻ったあと、午前十一時に様子がおかしくなって死亡を確認したとなっていた。

林郁夫が午前九時に、後事を中川智正に託してシールドルームを出た際、そこには井上嘉浩の他数人がいた。中川智正が席をはずした十五分の間に、誰かがチオペンタールを追加し、容態を急変させた可能性は残る。假谷氏がこのまま覚醒してしまえば、処置に困るのは井上嘉浩たち拉致実行犯である。中川智正のあずかり知らぬところで、見よう見真似でチオペンタールを静注して死に至らしめたとも考えられる。

しかし他方で、林郁夫と中川智正によって使用されたチオペンタールの量は尋常ではなかった。しかも投与している間、血圧を測定せず、他のバイタルサインも調べてはいない。

中川智正が使ったチオペンタールナトリウムは市販のものである。假谷氏を拉致した午後四時半から第二サティアンに着く午後十時過ぎまでの五、六時間の間に、五、六アンプルを点滴の三方活栓から静注している。従ってチオペンタール二・五グラムから三グラムを使用した計算になる。

〝ナルコインタヴュー〟で林郁夫が使用したチオペンタールは、田辺製薬製のものと、教団内で遠藤誠一が製造したほぼ同一の製品の二種があった。二回のインタヴューとその後の追加で、総量一グラムを静注している。なお林郁夫は、假谷氏の胸ポケットにニトロールの錠剤がはいっているのを見て、ニトロールと同じく狭心症治療薬であるフランドルテープを貼った。

チオペンタールは、通常一グラム以上は使用すべきではないとされている。特に高齢者の場合は過量になりがちで、危険性が伴う。にもかかわらず、假谷氏は中川智正と林郁夫によって三・五〜四グラムを投与された。過剰投与では呼吸抑制、舌根沈下、喉頭痙攣が生じ呼吸停止に到る。また一過性に血圧低下も起こり、フランドルテープによってさらに血圧低下が促進されたとも考えられる。

この呼吸抑制は、拉致移送中に起こっており、林郁夫は中川智正からマウスツーマウスをする状況もあったと聞いている。

一方、假谷氏の狭心症に関して、一九八九年十月の都立の病院、一九九四年十月の診療所の診療録からは、心電図の異常は認められず、ニトロールやニトログリセリンの処方歴もなく、假谷氏が胸部痛を訴えた記載はなかった。

以上より、塩酸ケタミンとチオペンタールナトリウムの相乗効果は限定的であり、假谷氏の死因は、チオペンタールナトリウムの過量投与による呼吸抑制と呼吸停止、さらに胸部に貼られたフランドルテープによる血圧低下の影響も排除できない、と結論づけた。

第五章　警視庁多摩総合庁舎敷地

意見書を提出したあと、真木警部の依頼で松本に行き、サリンが噴霧された現場を見た。前年六月二十七日の事件発生から、一年が経過していた。長野県警の警察官二人が案内してくれた。この時点で事件の全容は、逮捕された二人の信徒の供述で明らかになっていた。

ひとりは噴霧車の運転手の端本悟、もうひとりは見張り役の富田隆で、いずれも〝自治省〟に属していた。

「あの河野義行さんは、実に可哀相でしたね。最初から濡れ衣だと思っていました。あんな大それたことを、素人である個人でできるはずはないです。サリンガスの発生場所も、敷地内の池付近ではなく、この駐車場だと考えていました」

真木警部に言ったことを、再び口にせずにはおられなかった。

事件当日に入院し七月三十日に退院した河野氏については、入院先の松本協立病院の診療録のコピーが、一年後の六月に警視庁・長野県警合同特別捜査本部の照会によって提出されていた。それを見ると、初診時に河野氏は以下のように訴えている。

最初に妻が気持ちが悪いといった。外の様子がおかしかったので庭にでてみると、犬が一匹けいれんをおこしており、もう一匹は死んでいた。これは毒でも投げこまれたかと思い、犬の口を洗ってやり、部屋に戻ると、妻もけいれんをおこしていた。ＴＥＬで救急車を呼ぶ間に、多重に物が見えはじめ、サーッと霧がかかっているようにみえた。10分くらいで救急車が来た。

患者が咄嗟のとき医療従事者に嘘を言うはずはなく、この訴えこそが真実であるのは言をまたない。松本署の捜査員は、まずこの診療録をこそ、調べるべきではなかったか。そうすれば、あんな大きな誤捜査は起こらなかったはずだ。

「あれは本当に失態でした」

案内の警部補は申し訳ないという表情で目を伏せる。

「長野県警としては、正式に河野さんに謝罪をしたのですか」

「先月、松本署の署長が面会に行ったのですが、最初は会ってもらえませんでした」

「それはそうでしょう」

はいそうですかと、署長に会うわけにはいかない河野氏の心情は察して余りある。「やはりこは、長野県警の本部長が謝るべきでしょう。本部長はどうしたのですか」

「どうもしません。松本署の署長が面会を試みた翌日、刑事部長が記者会見を開いて遺憾の意を表しました」

「遺憾の意ですか。謝罪のほうは？」

「はい、謝罪ではなく、遺憾の意です」警部補は小声で律義に答える。

「遺憾の意とは、気の毒ですという意味で、謝罪とは全く正反対ですよ」

腹を立てる相手は警部補ではないと分かっていても、非難が口をついて出る。

「そのあと、河野さんは弁護士とともに、国家公安委員長の野中広務自治大臣に面会されたと聞いています。その席で、自治大臣の口から、人間として政治家として心から申し訳なくお詫びしたい、という謝罪があったらしいです」

「そうですか。知りませんでした」

野中大臣の硬骨漢ぶりには、かねてから敬意を払っていただけに、納得がいく。

「私共も、現場の警察官として同じ気持です」

「それを県警本部長か警察庁長官が言えば、河野さんも多少は気が晴れたでしょうに。あれから、もう一年ですよ。対応が遅かったですよ。河野さんの奥さんは、今でも病床でしょう？」

「まだ意識が戻っていないと聞いています」

となれば、まだ河野さん一家の苦しみは続いているのだ。一刻も早い回復を祈るしかなかった。

事件の発生後、いち早く、あたかも河野さんを犯人であるかのように仕立て上げたのは信濃毎日新聞だった。これが引き金となって、中日新聞や朝日新聞、読売新聞、毎日新聞などが追従した。これらの新聞も、教祖が逮捕されたあと、次々と謝罪文を掲載していた。これまた遅きに失する対応だと言えた。メディアの罪も重い。

改めて現場に立つと、よくぞあの凶悪極まる犯行が人目につかなかったものだと驚かされる。悔やまれるのは、犯行現場となったこの駐車場が、捜査の車両で荒らされたことだった。警察が、もう少し慎重に広範囲の現場保全をしていれば、駐車場からは何らかの物的証拠や痕跡が採取されていたはずだ。

警備役の富田隆と運転手役の端本悟の供述から、昨年六月二十七日夜の実行犯は、村井秀夫、中川智正、遠藤誠一、新實智光、中村昇を合わせた計七人であることが判明している。

しかも犯行の二日前、端本悟の運転で現場を下見していた。そして当日の六月二十七日に、富田隆と端本悟は新實智光から作業服七着の調達を命じられ、富士宮市内で購入する。二人が第六サティアン前のビクトリー棟に戻ると、五人が集まっていた。松本で毒ガスを撒くと説明したのは新實智光で、トラックとワゴン車で出発する旨を告げられた。噴霧装置のあるトラックに乗るのは村井秀夫で、端本悟が運転する。あとの五人はワゴン車に乗り、新實智光と富田隆が交互に運転する手はずだ。

充分暗くなって駐車場にトラックを停め、風向きなど確かめる様子もなく、村井秀夫ひとりで噴霧装置の操作を始めた。端本悟はそれを運転席から眺めるのみで、誰かが気づいて近づいて来れば、そのままトラックを発進するように指示されていた。しかし夜なので、周囲は静かなままで、端本悟には何が起こっているのか皆目分からなかった。

ワゴン車は、トラックとは離れた場所に停車しており、中にいる富田隆が現場での警備役だった。富田隆は教団の警備班から借りた特殊警棒を手にし、警察官なり近所の住民なりが出て来たら妨害するつもりで待機していた。しかし周囲には何の変化も起こらない。現場に留まった一時間半の間、周囲は静寂に包まれたままだった。噴霧を終えた村井秀夫が端本悟に出発を命じ、その場を離れた。ワゴン車もそのあとを追尾して、未明に上九一色村に戻っていた。

このとき使われた噴霧装置は昨年秋に解体され、トラックは今年二月、自損事故で廃車になっていた。その後、上九一色村の教団のゴミ捨て場のような場所に放置されているのが、メディアによって撮影されている。

改造された噴霧車については、設計をしたのが〝科学技術省次官〟の渡部和実であることが、供述から分かっていた。製造をしたのは三人、渡部和実と同じ〝科学技術省次官〟の藤永孝三と、その配下の高橋昌也、冨樫若清夫だった。以上の四人は、上九一色村のサリンプラント建設の立役者でもあった。

この日松本にいたのは午前中のみで、すぐさま東京に向かい、いつも宿泊する学士会館で荷を解く。夕方、真木警部から電話がはいった。

「先生、お疲れでしょう。実験は暗くなっての九時過ぎからなので、またご面倒かけます。六時過ぎに迎えの車を行かせますので、夕食はすませておいて下さい」

都内の地理はぼんやり頭にはいっているのみで、多摩総合庁舎までどのくらいかかるかも、見当がつかない。ともかく一階に降りて、中華のレストランで担々麺を食べた。

迎えの車は六時きっかりに来た。パトカーではないのでほっとする。一時間ほどで総合庁舎に着き、中に案内された。真木警部だけでなく、鑑識課の今警部補も同席していた。

「お久しぶりです。こんな夜分に来ていただき、ありがとうございます」

今警部補から言われる。日頃からファックスのやりとりをしているので久しぶりの気はしない。そこで今警部補から改造トラックの見取図を見せてもらう。なるほど、運転席と噴霧装置が完全に分離されている。助手席の制御盤のスイッチを押せば、後部の冷蔵庫のような密閉された内部の装置が作動する仕組みだ。

「案外、簡単な装置なんですね」

「そうです。よくこんなシンプルな仕掛けで、あんな大それたことができたと思いますよ」

今警部補が応じた。

「簡単な作りなので、我々も作るのに大した苦労はなかったのですが」真木警部が苦笑する。

運転席と壁を隔てた密室の床に、大型のバッテリーが八基ほど連結されていた。さらにその後方に三基のサリン気化装置が並んでいる。上部にサリンを入れるタンクがあり、細い管を伝わせて、液を下部のヒーターの上に垂らす。気化したサリンガスを、後部にある大きなファンで、トラック側面にある窓から噴出させる。ファンの後部には空気取りの窓がついていた。排出する窓の大きさは八〇センチ四方くらいだろうか。空気取りの窓も、排出口も、制御盤のスイッチひとつで自動的に開閉できるようになっていた。

「この上部にあるタンクには、どのくらいの量のサリンを入れたのでしょうか」

「一リットルのようです」今警部補が答える。

「すると三基で三リットルですか」

唸るしかない。「だからこそ、あれだけの死者が出たのですね」

確か七人が犠牲になっただけでなく、河野夫人はいまだに昏睡状態にある。

今警部補も真木警部も無念そうに頷く。

「このトラックであれば、噴霧しながら移動できますね」

「そうだと思います」真木警部が答える。

「でしたら、噴霧場所は、駐車場だけではないと思います。駐車場で三つのタンク全部を使い切っても、後部にはまだサリンガスが残っています。それは少し移動しながら、すべて排出したのではないでしょうか」

「なるほど」二人が頷く。

「事件の直後の写真や被害状況から、噴霧場所は複数だと思っていました。たぶん、裁判官宿舎あたりで、最後の排出というか、噴霧をしたはずです」

「確かに」

真木警部が顎を引く。「そのあたりのこと、運転手役の端本悟は坂本弁護士事件の実行犯でもあるので、なかなか話してくれません」

「今回の実験では、水と白煙を使います」

今警部補が話を継ぐ。「水を気化させても、あまり蒸気の行方が追えないので、下で白煙を出させます」

「福岡ドームで排気実験をしたときは、タバコの煙を使いました。サリンガスがどうやって排出されるか、それでデータがうまく出ています。白煙ならなおいいと思います」

あのとき、ドーム内は禁煙ですと嫌がられたのを思い出す。発煙筒にしてもよかったのだ。

午後九時前に庁舎前の敷地に出た。写真で見たのと同様のトラックが用意されていた。

「現在の風速が二・一メートルです」

部下から報告を受けた今警部補が教えてくれる。「あのときの松本市内の風速とほぼ同じです。問題は、このガスというか水蒸気が、あの建物まで立ち昇っていくかです」

警部補が五〇〜六〇メートル先にある庁舎の建物を指さす。

「水が本当に気化してくれるかも問題です。それから後部のファンがうまく働いて、排出口から出てくれるかです」横の真木警部が補足する。

九時半になって、模造噴霧車の窓が開く。そこから白煙が出てくるまで一、二分はかかった。白煙はまず地面に落ち、地表を這うようにして拡散していく。思わず唾をのみ込む。松本では、こうやって実際のサリンガスが風下に流れていったのだ。

白煙は四〇〜五〇メートルはそのまま流れ、建物に遮られると、外壁に沿ってまっすぐ立ち上がる。実験のため、いくつかの窓は故意に開けられていた。立ち昇った白煙は、あたかも無言の侵入者のように、一部は窓に吸い込まれていく。そうでない白煙は屋上まで上がると、またそこをつたい、反対側に消えた。おそらく、建物の向こう側でいったん下降して、次の家屋を包み込むはずだった。

「窓を開けていたか否かが、被害の分かれ目になったのですね。上の階の人ほど窓は網戸にして寝るでしょうから」

「先生、全くそうです」真木警部が頷く。

「実際去年の六月二十七日は、蒸し暑い夜だったようです」今警部補も言う。「松本の事件現場では、駐車場のフェンスの向こうに木立がありましたから、ガスはすぐに上昇し、より拡散の度合いが激しかったでしょうね。それに、少し風向きが変われば、被害の現場も広がります」

「先生の言われるとおりです」

真木警部が答える。「実際、おやっと思うような離れた住宅でも被害が出ています」

「実行犯の連中は、防毒マスクでもかぶっていたのですか」

「いえ、どうもそうではなく、運転席の窓をぴったり閉めていただけのようです。ワゴン車に乗っていた五人も、同じだと思います。もちろん、風上にはいたでしょうが」

警部が言う。「松本サリン事件に関しては、どの実行犯もあまりしゃべりたがりません。こちらが摑んでいる証拠が少ないので、追及しにくいのです。あの村井秀夫が生きていたらと、悔やまれます」

「村井秀夫なら、すべてを把握していたはずですからね。逮捕されて自白でもすれば、あの麻原も丸裸にできたのですが」今警部補が残念がる。

「教祖の口封じでしたね、あの暗殺は」

そう応じるしかなかった。あの刺殺こそは、教祖自身が自ら乗り出して積極的に動いた好例だろう。他はすべて、幹部たちを顎の先で使ってやらかした犯行だ。ちょうど盲学校時代、暴力を武器にして、同級生や下級生に使い走りさせたのと同じ手口である。

噴霧実験が終わったのは十一時近くだった。今警部補と真木警部が学士会館まで送ってくれた。後部座席に並んで座ったのが真木警部で、今警部補は助手席に座った。

「あの松本の捜査は、何とかならなかったのですか。あれは実に杜撰（ずさん）でしたよ」

松本に行った直後だけに、不満をぶつけざるを得なかった。

「誠に申し訳なく思っています。警視庁としても、県警に対して命令系統がなかったのです。すぐさま合同捜査本部を設置していれば、もう少しましな捜査ができたはずですが」

真木警部が苦渋の口調で応じる。「警察法では、各県で起きる事件に対して、警視庁は全く管轄権がないのです。これは法律を改正してもらうしかありません」

「オウム真理教の犯罪は、各県に散らばっているでしょう。縦割りの捜査では、全体像が浮かび上がりません。これまでも警察の捜査には、たびたび関係させていただきましたが、お互いの風通しの悪さにはびっくりしています。医療の現場とは正反対です。医学の分野では、一刻を争って情報を拡散させます。警察は、同じ県内でも、A市とB市の警察署でも情報が共有されていません。同じ署内でも、課が違うと、もう情報が伝わっていません。これには何度もびっくりさせられています」

二人には申し訳ないと思いながらも、言わずにはいられなかった。

「先生の言われるとおりです。ここは国松長官に頑張ってもらって、警察法の改正をするしかないです。あの方ならできると思います。九死に一生を経験されていますから」

真木警部が熱っぽく答える。「実は三月二十二日の強制捜査のあと、事件の前に松本駅前のレンタカー会社からあの遠藤誠一がワゴン車を借りていることが判明しています。契約書の備考欄には、新實智光や富田隆など四人の姓が記されていました」

「それが初めから分かっていれば、一挙に教団の名が浮上したはずですね」

「おっしゃるとおりです」

警部が暗い表情で頷く。「事件の直後、不審なワゴン車を見たという証言もあったようですが、県警はこれも見落としています。やはり、最初から河野氏が犯人だと決めつけてかかったのが、視野を狭めたのです。実に県警の不手際としか言いようがありません」

「残念でした」

助手席の今警部補も頷く。「鑑識の面でも、雑としか言えません。池の水をいち早く採取したのはお手柄ですが、その他については、地に這いつくばっての採証活動がなされていません。警視庁としても乗り出すべきでしたが、県警の垣根が高かったのです」

「あれで完全に、何ヵ月か教団を自由に泳がせるはめになったのですね。假谷事務長の拉致が今年の二月ですから、八ヵ月ばかり無駄にしています」

これまた言わずにおれなかった。警察はすべて後手後手に回っていたのだ。

「いえ、その間、奴らはＶＸを使っています」

真木警部の口から出た言葉に、思わず腰を浮かす。

「教団がＶＸを使っていたのですか。いえ、作っていましたか」

「作っていました。少しずつ判明していますが、どうやらホスゲンも」

言い添えたのは今警部補だった。

「サリンにＶＸ、そしてホスゲンですか」

唸らざるを得ない。これはまるで第一次大戦での毒ガス戦争なみだった。あのとき、サリンもＶＸもなかったものの、ホスゲンは塩素ガスのあと、大量に使用された。まずドイツが使い、次にフランスが使い、最後には英軍も米軍も使った。

「サリンを生成する能力があれば、ホスゲンは簡単でしょう。しかしＶＸまでも作るとは」

開いた口が塞がらない。

「ＶＸについては、いずれ沢井先生に鑑定をお願いすることになります。今は鋭意捜査中です」

真木警部が言う。深夜近くなると、街中はさすがに車の明かりも減っていた。

「沢井先生だから申し上げますけど、本当は、松本サリン事件の五年前、坂本弁護士拉致事件の捜査が、実に不手際でした。これについても、大方、事実が判明しています。あとは、弁護士一家の遺体を見つけるだけになっています」

「あれは神奈川県警ですね」

「そうです。ま、隣同士だけに警視庁にはライバル意識を持っています」

「そんなものですか」

江戸時代の藩体制に似ているとは知っていたものの、隣同士の風通しが悪いとは、あきれるしかない。真木警部は続ける。

「一家の捜索願が出されたのが三日後で、翌日と翌々日、磯子署員による実況見分が行われています。そのとき寝室から十四個の血痕が見つかっていたのです」

「鑑識係長が弁護士宅の写真を撮っています。傷害されての誘拐と思ったようです」

今警部補が言い添える。

「ところが神奈川県警としては、記者会見も開かなかったのです。下部の意見が上層部に伝わっていないとしか考えられません」

真木警部が残念がる。「危機感の欠如ですよ」

「あの事件がちゃんと捜査されていれば、その後の事件は防げたでしょうね」

すべてが後の祭だった。

「ともかく、近々、この件に関して合同の強制捜査をする予定です。六年後の本格捜査です」

「六年後ですか」

真木警部に罪はないと知りつつ、溜息が出た。

第六章　地下鉄日比谷線と千代田線の被害届

八月中旬、今警部補から被害届が四通送付されてきた。いずれも、病状についての意見を求めていた。被害届は警視庁築地警察署に宛てられており、入院先での診療録のコピーも添えられている。一読して、重要な内容に驚く。被害者がどういう状況下にあったか、そしてどういう治療を受けたのか、詳細に分かる点で、この上なく貴重だった。

第一例の五十五歳の男性は、事件当日、午前七時四十六分頃、北千住駅で通勤のため、同駅始発の地下鉄日比谷線中目黒行きの電車に乗った。前から三両目の最後方のドア近く、進行方向に向かって右側の席に坐り、本を読み出す。いくつかの駅を過ぎた頃、前の方で多くの乗客が咳込みはじめた。程なく自分も鼻にツンとする強烈な臭いを感じた。

電車が次の駅に停まり、大勢の乗客が乗って来た。しかしみんなは、車両の中央ドア付近を避けるように立ち、そこに空間ができていた。見ると、床が直径一メートルくらいの円形状に透明な液体で濡れ、中央に透明な袋があった。シンナーか何かと思い、そのまま坐っていた。すると次第に胸が詰まり、息苦しくなった。頭がボーッとしてきて、しばらくすると、全身がビリビリとしびれ、腰の力が抜けてきた。目的の築地駅で、朦朧とした意識のまま何とか下車し、ホームのベンチに坐った。そのまま気を失い、気がついたときは病院のベッドに横になっていた。

この男性が救急車で搬入されたのは、日本医科大学付属病院である。病院では最初、肺炎を疑われて挿管され、すぐに点滴が始まる。結膜の充血があったので洗浄された。縮瞳があり、十時頃には意識が戻りはじめた。入院時のコリンエステラーゼ値は五九と低値だった。午前十時半には意識が半ば正常になり、午後一時半に硫酸アトロピンの投与が開始される。午後十時縮瞳はほぼなくなり、対光反射も見られるようになった。

翌日の朝、挿管は抜管され、代わりに酸素マスクを装着、意識は完全に回復したものの、頭重感があり、漢字が思い出せなかった。入院三日目の三月二十二日、コリンエステラーゼ値は一四一まで回復、硫酸アトロピンは二時間毎に投与された。コリンエステラーゼの値は二十三日には二二〇、二十五日には二六七と順調に改善し、二十八日に一般病棟に移った。

三月三十日には、コリンエステラーゼ値が三八九とさらに上昇したものの、視力の異常が多少残っていた。コリンエステラーゼ値は、四月三日には四三六になり、四月八日に退院する。外来治療は、会社近くの聖路加国際病院で受けるため、紹介状を貰った。

退院後も、頭がボーッとする症状が続き、四月二十一日になっても、外出すると眩しく、身体全体が指先までしびれを感じるようになり、病前の健康を取り戻すには程遠かった。

以上の経過をもとにして、以下の意見書を提出した。

本症例は、七時四十六分発の電車に乗り、しばらくして鼻にツンとするシンナーのような、胸にむっとくるような重い臭いを感じ、咳が出てきた。眼の前に流れている液体を見ているうちに、胸が詰まり、息苦しく、頭もボーッとしてきた。全身がビリビリしびれ、腰の力が抜けてきた。意識が少しずつ薄らぎ、このまま倒れてしまうかなと思った。その後、意識がなくなる。九時十七分、日本医科大学付属病院に搬入された。直ちに挿管され、酸素吸入を受けた。

救急センターに入院時、高度の意識障害があり、刺激に対しても全く反応しない昏睡状態にあった。著明な縮瞳が認められ、両側とも直径は一ミリであった。血圧は一三〇／九〇㎜Hg、脈拍九十一／分、体温三六・四度Cであった。血液ガス分析では、pHは七・三、$PaCO_2$は五一・一で、呼吸性アシドーシスがみられた。血液生化学検査では、血漿コリンエステラーゼ値（院内正常値五四〇〇～一三〇〇〇）が五九IU／Lと著しく低下していた。

入院後、意識レベルは徐々に改善した。十時には呼びかけに容易に開眼するようになっていた。しかし瞳孔は両側とも一ミリのままだった。十時三十分には、意識はほぼ清明となり、誰かに名前を呼ばれて気づいたという。開眼すると、黒色の膜をかけたように前が見えた。胸が痛く、息苦しく、悶えていた。両手はベッドに結ばれており、その後頭痛と吐き気がしたと述べた。十三時三十分、硫酸アトロピン一アンプル（〇・五ミリグラム）を静注、以後も三十分毎に一アンプル静注し、十七時には五アンプル、以後三十分毎に二アンプルずつ静注する。二十一時、さらに五アンプル静注し、二十二時には、瞳孔は両側とも直径二・五ミリになった。

三月二十一日、意識は清明で、抜管される。呼吸困難はなく、「頭が変に重たいです。漢字が思い出せません。お腹が痛く、便が出ません」と訴えた。二十二日、意識は清明、血液生化学検査で血漿コリンエステラーゼは一四一になり、改善傾向にあった。その他の異常は認められなかった。二十三日、血漿コリンエステラーゼが二二〇とやや上昇、この日まで点滴と酸素吸入を受けた。二十五日、血漿コリンエステラーゼは二六七に上昇、二十七日には三〇一に上がった。

三月二十八日に一般病棟に移った。三十日、血漿コリンエステラーゼは三八九に上昇する。しかし「視力が合わない、入院後に合わなくなった」と訴えた。四月三日、血漿コリンエステラーゼは四三六になる。五日、「日に日によくなっています」と言い、血漿コリンエステラーゼは四一六だった。

四月八日に退院、サリン中毒との診断を受けた。その後は聖路加国際病院に通院する。退院後、体重が減少しており、頭がボーッとした感じが続いた。二十一日、「外出すると眩しく、身体全体が指先までしびれることがある」と訴えた。

まとめ：本症例は三月二十日、サリンの曝露を受けたあと、急に咳と息苦しさを覚え、意識障害が加わり、病院に搬送された。そのとき呼吸困難は明らかで、挿管されて酸素吸入を受けた。入院時には、昏睡状態にあり、著明な縮瞳が観察された。血漿コリンエステラーゼも著しく低下していた。入院後、意識レベルは急速に改善し、曝露後三時間足らずで意識は清明になっている。しかし眼の前が暗い感じと息苦しさ、頭痛、吐き気を訴えた。その後、硫酸アトロピン治療を受け、同日夜には縮瞳は改善した。三月二十一日朝に抜管されても呼吸困難はなかった。その後、血漿コリンエステラーゼは日毎に改善した。反面、眼症状は残っていた。四月八日に退院した。

この北千住発中目黒行日比谷線での実行犯は、〝科学技術省次官〟の林泰男であり、運転手は〝自治省次官〟の杉本繁郎だった。林泰男こそは実行犯のまとめ役で、各実行犯が乗る地下鉄車線の時刻を決めている。各実行犯が渋谷のアジトに戻って来たとき、着ていた服を回収したのも林泰男である。ゴミ袋は河川敷で焼却された。

この林泰男の犯行で、七人が死亡、二千四百七十五人がサリン中毒の障害を負った。

第二例は、五十八歳の男性で、通勤のため中目黒駅で、東急東横線から日比谷線東武動物公園行に乗り換えた。ドアが三つある一両目の車両の真ん中のドアから乗車し、進行方向の左側に坐り、読書を始めた。電車は午前八時少し前に発車し、座席はほぼ埋まり、何人かが立っていた。出発して間もなく、革製品のような臭いが感じられた。恵比寿、広尾を通過した頃、薬用アルコールのような刺激臭がしてきた。そのまま読書を続けていると、広尾から乗った女性が右隣りに坐り、すぐに立って反対側の座席に坐り直した。おかしいと思って右側を見ると誰も坐っておらず、三人分の席が空いていた。そのとき、三番目のドアの左側床付近に、透明な感じの緑色のビニール袋があり、その周囲に、サラッとした感じの液体が一メートル×二メートルの範囲で流れていた。ビニール袋の大きさは二〇センチ×二五センチくらいだった。なるほど、この液体が臭いの源であり、そのため乗客が近くに坐っていないのだと気がついた。さらに読書中、次第に気分が悪くなった。神谷町駅でやっとの思いで下車し、ホームの壁に手をついて身体を支えているうちに意識を失った。

救急隊によって東邦大学大森病院救命救急センターに搬送された。意識低下があり、全身に紅潮があり、発汗を呈し、硬直気味で痙攣も見られた。瞳孔は縮瞳で、両側とも直径一ミリだった。血圧は一八〇／九四mmHg、脈拍百十二／分、呼吸数三十／分だった。すぐに挿管され、静脈ラインが確保された。

薬物中毒が疑われ、青酸化合物の可能性もあるとみて、初め亜硝酸ナトリウムが投与され、後に薬物はサリンである旨が伝わり、硫酸アトロピンが投与された。夕方になって信州大学病院から松本サリン事件での資料と情報の提供があった。二十二時半、呼吸循環ともに問題がなくなったため、抜管される。二十一日、瞳孔は三ミリになり、対光反射も（＋）になる。二十二日、下肢のしびれと、頭がしめつけられる感じがあり、物が赤く見えた。二十三日、吐き気と頭の絞扼(こうやく)感がある。食欲は出てきた。その後は順調に回復し、三月三十日に退院した。

以上の経過から次の意見書を今警部補に提出した。

この被害者は一九九五年三月二十日午前八時前に電車に乗った。発車して間もなく、薬用アルコールに似た刺激臭がするのに気がつく。ドアの左側の床に透明な感じの緑色のビニール袋があり、周囲にはサラッとして光った感じの液体が一×二メートルくらい流れていた。坐ったまま読書をしているうちに次第に気分が悪くなり、神谷町駅で降りた。意識が薄れていくので、ホームの壁に手をついて身体を支えていたことまでは、かすかに記憶している。あとで聞くと、意識不明のままホームで仰向けに倒れており、担架で地上まで運ばれ、救急車で東邦大学医学部付属大森病院に搬送されていた。

救急隊から電話があったのは八時二十九分であり、病院に到着時、意識の低下があり、痛み刺激に対して払いのける動作は見られた。全身発汗が著明であり、顔面は紅潮し、全身の硬直とけいれんが見られた。瞳孔は著明に縮瞳し、直径は両側とも一ミリで、対光反射はなかった。血圧は一八〇／九四mmHg、脈拍は百十二／分、呼吸数は三十／分だった。直ちに気管内挿管が行われ、中心静脈が確保された。治療として、「硫酸アトロピン（毎時十アンプル）をポンプで持続的に投与し、縮瞳の改善、臨床症状を見て中止の時期を決める」という方針がとられた。

意識障害と呼吸障害があるため人工呼吸器が装着された。十時の血液生化学検査で、血漿コリンエステラーゼは〇であり（院内正常値二一〇〜四三二）著しく低下していた。末梢血では、白血球が二万一四〇〇と増加している以外は異常がなかった。十五時の血液生化学検査では、血漿コリンエステラーゼが二〇に改善している反面、白血球は二万二三〇〇と高値のままだった。呼吸と循環状態が良くなったため、二十二時三十分抜管された。

三月二十一日、自覚症状は両足のしびれであり、抜管後の血液ガス検査ではpH七・四三六、PCO₂三五・七であった。胸部聴診にてラ音なく、呼吸困難もなく、心音でも雑音はなかった。血圧は一二〇／七〇mmHg、脈拍は九十台、瞳孔は左右同大で、直径は三ミリ、対光反射は（十）だった。意識は清明で、胸部X線検査でも異常はなかった。血液生化学検査では、血漿コリンエステラーゼは四〇とまだ低値であり、CRPは六・九と上昇、白血球もまだ二万九〇〇と高値だった。

三月二十二日、下肢のしびれ、体幹と頭部の締めつけられるような感じ、ものが赤く見え、飛蚊症があった。色々のものが見える幻視様の症状と喉の痛みを訴えた。肺音は鈍であり、血圧は一一六／七〇mmHg、脈拍七十台、心音鈍だった。瞳孔は左右同大、直径四・五ミリ、対光反射（＋）で、複視はない。眼球運動の可動制限はない。顔面筋は左右対称、深部反射は左右差なく、正常だった。血液生化学検査では、コリンエステラーゼは六八と上昇し、CRPは三・七と正常化、白血球は二万三〇〇と高値のままである。発熱があり、中心静脈カテーテルを抜去し、末梢からの静注に変えられた。咳と痰の排出があり、痰が培養に出された。

三月二十三日、悪心と頭の絞扼感があり、血圧一二〇／六〇mmHg、脈拍七十／分である。呼吸音に雑音なくラ音もない。瞳孔は左右同大で、直径三・五ミリ、対光反射（＋）である。四肢のしびれなく、絞扼感は続く。血漿コリンエステラーゼは九八と上昇し改善傾向にあり、白血球は一万三九〇〇となおも高値だった。二十四日に一般病棟に移り、三十日退院した。

四月三日と十日に通院し、眼の前の暗さと吐き気があると訴え、まだ自宅での静養を続けていた。

まとめ：本症例はサリン曝露後、気分が悪くなり、意識障害をきたし、入院時、意識障害のレベルは軽度ないし中等度であり、痙攣と呼吸困難が見られた。瞳孔は著明な縮瞳を呈し、呼吸管理のため気管内挿管が施行され、レスピレーターが装着された。中心静脈から硫酸アトロピンを一時間五ミリグラムの割合で持続注射された。入院時の血漿コリンエステラーゼは〇IU／Lと低下していた。同日の夜二十二時三十分には呼吸と循環は正常化し、レスピレーターと挿管ははずされた。三月二十二日には幻視が出現、これは硫酸アトロピンの大量投与によるものと考えられ、サリンの影響である可能性は低い。縮瞳は、硫酸アトロピン大量療法のため、早期に改善している。低かった血漿コリンエステラーゼは徐々に回復している。PAMは使用されていない。

本症例は意識障害と呼吸異常があり、かなりの重症例であったが、比較的急速に改善している。

診療録が完全でないため、情報には不明の部分がある。

第三例の四十九歳の女性は、中目黒駅で日比谷線に乗るためにホームに降りた。時計の表示は七時五十八分だった。女性はホームを先頭車両の位置まで歩いた。一分後に電車が来て、先頭車両の真ん中のドアから乗車した。

車内の座席はほとんど埋まり、吊革にもひとりずつつかまり、中程には吊革にも手すりにもつかまらず立ったままの人もいた。女性は席がなかったので、進行方向の左側の乗ったドア付近に立っていた。しばらくすると、同じ車両の後方に坐っていた三、四人の女子高生たちが「喉が痛い」と言いながら、女性が立っている方に移動して来た。他の客も同様で、自分の周囲が窮屈になってきた女性は、車両の後方で何か起こったのだと思い、その付近に眼をやった。

すると先頭車両の最後尾の、進行方向左側のドアをはいってすぐの座席の足元に、新聞紙包みが置かれていた。台形をしていたので、女性はセカンドバッグを包んでいるのかなと一瞬思った。しかし包みの周辺には透明の液体が、車内中央の通路に向かって広がっていた。臭いはなく、誰かが悪質ないたずらをしたのだなと、女性は感じた。

電車が神谷町に着く頃、自分が立っている周囲が混んできたので、女性は移動して一番後ろのドアからホームに出、二両目に乗り移ろうとした。このとき、透明の液体の脇を通り、ドアから出るときは、液体を跨いだりした。何だか甘ったるい、かすかな臭いがした。包みは普通のセカンドバッグくらいの大きさで、新聞紙にきちんと包まれ、その角も見えた。

ホームを歩いていたとき、目がぼんやりしてきて、二両目に移る頃は、物がすべて夕方のように暗く見えた。横にいた若い女性が「喉が痛い」と言ったので、「わたしは目の前が暗いんですよ」と言葉を交わした。

ところが電車はなかなか発車せず、やがて「八丁堀駅で爆発事故があったので、運転中止にします」というアナウンスがあった。

八丁堀駅は自分が降車する駅なので、これからどうしたものかと思いつつ、女性はホームに降りた。するとホーム隅の壁付近に、坐り込んでいる男性がいて、駅員が介抱していた。貧血か何かで気分が悪くなったのかなと、女性は思いながら立っていると、すぐに第二のアナウンスがあった。霞ケ関駅までは運行すると言うので、再び二両目に乗り込んだ。目の暗さは少しひどくなっていたものの、その他は何ともなかった。

霞ケ関駅では全乗客が降ろされた。女性はどのあたりに改札口があるのか分からず、人の流れについて行くと、千代田線の方に出た。とにかく会社に連絡をしなければと思い、駅構内で電話をしようとした。しかし頭がボーッとして、手足に力がはいらず、目も見えなくなってきた。とりあえず駅事務室で休ませてもらおうと思い、はいったとたん、吐き気がして気分が悪くなり、手足が硬直してきた。駅事務室で休んでいても症状は一向に良くならず、女性はこのまま死んでしまうかもしれないと思う。それ以後の記憶はところどころしかない。通産省の人が車で虎の門病院に運んでくれたのは、何故かよく覚えている。

結局、女性は虎の門病院で七日間の入院治療を受けた。入院中、病院で出される食事のすべてに、表面にうぶ毛が生えているように見えた。病院に駆けつけた身内の話では、ひとりで誰かと対話している様子だったり、訳の分からないことを口にしていたという。

入院時の主訴は、吐き気と全身倦怠感、目が見えないであり、主要な所見は著明な縮瞳で、対光反射がなかった。すぐさま硫酸アトロピンとPAMの投与、コリンエステラーゼ値の検査が決定された。コリンエステラーゼ値は、入院直後が〇・三であり、翌日が〇・五、三月二十三日が

○・六と、低値が続いた。

入院翌日の三月二十一日には、幻聴のような症状が出現、これは硫酸アトロピンの中毒症状と判断され、以後は漸減される。PAMは続行された。三月二十二日、硫酸アトロピンが中止された。この日、つくばの日本中毒情報センターに連絡し、PAMは二回目以後はあまり効果なく、コリンエステラーゼ値も、すぐには回復しないと助言を受けた。

三月二十三日、この日PAMが中止される。食欲が出てきて、縮瞳もなくなり、対光反射も戻った。その後は順調に体調を回復し、三月二十六日に退院する。

以上の経過と、診療録と看護記録を総合的に参照して、以下の意見書を今警部補に提出した。

三月二十日十一時の入院時の体温は三六度九分、血圧は一四〇／九八mmHg、脈拍七十六／分、呼吸数十八／分であり、血圧が上昇していた。瞳孔は縮瞳しており、両側とも直径は一ミリ以下だった。対光反射も消失していた。このため硫酸アトロピン一アンプルの筋注を受けた。

意識は清明で、病歴など詳しく正確に話すことができた。ベッドへの移動も、独歩で可能であった。過呼吸は見られず、全身の硬直は消失しており、四肢の麻痺もしびれ感もなかった。

十四時三十分、両上肢から肩、全身へと広がるようなしびれが出現した。上肢の脱力感も伴っていた。眼の所見は縮瞳のままで、「真っ暗ではなくなったけど、常に夕方かなという感じ」だった。十五時の採血で、血漿コリンエステラーゼは○・三（院内正常値○・七〜一・六）と低下していた。十六時、医師の指示でシャワーを浴び、衣服はすべて廃棄された。

十六時四十分、PAM二アンプルを生理的食塩水一〇〇ミリリットルに溶かして静注され、酸素吸入が二リットル／分で開始された。十七時、硫酸アトロピンが一時間一ミリグラムの割合で、中心静脈を通して継続的に静注開始になった。嘔気(おうき)や頭痛はないものの、倦怠感と両上肢のしびれ感があった。瞳孔は依然として左右同大のピンホール状で、対光反射もなかった。「薄暗い感じです。看護婦さんの顔もよく見えなくて、ごめんなさいね」と言った。

十九時、瞳孔は左右同大で直径は両側とも一ミリのままであり、対光反射もなかった。暗さも同様である。呼吸困難や肺雑音はなく、嘔気、頭重感、倦怠感もなかった。血圧は一〇八／五八㎜Hgと正常化し、脈拍は九十／分、体温三六度五分だった。「駅でたくさん吐いたから、もう吐くものがないの」と言い、口渇のため飲水した。

二十時、PAMが一時間に一アンプル、五〇〇ミリグラムずつ、中心静脈を通して持続的に静注開始される。二十一時、瞳孔は左右同大、直径は一ミリで、やはり対光反射はなかった。

二十二時十分、嘔吐があり、食物残渣様のものが中等量で、「動いたりすると気分が悪くなる」と言う。二十三時、瞳孔は左右同大で、直径は二ミリになり、対光反射（＋）になった。血圧は一二〇／六〇㎜Hgで、「まぶしさ」が出現した。再び嘔吐があり液状のものが少量だった。酸素は吸入中であり、残尿感と腹部膨満感があるため、二十三時三十分に導尿カテーテルが挿入された。

日付が変わって三月二十一日三時、「ムカムカするのがつらい」と訴えがあった。血圧は一三四／七八㎜Hg、脈拍九十六／分、体温三七度であり、瞳孔は左右同大、直径三ミリ、対光反射は（＋）だった。嘔吐があった。三時三十分、そわそわと落ち着かない感じがあった。五時は入眠中であった。

七時、瞳孔は左右同大、直径は両側とも二ミリ、対光反射は緩徐であり、やはりそわそわと落ち着かない感じがあった。九時、脈拍八十九／分、瞳孔は左右同大、対光反射緩徐だった。家族はいないのに、「今部屋を替わるとか言われて、家族が廊下に来ているんです」と言い、ベッドに小物を散らかしていた。血液生化学検査では、血漿コリンエステラーゼは〇・五と低下したままで、他のデータに異常はなかった。

十時、「スリッパを取ろうと思って。兄たちがわざわざテレビを見て心配して、来てくれるからね」と言う。脈拍は百三十四／分と増加し、「でも救急車で行ったほうがいいわよね。早く治療ができて」と言う。十時十五分、脈拍は百二十四／分で、硫酸アトロピンの滴下が一時間〇・六ミリグラムに減らされた。「わたしね、今、先生のお話を聞きたい。今、病院ではやっている院内感染にかかっているんですって」と言う。

十時三十分、「死にたい、死にたい」と言う。十一時、脈拍百十二／分で、ジアゼパム一アンプルが静注された。血圧は一四六／一〇二と高く、口渇が（＋＋）になった。「口が渇いてて、声が出しにくいの。喉がかれたみたい」と言う。瞳孔は左右同大、直径三・五ミリ、対光反射緩徐だった。

十一時五十分、「お姉さん、そこにいるんでしょ。あなたたち、ちょっとちょっとと言って、ちっとも会わせてくれないんじゃないの。血液とか、精液でなければ感染しないんでしょ、院内感染なのよ」と大声で叫んだ。さらに「死ぬ前に言い残しておきたいことがあるの。男じゃダメなのよ。お姉さん、ガラス越しにいるんでしょ。お姉さーん」と叫び、眼は吊り上がり気味だった。ベッドの上で立ち上がって柵を乗り越えようとした。硫酸アトロピン滴下が一時間に〇・四ミリグラムに減らされた。

十三時、脈拍は百程度になり、「皆で何か隠しているのが分かったのよ。だからあんなふうに呼んじゃって。ごめんなさい」と言い、面会に来た姉と話しているうちに落ち着いた。しかし眼はうつろだった。十四時、脈拍は八十台に下がり、十四時半、体温は三七度五分とやや高く、血圧も一四六／九六と高かった。瞳孔は左右同大、直径三・五ミリで、対光反射はやや迅速になった。「昨日よりも二、三倍明るい」と言う。肺雑音なく、後頭部痛があり、めまいや痙攣はなく、時々動悸がし、腹鳴があった。

十五時、脈拍は八十台で、姉とラジオでクラシック音楽を聴いていた。十六時、硫酸アトロピンが一時間あたり〇・三ミリグラムとさらに減らされた。十七時、瞳孔は左右同大で直径三・〇ミリ、対光反射があり、気分は「いいようがないね」と笑顔で答える。十九時、血圧一四〇／七〇mmHgで脈拍は七十八、吐き気なく、食事は全量を摂取できた。しかし口渇があった。

二十時三十分、「自分でも何を言っているのか分からなくなってしまう」と言う。二十一時、瞳孔は左右同大、直径三・〇ミリ、対光反射がある。二十三時、ベッドから立ち上がり、カーテンを閉めようとしている。嘔気なく、気分不良もない。二十三時、瞳孔は左右同大、直径三・五ミリ、対光反射あり、血圧は一二八／八〇mmHg、脈拍七十から八十だった。

三月二十二日一時、入眠中で脈拍六十七、三時も入眠中であり、脈拍六十八、呼吸数十六だった。五時に点滴が中止され、硫酸アトロピンの静注も七時に中止された。血圧一一二／八四、呼吸数十八、体温三七度、脈拍六十台、胸部にラ音なく、嘔気や腹部不快感もない。瞳孔は左右同大、直径二ミリ、対光反射もあった。眼鏡をかけると、一メートル離れた顔や名札が読める。「明るさも昨日よりはいい。ただ頭はまだぼーっとしているね」と言う。

八時、朝食に対してあまり食欲がなく、手足に力がはいりにくく、フラフラ感があった。十一時、血圧一二〇／八〇mmHg、脈拍六十台、瞳孔は左右同大で直径三・五ミリ、対光反射もあり、「昨日に比べて明るく見える」と言う。しかし「人の顔を見ていると、ジグソーパズルのようにひび割れて見える」とも言う。十七時、「食事の後は気分が悪くなるけど、そうでもないときは何ともなくて、こうして話していられるのよ」と言う。十九時、ゆっくりと夕食摂取中であり、二十時、血圧は一二〇／七四、瞳孔は左右同大、直径二・五ミリ、対光反射あり、「食後吐き気が少しあったが、今は落ちついた」と言い、「昨日の話をいろいろ聞いて、ドキドキしちゃったわ。大暴れしたらしいわね。ごめんなさいね。みんなにまともな顔になったと言われたの」と穏やかな口調で話す。二十一時、「おやすみなさい。今日はゆっくりと眠れると思います」と言って、二十三時は入眠中である。

三月二十三日一時、覚醒しているも「大丈夫、眠れています」と言い、五時に看護婦が訪室すると覚醒し、「ありがとうございます」と言った。七時、頭痛や胃部不快感、しびれなどなく、瞳孔は左右同大、直径三ミリ、対光反射はある。「手足に力がはいらないの。でも昨晩は初めてよく眠れた」と言う。食事をすると吐き気があり、全量は食べられなかった。

七時半、それまで続けられていたPAMの静注が中止される。九時半、導尿のカテーテルが抜去された。立位でめまいやふらつき、体動でむかつきがある。十四時、「動いたり、食べたりすると、嘔気があるんですよ」と言う。瞳孔は左右同大、直径三ミリ、対光反射あり。十七時二十分、「だいぶよくなってきました」と言い、十九時には「目のほうは、眼鏡をかけて食事をしようと思うほどになりました」と言う。しかし、起座位でしばらくすると、めまいが生じた。

三月二十四日、三時から五時は睡眠中だった。七時、「トイレへ歩いて行けたので、かなり自信がついた」と笑顔で言った。十時四十分、眼鏡をかけ、独歩でトイレに行けた。ふらつきが多少あった。十四時半、「入院前と同じくらい見えるようになってきた気がします」と言う。しかし後頭部の重たい感じは残っている。十九時、眼の症状はほぼ治り、頭痛はなく、トイレも自分で行け、食欲も出てきた。軽度のふらつきと、咽頭痛はある。二十一時入眠中である。

三月二十五日、一時から五時は睡眠中だった。八時十五分、「元気になったと思って食事をしていると、急に動悸がする。食事時はいつもこうなのよ」と言う。十四時、「眼のほうは、事故前と同じになっている」。十七時、シャワー浴、歩行時のふらつきやめまいはない。

三月二十六日一時は入眠中、四時四十分、排尿後の残尿感があった。

三月二十六日十時、退院した。

以上の臨床上の経過から、次のように結論を加えて今警部補に提出した。

本症例は、サリン曝露後に眼症状と嘔気、手足の脱力感、一過性の軽度の意識障害が出現し、入院している。入院時、意識は清明になっていたものの、著明な縮瞳が認められた。目の前が暗く見えたのもそのためである。血漿コリンエステラーゼは、正常値の半分程度に低下していた。硫酸アトロピンとＰＡＭの持続点滴療法が開始された。縮瞳は多少改善した反面、悪心、嘔吐は続いた。そのうち、家族の顔が見えるなどの幻視や精神症状が出現した。加えて口渇や頻脈も見られた。これらの精神症状と口渇、頻脈からアトロピン中毒が疑われた。硫酸アトロピンの投与量を減らしたところ、脈拍も百以下となり、精神症状は消失した。一方のＰＡＭは持続的に投与され続けた。これもある程度は、精神症状の発現に影響した可能性はある。縮瞳は硫酸アトロピンやＰＡＭの中止後、徐々に改善し、血漿コリンエステラーゼ値も上昇した。本症例は、入院前は中等症と判断される。しかし入院後は軽症例であり、硫酸アトロピンの過量投与が精神症状を惹起したと結論できる。

この日比谷線中目黒発東武動物公園行きでの実行犯は、〝科学技術省次官〟豊田亨であり、運転手は〝諜報省〟の高橋克也だった。豊田亨は東大大学院物理学専攻博士課程を中退、入信したあと出家する。出家九ヵ月後の一九九三年一月、ロシアに派遣され、自動小銃の設計図などの入手に加担した。翌年から教祖の指示で自動小銃の密造を担当した。さらに十月からは村井秀夫の補佐としてサリンプラントの第七サティアンに常駐した。

警察の捜査の手が迫った一九九五年三月十八日、豊田亨は村井秀夫の指示で、小銃部品を隠す作業を行った。強制捜査から二ヵ月後の五月十五日逮捕された。

豊田亨の犯行で、ひとりが死亡、五百三十二人がサリン中毒の障害を負った。

第四例は二十四歳の女性で、三月二十日通勤のため、家の近くで都営三田線に乗り、大手町駅で我孫子発代々木上原行の千代田線に乗り換えた。目的地の国会議事堂前駅で降りるためには、先頭車両に乗るのが出口に近く、この日も午前八時五分、先頭車両の前から二番目のドアから乗り込んだ。乗ったとたんシンナー様の臭いがして、乗ったドアの前方右側の座席の斜め前に、床に置かれている新聞紙に包まれた物が見えた。その両端から透明の液体が周囲にしみ出ていた。電車は混んでいたものの、液体の周囲は誰もおらず、ぽっかり穴があいているようだった。新聞紙包みの大きさは縦二五センチ、横一五センチ、高さ五センチくらいで、誰かが落として、中の物が割れ、そのまま降りてしまったのだろうと思った。液体は包みの両端から三〇センチくらい広がっていた。

女性は包みの右手を通り、反対側の座席の前に立った。乗客の大半が、ハンカチで口元を押さえていた。電車が二重橋前駅に着く手前で、できるだけ呼吸を少なくして立っていた女性は、次第に息がしにくい状態になった。空気が喉で止まり、肺に入っていかない感じがあり、新聞紙包みから離れるため、運転席の方に移動した。倒れている乗客はおらず、何人かが咳込んでいた。霞ケ関駅に着く手前で、呼吸を少なくしていたために苦しくなり、一度だけ大きく深呼吸をした。するとそれ以上に苦しくなり、めまいがして、足元がふらつき、吊革につかまっていないと倒れそうになった。

電車が霞ケ関駅に着いたとき、乗客のひとりが、ホームに立っていた駅員に新聞紙包みについて報告したようだった。知らされた駅員は、白手袋のままで包みを持ち、車外に運び出したあと、どこからか新聞紙を持って来て、しみ出た液体を拭きとった。そのあと運転士のところに行き、次の国会議事堂前駅できちんと拭くように連絡すると伝えていた。この霞ケ関駅で停車していたのは二分間くらいで、車内アナウンスはなかった。

女性は足元がフラフラの状態のまま、何とか吊革を握って立ち、国会議事堂前駅で下車し、会社に向かった。頭痛とめまいはひどくなり、何度もビルの壁に寄りかかったりした。会社に着いて、二階にある更衣室に入ったとたん、頭痛とめまい、吐き気が強くなり、そのまま倒れてしまった。同僚が心配して声をかけてくれたものの、身体が動かず、口もきけない状態だった。苦しんでいるのを見て、同僚のひとりが救急車を呼んでくれたようだった。しかし救急車はなかなか来ず、同僚たちが女性を運び、会社の車で虎の門病院に連れて行った。病院のベッドの上で、朦朧とした意識の中で、このまま死んでしまうのではないかと思った。

九時二十分病院到着時、激しい嘔吐があり、過呼吸であり、縮瞳が著明だった。すぐに輸液が開始され、硫酸アトロピンが注射された。直ちに入院後、酸素吸入と中心静脈の確保がなされ、硫酸アトロピンが投与され続ける。PAMが静注されたのは十六時二十分だった。十八時過ぎに、開眼が維持でき、会話可能になり、呼吸も楽になった。その後胸写で右気胸が判明し、穿刺(せんし)により一五〇〇ccを脱気した。その後も硫酸アトロピン、PAMの投与は続けられた。

三月二十一日、瞳孔は両側とも二ミリになるも、対光反射は弱く、軽い嘔気があった。硫酸アトロピンとPAMは続けられ、胸写上の気胸は大幅に改善した。景色は見えても、読書するのは困難である。二十二日、呼吸困難が少なくなり、瞳孔も大きくなり、対光反射も正常に近くなる。見えづらさも減り、食欲も出てきた。しかし手先や足先のしびれは残っている。二十三日、まだ近くの物が見えにくい。嘔気はまだある。二十四日、胃液のようなものを吐き、食欲が低下する。瞳孔は四・五ミリになり、対光反射も正常になった。しかし頭痛としびれは続く。二十五日、頭痛はなくなり、家族や知人との面会も、表情良く長く話せるようになった。二十六日、手足のしびれも気にならず、二十七日には食事量も増えた。二十九日、多数の面会にも応じられるようになり、三十日には築地警察署の警官の事情聴取にも応じられた。三十一日午後には外泊許可が出され、四月二日に帰院、めまいが多少あるくらいだった。三日も気分不良なく、四日には退院の意志も出、読書も可能になる。五日、めまいも頭痛もなくなり、手足のしびれも気にならず、六日の午後、無事に退院した。

以上の経過から、次の意見書を作成して提出した。

本症例は八時五分の電車に乗った。乗車するとすぐにシンナー様の臭いがした。見ると右側の斜め前あたりに、新聞紙で包まれた物が置いてあり、その両端から透明の液体がしみ出していた。この包みは縦二五センチ、横一五センチ、高さ五センチくらいで、液体はその両端からチョロチョロ出ている感じで、周囲に三〇センチくらい広がっていた。周囲の乗客の大半がハンカチで口元を押さえ、咳込んでいた。しばらくすると次第に息がしにくくなった。霞ケ関駅に着く手前から息苦しくなり、めまいもし、足元がふらつき、吊革につかまっていなければ倒れそうな状態になった。電車が国会議事堂前駅に着いたので、下車して歩き出したものの、頭痛やめまいがひどくなり、会社まで歩く間に、何度もビルの壁に寄りかかった。会社に辿り着いて、更衣室に入ったとたん、さらに頭痛とめまいが増強、吐き気もして、更衣室内に倒れてしまった。自分の意志で自由に身体が動かせない状態だった。会社の人が車に乗せて虎の門病院に連れて行ってくれた。

九時二十分に来院したとき、意識レベルの低下があり、昏迷状態で、呼びかけには応じるものの、開眼は不能だった。呼吸困難があり、過呼吸を呈していた。血圧は収縮期圧が九一mmHgと低かった。脈拍は九十六／分、体温は三六・六度C、顔面と頸部は紅潮していた。瞳孔は左右同大で、著明な縮瞳があり、直径は一ミリだった。悪心と嘔吐があった。胸部に雑音なく、心音は鈍であり、腹部に圧痛はなかった。

入院時の血液生化学検査で、血漿コリンエステラーゼは〇・三(院内正常値〇・七〜一・六)と低下していた。他の異常検査値はなかった。血液ガス分析では、pHが七・六四、$PaCO_2$は一七であり、呼吸性アルカローシスを呈していた。

中心静脈が確保され、硫酸アトロピン六アンプル(三ミリグラム)を使用するも、症状の改善はなかった。そこで十四時二十分より、血液透析が開始される。血液透析開始時の血漿コリンエステラーゼは〇・五九まで改善していた。十五時五分、酸素吸入が開始され、血液透析中も硫酸アトロピンが十五分おきに一アンプルずつ静注された。しかし縮瞳はあまり改善しなかった。十六時二十分、硫酸アトロピン五アンプルとPAMを静注した時点で、脈拍が百三十三/分と上昇し、口渇を訴えたため、静注が一時中断された。体温は三七・五度Cだった。十八時二十五分頃より、開眼維持ができ、会話もスムーズになり、意識も清明になってきた。十八時四十五分、病院に来るまでの経過を話せるようになった。十九時五分、血液透析が終了、瞳孔は直径二〜三ミリになり、対光反射も迅速になる。血液生化学検査で、血漿コリンエステラーゼは〇・五、その他には異常はなかった。血液ガス分析で、pHは七・四六、$PaCO_2$は三六になっており、呼吸性アルカローシスは軽減していた。十九時二十分、意識は清明になる。二十一時、胸部X線検査で気胸が認められ、一五〇〇ccほど脱気された。この脱気で肺拡張を見た。血液透析中、硫酸アトロピン八アンプル、PAM一アンプルが投与されたものの、症状の改善はなかった。そのため帰室後、硫酸アトロピンを一時間に一アンプル、PAMを〇・五アンプルずつ持続的に静注することにした。

三月二十一日、一時から五時まで睡眠、七時には意識も清明のままである。カーテンを開けると眼がチカチカした。血圧は一一七/七八mmHg、脈拍八十八/分、体温三六・七度C、瞳孔は左右同大で、直径は二ミリ、対光反射は緩徐だった。血液生化学検査では、血漿コリンエステラーゼは〇・五と変化なかった。血清ＣＰＫは一八一と上昇していた。血液ガス分析では、pH七・四五で、$PaCO_2$は四二だった。その他の異常値はなかった。八時、景色は見えるものの、字を読むのは難しかった。しかし呼吸困難や嘔吐はなかった。このため血液透析は施行せず、経過観察が決定される。胸部Ｘ線検査で肺水腫はなく、気胸もないため、酸素吸入が中止された。眼がしょぼしょぼする、見えにくいという訴えのため、眼科医からミドリンＭとフルメトロン〇・一％の点眼を指示された。二十時頃、手のピリピリするしびれ感が増強した。瞳孔は四〜五ミリ、呼吸困難はなく、口渇、咽頭痛、頭痛があった。主治医は、「サリンの影響のピークは二十四時間ほどということも考え、硫酸アトロピンは一時間に〇・五アンプル、ＰＡＭは一時間に〇・二五アンプルに減量する」と決定した。

三月二十二日の六時、意識は清明、瞳孔は四・五ミリ、対光反射（＋）、「だんだんよくなってきた。まぶしさがなくなってきた」と言う。呼吸困難なく、血漿コリンエステラーゼは〇・六だった。食欲が出て、嘔気や頭痛はない。瞳孔は散瞳している。点眼薬で見えづらさは軽減しているものの、十九時、「まだ眼がボーッとした感じがする。字が読めない。近くがぼやける」と言う。

三月二十三日、静注続行中だった硫酸アトロピンとＰＡＭが、十一時に中止になる。一時直径五ミリまで改善していた瞳孔が、三ミリまで戻った。その後、摂食可能になり、中心静脈カテーテルが抜去された。

三月二十四日には吐き気と頭痛、二十五日には縮瞳、二十六日には頭痛があり、瞳孔は三ミリで対光反射はあった。二十七日頭痛は軽度で嘔気なく、二十八日、頭痛とめまい、二十九日、頭痛とめまいは軽度になり、四月三日に頭痛とめまいが消失し、四月六日に退院となった。

四月二十六日、外来を受診し、「今でも時に眼がぼやけて見える」と訴えた。瞳孔は五ミリで正円だった。五月八日の外来受診時は特に訴えなく、血漿コリンエステラーゼは〇・七と上昇しており、これで治療は終結した。

まとめ：本症例は、サリン曝露後に息苦しさ、めまい、頭痛、脱力感が出現し、その後に比較的軽度の意識障害が認められた。入院時には、軽度の意識障害と呼吸困難、過呼吸、縮瞳があり、悪心と嘔吐もきたしており、中等症であったと思われる。

治療としては、血液透析を受け、硫酸アトロピンとPAMの併用療法が続けられた。同日の夜には意識は清明となり、呼吸困難も消失している。血液透析が有効であったか否かは不明である。眼がしょぼしょぼして見えにくいという訴えに対しては、ミドリンMとフルメトロン〇・一％の点眼薬が投与された。眼症状や縮瞳、頭痛、めまい、嘔気などは、徐々に軽快していった。眼症状に対して、点眼薬のミドリンMは有効だったようである。

五月八日に血漿コリンエステラーゼは正常化し、症状の訴えは消失していた。

この千代田線我孫子発代々木上原行の電車に、サリンを置いたのは林郁夫で、運転手役は新實智光だった。これによって二人が死亡、二百三十一人が傷害を負った。

なお、ひとりが死亡し、三百五十八人が傷害を負った丸ノ内線荻窪行電車と、二百人が傷害された丸ノ内線池袋行電車については、築地署に被害届は出されず、供述調書も診療録も提出されなかった。

第七章　犠牲者とサリン遺留品

四人の被害者に対する意見書を送ったあと、今警部補から地下鉄サリン事件での現場検証の結果と、犠牲者十二人の診療録の写しが送付されて来た。日頃は短い添書のみだったのに、このときは比較的長い文面になっていた。

——今回は、尊い犠牲者の方々の治療を記した診療録のコピーと、事件直後における私共の現場検証の結果をお送りします。これらの記録は、これから裁判が始まったとしても、なかなか表には出ない貴重なものです。憎い犯人たちの犯行手口と、その結果犠牲になられた方々の無念の思いは、今後永遠に記憶されなければなりません。闇に埋もれたままでは、犠牲者の方々も浮かばれないはずです。

　せめて沢井先生にだけは、これらの事実を知っておいていただきたいと考え、大部ではありますが、送らせていただきます。

　遺留品の捜査結果は、私共鑑識課が総力を挙げて取り組んだ汗と涙の結晶でもあります。あの事件から間もなく半年、遅ればせとはいえ、この事実も沢井先生には理解していただきたく、お送りするものです。

　邪教であるオウム真理教の卑劣な犯行は、闇が広くて深く、これから新しい事実が判明していくでしょう。既に半ば明るみに出ている犯行もあり、沢井先生には今後もお力添えをいただきとうございます。大学の公務のかたわら、時間と労力をさいてこれまで協力を惜しまれなかったことに対して、司法警察員のひとりとして尊敬と感謝の念でいっぱいです。どうぞ引き続き御助力を賜りたく存じます。

読んでいるうちに、今警部補の長身痩軀と鋭い目差しが頭に浮かんだ。警察官というより、どこか学者の風貌を感じ、初対面のとき、こういう警察官もいるのだと意外の感に打たれたのを思い出す。

包みを開いて、きちんとファイルされた記録を取り出す。資料はいつもB４の書類を二穴で綴じる、青い表紙のファイルに整理されていた。最初に犠牲者十二人の診療録の写しがあり、次に各車両におけるビニール袋発見報告、ビニールと新聞の状態、車内床採取などの記録が添えられていた。

まず、前の章の女性が被害にあった、日比谷線中目黒発東武動物公園行きの車内で発見されたサリンの遺留物は、新聞に包まれた透明大型ビニール袋だった。鑑識課員は、床に流れている液体を脱脂綿に付着させたものを領置していた。

これが警視庁科学捜査研究所で鑑定され、サリンとメチルホスホン酸ジイソプロピルエステル、N，N－ジエチルアニリンが検出された。

このサリンによる犠牲者は九十代の男性だった。三月二十日、状況不明のまま、日比谷線神谷町駅から救急車で都立広尾病院に搬送されたのが九時ちょうどだった。心肺停止状態であり、すぐに挿管され点滴が開始になる。瞳孔が左は縮瞳、右はピンホール状のため、硫酸アトロピンとボスミンが静注された。しかし効なく、九時十八分に死亡が確認された。血漿中のコリンエステラーゼ値は、正常が三・〇に対して一・九と低下していた。

前の章で被害届を出した男性が乗った地下鉄は、日比谷線北千住発中目黒行きである。この車内では、口を黄色の紐で縛った灰緑色の布包の中に、三月二十日付第十四版読売新聞に包まれた厚手のビニール袋が入っていた。ビニール袋の内部には黒褐色の油様の液体が若干量残っており、湿った新聞紙には、一部が溶けたようなプラスチック製の粘着テープが貼られていた。

さらにこの中に、密封型の無色プラスチック袋が三袋入れられている。小型の一重の袋二袋が、大型の二重の袋一袋を挟むようにして包まれていた。いずれの袋も一隅が切り落とされたような形の密封型の袋であり、油様の液体が付着していた。おのおのの袋には、一〜三ヵ所の穴が認められた。

中に残っていた液体を化学分析した結果、サリン、メチルホスホン酸ジイソプロピルエステル、N,N-ジエチルアニリン、ノルマルヘキサン、2-メチルペンタン、3-メチルペンタン、メチルシクロペンタンが検出された。

この北千住発日比谷線での犠牲者は最も多く、七人にのぼる。三十代の女性は、小伝馬町駅から市民が自家用車で聖路加国際病院に搬送した。そのとき既に心肺停止状態であり、直ちに点滴とともにマスク換気され、口腔内分泌物を吸引後挿管された。ボスミンを静注し、心臓マッサージも行うも、心電図はフラットで、自発呼吸もなく、蘇生術は八十分続けられた。しかし九時二十五分に死亡が確認された。血漿中のコリンエステラーゼ値は〇・五八だった。

二十代の男性は、やはり小伝馬町駅から一般車両で中島病院に搬送された。九時八分の到着時、既に心肺停止状態であり、モニターが装着され、挿管後、点滴も開始される。ボスミンの静注が繰り返され、蘇生術が施されるも、十時二分死亡が確認された。血漿コリンエステラーゼ値は〇・〇六だった。

四十代の男性は、築地駅から救急車で都立広尾病院に搬送された。到着時、意識レベルが低下し、心肺停止寸前の状態だった。瞳孔はピンホール状の縮瞳があり、聴診上心音も呼吸音もなかった。すぐに心臓マッサージが開始され、気道が確保され、酸素吸入が始まる。ボスミンと硫酸アトロピンの投与によって脈が触知されるようになり、心電図も波形が見られた。しかしその後、脈が触れなくなり、心電図もフラットになる。心臓マッサージとボスミン投与が続けられるも、効なく散瞳になり、十時三十分死亡が確認された。血漿コリンエステラーゼ値は〇・八〇だった。

五十代の女性は、八丁堀駅から救急車によって九時四十三分、慶応大学病院に搬送された。それ以前、救急隊員によって一時間あまり蘇生術が施されていた。到着時、心肺停止状態であり、すぐにモニターが装着され、挿管とともに点滴も始まる。ボスミンと硫酸アトロピンを投与すると、心拍が再開された。しかし十五分後、心室細動が始まり、除細動のためのカウンターショックが二度施行された。効果が見られず、やがて心電図はフラットになり、対光反射も消失、呼吸停止し、十時二十分死亡が確認された。血漿コリンエステラーゼ値は〇・六八だった。

五十代の男性は、小伝馬町駅付近で倒れていたのを、救急車によって九時きっかりに三井記念病院に搬送された。既に心肺停止の状態であり、全身にチアノーゼが見られた。すぐに挿管されて呼吸が管理され、静脈ラインも確保された。心臓マッサージによって血圧の上昇があり、ICUに移される。瞳孔はピンホール状の縮瞳を示し、硫酸アトロピンが静注される。この頃、同様の患者が多数搬入されて来たため、何らかの事故によるガス中毒と考えられた。昇圧剤の投与で、夕刻になって血圧が上がり、自発呼吸が戻ってくるも、顔面の痙攣が始まった。これと前後して、サリン中毒だと発表があり、PAMの静注が開始される。しかし夜の十時になって体温が三九度に上昇、翌日になってようやく三八度になる。顔面筋の痙攣は相変わらず続いていた。翌々日の三月二十二日にとられた脳波はフラットであり、脳幹に障害が及んでいると推測された。二十四日になって再び体温が三九度に上昇、その反面、血圧は持ち直してきた。二十五日から全身の浮腫とともに、発疹が出現し、薬疹だと判断された。二十六日、敗血症の疑いがもたれ、二十七日には鼻腔から膿が分泌された。二十八日と二十九日は体温が三九・九度まで上昇、抗生剤にも反応しなくなった。おそらく敗血症であり、脳死状態であると思われた。三十日、抗生物質が変更されるも、炎症反応を示すクレアチニン値も七・五に上昇、高体温が続いた。三十一日、皮膚科医師の往診にて、中毒性の皮疹であり、薬剤によるものか、あるいは細菌、ウイルスに起因しており、サリンとは無関係だろうという判断が示される。四月一日になって、血圧が下がりはじめ、全身の紅斑が著明になった。夜になってさらに血圧は低下し、無尿状態になり、心電図も平坦になる。自発呼吸がなくなり、瞳孔は散大し、対光反射も消失、午後十時五十二分、死亡が確認された。入院当初の血漿コリンエステラーゼ値は〇・八七だった。

二十代の女性は、小伝馬町駅で倒れていたのを一般車両で聖路加国際病院に搬送された。心肺停止の状態であり、すぐに挿管されて酸素吸入と心臓マッサージが開始され、ボスミンとメイロンが静注された。瞳孔はピンホールの縮瞳であり、下顎に小さな筋れん縮が見られた。硫酸アトロピンとPAMも投与され、やがて自発呼吸が回復したものの、心電図にST上昇が見られ、脳浮腫の存在が疑われた。心肺停止の時間がどのくらいかは分からず、長ければ低酸素脳症で予後が悪くなると予想された。翌二十一日、血圧は一四二／七〇で、脈拍は毎分百三十八の頻脈だった。三八度五分の発熱もあり、脱水状態の補正とクーリングが実施される。脳浮腫に対して、ステロイドの投与も始まった。この日、瞳孔は左右とも直径五ミリと、縮瞳状態から脱した。三月二十二日、ステロイドの効果で解熱し、頻脈もやや改善する。しかし脳波上はほとんどフラットに近かった。二十三日、二十四日と全身状態は変わらず、二十五日も同様、二十六日になっても意識回復はなく、予後不良が懸念された。入院一週間後の二十七日、血圧は収縮期が一六〇と安定はしているものの、血小板が六万五〇〇〇と低かった。二十八日、血圧が低下しはじめ、口腔内に真菌の感染が見られ、気管切開が検討される。二十九日、電解質の調整で状態は不変、三十日に気管切開が施行された。これによって口腔内の挿管は除去され、呼吸管理が容易になる。三十一日、ファイバースコープによる鼻腔内観察が行われる。しかし上咽頭から中咽頭にかけて浮腫が強く、観察不能だった。四月一日、頭部ＣＴによって脳浮腫が著明で、脳室もほとんど消失していることが判明する。四月二日、ヘモグロビン値が四・九と低下、顔面蒼白になり、末梢のチアノーゼが著明になる。四月三日、炎症反応を示すＣＲＰが九・八に上昇、感染が疑われた。四月四日、五日と変わらず、六日に胸部単純写真で気胸が確認される。そのため左胸にチューブが入れられた。またこの日、院内感染であるＭＲＳＡも認められる。肺炎も呈しており、起炎菌はＭＲＳＡの可能性があった。八日、胸部聴診で呼吸音は微弱ながらも、酸素分圧は九八％以上に保たれていた。気胸は大幅に改善した。九日、容態変わらず、意識はないままであり、十日に左胸のチューブが抜去され、炎症反応もやや減少する。しかし十一日になって血圧が下がりはじめ、三八度台の熱発が認められた。十二日、十三日と血圧は収縮期が七〇から八〇と低値が続いた。十四日には乏尿になり腎不全に陥り、高カリウム血症による心電図の変化が著明になる。十五日、発熱はおさまったものの、血圧は収縮期が八〇から一〇〇と低いままである。乏尿は続き、腎不全が続く。夜になって収縮期血圧は七〇から八〇と下降、無尿に近くなった。十六日、午後になって心電図のモニター上で心室細動が出現、その後フラットになり、十四時十六分、死亡が確認された。入院時の血漿コリンエステラーゼ値は〇・八七だった。

　六十代の男性は築地駅で倒れていたのを、救急車によって駿河台日大病院に搬送された。到着時、既に心肺停止状態であり、心臓マッサージ、気管内挿管が施行され、ボスミン投与によって心拍が再開された。その後、吸入したのは青酸化合物だという情報があり、亜硝酸ナトリウムとチオ硫酸ナトリウムが投与された。昼頃、吸入したガスはサリンだという情報がもたらされ、PAMが投与されはじめ、二十一日も続けられた。しかし肺のうっ血が顕著になり、二十二日午前七時十分に死亡が確認された。血漿コリンエステラーゼは二・一七だった。

前章でも述べた、我孫子発代々木上原行き千代田線の霞ケ関駅で発見されたのは、新聞紙包みである。一部が油様の液体で湿った日本経済新聞とスポーツ新聞とともに、やはり油様の液体で湿った一九九五年三月二十日刊の「赤旗」が認められた。「赤旗」を開いたところ、内部には密封型の無色プラスチック製袋が二袋包まれていた。袋は一隅が切り落とされ、一方の袋は液体が付着しており、もう一方は無色および薄茶色の液体が二層を成して在中していた。この液体入りの袋の重量は六〇〇グラムであった。どちらの袋にも一ヵ所から二ヵ所の穴が認められた。

新聞紙に付着した液体は、両方の袋から流出したものと考えられ、湿った日本経済新聞の一部が採取された。これをヘキサンで抽出し、ガスクロマトグラフィーによる質量分析を実施すると、サリン、メチルホスホン酸ジイソプロピルエステル、N, N-ジエチルアニリンのスペクトルと一致するスペクトルが得られた。

このサリンによる犠牲者は五十代の霞ケ関駅員である。サリン入りの袋を除去しようとして倒れ、救急車により、八時五十五分に日比谷病院に搬送された。しかし既に心肺停止状態であり、すぐに挿管され、心臓マッサージを継続するとともに、ボスミンが心腔内に注射され、メイロンが静注された。瞳孔は著明に縮瞳していた。約三十分の蘇生術でも全く反応がなく、九時二十三分に死亡が確認された。

千代田線の霞ケ関駅での犠牲者はもうひとりいた。五十代の男性で、折り返し電車の乗員として霞ケ関駅に行き、サリン発生電車の清掃をしていて倒れた。救急車で駿河台日大病院に搬送された。心肺停止状態であり、ボスミンが心注され、挿管されてレスピレーターにつながれた。瞳孔はピンホールの縮瞳だった。蘇生術が続けられ、心拍は再開された。午後になってサリン吸入が伝達されて、硫酸アトロピンとPAMの投与がはじまる。しかし日付が変わって三月二十一日になって血圧が下がりはじめ、脈も触れにくくなり、午前四時四十七分死亡が確認された。

五十代の男性は、中野坂上駅ホームで倒れていたのを救急車によって東京女子大病院に搬送された。救急外来に到着時点で既に心肺停止の状態であり、瞳孔はピンホール状の縮瞳が見られた。直ちに挿管され、静脈ラインが確保され、膀胱にバルーンカテーテルが留置された。胃チューブも挿入される。心臓マッサージをするも心電図は大方フラットだった。蘇生術は続行され、ボスミン、硫酸アトロピン、メイロンが投与された。一時脳波に徐波が出現し、自発呼吸が見られた。しかし午後になって散瞳気味になり、脳波もフラットになる。翌三月二十一日になっても心拍は百以上に保たれていたのが午前五時過ぎから心拍数が低下、心臓マッサージにもかかわらず、午前六時三十五分に死亡が確認された。血漿コリンエステラーゼ値は〇・四六だった。

この丸ノ内線池袋発荻窪行電車の中野坂上駅でも、遺留物が領置されていた。油様の液体で湿った日本経済新聞一九九五年三月二十日付第十二版に包まれた、密封型の無色プラスチック製袋二袋があった。いずれも一隅が切り落とされており、一方は油様の液体が付着し、他方には無色および薄茶色の二層を成す液体がはいっていた。二つの袋はそれぞれ二、三ヵ所の穴が認められた。この二層の液体の重量は二六〇グラムであり、ヘキサンで希釈したのち、ガスクロマトグラフィー質量分析法を行うと、サリン、メチルホスホン酸ジイソプロピルエステル、N，N－ジエチルアニリン、ノルマルヘキサン、２－メチルペンタン、３－メチルペンタン、メチルシクロペンタンが検出された。

丸ノ内線で発見された遺留物には、もう一種があり、これは荻窪発池袋行電車の中から本郷三丁目駅で領置された。日本経済新聞三月二十日付第十二版二十頁に包まれたものがあり、新聞紙は油様の液体で湿っていた。中にあるのは、一隅が切り落とされたプラスチック製袋二袋で、いずれも無色および薄茶色の二層をなす液体が在中している。一方の袋は液量が少なく、一、二ヵ所の穴が認められた。もう一方の袋は未開封の状態である。重量は前者が五〇グラム、後者が五九三グラムであった。

二つの袋の中の液体は、サリン、メチルホスホン酸ジイソプロピルエステル、N,N－ジエチルアニリン、ノルマルヘキサン、2－メチルペンタン、3－メチルペンタン、およびメチルシクロペンタンを含有していた。

これらの物質を含有する既存の有機溶剤の製品としては、主成分がノルマルヘキサン、少量の2－メチルペンタン、3－メチルペンタン、メチルシクロペンタンを含んでいる工業用ノルマルヘキサンか石油ベンジンが考えられる。

以上が、サリンが発生した五編成での遺留物の状況で、警視庁科学捜査研究所の仕事の成果だった。

尚、提供を受けた犠牲者にはもうひとり、七十代の男性がいる。人形町駅から日比谷線に乗り、小伝馬町で被害に遭い、そのまま自力で自宅に戻った。翌日六時半に起床、昼前から吐気がし出し、午後には涙が止まらないまま銭湯に行き、そこで死亡している。これがサリン曝露による死亡か否かについては不明である。

犠牲者の死亡状況を見直してみると、ほとんどが病院に搬入された時点で、心肺停止を呈していた。停止の時間は三十分前後であり、この間、脳は低酸素状態にあり、かなりの損傷を受けていたことが推測される。救急治療によって心拍は回復したものの、脳損傷の度合は大きく、意識は戻らず、最期は力尽きたように血圧が低下して死を迎えている。

もうひとつ注目されるのは、搬入された各病院による対処の違いである。ピンホール状の縮瞳がある事実からすぐに硫酸アトロピンの投与が開始になった医療機関が大半とはいえ、処置がなされなかった所もある。さらにPAMに至っては、サリンが原因だと伝達されたのが遅れたため、投与が後手になってしまっている。

松本サリン事件が起きたのは、地下鉄サリン事件の九ヵ月前である。論文で「サリンによる中毒の臨床」を、すぐさま『臨牀と研究』に発表していたとはいえ、サリン対策マニュアルまでは作成していなかった。マニュアルを作り、各医療機関に広範に配布していれば、対応はもっと早かったはずだと悔やまれる。すべては後の祭になっていた。

とはいえ、今年六月に完成させた「サリン対策マニュアル」は、現時点では一万部以上配布されている。早くもひと月後には中国語にも翻訳され、台湾でも知られるようになった。このマニュアルはファックスで送れるようにしているのが特長で、わずかA4用紙三枚から成っている。

このマニュアルについては、松本サリン事件直後に論文を掲載してもらった『臨牀と研究』の九月号に、「サリン対策マニュアルについて」を載せた。前論文の発表からちょうど一年後だった。

第八章　サリン防止法

　サリンによる大量殺人行為が明らかになった今、重要課題として浮上したのは、生物・化学兵器に関する法整備だった。迂闊にも、この方面についての知識は皆無に等しかった。

　こういう場合、手っとり早い方法は新聞社に調査を依頼することだった。幸い、毎日新聞福岡総局の島田記者は顔馴染みで、サリン関係に限らず何度も彼からインタヴューを受けていた。社内にはデータベースがあるはずであり、さっそくファックスを入れた。

　昼過ぎ、本人から直接電話がはいった。

「先生、しばらくぶりです。ファックスをいただいて、ああそうかと反省させられました。法案がこの四月以降、検討されてきているのは、その都度報道していますが、これまでの規制がどうなっているかは、全く報じていません。さっそく調べます。私自身の勉強にもなります。一両日中にご返事できるかと思います」

　記者の忙しさは当然で、日々の仕事をこなすのが精一杯だろう。こんな煩雑事を頼むのは申し訳なかった。

「全く、矢継ぎ早に事件ばかりでしょう。連中が次々と逮捕されるし、つい最近も、坂本弁護士夫妻の遺体が見つかったし、その四日後でしたか、お子さんの遺体も発見されています。昨日は、例の上祐史浩が偽証の疑いで逮捕されたばかりです。

　本当に、あいつには報道陣も振り回されました。嘘つき弁護士の青山吉伸にも、だまされ続けでした。彼は五月でしたか、逮捕ずみです。その罪は何かと言えば、上九一色村の住民をサリン噴霧犯呼ばわりした、名誉毀損です。そんなことより、日本国中をだまし続けた罪のほうが大きいですよ。しかし、そんな行為を対象にした罪はないので、手は下せません。

もうすぐ馬鹿たれ麻原の裁判も始まりますし、地下鉄サリン事件の被害者たちが、損害賠償を求める民事訴訟を起こすようです」

島田記者がまくしたてる。「九月十四日には岐部哲也の公判が始まりました。〝防衛庁長官〟で、罪は建造物侵入です。あまりにも微罪です。例の〝建設省大臣〟の早川紀代秀に頼まれて、小銃の部品を他人のマンションの駐車場で、積み替えたという罪です。日本の銃刀法では、拳銃の部品の所持は禁じられています。ところが小銃の部品に関しては規制がないのです。全くもって馬鹿げています。オウムの〝防衛庁長官〟ですからね。全体の罪は相当なものですよ。それが建造物侵入罪ですからね。聞いてあきれます。

ともかく先生、なるべく早く送ります。すみません、つい長話してしまいました」

電話はそこで切れる。現場の記者としては、もっともな怒りだった。罪が大き過ぎて、法が追いついていないのは、生物・化学兵器についても同様なはずで、今回のサリン防止法も、いわば泥縄式だった。

もうひとつ、坂本堤弁護士一家の遺体発見の報道は、実に痛ましく、オウム真理教の凶暴性を見せつけられた。

坂本弁護士一家の殺害と死体遺棄については、自首した岡﨑一明と、逮捕された早川紀代秀の自供によって、大方が判明していた。

坂本弁護士の遺体は新潟県、妻の遺体は富山県、子供は長野県に、離れ離れに埋められていた。ここにも教団の徹底した隠蔽策が見える。

坂本弁護士の埋められた場所は、新潟県の大毛無山で、捜索は九月六日午前四時に開始された。狭く荒れ果てた山麓は林とススキの草原であり、捜索は難航、昼過ぎからは小雨も降り出す。夕闇が迫った頃、ついに遺体が発見された。この瞬間、岡崎一明は逮捕された。

妻の遺体は、富山県の僧ヶ岳山中に埋められた。午前五時半から捜索が始まり、ようやく午後四時頃、遺体が発見される。折しも小雨が降り出し、まさしく涙雨になった。

子供の遺体が埋められた長野県大町市の山中でも、同日の午前四時頃から捜索が開始された。ここでも雨の中、捜索活動は難航して六日のうちには発見できなかった。七日も雨で、四百人態勢での捜索になり、現場には排水ポンプが搬入される。八日、九日と神奈川県警の捜索の範囲は少しずつ広げられた。草が刈られ、ユンボで表土が三〇センチ取り除かれたあとは、手掘りだった。泥を手ですくい、骨や髪が混じていないか調べる。それでも見つからず、小雨が降り続く中で十日を迎え、午後六時近くになってようやく、遺体の一部が見つかる。そして午後七時、全身の遺体の発見に到った。

こうして遠く離れ離れに埋められた坂本弁護士一家三人の遺体は、ひとつに集うことができた。その間、五年十ヵ月もの空しい時間が過ぎていた。

毎日新聞の島田記者からのファックスは夕方になって届いた。それによると政府は、この四月七日、「サリン等による人身被害の防止に関する法律」、通称サリン防止法の要綱をまとめていた。サリンの所持はもちろん、発散や原料物質の購入、提供、さらに購入資金の提供も、禁じられる。続発事件の防止のため、法律の公布日が施行日である。罰則についても、周知期間はわずか十日間で適用される。

対象はサリン及び、「サリン以上のまたはサリンに準ずる強い毒性を有する」物質と定められた。

罰則は、まず発散が「無期または二年以上の懲役」、不法製造・輸入・所持・譲渡が「七年以下の懲役（発散目的の場合は十年以下）」である。これは三月末に成立した化学兵器禁止法より厳しいという。

この化学兵器禁止法の正式名は、「化学兵器の禁止及び特定物質の規制等に関する法律」で、三月三十日に衆議院本会議で全会一致で可決、成立していた。参議院本会議で承認されたのは四月二十八日で、五月五日に施行された。

こうした化学兵器の生産や使用を規制する動きが始まったのは、十九世紀末である。一八九九年七月二十九日、オランダのハーグで、「窒息せしむべきガスまたは有毒質のガスを散布するを唯一の目的とする投射物の使用を各自に禁止する宣言」が調印される。このハーグ宣言は一九〇〇年九月三日に批准された。

しかし加盟国の数は少なく、禁止されるのは毒ガスの放射のみで、生産と保有は許される。抜け道のある宣言だった。

これをさらに進めたのが一九二五年締結された「ジュネーブ議定書」だった。ここでは、窒息性ガス、毒性ガス、またはこれに類するガスおよび細菌学的方法を戦争に使うことが禁止された。しかしまだ、生産や保有については、禁止条項が盛り込まれていない。日本は一九二五年六月十七日署名した。

とはいえ、議定書に調印した国でも、違反して化学兵器を使う国が続出する。前述したように日本がその筆頭である。

日本が欧米の技術を移入して生成した化学兵器は十指近くにのぼる。まず、びらん剤としては①ドイツ式イペリット（きい一号甲）、②フランス式イペリット（きい一号乙）、③不凍性イペリット（きい一号丙）、④ルイサイト（きい二号）があった。くしゃみ剤としては⑤ジフェニルシアノアルシン（あか一号）、催涙剤として⑥クロロアセトフェノン（みどり一号）と⑦臭化ベンジル（みどり二号）、そして血液剤として⑧シアン化水素（ちゃ一号）があった。

一九三〇年、台湾の原住民である高山族による反日抗争に対して、日本は初めて化学兵器を使用する。催涙ガスのみどり一号を砲弾に詰めて攻撃し、制圧に成功したものの、相手に六百人以上の犠牲者が出た。

これが台湾霧社（むしゃ）事件であり、一九三三年、日本陸軍は陸軍習志野学校を創設する。ここで一万人の将校と下士官に化学戦の訓練を施す。兵士に対する教育も各部隊で徹底された。

一九三七年に日中戦争が始まると、関東軍が満州チチハルに化学部隊である満州五一六部隊を設置する。この部隊で化学兵器の実験と訓練がなされ、生物兵器を開発していた七三一部隊と協力して、毒ガスの生体実験が実施された。

海軍のほうも負けていなかった。一九四〇年、相模海軍工廠を寒川に創設し、化学兵器の開発を進めた。

日中戦争では、日本軍は化学兵器と通常兵器を巧みに組み合わせて、国民政府軍を攻撃する。主として使用されたのは、くしゃみ剤のあか一号と、びらん剤のイペリットであるきい一、二号だった。国民政府軍は何ら防御対策を持たず、おびただしい数の犠牲者が出た。

日本軍も、太平洋戦争では化学兵器の使用をためらった。米軍の報復を恐れたからである。ナチス・ドイツが開発したタブン、ソマン、サリンも、実戦では使用されなかった。シュペーア軍需相に説得されて、ヒトラーも投入を最後まで踏みとどまった。

しかし連合軍側は、秘かに化学戦の準備だけはしていた。第二次世界大戦も終盤を迎えた一九四三年十二月、ドイツ空軍がイタリア南部のバリ港に大空襲をかけた。港に停泊していた米国の号事件と呼ばれる。

これが第二次世界大戦中に、欧州で発生した化学兵器による最大の惨事で、ジョン・ハーベイ号も被弾して大破した。この船に極秘に積まれていたのが一〇〇トンのマスタードガスだった。船は爆発し、大量のマスタードガスが海中に流出する。米軍兵士と一般市民を合わせて六百人以上が負傷し、うち八十三人が犠牲になった。

第二次世界大戦後も、世界各地で化学兵器が使用された。一九六〇年代のエジプト軍によるイエメン侵攻、一九七九年のソ連によるアフガニスタン侵攻、一九八〇年前後のラオス・カンボジア紛争で、マスタードガスが使われる。

一九八〇年に始まったイラン・イラク戦争では、イラクのフセイン大統領がイラン軍に対して、大がかりな化学戦で応じた。イランの要請で派遣された国連調査団は、イラク軍の不発弾からマスタードガスを、土壌からはタブンの分解物を検出した。

これによって、一九八九年パリで国際会議が開催され、化学兵器廃絶の最終宣言が採択される。この直後の一九九〇年、イラクのクウェート侵攻で始まったペルシャ湾岸戦争では、イラク軍は化学兵器を使わなかった。地上戦自体は一週間弱で終わったものの、二、三年後に米国復員軍人に奇妙な病気が多発する。関節痛と皮疹、脱毛、歯肉出血に加え、胸部痛と呼吸困難、思考力の低下、下痢、悪夢と、多彩な症状があり、湾岸戦争症候群と称された。原因はいまだ特定されず、劣化ウラン弾の使用、神経剤の予防薬として服用した臭化ピリドスチグミン中毒、イラク国内に残留していた化学兵器の被曝が疑われている。

そしてこのあとがオウム真理教による、一九九四年の松本サリン事件、今年三月の地下鉄サリン事件である。

こうして展望すると、人間に原罪というものがあるとすれば、人を殺傷するための通常兵器や核兵器の開発、化学・生物兵器の開発と、その使用ではないかと思えてならない。

改めて毎日新聞の島田記者から送信された資料に戻ると、四月十七日、警察庁の要請で、サリン所持者に届け出の義務が追加された。そして四月十九日に、参議院本会議でサリン防止法が成立、二十一日に施行、五月一日から罰則適用になった。

さらに八月になって、サリン防止法にVXガスなどサリン以外の毒ガスを含める適用拡大の動きが出た。これは警察庁の一連の捜査で、オウム真理教がサリン以外にも、VXやイペリットを製造している疑いが強まったからである。対象にはサリンと同じ神経剤のソマン、タブン、VXの他、イペリットを含む硫黄マスタードや窒素マスタードなどのびらん剤も加えられた。この政令は八月八日に閣議決定され、八月下旬に施行になる。

他方、法律の不備が浮上してきたのは、細菌兵器についてだった。警察庁の調べで、教団の〝第一厚生省大臣〟の遠藤誠一が中心となって、炭疽菌やボツリヌス菌、Q熱リケッチアなどを培養していた事実が判明していた。信者の供述によって、一九九三年七月には東京の亀戸で炭疽菌を散布し、今年三月には地下鉄霞ケ関駅で、ボツリヌス菌を噴霧しようとしていたことが分かった。

ところが現在、これらの事件を問うにも、法が未整備で、管轄する政府部門もなく、何より「細菌兵器」の定義すら決められていなかった。

先述したように、一九二五年成立のジュネーブ議定書は、毒ガスおよび細菌学的方法の戦争での使用禁止を宣言していた。これをさらに強化するため、一九六八年以来、ジュネーブ軍縮委員会が、生物兵器と化学兵器の軍縮条約案作成に取りかかった。しかし化学兵器に関しては検証があまりに複雑なため、各国の一致が見られず除外された。そして軍事的使用がさほど重要視されていない生物兵器についてのみ、米国とソ連も同意し、条約が成立する。これが一九七二年に、ジュネーブで開催された国際会議で締結された「生物毒素兵器禁止条約（ＢＷＣ）」である。三年後の一九七五年三月に発効する。

この条約によって、細菌および生物毒素兵器の開発・生産・取得・貯蔵・移転・使用が禁止された。日本ももちろんこの条約を一九八二年に批准し、条約の実施に関する法律も施行された。

この法律では、細菌剤の開発・保有を認めるのは「平和目的に限る」とした。第五条で「主務大臣は、（中略）業として生物剤または毒素を取り扱う者に対し、その業務に関して必要な報告を求めることができる」とされた。第七条で「主務大臣」は、政令で定める」と明記する。とはいえ、肝心の「政令」がまだなく、担当の「主務大臣」も、その担当官庁も決まっていなかった。

一方で、この法律で定めた細菌兵器が、どの程度の威力を持つものを指すのか、十三年も経過していながら基準がなかった。この点に関して、外務省は「国と国とで『武力行使』ができる規模のもので、オウム真理教が作っていた細菌兵器は対象にならない」と、暢気な見解を示していた。これに対し防衛庁は、「兵器の基準は決まっていない」と逃げ腰だった。このため警察でも、教団が細菌兵器を使用していたとされる前記の事件も、立件しようにも困難な状況に立たされていた。

こんなわが国の現状を、元内閣安全保障室長の佐々淳行氏は、「日本は泥棒を捕まえてから縄をなう〝泥縄国家〟だ」と嘆いていた。その例として、一九七〇年のよど号事件後の「ハイジャック防止法」、一九七二年の「火炎びん処罰法」をあげていた。

生物兵器の歴史は古い。既に紀元前三〇〇年頃ギリシャ人は、動物の死体を敵の飲料水の水源や井戸に投げ入れる奇策を実施していた。その後、ローマ人やペルシャ人も同じ戦略を用いた。

一一五四年、神聖ローマ帝国の皇帝フリードリヒ一世は、イタリア遠征のトルトーナの戦いで、兵士の死体を敵の井戸に投入した。一一七一年のヴェネチアとジェノヴァの抗争では、ラグーザ攻撃の際、汚染された井戸水で多くの伝染病患者が出た。このためヴェネチア艦隊は撤退を余儀なくされる。

一三四四年、ヴェネチアが支配する黒海沿岸の港カーファを、タタール人が攻撃する。攻め入る側にペストが発生したので、タタール軍は病死者の死体をカタパルトでカーファ市内に投げ入れた。たちまち市内にペストが流行、ヴェネチア軍は退却する。難民を乗せた船は、コンスタンチノープル、ジェノヴァ、ヴェネチアその他の地中海の港に避難した。これによって、ヨーロッパ全土でペストの大流行が始まった。

一七一〇年には、スウェーデンのカール十二世がロシアに遠征、エストニアのレバル市を橋頭堡にした。対するロシア軍は、ペストで死亡した兵士の遺体を、スウェーデン軍の要塞に投げ込んだ。

一七六〇年代、北米における英国とフランスの植民地戦争では、死体ではなく感染の媒介物が使われた。ペンシルベニアのイギリス軍の要塞が陥落の危機に瀕したとき、司令官はフランス軍に味方する先住民を、痘瘡ウイルスで抹殺することを思いつく。痘瘡患者のいる病院から持ち出した毛布やハンカチを、先住民に贈った。これによって先住民の間に痘瘡が蔓延し、おびただしい死者が出た。

一七七五年から始まったアメリカの独立戦争でも、痘瘡ウイルスが生物兵器として使われる。守る側の英軍は、前以て兵士たちに種痘を受けさせたあと、痘瘡ウイルスを撒き散らした。攻撃する側はもちろん種痘はしておらず、独立に立ち上がった入植者の間で、痘瘡がはびこる。総司令官で後に初代大統領になるワシントンはこれに気がつき、入植者たちに種痘を奨励した。

しかし、生物を本格的に兵器化しようとしたのは、前述したように日本である。細菌学者でもあった石井四郎は、陸軍省を説得して、一九三二年の満州国建国と前後して、満州東北部のハルビン近くに「加茂部隊」を設立する。感染力の強い病原体を見つけ出すには、人体実験が欠かせない。加茂部隊での実験で有効性を確信した石井四郎は、一九三六年に正式に関東軍防疫給水部を編制する。当初は「東郷部隊」と称され、一九四一年から「七三一部隊」に改称された。この部隊の任務のひとつが人体実験であり、スパイ容疑などで逮捕したロシア人や中国人、朝鮮人が対象になった。試された病原菌は、ペスト、コレラ、流行性出血熱、腸チフス、炭疽、赤痢である。

一九三九年五月、ソ連と満州国の国境で起きたノモンハン事件で、石井四郎は生物兵器の使用を関東軍幹部に進言する。ソ連軍が水源としているハルハ川支流に、ガソリン缶に入れた腸チフス菌を投入した。ソ連軍の被害のほどは不明である。

一九四〇年からは、飛行機から細菌をバラまく戦術が実行に移された。南京や上海などに近い都市に、先述したペストに感染させたノミを詰めた陶器爆弾を投下する。これによって寧波(ニンポー)ではペストが大流行した。

その後、ペスト菌に感染させたノミを、直接低空から飛行機で噴霧する戦術に変え、一九四一年に常徳、翌年には南京近くで多数の被害者が出た。

日本の敗戦後、七三一部隊の関係者を尋問した米軍は、生物戦の成果が予想以上に大きかった事実に瞠目する。他の連合国がこの情報を得るのを恐れ、すべてを秘匿する決定を下す。こうして生物兵器の研究を進めるために、ユタ州のダグウェイに生物兵器実験施設を作った。

イギリス政府も、生物兵器の有効性に着目して、ポートンダウンと、スコットランドのグルイナード島にあった実験研究施設を拡充した。

一方、ハルビン郊外の平房に本拠地があった関東軍防疫給水部を占領したソ連も、事の重大さに気がつく。研究資料を押収し、七三一部隊の関係者の重要証言を、ハバロフスク裁判で引き出す。こうしてスターリンは、スヴェルドロフスクに大がかりな陸軍生物兵器開発施設を稼動させた。この建設には、七三一部隊から押収した組み立て工場の設計図が参考にされた。

ソ連は崩壊する以前、四十ヵ所以上の実験・製造施設を所有し、数百トンにおよぶ炭疽菌、数十トンのペスト菌および痘瘡ウイルスを備蓄していた。一九八九年の時点で、モスクワ北部のザゴルスク生物研究センターには、二〇トン以上の攻撃用痘瘡ウイルスが冷凍保管されていた。さらにモスクワ東方のボクロフ軍事施設には、ミサイル弾頭用の痘瘡ウイルスが備蓄されていたことが判明している。

一九九一年十二月二十五日のソ連崩壊のあと、生物兵器開発事業は縮小され、現在のロシアでは備蓄されていた病原体はすべて廃棄されたと、ロシア政府は公言している。しかしそんなはずはない。ソ連時代の技術者と技術が、第三国に拡散したことは間違いない。病原体は安価に入手でき、兵器化も容易であり、簡単に使用できる。静かな兵器として、これに優るものはない。静かな兵器なので、犯人をつきとめにくい。

その証拠が、ソ連時代のスヴェルドロフスク事件である。これは一九九三年になって、ロシアの初代大統領になったエリツィンが初めて、あの大事故は、生物兵器工場から炭疽菌芽胞が漏れたのが原因だったと認めた。

一九四七年に建設されたこの研究所は、次第に拡張され、ソ連最大の生物兵器研究所になり、主生産物は炭疽菌芽胞の粉末だった。これが後に、欧米の主要都市に照準を合わせた、SS-18大陸間弾道ミサイルに充塡される炭疽菌になる。

軍の技術者たちは、ガスマスクとゴムの保護衣を身につけ、二十四時間三交代で作業をしていた。もちろん作業員たちは、定期的にワクチンを接種していた。工場内には炭疽菌の芽胞が充満しているため、工場の内と外を遮断するフィルターが設置されていた。もちろん外側の居住区域との間にも、二重の有刺鉄線のフェンスがあり、特別厳重警戒区域になっていた。

一九七九年三月三十日、午後の勤務の技術主任が、目詰まりしたフィルターを取りはずし、夜勤担当に「新しいフィルターの取りつけをよろしく」とのメモを残した。夜間勤務の技術主任は業務日誌は確認したものの、メモには気づかず、炭疽菌乾燥プラントの始動を指示する。

これによって数キログラムの芽胞粉末が、換気管を伝って夜の町に拡散して行った。工場内の誰も事故発生には気づかず、ようやく六時間後、作業員のひとりがフィルターがないのを発見する。ただちに機械の運転は中止され、新しいフィルターを取りつけて、再稼動された。この単純ミスは市当局や国防省本部には報告されなかった。

しかし数日のうちに発病者が出はじめる。最初に病院に収容されたのは、工場の風下数百メートル以内にいた人たちだった。開け放った窓近くにいたり、屋外に立っていたり、道を歩いたりしていた人たちだった。多かったのは、その工場の軍職員、隣接する軍事施設に駐屯する兵士、通勤途中の人々で、大半の被害者は、風邪かインフルエンザにかかったのかと思った。

事故から二日目、市の二つの病院には、呼吸困難と高熱、嘔吐、チアノーゼをきたした重症の患者が殺到する。何の通知も受けていない医師たちは、未知の伝染病かもしれないと疑い、病院中がパニックになるなかで、あらゆる治療薬で対処した。

事故から四日目の夜には、多くの患者が肺水腫や吐血、全身の発疹を呈して死亡する。その他にも、病院に行かずに家で死んだり、道端で意識不明で発見されたりする犠牲者が続出する。

四十二例の剖検結果から、病理学者は共通所見として、胸部の出血性リンパ腺炎と出血性縦隔洞炎があることを発見する。病原菌は肺から侵入したことが明らかであり、肺の出血部位から炭疽菌が検出された。これによって病気は肺炭疽と確定診断された。

市の周辺の住民も含めた数十万人の人たちに、ワクチンが接種開始されたのは、事故発生から一週間後だった。

この地区を管轄していたのが、共産党の実力者エリツィンだった。早速に炭疽菌芽胞の汚染除去を命じた。市職員は樹木の消毒と刈り取り、道路の消毒、屋根の洗浄に忙殺される。その結果、芽胞を含んだ粉塵が飛散し、町中に炭疽菌芽胞が浮遊する。それを吸入してまた新たな患者が出た。事故発生から六週間後にも死傷者が発生する。

この大事故に対して、徹底的な隠蔽工作をしたのがKGBである。病院の診療録、剖検報告、疫学調査報告を押収し、報告書を捏造した。報告書の吸入炭疽に関する部分はすべて削除された。死亡者が出た家庭には、医師を装ったKGB職員が訪問し、胃腸炭疽という病名を記した偽造診断書が手渡された。


十月九日の昼前、真木警部から直接電話がかかってきた。

「先生、久しぶりです。また先生の参考意見が必要になりました。今度は六年前の例の神奈川の事件です。坂本弁護士の拉致事件はご存じですね」

「はい。オウムの仕業で、先日、一家の遺体がやっと発見されました」

「そうです。その犯人のひとりが中川智正です。犯行時に中川智正が塩化カリウムを弁護士夫妻に投与したと供述しています」

「塩化カリウムですか。塩化カリウムで人を殺すのはむつかしいですよ」

「そこで先生の意見をお聞きしたいのです。聴取事項は三つあります。ひとつは、塩化カリウムの飽和溶液での致死量がどのくらいのものかです」

「致死量ですね。二つめは」

「筋肉注射した場合、その致死量です。中川智正の供述では、二、三cc筋肉注射したとなっています。そして三つ目が、筋肉が緊張している状態、つまり相手が抵抗しているときに、筋肉注射が可能かどうかです。中川智正は筋肉注射する際、多少の液漏れがあったと供述しています」

「なるほど、当然でしょう。まず第一の塩化カリウムの致死量については、文献にも明記されていません。ただ過去にあった小児の事故死から、体重一キロにつき、二六mEq／Lあたりだと推測されています。この数値を単純に換算すると、一キロあたり一・九グラムです」

「体重一キロにつき一・九グラムですね」

真木警部は電話口でメモをとっているようだった。「すると坂本弁護士の体重は七五キロだったようなので、一・九×七五で一四二・五グラムになります」

真木警部が電卓を使って数値を出す。

「問題は、投与するスピードです。致死量はそれによって大きく左右されます。通常の医療現場では、塩化カリウム二六mEqを五〇〇ccの輸液に溶解して、一時間かけてゆっくり投与します」

「そんなものですか。知りませんでした」

真木警部が言う。「もうひとりの犠牲者の坂本夫人の体重は五五キロと見てよいので、一・九×五五で一〇四・五グラムですね」

「残る問題点は、浸透圧です。塩化カリウムの浸透圧は、生理食塩水の七倍です。ですから、注射する際、非常な痛みを伴います。となると、致死量の一〇〇ccから一五〇ccを体内に投与するのは、実際上不可能です。もちろん、この致死量も、投与するスピードによって変化します。例えば静脈注射で一気に投与した場合、瞬間的に心停止する可能性は充分あります。そのときの必要量がどのくらいかは知りません。そんなデータはないはずです」

「なるほど」

真木警部が納得する。「筋肉注射をした場合はどうでしょうか」

「筋肉注射での致死量は、相当な量ではないでしょうか。塩化カリウムがまず吸収されて、血中濃度が上昇するまでに時間がかかり、心停止に要する量は、これまた相当な量になります。血漿中のカリウム濃度の正常上限は、確か五・四mEq／Lです。それを超えると高カリウム血症になって、心臓に悪影響を与えます。しかし、そのために筋肉注射でどのくらいの量が必要になるか、ちょっと分かりません。中川智正は、どのくらいの量を筋注したと言っていましたっけ」

「二、三ccだと供述しています」

「そんな量では、心臓に与える負荷は大したものではないでしょう。つまり中毒症状は起こり得ません」

ここは自信を持って断言できた。

「よく分かりました。先生のこの証言を、すぐにまとめてあとでファックス致します。間違っている部分を訂正していただけますか。でき上がった意見聴取書は、今日のうちに、刑事部長に提出します」

「結構です」

そこで電話を切った。腕時計を見ると十二時二十分で、五十分ばかり電話応答していた計算になる。あっという間に感じた。

応接室で教室員たちと昼食をとり、戻ってくるともう、ファックスが届いていた。手際のよさは、いつもの通りだった。読んで、数値が一ヵ所だけ間違っているのを訂正し、返送した。

十月二十二日、前述した坂本堤弁護士一家の葬儀が、横浜アリーナで行われた。日本弁護士連合会と横浜弁護士会の共催だった。クラシック音楽が好きだった坂本夫妻のために、日本フィルハーモニー交響楽団がベートーベンの「エグモント序曲」とシベリウスの「フィンランディア」を献奏した。八千の座席は弔問客で溢れ、入れない人たちのためには第二献花台が設けられ、この日の弔問客は二万六千人に達した。

坂本弁護士の家に押し入った際の犯行の大枠は、その後の供述で明らかになった。侵入したのは六人で、村井秀夫、早川紀代秀、新實智光、中川智正、岡﨑一明、端本悟だった。このとき中川智正は、背広のポケットに塩化カリウム溶液のはいった注射器三本を入れていた。岡﨑一明が坂本弁護士の首を絞め、中川智正は夫人の首を絞める。夫人が動かなくなったとき、〝早く注射を打て〟とせかされて、坂本弁護士に向き直る。静脈注射をするつもりが、暴れているので太腿か尻か分からないまま注射する。子供のほうは、ぐったりするまで中川が鼻口を押さえ、その後、新實がけいれんを起こしていた子供にとどめをさした。

第九章　ＶＸによる犠牲者と被害者

坂本堤弁護士一家の合同葬が行われた翌月、警視庁刑事部捜査第一課長の寺島警視正から、オウム真理教によるＶＸ殺人事件について、意見書の提出を求められた。

教団がＶＸを作っていたことは東京で真木警部らに聞かされ、七月下旬には新聞報道もなされていた。〝自治省大臣〟の新實智光の自供によって、昨年十二月に大阪市淀川区の路上で倒れた男性が、ＶＸの犠牲者だった事実が浮かび上がる。警察庁科学警察研究所は、病院に凍結保存されていた血清を分析し、ＶＸガスの分解物、モノエチルメチルホスホン酸を検出した。被害者の濱口忠仁氏は、スパイと思われ、新實智光が山形明に殺害を指示、液体のＶＸガスを注射器で被害者に吹きつけた疑いがもたれていた。

とはいえ、その事件の詳細を実見するのは初めてだった。依頼された鑑定内容は、次の四項目だった。

一、濱口忠仁氏の病状がＶＸによるものか否か
一、ＶＸであるとすれば、曝露後の行動能力について
一、ＶＸの一般的毒性、特徴的症状、致死量
一、その他ＶＸに関する参考事項

これらの鑑定のために、犯行状況を目撃したタクシー運転手三人の供述調書、救急隊員二人と、搬送先の大阪大学医学部附属病院特殊救急部の医師の供述調書も提示され、診療録も添えられて

いた。さらに犯人である元自衛官山形明の供述調書も同封されていた。

一九九四年十二月十二日の早朝、事件を目撃した三人のタクシー運転手の供述を総合すると以下のような状況になる。三台のタクシーは客待ちのため、地下鉄御堂筋線の新大阪駅と東三国駅の中間にある国道付近にいた。すぐ前のマンションの住人がよくタクシーを使うので、そこで待つのが朝の日課になっていた。三人は顔見知りなので外に出て談笑していた。

午前七時二十分頃、運転手三人は、道の反対側の歩道で、男性が「ウォーッ」と大声を上げているのを目撃する。三十歳くらいのがっしりしたその男性は、苦しげに両腕を上げて何かを摑もうとする動作をして、そのまま車道側に倒れた。驚いた三人の運転手は車道を渡って現場に行き、男性の傍に駆け寄った。男性は呼びかけに答えず、目を開き、半開きの口のまわりには白い泡がついていた。息をしていないようでもあり、時々腹がピクッと動くだけだった。すぐにひとりが救急車を呼んだ。三人は救急隊が到着するまで、男性の身体には触れなかった。

七時二十七分に救急隊が現場に到着したとき、男性の顔貌はチアノーゼ状態で、無表情であり、呼びかけに応答なく、呼吸は感じられず、脈拍も触れなかった。出血はどこにも見られなかった。対光反射はなく右の瞳孔は散大して五ミリ、左が縮瞳で二ミリであり、明らかに左右不同だった。すぐに救急車で大阪大学医学部附属病院に搬送した。搬送中、車内は男性の吐物の臭いがした。心電図でも心停止の状態にあった。

大学病院に到着したのは七時五十一分だった。治療が開始されたのは七時五十五分で、すぐに挿管され、ボスミン五アンプルの注射で心拍は再開、しかし血圧下降気味だったので、アドレナリンの持続投与がなされた。無尿状態に対して点滴が続けられ、尿量は維持されたものの低体温であり、瞳孔はピンホール状に縮瞳していた。十一時の心エコーでは異常は見られなかった。午後六時半、点滴の量に対して尿の出が悪く、翌十三日になっても乏尿は続く。コリンエステラーゼは一六六と低く、薬物のスクリーニングが専門の金沢大学に出された。十四日も乏尿状態は続き、腹部CTでイレウスを起こしているのが分かり、イレウスチューブが挿入され、五〇〇ミリリットルの排液を見た。頭部CTでは脳浮腫が確認された。この日、自発呼吸が見られた。しかし十五日、自発呼吸は消失、瞳孔もピンホールの縮瞳が散大する。脳波でも反応がなく、十六日に脳死状態であることが確実になった。金沢大学からの薬物スクリーニング報告では、ジアゼパムが検出されたのみだった。その後は呼吸器をつけたまま、消極的な治療が続行され、十二月二十二日の午後一時五十六分に、心電図がフラットになり、死亡が確認された。

淀川警察署の検死があり、遺体は司法解剖に付された。死体検案書では、低酸素血症と大葉性肺炎での病死とされた。司法解剖では心肥大と両肺下葉の大葉性肺炎のみの所見だった。

以上の臨床経過をまとめて、特殊救急部の主治医は次のような病状説明書を、大阪府東警察署に提出した。

一九九四年十二月十二日、午前七時二十四分頃、出勤途中に自宅近くの路上で、突然大声でわめき苦しんでいるところを通行人に発見された。

救急隊到着時には心呼吸停止、瞳孔散大状態であり、救急隊により心肺蘇生が行われながら、午前七時五十一分に大阪大学特殊救急部に搬入された。

来院時も心呼吸停止の状態であったが、瞳孔は搬送中に縮瞳し、両側とも一ミリであった。対光反射は認めなかった。意識は痛み刺激でも開眼せず、発語もなく、手足の動きも認めなかった。外表所見上、明らかな外傷を認めなかった。

来院後ただちに気管内挿管、人工呼吸、閉胸式心マッサージ、アドレナリンの静脈内投与を行い、午前八時十七分に心拍が再開した。

心拍再開後も、瞳孔は縮瞳したままであった。動脈血液ガスデータは、一〇〇%酸素投与下でpH六・七七八、PCO_2九三・四mmHg、PO_2三二一・二mmHg、BEマイナス二八・〇と、著明な代謝性アシドーシスと呼吸性アシドーシスを認めた。心拍再開後の血圧は非常に不安定で、アドレナリンの持続投与を行って、ようやく収縮期血圧を一〇〇mmHg以上に保つことができる状態であった。心拍再開後に顔面、上肢を中心として大量の発汗を認めた。血圧が安定した後には徐脈が出現した。

心拍再開後は呼吸機能が急激に悪化、来院後九時間の動脈血液ガスデータは、七〇%酸素投与下でpH七・三一五、PCO_2三五・六mmHg、PO_2一一四・九mmHg、BEマイナス七・五と重度の呼吸不全を合併した。

アドレナリンの持続投与を行って収縮期血圧を一〇〇mmHg以上に維持したが、当初は尿量が得られず、急性腎不全を合併した。大量輸液を行うと血圧はさらに上昇し、利尿が得られるようになった。その後も輸液の負荷を行い、来院十六時間後には、アドレナリンの持続投与を中止しても血圧が維持できるようになった。来院後二十四時間で要した輸液量は約一二リットルであった。

突然の路上での心呼吸停止をきたした原因についても検索したが、胸部単純写真、頭部ＣＴ上特に問題なく、心電図上も心拍再開後は不整脈や心筋梗塞の所見などは認めなかった。薬物中毒を疑い、金沢大学法医学教室に薬物のスクリーニングを依頼した。しかし、特に問題となる薬物は検出されず、また来院時に行った胃洗浄でも薬物の混入や臭いの異常などはなかった。心エコー検査では心臓の動き、形態に異常を認めなかった。ホルモン検査にても原因と思われるデータはなかった。

十二月十三日に血圧は上昇し二〇〇／一一〇mmHgとなった。瞳孔は両側一ミリと縮瞳は続いていた。咳嗽（がいそう）反射は認められなかった。下顎から上肢にかけて筋攣縮が存在した。

十二月十四日、自発呼吸が出現し、動脈血液ガスデータは、三〇％酸素投与下でpH七・四七八、PCO_2三四・三mmHg、PO_2一一四・〇mmHg、BEプラス二・四と呼吸不全はやや改善した。が、意識障害が遷延し、呼吸管理が長期になるため気管切開を行った。午後七時より徐々に瞳孔の散大が始まった。十二月十五日には、瞳孔は右四・〇ミリ、左三・五ミリとなり、自発呼吸が消失し、脳死状態となった。

十二月十六日には、瞳孔は右五・〇ミリ、左五・〇ミリとなり、脳血管撮影により脳に血流がないことを確認した。

患者は全身状態が徐々に悪化し、十二月二十二日に心停止となった。

縮瞳、徐脈、発汗、筋攣縮、また血清コリンエステラーゼ値が十二月十三日には一六六IU／L（正常値二七〇〇〜五六〇〇IU／L）と異常低値を示し、十二月十九日には一五一六IU／Lと上昇していた。これより有機リン系の薬物中毒を疑ったが、路上での心呼吸停止であること、また胃内容物の所見から農薬中毒は否定的であると考えた。死亡確認後に異状死体として警察に連絡をとった。

非の打ち所のない報告書であり、こういう心肺停止の患者を受け入れた医療機関は例外なく、原因が分からないまま治療を続けなければならなかったはずである。

この急性の病態の正体を見極めるには、二つの条件が整わなければならない。必要条件としては、血液中に残る原因物質の代謝分解物の検出、十分条件としては犯行状況の解明である。これが揃わない限り、原因究明は不可能になる。

幸い、提供された資料の中には、その二つが添えられていた。

保存されていた濱口忠仁氏の血液を再鑑定したのは、大阪府警の科学捜査研究所と警察庁科警研だった。今年の八月二日付で、ＶＸの分解物であるモノエチルメチルホスホン酸の検出結果が報告されていた。使用された分析法は、電子衝撃イオン化法と化学イオン化法である。

他方、犯行の実際は、実行犯である山形明の今年七月八日の自供で明らかになった。このときのもうひとりの実行犯は新實智光、見張り役は井上嘉浩と平田悟だった。万が一の場合の治療担当が中川智正、運転手は〝諜報省〟の高橋克也である。

犯行前日、山形明は高橋克也と一緒に、大阪市内のビジネスホテルに泊まった。翌日、新實智光と中川智正、平田悟が起こしに来た。屋上で見張っていた井上嘉浩が、濱口氏が自宅から出たのを確認し、無線で指示を出した。

現場は新大阪駅近くの歩道橋を降りた辺りである。まず新實智光が、歩いている濱口氏の脇をジョギングする恰好で追い越した。服装はフードつき灰色のスウェットスーツであり、眼鏡をかけ、白マスクをしていた。追いかける山形明も、同じくフードつきスウェットスーツで、眼鏡をかけ白マスクをしていた。両手に白い軍手をはめ、その下は二重にビニール手袋をしている。左手にビニール袋を持ち、右手には注射器を握っていた。

濱口氏を追い越す前に、首の後ろに注射器の中の液を垂らそうとしたものの、慌てていたために、注射針が刺さったままになる。この注射器には針とキャップがついており、キャップを捻って引くと針が一緒に取れ、捻らずにそのまま引くと、針が残る仕組みだった。山形明はキャップをそのまま引いていたのだ。

濱口氏は「痛え、こんちくしょう」と言って、新實智光と山形明を追いかけて来た。二人は二手に分かれて逃げるも、濱口氏は山形明の方を追って来る。ようやく逃げ切った山形明は、五分くらいして救急車が到着したのを確認、タクシーでホテルに戻った。井上嘉浩と平田悟は新大阪駅方向に走って逃げた。

ホテルに戻った山形明は、眼がしょぼしょぼして気分が悪くなる。中川智正が、用意していたPAMを注射してくれた。後日、中川智正は、濱口氏が通っていた大阪城内の講道館に、友人を装って電話を入れ、濱口氏が急死した旨を確認する。

供述調書には、山形明が自身で描いた、犯行用の注射器も図示されていた。それを見て、VX使用の余りの簡単さに驚く他なかった。

中にVX液を入れた注射器は、太さ一センチ弱、長さ一三センチで、先にVX液が一・五センチくらい入れられていた。針をおおうキャップは三センチくらいの長さで彎曲し、先端は塞がっている。山形明は犯行時、これを捻らずにそのまま引っ張ったので、針が残っていたのだ。

以上のように、VXの分解物検出と犯行の実際が分かれば、濱口氏の死因はもはや疑いようがない。多少長くなったものの、次のような意見書をしたためた。

一、犠牲者の病状がVXによるものか否か

VXの分解物であるモノエチルメチルホスホン酸が、濱口忠仁氏の保存血液から検出されており、さらにVXを項に筋注されている事実があり、死因がVXであることは疑いがない。その傍証として、入院中の血液生化学検査で、白血球の増多、コリンエステラーゼの低下、血液ガス分析でアシドーシスが認められている。

二、VXであるとすれば、曝露後の行動能力について

VXは皮膚から極めてよく吸収され、中毒を起こす。VXの曝露から中毒症状発現までに、一定の潜伏期間がある。潜伏期間は、早いもので数分であり、通常はそれ以上遅れて中毒症状が発症する。曝露量が多ければ多いほど、早く発症する傾向がある。衣類の上から散布された場合は、より遅れる。

濱口忠仁氏の場合、注射針が刺さったままであった事実から、一部は筋肉より吸収され、残りは皮膚、さらに衣服からだったと考えられ、比較的早く中毒症状を呈したと結論できる。すなわち、中毒症状発症前に、犯人たちを数分追いかける時間はあったはずである。

三、ＶＸの一般的毒性、特徴的症状、致死量

ＶＸはサリンなどの神経剤と同様に、全身中のコリンエステラーゼを抑制することによって中毒症状をきたす。これによってアセチルコリンが過度に蓄積され、ムスカリン様作用、ニコチン様作用が見られる。

中毒症状の内容は、本質的にサリンと同様である。初発症状として、意識障害や痙攣発作が認められる。重症例では、いきなり痙攣発作と心肺停止がくる。局所症状として、筋線維束性収縮が出現することもある。これは筋線維束が不随意的に収縮して起こるもので、筋肉の一部がピクピク動いて見える。皮膚への付着量が少なければ局所にとどまるが、多くなると全身に広範に見られるようになる。

主要症状は意識障害であり、この程度も様々である。重症例では、いきなり昏睡状態となる。高度の意識障害を示す例では、痙攣発作を伴う。この痙攣発作は強直（きょうちょく）性と間代（かんだい）性である。その他、呼吸困難、唾液や気道からの分泌液の増加、発汗も見られる。

縮瞳は必発症状であり、意識障害より遅れて出現する。瞳孔は最初のうちは左右不同を示すことが多く、時とともに左右同大となり、徐々に縮瞳を示す。その後、経過とともに瞳孔は散大してくる。悪心や嘔吐、徐脈、低血圧も付随する。

意識障害は、極期を過ぎると少しずつ回復してくる。特に高度の意識障害の場合、回復途上で興奮、独言、幻覚などの精神症状が出現する。これらの意識障害や精神症状は、酸欠症が持続しない限り、完全に回復する。

治療は、何といってもアトロピンの筋注もしくは静注である。重症例でも、心肺機能を維持しながら、アトロピンの投与を続ける。痙攣に対しては、ジアゼパム五〜一〇ミリグラムの静注がよい。

致死量は、経皮吸収と経気道吸収で異なる。経皮吸収の場合、サリンの百倍の毒性があり、五〇%致死量はわずか六mg/分/㎥とされている。従ってVXの液体で一〜一〇ミリグラムである。他方経気道の場合、サリンの二倍の毒性があり、五〇%致死量は三〇mg/分/㎥と見られている。

四、その他VXに関する参考事項

VXその他の神経剤は、有機リン系の農薬開発の過程で生成された。一九三〇年代、ドイツの化学工業を担うIGファァルベン社の研究者シュラーダーは、次々と農薬を開発する。一九三六年には、有機リン化合物であるタブンを開発した。これが殺虫剤としてよりも、むしろ化学兵器として極めて有用であることが明らかになる。ナチス・ドイツの首脳部はこの研究に着目し、奨励と援助を惜しまなかった。

タブンは有機リン系の農薬と同様に、コリンエステラーゼを阻害し、神経系に作用して致死効果をもたらす。その毒性は、従来使用されてきたイペリット、ホスゲン、シアン化水素に比べて、十倍から百倍も強力だと推測された。

シュラーダーは二年後には、タブンに似たさらに十倍も強力なサリンを開発する。一九四四年には、タブンとサリンより毒性の強い第三の化合物を開発し、ソマンと命名した。第二次世界大戦終了までに、ドイツは神経ガスなどの毒ガスを生産できる工場を、二十ヵ所保有していた。

これらタブン、サリン、ソマンの一連の神経剤は、ドイツで開発されたので、後にコード名でG剤と呼ばれるようになる。この神経剤は、ドイツ国防軍によって厳重に秘密保持がなされていた。そのため、連合軍の専門家たちも全くその存在に気づかなかった。

これらの強力な化学兵器の存在が明るみに出たのは、第二次世界大戦後である。ドイツを占領した連合軍は衝撃を受ける。タブンとサリンの生産工場は、そっくりそのままソ連軍の手に落ちた。押収した書類には、開発されたばかりのソマンに関する文献と資料が含まれていた。

一方、この研究に携わっていた研究者と技術者の多くは、米英軍の捕虜となり、神経剤の実体は、極秘情報として米英軍に引きつがれる。やがてソ連が入手した化学兵器の製造能力に気がつき、西側各国は一斉に化学兵器研究に取り組みはじめた。

一九五〇年代に入ると、化学兵器研究に新たな進展が見られる。Ｖ剤の発見である。Ｖは蛇などの毒液を意味するVenomの頭文字に由来する。このＶ剤は一九五二年から一九五三年にかけて、三つの化学会社がダニ駆除剤の研究過程で個別に発見した。立役者はドイツのバイエル社にいたシュラーダー、スウェーデンのタンメリン、イギリスのゴッシュだった。特にゴッシュの研究は、イギリスのポートンダウンの化学防衛研究施設で取り上げられる。同時に米国のエッジウッドの化学防衛研究施設にも通知され、米英が共同でＶＸの研究を開始する。ＶＸはコード名であり、イギリスは攻撃用化学兵器として大規模な生産を始める。一方で志願兵を用いて人体実験を行い、ＶＸが従来の神経剤よりも毒性が強く、致死性が高いことが証明された。一九五九年には米国にも工場が建てられ、一九六一年に量産が開始された。

一九六九年に米国は化学兵器の生産を中止する。当時三万トンの化学兵器を備蓄しており、半分はイペリット、ホスゲン、シアン化水素であり、残りの半分がサリンとＶＸだった。一方のソ連でも同じくらいの量の化学兵器を保有していると考えられる。

現時点で、ＶＸの他にＶＥやＶＭがあることが知られてはいるものの、詳細は不明である。

以上

濱口忠仁氏殺害の実行者である山形明は、滋賀県の高校を卒業後陸上自衛隊にはいり、三年後に陸士長で除隊し、警備会社に就職する。一九八七年に「オウム神仙の会」に入信、二年後に出家した。その後、教団の建設現場で働くうちに嫌気がさし、二回脱走を試みた。一九九三年に再度入信し、翌年〝建設省〟から〝自治省〟に移され、法皇警備につき、さらに翌年、ホーリーネームのガル・アニーカッタ・ムッタを貰った。尊師を守る男という意味だった。温熱修行を受けて、サマナから〝師補〟となり、さらに〝師〟になっていた。

山形明は、昨年十二月のVXによる濱口氏殺害のあと、今年の三月十九日に、二つの犯罪行為をしていた。ひとつは午後七時二十五分、時限式発火装置をマンションの玄関に設置し、玄関のガラスドアを破壊した。このマンションには以前、教団に批判的な宗教学者が住んでいた。この一時間半後には、南青山の教団総本部に火炎瓶を投げ込み、玄関マットを焼いた。これは捜査を妨害するための自作自演だった。いずれも山形明他の信者による犯行で、主犯は井上嘉浩だった。

濱口忠仁氏が教団によって公安のスパイだと疑われた経緯については、今年八月末までに、新實智光、井上嘉浩、中川智正ら幹部と、その他の信者から供述が得られていた。

昨年の五月、オウム真理教大阪支部では、月刊誌『ムー』の文通コーナーで、信者獲得の活動を行っていた。文通コーナーでは、オウム真理教の名は伏せられていた。そこに文通希望の手紙を送って来たのが濱口氏だった。

文通コーナーを担当していたアンタカラ師補は、もうひとりの女性信徒と共に五月下旬、濱口氏と接触する。その頃、教団では武道経験者の入信に力を入れていたからだ。会うと濱口氏から「あなたもオウムの人でしょう」と言われ、驚く。濱口氏の口から「自分は柔道を道場で警察官と一緒に稽古している」と聞き、アンタカラ師補は不気味に思って、以後は連絡を断った。

しかし濱口氏はその後、以前気功のサークルで知り合った女性と街でばったり会い、大阪支部に連れて行かれた。十月と十一月に二回、濱口氏は〝ヴァジラクマーラの会〟に参加する。そのとき、濱口氏は「オウムは薬品臭がする。一度探ってみたい」と言い、信者のひとりに「自分は入信しないが、あなたがやろうとしている事には協力する」とも述べた。

一方、一九九〇年の総選挙前に出家した伊宮という男がいて、選挙後に一度脱会し、再び在家信者になっていた。昨年になって、伊宮は出家信者や在家信者に対して、「オウムは警察から弾圧されるから、陰に潜って裏部隊を作る。これはグルからの特別指令なので正悟師も知らない」と言い触らしていた。「自分は特別だから、私の言うことに従いなさい」と言い、女性信者に対して、立ちんぼをして男性と肉体関係を持ってからオウムに導けと、指導していた。

こうした伊宮の言動を耳にした新實智光は、直接教祖に問いただした。特別指令などはないことが分かり、伊宮が教団を破壊していると、新實智光は結論する。

同じ頃、この伊宮が教団分裂の活動をしているという噂が広まり、そこで濱口忠仁氏の名前が浮かんでくる。大阪支部では、〝濱口は伊宮を裏で操る黒幕だ。公安警察のスパイだ〟と考え、これをファックスで上九一色村に送った。教団幹部からは、〝伊宮の関係者をリストアップしろ〟との指令が届く。

他方で新實智光は〝自治省〟の部下を連れて伊宮を拉致して監禁する。そこで自白剤を打ち、自供させた。自白では、裏工作をしていたのは濱口氏であり、公安警察のスパイだと出た。

新實智光は、殺害は自分が井上嘉浩に指示し、〝自治省〟と〝諜報省〟の担当で実行したと供述している。

とはいえ、こうした殺害決定が〝自治省大臣〟である新實智光ひとりで下せるはずはなく、教祖をかばっての供述であるのは間違いない。

さらに濱口忠仁氏をスパイと見立てたのも、教団全体に漂っていた濃厚な疑心暗鬼のせいだと考えられる。

自白剤注射での伊宮の自白とて信憑性を欠く。苦し紛れに「そうだ」と白状したと考えてもおかしくはない。この伊宮なる信者のその後の消息については、捜査関係の資料には一行も記載されていない。

この自白については、林郁夫が詳細に自供していた。

林郁夫が教祖から、自白剤注射である〝ナルコ〟を指示されたのは昨年十二月初旬だった。〝伊宮が教団分裂を図っている。伊宮から話を聞かされて、教団分裂騒ぎに巻き込まれた信徒やサマナについて、ナルコをかけて調べろ〟と、教祖は命じた。

十二月八日、林郁夫は女性信徒のひとりに〝ナルコ〟をかける。結果は〝大阪で警察か公安関係で柔道を教えている男性を、自分たちのたまり場に連れて行ったことがある。その人は、予知か予言能力のあるステージの高い人だ〟と出た。

これを教祖に伝えると、〝それは公安かな。調べさせる〟と関心を示した。

翌日、林郁夫はさらにもうひとりの女性信者に〝ナルコ〟を実施する。この日、教祖名義で、〝伊宮は五万カルバのヴァジラ地獄に落ちるであろう〟という告示がなされた。この夜、大阪支部から、伊宮が薬で眠らされた状態で上九一色村まで連れて来られた。

翌十二月十日、林郁夫は第六サティアン三階の瞑想室で伊宮に〝ナルコ〟を実施した。しかし結果が出ず、教祖にその旨を報告する。教祖からは〝お前の聞き方が甘い。もっと追及して聞け〟と指示された。

一方新實智光は、この日までに濱口忠仁氏を、伊宮を背後で操る公安警察のスパイだと断定する。

尚、この頃林郁夫は、教祖の指示で記憶を消すための〝ニューナルコ〟の実施も強要される。

麻酔下で電気ショックをかけ、その副作用としての逆行性健忘を利用する方法である。半睡状態にして自白させる〝ナルコ〟のあと、〝ニューナルコ〟の電気ショックをかけると、自白させられたことすら忘れてしまう。強制的な作為を消し去るには最適だった。

以上の意見書を、取扱者である鑑識課の今警部補を通して、捜査第一課長の寺島警視正に送付した。

するとその後、日を置かずして、同様の捜査関係事項照会書が一通、やはり寺島警視正名義で届いた。

それは、「オウム真理教被害者の会」の永岡弘行会長が、路上で山形明にVXをかけられ、意識不明の重体に陥った事件であり、以下の依頼事項が列挙されていた。

一、永岡弘行氏の病状がVXによるものか否か
一、VXの一般的毒性、特徴的症状、致死量
一、その他VXに関する参考事項

提示資料としては、永岡弘行氏に関する診療録とともに、山形明の供述調書も添えられていた。供述の内容は、永岡会長にVXをかけたときの状況、その犯行現場状況図、使用したVX注射器についてだった。

さらに永岡会長が着用していたジャンパーを分析した、警視庁科学捜査研究所薬物研究員が作成した鑑定書一通と、永岡会長の時系列行動表も添付されていた。

五十六歳の永岡弘行氏が被害に遭ったのは、今年の一月四日だった。朝十時半頃、年賀状を出しに外出し、帰宅途中に、山形明からジャンパーの襟首に、注射器にはいったVXを噴きつけら

れた。午後一時半、家族に「今日は暗いね」と言い、気分が悪くなって寝ていた。しかし妻が様子がおかしいのに気づいて救急車を要請する。十三時五十三分に救急隊員が到着したとき、永岡氏には軽度の意識障害が見られた。その直後、永岡氏は急に全身が突っ張るような痙攣を呈した。救急車内で痙攣発作が出現し、意識レベルが徐々に低下し、昏睡状態に陥る。血圧は一七七／八三㎜Hg、脈拍は百二十／分、体温は三四・九度Cであった。瞳孔は両側とも七ミリだった。

十五時五分、慶応大学病院神経内科に入院する。入院時、意識障害は高度であり、昏睡状態にあった。瞳孔は左右不同で、直径が左七ミリ、右五ミリであり、対光反射は消失していた。呼吸困難があり、発汗が著明だった。気管内挿管がされ、人工呼吸器が装着される。

しかし瞳孔が徐々に縮小し、十七時五分には両側とも直径一ミリになった。右側にジャクソン型の痙攣発作が出現し、フェニトイン、バルプロ酸ナトリウム、ジアゼパムの注射で、発作は消失した。血液ガス分析ではアシドーシスが見られた。十七時二十分、ICUに移された。

翌一月五日、意識障害は高度であり、縮瞳は持続していた。血清コリンエステラーゼは著しく低下し、血清CPKは著しく上昇していた。

一月六日から不穏状態になり、体動が激しくなる。独言と興奮が出現し、抗精神病薬のハロペリドールが投与された。七日から少しずつ意思の疎通が可能となる。しかし不穏状態で暴れるため、抑制帯をつけられていた。「助けてくれー」と叫び続け、翌八日にも独言が多く、落着きを欠き、幻覚が見られた。九日には血清コリンエステラーゼが上昇し、CPKは下降してきた。

一月十日から意識障害は徐々に回復し、十一日はほぼ清明になった。その後は少しずつ回復、一月十八日に退院になった。

他の依頼事項は、濱口忠仁氏の場合と同様であり、同じような内容の文言を添えて、今警部補に送付した。

ところが十二月にはいって、またしても別のVX被害者に関する意見書を依頼された。被害者の水野昇氏八十二歳は、教団から逃げた信者一家を保護していた。しかも被害は、ちょうど一年前の一九九四年十二月二日に起こっていた。

寺島警視正からの依頼事項は以下の三点だった。

一、水野昇氏の病状がVXによるものか否か

一、VXの一般的毒性、特徴的症状、致死量

一、その他VXに関する参考事項

いつものように資料が提示されていたが、この種類が多かった。まずは、水野氏が救急搬送された東京医科大学病院における診療録のコピー、看護婦と主治医の供述調書、さらに事件前に水野氏が通院していた虎の門病院の主治医による水野氏の病歴と採血検査結果に関する供述調書があった。

ついで、東京消防庁中野消防署の救急小隊長による、収容時の状況の供述調書と、各警察署の巡査部長の供述調書も五通あった。この五通をしたためた巡査部長は、西新井、高井戸、中野、杉並、大塚の各警察署にそれぞれ所属していた。

水野昇氏は、一九九四年十二月二日午前、自宅の居室の炬燵(こたつ)で仰臥位で倒れているところを、近所の人に発見された。四、五回嘔吐し、その後意識不明に陥り、救急車が呼ばれた。

十時二十七分に救急隊員が駆けつけたときには、中等度の意識障害が見られた。瞳孔は左右不同であり、左は三ミリ、右は一ミリで、対光反射は消失していた。呼吸数は二十四／分だった。すぐさま気道が確保され、酸素吸入が開始される。唾液分泌が増加していた。

十時四十八分に東京医科大学病院救命救急科に入院、やはり中等度の意識障害があった。顔面は紅潮しており、除皮質硬直が見られた。瞳孔は左一ミリ、右五ミリで、対光反射は消失したままだった。血圧は上昇、二五六／一四六mmHgで、脈拍は百二十一／分で不整、呼吸数は十二／分で下顎呼吸をしていた。気管内挿管が行われ、人工呼吸器につながれる。末梢血検査で白血球は一万五二〇〇と増加、赤血球数は四八六万、ヘマトクリットは四六・八％で、血液は濃縮傾向にあった。

肝機能、腎機能、電解質に異常はなかった。血清コリンエステラーゼは測定されていない。入院後経過では、頭部CTで異常なく、十二時からの脳血管撮影でも異常は見られなかった。幸い十五時には自発呼吸が出現する。

翌十二月三日に、医師の問いかけを理解できるようになった。白血球増多と、著しいCPKの上昇が見られた。

十二月五日になって意識レベルが改善、気管内挿管がはずされる。十二月六日に意識は清明になった。

十二月八日、脳血管障害という病名で、老年科に転科する。神経学的検査での異常はなかった。しかし血清コリンエステラーゼの低下が見られた。十二月十二日、血清コリンエステラーゼはやや上昇、十二月二十六日になって、血清コリンエステラーゼが正常化する。

年が変わって今年の一月十一日、約四十日ぶりに退院となった。

この水野昇氏の場合も、前二例の濱口忠仁氏、永岡弘行氏の病状と経過に照らし合わせて、VXによる病態だったことは、疑いようがなかった。

しかし水野昇氏が、どのような状況下でVXを噴きかけられたかに関しては、犯人である山形明の供述調書がなく、不明のままだった。とはいえ、複数の巡査部長の供述調書からは、水野昇氏が数回にわたってＶＸにさらされたのではないかと推測される。

いずれにしても、ＶＸによる世界で初めての犠牲者、被害者の病状からは、以下の臨床的事実が判明していた。

①ＶＸは注射器に詰めて持ち運びが容易である。
②ＶＸは皮膚から極めてよく吸収される。
③ＶＸ曝露から中毒症状発現までに、一定の潜伏期間がある。
④初期症状として、意識障害や痙攣発作が認められる。
⑤重症例では、いきなり心肺停止がくる。
⑥縮瞳は上記症状よりも遅れて出現する。瞳孔は左右不同を示すことがある。
⑦重症例では、意識障害が七日間続く。意識が回復するにつれて、錯乱、不穏、幻覚が出現することがある。
⑧血液生化学では、血清コリンエステラーゼが著しく低下する。血清ＣＰＫは上昇する。
⑨酸欠症が続かない限り、完全に回復する。

以上の見解を意見書にまとめて、今警部補気付で寺島警視正に提出した。

送付したあとで、気になったのは、教団がいかにしてＶＸを生成したかだった。これまでの捜査で、サリンを含めてＶＸを生成したのは、〝第二厚生省大臣〟の土谷正実だった事実は判明していた。

しかし土谷正実がどのような方法で、このＶＸを開発・製造したかは一般の目には明らかにされていない。まがりなりにも中毒学の専門家として、それだけは是非とも知っておきたかった。

以上の心情を吐露した書面を、意見書提出とは別途に今警部補に送った。返事の封書は程なく届いた。

書面には、今年六月九日に土谷正実自身がＡ３の用紙に手書きで記した、ＶＸ生成までの工程が化学式のみで、びっしり記されていた。これらの化学反応がすべて土谷正実の頭の中にはいっていたのであり、その異才ぶりには舌を巻くしかなかった。

図面を見ると、製造過程は三つに大別できた。

第一段階には、工程が二つある。第一の工程で、メチルホスホン酸ジクロリドとエタノールを反応させ、メチルホスホン酸ジエチルを得る。第二の工程では、メチルホスホン酸ジエチルに、塩化チオニルを作用させ、エチルメチルホスホノクロライドを得る。

次が第二段階であり、ここは三工程に分かれていた。第一工程で、２－（Ｎ，Ｎ－ジイソプロピルアミノ）エチルクロライドと、チオ尿素を反応させ、固形の中間物を得る。第二工程で、この固形物に水酸化ナトリウム水溶液を作用させ、混合液を作り、第三工程で、硫化水素ガスを吹き込んで２－（Ｎ，Ｎ－ジイソプロピルアミノ）エタンチオールを得る。

第三段階はひとつの工程で成り立っている。第一段階で得たエチルメチルホスホノクロライドと、第二段階でできた２－（Ｎ，Ｎ－ジイソプロピルアミノ）エタンチオールからＶＸが得られる。

添えられた土谷正実の供述調書によると、ＶＸの製造は四回実施されている。

第一回目は、昨年一九九四年の九月で、五〇グラム弱を製造している。しかし今年一月一日の読売新聞の疑惑報道で廃棄する。

第二回目は、昨年の十一月下旬で、村井秀夫の依頼でクシティガルバ棟で一〇〇グラムを製造して、中川智正に手渡す。後日、村井秀夫がクシティガルバ棟に来て、「あれは効かなかった」と言い、土谷正実は「塩酸塩だから効かなかったかもしれません」と答えた。すると村井秀夫は、VXそのものを作るように指示した。

第三回目は、同じく十一月末に五〇グラムを製造して、再び中川智正に渡した。手渡した翌日、村井秀夫が来て、「あれはすごい、相手は病院に担ぎ込まれたけど、下顎がはずれていた」と話した。

おそらくこのとき生成されたVXが、十二月二日の水野昇氏、十二月十二日の濱口忠仁氏に使用されたと思われる。

第四回目は、前回からひと月後の十二月末だった。純度の高い五〇グラムのVX製造に成功する。これも村井秀夫の依頼だった。しかし今年元旦の読売新聞の疑惑報道があったため、教祖の指令で廃棄する。

問題となったのは、VX合成のための原料の調達であり、これも土谷正実は供述していた。まずメチルホスホン酸ジクロリドの原料である。株式会社ベル・エポックと取引していた教団のダミー会社から調達したのが、亜リン酸トリメチル、五塩化リン、塩化チオニルだった。他方、ヨウ素、ジエチルアニリン、エタノールは伊勢久から購入している。

次にジイソプロピルアミノエチルクロライドに添加するチオ尿素と硫化水素ガスはダミー会社、水酸化ナトリウムは伊勢久から調達した。

さらに第三段階の工程で塩基となるトリエチルアミンと溶媒となるヘキサンを、やはり伊勢久から仕入れていた。

土谷正実の供述から、国内に流通している原料からVXが製造可能であることが分かる。あとは製造プラントと、土谷正実なみの頭脳を有する技術者が必要なだけだ。

もちろん、製造の現場では、土谷正実ひとりでは仕事ができない。助っ人が必要である。この協力者七人についても、土谷正実は供述している。〝法皇内庁〟所属の佐々木香世子、〝厚生省〟所属の森脇佳子、土谷正実の〝第二厚生省〟の某信者、〝科学技術省次官〟の渡部和実の他、宮崎乃理子、興梠智一の名が列記されていた。

VXによる犠牲者ひとりと被害者二人の臨床症状を、鑑定医としてつぶさに検討した者として、サリンの場合と同様にまとめておくのは責務だった。というのもVXによる臨床症状など、具体的にはどこにも発表されていないからだ。こうして一九九五年の暮と一九九六年の元旦は、正月気分とは無縁の仕事に忙殺された。

まずVXの一般特性として、室温で比較的安定しており、持ち運びが容易な点がある。VXそのものは、自動車のオイルに似て無臭で琥珀色をした粘度の高い液体である。その蒸気は空気より重い。

揮発性が低く、テロとして使用する際は、ノルマルヘキサンなどの溶剤と混ぜ、注射器に入れて持ち運び、その針先から皮膚に落とす方法がとられる。

中毒症状の所見として必発なのは、ともかく縮瞳である。最重症例では、曝露から数分以内にいきなり痙攣発作を起こして倒れ、心肺停止で死亡する。重症例では、高度の意識障害を起こし、せん妄状態をきたす。軽症例では、意識障害のみで局所症状は見られない。

診断の根拠となる症状は、意識消失、痙攣発作、興奮、幻覚、妄想、心肺停止である。血液検査ではコリンエステラーゼの低下が起きる。衣類などから、VXの代謝産物であるメチルホスホン酸かメチルホスホン酸エチルが検出されれば、診断は確定する。

こうした検出手段がない場合、脳血管障害で片づける誤診が起こりやすい。橋出血などの脳出血、脳梗塞などは、頭部CT検査で除外できる。また心筋梗塞などの心疾患とも誤診されやすく、心電図等での除外診断をしなければならない。

VX中毒の治療法は、サリンなどの神経剤の治療法と本質的には同じである。最重症例では、まず心肺蘇生術を開始し、呼吸管理が重要になる。痙攣発作にはジアゼパムの静注を行う。気管分泌物は、硫酸アトロピンの静注によって抑制できる。精神症状に対しては抗精神病薬のハロペリドールも使用できる。サリン中毒の治療で有用とされているPAMは、VXに関してはその有効性は確認されていない。

もうひとつつけ加えなければならないのは、除染対策だった。これは外国の文献から大筋を知ることができた。

VXはサリンよりも除染が困難である。揮発性が低いため、皮膚に付着しても蒸発せずに、速やかに吸収されてしまう。従って、一滴でも付着したとき、極めて危険であり、早急に除染しなければならない。熱い石鹼水で洗い流すのがよい。次亜塩素酸ナトリウム溶液も用いられる。もちろんVXの付着した着衣は廃棄する。

VXは比較的安定性があり、土壌には二日から六日残存する。建物などの除染は、漂白粉や炭酸ナトリウムの五―一〇%水溶液がよい。

こうしてVX中毒を検討してみると、サリンとの相違点が明確になる。最大の相違点は、持ち運びの簡便さである。サリンが集団テロに有効なのに対して、VXは個人のテロに極めて有用である。

VXなど戦場で使われるものと思っていたのは、完全に間違いだったと反省させられる。今後は日常の中毒にも含まれる可能性があり、医療関係者は頭の隅に入れておくべきだった。

これでVXについては一段落したと、ひと息ついた一月下旬、またしても寺島警視正から以下の意見書依頼が届いた。

捜査関係事項照会書

捜査のため必要があるので、左記事項につき至急回答されたく、刑事訴訟法第一九七条第二項により照会します。

照会事項

一、一般的な経皮吸収（特に頭、顔、頸部、体幹、手掌、足底）について

二、VXの症状から見た経皮吸収について

三、被害者三名（濱口忠仁、永岡弘行、水野昇）の症状発現の強弱は、VX吸収量の違いにあると思料されるが、経皮吸収の違いで説明されるか否かについて医学的に検討の上ご意見をお願い致します。

なお、ご意見は意見書をもってご回答をお願い致します。

こういう文面を、これまで何十回読まされただろう。医学部の教授の任務は、臨床と教育と研究であるのは論をまたない。警察の下請けでないのも自明の事柄だ。

末尾の取扱者の欄には、いつものように警視庁刑事部鑑識課の今警部補の名前が記されている。あの警察官らしくない学者風の顔を思い浮かべると、とても協力を拒む気にはなれない。去年三月二十日の地下鉄サリン事件以来、不眠不休の仕事を強いられているはずだった。他の捜査員たちも同様だろう。ここは誠心誠意、要請に応じるしかなかった。ある面でこれは、臨床と研究の一側面でもあった。

とはいえ、ＶＸの経皮吸収云々までも明らかにしておかねばならないのは、裁判に備えての証拠固めなのだろう。特に水野昇氏の場合、どこでどうやってＶＸをかけられたのか、正確な証拠はないのだ。

常識的に考えて、皮膚の付着物が最も吸収されやすいのは眼球であり、舌下などの口腔粘膜、および鼻腔粘膜だ。足底など表皮の厚い部分での吸収は遅れがちと見ていい。

さらに症状発現の強弱は、部位の他に、量にも左右される。皮膚の広い範囲にＶＸが付着すれば、それだけ中毒症状が出るのも早く、重症化する。最も速効性があるのは静脈注射であるのは当然で、筋注や皮下注射がこれに次ぐ。濱口忠仁氏が犠牲になったのは、注射針が項に刺さったのが原因だった。

おそらく、ＶＸを最も効果的に使う方法は、標的の顔面になすりつけるやり方だろう。そうすれば、目にもはいるし、鼻腔や唇にもＶＸが付着し、確実にしかも速く吸収される。その量は、最大でも一〇ミリグラムあればよい。つまりほんの一滴でも目的は果たせる。

以上の見解を意見書にしたためて、今警部補気付で送った。

土谷正実他の供述から、教祖が村井秀夫を介して土谷正実にＶＸ一〇〇グラムを製造するように指示したのは、一九九四年十一月下旬である。十一月二十六日の朝、教祖が井上嘉浩、新實智光、遠藤誠一を呼び、〝水野にＶＸをひっかけてポアしろ〟と命じた。実行役として井上嘉浩と山形明が指名される。夕刻、井上嘉浩が水野氏を襲撃するも、目が合って失敗する。

二日後の二十八日朝、山形明が水野氏にＶＸをかけた。山形明の報告に、教祖は〝よくやった〟と誉めたものの、結果が未確認だと知ると怒り出した。井上嘉浩に調査させ、結局は失敗だったと分かる。

二日後の三十日、教祖は土谷正実と遠藤誠一を呼びつけて、ＶＸが効かなかった理由を問いただした。〝塩酸塩だったからだと思います。純粋なＶＸを作らせて下さい〟と土谷正実は弁明した。教祖は〝ＶＸそのものを作れ。大急ぎでやれ〟と命令した。

そして十二月二日の朝、水野氏に三回目の襲撃を行い、水野氏は救急車で病院に搬送され、前述のように一命はとりとめた。

六日後の八日、教祖が井上嘉浩と新實智光を呼び、〝教団分裂を図った元信者を、裏で手引きしているのは濱口だ。濱口が公安のスパイであるのは間違いない。ＶＸを一滴垂らし込んでポアしろ〟と命令する。実行犯もこのとき教祖が指名する。

四日後の十二日、先述したように濱口忠仁氏は、大阪の路上で山形明にＶＸをかけられ、不幸にも死亡する。

年が明けた昨年一九九五年一月四日、これも前に述べたように、「オウム真理教被害者の会」の永岡弘行会長が、ＶＸをかけられ、一時は意識不明の重体に陥る。幸い発見が早く、救命に至った。

第十章　滝本太郎弁護士殺人未遂事件

オウム真理教の犯罪に関しての裁判は、既に昨年の秋頃から始まっていた。幸いその裁判の概要は、ジャーナリストの江川紹子氏による裁判傍聴記が、毎週『週刊文春』に掲載されていた。

問題は、教祖がいつ裁きの場に引き出されるかだった。昨年十月下旬に予定されていた初公判は、その前日に教祖が弁護人を解任して延期され、見通しがたっていない。おそらく今年の四月か五月頃だろうと、新聞は示唆していた。ともあれ、『週刊文春』だけは、江川紹子氏の記事を目当てに、欠かさず地下鉄の売店で購入した。

関心の中心はオウム真理教の犯罪にあるとはいえ、医学部での講義は、牧田助教授や、平山講師と三人で手分けして続けなければならなかった。

二月の講義には、毎年ハンセン病を取り上げていた。この病気ほど、人に偏見をもたらした疾患はなく、まずは医療従事者がその偏見から解放されなければならなかった。

つまり、ハンセン病は治る病気であり、そもそも菌の毒力は極めて弱く、病原性はほとんどないという事実を、医学部学生に認識してもらいたかった。

例によって階段教室には八十名近くが着席していた。八、九割程度の出席率で上出来といえた。スライドは二十四枚用意していたので、これに沿って九十分弱をしゃべればよい。いつも最後に質問時間を設けていた。

従来は癩（らい）と呼ばれていたこの病気がハンセン病と呼ばれるようになったのは、一八七三年、ノルウェーの医師で植物学者のゲルハール・アルマウェル・ハンセンが癩菌を発見したからだった。歴史的な事項に遡るためにも、ここでは便宜上癩で述べたほうが分かりやすい。

この病気の記載は古く、紀元前十八世紀から十三世紀に書かれたヒンズー教の聖典には、早くも症状が正確に書かれている。紀元前十世紀頃のアッシリアとバビロニアの楔形文字の書物にも、癩の記載がある。それだけでなくファラオ時代のエジプトのパピルス文書にも見られる。

こうして起源の古い癩が広まったのは、紀元前四世紀のアレキサンダー大王の遠征、十一世紀の十字軍遠征とラザロ騎士団などによる。

さらに癩が忌み嫌われるようになったのは、旧約聖書のせいでもある。レビ記の第十三章には以下の記述があった。


主はまたモーセとアロンに言われた。

人がその身の皮に腫、あるいは吹出物、あるいは光る所ができ、これがその身の皮に癩病の患部のようになるならば、その人を祭司アロンまたは、祭司なるアロンの子たちのひとりのもとに、連れて行かなければならない。

祭司はその身の皮の患部を見、その患部の毛がもし白く変り、かつ患部が、その身の皮よりも深く見えるならば、それは癩病の患部である。祭司は彼を見て、これを汚れた者としなければならない。

（中略）

患部のある癩病人は、その衣服を裂き、その頭を現し、その口ひげをおおって、「汚れた者、汚れた者」と呼ばわらなければならない。

その患部が身にある日の間は汚れた者としなければならない。その人は汚れた者であるから、離れて住まなければならない。すなわち、そのすまいは宿営の外でなければならない。

このレビ記の第十三章には、「癩病」という言葉が二十三回も出現する。さすがに、現代の聖書の日本語版では、「癩病」はすべて「重い皮膚病」という表記がとられている。

こうして古代から中世にかけて、癩は精神の病の発露だと見なされた。教会はこうした患者に対して、見せかけの埋葬儀式を行った。墓地に穴が掘られ、患者は一生脱ぐことのない外套を着て中にはいる。頭から三杯の土がかけられ、神父が「汝はこの世で死に、神の下に生まれ変わらんことを」と唱える。このあと、患者は参列者から手をさし伸べられて墓穴を出、葬列に加わる。ガラガラと鐘を鳴らして存在を知らしめ、村はずれに設置された小屋にはいって、一生を過ごす。小屋の上には十字架がつけられていた。

ようやく十五世紀になって、癩は珍しい病気だと欧州の医師たちが書き記すようになる。皮肉にも癩が激減したのは、社会的に抹消するという非人間的な処置に加えて、欧州で幾度となく大流行したペストによると見る向きは多い。

しかしその頃、癩は恐れるに足らずという認識は、医師の間に共有されていたと考えられる。その証拠に、一五五二年に来日し、後にイエズス会士になったポルトガル人の外科医、ルイス・デ・アルメイダは、豊後の府内に西洋式病院を建てた際、真っ先に収容したのは捨て子と癩病患者だった。

このハンセン病は、WHOの発表で世界に千二百万人いるとされ、対人口一万の比率で多いのは、東南アジアの六人、次いでアフリカの三・二人である。日本での新規登録患者数は、一九五〇年に六百人近くだったのが、一九九〇年にはほんの十数人と激減している。現時点での患者は三千人程度である。

癩菌は未だに培養に成功していない。しかし、マウスやアルマジロ、猿などの動物への接種には成功している。それらの動物には自然感染癩が見つかっており、人獣共通の疾患と考えられている。

この癩菌は、細胞性免疫が低下している宿主の末梢神経組織や皮膚を侵すという特徴がある。症状は、癩腫型と類結核型の二型、さらに境界群と未分化群の二群に分類される。

癩腫型は、大小さまざまな丘疹、結節、浸潤が多発し、ほぼ左右対称に分布する。類結核型は、辺縁隆起性の円形・地図状、暗紅色の浸潤が皮膚に見られ、知覚鈍麻が顕著である。

一方の境界群では、類結核型に似た皮疹が隆起著明となり、やや褐色調を示す。未分化群は、色素減少斑または紅斑で、皮疹部に軽度の知覚鈍麻を伴うのが特徴的である。

この未分化群を除き、尺骨神経、正中神経、橈骨(とうこつ)神経、腓骨神経、大耳介神経などに肥厚が見られる。その支配領域では、知覚鈍麻と運動麻痺が見られる。

診断は簡単で、①知覚脱失を伴う皮疹、②知覚脱失を伴う末梢神経の肥厚、③皮膚の塗布標本で菌陽性の三項目のうち、一項目でも満たせば確定と、ＷＨＯは規定している。

治療には、リファンピシンやジアフェニルスルホンを主剤とした複数の化学療法があり、完治する。

ここまで歴史と概念を説明しているうちに、学生たちの集中力が低下していくのが分かる。欠伸をしたり、両手を上に伸ばしたり、隣同士で私語をしたりと、さまざまだ。さすがに前の方の席にわざわざ坐っている学生は、しっかりこちらを見つめているものの、眼鏡の奥の瞼が少しずつ垂れていく。そのうち、ガクンと頭が下がる。

こういう時間帯を見越して、現実の症例を呈示する準備はしていた。実際の症例をスライドに映すと、講堂内に真剣さが戻る。

この五十二歳女性の例は、学卒後まだ九大神経内科にいた頃に診た入院患者だった。貴重な症例だったので、微に入り細に入り診察をし検査もした。それを改めてスライドに映し出す。

主訴は、手足の疼痛と掻痒感だった。

一九六九年四月頃より、左手拇指にツンツンするような、チクチクするような激痛が出現し、いつとはなしに両手、次いで両足に広がった。その後、疼痛と同じ部位に激しい掻痒感が加わるようになり、そのため不眠をきたすことがしばしばだった。

翌年五月頃からは、顔面と両手足が赤くむくむようになり、特に手足は皺が多くなり、触ってもつねっても感覚が分からなくなった。しかしジンジンするしびれ感はなかった。さらに翌年の秋からは、手足によく火傷をするようになった。その後も手足の疼痛や掻痒感が持続するため、初発から三年後の一九七二年八月、九大神経内科を初診、直ちに入院する。

入院時の全身所見は、体格は中等で栄養状態は良好、顔面と両手足にびまん性の紅斑を認め、同部位の皮膚はやや萎縮していた。膝関節伸側部に、一個の小指頭大の赤褐色の結節が認められた。その他、手足に火傷による瘢痕を数個認める。脱毛、白斑、潰瘍はない。貧血もなく、胸部も理学的に異常はない。

神経学的所見としては、意識は清明であり、精神状態に異常はない。脳神経領域では、両眼の軽度の視力低下と網膜色素変性症、および左側下眼瞼下部に拇指頭大の感覚脱失（痛覚と温度覚）が認められた。顔面神経を含むその他の脳神経に異常はなかった。躯幹および四肢領域では、末梢神経の肥厚や筋萎縮はなく、筋トーヌスも正常であった。筋力低下は、両側の前脛骨筋に軽度に認められる他は異常なかった。深部反射は、上下肢とも減弱していた。病的反射はなかった。協調運動障害も認められない。感覚については、自覚的に両手足の著明な疼痛と掻痒感を訴えるのに対して、他覚的には四肢末梢部、主として伸側、尺骨神経支配領域に、境界明瞭な地図状の温覚と冷覚および痛覚の脱失が見られた。触覚は、部位によって鈍麻ないし脱失を示した。振動覚は、前記の感覚脱失の部位においても正常であり、位置覚も保持されていた。膀胱直腸障害はなかった。

ここで、全身における紅斑と感覚障害の分布を図示する。正面から見ると、下肢末端の感覚脱失が著明で、背面では上肢の感覚脱失が主である。次いで顔面も図示すると、痛覚の脱失は両耳、両眉から外側にかけて、鼻尖、両頬に見られる。それに対して顎と頭髪部位は正常で、その他の部位では痛覚鈍麻がある。

患部の皮膚生検では、多数の癩菌、癩細胞、リンパ球から成るびまん性の肉芽組織が見られた。腓腹神経生検では、肉眼的に肥厚が見られ、組織学的には、著明な有髄線維の減少とともに、周鞘、上膜、内鞘内に多数の癩細胞が認められた。この病像は癩性神経炎と診断された。

その神経組織をもスライドに映し出す。癩菌は抗酸菌の桿菌(かんきん)であり、チール・ネルゼン染色で見事に赤染する。その標本スライドを故意に長く映したままにした。おそらく医学生たちは、今後の医師生活のなかでも、癩菌を眼にすることはなかろう。しかし記憶の隅にでも残しておいてもらいたかった。場内を明るくして、結論を急ぐ。

「この症例は、前に言ったようにリファンピシンを主剤とした化学療法で完治し、後遺症を残さずに完治しています」

そう強調すると、どこかほっとしたような溜息が漏れる。

「覚えておいて欲しいのは、癩菌の毒性は極めて弱く、病原性はほとんどないということです。体内にたとえ癩菌が侵入し、感染が成立しても発症は稀であり、分裂・増殖するには長時間を要します。稀にこの症例のように発症したとしても、治療法は確立されており、治る病気です。はい、終わり。何か質問があれば――」

時間は過ぎていたものの、学生たちの何人かは質問したげにしていた。果たして最前列の学生が手を挙げた。

「先生は治ると言われましたが、日本にはまだ患者を収容している病院というか施設がいくつもあると聞いています。あの人たちは、そこを出て普通に暮らせないのですか」

どこか静かな怒りを秘めた質問だった。

「あの人たちは当然、普通に社会に出て暮らせます。しかし、社会の偏見がまだそれを許さないのです。それに患者さんたちは、ああいう施設に閉じ込められたとき、もう親兄弟、親族からは、いない者とされています。今さら施設を出ても、受け入れるべき親族は困惑するでしょうし、また外出するにしても、偏見のある他人の視線に耐えられるかでしょう。実に気の毒な人たちです。フランスでは、ああいう施設は十七世紀末には全廃されています。十八世紀末には、ハンセン病の患者さんも、普通の患者さんの病棟で治療されるようになっています。つまり、日本の政策は、フランスと比べて三百年も遅れています。実に情けないです」

情けないどころか、憤りを感じるのが本音だった。とはいえ、一介の大学教員の力ではどうしようもない。

見ると珍しく、後方の席の学生が「ハーイ」と言って挙手をしていた。

「先生、ハンセン病の患者さんが温泉施設に来て、大浴場にはいったとしても、何の心配もないですよね」

いい質問だった。大きく頷いてから答える。

「何の心配もないです。もしそういう患者さんがいたら、背中を流しましょうと言って、背中を流してあげて下さい。それでこそ、九州大学で衛生学を学んだ医師と言えます。いいですね、はい終わり」

　どこかせいせいした気分で講義を終えた。

　講義を終えて研究室に戻ると、またしても警視庁刑事部からの書状が届いていた。差出人は今警部補だった。

　封を切った中味は、例の如く捜査第一課長の寺島警視正からの依頼だった。
　一、左記提示資料から
○滝本太郎弁護士の訴えた症状はサリン中毒によるものか否か
○滝本太郎弁護士のサリン曝露について
○滝本太郎弁護士の症状の発現とサリン曝露の程度との関係
について、医学的に検討の上ご意見をお願い致します。

　添えられていたのは、東京地方検察庁検事作成の取調状況報告、中川智正の供述調書、捜査第一課の警部が作成した「地下鉄駅構内毒物使用多数殺人事件」の被害状況捜査報告書、警視庁科学捜査研究所薬物研究員の手になる鑑定書、そして滝本太郎弁護士の一昨年七月四日の生化学・血液検査の結果報告書だった。

　この滝本弁護士の名前については、それまでの新聞報道などで知っていた。オウム真理教被害対策弁護団のメンバーであり、元信者の証言を得て教団の闇に迫っている弁護士ではなかったか。

　そういう人物をサリンで抹殺しようとした点にも、邪魔者はすべて消すという教団の卑劣な意図が確認できる。あの教団は一体どこまで腐り切った殺人集団であったのか。添付資料に眼を通しながら、はらわたが煮えくり返るのを覚えた。

直接犯行に及んだ当時十七歳の少女は、三年前の秋に出家信者になっていた。翌年、〝法皇内庁・信徒庁〟所属になり、サマナから師補に昇格する。しかしまだ高校を卒業しておらず、実家の祖母が重病であると聞いて、教祖に二年間の下向を申し出ていた。その間に高校を卒業し、祖母の最期を看取るつもりだった。二年後には必ず教団に戻る旨も言い添えていた。それ以降、教祖の態度が冷たくなったように感じた。

教祖は〝お祖母(ばあ)さんの看病をすることは、あなたにとって功徳になるが、そのためにあなたが下向して真理から遠ざかれば、お祖母さんは悪業を積むことになるからやめなさい〟と言っていた。

そして一昨年の五月八日、第六サティアンの二階の個室にいたとき、午後七時に個室の内線電話が鳴った。声の主は教祖で、〝私の所へすぐ来なさい〟と言われた。

教祖の自宅は同じ第六サティアンの一階にあった。教祖や妻の松本知子、子供たちがそれぞれ個室を持っていた。

教祖の個室にはいると、教祖は〝おー、来たか〟と言って、右手の親指で、ドアの鍵を閉めるように合図した。少女が鍵を閉めて教祖に近づくと、〝エネルギーが下がっているぞ、タントラのイニシエーションをしよう〟と言われ、二十分にわたって特別イニシエーションを受けた。この〝タントラ〟というのは、「秘密」の意味だった。

そのあと教祖が〝手伝ってもらいたいワークがあるが、やる気はあるか〟と訊いた。少女はその仕事が何か分からないまま、〝ぜひ、やらせて下さい〟と答えた。すると教祖は〝ちょっと危いから、君にできるかな。ある人物をポアしてあげようと思うんだよ。これは救済だからな〟と言い、〝じゃあ、考えておくから、部屋で修行して待っていなさい〟とつけ加えた。

翌五月九日午前四時半、個室で寝ているところへ遠藤誠一が来て、〝仕事だから下に降りて〟

と命じた。少女はそのまま遠藤誠一について行き、第六サティアンから外に出、停めてあった車に乗り、遠藤誠一の運転でCMI棟に行った。車内で遠藤誠一から〝今日のことについては聞いているでしょう〟と尋ねられ、少女は〝何も聞いていません。ただ、ポアって言っていました〟と答えた。遠藤誠一は〝とりあえずCMI棟に行き、そのあと富士（山総本部）に行って着替えの衣服を探す〟と言い足した。

富士山総本部の倉庫に、お布施された衣類などが保管されているのは、少女も知っていた。

CMI棟には、法皇内庁の佐々木香世子ともうひとりの男性信者が待っていて、その男性が運転する車に乗った。出かける前に、遠藤誠一が〝十七歳の女の子には見えないように、大人っぽい服を選んでね。風邪をひいているふりをしたほうがいいから、マスクも買って〟と言った。車内でも、佐々木香世子が〝フォーマルな感じにしてくれと言われているの〟と口にした。

富士山総本部に着くと、お布施倉庫のコンテナの管理をしていた女性信者が鍵を開けてくれ、佐々木香世子と一緒に、スーツやブラウスなどサイズの合うものを三、四枚ずつ選んだ。

再び三人でCMI棟に向かい、途中のコンビニでメーク落としとマスクを買った。CMI棟に着くと一番奥の部屋で、佐々木香世子に手伝ってもらい、衣裳合わせをした。紺の上下のスーツと白いブラウスにし、ストッキングと黒いパンプスをはく。それを遠藤誠一に見せると、〝ショルダーバッグもあったほうがいいな。帽子もかぶったほうがいい〟と指示された。

そこでまたスーツを脱いで着替え、三人で富士のお布施品倉庫に戻り、ショルダーバッグだけは見つけた。しかし帽子はなく、佐々木香世子が自分のものを貸してくれることになった。

CMI棟に戻り、少女は佐々木香世子の化粧道具を借りて化粧をし、髪は編み込んで、後ろで髪留めでひとつにまとめた。

すると化粧をしている部屋に、中川智正と連れ立ってやって来た遠藤誠一が、〝ワークの説明をするから外に出て。化粧を落とさなくていいから、スーツだけ着替えて〟と言った。このとき、遠藤誠一が、〝スーツがしわしわだから、アイロンをかけておいて〟と佐々木香世子に命じた。

自分の服をまた着てCMI棟の外に出ると、道路に一台車が停まっていた。遠藤誠一が〝水をかける練習をしよう〟と言い、CMI棟の中からプラスチックの容器に水がはいったものを持って来た。容器は片手で握れるような大きさだった。

遠藤誠一と中川智正は、その容器の中の水を、車のフロントガラスのワイパーの溝の部分に、交互に一回ずつかけて見せた。遠藤誠一が〝私たちの指示する車に、こうして容器の中の液体をかけてもらうからね。まず慌てずに歩いて車に近寄り、運転席側に立って、自分の車かどうか車内をのぞき込んで確認するような振りをしてから、容器の中の液体をかけてね。容器は左手に持ち、右手でキャップを開けるといい。ワイパーの下の溝に水がはいるようにかけてね。かけたあとも、慌てて走ったりせず、堂々と歩いてね〟と説明してくれた。

そのあと中川智正も〝車にかけるときは、臭いをかがないように息を止めて、顔もそむけて。それから、手に液体がつかないように気をつけて。もしどこかについたら言ってね〟と注意した。

二回練習をして、午前十時に先刻の車に三人で乗り込んだ。少女は着替えのスーツなどを袋に入れて、後部座席に坐り、遠藤誠一が運転をし、助手席に中川智正が坐った。その後ろを、男性信者が運転し、佐々木香世子が乗った車がついて来た。

途中のスーパーで、遠藤誠一から指示されて、サングラスと白手袋を買った。車の中で遠藤誠一から、〝今日は、甲府の裁判所でオウムの裁判があるから、裁判所へ行く。裁判所で、私たちが指示する車に、さっき練習した方法でかけてね〟と言われた。

裁判所に向かう途中で、遠藤誠一が車を停めた。後部座席に置いてあったアタッシュケースから、変装グッズを取り出し、中川智正と二人でカツラや黒縁眼鏡で変装をした。遠藤誠一が〝どう、僕だとは分からないでしょう〟と訊いたので、少女は〝いや、知っている人が見れば分かります〟と答えた。

停車して約十分後、青山吉伸と〝法皇官房〟の富永昌宏の乗る車が合流した。遠藤誠一と中川智正はその車の後部座席に移り、青山吉伸と十分程何か話し合っていた。

再び裁判所に向かう途中で、遠藤誠一が車を停め、ジュースを買って来た。〝これは予防薬だからね〟と中川智正が言い、錠剤とジュースを少女は飲まされた。遠藤誠一も中川智正も同じジュースを飲んだようだった。

甲府の裁判所には昼前後に着き、裏側の駐車場に駐車した。遠藤誠一と中川智正は車の背もたれを倒して、新聞紙を広げて読むふりをしていた。そのとき少女は中川智正からゴム製の手袋を渡され、白手袋の下にはめるように指示された。そこへ先に到着していた青山吉伸と富永昌宏がやって来て、遠藤誠一と中川智正に何か報告した。

その後、遠藤誠一が〝一時十五分になったら車を出て、相手の車にかけに行ってもらう〟と言い、表の駐車場の奥に停まっている車のナンバーと色を教えられた。〝かけ終わったら表門から外に出て、左の方に歩いていけば、そこで私たちが待っているから〟と指示された。

中川智正が容器とチャック付きのビニール袋を手渡し、遠藤誠一が〝車にかけ終わったら、容器をビニール袋の中に入れてから、スーツのポケットにしまうように〟と言った。遠藤誠一はさらに〝堂々とやってね。車から出たら後ろを振り向いちゃだめだよ〟とつけ加え、自分の腕時計を見ながら〝三、二、一、ハイ〟と少女を送り出した。

表玄関には守衛が二人立っていた。平静を装って目的の車を探し、容器の中の液をフロントガラスのワイパーの下にかけた。その瞬間、ほんのわずか白い煙が立ったような気がした。緊張していたため、息を止めるのを忘れ、ツンとするような鼻を刺激する強い臭いを嗅いでしまった。

容器はそのまま、スーツのポケット内の、口を開けたままにしていたビニール袋に入れた。表門から出て、左手に歩いていると、追いかけるようにして遠藤誠一の車が停まり、後部座席に乗り込んだ。しばらく走って、中川智正から〝身につけているものを、この中に入れて〟と言われ、帽子とサングラス、マスク、白手袋、ゴム手袋、ショルダーバッグ、容器をゴミ袋の中に入れた。

二人から〝どうだった〟と訊かれたので、〝白い煙が出ました。それにくさい臭いがしました〟と答えた。すると、中川智正が〝目が暗っぽくない？〟と訊いた。〝そう言えば、暗いかもしれない〟と少女は答えた。

車は少し走り、空き地のような場所で停まり、少女はスーツとブラウスを脱いで中川智正の持つゴミ袋に入れ、自分の服に着替えた。着替えが終わったとき、中川智正が助手席から後部座席に移り、親指と人差し指で少女の瞼を開いて瞳を覗き込み、〝瞳孔が縮んでいるな〟と言った。〝気分は悪くないか〟とも訊かれ、〝少し呼吸が苦しいような気がします〟と答えた。

〝じゃあ、注射をしておくね〟と中川智正は言い、鞄からアンプルと注射器、ゴム管を取り出し、少女の腕をゴム管で縛った。アンプルの中味を注射器で吸い、脱脂綿で消毒して、静脈注射をした。〝これは何ですか〟と少女が尋ねると、中川智正は〝これはＰＡＭと言って、これを注射すると治るんだよ〟と答えた。その直後、二人は〝俺たちも目が変だな〟と言い、二人とも自分たちで静脈注射をするので、少女は不思議に思ってじっと見ていた。〝僕たちはいつもこんなことをしているわけじゃないんだよ〟と遠藤誠一が言った。

そこへ青山吉伸と富永昌宏の乗った車が到着し、遠藤誠一がドアを開け、二人とやりとりをした。〝相手は車に乗らないで喫茶店に入ったようだ〟と青山吉伸が伝え、遠藤誠一と中川智正は〝そうなの、でも大丈夫だよ〟と答えた。

まず青山吉伸と富永昌宏の車が先に出発し、遅れて少女たちの車が発車して上九一色村に向かった。ところが途中で少女は気分が悪くなる。息苦しく嘔気がし、頭もボーッとしてきたので、車の窓を開けてドアに寄りかかった。〝オエーッ、オエーッ〟と、声を出さずにはいられなかった。車はインターチェンジにはいって駐車した。

〝どう、身体は大丈夫？〟と中川智正が尋ね、少女は〝まだ目の前が暗いです。それに息苦しい感じで、気分も悪いです〟と答える。中川智正は〝PAMは時間が経つと効かなくなるからな。もう一本PAMを打っておこうか〟と言い、二本目を注射してくれた。少女は、自分が液体をかけた車を運転する人も、同じようになるのかな、その人はやっぱり怪我をしたり、死んじゃったりしちゃうのだろうな、これじゃ犯罪になっちゃう、と思った。

そのあと、遠藤誠一と中川智正が、〝クリちゃんは来ていないのかな〟〝時間が遅れたから、もう帰っちゃったんじゃないかな〟という会話をするのが耳にはいった。少女は、クリちゃんとは誰だろうかと思い、きっとクリシュナナンダ師、つまり林郁夫ではないかと考えた。

上九一色村の第六サティアンに戻ったのは午後三時だった。教祖に報告するため、遠藤誠一、中川智正、青山吉伸と一緒に、一階の自宅に行った。しかし教祖は誰かと話をしていて会えず、少女は自分の個室に戻った。そのとき中川智正から〝今日のことは、どんなに仲良しでもしゃべったらだめだよ。秘密ワークだからね〟と言われた。

個室にいると、電話で教祖の部屋に来るように言われ、一階に降りた。教祖の部屋には遠藤誠一と中川智正がいた。遠藤誠一が教祖に〝尊師から指示されたとおりにやりました〟と言うと、〝そうか、ご苦労さま〟と教祖が応じた。

中川智正も〝○○（少女の名）さんが臭いを嗅いだらしくて、途中で具合が悪くなって、PAMを注射しました〟と伝え、教祖は少女に〝大丈夫か〟と訊いた。〝白い煙が出て、くさい臭いがしたんですけど、今は大丈夫です〟と少女は答えた。教祖は〝ヴァジラティッサは、注射を打つのが好きだからな〟と、中川智正をからかうように言った。すると遠藤誠一が〝ヴァジラティッサ師は、○○さんが着替えているのを見てニヤニヤしていましたよ〟と中川智正を冷やかした。〝いやー、そんなことありませんよ〟と、中川智正は真顔で否定した。

実際、少女が車内で着替えているとき、二人は気をつかって前方を見ていたのだ。

その夜遅く、教祖の自宅リビングに少女は呼ばれた。

〝どうもありがとう。もういいから〟と教祖から言われ、少女は中座して自室に戻った。

当の幹部、教団経営の飲食店「うまかろう安かろう亭」の信者従業員など、十名ほどが集まっていた。その食堂の弁当やビールが出され、宴会が行われた。この宴会の趣旨は、秘密ワークの慰労会ではないかと少女は思った。遠藤誠一や中川智正、村井秀夫、出版担

宴会が終わり、教祖が自室にはいるのを見計って、少女も一緒にはいり、〝ジーヴァカ師（遠藤誠一）から指示されたとおりに、午後一時十五分にやりました〟と報告した。〝そうか、ジャストタイミングだな。私もちょうどその頃、瞑想に入っていたんだ〟と、教祖は答えた。

少女は車の持主がどうなってしまうのか心配だったので、〝ワークの結果は、わたしにも絶対に教えて下さい〟と言った。〝今、調査中だから〟と教祖は応じた。しかしそれ以後、一九九六年二月十三日に逮捕されるまで、少女はその相手がどうなったのか何も教えてもらえなかった。

標的にされた滝本太郎弁護士は、拉致された坂本堤弁護士の友人であり、教団の真の実態を把握しようとしていた。教団の土地や、信者と出家者がどうなっているかを調べるとともに、教団を相手にして住民たちが起こす訴訟の手伝い、そして脱会のためのカウンセリングにも力を注いでいた。

それだけに教団としては滝本弁護士が目の上のたんこぶであり、例の邪魔者は消せの論理で、

殺害しようとしたのだ。滝本弁護士もそれを警戒して、早くも一九八九年末から、電車のホームでは一番前には立たず、階段を降りるときも手摺に摑まるようにしていた。

しかし明確に身の危険を感じ出したのは、二年前の一九九四年十月からである。法律事務所に行くと、隣の駐車スペースに、山梨ナンバーの汚い車が停まっていた。中には教団の信者と思われる男が二人いた。

教団に監視されているとはっきり認識した滝本弁護士は、その年に生命保険を事故死亡で三億円近く受け取れるように増額した。

その少し前の一九九四年九月二十日には、ジャーナリストの江川紹子氏の自宅にガスが入れられ、同じ日に前述したＶＸ被害者の永岡弘行氏が、首都高速道路で、二台の車に追われていた。それらを受け、十一月からは、神奈川県警が滝本弁護士の事務所と江川紹子氏の自宅を、二十四時間警備してくれていたのだ。

一九九五年にはいって、滝本弁護士は妻と子供二人を北海道に避難させ、自宅ではひとり住まいになっていた。

犯行があった一昨年の一九九四年五月九日、滝本弁護士は、民事裁判の弁論で甲府地方裁判所に出向いていた。そこにはそれまでも、教団に対する裁判のために、既に四十回は訪れていた。

争われていたのは、三姉妹の出家騒動だった。滝本弁護士は他の被害対策弁護団の同僚たちとともに、カウンセリングによって出家を思いとどまるよう三姉妹を引き止めていた。程なく、三姉妹のうちの二人を教団側がどこかに隠し、教団弁護士の青山吉伸と裁判で対決していたのだ。

裁判での論戦を終えたあとも、廊下で滝本弁護士は青山吉伸と、短いながらも激しいやりとりをする。そのあと友人の同僚弁護士からは、喫茶店でも行かないかと誘われたものの、この日は長野に行く予定があったので、裁判所の正門付近で立ち話をしたのみで別れた。

自分の車に戻って、向かったのは八ヶ岳山麓だった。別荘の土地を探すのが目的で、富士見高原あたりを物色するつもりだった。裁判所を出て、そのまま高速道路に乗り、四十分後に八ヶ岳パーキングで降りる。うどんを食べ、カメラも買う。別荘地でも三、四回車を降りた。町役場に行ったあとも、別の別荘地でも三、四回、車を降りた。その後、自宅に向かった。

滝本弁護士は、通常、車の窓は開けず、空調は内気循環にしていた。ただし、タバコを吸うときのみ、自動ウィンドーを一、二センチ開いた。タバコは五、六本吸い、さらに一回、ウィンドーを全部開けて八ヶ岳を写真に撮った。

目的を果たして中央高速道路の上りを走り、相模湖インターチェンジに向かう。笹子トンネルを抜けて、陸橋が近くなる。そこは見晴らしが良く、いつもウィンドーを開けて外気を取り入れた。それは十秒ほどで、相模湖インターのすぐ近くであり、料金所の手前では、排気ガスを避けるため内気循環に戻した。

料金所を出て五、六秒経ったとき、滝本弁護士は目の前が暗くなったのを感じる。一般道にはいる手前、いつも右側に見える太陽が、どこか陰鬱な雰囲気だった。西日は強いはずなのに暗いので、滝本弁護士は恐怖感を覚え、スピードを緩めるためにギアをローに落とす。一般道の二十号線を通り、相模原市内で十六号線にはいったあたりで、日が暮れた。その間ずっと片側二車線のうち左側の車線ばかりを走った。

もちろんヘッドライトはつけていた。ところが対向車のヘッドライト自体が、バッテリーが上がっているのではと思うくらい暗かった。相模原警察署近くのファミリーレストランまで来てようやく、ほっとひと息つくことができた。

自宅に着くと、やっと入浴と着替え、食事をしたあと寝込んだ。翌十日の朝もどこか体調が悪く、事務所に連絡を入れ、遅くなると告げた。そして十一日、これはクモ膜下出血の症状ではないかと思い、横浜国際クリニックに行き、脳ドックの検査を受けた。結果は異常なしだった。

以上の経緯から見て、遠藤誠一と中川智正が少女に手渡した液体がサリンだったことは疑いがない。滝本弁護士の車のフロントガラス下の溝にサリンを撒く際に、少女自身もサリンガスを吸い込む。数分後には縮瞳が起こり、呼吸が苦しくなる。中川智正はそれを見て、ＰＡＭを二回、静注してやった。

少女は犯行の直前、中川智正から予防薬を飲まされている。これは松本サリン事件や地下鉄サリン事件の犯行前、犯人たちが前以て服用していた臭化ピリドスチグミンだと思われる。八時間毎に三〇ミリグラムずつ服用すれば、体内のアセチルコリンエステラーゼと三、四割が複合体を作る。サリンを吸ったとしても、この複合体が少しずつコリンエステラーゼを出すので、生命維持が可能になる。

フロントガラスのワイパーの溝にサリンを撒かれた滝本弁護士が、縮瞳程度の被害ですんだのは、ひとえに窓を閉め、換気を内気循環にしていたからである。途中で車から降りる際も、フロントガラスを覗き込む動作などなく、速やかにドアを開けて運転席に坐ったので、サリンは吸入しなかった。

車内でタバコを吸う際、窓を開けたのもわずか一～二センチであり、大量の外気がはいり込む余地はなかった。しかし、料金所の手前の橋のあたりは見晴らしが良く、滝本弁護士は窓を開けて景色を楽しむ習慣があった。それはほんの数秒間であったと思われ、料金所が近くなると窓を閉めている。

目の前が暗くなったのは料金所で支払いをすませた直後である。縮瞳のため、西日さえも暗く見え、対向車のヘッドライトも異常に暗く感じられた。速度を出さずにひたすら走行車線を走ったのも、用心のためである。そして自宅に辿り着くと、入浴して服を着替え、軽い夕食をとって、床にはいった。翌朝もどこか体調が悪く、午前中は休まざるを得なかった。

仮に滝本弁護士が裁判所を出たあと、窓を開けたまま走行したり、外気導入にしていれば、サリンの吸入量は飛躍的に増えていたに違いない。縮瞳から呼吸困難をきたし、車の運転は不可能になり、事故を起こすか、路肩に停車したところを通行人に発見され、救急隊の出動が要請されたはずである。搬入された病院では、原因は特定できず、もちろんサリン中毒治療の鉄則である硫酸アトロピンとＰＡＭが使われたかどうかは疑わしい。

意見書には以上のような見解を記して、今警部補気付で送付した。

サリン生成についても、土谷正実他の供述で大筋が判明している。

教祖がサリンという言葉を初めて吐いたのは、三年前の一九九三年四月九日である。高知支部での説法で、ハルマゲドンに使われる武器のひとつとしてサリンを持ち出している。

その五ヵ月後の九月、教祖は〝科学技術省次官〟の滝澤和義にサリンプラントの建設を命じる。日産二トンで総量七〇トンが目標とされた。十月、村井秀夫が土谷正実にまずサリン一キロの生成を指示する。十一月に二〇グラムの試作に成功、その直後六〇〇グラムを合成し終えた。

そして十一月十五日、このサリンが創価学会の名誉会長襲撃に初めて使用された。村井秀夫と新實智光は、農業用の農薬噴霧装置の中に、出来たばかりのサリン六〇〇グラムを注入する。八王子市の創価大学にタイ国王女を迎えて、演奏会が開かれた機会を狙った。しかしこれは失敗する。

そこで村井秀夫は土谷正実と中川智正にサリン五キロの生成を命じ、十二月半ばに三キロが完成した。

十二月十八日、今度は滝澤和義が製作したガスバーナーによる加熱式の噴霧装置に、サリン三キロを入れた。この日は完成したばかりの東京牧口記念会館に名誉会長が宿泊しており、新實と中川は防毒マスクを着用して、サリンを撒く。しかしうまくいかず、新實智光が不用意に防毒マスクをはずしたため、サリン中毒になる。

瀕死の新實智光を背負った中川智正が、野方のＡＨＩに駆けつける。何も知らされていない院長の林郁夫から原因を訊かれた中川智正は、〃ちょっと待って下さい〃と言い、いったん外に出た。近くに教祖が来ていて、その指示を仰いでから戻り、〃実はサリンを吸った〃と林郁夫に告げた。

林郁夫はＡＨＩ医師である部下に、〃この患者はサリンの中毒症だ〃と知らせて、治療法を探索させる。有機リン系の農薬中毒と同じ治療をすればよいと分かり、総力を注いで新實智光を全快させた。

この直後、教祖は村井秀夫に対して、サリンの大量生産の指示を出した。そこで村井秀夫は中川智正に、とりあえずサリン五〇キロの生成を指示し、土谷正実にも生成を急ぐように命じた。

純度七〇％のサリン三〇キロができ上がったのは翌一九九四年二月中旬である。これを知った教祖は、二月二十二日から二十四日まで、〃科学技術省〃の信者を連れて中国旅行をする。そのとき〃日本の王になる〃と大言壮語し、〃結果を出したのは、お前だけだ〃と言って中川智正を誉めた。

帰国すると教祖は、幹部十数人を集めて各人の担当内容を具体的に指示し、滝澤和義にはサリンプラントの進み具合を訊き〃できるだけ早く魔法（サリン）を完成させるように〃と催促した。

四月になると、村井秀夫の指示で、中川智正が土谷正実や林郁夫とともに、富士川河口の河川敷に集まり、サリンの噴霧実験をする。使われたのは、超音波加湿器を改造した噴霧器だった。

しかしうまくいかず、逆に中川智正がサリン中毒になって、林郁夫の治療で事なきを得た。

同じく四月中旬、教祖は村井秀夫と早川紀代秀に対し、〝第七サティアンのサリンプラントを四月二十五日までに完成させろ〟と命令を下した。

滝本太郎弁護士の殺害指示を教祖が出したのは、このあとの五月七日である。第六サティアンの自室に青山吉伸、遠藤誠一、中川智正を呼びつけ、甲府地裁で滝本弁護士の車にサリンをかけて殺すように命じた。

そして六月二十日、教祖はまたしても自室に村井秀夫、新實智光、中川智正、遠藤誠一を集め、〝松本の裁判所にサリンを撒いて、実際に効くかどうかやってみろ〟と指示する。実行役の人選と役割分担もその場で決められ、村井秀夫には特に噴霧装置の製作を命じた。

こうして六月二十七日、松本サリン事件が発生する。

九月初旬、第七サティアンサリンプラント第一工程が完了、二十四時間体制で量産が開始された。十一月には、第二工程も二十四時間体制で稼動開始となる。十二月、第四工程まで完成し、中間生成物のメチルホスホン酸ジフルオリド六〇キロを生成した。

ところが一九九五年一月一日、読売新聞が上九一色村でサリンの残留物質が検出されたことをスクープする。これによって土谷正実と中川智正はサリンをすべて廃棄する。しかし、中川智正はメチルホスホン酸ジフルオリド一・四キロを保管した。

三月十八日の未明、教祖が村井秀夫に対して、地下鉄サリン事件の指揮を命じる。村井秀夫は井上嘉浩に事件計画を語り、実行役が決定された。

三月十九日夜、中川智正が保管していた中間生成物で、純度三〇％のサリン溶液が完成する。連絡を受けた遠藤誠一が教祖に報告すると、〝いいよそれで〟と承諾した。こうして三月二十日の地下鉄サリン事件の発生につながったのだ。

第十一章　イペリットによる信者被害疑い

今警部補から電話がはいったのは、滝本太郎弁護士に関する意見書を送付して十日ほど経っての三月一日だった。

「先生、滝本弁護士の事件は、おかげさまであれで立件できます。ありがとうございました。で、今日は別件でのお願いです」

「何でしょうか」

「イペリットに関する情報です」

「イペリットですか。あの連中、まさかイペリットを作っていたのではないでしょうね」

驚いて問い返す。

「どうも作っていたようです。はい」

「イペリットは、第一次世界大戦で頻用された毒ガスですよ。第二次世界大戦では日本軍も作っていました」

「そのようには聞いています。オウムも作っていました」今警部補は至って冷静だ。

「第一次世界大戦の毒ガスは、主として塩素ガスとイペリット、ホスゲンで、毒ガスによる全死者の八割はホスゲンが原因です。イペリットではなかなか死にませんが、症状は悲惨です。ですから、当時最も恐れられていたのがホスゲンで、最も嫌われていたのがびらん剤のイペリットです。これは別名マスタードガスともいいます。マスタードの臭いがしますから」

「そうですか」

今警部補が納得する。「そのあたりの先生の知見をおうかがいしたいのです。具体的には三つあります。第一はイペリットの性状です。第二はイペリットの病理所見、第三がイペリットの製法です」

「ちょっと待って下さい」

言いながら手元のメモ用紙に、性状、病理、製法と書きつける。「これはしかし、電話での返答というわけにはいきません。調べて正確を期する必要があります」

「もっともです。簡単に、意見書に準じる形でお答えいただければ充分です」

「もちろん急ぎますね」当然とは思いつつも念を押す。

「急ぎます」有無を言わせぬ返事が戻ってくる。

「それでは一両日中にファックスします」

「ありがとうございます」

電話はそこで切れ、受話器を置く。つい溜息が出た。しかしこれは教団の実態を暴くためには必要な仕事だった。今警部補に、他にあたるツテがあるはずもなかった。言うなれば、この役は、他の役者にやらせたくない、自分が演じたいという役者心理と同じなのかもしれなかった。

さっそくその日の午後から、収蔵しているイペリット関係のファイルにあたり、資料の文献も机の隅に積み重ねた。翌日までに、以下のような報告書を急ぎ作成した。

一、びらん剤イペリットの性状
イペリットの命名の由来は、第一次世界大戦で、フランスとベルギーの国境であるフランドル地方のイープルに於て、ドイツ軍が初めて使った毒ガスだったことによる。ドイツ軍はこの毒ガスを「黄十字」と呼んだ。フランスとイギリスの連合軍兵士は、目と呼吸器が侵され、皮膚にただれ症状を起こし、死傷者が続出する。連合軍はこの毒ガスがマスタードの臭いがすることから、マスタードガスと命名した。その後、地名のイープルにちなんで、フランス軍がイペリットと命名する。

このイペリットは無色から暗褐色の液体で、その効果からびらん剤に分類されている。びらん剤とは、皮膚・粘膜に付着すると水疱や潰瘍、びらんを生じさせる物質である。サリンなどの神経剤に比べて致死性は低い。しかし液体でも蒸気でも、付着した皮膚から速やかに浸透し、遅れて刺激症状や火傷、水疱、潰瘍をもたらす。最も被害を受けやすいのが、眼の結膜と角膜である。イペリットの蒸気を吸入すると、激しい咳が起こり、気管支喘息、さらには肺気腫の兆候を呈する。皮膚・粘膜から吸収されると、悪心・嘔吐、肝障害、虚脱を起こす。軽い精神症状が認められることもある。

毒性は強く、空気中では千四百万分の一の濃度で眼を侵す。三百万分の一から五百万分の一が皮膚に付着しただけで、数時間後には発赤し、翌日には深部に達する火傷になる。回復は遅延し長期間に及び、治ったあともケロイド状態を残す。

このため、長期間にわたって兵士の戦闘能力が奪われる。いったんイペリットに汚染されると、除染は困難を伴う。かつ毒性は長く持続し、加えて二次汚染防止には多大の労力を要し、その意味でも最も嫌悪される化学兵器である。このため、死者は少ないものの、攻撃効果は甚大で、第一次世界大戦では化学兵器の主流になった。

一九八〇年代のイラン・イラク戦争でも、大量に使用された。

イペリットの化学名はビス（2-クロロエチル）スルフィドで、分子量は一五九・一、蒸気密度は五・四である。水より重く、純粋なものは無色、夾雑物によって暗褐色を呈する。マスタードの臭いがし、沸点は二一七度C、一四・四度Cで凍結し、水にはわずかにしか溶解しない。徐々に加水分解をするものの、分解速度は非常に緩慢である。ガソリン、ケロシン、アセトン、四塩化炭素、アルコールにはよく溶ける。しかしこれによっては分解されず、除染剤や水中での煮沸によって、迅速に分解される。

イペリット液またはガスの持久性は、その汚染の程度、土壌の質、散布方法、気象と地形で異なる。冬は夏よりも二倍から五倍は長持ちする。しかし蒸気の危険度は、寒い時より暑い時のほうが数倍大きい。

目は毒性に敏感で、皮膚はそれより鈍感である。眼に障害を与えて無力化する量は一〇〇㎎／分／㎥で、皮膚に著しい火傷を及ぼすのは二〇〇㎎／分／㎥以上である。皮膚に二〜三ミリグラム付着するのみで無力化し、四〜五ミリグラムも付着すると致死的になる。致死量は、WHO報告書では呼吸器からの吸収で一五〇〇㎎／分／㎥で、米軍資料ではその量が五〇％致死量とされている。皮膚吸収では、防毒マスクを着用していた場合、一万㎎／分／㎥である。

気温が二七度Cを超すと発汗が多くなるので、吸収量が増加する。三二度Cでは一〇〇〇㎎／分／㎥で無力化される。

眼障害は一〇〇㎎／分／㎥で起こり、イペリット蒸気の一時間曝露で結膜炎を起こす最少中毒量は、わずか〇・五㎎／㎥とされている。

イペリットの作用機序は、古くから種々の説があって今もって未解決である。現在有力なのは、類脂体反応説とSH反応説である。前者は、イペリットの類脂体、特にその遊離コレステリンが反応を起こし、体液と類脂体の間の界面張力が変化し、透過性の異常によって種々の障害が起こると見る。

後者のSH反応説では、イペリットが乳酸の生成を阻止し、アデノシン三リン酸とクレアチンリン酸の再合成を停止させ、ＳＨ基の作用を消滅させるのが原因とする。事実、ＳＨ反応性と毒性は明らかに相関している。

生体内に侵入した毒性は、生体蛋白分子の接触点に来たとき、まずＳＨ基と結合し、その後遅れてアミノ基に結合して障害を起こすと考えられ、この説が今のところ有力である。

人体に対する影響としては、蒸気曝露の場合、眼症状は必発である。

軽度の曝露では四時間から十二時間の潜伏期をおいて、流涙と異物感が生じる。大量に曝露すれば潜伏期が短くなり、障害が激しくなる。

眼症状は四種に大別される。軽度結膜炎であれば、一〜二週間で完治する。微小の角結膜傷害を伴った重症結膜炎では、眼瞼の痙攣と腫脹・浮腫が見られ、角膜に微小のびらんが多く認められる。これも二〜六週で回復する。軽度の角膜障害では、角膜びらんが見られ、角膜表面に瘢痕ができ、血管増生が起こる。虹彩炎も生じ、一時的には相当悪化することもあり、治癒には二、三ヵ月を要する。重症角膜障害では、結膜に貧血性壊死があり、角膜潰瘍は深く、血管増生を伴う濃い角膜混濁が見られる。治癒には数ヵ月かかり、悪化する傾向がある。

以上を要約すると、曝露から一時間以上経って、結膜炎によるヒリヒリ感や流涙が出現する。数時間のうちには灼熱感と眼瞼痙攣が続いて起こり、眼瞼浮腫によって開眼が困難になる。眼瞼の間から水様性の分泌液が出る。二次感染が生じると化膿して、眼瞼が癒着する。粘膜は充血し、角膜は浮腫状になる。角膜障害は、重症の場合には混濁から潰瘍形成に進行する。虹彩炎や虹彩癒着を見ることもある。

一方で、イペリットによる皮膚への影響も多様である。皮膚傷害の程度と、その障害の起こる時期は、曝露の程度と気象状態によって大きな差がある。皮膚が汚れていたり、脂じみていたり、汗ばんでいたりすると、イペリットの作用が高まり、より深くまで浸透し、重症化する。

イペリットの皮膚に対する半数不能量は、乾燥した気候では二〇〇〇㎎／分／㎥で、暑い気候では半分の一〇〇〇㎎／分／㎥、涼しい気候では倍の四〇〇〇㎎／分／㎥である。

イペリット障害の特徴は、その潜伏期にある。暑く湿度の高い時に、液状イペリットで汚染されると一時間、少量のガスにより曝露した場合は一日以上、多量のガスに曝露した時は、六～十二時間が潜伏期とされる。つまり、多量のイペリットに曝露すればするほど、また気温が高く、湿度が高ければ高いほど、潜伏期は短くなる。

中毒症状は皮膚よりも粘膜に早く出現し、同じ皮膚でも汗腺の多いところに早く出現する。会陰部や外陰部、腋窩（えきか）、肘関節の内側、大腿部内側、頸部のような軟らかい、常に湿潤になりやすい部位の皮膚は侵されやすい。

初期の皮膚症状は、軽い痒みと灼熱感で、紅斑が生じても最初は激しい疼痛はない。痒みは長時間続き、治癒後も残存する。

紅斑は徐々に現われ、次第に鮮明になり、日焼けと似ているが、真皮に毛細管の充血が見られ、皮膚は浮腫状態になる。重症の障害ではこの皮膚の浮腫は大となり、四肢の可動制限をもたらす。

中等量以上の気状イペリットによる障害では、紅斑部に水疱を形成する。これは表皮の下層の細胞の液状壊死によって生じる。水疱は始めは多発性の帽針頭大（ぼうしんとうだい）で、次第に増大する。水疱は表面に薄い膜があり、周囲は紅斑によって囲まれている。内容液は半透明の黄色で、後に黄色になり、濃稠（のうちゅう）になる。水疱は疼痛を伴い、水疱自体は約一週間で吸収される。

水疱の表面は疣（いぼ）状の疣皮（ゆうひ）を形成し、その下で表皮形成が起こる。しかし破れやすく、通常はびらんを呈する。顔の水疱は五～八日で治り、下肢、頸部、体幹では二～四週間、足と外陰部、陰嚢では、治癒がそれよりも遅れる。紅斑は、同程度の日焼けと同じ期間で治癒する。

壊死を伴った重症の傷害では、六～八週間か、それ以上の治癒期間を要する。重症でもなく、感染もない場合、損傷は表在性であるので、治癒したあとは瘢痕はほとんど残さない。水疱形成以外の箇所は永続性の色素沈着を起こし、水疱のあった箇所は一時的に色素脱失が生じる。皮膚はイペリットに対して過敏症を呈するため、初回よりも次回曝露のほうが症状は重くなる。

気状イペリットを吸入すると、まず咽頭、喉頭、気管支粘膜に傷害が及び、徐々にそれが発生する。少量の気状イペリットに一回曝露しても、重大な傷害はない。しかし再度または長期になると、進行性肺線維症、慢性気管支炎、気管支拡張症を起こす。

中等度の曝露では呼吸器粘膜が充血し、内層上皮に壊死が生じる。強度の曝露では、壊死した組織によって気管支に樹形の円柱を形成したり、ジフテリア様の偽膜が生じたりする。重症の場合は、肺にうっ血や水腫、肺気腫を起こす。しかしこの肺の変化によって死亡することはほとんどなく、これに二次感染が起こり、気管支肺炎や化膿性肺炎が死因につながる。

こうした呼吸器系の障害は、徐々に増悪し、数日ではピークに達せず、遅れて悪化していく。症状は嗄声（させい）で始まり、次第に無声になる。早期に激しい咳が出、特に夜間に激しくなり、その後は次第に増悪する。熱発して呼吸困難が起こり、胸部では湿性ラ音が聴取される。回復は徐々で、咳は一ヵ月以上続き、嗄声のような軽い症状は一～二週間続く。

皮膚や呼吸器系の曝露以外では、稀に経口的なイペリット摂取がある。これはイペリットに汚染された食物や水の摂取によって発生し、消化管に壊死と出血をもたらす。上皮細胞は、空胞形成をし、核の膨化が見られ、嘔気、嘔吐、腹痛、下痢を起こす。

全身症状は、致死量に近い量を摂取した場合に起こり、造血器官が傷害され、白血球減少症とリンパ球減少症が起こる。広範囲に皮膚傷害を受けると全身衰弱に至る。

特殊な例としては、脳震盪（しんとう）のような中枢神経症状と、心拍不整のような副交感神経刺激症状も起こり得る。

気状イペリットに曝露しての死亡は、通常ではありえない。しかし高濃度の気状イペリットに長期間曝露するか、除染されなかったか、あるいは皮膚が液状イペリットで広範囲に汚染され、除染が非常に遅れた場合、死亡もありえる。

二、病理所見

イギリス軍の資料も、皮膚、呼吸器、消化管、全身に分けて考察している。皮膚への作用は、潜伏期、紅斑期、水疱期、壊死期の四段階に分かれる。水疱はほとんどの例に生じ、重症例では壊死が真皮に及ぶ。損傷を受けた皮膚は二次感染しやすく、治癒過程で線維化が起こる。組織の再生は極めて遅い。

呼吸器系では、粘膜全体に炎症が生じ、後に壊死を起こす。凝固した浸出性成分とともに上皮が脱落し、偽膜が形成される。厚い痂皮（かひ）をはがすと、赤い肉芽の表面が現れ、肺水腫や、気管支肺胞の毛細血管のうっ血が見られる。粘膜細胞が壊死し、肺胞腔へ脱落し、そこに炎症性細胞が浸潤する。

細気管支や小気管支の閉塞に伴い、無気肺の部分や、その代償で肺気腫や、広範な場合は気胸が起こる。通常は二次感染によって気管支肺炎が起こる。

消化管では、全消化管にうっ血が見られ、重症では食道と胃粘膜に病変が生じ、粘膜が壊死すると穿孔を引き起こす。

全身の影響で、最も特徴的な所見は骨髄とリンパ組織に見られる。初期に一過性に好中球が増加し、その後は骨髄抑制のため好中球の減少、血小板減少、貧血が起こる。

骨髄抑制が強いときには、肋骨、胸骨、椎骨などの骨髄内部にまで深く侵入し、リンパ組織の低形成はリンパ球減少として現れる。

三、びらん剤イペリットの製法

二つの方法があり、二方法とも起点はエチレンの生成である。エタノールと濃硫酸を混和して加熱すると硫酸エーテルができ、さらに加熱するとエチレンになる。

ガスリー法では、塩素と硫黄を反応させて二塩化硫黄を作り、これに活性炭を浮遊させて攪拌しながらエチレンを通す。あるいは二塩化硫黄を四塩化硫黄で希釈してエチレンを作用させればイペリットができる。

ヴィクトル・マイヤー法では、塩素とエチレンを反応させて、エチレンクロルヒドリンを作り、これに硫化ソーダを作用させてチオジグリコールにする。ついでこれを塩酸で処理するとイペリットができる。

以上の報告書は、今警部補にとって余りにも詳し過ぎるのかもしれなかった。とはいえ、ここまで詳述した文章を残しておけば、衛生学の講義で将来使うのには便利だった。これをもとにスライドを二十数枚作るだけで、九十分の授業には充分だろう。イペリットの患者など、医師になっても遭遇することは、万が一にもないかもしれない。しかしこんなやっかいな毒物が世の中にある事実を知っておいても、損はしないはずだ。

今警部補から感謝の電話がはいって、ひと月ばかり経った頃、今度は正式に警視庁刑事部捜査第一課長の寺島警視正から、捜査関係事項照会書が届いた。

照会事項は、ひとりの女性信徒の熱傷がイペリットによるものか、医学的に検討して欲しいという内容だった。もちろん大部の提示資料が添えられていて、見ただけでその分量の多さにうんざりした。

提示されていたのは、その女性が負傷した直後に診察した教団医師の林郁夫の供述調書、同じくそのときの看護婦の供述調書、入院から退院まで治療した教団医師二人の供述調書とともに、診療録の写しももちろん添付されている。この写しは、警視庁捜査第一課派遣の大崎警察署の巡査が、今年一九九六年一月四日に入手していた。さらに二月二十日付で、同じく荻窪警察署の巡査部長が撮影した、女性患者の左手の写真、左手熱傷痕の接写写真、全身の写真などが、全部で八枚加えられている。

しかし写真を一見してみて、どこかこれまでの英軍資料にあるイペリットによる皮膚症状とは違うような気がした。ともかく正確な判断を出すには、皮膚科の医師の助言を得るしかなく、皮膚科の堀教授に電話を入れた。今年の暮に退官予定の堀教授は、熱傷の専門である山村講師を推薦してくれた。さっそく翌日、診療録の写しと写真を持って、外来診療を終えた山村講師の許を訪れた。

「沢井先生、わざわざすみません。昨日堀先生からイペリット云々と言われて、びっくりしました。イペリットの皮膚傷害など見たこともなく、教室の過去のデータにも、イペリットの患者はいません。それで図書室にある蔵書で、写真を見ました。悲惨なものですね。あれほどひどい症状は、皮膚科でもなかなか見られるものではありません」山村講師が一気にしゃべる。

「本当に申し訳ないです」

「いえいえ、沢井先生こそ大変ですね。あのオウムが、サリンのみならず、こんなものまで作っていたのですか。悪業も想像を絶しますね。分かりました。資料は今日一日お預りして検討します。明日の朝、結果を連絡致します。八時頃はお手すきでしょうか」

「はい、出勤しています。教授室にでもお電話いただければ」

内線番号を伝えて、皮膚科外来を出た。やはりこうして病院の外来にいると、かつて臨床の現場で忙しく立ち働いていた頃がなつかしくなる。衛生学の教授になってからは、神経内科の臨床生活の比重が軽くなっていた。

山村講師の電話は、翌朝八時前にはいった。

「先生お早うございます。検討させていただきました。あれはどう見ても熱傷のように思います」

「やはり熱傷ですか」

「写真も不鮮明で、診察と治療にあたった医師も皮膚科の医師ではないので、記述も不正確です。そのうえで、あの症例の右半身は、手から上肢、さらに側胸と腹にかけてが熱傷です。左も手から前腕までが熱傷です。特に左の上肢は、比較的境界鮮明な熱傷を負っています。症例は入浴中だったのですね」

「そのようです」

「とすれば、右半分の上体がお湯に浸かりながら、両上肢で浴槽のどこかの部分を摑むかどうかして、身体を浮かせるような体勢であったのであれば、充分理解できます。手掌は表皮が厚いので、他の部位よりは熱傷を受けにくくなります。写真ではそれが見てとれます」

「ありがとうございます。最初に診察した林郁夫は〝擦過傷のような印象〟と記していたと思いますが、これについてはどうでしょうか」

山村講師が林郁夫の名を知っているかどうかは分からなかったが、あえて口にした。

「衣類を身につけての熱傷では、擦過傷のような傷はつきません。しかし衣類を引っ張るとかして、操作が外から加えられれば、患者の皮膚に擦過傷のような傷が加わることは考えられます。熱傷の部位が片寄っているのも、衣類をつけて入浴したり、お湯を浴びていたとすれば説明がつきます」

「では、イペリットの可能性は皆無だと？」

「蔵書では、イペリットでは小型の水疱が多発し、水疱内容を吸引してもすぐ貯留し、潰瘍化して治癒が遷延することが記載されています。熱傷治療に慣れた医師なら、これは普通ではないと気づくはずです」

「やはりイペリットは除外できますね」

「でもこれも蔵書によると、イペリットには人体の免疫を感作する能力があります。ですから患者の末梢血を、イン・ヴィトロでイペリットに対する特異的リンパ球が存在するかどうか、あるいはごくごく薄く希釈した溶液を用いてパッチテストをすれば、確認できます」

パッチテストなど、さすが皮膚科の専門医ならではの意見だった。山村講師に礼を言う。

「意見書は先生との共著にさせていただきます。提出前に先生のところにファックスを入れるので、加筆訂正をお願いします」

「先生、それで結構です。資料は教室の事務員に持たせます」

「ありがとうございます」

「沢井先生、お礼を申し上げるのはこっちです。思わぬところでイペリットの勉強をさせていただきました。こんな機会がなければ、一生イペリットとは無縁でした」

逆に山村講師から言われて恐縮するしかなかった。

意見書は山村講師との連名にし、二日後に次のようにまとめ上げて、今警部補気付で返送した。

提示資料の診療録と供述記録、および患者の熱傷接写写真のみからの検討であり、診察・治療にあたった医師と看護婦が熱傷治療に経験豊富であったとは言い難く、さらに写真も不明瞭であり、記載された内容が患者の当時の皮膚の状態を正確に伝えているかにも疑問が残る。

結論：患者に見られる熱傷は、温熱修行中の熱傷でも充分に生じ得るような症状であり、部位と分布もありえないものではなく、その後の治療に対する反応についても、熱傷によく見られる症状と経過を示していることから、湯による熱傷（低温熱傷）と考えて矛盾しない。

もちろん他の原因、例えば化学物質による熱傷を否定できないものの、それを積極的に疑わせるような記載は発見できない。浴槽内にイペリットが混入していたり、あるいは浴場にイペリットが噴霧されていた可能性があるかどうかについては、一般的に考えると以下の理由で否定的である。

一、イペリットによる障害によく見られるとされる気道や眼などの粘膜症状が全くなかったと思われる。

二、膝窩（しっか）や鼠径部のような間擦部位に病変が存在しない。

三、病変部位に後に出現するとされる色素沈着などの変化が発現していない。

ただし、イペリットに曝露されたか否かを免疫学的に調べる方法はあるので、患者の協力が得られれば、感作されているか否かをテストすることはできる。しかしその場合でも、この患者が別の場所でイペリットに曝露されていれば、陽性が出るので決め手とはならない。

説明：

一、本患者の火傷部位は、浴槽での転落熱傷でもありうる。

本症例には、右は手から上肢さらに側胸・腹にかけて、左は手から前腕までに熱傷がある。特に左上肢は比較的境界鮮明な熱傷を負っている。これが温熱修行であったとすると、右半分の上体がお湯に浸かりながらも、両上肢で浴槽のどこかを摑むかどうかして、身体を浮かせるようにした体勢であったとすると理解不能ではない。手掌は表皮が厚いので他よりは熱傷を受けにくくなっていて、そのこともよく理解できる。

さて入浴中の意識消失による熱傷では、浴槽から出た後に意識を失うことがある。あるいは既に意識を失いかけていても、反射的に浴槽から脱出しようとするかもしれない。いずれにせよ、そのような場合には、浴槽にもたれかかるようにして倒れやすく、前記のような不自然な体勢をとるとは言えない。

体軀に部分的に熱傷を生じる前記以外の場合としては、例えば浴衣のような衣類、あるいは水着等を身につけていた場合がある。もしそうであれば、医師の表現の中の「擦過傷のような印象があった」という記載は理解しやすい。あるいは「擦過傷のような」傷は、患者を引っ張ったり、ずらしたりしたときに二次的にできたものかもしれない。とりわけ左前腕の境界鮮明な病変は、助けようとして無理な外力が加わったと考えると理解しやすい。

二、片側に偏ったような熱傷は、条件が揃えばあり得る。

前述したように、衣類をつけて入浴したり、お湯を浴びたりした場合、あるいは意識障害を伴う場合など、意外な部位に症状が出たり、熱傷の部位が偏ったりすることはあり得る。

また圧を加えて熱すれば、その部位には周囲より深い熱傷が生じるし、皮膚をずらす外力が作用すれば、周囲より深い熱傷を形成することは大いに考えられる。

三、イペリットによるとの疑いをもつに充分の記載がない。

文献によれば、イペリットの障害は主として表皮の壊死性変化である。そのため臨床的には、小型の水疱が多発したり、後に色素沈着が見られる。しかし供述調書や診療録の内容からは、イペリットによる化学熱傷を疑わせる症状は見出せない。

また前述のように浴場での被曝であるとすれば、イペリットの障害で必発の上気道や粘膜症状が生じておらず、間擦部位にも病変がなく、色素沈着もないことから、否定的である。

このように提示された信者が、イペリットによる熱傷かどうかについては、ほぼ否定された。

しかしその後、今警部補から送付された土谷正実と、その部下だった〝厚生省〟の森脇佳子の供述調書からは、教団がイペリットを生成したのは確実である。

イペリットは一昨年の六月から年末頃までに、三回作られていた。一回目は一九九四年六月に土谷正実と〝法皇内庁〟の佐々木香世子が合成した。二回目もそのあと土谷正実と部下によって作られる。森脇佳子は土谷正実の指示で濃縮作業を行った。量は数十ccである。三回目が年末で、〝科学技術省次官〟の渡部和実ら数人がかりで作成した。このとき森脇佳子は反応の色の変化を見ていた。製造した量は六〇〇から九〇〇キロという大変な量だった。

製造場所はいずれもクシティガルバ棟であり、製造方法は二通りあった。

ひとつはオートクレーブ法で、オートクレーブ内に硫黄を入れ、温度センサーを使い加熱して硫黄を溶かしたあと、塩素とエチレンガスを加圧下で流し込んで反応させる。

もうひとつは四塩化炭素法で、まず三つ口フラスコに四塩化炭素と硫黄を入れ、氷水で冷却しながら、マグネティックスターラーで攪拌する。その後、塩素ガスとエチレンガスを流し、液体を合成したあと、成分を分離する。

これらのイペリットは、昨年一月一日の読売新聞のスクープ後、三、四日して渡部和実たちが、第七サティアンの横の井戸に投棄した。二回目に作った少量のイペリットのみは、森脇佳子が次亜塩素酸ナトリウム溶液で分解した。

第十二章　温熱修行の犠牲者

イペリットではなく、ただの熱傷だとした意見書を送付した直後、今警部補からファックスがはいった。まだ意見書は先方に届いていないはずなので、奇妙に思いながら読むと、また別件での意見書依頼だった。余りにたて続けの依頼なので気が引け、電話ではなくファックスで連絡したのに違いなかった。

果たして翌日、速達書留で捜査関係事項照会書が、いつもの寺島警視正名義で届いた。以下の文面を読んで、これこそ紛れもなく火傷ではないかと直感する。

左記提示資料から、「温熱修行（四七～五〇℃）中（中村徹氏の死亡原因から）の温熱の全身への影響」について、医学的に検討の上ご意見をお願いします。
なお、ご意見は意見書をもってご回答をお願い致します。

教団が信者を熱湯風呂に入れて修行させているのは聞いてはいた。それがそのまま温熱修行と言われていたのだ。信者にしてみれば修行なのかもしれないが、傍目には温熱地獄であり、やはり犠牲者が出ていたのだ。

同時に、かつて生理学の堀下教授とともに鑑定した熱型表を思い出した。あの奇妙な熱型表は、教団施設を強制捜査した際に押収されていた。これは動物実験のデータなのか、人間でのデータなのかを調べて欲しいというのが、鑑識課からの依頼だった。結果は人間のデータだった。直腸温と口腔温でのデータだったはずで、四二度まで体温が上がっているのを見て、正気の沙汰ではないと思ったものだ。

照会書に添えられた資料は、林郁夫の供述調書が二通あるのみで、熱型表はおろか患者の写真もない。二通の供述調書を読んで、これは再び山村講師の力を借りなければどうにもならないと直感する。

さっそく皮膚科医局に内線を入れ、山村講師につないでもらう。幸い手術中ではなく、病棟での診察中だった。

「先生、またお力添えをお願いします」

受話器を持ちながら頭を下げる。「前回に続いて熱傷の患者です」

「またオウムですか」

山村講師が驚く。「沢井先生も本当に大変ですね。どんな患者ですか」

「温熱修行というのは、聞いたことありませんか」

「いえ知りません」

「熱い風呂に入れて修行させるやり方です」

「熱湯風呂ですか。あれは危険ですよ。サウナならいざ知らず」

「その修行中の死亡例で、カルテも何もありません。ただ教団医師の林郁夫の供述調書があるのみです」

「患者の写真もありませんか」

「ないです」

「分かりました。夕方六時過ぎには手が空きますから、先生の教室に行かせていただきます。先生に用事がなければですが」

「お願いできますか。教授室にいます」ほっとして受話器を置く。

山村講師は六時半頃、教授室まで出向いてくれた。おそらく衛生学の教授室にはいるのは初めてだろう。壁にぎっしりと並べられた資料と書物をしばし眺め回したあと、棚に近づいた。

「これらはみんなオウム関係の資料ですか。松本サリン事件だけでも、こんなに」

山村講師が振り返る。「先生のサリン中毒に関する論文も読ませていただきました。まさかこんなことで僕までが駆り出されるとは思ってもみませんでした。恐しい時代になったものです」

「確かに」

頷くしかない。山村講師に坐ってもらい、供述調書をさし出す。山村医師は表紙をしげしげと見て、顔を上げた。

「前回もそうでしたけど、供述調書がこんなものだとは知りませんでした。この林郁夫というのは、教団医師のトップですよね」

「そうです。〝治療省大臣〟です」

「よくこんな教団にはいりましたね。僕には理解し難いです。いくら事情があるとはいえ」

そう言いつつ、山村講師は頁を次々とめくる。「先生、付箋はありますか。重要な頁を分かるようにしたいです」

もっともであり、付箋を使ってもらう。全部で七、八ヵ所に付箋がつけられた。

「林医師の供述では、四七・五度の温湯に十五分はいるのが温熱修行なのですね。これは相当熱いですよね」山村講師が念を押す。

「そうです。問題になるのは熱中症ですが、修行前に〝サットヴァレモン液〟を一リットル飲ませていますから、発汗による循環血液量の減少は予防できたと考えられます」

「この〝サットヴァレモン液〟とは何ですか」

「知りません。レモン水のようなものでしょう。あの教団では、何かにつけサンスクリットか何かの片仮名名称をつけていましたから。ありがた味を出すためですよ」

「なるほど。単にレモン水というより、サットヴァレモン液と言ったほうが、まじない効果はありますからね」

山村講師が苦笑する。「問題は、林医師が言っているように、体表の三分の二に紅斑が生じ、翌日の診察では水疱化している点です。これは五〇度近い湯だったのではないでしょうか」

「やはりそうですか」

「教科書的に言いますと、四五度の湯に一時間浸ると、組織が壊死を起こします。七〇度なら一秒です。温熱修行が十五分としても、熱傷はありえます。しかも低温熱傷の場合、熱傷の兆候は遅れて発現します。修行を終えた時点では、患者の意識は保たれているので、重篤な熱傷には見えなかったのでしょう。熱傷の専門医師以外では判断は難しいでしょう。この林医師の専門は確か心臓外科ですよね」

「そうです」

「そうすると無理もないです。おそらく初期の段階で身体の三分の二の体表で、皮膚の数ミリの深さまで、少なくとも四〇度以上の平衡温に達していたはずです」

山村講師が胸ポケットからメモ用紙を出して、何か書きつける。「体表の三分の二の熱傷だとすると、バクスターの公式にあてはめて、体重を五〇キロとして、四×六〇×五〇で一万二〇〇〇cc、これが最初の二十四時間でしなければならない輸液量です」

「そんなに大量にですか」呆気にとられる。

「沢井先生、熱傷の初期治療とはそんなもので、熱傷以外ではほとんど実施されません」

「林郁夫は人工皮膚を貼りつけたりして、皮膚移植も考えたようですが」

「この時点で、人工皮膚など、屁の突っ張りにもなりません」

「屁の突っ張りですか」

若いのに似合わない古風な言い方に、妙に実感がこもっていた。

「ともかく初期治療は大量輸液です。その意味で、オウムの林医師は初期治療に失敗したと言えます」

なるほどと納得するしかなかった。皮膚科の専門医師、それも熱傷の専門家ならではの意見だった。

「山村先生、これを明日中にまとめて、ファックスしますので、また加筆訂正をお願いします」

「はい。しかし沢井先生の文章に朱を入れるなど、本当に恐れ多いと思っています」

「いえいえ、こればかりは加筆訂正していただかないとどうにもなりません」

教授室から送り出しつつ礼を言う。

「先生、五月に医学部内でワークショップを開かれるようですね。学内掲示板で見ました。テーマは化学兵器防御対策になっていました」

「そうです。米国からも第一人者を招いています」

「ぜひ、聞きに行きます」

山村講師が言い、丁重なお辞儀をして出て行った。

机に戻って、溜息をつく。ワークショップの掲示は出したものの、予算はほんのわずかだった。米国から招くアンソニー・トゥー教授にしても、ビジネスクラスの航空券は用意できず、謝礼も些少だった。それでもトゥー教授からは快諾の返事をもらっていた。他のシンポジストも同様で、飛行機代とホテル代、そしてわずかの謝礼しか払えない。医学部の援助は少なく、教室予算からは少ししか出せず、半分はポケットマネーから補う覚悟を決めていた。

意見書は翌日山村講師にファックスをし、朱を入れてもらったものを清書して、夕刻速達で今警部補に送った。もちろん山村講師との連名だった。

意見書

温熱修行について、林郁夫は次のように供述している。

〝私は同じ方法で摂氏四八・三度まで上昇させて実施させていましたが、この間皮膚に熱傷は一度もありませんでした。十五分の入浴中は摂氏三八・五度あたりの体温です。風呂を出た後、体温の上昇が続き、最高で摂氏三九度から四〇度の体温になるという状況でした。また、この最高体温は十分から十五分続いたと思います。大体三十分から一時間横になって瞑想を続けていると、身体が少し冷えたなと感じるくらいになり、データ上も温熱前の体温に戻っていました〟

また林郁夫は、自身らの行ってきた人体実験の結果について、次のように供述している。

〝結論として、摂氏四七・五度の温湯に十五分の温熱では、特に老人や癌患者を含めて、医学的に問題となるような身体的状態を生起させることはありませんでした〟

この温熱修行により起こり得る死因として、熱射病と熱傷がある。

一、熱射病の検討
人間の体温は、間脳の視床下部にある体温調節中枢によってコントロールされている。正常時においては、基礎代謝や運動などで熱産生が行われている。これらは発汗や不感蒸泄(じょうせつ)により熱を放散させてバランスが保たれ、体温は一定に維持される。しかし脱水がひどくなり、うつ熱が続くと、熱放散が追いつかなくなり、さらに体温は上昇し、過高熱状態になる。この過高熱状態は、人体に直接・間接的に影響を及ぼし、各臓器に障害を与える。

温熱療法を含めて、著しく体温が上昇した場合は、通常は熱中症が発生する。熱中症では、著しい発汗による循環血液量の減少をきたす。この循環血液量が著しく減少すると、ショックを起こすことが知られている。これが熱射病である。オウムの温熱修行の場合、〝サットヴァレモン液〟を一リットルも飲ませているので、発汗による循環血液量の減少は、ある程度予防され得たものと思われる。

また発汗に伴ってナトリウムが体外に排泄され、低ナトリウム血症が起こる。このときには痙攣などが出現し、熱痙攣と呼ばれている。オウムの修行信者が飲用する〝サットヴァレモン液〟にはナトリウムが加えられており、熱痙攣も予防し得たと考えられる。

体温が四一度を超え、それがある程度持続した場合、体温調節中枢の機能が破綻して、熱射病と呼ばれる重篤な影響が出現する。この熱射病は、熱中症のうち最も重症の状態をさす。この状態では呼吸・循環障害、意識障害、発汗停止から脳浮腫、腎不全、肝不全、播種(はしゅ)性血管内凝固を次々と起こし、最終的には多臓器不全で死亡する。

この熱射病の発症には、各個人の熱への馴化(じゅんか)、肥満、循環器や消化器疾患その他の疾患の存在、食習慣、年齢等の要因が大きく関与し、単なる体温上昇のみで発症するものではない。

オウム真理教の温熱修行の場合、体温が三九度から四〇度になっているものの、大方は十分から十五分で下降しているようなので、体温調節機能は破綻せずに回復していたと考えられる。

本症例の中村徹氏は、一九九四年七月三十一日か八月一日に死亡したとされている。中村徹氏の病状に関しては、林郁夫の供述に頼る他なく、まずは前述の熱射病が問題となる。しかし熱射病としては、最初に意識障害が認められておらず、発汗の停止も確認されていない。熱射病では高度の意識障害と昏睡をきたす。中村徹氏の場合はその記載がなく、死因として熱射病の可能性は低い。

二、熱傷の検討

林郁夫の供述によると、中村徹氏は一九九四年七月中旬、温熱修行を受けた。温熱修行直後の診察時、顔色は白っぽく、身体は乳房より上部は白色、下部はピンク色となっており、温熱修行をした後に必ず見られる皮膚の状態を示していた。熱傷の程度については、〝熱傷があってもせいぜい二度位であったと思われます〟と述べている。意識は保たれており、呼びかけには応答していた。血圧その他の全身の理学的所見には、格別の問題はなかった。

熱傷に対する治療は、第一日から行われていた。〝熱傷に対して軟膏を塗布したり、豚や蟹殻から作った人工皮膚も用いたりしたが、食い止めることはできませんでした〟と林郁夫は述べている。翌日診察したときには、手にも水疱が出現していたので、熱傷の範囲の広がりや、感染による皮膚障害の悪化、さらには腎障害などの全身的影響の出現を気にしていた。その後に診察したときは、尿量が著しく減少しており、乏尿の状態を呈していた。これは腎機能が著しく障害されている事実を示しており、腎不全であったと断定できる。その他に肝不全も加わっており、最終的には多臓器不全で死亡したとされている。〝皮膚移植も考えたが、腎不全、肝不全の進行が速く、実行は不可能でした〟と、林郁夫は供述している。

以上のように、中村徹氏は温熱修行のため、五〇度近くの湯に浸り、熱傷に罹患していたことは明らかである。熱傷はかなり広範囲に広がっていたようで、熱傷による全身への影響が出現してもおかしくない。広範な熱傷によって、腎不全をはじめとする多臓器不全が起こることはよく知られている。

従って、中村徹氏に発症した多臓器不全は、熱傷に起因していると考えられる。

三、熱傷の一般的事項

①熱傷の局所と全身との関係：熱傷は外界からの熱による人体の傷害である。病変は最初に接

する皮膚と粘膜の組織破壊で始まる。どのような小さな組織破壊であっても、局所だけで反応が完了することはない。組織破壊が広範囲に及ぶときには、その部位を通過する血液を介して、様々の物質が全身へと拡散して害をもたらす。一方で、局所の病態を改善させようとする全身性の代償性反応が生じ、これが全身への大きな負荷となって状態を悪化させる。これが時には死亡の原因になり得る。

②温度と時間との関係：熱傷は熱量に比例するので、体温との温度差と作用時間が症状を決定する。教科書的には、四五度では一時間で組織が壊死に陥り、七〇度ならば一秒で組織の壊死を生じるとされている。

四、本症例での検討

①熱傷と考える理由：およそ体表の三分の二の範囲に紅斑が観察されているので、熱傷であると判断された場合、非常に重症の熱傷として取り扱わなければならない。しかし少し熱い風呂に長く入っていた場合、その部分だけが紅斑になることは、温泉などではよく経験される。加えて〝オウムで行われていた温熱療法などではよく見られた〟と林郁夫は供述している。また低温熱傷の場合、熱傷の兆候が遅れて発現する傾向があり、この状態で寝かされていた患者を見て、重篤な熱傷と考えなかったとしても、熱傷の専門医師でないかぎり、その判断は困難である。従ってこの医師の過失は咎められない。

これ以後に生じた事態、すなわち尿量の減少で始まり、多臓器不全に陥って死亡した事実を考慮すると、この時点で既に重症の熱傷であり、その後は不充分な治療を受けた場合の経過を辿ったと考えられる。

②初期に全く熱傷を思わせる症状を呈さなかった理由：おそらく五〇度という熱湯の中では低温の湯に十五分程度の時間、身体の三分の二を浸した状態であれば、皮膚の数ミリの深さまで、

少なくとも四〇度以上の平衡温に達していたと考えられる。

十五分間の入浴から出た後でも、体温は上昇し続けたと考えられる。これは上述のようにして、皮膚に蓄えられた熱が、皮膚を還流する血液によって全身に運ばれたことによると理解できる。すなわち、一般の熱傷では加熱源から離れると、熱供給の大部分が断たれる。しかし本症例のような長時間の低温加熱に曝(さら)された場合、熱が皮膚に貯留されており、冷やすなどの処置をして皮膚に貯留した熱を除去してやらない限り、しばらくの間体温の上昇は続く。

とはいえ、本症例が湯に浸されていた領域では、熱傷としては比較的小さな温度差による傷害でしかないので、組織の壊死性変化は緩徐にしか進行しなかったと思われる。すなわち、受傷直後には、皮膚温の上昇に対する血管拡張のみであったと理解できる。
③広範囲熱傷に見られる全身症状：その後、組織障害が徐々に進行したとすると、熱傷の範囲は体表の三分の二という広範囲なので、当然ながら熱傷に対する全身性の反応が起きる。
身体の三分の二の範囲の皮膚が熱傷を受けた場合、その皮膚からは様々の血管透過性亢進物質が放出され、循環血液量は急速に減少する。初期の段階で熱傷を疑われなかった本症例では、重症熱傷時に必要な細胞外液の輸液管理が行われておらず、著しい循環血液量の低下をきたして、ショック状態に陥ったと考えられる。

身体の三分の二の範囲の熱傷であると、単純化してBaxterの公式にあてはめると、体重を五〇キロとしても、最初の二十四時間で、四×六〇％×五〇＝一万二〇〇〇mLの必要輸液量になる。このような大量かつ短時間の輸液は、熱傷以外ではほとんど実施されない。従って本症例では、初期治療に失敗しており、その後ショックに陥ってしまったと考えると、以後の腎不全の発現は非常に理解しやすい。

五、結論

以上のように本症例を検討すると、発汗に伴う低ナトリウム血症、あるいは体温調節中枢の機能が破綻しての呼吸・循環障害、意識障害、発汗停止から脳浮腫、腎不全、肝不全等の重篤な症状が出現し、多臓器不全で死亡したとするには、熱射病の罹患条件である意識障害と発汗停止が確認されていないので、熱射病とは考え難く、それによる多臓器不全をきたして死亡したとは考えられない。

一方で、広範囲の熱傷に基づく全身症状と考えれば、すべての条件が説明できる。従って本症例の多臓器不全は、熱傷に起因したものとして矛盾しない。

後日、この温熱修行による死者は、本症例以外にも四、五例にのぼることが判明した。

第十三章　蓮華座修行による死者

温熱修行の犠牲者についての意見書を今警部補に送付したあとは、年度末の仕事で忙しかった。最も重要な仕事は、医学生の進級発表だった。衛生学ではどんなに試験の成績が悪くても、講義に半分以上出ていれば合格とした。半分に満たない学生も五人いて、これもまた試験の答案を白紙で出さない限り、合格の判定を出した。試験問題はすべて記述式であり、最後の質問に「何か衛生学に関する事項で知っていることを書け」とつけ加えていた。こうすれば、どんな怠惰な学生でも、何かは書くことができる。いわば救済措置だった。

医師の勉学は生涯続く。医学生時代に怠けたからといって、その怠惰は一生続くものではない。患者を診たり、研究をしたりしているうちに、勉強は必ずしなければならなくなる。勉学はそれからでも遅くはないのだ。

四月になって、新年度の準備が忙しくなっているとき、今警部補から電話がかかってきた。

「先生、先月の意見書、ありがとうございました」

相変わらず多忙な様子がうかがえる口調だった。新年度云々もなく、オウム真理教関連の事件に忙殺されているのに違いなかった。

「また今回も、出家信者の死亡に関して、沢井先生のお力を借りなければなりません。お忙しいのでしょう？」

「ええ、まあまあ」

ここは曖昧に答えるしかない。「また修行死ですか」

「そうです、そうです。前回は温熱地獄でしたが、今回は別の修行です」

「別の修行ですか」確かに教団には、胡散臭い修行がいくつも存在していた。

「はい。いうなれば座禅修行による死亡です」

「座禅で死にますか」

「その信者は亡くなっているので、そこのところを先生に判定していただきたいのです」

そうした死亡例なら、適任者は内科の教授あたりだろう。しかし今警部補にしてみれば、他に気安く頼めるところがない。こちらとて、ここまでオウム真理教に関与してきた身にすれば受諾しない選択肢などなかった。

「分かりました」

「ありがとうございます。例によって資料は大部にわたります」

「結構です」実際、資料は多いほどよいのだ。

「助かります。すぐ正式な依頼書とともに送ります」

電話はそこで切れた。またしてもと溜息をつきながら、捜査関係者の労苦がしのばれた。世間ではオウム真理教の事件は終わったものと思われ、関心は教祖の裁判に集中していた。

寺島警視正名義の照会書は、書留で二日後に届いた。死亡したのは女性の出家信者で、その病名と経過、死因の解明が求められていた。

提示資料は六種類あった。女性信者を治療した教団医師の供述調書の他に、実母、信者二人、同じ教団医師からの電話聴取結果報告書、およびその出家女性信者の薬物使用有無についての捜査報告書だった。

業務の合間の時間を利用して資料を読み、ノートを取る。新学期の講義分担表を持って牧田助教授が教授室にはいって来たのは、そんなときだった。

「先生、大変ですね。まだオウムの犯罪は尾を引いているのですか」

「警察にとっては残務整理でしょうね。検察の方は裁判に全力投球で、警察はまだ教団の闇の解明が済んでいないのでしょう。こっちは乗りかかった船で、仕方ないです」

「今度はどんな犯罪ですか」

「犯罪ではなく、修行していての死亡です」

「断食かなんかですか」

「どうやら蓮華座を無理やり組まされていての死亡のようです」

「オウムの信者がやっているあれですね。僕なんかとてもできません。足の骨が折れます」

牧田助教授が眉をひそめる。

「あの状態を続けると筋肉が損傷して横紋筋の融解が起こるでしょう。それからミオグロビン尿症になり、最後は腎不全です」

「クラッシュ症候群の一種ですよね、それは。信者は一生懸命でしょうし、誰か適当なところで止められなかったのですかね」

「危険性についての知識がなければ無理でしょう。前回の意見書は、温熱修行中の死亡でした。いわゆる熱傷です。警視庁から依頼されたのは一名でしたが、犠牲者は他にもいたはずです。出家しているので、死んだとて闇から闇に葬られます」

「毒ガスは作るし、ボツリヌス菌や炭疽菌まで作って、そのうえ、自動小銃みたいなものも出来上がる寸前だったのでしょう。裏では毒ガスと生物兵器で、表のほうでは苛酷な修行をやらせての死亡ですか。やること為すことが支離滅裂です」口を尖らせて牧田助教授が言う。

「生物・化学兵器作りも、自動小銃作りも、修行の一環とみなされていたのだと思います」

「人殺しの武器作りが修行ですか」

牧田助教授があきれたように首を振る。「世間ではサリンばかりが取沙汰されていますが、その他の悪業についても、暴いておく必要があります。先生、何か手伝えることがあったら、言いつけて下さい」

牧田助教授が言ってくれる。松本サリン事件以来、牧田助教授には資料集めや共同執筆などで助けてもらっている。警察からの依頼で忙殺されるなか、教室の運営がうまくいっているのも、丸投げされた牧田助教授が嫌な顔ひとつせずに、仕事をこなしてくれているからだった。これ以上、雑事を負わせるのは罪作りだった。

意見書は以下のようにまとめて、今警部補気付で発送した。

一、既往歴について
実母からの電話聴取結果報告書によると、本症例は一九九四年三月末に教団に出家するまで同居しており、既往歴については「若干の貧血気味くらいで、病気や投薬、治療など知らないし、聞いてもいない」という。
二、病歴・経過について
オウム真理教所属の主治医の供述調書によると、本症例は一九九四年九月末頃、オウム真理教付属医院（通称ＡＨＩ）に、林郁夫医師の指示で、上九一色村の施設から運ばれて来た。そのときの状態をＡＨＩでの主治医は次のように供述している。

〝入院時に意識はあったが朦朧とした状態でうわ言を言っている感じで、私の質問に対する回答も的外れのようでした。脈拍や呼吸は特に問題はなかったようですが、極度の脱水と尿が出ない状態で水分が少なく、血がドロドロとした濃い状態で、採血にも支障をきたしたものでした〟

このため主治医は急性腎不全の症状と判断し、血液を検査会社に依頼する。結果はＢＵＮ（尿素窒素）、ＣＲＥ（クレアチニン）、ＣＫ（クレアチンキナーゼ）、ＧＯＴ、ＧＰＴなどの数値が高く、主治医は急性腎不全と急性肝不全だと診断する。そのための治療が開始された。

〝入院当初は、脱水状態を回復するための点滴、臓器の血液量を増やすための薬として、プロスタグランジン、ドーパミン、利尿剤や、肝臓の細胞が壊れないようにするための強力ミノファーゲンシーを投与していました。その後、やや回復したのち、また悪化し、人工透析が必要なくらい、腎機能が低下したのです。人工透析は、当初は週に一回、その後は週に二、三回になっていたと思います。そのおかげで、一時意識を回復して、会話ができる状態まで回復したのですが、身の回りのことを全部自分でできるまでの回復ではなかったのです〟

〝会話は病気に関することだけであり、修行に関することは聞いていないのです〟

〝私が第六サティアンに行った日は、一九九四年の十二月の十日かと思います。そのとき主治医も交替しました。私がＡＨＩから上九に移動して一～二週間後だったと思います。私のところに交替した主治医から電話がかかったのです。容態が変わった、どうしたらよいのでしょうかと言い、下血がある、血圧が低下した、意識が朦朧としていて危篤状態だと伝えてきました。

私はすぐ第六サティアンからＡＨＩに急行したのです。ＡＨＩに到着して診察したところ、手遅れの状態であり、治療としては血圧を保つため輸血を行ったくらいです。しかし私がＡＨＩに到着して数時間後に死亡してしまいました。死亡は十二月中旬か下旬頃で、腎不全の病気により死亡したのは間違いありません〟

三、修行状況について

①元オウム真理教〝厚生省〟所属の出家信者に対する電話聴取結果報告書は、次のようになっている。

〝一九九四年九月頃と思うが、厚生省次官のK先生が、少しきつめの蓮華座修行をしてみたら、と下命し、本人もやってみると承諾し、倉庫二階の空いている場所で、きつめの蓮華座修行に入った。通常の蓮華座は、右足首を左腿の上、左足首を右腿に組む胡座で、さらに両膝を内側に合わせるようにする。きつめの蓮華座修行は、通常の蓮華座から両膝の部分を組み紐で縛り、内側に紐を絞り込むようにして修行する〟

〝ところがこの女性は、小柄で足が短いために両膝がなかなか内側に入らず、修行が進まなかった。頑張り屋の性格なので、きつめの修行を承諾した。このとき両膝の紐を誰が縛ったかは分からない〟

〝このときの少しきつめの蓮華座修行は、二、三日間だったと思う。縛っての蓮華座は、通常十五分から二十分もすると苦痛になる。本人は負けず嫌いの性格だったので我慢できたと思う〟

〝脚が動かなくなった後に、一週間か十日位は、同じ修行をしていた四名が交代で下の世話をしていた。その後、この人は野方のＡＨＩに入院した〟

②同じく〝厚生省〟所属の別の出家信者に対する電話聴取結果は、次のとおりである。

〝この女性信者が特別な蓮華座修行をしているのを、一九九四年の夏か秋頃の昼、富士の倉庫二階で一回見たことがある。この修行を正面から見たとき、かなり苦しそうな表情をしていて、両手は身体の後方に回していて見えなかった。胡座を組み、両膝部に紐が巻きつけてあった〟

〝自分の体験と他の人の話から、この人の修行形態を推測すれば、多分両手首を身体の後方で縛り、膝の紐は内側に絞り込んでいるはずである〟

四、薬物使用の有無について

捜査報告書によると、〝治療省大臣〟の林郁夫は、〝死因は腎不全です〟、〝原因はサティアンで蓮華座修行中、下腿血行不全となり、腎不全で死亡〟としている。

ＡＨＩの主治医は、〝病気の原因は誰からも聞いていないし、確認もしていない〟、〝イニシエーションによる薬物の影響と思っていた〟と述べている。

また〝厚生省大臣〟の遠藤誠一は、〝ＡＨＩで治療中に様々な薬を打たれて死亡したと聞いている〟、〝薬物の投与実験か、チオペンタールを使用したニューナルコをかけられたものと思っている〟と供述している。

以上を勘案すると、遠藤誠一の供述は思い込みであり、主治医の供述も推測に過ぎない。林郁夫の供述が最も真実に近いと思われ、この出家女性信者が薬物のイニシエーションを受けたとは考えにくい。

五、病名について

ＡＨＩの主治医に対する病状と病名の電話聴取の結果によれば、〝当時の自分は、病気は薬物の影響と、修行の場所の高温多湿が原因と思っていた〟と述べている。さらに〝入院当初は三八度から三九度の高体温であり〟、〝熱中症については、特別認識しておらず〟、〝症状と血液検査から総合的に判断して、横紋筋融解症から腎不全、肝不全になったと判断している〟と言っている。

六、検査結果の分析について

一九九四年九月二十九日に提出された臨床検査では、尿検査で尿蛋白が卄と強陽性で、尿潜血反応も卅であった。末梢血では特に異常は認められない。

しかし血液生化学検査では、ＧＯＴが四五三IU／Ｌ（正常一〇～四〇）、ＧＰＴが六九七IU／Ｌ（正常五～四〇）、ＬＤＨは七九〇〇IU／Ｌ（正常二〇〇～三八〇）、ＣＫは一三万七二五〇IU／Ｌ（正常六〇～二〇〇）、クレアチニンは八・三㎎／dL（正常〇・五～〇・八）、尿素窒素は一三〇㎎／dL（正常八～二五）、尿酸は九・四㎎／dL（正常三・三～八・〇）、カリウムは六・一mEq／Ｌ（正常三・四～四・七）と、いずれも明らかな上昇を示している。

特に目立つのはＣＫの著しい上昇であり、ＧＯＴ、ＧＰＴ、ＬＤＨなどの筋に由来する酵素もすべて増加している。この高値から、高度の筋肉の崩壊が起こったと考えられる。尿素窒素やクレアチニンの上昇からは腎障害、ＧＯＴとＧＰＴの上昇からは、肝障害も併発していたことがうかがわれる。

二日後の十月一日には、ＧＯＴは七二、ＧＰＴは二九二、ＬＤＨは四五五〇、ＣＫは四万九二五〇と低下傾向を示している。しかしクレアチニンは九・二、尿素窒素は一三〇と上昇したままである。これは筋障害は改善傾向にあるものの、腎障害は進行し、高度の腎不全（尿毒症）が存在していたと分かる。

十月三日には、ＧＯＴは四〇、ＧＰＴは一二九、ＬＤＨは三五二〇、ＣＫは一万六五六〇と低下している。しかし尿素窒素は一四〇、クレアチニンは一〇・五と、さらに上昇している。

十月五日には、ＧＯＴは二六、ＧＰＴは七九、ＬＤＨは二六〇〇、ＣＫは七五七四と、さらに低下する。この頃、透析治療が行われたためか、尿素窒素は七四、クレアチニンは六・一、尿酸は五・八と尿毒症の改善が見られた。末梢血では、白血球の増多と貧血が認められた。

十月七日には、ＧＯＴは二七、ＧＰＴは七一、ＬＤＨは二三七五、ＣＫは三三二五と低下を続け、尿素窒素は六二、クレアチニンも五・八と改善していた。

十月十一日には、ＧＯＴは五一、ＧＰＴは一九、ＣＫは七五一とさらに改善、尿素窒素は八〇、クレアチニンは六・二と、やや悪化している。白血球増多と貧血も見られた。

十月十七日には、ＧＯＴとＧＰＴがともに正常化し、ＣＫも二六六と正常値に近くなる。一方、クレアチニンは八・六、尿素窒素は一〇四と再び上昇している。

十月二十日には、ＣＫは一七二と正常化する。しかしクレアチニンは一〇・三、尿素窒素は一五五、尿酸一一・五と尿毒症の悪化が見られる。貧血も多少増悪している。

十月二十四日には、ＣＫが五六、クレアチニンは一〇・六、尿素窒素は一五五で横這いである。ＬＤＨは四二〇になる。

その後、透析治療が行われ、十月三十一日にはクレアチニンは八・六で、尿素窒素一二一、尿酸七・三と多少改善した。十一月四日には、クレアチニンは五・六と低下し、尿素窒素は一八五と増加していた。十一月七日にはクレアチニンは四・五、尿素窒素一六〇であり、貧血は持続していた。十一月十六日には、クレアチニンは四・六、尿素窒素は一九五であった。白血球は増加し、貧血は持続していた。

十一月二十五日には、ＧＯＴは七〇、ＧＰＴは九七、ＬＤＨは六一〇と再び上昇し、ＣＫは四八と低いままであった。クレアチニンは二・八、尿素窒素は一一二であった。

十二月二日には、ＧＯＴとＧＰＴは正常、クレアチニンは四・九、尿素窒素は二五五と悪化し、白血球も増加、貧血が認められた。

最後の検査となった十二月八日では、クレアチニンは四・〇、尿素窒素は一七〇、尿酸は八・二、白血球は二万一九〇〇と著しく増加し、赤血球は二二五万と貧血を呈していた。

七、総括

①病名

以上の臨床所見から見て、ＣＫの著しい上昇があり、ＧＯＴ、ＧＰＴ、ＬＤＨなどの筋に由来する酵素が上昇していた事実から、筋の崩壊が急性に発症したことがうかがわれる。本例では、筋に由来する尿中のミオグロビンの検査が行われておらず、ミオグロビン尿症は明らかにされていない。しかし主治医が認めているとおり、横紋筋融解症の可能性が極めて大きい。

この横紋筋融解症は様々な原因で発症する。高温・多湿の環境で発生する熱中症でも起こる。本例は入院時に高熱が見られており、その可能性は完全には否定できない。

医薬品の服用でも横紋筋融解症は発生する。しかし本例では医薬品の投与は確認されていない。本例で最も可能性が高いのは、蓮華座修行による横紋筋融解症である。長時間同じ姿勢や、無理な姿勢をとることに起因する横紋筋融解症は、近年相次いで報告されている。特に本例は「きつめの蓮華座修行」をしていたことが確認されており、このような異常姿勢を続けたために、横紋筋融解症を発症したと考えられる。

②経過

本例は、最初に横紋筋融解症の所見が前景に出ているものの、他の症例報告同様、その後徐々に改善し、消失している。

横紋筋融解症では、筋の崩壊によって血中に放出されたミオグロビンが、直接腎機能を障害して、急性腎不全が起こることはよく知られている。

本例で、最初の時点から認められていた腎機能障害は、次第に悪化し血液透析を必要とするほどの高度の腎不全（尿毒症）になった。幸い血液透析によって腎機能は多少の改善を示したとはいえ、悪化した状態が続いていたようである。

これも横紋筋融解症にしばしば合併する病態で、腎機能障害は経過とともに回復するのが通常である。本例ではミオグロビン尿症が定期的に確認されておらず、血液透析も長期間は実施されていない。

③死因

本例は「きつめの蓮華座修行」によって横紋筋融解症を引き起こし、急性腎不全になり、重篤な状態である尿毒症になり、それが死因に寄与したと考えられる。

横紋筋融解症から腎不全を起こして死亡する例は少なくなく、年々その報告例が増えている。

第十四章　ホスゲン攻撃

蓮華座修行による死亡について意見書を送付したあとの一九九六年四月下旬、医学部学生に対する衛生学の初講義をした。

スライド係として牧田助教授が付き添ってくれた。いつもは女性の助手の役目なのに、ちょうど手が空いているらしく、介添役を買って出ていた。

「医学生の間では先生の講義が有名になっているらしいです。特に第一次世界大戦の毒ガス戦を面白がっている学生がいて、三年生になっても出席している連中が何人かいると聞いています」

「まさか。軍事学校の講義ではないですよ。真面目な衛生学の講義です」

苦笑しつつ反論する。

「前年度は特に、先生が何度かサリンについて講義されたでしょう。それも学生には受けたようです」

牧田助教授が強調する。「今日の講義もホスゲンです。学内の掲示板に張り出しておきましたから、他の医局の先生方も来るかもしれません」

「そうですかね」

「連休明けに開くワークショップ。その前宣伝にもなります」

「何人集まりますかね。せっかくはるばるトゥー先生に来てもらうのですから」

「一応二百人収容の臨床講堂を確保しています。大丈夫です」

牧田助教授はあくまで楽観的だった。

講義室にはいると、なるほど出席率はよい。百人近くはいるので、医学部二年生だけではないのが分かる。中にはスーツ姿の中年の男性もいて、眼が合うと軽く会釈された。見覚えはあっても誰なのか思い出せない。

牧田助教授がスライドの支度をする間に、マイクを手に取って第一声を発する。

「今日の話はホスゲンについてです。ホスゲンが何か知っている人はいますか」

挙手を促すと、思いがけなく二、三本の手があがる。中程に座った学生を指さすと、立ち上がらないまま大きな声で「毒ガスでーす」と答えてくれた。

「そうです。毒ガスではありますが、現代でも産業の現場では、稀に発生する毒ガスです。衛生学でも頭の隅に入れておく必要があります」

産業の現場というのが意外だったのか、へえーという声があちこちで漏れた。牧田助教授が明かりを消して、冒頭のスライドを映し出した。

ホスゲンの下にPhosgeneと横文字で書かれている。以前は字面通りフォスゲンと表記されていたのが、今ではホスゲンと書くようになっていた。

「この横文字から分かるように、ホスゲンは光が生む物質という意味です。化学名は塩化カルボニルで、化学式はこのように、炭素に塩素二つと酸素がくっついたごく簡単な構造をしています。一八一二年、イギリスのジョン・デーヴィーが塩素の性質を研究しているときに、たまたま発見しました。一酸化炭素と塩素の混合物を日光に曝した際、この物質が生成されたのです。

強い毒性を持つことが発見されたのは、そのあとです。一方で、ホスゲンは医薬品や染料の製造に欠かせない原料として広く使われてきました」

ここまでで三枚のスライドを使い、四枚目と五枚目は、その一般的特性だった。

「沸点は八・二度Cで、この沸点未満では無色の液体です。常温常圧では、不燃性気体です。このホスゲンガスは分子量が九八・九二で、空気より重いため、地面に沿って流れます。水とゆっくり反応して塩酸と二酸化炭素になります。

臭いは刈り取ったばかりの干し草のようで、高濃度になると鼻を刺激して、これが窒息性の臭気となるのです。臭いがする限界濃度は〇・一二五ppmから一ppmの範囲です。濃度が濃くなって三から四ppmで、喉や眼に刺激症状が出、二〇ppmになると呼吸器症状が出、肺水腫を起こします。毒ガスとしてのホスゲンが肺剤と呼ばれているのもこのためです」

毒ガスという単語を発するたび、医学生たちがピンと耳を立てるような気がした。次からが、いよいよ衛生学の内容だった。

「このホスゲンはいろいろな産業で使われているので、戦場ではなく、産業職場でホスゲン中毒が起こります。この事実はみなさんも頭の隅にでも入れておいて下さい」

そう強調してから、スライドを進めた。「ホスゲンは、このとおりイソシアネート類、染料、染料中間体、ポリウレタン製品、ポリカーボネート樹脂などの原料として使われています。従って、これらの製造工程で漏れ出して、中毒が発生します。その実例がこれです」

次のスライドで実際の症例を映し出す。貴重な症例だった。

「この症例は、教え子が勤務している大分県の化学工場で起こったものです。現場でパイプからホスゲンが漏れ出し、最も近くにいた従業員がホスゲンを吸ってしまったのです。幸いこの工場では、日頃からホスゲン中毒については、講習と対応策の実地訓練をしていたので、その男子従業員は現場を離れて上司に報告、工場のラインが一時停止されました。

ホスゲンを吸った従業員を救急車で病院に運ぶとともに、現場を閉鎖し、防毒マスクをつけた専門部署の職員が漏洩箇所を見つけて事なきを得ました」

実際の症例だけに、学生にとっては無関心ではいられないのか、居眠りしている者はいない。

次のスライドは、肺を輪切りにしたＣＴ画像だった。

「患者が運ばれたのは、この大企業の附属病院だったので、ホスゲン中毒の症状はよく分かっていました。ともかく重症例では、肺水腫に対する早期治療が必要です。これが入院直後の肺ＣＴ像です。明らかに肺全体の透過性が悪くなり、三分の二以上が真っ白の状態になっていて、紛れもない重症の肺水腫です。

このときの症状は、呼吸困難と胸部圧迫感、咳です。皮膚は蒼白のチアノーゼを呈します。泡のような痰も出て、色調は淡紅色から深赤色まで様々です。胸部の聴診では、喘鳴や水泡性ラ音が明確に聴取されます。こうなると集中治療室で呼吸管理とともに酸素吸入を行い、回復を待ちます。治療が遅れると、通常は肺水腫で死亡します。前に言ったように、ホスゲンが毒ガスとしては肺剤と呼ばれるのもそのためです。大量曝露の場合は、肺水腫の前に喉頭痙攣を起こして、数分で死にます」

次のスライドに切り替える。入院直後と退院時の肺ＣＴ画像を並べていた。

「この患者は順調に回復し、三週間後に退院しています。左が退院時のＣＴ、右が先程出した入院直後のＣＴで、その差は歴然としています。

ホスゲン中毒の場合、致死例はほとんどが二十四時間以内です。二十四時間以上生存すれば、予後も良好で、四十八時間以内に回復が始まります。完全な回復には数週から数ヵ月かかります。途中で感染症の合併を起こさなければ、後遺症は残りません」

ここまで言って、牧田助教授に照明を上げてもらう。ここで何か質問を受けつけておくべきだった。促すと、ひとりだけ手が挙がる。

「ホスゲンが漏れた工場内での除染はどうすればよいのでしょうか」

良い質問で、除染という言葉を使っているのは、よく勉強している証拠だった。

「ホスゲンは拡散しやすく、曝露した場所に残存することはありません。ラインを停止させて、漏れた箇所を修理すれば、それだけですみます。もともとこういう工場では換気装置が完備されているので、除染は考えなくていいです」

当然まだ時間は余っていたので、また明かりを弱くしてもらい、次のスライドに移る。ここからがホスゲンについての本題でもあった。

「ドイツ軍がホスゲンを毒ガスとして最初に使用したのは、西部戦線のフランドル地方においてです。一九一五年十二月十九日だと分かっています。

被害に遭った英仏軍の兵士は、塹壕内で次々と倒れました。しかし翌年になると、特に英軍の負傷兵治療後送の体制が進み、死者は後送途中や、後送所に着いてから出るようになったのです。

ホスゲンに曝露された兵士は数時間、ほとんど苦しまなかったのですが、後送所で全身の虚脱と呼吸不全で、状態が急激に悪化していきました。当時、治療法は酸素吸入しかありません。しかし充分量の備えはなく、大多数の負傷兵はそのまま寝かされ、回復を待つだけにされました。負傷兵が二十四時間持ちこたえ、四十八時間にわたって肺水腫を呈さなければ、間違いなく死を免れて、数週間以内に回復し、軽い勤務への復帰が可能でした。

逆に回復の望めない傷病兵に対しては、多量のモルヒネが注射され、穏やかな死が強制されました。

一九一六年の二月になると、フランス軍がヴェルダンの攻防戦でホスゲン弾を初めて使用します。イギリス軍も、ホスゲンと塩素の混合ガスで反撃に出ます。これはホワイト・スターと呼ばれて、最終的にイギリス軍の主力兵器になりました。これによってドイツ軍にも多数の犠牲者が出るようになります。

ホワイト・スターで攻撃したあと、あるドイツ兵がイギリス軍の捕虜となり、尋問所に連行されました。当初、そのドイツ兵は、イギリス軍のガス攻撃は何の効果もなかったと馬鹿にしていました。ところが二十四時間後には、死んでしまったのです。

また別のドイツ兵捕虜は、祖国の家族に対して〝元気にしている〟と手紙を書いている途中で息苦しくなり死んでいきました。このくらい症状の発現は遅く、ガスに冒されたのに気づかない中隊も多くいて、これが犠牲者を多数出す原因にもなったのです。あるイギリスの従軍記者の報告では、このようになっています」

そう言ってから、次のスライドに移る。スライドの文字をそのまま読んだ。

「ガス攻撃を受けた塹壕の中では、数百匹のネズミの死骸が転がっていた。フクロウも非常に興奮していた。ドイツ軍の後方では、ガスが近づく十五分も前から、鶏や家鴨(あひる)がしきりに騒いだという噂が流れていた。蟻や毛虫、カブト虫、蝶、さらにはハリネズミや蛇なども死んでいた。雀だけがガスに関係なく遊んでいた」

言い終えると、次のスライドに移る前に、聴衆に問いかけた。

「皆さんは、『西部戦線異状なし』という反戦小説を読んだことがありますか。レマルクというドイツの作家の作品です。読んだことがある人は手を挙げて下さい」

暗い中で二、三本の手が挙がった。なるほどそんなものだろうと納得する。第二次世界大戦ならいざ知らず、第一次世界大戦など、もはや若者の頭にはないのだ。

「この小説には、毒ガスの被害がまるでドキュメンタリー小説のように克明に描写されています」

そう断ってから次のスライドを出す。「これがその一節です。『僕は野戦病院で、恐ろしい有様を見て知っている。それは毒ガスに犯された兵士が、朝から晩まで絞め殺されるような苦しみをしながら、焼けただれた肺が、少しずつ崩れてゆく有様だ』と書いているとおりです」

いよいよ最後から二番目のスライドに移る。第一次世界大戦の戦死傷者の概数を表にまとめていた。

「この表から分かるように、ドイツの兵士動員数は千百万人で、そのうち戦傷者は四百二十万人、戦死者は百七十万人、合計での戦傷死者は五百九十万人です。動員された兵士の二人にひとりは負傷するか死んでいます。そのうち毒ガスによる負傷者は七万二千人、死者は二千三百人です。総死傷者のうちガス死傷者は一・三パーセントになります。

フランスの動員数は八百四十万人、戦傷者は四百三十万人、死者は百四十万人で、三分の二が負傷するか死亡しています。大変な犠牲です。このうちガスによる負傷は十九万人、死者は八千人です。総死傷者に対するガス死傷者は三・五パーセントで、ドイツ軍の三倍近くになっています。

イギリスもフランス以上の兵士を動員しており、八百九十万人で、そのうち負傷者が二百十万人、死者は九十万人です。およそ兵士の三分の一が負傷するか戦死しています。このうちガスによる負傷者は十八万人、死者は六千人です。総死傷者に対するガス死傷者の割合は六・二パーセントで、フランス軍の二倍に迫る多さです。

遅れて参戦して勝負の決め手となったアメリカも四百二十万人を動員しました。負傷者は二十三万四千人、死者は十二万六千を数えています。死傷者の割合は少なかった反面、毒ガスによる死傷者の割合はフランス軍の三分の二程度です。ガスによる負傷者は七千百人、死者は千四百人です。総死傷者に占めるガス死傷者は二・四パーセントです。

こうした結果から、第一次世界大戦後に大きな進歩を見せたのが、防毒マスクの開発でした。戦争の副産物と言えます。

それでは最後のスライドです」

時間が迫ったところで、最終スライドを映し出す。「このように、第一次世界大戦において、最初に使用された化学兵器は塩素です。最も恐れられたのはホスゲンであり、毒ガスによる戦死者の八割はホスゲンによるものです。そして最も嫌われたのがイペリット、つまりマスタードガスです。このイペリットについては、いつかまたお話しする機会があるかもしれません。はい、おわり」

期せずして何ヵ所かでパラパラと拍手が起こった。場内を明るくしてもらい、質問を受けつける。前列の端に坐っていた中年のスーツの男性がすぐ手を挙げた。

「毎日新聞の古賀と申します。一昨年、一度だけ先生にインタヴューさせていただいた者です。今日は医学部の講義にもぐり込ませてもらいました。大変興味深いお話で、もぐり込んだ甲斐がありました」

言われて、そうかと思い当たる。松本サリン事件のあと、確かに毎日新聞の取材を受けたことがある。他社からも矢継ぎ早に取材があったので、正確に覚えていないのだ。

「オウム真理教でもホスゲンを作っていて、一昨年の九月、だったと思いますが、フリージャーナリストの江川紹子さんが、ホスゲン攻撃にあっています。あれについて、沢井先生は何かご存じないでしょうか」

いかにも新聞記者らしい質問で、内心嬉しかった。

「確かに、江川紹子さんは教団によってホスゲン攻撃を受けています。犯人たちは、玄関の郵便受けから、ホスゲンを噴射しております。江川さんは全治二週間の負傷を蒙りました。幸い命に別状はなく、江川さんはこれを訴えなかったので、立件はされていないのではないでしょうか。

しかし、教団がホスゲンを生成した事実は、〝第二厚生省大臣〟の土谷正実とその部下だった森脇佳子の供述で判明しています。〝科学技術省大臣〟で、後に刺殺された村井秀夫が土谷正実に〝現場に残らないような化学兵器はないか〟と訊き、土谷正実が〝ホスゲンか青酸です〟と答えたのが一九九四年の八月です。村井秀夫がすぐに製造の指示を出し、ホスゲンは全部で三回作られています」

わずか二年前のことなので、みんな静かに耳を傾けている。古賀記者もメモを取っていた。

「作られた場所はクシティガルバ棟のスーパーハウスで、一回目は土谷と森脇佳子が八月中に標準サンプルとして少量を生成しています。第二回も八月中か九月初めで、今度は〝第一厚生省大臣〟の遠藤誠一が作っています。このとき森脇佳子が手伝って、ホスゲン中毒になっています。肺がゴボゴボした状態になり、すぐに教団の病院であるＡＨＩに運ばれ、十二時間もの間、酸素吸入をしてもらっています。その後も体調の悪い日が続いたようです。

三回目は森脇佳子が単独で九月上旬頃、生成し、できた五〇〇ccをジーヴァカ棟のマイナス四度の部屋に置いています。江川紹子さんの襲撃には、この一部が使われたのではないでしょうか。

森脇佳子の作成方法は、土谷正実が教えていて、森脇佳子は自分がホスゲンを作っているとは知らずにいました。あとになって土谷正実のノートにホスゲンの文字があったり、ホスゲン検知管の使用を命じられたりして、ようやく分かったようです。

作り方は、構造式からも想像がつくように、意外と簡単です。森脇佳子の供述によると、まず四塩化炭素を熱し、その蒸気に発煙硫酸を滴下すると、ホスゲンガスができます。そのガスを濃硫酸を通して水分を取り除き、さらに冷却すればホスゲンの液体ができます。

こうして教団が作ったホスゲンは、昨年一九九五年の元旦に読売新聞がスクープ記事で、教団の毒ガス生成を暴露した直後、教祖の指示で廃棄されています。土谷正実が第七サティアン脇に撒き散らかしたようです。その際、土谷正実がガスを吸ったらしく咳込んでいたと、森脇佳子は供述しています。

はいこれで終わります」

講義の終了を告げると、今度はあちこちから拍手が起こり、最後には大きな拍手になった。それが静まるのを待ってつけ加えた。

「これは宣伝です。五月の連休明けに、『化学兵器防御対策』と題したワークショップを開催します。米国コロラド州立大学からアンソニー・トゥー教授を招いています。トゥー教授は、教団がサリンを製造していると判明した際の立役者でもあります。その他にも、地下鉄サリン事件の被害者を多数治療した、聖路加国際病院の救急医である奥村徹先生も招いています。生々しい話が聞けると思いますので、興味ある人は、聞きに来て下さい」

この宣伝にも、いくらか拍手が起こった。

第十五章　教祖出廷

連休明けの五月十一日の土曜日、午後一時から、医学部の臨床講堂で、懸案の「化学兵器防御対策」のワークショップを開いた。二百席はある講堂の九割方が埋まってひとまず胸を撫でおろした。これも、市内の各病院や消防署、県警、県庁、市庁などに案内状を出していた賜物だった。もちろん半分は、白衣の医師や学生だった。

ワークショップの第一の目的は、九大医学部による「サリン対策マニュアル」の配布にあった。第一席でそれをやり、聖路加国際病院の奥村徹医師、トゥー教授の順で講演をしてもらう段取りだった。

奥村徹医師の地下鉄サリン事件当日の生々しい経験は、聴衆をあの日に連れ戻すのに充分だった。

奥村医師は、三月二十日、通常であれば事件が起きた日比谷線の電車に乗るはずだった。ところが当日寝坊して、慌ててタクシーに飛び乗り、病院に向かった。朝のミーティングが始まるのは八時半であり、やっと間に合うかなと安堵した。タクシーが築地駅にさしかかった八時二十五分、駅の出入り口近くに救急車が一台停まっていて、ひとりの女性が目頭を押さえていた。

ミーティングにはぎりぎり間に合い、上司から築地駅で爆発事故が起きたようなので、受け入れ態勢を整えておくようにとの連絡を受けた。奥村医師たち救急医は直ちに火傷や一酸化炭素中毒に対する準備をする。

八時四十三分、一台のバンが救急車専用の入口に横付けになり、ひとりの女性が担ぎ込まれた。心肺停止状態であり、すぐに挿管され、心臓マッサージと点滴を開始する。しかし患者は瞳孔が小さく、どこかおかしいと首を捻る。そのうち同じような患者が二人、三人、四人と運び込まれ、救急外来は満員になった。これでは人手が足りない。

すると八時五十分、院長や病院の上層部が救急センターに降りて来た。月曜の朝の定例会議中だったのが幸いした。院長は事務職員に緊急招集のスタッット・コールをかけるように命じた。院内放送が「スタット・コール、スタット・コール、救急センター」と呼びかけた。スタット・コールは、夜間や休日など人手が足りない病棟で、急変患者が出たときに招集をかける合図だった。月曜日の朝、しかもよりによって救急センターに集まれというのだから、いかに異常事態だったかが分かる。

各病棟から若い研修医たち、各科の医師、看護婦も駆けつけ、蘇生室では二人ずつ、さらには救急外来の廊下でも、心肺蘇生が開始された。

救急外来は、短時間のうちに数百名の被害者で溢れ返った。五十台以上の救急車が次々と着き、パトカーや消防庁車両、たまたま通りかかった自家用車、とりわけタクシーの活躍はめざましかった。無償での被害者搬送を請け負ってくれた。

被害者たちは、歩ける者でも眼の痛みと視野の暗さで、足取りがおぼつかない。口々に眼が痛い、暗い、はっきり見えないと訴えた。

午前九時、消防庁の要請で、病院から医師と看護婦が現場の築地駅と小伝馬町駅に急行する。築地本願寺前の道路は閉鎖され、特殊救急車のスーパーアンビュランスも出動していた。被害者は道路にぐったりと横たわっていて、救急隊員が懸命の救助に努めていた。

九時十二分、消防庁から中毒物質はアセトニトリルらしいと、救急センターに連絡がはいった。

しかし血液検査の結果は相反し、被害者に共通する縮瞳からは、有機リン化合物系の中毒が疑われた。

院内放送は、「あるだけのストレッチャー、車椅子を救急センターに下ろすように」と呼びかけていた。救急センターには院長と四人の副院長、事務員から成る臨時コントロール・センターが設置された。院長とひとりの副院長は外来で指揮をとり、べつの副院長ひとりは治療情報収集をし、看護部長を含む二人の副院長は被害者の収容を担当した。

この異常事態に、医師と看護婦の他に、事務員や看護学生が動員された。集まったボランティアの中には、春休み中の女子高校生もいた。道をはさんで隣にある中央区保健所の職員も来てくれた。

救急センターでは、多くの患者が点滴を受けながら目を押さえて苦しんでいた。どの患者も吐き気と闘い、事務員は総出で膿盆（のうぼん）を配布して吐瀉物に備えた。排尿したくなった患者は、よく眼が見えず、足のふらつきもあるため、点滴棒を押してひとりではトイレに行けない。介添役が必要だった。

その間にも、意識を失い、口から泡を吹いた重症患者がやって来る。またたく間に、救急センターは集められたストレッチャーで埋まり、患者はその上で、意識朦朧となり、手足を痙攣させていた。この騒乱の中で、通常の診療録など作成できない。カルテ用紙一枚に名前と治療内容を書き込み、枕の下に挟み込む方法がとられた。

病院は、礼拝堂やラウンジ、外来の廊下にも酸素と吸引の配管がされている。廊下に設置された配管は二百ヵ所あったものの、酸素が足りなくなり、あちこちから酸素ボンベが集められた。この日一日で使用された五〇〇リットル酸素ボンベは五十三本に及んだ。

溢れる患者の採血も、通常のカウンターでは処理できず、外来の廊下に臨時の採血コーナーが設けられた。コンピューター化されていた血液解析も許容量を超え、人手に頼らざるを得なかった。この日の被害者だけでも、六百件以上の検体が出されていた。

ほとんどの被害者の目は充血し、痛みで涙を流し、鼻水をすっていた。自分も苦しいはずなのに、「自分は後でいいですから、こちらのつらそうな方の手当を先にして下さい」と、看護婦に訴える被害者も多かった。

被害者の中には外国人もいて、何が何だか分からず呆然としていた。英語で事情を説明してやると、表情がやわらいだ。聴覚障害のある女性もいて、手話通訳のできる職員が対応して、ひとまず安心させることができた。妊婦の被害者も運ばれて来て、これは産婦人科の医師が産婦人科病棟に連れて上がった。

九時十五分、硫酸アトロピンが投与開始される。鼻水や縮瞳に対する対症療法だった。この頃には救急外来だけでなく、各科の外来も被害者で溢れ返り、かき集められた長椅子に力なく横たわった。

九時二十分、事態を重く見た院長は、一般外来診療を中止とし、予定の手術も、既に麻酔下にあった四名の患者のみ続行された。但し既に来院していた予約患者千六百四十二名の外来診療は実施された。これに被害者六百四十名の新患が加わったので、この日の診察は合計二千二百八十二名に達する。

点滴や応急処置を受けた被害者は、順々に礼拝堂であるトイスラーホールに収容された。重症患者は外来から各病棟に移された。

九時三十分、来院時に心肺停止していた三人の被害者のうち、二人は心臓が動き出した。しかしひとりは蘇生に至らず死亡の転帰をとった。

午前十時、痙攣が止まらない患者にジアゼパムが投与された。しかしジアゼパムの効果は十五分で切れ、繰り返しの投与を余儀なくされた。

十時十五分、松本サリン事件での治療経験を持つ信州大学附属病院の院長から、救急センターに電話がはいった。どうやら原因物質がサリンである可能性が浮かび上がった。

十時三十分、院長と副院長が最初の記者会見を行った。これ以後、定期的に記者会見が実施される。同時刻、自衛隊中央病院から、医師一名と看護婦三名が応援に駆けつけた。医師は報道されていた状況から、化学兵器の可能性も考え、資料を携えていた。

十時四十五分、信州大学附属病院の院長から、詳しい情報がファックスで送られてきた。中毒情報センターには全く電話がつながらず、院内の図書館ではサリン治療に関する文献の検索が必死に続けられた。

十時五十分、救急センターに血液検査の結果が戻ってくる。いずれもコリンエステラーゼが異常に低かった。院内の正常値下限は一〇〇なのに、重症の患者では一桁の数値しかなかった。縮瞳や鼻水、コリンエステラーゼ低下は、有機リン中毒の所見である。

十一時、有機リン中毒に対する治療薬ＰＡＭの使用を決定する。幸い病院には少し前に有機リン中毒の患者が入院していて、ＰＡＭの在庫があった。

同時刻、テレビのニュースで、警視庁捜査第一課長の談話が発表され、原因物質がサリンだと公表された。院内は被害者のみならず、家族や同僚、警察関係者、救急隊員、マスコミ関係者、加えて野次馬で溢れ返っていた。

十一時三十分、奥村医師はＰＡＭの効果と被害者の容態を確かめるため、病棟を回った。レジデントたちから、口々に「ＰＡＭは効きました。みるみる落ち着きました」と言われ、胸を撫で下ろした。薬剤部ではＰＡＭが払底しないように、問屋から取り寄せはじめた。

この時刻、医師と看護婦の間に、サリン中毒治療の文献を配布できるようになった。サリンに関する情報が少ないなか、唯一の日本語文献は、『臨牀と研究』に載った九州大学衛生学教室の論文「サリンによる中毒の臨床」だった。この中にすべてのことが書かれていた。この情報を基にして、マニュアルにまとめ、午前中いっぱいで医師と看護婦に配布し終えた。

午後一時、夕方四時から勤務の準夜勤の看護婦たちが、ニュースを聞いて早目に出勤して来た。おかげで、夜勤明けの看護婦を帰らせることができた。日勤の看護婦も、差し入れのおにぎりを口にできた。

午後二時、マニュアルに基づいて、縮瞳のみの被害者を帰宅させることにした。被害者には、原因物質がサリンであり、経過観察が必要で、症状に変化があれば病院に連絡する旨を書いたチラシを持たせた。

午後三時、当初の大混乱が少しおさまり、職員もやっと交代で昼食をとれる余裕ができた。

午後三時三十分、被害者の波が落ち着きはじめる。医師ひとりで四人同時に診察していたのが、三人、二人と減った。

午後四時、科学技術庁長官の訪問があり、午後五時には都知事も来院した。

午後五時、情報交換と治療方針の統一のために、医師が集合して話し合いが持たれる。同時に二回目の診察をし、午後二時の時点での検査値が正常であった患者は帰宅が決定された。夕方までに入院になったのは百十一名だった。その名前は院内のホールに掲示された。

もはや病院の収容能力は限界を超えていた。病院は全室個室なのに、ひとつの部屋に男女別に二人ずつ収容するしかなかった。消防庁に対して、他院で受け入れられないか打診しても、今日いっぱいは死守してくれ、と回答があった。

午後六時、二度目の記者会見が開かれた。この時までにドイツ、フランス、イギリスから応援の申し出がなされていた。幸い人手は今のところ充分だった。

この頃、救急外来では産婦人科の医師が点滴を受けながら横になっていた。トイスラーホールを担当していた婦長も喘息を悪化させていた。奥村医師自身も、喉に重苦しい痛みを覚えていた。これが二次汚染の結果だと気がつくのは、後になってからだった。

午後八時、奥村医師たちは、入院患者の状態を診て回る。有機リン農薬中毒では、急性期が鎮まったあとに呼吸麻痺がくる中間症候群がある。サリンでは、それはないようだった。

午後九時、事務職員が各病室を訪問し、やっと入院手続きを実施した。午後十時、事務方で、病院に収容された六百四十名の氏名と、入院者のリストが作成され、公表された。

深夜になって、消防庁から、転院のための救急車が用意できるとの連絡がはいる。真夜中の転院は患者に負担であり、断った。

午前〇時三十分、奥村医師は、あとを当直の医師に任せ、帰宅のため病院を出て、ようやく長い一日を終えた。


アンソニー・トゥー教授の台湾名は杜祖健である。一九三〇年に台北で生まれ、国立台湾大学理学院を卒業して、一九六一年スタンフォード大学で博士号を取得し、一九七〇年にコロラド州立大学教授に就任する。専門は生化学と毒物学で、一九九四年九月十九日には毒物学の講義で、サリンやマスタードガスを土壌中の分解物から検出する最新の情報を取り上げた。

すると、ちょうど同じ日、東京からファックスがはいる。警察庁科学警察研究所の法科学第一部化学第二研究室長の角田紀子技官からだった。角田技官は、トゥー教授が『現代化学』九月号に書いたサリンに関する論文を読んでいた。その論文で教授は、神経ガスの検出方法、特に土中の分解物による検出法について述べていた。角田技官の依頼は、サリンの土壌中での分解物メチルホスホン酸モノイソプロピルとメチルホスホン酸について教えて欲しいという内容だった。

トゥー教授はここで考え込む。相手は国家機関である。生半可な情報を与えては、国家の方針を誤まった方向に導く。できる限り正確な情報を伝えなくてはならない。

化学兵器に関する知識と情報は、アメリカ陸軍が世界でも超一流であるのは間違いない。ここは、アメリカ陸軍に頼るしかなかった。陸軍には、かつて共に研究をした友人が何人かいる。しかし悲しいかな、それはすべて生物兵器防御部門ばかりで、化学兵器関係にはひとりとして知人はいなかった。

そこでとりあえず、生物兵器関係で著名であり、旧知の間柄であるクリシュナムーティ博士に電話を入れた。誰か化学兵器部門の研究者を紹介してはもらえないかと頼んだ。答えは、化学兵器部門ならジョセフ・ベルビエ氏が最適だから、問い合わせたらどうか、だった。

トゥー教授はベルビエ氏とは一面識もない。電話をするのはためらわれた。しかも、依頼の内容は、土壌からサリンの分解物を検出する方法だった。これはアメリカ陸軍にとっても、トップシークレットのはずだ。一介の生物学者に、簡単に教えてくれるとは思えない。

しかしここは日本の警察からの要請であり、諦める訳にはいかない。電話に出たベルビエ氏にトゥー教授は必死で訴えた。

「日本の松本市でサリン事件が起き、犯人は分かりません。今、日本は窮地に立たされ、混乱に陥っています。アメリカ陸軍なら、日本の必要としている情報を持っていると思います。日本にご協力いただけませんか」

ベルビエ氏の返事は、「提供できるかどうか、今の時点ではどうにも即答できません。とにかく部下と相談します」だった。

さらなる返事を待つ間、トゥー教授は科警研にファックスを入れ、一週間たってもアメリカ陸軍の返事がなければ、もう一度問い合わせる旨を伝えた。さらにサリン関係の化合物について、自身が知っていることを三枚の紙にまとめてファックスした。

トゥー教授はアメリカ軍の事務処理が遅いことは身をもって知っていた。一九六六年から四年間はアメリカ海軍から、一九八六年から六年間は陸軍から、それぞれ助成を受けて研究した経験があった。その事務処理は、軍事行動の迅速さとは裏腹に、非能率的だったのだ。

ところが、トゥー教授の予想に反して、ファックスは翌日届いた。ベルビエ氏の部下から送信されたのは、まさしくサリンの地中での分解物であるメチルホスホン酸とメチルホスホン酸モノイソプロピルに関するデータと文献で、土中でのサリン分解物の毒性と性質、分析法だった。トゥー教授はこれをそのまま、科警研に送った。翌日の九月二十一日、科警研から直接電話があり、「いただいた情報は大変有用でした」と謝意を表された。

実はこれ以前、警察はオウム真理教の第七サティアン付近の枯れた草と土を採取していた。きっかけとなったのは、松本サリン事件が発生した一九九四年六月二十七日のあと、七月九日と十五日に、上九一色村で異臭騒ぎが起こったからである。付近の住民が不快なガスを吸入して息苦しくなり、家から飛び出していた。ガスが流れたと思われる草むらが茶色に変化していた。この枯れた草の状態が、松本サリン事件の現場と類似しているのに捜査員が気がつき、草と土壌を採取していたのだ。

トゥー教授から伝達された方法で、科警研はついにサリンの土中分解物の正体をつきとめる。教団がサリンを生成しているのは、揺がない事実になり、水面下で捜査が続けられた。

これを第一面でスクープしたのが一九九五年一月一日の読売新聞だった。記事を見た教祖は驚愕し、すぐさま第七サティアンのサリン製造工場を解体させ、すべてのサリンその他の毒物と中間生成物を廃棄させる。

仮にこのスクープ記事がなければ、第七サティアンの大工場は稼動を続け、サリンが大量生産されたのは疑いようがない。

この体験談のあと、トゥー教授は、アメリカ陸軍が使用しているさまざまな防毒マスクや毒ガス検知器の写真をスライドで示した。小型の毒ガス検知器、野外での毒ガス探知器、赤外線による毒ガス検出器、無人の化学・生物兵器探知器、一九九一年の湾岸戦争で使われた最新型の防毒マスク、空軍パイロット用の防毒マスク・防護衣・防護手袋・防護ズボン一式、飲水装置のついた防毒マスク、幼児と赤ちゃんを保護する防護カバー、防護テント、特殊防護救急戦車など、聴衆の眼を引きつけるのには充分だった。

トゥー教授はまた、ストックホルムに設置されている防災司令部要塞も紹介した。そこには司令部要員二百人が常駐でき、原子爆弾の震動にも耐えられるようになっている。ストックホルムには市民用地下避難所も設置されている。繁華街の教会の地下にあり、毒ガス攻撃や核兵器での攻撃にさらされた場合、完全に密閉され自活できるようになっていた。

最後にトゥー教授が訴えたのは、早急な化学兵器禁止条約の締結だった。毒ガスについては、既に一九二五年のジュネーブ議定書があった。しかしその条約は毒ガス使用の禁止であり、生産禁止ではなかった。これを生産禁止とし、すべての化学兵器を廃棄処分する条約が必要だとトゥー教授は強調する。しかしその一方でトゥー教授は、たとえそれが実現したとしても、その検証と査察に対しては悲観的だった。

「化学兵器禁止条約が制定されるとき、その文面にすべての化学兵器の名称が列記されるはずです。しかし、そこに明記されていない新規の毒ガスを開発する国は、必ず出るでしょう。違法ではないので、大量に生産して、秘密のうちに貯蔵しておけば、いざとなったとき核弾頭同様の威力を発揮するはずです」

このトゥー教授の見解には、全く異論がなかった。毒ガスは、軍事的にも極めて魅力的な兵器なのだ。

このワークショップを開催する半月前から、オウム真理教の教祖に対する公判が開始されていた。その様子については、各新聞と週刊誌がこぞって詳報していた。

教祖が起訴された事件は次の十七件だった。

①地下鉄サリン事件
②落田耕太郎氏殺害
③麻酔薬密造
④松本サリン事件
⑤假谷清志氏監禁致死
⑥坂本弁護士一家殺害
⑦田口修二氏殺害
⑧ＬＳＤ密造
⑨メスカリン密造
⑩覚醒剤密造
⑪自動小銃密造
⑫サリン量産計画
⑬濱口忠仁氏ＶＸ殺害
⑭水野昇氏ＶＸ襲撃
⑮永岡弘行氏ＶＸ襲撃

⑯冨田俊男氏殺害
⑰滝本太郎弁護士襲撃

このうち②の落田耕太郎氏と、⑦の田口修二氏、⑯の冨田俊男氏の殺害の詳細については知らなかった。密造されていた麻酔薬やＬＳＤ、覚醒剤、自動小銃の四種に関しては、逮捕された教団幹部の供述調書を読んで、ある程度の知識はあった。

日本の犯罪史上、これだけ多様な罪に問われた被告は、かつていなかったのではないだろうか。それだけに、四月二十四日の教祖初公判を、自分の眼で確かめたいという国民は多かった。わずか四十八席の一般傍聴券を求めて、抽選に並んだ人の列は一万二千二百九十二人と、過去の記録を大きく塗り替えた。

東京地裁に近い地下鉄霞ケ関駅の出入り口の一部は閉鎖され、周囲の建物には警官が幾重にも張りついていた。一〇四号法廷には、裁判長と二人の陪席裁判官、ひとりの補充裁判官、八人の検察官、十二人の弁護人が定位置に着いていた。

報道用の席を含めて九十六の傍聴席はすべて埋まり、廷吏がひとりひとりを見張っている。

教祖が左側のドアから姿を見せたのは、午前十時二分である。教祖は紺のナイロン地の上衣に、紺色のスウェットパンツをはき、靴下は白、茶色のサンダル履きだった。上衣にはフケがたまっている。後ろで結んだ髪は腰まで伸び、あごひげは胸にかかって、その先端には四十一歳らしく、白いものが混じる。顔色はどす黒い。右手で長椅子を探るようにして坐った。

裁判長が開廷を告げるや、主任弁護人が意見を述べた。教祖がいつもの紫のクルタを着たいと言っていて、弁護団としては白のクルタなら支障ないと考え、着用許可をして欲しいという内容だった。今教祖が着ている紺の着衣は、警視庁にいるときから現在まで一度も洗濯されていないという。

教祖が逮捕されたのは、昨年の五月十六日であり、およそ一年が経つ。その間の外出着は、その一張羅のみだったのだ。哀れといえば哀れだった。

裁判官から意見を求められた検察官が、クルタはこれから出廷する証人や被害者に無言の圧力を与えるので、着用は不適当だと反対意見を述べた。このとき教祖は声のする検察官の方に渋面を向けた。裁判官は弁護人の異議を却下し、教祖は一張羅の服を着続けるしかなかった。

面白いのはその後の裁判長と教祖のやりとりだった。裁判長が被告に「名前は何といいますか」と訊いた。

〝麻原彰晃といいます〟

「戸籍上の名前は何といいますか」

〝麻原彰晃といいます〟

「松本智津夫というのではありませんか」

〝その名前は捨てました〟

「生年月日は」

〝一九五五年三月二日です〟

「昭和三十年ですね。本籍は」

〝覚えておりません〟

「静岡県富士宮市人穴(ひとあな)ではありませんか」

〝いや、覚えておりません〟

「住んでいる所は」

〝覚えておりません〟

「山梨県上九一色村ではありませんか」

〝いや覚えていません〟

「仕事は何ですか」

〝オウム真理教の主宰者です〟

「起訴状には無職とありますが、オウム真理教の主宰者ということですね」

〝はい〟

ここで弁護人が立って、教祖に着席を許してもらいたいと訴えた。しかし裁判長は、冒頭手続きは起立が相当として、受けつけない。この起立云々のやりとりがあった十分間、教祖は他人事のように立ち続けていた。

十時半に起訴状の朗読が始まり、検察官は代わる代わるに、落田氏殺害、麻酔薬密造、地下鉄サリンについての本文を読み終えた。約十分間を要し、ここで裁判長は、教祖に着席を促した。刑務官二人が教祖の両脇を支え、被告席に誘導した。よろめく足取りで、教祖は被告席に両足を投げ出して坐った。

その後、地下鉄サリン事件の被害者三千八百七人の名前の読み上げが、検察官によって始まる。最初は十一人の犠牲者だった。

教祖は左眼は固く、右眼はわずかにつぶり、身動きしないまま、机の下で右手の人差指を小刻みに動かす。耳から聞こえてくる名前を、指の動きで打ち消しているようにも見えた。

続いて受傷者の名前が次々と読み上げられる。頁がめくられる音に合わせて、教祖は天井を仰ぐようにして溜息をつく。右手の人差指に代わって、今度は左手の人差指でもリズムをとり、時々口をもごもごと動かし、坐り直して天井に顔を向けたりした。

読み上げが始まって一時間十分も経つと、教祖は片手で額の汗をぬぐった。やがて紺色のパーカー風の上衣のボタンを上からはずし、ついでファスナーもおろして上衣を脱ぐ。下に着ているのは紫色のトレーナーで、それも脱ぐ。下は半袖の白い肌着で、何度も洗濯されたのか、やや黄ばんでいる。その上にパーカーを羽織って、第一ボタンのみを留めた。朗読の検察官が交代すると、口をもぐもぐさせて、経文の〝マントラ〟を唱え出す。

正午に休廷となり、再開された午後一時十三分に、教祖が再び姿を見せ、朗読再開の二十分後には、パーカー、ついでトレーナーを脱ぎ、パーカーだけを着ようとした。後ろに坐る弁護人が手を貸すと、〝ありがとう〟と言う。被害者の名前を聞きながら、二、三分おきに額にかかる髪を撫で上げた。

午後二時四十分になると、眠くなったのか、船を漕ぎ出し、やがて動かなくなった。三時に朗読が終わって、休憩になり、教祖は刑務官に促されて、法廷外に出た。その間、脱いだトレーナーを丸めて抱え、傍聴人席は無視したままだった。

午後三時二十分、法廷が再開され、今度は一時間にわたって弁護団の釈明が始まる。教祖はその間、左手を胸に当てたり、椅子に坐り直したりと、落ちつかない。

そして午後四時二十七分、いよいよ起訴事実の認否に移った。裁判官の前に進み出た教祖は、二、三度深呼吸をするように頭を上げたあと、口を開いた。

〝私は逮捕される前も逮捕された後も、ひとつの心の状態でいました。それはすべての魂に、絶対の真理によってのみ得ることのできる絶対の自由、絶対の幸福、絶対の歓喜を得ていただきたい、そのお手伝いをしたいと思う心の動き、そしてその言葉と働きかけと行動、つまりマイトリー、聖慈愛の実践――この三つの実践によって、私の身の上に生じるいかなる不自由、不幸、苦しみに対して、一切頓着しない心、つまりウペクシャー、聖無頓着の意識。これ以上のことをここでお話しするつもりはありません。以上です〟

裁判長が「起訴事実についてはどうなんですか」と訊くと、弁護人が「これ以上被告人は言いたくないと言っている」と反論した。さらに裁判長が「被告人に訊いているのです」と促す。別の弁護人が教祖に「これ以上言うことがありますか」と尋ねると、〝ありません〟という答えが返ってきた。

このあと二十分にわたって弁護団の意見陳述があり、午後五時前、裁判長が法廷の終了を告げ、次回の公判は明日だと言う。

「被告人、分かりましたね」と裁判長から問われ、教祖は二度ばかりかすかに頷いた。ついで立ち上がり、両手を曲げて胸の前に出し、手錠をかけるように促し、ゆったりとした足取りで退廷して行った。

地下鉄サリン事件の犠牲者・被害者の無念さと苦痛は一顧だにせず、それは〝絶対自由〟〝絶対幸福〟〝絶対歓喜〟に至るお手伝いをしたまでだとする言い逃れは、教祖の頭の中では「絶対的に」確実なものなのだろう。そこには罪の意識など微塵もない。殺傷の罪が、教祖の歪んだ論理の中で見事に反転し、被害者たちの自由・幸福・歓喜のためだとうそぶくのである。

そして自らが現実に受けている逮捕と起訴に対しては、全く頓着しないと言い切っている。殺傷の罪とは無関係に、おのれの不自由を〝修行〟の場だと見なしていた。

ここに透見するのは、現実の世界を無視した手前勝手な、自己完結型の論理である。良心などは、はいり込む隙間もないのだ。

殺傷はその本人のため、自分の逮捕と起訴は修行の一環、この二つの論理こそ、教祖の行動の根幹を成している。部下たちが次々と捕われ、起訴され、裁判を受けているのも、本人のため、本人の修行かもしれず、自分とは一切かかわりのない事象だ——。この単純な論理こそが教祖の脳の核心であり、今後の裁判でも、変わらないと予想できた。

翌日の第二回公判は、地下鉄サリン事件、落田氏殺害、麻酔薬密造についての検察側冒頭陳述に当てられた。

この陳述で、落田耕太郎氏に対するリンチ殺人が明らかになった。

落田氏は大学の薬学部を卒業したあと、製薬会社にはいり、一九九〇年に妻と赤ん坊の娘とともに出家した。教団の付属医院のＡＨＩで薬剤師として働いていた落田氏は、一九九四年一月に教団を脱け出す。

その理由は、ＡＨＩの治療法や、教団が弾圧されていると言う教祖に不信感を抱いたからだった。その頃、後に落田氏を殺すように教祖から命じられる信者の保田英明の母親が、ＡＨＩに入院していた。投薬とともに温熱療法を受けるも、病状は好転せず、教団からは再三、〝お布施をすれば病気が治る〟と言われ、計四千五百万円を寄付した。その後は上九一色村の第六サティアンに移り、ヘッドギアをつけての治療を受けていた。

これを目撃した落田氏は、このままでは病気が悪化すると判断、保田英明とその父親を説得し、第六サティアンから母親を連れ出そうとした。三人は一九九四年一月二十九日に車で第六サティアンに向かい、暗くなるのを待って服をサマナ服に着替え、深夜に落田氏と保田英明は中にはいった。車には、父親だけ残っていた。ところが母親は歩ける状態ではなく、二人がかりで抱きかかえ、連れ出そうとした。

それに他の信者が気づき、井上嘉浩や新實智光らが駆けつけ、両手錠をかけられる。教祖のいる第二サティアンに連れて行かれ、そこに村井秀夫たち幹部も加わり、謀議が始まる。教祖が〝ポアしかない。保田が落田をポアすべき〟と発言、教祖の妻である松本知子以下の幹部も同意した。教祖は保田に対し、〝落田を殺せば家に帰してやる〟と言い、保田が確かめると、〝俺が嘘をついたことがあるか〟と怒鳴った。

保田は〝ごめんね〟と言いつつ、落田氏の顔にガムテープを巻いたあと、教祖が催涙スプレーも吹きつけるように命じた。そこで保田は村井秀夫が用意したビニール袋をかぶせ、中にスプレーを吹きつけた。落田氏が暴れるところを、保田は新實智光がさし出したロープを落田氏の首に巻きつける。落田氏が「助けてくれ」と叫んで暴れるので、井上嘉浩らが押さえつけ、新實智光が落田氏の前手錠を後ろ手錠にかけ直した。

保田が新實智光の言うやり方でロープを締め上げると、落田氏は悲鳴を上げ、徐々に身体の動きがやみ、ついには失禁した。教祖はソファーに坐ったまま、その一部始終を見、最後に、その場にいた中川智正に死亡確認させた。

教祖は保田に対し、殺害は口外してはならず、落田氏は用事で残り、母親は回復に向かっていると嘘をつくように命じた。さらに一週間に一度は教団の道場に通うように指示した。

手錠を解かれた保田は、新實智光と井上嘉浩に付き添われ、第六サティアン付近で待っている保田の父親の車まで送られた。保田は教祖が命じたとおりの嘘を父親に言い、その場から帰途についた。

落田氏の死体は、教祖の指示でビニールシートで包まれ、ガムテープで梱包された。死体の処分を命じられた村井秀夫が、第二サティアン地下室の焼却装置の使用を提案、教祖が〝それでよい〟と指示した。地下にある強力な焼却装置は、マイクロ波加熱装置とドラム缶を組み合わせたもので、一九九三年十一月に、教祖の指示で完成していた。

村井秀夫は死体を地下に運ばせ、梱包を解いて死体のみをドラム缶に入れ、スイッチを入れて作動させた。マイクロ波の照射が終わるまでの三日間、交代で監視したのは村井秀夫の他、北村浩一、山内信一、丸山美智麿らの〝自治省〟のメンバーだった。

ドラム缶に残った遺骨は、村井秀夫が硝酸で溶かし、溶液は風呂場の排水口に流した。溶けずに残った金属物は、近くの湖に捨てた。

もう一件、第二回公判で明らかにされたのは、薬事法違反の麻酔薬密造だった。ここには、教祖による教義の歪曲された科学化が見てとれる。オウム真理教の教義のイカサマぶりの中核を成すのが麻酔薬密造の薬事法違反事件である。教祖にとっては、ミカンの干した皮を薬として売っていた初期段階の犯罪以来、身についた手段だった。

一九九四年六月、ＡＨＩから〝治療省〟に昇格した頃、責任者である林郁夫は〝Ｓチェック〟を行うようになった。スパイの疑いのある信者に対し、アモバルビタールナトリウムを点滴ラインで管注し、半覚醒状態下で尋問する方法である。

同時期、教祖は弟子に霊的エネルギーを授けるイニシエーションの中に、ＬＳＤを用いた〝キリストのイニシエーション〟を加えるようにしていた。その後、〝Ｓチェック〟の手法を利用して、信者の真情を吐露させるとともに、教義を植えつける〝バルドーの悟りのイニシエーション〟を思いつく。実行するのは〝治療省〟の医師たちだった。これら〝Ｓチェック〟と〝バルドーの悟りのイニシエーション〟は〝ナルコ〟と称された。

同年八月、教祖が〝決意の修行とセットにして行うナルコ〟を発案する。教義を復唱させる〝決意の修行〟後に、ナルコ下で教義の定着を確認するやり方で、〝法皇官房〟が主催した。

一方、林郁夫はナルコに用いるアモバルビタールナトリウムの大量購入は、業者に不審を抱かせると判断、教祖の了承を得てチオペンタールナトリウムの使用に切り替えた。しかしセットで行うナルコが出家信者から在家信者にも拡大され、チオペンタールナトリウムの購入量が増えた。業者から実際に購入量の多さを指摘された林郁夫は、危機感を覚えて、教祖に対策を相談する。

他方で、林郁夫から電気ショックで記憶を消す方法があることを知らされた教祖は、それを信者の洗脳に利用しようと考える。村井秀夫に指示を出し、通電装置を製作させた。実用化されたのは一九九四年十一月からで、教団の医師たちが実行に当たる。対象になったのは、男女のつきあいをした出家信者や、教団からの離脱を希望した信者だった。これを教祖が〝どっかん〟と言っていたのを、林郁夫の提案で〝ニューナルコ〟と改める。

対象となった信者にチオペンタールナトリウムを静注して半覚醒にし、五回から七回頭部に電気ショックを加える方法である。筋弛緩剤が使われないので、当然、てんかんの大発作が生じる。通電後に信者が突然身体を硬直させ、時には唸り、ついで大きな痙攣を数十秒間起こし、最後にぐったりする。この間、呼吸は止まっており、しばらくして大きく息を吐いて呼吸が復活する。大発作の際に舌を咬む危険性があるため、通電前の半睡状態のときに、口を開けさせ、丸めた布を奥歯に咬ませるのが通常である。大発作後はぐったりしたまま、麻酔が醒めるまで眠り続ける。覚醒したときには、通電直前の出来事は忘れてしまい、二度と復活しない。これを一日一回か二回実施し、計五、六回の電気ショックを与えれば、実施前ひと月間くらいの記憶は見事に消去される。林郁夫は医学生のとき、精神科でこれを実見し、副作用の説明を受けていたと考えられる。

教祖が〝どっかん〟と言っていたのも、通電された信者があたかも雷撃を受けたように発作を起こすので、その強烈な印象からそう表現したと思われる。

この〝ニューナルコ〟にも注射用チオペンタールナトリウムが大量に必要となり、密造しなければまかなえなくなった。そこで教祖の指示で村井秀夫以下が手足となり、製造工程を確立したうえで、原料となる薬品の大量購入に踏み切ったのだ。実際に密造を担当したのは、遠藤誠一と土谷正実たち〝厚生省〟のメンバーだった。

原料となる薬品購入を引き受けたのは、主として教団のダミー会社のベック株式会社と株式会社ベル・エポックで、代金の受け渡し役は新實智光であり、百万円単位をその都度教祖から受け取った。

他方で実動役の土谷正実は、筑波大学図書館でチオペンタールナトリウム合成に関する文献を集め、クシティガルバ棟で合成実験を重ねる。完成を見たのが一九九四年十月中旬で、標準サンプルを遠藤誠一に渡す。しかしこのサンプルは純度が低く、人体使用には適しないことを遠藤誠一は突きとめ、今度は自らジーヴァカ棟で純度を高める実験をした。その結果、チオペンタールの遊離酸を合成する工程に、活性炭処理を加える方法を考案する。

実際の工程は四段階に分かれる。第一工程では、エチルマロン酸ジエチルを２‐ブロモペンタンと反応させてエチル（１‐メチルブチル）マロン酸ジエチルを合成する。第二工程では、これにチオ尿素を反応させたあと活性炭処理をし、二酸化炭素ガスの吹き込みを行う。できるのがチオペンタールの遊離酸で、ここに第三工程として金属ナトリウムを反応させたあと、メンブレンフィルターを用いて滅菌濾過すると、チオペンタールナトリウムが得られる。最後の第四工程では、できたチオペンタールナトリウムに炭酸ナトリウムを加えて分注する。

密造品完成の知らせを受けた林郁夫は、滅菌や毒性の問題があってはいけないと教祖に相談する。そこで教祖は、まずスパイの疑いのある信者を実験台にするよう林郁夫に指示した。林郁夫は実際に信者に施用して、問題ないことを確かめ、遠藤誠一に報告する。これによって注射用チオペンタールナトリウムの量産が開始された。

一九九五年二月までに、バイアルで三千四百本、一七〇〇グラムが完成し、ジーヴァカ棟に保管され、〝治療省〟の注文に応じて、遠藤誠一が自ら納入した。

このチオペンタールナトリウムは、〝治療省〟だけでなく、〝法皇官房〟にも納入されていた。対象となった信者を五十人並べて寝かせ、注射用チオペンタールナトリウムを点滴に入れ、朝から晩まで体内に注入した。この半睡状態で〝決意〟を聞かせて教義の定着を図る〝睡眠学習〟を実施していた。これは一九九四年九月下旬から十二月中旬まで行われた。

一九九五年三月になって、警察の強制捜査が近いことを知った教祖は、この密造チオペンタールナトリウムの廃棄を遠藤誠一に命じる。遠藤誠一は部下とともに、バイアルの中味をトイレに流し、密造に関する文献も処分した。空になったバイアルは洗浄したあとビニール袋に詰め、東京大学構内の不燃物置場に置いた。ジーヴァカ棟内の空のバイアルは叩き割って処分した。

第三回公判は、一九九六年五月二十三日に行われた。ここで審理されたのは、教団の武装化とサリン量産計画、自動小銃の密造だった。

このなかで明らかにされたのが、教団による細菌兵器の開発だった。中川智正から最強の生物毒素がボツリヌス菌だと聞いた教祖は、さっそく獣医師である遠藤誠一に対して、ボツリヌス菌の採取と分離を指示した。一九九〇年二月、総選挙で全員落選の憂き目にあった直後である。

遠藤誠一は早川紀代秀、新實智光と共に、北海道の十勝川流域に行き土壌を採取する。持ち帰ったあと、中川智正と分離作業を開始した。他方で村井秀夫は、渡部和実や広瀬健一と一緒に、第一上九地区のプレハブ小屋で、ボツリヌス菌を培養する大型タンクなどのプラント化を試みた。

教祖が教団幹部二十五人を前に、〝この人類を救えるのはヴァジラヤーナしかない。今の人類はポアするしかない〟とうそぶいたのはこのあとである。そして四月中旬、東京都内に大量のボツリヌス菌を散布する計画を立て、信者たちを避難させるべく、石垣島でセミナーを開いた。しかし遠藤誠一と中川智正はボツリヌス菌の分離に失敗、村井秀夫たちのプラント建設も頓挫する。これによってボツリヌス菌による生物兵器開発は破綻した。

このボツリヌス菌毒素を発見したのは、ベルギーのエルメンゲムである。一八九五年、ソーセージなどの肉加工品で食中毒を起こす原因菌を発見する。ソーセージはラテン語でボツルスというため、ボツリヌス菌と命名する。嫌気性なので、通常は池や湖の底の泥に生息して芽胞を形成し、この芽胞が食品を汚染する。調理加工が不適切であると、密封された缶詰や瓶詰の中で発芽し、菌を放出する。菌は酸素の少ない所で繁殖して毒素を分泌する。

八種類ある毒素は、いずれも経口摂取で最も致死性が高くなる。吸収された毒素は、血液を通して全身に運ばれ、神経系に選択的に作用する。神経筋接合部に取り込まれると、アセチルコリンの放出を阻害して、筋肉を麻痺させる。このため症状は重症筋無力症と酷似している。

ボツリヌス菌毒素が生物兵器として理想的なのは、致死率の高さ、抗生物質が効かず、症状は急性で治療が長びくうえに、製造と運搬が容易な点である。第二次世界大戦中、米軍はボツリヌス菌毒素を生産し、ドイツ軍も同様なボツリヌス菌毒素兵器を完成しているという情報を得ていた。そのため、ノルマンディー上陸作戦に備えて、連合軍兵士百万人分のワクチンを製造していた。

米国のボツリヌス菌毒素生産は、一九七〇年ニクソン大統領の命令で中止される。その後一九七二年に生物毒素兵器禁止条約が成立する。とはいえ、現在もロシア、イラン、イラク、シリア、北朝鮮などは保有していると見られている。

ボツリヌス菌毒素を兵器として使用する場合、エアロゾルとして散布される。またテロリストが食品に混入させれば、経口摂取による致死量はわずか毒素一マイクログラムである。

経口摂取では半日から一日半、エアロゾル吸入では一日から三日で神経症状が起きる。初発症状は脳神経領域であり、常に左右対称である。眼瞼下垂や複視、瞳孔散大、咬む力の低下、嚥下障害、構音障害、上気道閉塞が起きる。その後、筋力低下が広範に起こり、首も据わらなくなる。

横隔膜と呼吸筋の麻痺によって、呼吸麻痺が死因になる。

治療として呼吸管理を続けても、回復は遅く、筋力が戻るには数週間から数ヵ月を要する。この間、経管栄養を続けなければならない。ボツリヌス中毒が疑われたとき、抗毒素も静脈注射すべきである。

ボツリヌス菌毒素は熱に弱く、十五分の煮沸で消失、食物中にある場合でも三十分間の加熱調理で無毒化できる。


ボツリヌス菌培養に失敗した二年後の一九九二年夏、教祖は遠藤誠一に〝ボツリヌス菌以外の細菌では、何が強力か〟と訊く。遠藤誠一が炭疽菌だと答えると、さっそくその入手を命じた。遠藤誠一は在家信者から炭疽菌のワクチン株を入手し、培養して量を増やしていた。翌年四月、教祖の指示で、亀戸道場で本格的に培養を開始する。一方で上祐史浩は滝澤和義ら幹部に炭疽菌を散布する噴霧装置や培養装置の開発を指示した。豊田亨らが作製したのが〝ウォーターマッハ〟という噴霧装置であり、亀戸道場に設置した。

そして六月から七月にかけて二回にわたり、亀戸道場から外に向けて炭疽菌を散布した。これは噴射が高圧だったため炭疽菌が死滅し、悪臭を付近にもたらしただけに終わった。八月になって、教祖は遠藤誠一らとトラック数台で、同じく炭疽菌を散布しようとするも、噴霧装置のノズルが詰まって失敗に終わる。これで教祖は炭疽菌による大量殺人を断念した。


この炭疽菌を生物兵器として実際に利用しようとしたのは、日本軍の七三一部隊とイギリスだった。前に述べたように七三一部隊では、榴弾に詰める小さな弾丸に炭疽菌の芽胞をまぶした。榴散弾が炸裂すると散弾が皮膚に食い込み、皮膚炭疽を引き起こし致命傷になる。実験に使われたのはマルタと呼ばれた被験者であり、十人を円形に縛りつけ、中心部で榴散弾を爆発させた。被験者は全員が感染し、数週間以内に死亡したといわれる。

イギリスでも一九四〇年、ウィルトシャーのポートンダウンに、ポール・フィルデス博士を部長とする生物兵器研究所を設立する。同年十二月に、戦時内閣のチャーチル首相の認可を得て、炭疽菌爆弾の製造に取りかかる。一九四二年春には実験準備が完了、スコットランド北西部海岸沖のグルイナード島が実験場として選ばれた。岩だらけの無人島であり、実験動物として羊が使われる。羊はそれぞれ十五個の木箱に入れられ、首だけが箱から出ていた。

爆弾の中に詰められていたのは、炭疽菌芽胞を混ぜた懸濁液である。爆発すると、エアロゾルの霧が羊たちに降り注ぐ仕掛けで、実際これを吸った羊たちは三日目頃から死にはじめる。鼻や口から血を流しており、検死解剖で肺に広範な出血が見られた。死んだ羊は崖の上から突き落とされ、その崖までも爆破されて、羊の死骸は岩石と土で覆われた。

ところが翌年春になって、対岸のスコットランド本島で炭疽病が流行、牛七頭、馬二頭、羊は五十頭近く死亡する。これは海に投棄された一頭か二頭の羊が対岸に漂着して起こったと推測された。イギリス政府は航海中のギリシャ船舶から捨てられた羊が原因だと嘘の公式発表をする。その裏で三百ポンドの補償をして、事実を隠蔽した。

炭疽には主に肺炭疽と皮膚炭疽、腸炭疽の三病型がある。しかし症例の九五％以上は皮膚炭疽である。その他には、炭疽髄膜脳炎と口腔咽頭炭疽が稀に見られる。

皮膚炭疽は、芽胞が皮膚の傷からはいって起こる。従って好発部位は手や前腕、顔と首で、一日から五日の潜伏期を経て小丘疹ができる。これは一日程して水疱になり、直径一、二センチの大きさになり、破れると潰瘍が形成される。その後、周囲は浮腫になり、中心部に痂皮形成が起り、二、三週間後には瘢痕になる。死亡率は二割であり、抗生物質の投与で一％未満に減らせる。

腸炭疽は炭疽菌に感染した動物の生肉を食べて起こる。一日から一週間の潜伏期間を経て、インフルエンザ同様の発熱、吐き気、食欲不振、腹痛、全身倦怠感などが生じる。ついで吐血と血便に発展し、毒素血症や敗血症になり、死亡率二五％に達する。

生物兵器として散布された場合、肺炭疽となり、芽胞はリンパ節に運ばれて三日以内に発芽する。これが増殖して毒素を出し、肺を壊死させ、呼吸不全に陥る。こうなると死亡率八割以上である。

治療は抗生物質の投与か酸素吸入があるものの、効果は限定的であり、有効なワクチンも煩雑で軍隊でしか使用されない。

第三回公判で教祖が糾弾されたのは、小銃密造だった。一九九二年十二月、教祖は村井秀夫と早川紀代秀に対して、自動小銃の製造を命じた。目標は自動小銃千丁と銃弾百万発だった。既に教団モスクワ支部を設けていたツテで、村井秀夫、早川紀代秀、広瀬健一、豊田亨、渡部和実の五人は、翌年二月にロシアに渡航、大学のロシア人研究者から、旧ソ連製自動小銃ＡＫ74の説明を聞く。各部品をビデオカメラに撮り、実物一丁と銃弾十数発を入手した。分解後に各人手分けして、写真フィルムの感光防止用の袋に入れて持ち帰る。教祖は、銃弾についても製造を命じ、五月には早川紀代秀、渡部和実、広瀬健一がロシアを再訪、火薬と銃弾製造について研究する。

同時期、教団は山梨県富沢町に〝清流精舎〟を建設し、石川県で所有下にあったオカムラ鉄工株式会社の工作機械を移設した。実際の製造を教祖から命じられたのは横山真人であり、一九九四年二月からは広瀬健一と豊田亨も加わる。設計図作成が困難だったのは弾倉で、早川紀代秀が三月にロシアに行きＡＫ74の弾倉の実物を持ち帰った。

これによって上九一色村の第十一サティアンが金属部品の専用製造工場になり、六月には量産体制が整う。作業員の信者に対しては、厳重なスパイチェックをし、サティアンの入口はひとつにして、他のドアはコンクリートで固めた。実際に自動小銃が一丁完成したのは一九九五年一月一日だった。これを供物として、第六サティアンに住む教祖に持参する。教祖は満足顔で〃今日はすごい日だ。新聞には〈上九でサリン濃厚〉の記事が出るし、お前たちは小銃を持って来る。本当にすごい日だな〃と言った。

しかし三月中旬、警察の強制捜査が近いとの情報を得て、教祖は早川紀代秀に完成した小銃の隠匿を命じる。一方で横山真人と広瀬健一は、部品を段ボール箱に詰めて、第二サティアンの二重構造の地下室に運び入れた。同時に信者作業員には、広瀬健一が完黙と否認を命じた。

こうして強制捜査によって、小銃大量密造は未遂に終わった。

この第三回公判における起訴事実の認否に関して、裁判長と教祖のやりとりは完全にすれ違いに終始した。裁判長が「起訴状記載の事実に何か違う点があるか」と訊くと、教祖は〃被告人としましては、今この場で何もお話しすることはありません。はい〃と答えている。「それだけですか」と裁判長が確かめると、教祖は〃はい〃と答え、さらに裁判長が「何も話すことはないとはどういうことですか」と問うと、教祖は〃認否を留保するということです〃とうそぶく。

たまりかねた裁判長が「認否を留保するとはどういうことですか。起訴状が申し立てている公訴事実が、自分の経験の中で、あったかなかったか、ということですが」と畳みかけた。それに対する教祖の返事は〃裁判長にひとこと言いたいことがあります。ここで私は話すことはない、と言ったはずです。あなたは裁判長でありながら法律を無視するのですか〃だった。裁判長は続ける。

「黙秘というのなら分かります」

〝何も話すことはない。何も話すことはない〟

「黙秘ですか」

〝何も話すことはない〟

これでは埒があかず弁護人が「認否を留保、追って認否します」と代弁して公判は終了する。

ここでの教祖のやりとりからは、初めから裁判そのものを拒否する態度が明らかである。自分はそうした現世の法体系を超越しているのだという態度を誇示したいのだろう。この裁判そのものの拒否は、その後の公判でより明白になっていく。


一九九六年六月二十日に行われた第四回公判で明らかにされたのは、出家制度とイニシエーション、坂本弁護士一家殺害事件、薬物密造、田口修二氏リンチ殺人事件の四つだった。

教祖が指示した薬物はＬＳＤ、覚醒剤、メスカリンの三種である。まず一九九四年二月、教祖が村井秀夫を通じて遠藤誠一と土谷正実にＬＳＤ一キロの製造を命じた。数グラムの製造に成功したのは五月で、教祖はこれを〝キリスト〟と命名、〝キリストのイニシエーション〟と称する宗教儀式を考案する。信者にＬＳＤ入りの飲料水を飲ませ、個室に入れて二十四時間瞑想させるやり方である。これには量産が必要であり、早川紀代秀がロシアに渡ってＬＳＤの主原料を購入する。これによって遠藤誠一は大量に製造し、出家信者千二百人、在家信者三百人に使われた。

その後教祖は〝ルドラチャクリンのイニシエーション〟なる儀式を開始、在家信者に対する出家の強要に利用した。一九九五年五月の強制捜査で一〇〇グラム超のＬＳＤが発見されている。

覚醒剤については、ＬＳＤで幻覚作用のある薬物に興味を持ち、教祖は村井秀夫、遠藤誠一、中川智正に製造を命じる。村井秀夫の指示を受けた土谷正実は、一九九四年七月に標準サンプル五グラムを製造する。教祖はこれを〝ブッダ〟と命名し、さらなる大量製造で、二三〇グラムが出来上がる。このうち三分の一の量が、信者千人に使われた。

同時期、教祖は法的規制のない幻覚物質はないのかと、遠藤誠一に尋ね、報告を受けて、法的規制はあるもののサボテンから得られる幻覚剤のメスカリン硫酸塩の製造を命じた。一九九四年十二月までに、遠藤誠一は部下の信者に標準サンプル二〇グラムを作らせた。教祖はこれを宗教儀式に用いることを決め、さらに三キロを作るように指示した。三キロが完成したのは、教祖の誕生日である一九九五年三月二日だった。

しかしこれはわずかしか使用されず、同年五月の強制捜査で発見されるに至った。

もうひとつ、第四回公判で明るみに出されたのが、出家信者だった田口修二氏リンチ殺害だった。これこそが、オウム真理教が犯した最初の殺人で注目に値する。

田口修二氏が出家信者になったのは、一九八八年である。同年の九月、富士山総本部道場で修行中の在家信者真島照之氏が、突然大声を上げて騒ぎ出す。報告を受けた教祖は、真島氏の頭に冷水をかけるように指示した。これによって出家信者たちは、こぞって真島氏に水をかけ、挙句には顔面を浴槽の冷水に浸けたりした。この過程で真島氏は死亡、田口修二氏はこの一部始終を目撃していた。

当時教団は、団体の名称を〝オウム真理教〟と改称して一年あまりしか経っておらず、宗教法人となる一年前でもあった。そのため教祖は、信者が修行中に死亡した事実が表沙汰になってはまずいと考え、遺体を秘密裏に処理することを決意する。村井秀夫、早川紀代秀、岡﨑一明、妻の松本知子に、内々の処理を命じた。

村井秀夫や早川紀代秀らは、総本部道場の敷地内にレンガを積み上げ、護摩壇を作る。田口修二氏他の信者に、真島氏の遺体をドラム缶に入れさせ、壇上に据えつけて焼却させた。このとき教祖も立ち会い、遺骨は精進湖に遺棄するように命じた。

田口修二氏はこうした一連の行為に疑問を抱き、翌年の一月、岡﨑一明に対して〝こういうワークで解脱できるんですか〟と言い、教団からの脱会を申し出た。教祖は、村井秀夫に命じて総本部前の空地に設置した修行用コンテナに、田口修二氏を監禁させ、翻意を図らせた。しかし田口修二氏は教祖を殺してやると反発する。コンテナの外には見張り役として大内利裕がいた。

様子を聞いた教祖は、田口修二氏の殺害を決め、二月上旬、早川紀代秀、村井秀夫、岡﨑一明、新實智光に対し、次のように命じた。

〝田口は真島事件のことを知っている。このまま抜けられると困る。もし私を殺すという意思が変わらなかったり、オウムから逃げようという考えが変わらないなら、ポアするしかない。ロープで一気に絞めて、護摩壇で燃やせ。跡が残らなくなるまで燃やし尽くせ〟

この指示で四人はコンテナに行き、田口修二氏の脱会の意思が固いことを確認、新實智光が田口氏の首にロープを巻きつける。四人がかりで絞め、さらに新實智光が首を強く捻って殺害した。遺体はドラム缶に入れられ、教祖の指示どおり、護摩壇で焼却された。灰と骨は、教祖の指示で地面に撒かれた。

この第四回公判で、裁判長と弁護団の間で争われたのは、公判の回数だった。裁判長が月六回は公判を開きたいのに対して、弁護団はそれは多過ぎると反論し、結論は出ないままに終わった。

一週間後の六月二十七日に開かれた第五回公判でも、この論争は続けられた。検察側は月八回開催でもいいと言い、弁護団は多過ぎると反発する。裁判長の意向は月六回であり、そのための事件別の分担を提案した。選任されている十二人の弁護人の言い分は、分担になると、担当していない部分が分からなくなるので、一括で行きたいというものだった。

この論争を、教祖は苦虫をかみつぶしたような顔で聞き、両手を太腿の上で組んでいた。時折右手で頰を撫で、坐り直す。かと思えば左手で右の二の腕を掻き、首を小さく振った。起訴事実に対する、教祖の認否の留保はまだそのままになっていた。

この第五回公判から、教団側は信者を大量動員して傍聴券を入手、最前列に陣取っていた。それは七月十一日に行われた第六回公判でも変わらず、最前列で身を乗り出したり、瞑想の恰好をしたりした。教祖は相も変わらぬ濃紺のパーカー風の上着に、同色のスウェットパンツという服装である。

教祖が起訴事実について認否を保留したまま審理は進行し、最後に再び罪状認否の場面になる。「それでは被告人、前へ出なさい」と裁判長が命じると、教祖は刑務官に袖を引かれて正面に立つ。〝起訴事実について以外でしたら、言うことはありますが、起訴事実についての意見ですから、何も言うことはありません〟と、教祖はまたしても言葉を濁した。

同年九月五日に実施された第七回公判では、地下鉄サリン事件に関して、検察側の証人尋問が実施された。証人は五人だった。千代田線霞ケ関駅で、電車内のサリンを駅事務室まで片づけた駅員、そのビニール袋を受け取った警官、ビニール袋の仕分けや新聞紙を実況見分した警官、千代田線電車内で実況見分した警官、霞ケ関駅で実況見分をした警官である。

この公判中も、教祖は馬耳東風、我関せずの態度を貫いた。犠牲者が何人出ようと、被害者が何千人出ようと、教祖には何の痛みもないのだ。

第十六章　逃げる教祖

教祖の弟子たちが検察側証人として出廷するのは、一九九六年九月十九日の第八回公判からである。このとき証人に立ったのは、元〝治療省大臣〟の林郁夫だった。教祖はいつもの紺色のパーカーを着て、弁護団席の前に坐っていた。

グレーのスーツを着た林郁夫は、検察官から「オウム真理教の代表者は誰ですか」と訊かれた。分かりきったことを改めて尋ねたのは、林郁夫の覚悟のほどを明らかにしたかったのだろう。〝麻原彰晃です〟と、敬称なしで林郁夫が答えると、さらに「麻原彰晃とは、この法廷の被告人松本智津夫のことですか」と畳みかける。

ここで林郁夫は顔を右に向け、教祖の顔を凝視したあと前に向き直り、〝はい、そうです〟と答えた。林郁夫の覚悟が見てとれた瞬間だった。

地下鉄サリン事件についての検察官の尋問に、林郁夫はできうる限り知っていることを全部吐き出し、途中で何度も紙コップの水を飲む。教祖はその間、じっと坐り、時々顔をしかめ、組んでいた親指をしきりに動かした。そのうち林郁夫が自分の葛藤を涙ながらに語り出すと、教祖は何かを呟くように口元を動かす。

最後に検察官が「法廷で真実を語ろうとしたのは何故ですか」と訊いた。〝本来ならば、麻原が自分の責任として語らなければならないはずです。まして宗教人であるならば、そうすべきです。しかし私は、彼がそれができない心の持ち主であることが分かっています。それでせめて自分が知っている限りのことを語らなければならないと思いました〟。これが林郁夫の返事だった。

翌日に開かれた第九回公判では、元〝諜報省大臣〟の井上嘉浩が証人として立った。黒いスーツ姿の井上嘉浩は、深々と頭を下げて法廷に入って来た。林郁夫とは対照的に、教祖と眼を合わせるのを避けていた。とはいえ、地下鉄サリン事件の発案と実行指示が教祖だった事実を詳細に語った。そこには井上嘉浩の決意のほどが如実にうかがえた。一年四ヵ月前の逮捕以来、井上嘉浩は取り調べで供述を拒んでいた。十六歳で信者になっただけに、教祖への忠誠は抜きん出ていたのだ。しかし遺族や被害者の供述調書を読み聞かされるうちに、教祖の説く教義が間違っていることに気づきはじめる。両親が差し入れた仏教書を次々と読破し、第三者の眼で教祖と教義を見直すと、さまざまな錯誤が明らかになった。〝尊師は最終解脱者で、教えは宇宙の真理だから、犯罪も救済になる。そうに違いないと思い込もうとしていました〟と、井上嘉浩はかつての自分を振り返った。そして続ける。

〝結局私は弱い人間だった。救済と言いながら自分のことしか考えていない。修行者として自分はだめなんだということを、はっきり自覚しました〟

はじめは小声だった井上嘉浩の陳述は、このあと涙声ながらも次第に大きくなった。〝この現実世界は、私たちの本質から切り離されてはいない。どんなものにも、その存在の本質の輝きがある。その生命を、救済の名の下に、邪魔だからとか、必要ないとか言って破壊することはあってはならない。そうはっきり気がつきました。そのとき、自分が犯した罪の大きさを自覚しました〟

まさしくこれは、教祖の愛弟子だった井上嘉浩の覚醒だった。最後に、堂々と大声で自らの心境を吐露した。

〝覚醒を求めるなら、最終解脱者なんていらない。階級なんていらない。組織や教団なんていらない。解脱は、グルのコピー人間になることなんかではない。そのことに気づき、オウムが多くの人を救済しなかったことが分かった以上、私はオウムを脱会しました〟

この証言が終わるとすぐ、教祖は弁護団席を振り返って何かしゃべり出す。あたかも井上嘉浩の発言をチャカすような態度だ。井上嘉浩は退廷する際、再び深々と頭を下げたあと、この教祖の姿をしっかり眼にとめた。

第十回の公判は十月三日に開かれ、〝第一厚生省大臣〟だった遠藤誠一は、弁護人の交代を理由に証言を拒否した。

翌日の第十一回公判に出廷したのは、元〝科学技術省次官〟の広瀬健一だった。教祖を〝松本被告〟と呼んだ。広瀬健一は地下鉄サリン事件の他、ボツリヌス菌と炭疽菌の培養、自動小銃の製造、ホスゲンプラントの建設に関与しており、その指示がすべて教祖からのものである事実を淡々と述べた。教祖はサリン製造を指示した際、〝男として生まれたからには、天下を取らなきゃな〟と言い、AK74の威力を村井秀夫から聞いて、〝それなら機動隊のジュラルミンの盾も簡単にぶち抜けるな〟と豪語していた。さらに強制捜査が開始されたあと、教祖は広瀬健一に対して、〝私が捕まらない限り、オウムは大丈夫だ。お前は安心して逮捕されて来い。それまでに、後継者を育てるために、若い者に物理でもやらせておけ〟とうそぶく。最後に教祖は、〝逮捕されたときのために、完黙するぞ、下向しないぞ、という言葉を十万回唱えろ〟と指示したという。

包み隠さず証言するうちに、広瀬健一は涙を流し、〝地下鉄サリン事件を救済と思っていましたが、今となっては、あの行為を救済というのは非常に恥ずかしいことです〟と述べた。

「今日、言い残したことはありますか」と検察官に促されて、広瀬健一は口を開く。

〝松本被告に対しては、自己の過ちに気づいて、被害を受けた方に謝罪して欲しい。自分は最終解脱者、救済者だと思っているかもしれないが、必ずしも松本被告の意図通りに運ばなかったことも多かった。松本被告も自分の力に気づいているのではないでしょうか。適当な予言を都合よく解釈して、自分をごまかしてきたのではないかと思います。今も何らかの形で事件を正当化していると思いますので、早くそのようなことはやめ、今までの経過を直視していただいて、真実を見極めてもらいたいと思います〟

この間、教祖は身体を硬くして、身動きしなかった。林郁夫、井上嘉浩に続く広瀬健一の率直な証言が、教祖にボディブローのように効いているのは明らかだった。

その後、教祖は弟子たちの証言に怯え、何とか回避しようとあがきはじめる。

井上嘉浩の反対尋問が開始された、十月十八日の第十三回公判がその起点になる。教祖は裁判長に意見陳述の許可を求め、次のようにほざく。

〝証人となっているアーナンダ嘉浩は、元私の弟子です。彼は偉大なるマハームドラーの成就者です。この事件につき、すべて私が背負うことにします。従って今日の反対尋問は中止していただきたい。これは被告人の権利です〟

〝井上嘉浩証人はダルマカーヤを得た魂です。それは私が確認しております。ダルマカーヤを得た魂は、チベットでもインドでも類稀な成就者と言われています。この成就者に非礼な態度だけでなく、彼の精神に悪い影響を与えることを一切控えていただきたい〟

要するに教祖の意見は、井上嘉浩にこれ以上の発言をしてもらいたくないということだった。構わず反対尋問を促そうとした裁判長に、教祖は哀願する。

〝日頃の寛大な慈悲ある言葉を知り、高い心のバイブレーションを感じています。慈悲ある態度をお願いします〟

当惑した裁判長は「反対尋問は行わなくていいということですか」と問いただす。

〝それにつきましては、今朝わが主宰神のウマーパールヴァティー女神の啓示がありまして〟

「いつ啓示があったのですか」主任弁護人が引き取って尋ねる。

〝今朝です。裁判所に来て、拘置されているときです〟

「そうすると、今反対尋問をやるべきではないと言うんですか」

〝はい、先生方も死ぬんですよ〟

弁護団もあきれる教祖の言い草に、いったん休廷となり、三十分後に再開された。しかし再び、教祖が裁判長の許可なく叫ぶ。

〝私は全面無実です。しかし、全ての魂、全国民に愛と哀れみを発します〟

これは起訴事実に対する否認ともとれる発言なので、裁判長が確かめる。〝これ以上は申し上げられません〟が教祖の返事だった。

たまりかねた主任弁護人が立ち上がって、教祖に質問する。

「井上証人は世間で言う聖者ということですか」

〝そんなレベルじゃない。大変すごいステージです〟

「いつ、そうと分かったのか」

〝二度ほどアストラル界で会いまして、正確に言うと三度、彼が拘置されてからはたくさん会っています〟

教祖の願いも拒否されて、井上嘉浩の証言が始まる。いよいよサリン生成に関する井上嘉浩の証言になると、教祖はしかめ面になって、首を前後に振り、ついには上半身を上下に動かしはじめた。〝身体の中でエネルギーが動き出して。蓮華座を組んではまずいでしょうか〟と教祖は裁判長に訴える。否定されると、教祖の動きは一層激しくなった。その様子に井上嘉浩は冷たい視線を送るのみだった。

証人尋問が打ち切られるや、教祖の動きは止まった。

十一月七日の第十四回公判で、反対尋問の証人席に立ったのは広瀬健一だった。ここでも教祖はわめき続けた。

〝同じことを何回も聞いていますので打ち切って下さい〟、〝こんな馬鹿げたことは止めて下さい〟、〝ここから出していただきたい。ここは裁判所ではありません〟、〝あなた方は私を裁くことはできない〟と繰り返す。

それでも弁護側は広瀬健一への反対尋問を続行した。教祖は何度も口を挟み、邪魔した。〝この裁判は異常だ〟、〝私はあなた方に従う魂ではない〟、〝私は静かに修行したい〟。

そしてついには妄想めいた言葉を吐き続けた。

〝レーザーによる照射とか、電撃を全部やめて欲しい。あなた方の注入するイニシエーションを止めて欲しい。目の見えない私を、みんなでいじめればいいんだ。幻覚を利用した裁判はやめて欲しい。あなた方は、私を精神病院に入れるためにやっているんだな。超音波を使いながら、私をコントロールしている。私をあらゆる方法で死刑にしたいんだ。私の身体をレーザーで焼いたな〟

主任弁護人があきれて「勘違いだよ」と制しても聞き入れない。

〝何度でも言う。拘置所に帰ったら、電撃で一発で殺すのだろう。これは裁判ではない。あなた方は必ず報いを受けるだろう。あなた方は事件を作った。でたらめな事件にした。あなた方は私を暖めたり、冷却したりして、いじめなさい〟

この妄想じみた発言を、裁判長は何度も止めようとする。しかし教祖はしゃべり続ける。

〝退廷させて死刑場に連れていくならそれでいい。私はこういう状態で生き続けるのは拒否する。

ギロチンの音、人が落ちる音がする。退廷させていつものリンチを続ければいいだろう〟
たまりかねた裁判長は教祖に退廷を命じる。教祖は刑務官二人に両脇を抱えられ、半ば引きずられて退廷した。午後の審理が開始されてわずか七分後だった。

この教祖の奇妙奇天烈には、教祖の怯えがはっきり見てとれる。〝レーザーによる照射〟や〝電撃〟などは、教祖自身が部下に命じたことだ。〝幻覚〟を利用した〝イニシエーション〟も自分が考案している。そして〝レーザー〟で〝身体を焼く〟命令を下したのも、おのれ自身なのだ。〝あなた方は事件を作った〟は、全くの責任転嫁でしかない。〝いつものリンチ〟に至っては、教祖自身が信者に行わせた行為なのだ。

オウム真理教という小さな〝王国〟に君臨していた自分の地位が、完全にひっくり返され、かつての弟子たちから糾弾されて、教祖がとったのは、幼児的な責任転嫁戦術だった。

翌日の第十五回公判には、再び井上嘉浩が反対尋問のために出廷する。午前中ずっと、教祖は欠伸をしたり、手で顔を撫でたり、顔をしかめたりするだけだった。弁護団から前日の行為を注意されていたからだろう。しかし午後の審理にはいると、黙ってはおられなくなる。〝裁判長、ひと言だけ〟と発言を求め、〝事件全体についての私の立場を明確にしておきたい。私の愛する弟子、私と一緒にがんばってくれた人たちのために、お話ししなければならない〟と懇願する。

しかし裁判長は当然取り合わない。弁護団もそのまま証人尋問を続け、井上嘉浩も教祖の姿など眼中になく、淡々と証言する。その間、教祖は何度も発言を求めたものの、「言いたいことは、次回の冒頭でやりなさい」と制され、しょげ返る。

こうして、井上嘉浩の証言を止めさせようとする教祖の目論見は完全に遮断された。かつての弟子を泣き落とそうとしても、広瀬健一と井上嘉浩はもう既に教祖を見限っていたのだ。その事実を突きつけられた教祖が、次にどういう戦術をとるかは見物(みもの)だった。

その第十六回公判の実施は、二週間後の十一月二十一日だった。出廷したのは、元〝科学技術省次官〟の豊田亨である。教祖は開廷されるとすぐ、体調が悪いのを理由に裁判長に退廷の許可を求めた。「がまんしなさい」と裁判長からたしなめられたあとも、時間を気にして、何度も弁護団席を振り返った。

豊田亨も、完全に教祖を見放していた。地下鉄サリン事件は〝救済〟ではなく〝凶悪犯罪〟だと明言し、教祖への失望を縷々吐露した。

〝きっかけは、昨年十月頃の松本被告の第一回公判引き延ばしです。もともと予定されていた初公判期日の前日に私選弁護人を解任したせいで、公判が延期になりました。松本被告は、かつて説法の中で、たとえ断頭台に立つことになっても、自分の宗教的な確信は揺がないと言っていました。自分としては、事件の背景である宗教的確信がひょっとしたら公判で語られるのではないかと思っていましたが、それが引き延ばされ、盲目的に事件を救済と思い続けられなくなりました。

二つ目のきっかけは、松本被告の初公判や、破防法の弁明手続きでの言動からです。事件の背景となった考え方に触れなかった松本被告に、失望と落胆を感じました。弁明手続きでは、自分のことを経典の翻訳者などと言い、かつての発言と一貫性のない点にも矛盾を感じます。広瀬被告が証人として出ていた最近の法廷での行動については、コメントするのも悲しい気がします。

単に一貫性がない、という次元ですまされるべきではない。少なくとも最終解脱者と自認していたことを思うと、今の態度は、怒りや憤りを通り越して、もはや悲しいとしか言いようがありません。松本被告に対しては、もう何を言ってもしようがない、という感じです。

もし松本被告が、かつて〈宗教的指導者というのは非常に責任が重く、万一弟子を誤った方向に導いた場合に、その悪業は計り知れない〉と言っていた自分の言葉を覚えているのなら、本当のことを話していただきたい〟

この豊田亨の証言は潔い内省が感じられ、逃げの一手であがく教祖とは好対照だった。それは午後の審理での広瀬健一の反対尋問でも同じだった。教祖は〝体調が悪い〟と訴え、「あなたはここにいる義務がある。退廷するには裁判所の許可がいる」と、裁判長からたしなめられた。

翌日の第十七回公判では、井上嘉浩が三回目の反対尋問に出廷した。開始されて数分後に、教祖は坐ったまま発言し、かと思うと立ち上がり、〝認否をはっきりさせたい。いや認否ではなく、私の立場です〟〝私が証言する機会が与えられていない〟〝今しないと、裁判がどんどん進んでしまう〟と続けた。

弁護人もこの教祖の横槍には閉口する。実は弁護団の接見を教祖が拒否しているため、どう弁護していいか手探り状態だった。

午後になると、教祖の妨害はよりひどくなり、主任弁護人からも「あなたは井上さんの話を聞かんといかんよ」と注意される。午後の審理再開四十分後、ついに教祖は退廷を命じられる。弁護団は一様に溜息をついた。

その後も、教祖は弟子たちそして裁判から逃げ続ける。十二月六日の第十九回公判では、〝自治省次官〟だった杉本繁郎が証人として出廷した。杉本繁郎は地下鉄サリン事件で、日比谷線中目黒行き電車内での実行犯林泰男の運転手を務めていた。

教祖を今では麻原と呼び捨てにしている杉本繁郎は地下鉄サリン事件の経緯を生々しく証言したあと、教祖を口を極めて難詰(なんきつ)した。

〝今年の九月頃までは、麻原の口から本当のことを聞きたいと、ただそれだけを望んでいました。しかし最近の公判での様子を聞くにつれ、それを望んだこと自体が愚かだったと分かりました。今現在、麻原に望むことはありません。ただ、近い将来、麻原の血を引く者によって、同じような惨劇が繰り返されないように望むだけです。まだ教団に残っている人がいると聞いていますが、私たちが人生を捨てて得ようとしていた境地、つまり最終解脱の状態というのは、今の麻原の状態に他ならない。麻原の説く法則を真面目に実行した結果は私です。この事実を、教団に残っている人はよく見て判断していただきたい。もういい加減に、救済ごっこ、真理ごっこ、幼稚で下らない宗教ごっこはやめて、目を覚まして欲しい。私と同じ過ちを繰り返すことがないように――。そして被害者に対してだけは、麻原の口からお詫びを申し述べてもらいたい〃

最後は教祖への促しでもあった。しかし教祖は、眠ったように無反応だった。

十二月十九日の第二十回公判での反対尋問の証人は、井上嘉浩だった。これが四回目であり、LSDと覚醒剤を飲ませる〃イニシエーション〃が、現役自衛官とNHKのプロデューサーおよびその女友達に施行されたことを証言する。自衛官を勧誘したのは井上が〃大臣〃を務める〃諜報省〃であり、NHKプロデューサーと女友達を引き込んだのは、〃法皇官房長官〃の石川公一だった。いずれも〃イニシエーション〃の目的は、強制捜査の日取りを聞き出すためだった。何故なら女友達の知人が内閣情報調査室に勤めていたからだ。

ここではからずも浮上したのが、これまで闇に包まれていた〃法皇官房〃の役割である。すべての指令が教祖の頭で考えられたのではなく、その黒幕ブレーンとして〃法皇官房〃があった事実が、井上嘉浩の口から語られたのだ。

この証言の間、教祖は低い声で独言し、頭を左右に傾け、両肩を上下に動かすばかりだった。午後の審理になると居眠りし、身体が椅子からずり落ちそうになり、何度も裁判長から注意された。

年が明けて一九九七年の公判では、教祖は元弟子たちの証言に茶々を入れるようになる。教祖の着衣は明るい青のトレーナーとグレーのスウェットパンツに変わり、長髪も少し短くなっていた。一月十六日の第二十一回公判の証人も井上嘉浩だった。証言に対して教祖は〝違うじゃないか〟と発言、弁護団長からたしなめられる。それでも、〝嘘です〟〝明らかな嘘です。教団にはクーデター計画はありませんでした〟とちょっかいを出した。最後には、〝アーナンダは勘違いしている。お前、最後に死について考えろ。そんなことばかり言っていると、来世は地獄に堕ちるぞ〟と脅した。

井上嘉浩は教祖の方には顔を向けず、ただ教祖のあがきを哀れむように、悲しげな表情をするだけだった。

教祖の野次は、翌日の第二十二回公判でも同じだった。この日の反対尋問の証人は林郁夫で、地下鉄サリン事件に関して証言をした。その間、教祖は〝バカヤロー。お前たちは何のために生きているのか考えろ。バカヤロー。逃げろ〟〝死んだ後のことを考えろ〟と野次を飛ばして、裁判の進行を妨害し続けた。林郁夫が〝麻原には心からお詫びして欲しい〟と述べたとき、教祖は〝永遠に、それはない〟と遠吠えした。

一月三十日の第二十三回公判では、地下鉄サリン事件でサリンを検出した警視庁科学捜査研究所の第二化学科長が証人に立った。教祖は終始ブツブツとひとりごち、尋問がサリンの水に溶ける速度に及んだとき、〝質問があります〟と叫び、〝サリンはどの程度の速さで溶けるのか〟と訊いた。裁判長が制したのはもちろんであり、教祖はしぶしぶまた元の独言に戻った。

しかしその後我慢できなくなり、再び大声を出す。〝井上が主犯で、全てを動かし、結果を出したこの事件につき、なぜ他の人が共謀共同正犯で逮捕されなければならないんだ〟と叫ぶ。弁護団がなだめすかし、席に戻ると、教祖はまた声を張り上げた。〝中沢新一さんに質問したい。彼がリーダーなんだから〟〝弁護人がやらないのなら、検事総長とお話ししたい〟〝阿部文洋先生、こういう遊びをしていても仕方がない〟

中沢新一は教祖を高く評価していた宗教学者で、阿部文洋は、教祖の公判の裁判長である。この大声で裁判長は退廷を命じる。教祖は待っていたとばかり、誘導されて退廷した。

翌日の第二十四回公判に出廷したのは、元〝科学技術省次官〟の横山真人、土谷正実、中川智正だった。その前に鑑定や実況見分をした警察関係者三人が証言をした。教祖はのっけから野次発言をする。〝被告人はアンパイヤだ。公訴事実が正しいか、正しくないか判断するのが被告人なんだ。裁判というのは、被告人が行司であって、証拠をチェックする〟と述べたて、あくまで自分が裁判を仕切る役だと言わんばかりの虚勢を張った。まだ教祖気分が抜けていない未練がましい態度に終始した。

裁判長の制止にもかかわらず、教祖は〝こういうことをやっていても、正規の裁判にはならない〟〝こんなことやめろと言っているんだ〟とほざき、最後には〝裁判長、退廷をさせていただきたい〟と言い、立ち上がる。しかし今度はその手には乗らず、裁判長は退廷の命令は下さない。

横山真人、土谷正実、中川智正の三人は、検察官に対して共に事件に関する証言を拒否した。反対尋問の主任弁護人は何とか口を開かせようとする。その間、教祖はブツブツと独言をし、他の弁護人たちが黙らせようとした。すると教祖は妻の松本知子のホーリーネームを口にし、〝ヤソーダラー、ヤソーダラー〟と言いつつ、傍に立つ弁護人の腕や胸に触れまくった。まるで児戯だった。

それでも教祖は、野次発言の端々で〝村井はサリンを作ろうとしたかもしれない〟〝私は止めた〟〝私が人を殺したことがあるか〟〝私は知らない〟〝私が殺せと指示したことはない〟と述べ立てた。あくまで刺殺された村井秀夫に罪をなすりつけ、自分では手を下さなかったと主張する、逃げの一手だった。

二月十三日の第二十五回公判で検察側の証人として姿を見せたのは、坂本堤弁護士一家殺害と田口修二氏殺害に加わった岡崎一明だった。審理が始まると、冒頭から教祖は〝嘘だ。嘘をついてはいけない。全部嘘。正しいことを言っているのは麻原彰晃しかいない〟と言い出す。岡崎一明が証言するたび、教祖は〝嘘だ〟を連発、裁判長が注意すると、〝なぜ阻止するのですか。岡崎が事件を指示したのです〟と罪を元弟子になすりつけた。

岡崎一明が坂本弁護士については、教祖がポアの指示を出したと証言すると、〝ポアなんて言ってません〟と叫ぶ。最後には〝なぜ阿部裁判長を出さないんだ。拉致したのか〟と喚く。公判担当の阿部文洋裁判長は壇上にいるのにである。拉致という言葉を教祖が口にするのも、心理的に追いつめられている証拠だった。結局、開廷から十五分後に教祖は退廷させられた。

元〝建設省大臣〟の早川紀代秀が出廷したのは翌日の第二十六回公判である。証人が姿を見せる前に、被告席に坐った教祖はすぐさま裁判長に訴えた。〝裁判長、ひと言被告人から言わせて下さい。認否もさせてもらえないなら、この裁判は無効だと思います〟。そこには教祖が早川紀代秀の証言に怯えているのが見てとれた。

実際に早川紀代秀が入廷して証言台に立ち、裁判長から名前を訊かれ、〝早川紀代秀です〟と答えると、教祖が〝なぜ嘘をつくんだ〟と野次った。ホーリーネームでなく、実名を名乗ったところに、教祖は元弟子の離反を見たのだ。早川紀代秀が構わず証言を続ける間、教祖はまた独言にはいる。早川紀代秀は教祖を今でははっきり麻原被告と呼んだ。証言しながら、早川紀代秀は何度かハンカチで目をぬぐう。それを見てとった教祖は〝これは仕組まれている。ものすごい権力が動いているんだよ〟〝こういう異常な状態を作るな〟〝お父さんと奥さんを守りなさい〟〝三悪趣に堕ちないための修行じゃないのか〟と、未練がましく命令を連発する。ついには〝ヤソーダラー、何を言っているのだ〟〝強姦されているんだ、妻たちが〟と叫んだ。あたかも、早川紀代秀と妻とを混同しているような発言だった。

堪忍袋の緒が切れた裁判長はここで退廷を命じる。両腕を刑務官に抱えられた教祖は、引きずられるようにして廷外に出され、扉が音を立てて閉まった。この瞬間だった。早川紀代秀が嗚咽を始め、肩を震わせた。哀れな教祖の姿を見、その男に心酔したかつての自分に対する悔恨だと思われた。その後、早川紀代秀は、すべての事件について詳細に語り出した。

二月二十七日に実施された第二十七回公判では、坂本弁護士一家殺害事件での神奈川県警の初動捜査が、全く適正を欠いていた事実が判明する。捜査の基本を逸脱した素人以下の捜査は、聞く者を呆然とさせるに充分だった。

そして翌日の第二十八回公判には、事件の実行犯である端本悟、中川智正、新實智光の三人が出廷した。ここで教祖は被告席に着くや立ち上がり、〝麻原彰晃ですが、刑事被告人として意見陳述をしたい〟と言い、裁判長から制止される。端本悟が証言を始めると、〝やめなさい。死刑になる。殺人罪だぞ〟〝麻原彰晃が守ってやる〟〝分かったか、意味がないからやめろ〟と言い続けた。

二番手の証人中川智正は、言葉を少なくして事実上、証言を拒んだ。三番手の新實智光は、持参した証言拒否の文章を読み上げたのみで、あとは沈黙で通した。その間も、教祖はブツブツと独言を続けた。

この独言は三月十三日に開かれた第二十九回公判でも同じだった。しかし〝松本サリンは完全に傷害です。殺人じゃない。悪いことをしても殺意がなければいいんです。裁判とはそういうものです〟と屁理屈をこねた。

翌日三月十四日の公判には、弁護団は出廷せず、教祖だけが被告人席に坐った。しかし弁護団がいなければ、審理を続けられない。すぐに閉廷される。不満が残ったのは、わざわざ中に呼び入れられた証人と傍聴人たちだった。

欠席した弁護団の真意は、おそらくあまりにも速いペースでの審理への抗議だろう。矢継ぎ早の審理に弁護団はついていけないのだ。検察側には充分な証拠資料が既にある。しかし弁護団はその一部しか知らされておらず、他方で教祖との意思疎通もできていない。さらに国選弁護団なので、公判のみに専念するわけにもいかず、収入のためには他の私的な仕事も続けなければならないのだ。

しかしその後の審理には弁護団も出廷する。三月二十七日と二十八日に実施された第三十一回と三十二回公判で証言したのは、宗教法人認証の東京都の担当者、教祖を登場させた文化放送のディレクター、教団の欺瞞を暴こうとした『サンデー毎日』の記者、坂本弁護士に相談した元信者の四人だった。いずれの証言も教祖には耳の痛い話なので、教祖の野次は通常より度を増した。あまりにもうるさいので、教祖の後方に陣取る弁護人も注意し、証人自らも静かにしてくれと発言するに至る。それでも教祖のちょっかいは止まず、ついに〝私には十二人の子供がいる。ヤソーダラーとの間に六人、その他にも三人と二人とひとり〟と、得意気に口を滑らせた。自ら、教団の女性幹部との親密な関係を認める結果になった。

四月十日の第三十三回公判には、地下鉄の事件でサリンを検出した科学捜査研究所の科長が証言し、四月二十四日には第三十四回公判が開かれる。このとき正式に教祖に意見陳述の場が与えられた。教祖が頭の中で何を考えているか赤裸々になった公判だった。

まず地下鉄サリン事件については、〝これは弟子たちが起こしたものであるにしても、一袋二〇〇グラムの中の一〇グラムしか撒いておらず、本質的には傷害です。私自身の共謀については、三月十八日の夜、村井秀夫にストップを命じ、十九日には井上嘉浩にもストップを命じた〟〝結局、私は彼らに負けた形になり、結果的に逮捕されたのです。従って無罪と認定されます〟と述べた。

落田耕太郎氏殺害に関する認否では、突然教祖の口から英語が飛び出した。〝アイ・キャン・スピーク・イングリッシュ〟と言ったあとは子供じみた英単語の羅列である。裁判長から日本語で話すように注意されても、片仮名英単語を口にする。英単語を思いつかないと、頭を抱えて考え込む。それでいて〝今話しているのは、上祐でなく麻原彰晃である〟とうそぶく。自分では英語がうまい上祐史浩なみの英語をしゃべっているつもりなのだ。そしてここでも〝私は殺害の指示をしていません。弟子たちが直感的なものによって殺したものと考えられます〟と逃げた。

全身麻酔薬密造は遠藤誠一が勝手に作り、假谷清志氏拉致については、井上嘉浩に対して、情報収集しろと指示したのみで、林郁夫たちの処置がまずかったせいだと、これまた逃げの一手を打った。

この逃げは坂本弁護士一家殺害についても同じだった。〝これは非常に小さい罪です。私自身は一切指示していないことを明言したい〟〝早川、岡﨑、村井が、自分たちが責任をとりますからとも言った〟

ＬＳＤや覚醒剤、メスカリンの密造に関しても、〝私はオーダーをしていない。人類の精神的な進化のための実験を行った。麻原彰晃は無罪である〟と逃げた。

正午が近づき、裁判長は休憩にはいろうとした。しかし教祖は無視して勝手な意見陳述を続ける。自動小銃密造についても〝マシンガンは作りました〟と認め、〝しかし弾はない。銃身ができても弾がなければ無罪なのです〟と、無罪を主張した。そして〝オウム真理教に全く関係ない假谷さん事件、坂本弁護士事件も、私は完全なる教団潰しのためのデッチ上げであると考えております〟と結んだ。

午後にはいっての意見陳述は、無罪主張を繰り返しながら、少しずつ現実離れしていく。濱口忠仁氏ＶＸ殺害では、〝この事件は麻原彰晃の指示でないことははっきりしております。従って無罪です〃。冨田俊男氏殺害は、ポリグラフにかけてクロと出たので、教団を守るためにやったという意味のことを述べた。サリンプラント建設は〝第四のプロセスの途中で停止を命令した。従って殺人予備罪は成立しない〃と、これまた罪を否定する。滝本弁護士サリン襲撃事件は〝非常に少ない量のサリンなので無罪〃と述べ立てた。

このあとの意見陳述から、教祖の発言は支離滅裂の色あいが濃くなっていく。

松本サリン事件は、〝村井君は天才肌と言われる最高の科学者であり、オウム真理教がサリン攻撃を受けており、ここで実験すればサマナが救われるという発想のもとに実験したのだと思う〃と、死んだ村井秀夫に責任をなすりつける。さらに〝私が指示をしたか、指示していないでしょう〃と、あくまで指示を否定した。これまた逃げの一手である。

これは永岡弘行氏ＶＸ襲撃事件についても同様だった。〝痛めつける必要があったのは事実です。しかし井上嘉浩にもうやめろと言いました。しかし井上君がどうしてもやりたいという言葉を発したので、針のない注射器を渡し、これを使うかと言いました。結局井上君は使わなかったのです〃。あたかも自分が犯行をやめさせようとしたと言わんばかりの口調だった。

さらに最後の水野昇氏ＶＸ襲撃事件では自分の指示を認めたうえで、奇妙な発言に及んだ。〝ＶＸはサリンの四分の一の弱さです。サリンは周りに影響があるので使うべきではない。ＶＸでも針は使うべきではない、と言いました。井上には頭皮の厚い部分を狙えと言いました。新實には山形を使うように指示しております。肉体的にも負担のない状態にあるにもかかわらず、重い罪にするのは問題です。検察官も裁判官も、私の頭にＶＸらしいものを何度も振りかけ実験をしています〃。はからずも最後には、教祖の被害妄想らしきものが顔を出した。

教祖のこの被害妄想ないし妄想様観念、あるいはその演技は、この日の意見陳述の最後に噴出する。〝これが十七事件についての麻原彰晃の論証です。これをエンタープライズのような原子力空母の上で行うことは、非常に嬉しいというか、悲しいというか、特別な気持であります〟

唐突な言い草にたまりかねて、主任弁護人が立ち上がって被告人質問を始める。

「じゃあ、あなたの裁判はどうなってしまったの」

〝第三次世界大戦が始まって、日本はもうありません。裁判ももうないので、私は釈放され、子供たちと自由に生活できるのです〟

「さっきのエンタープライズというのは、どういう意味なの」

〝エンタープライズのような所でみんなと〟

そう答えると、教祖は英単語を並べたてはじめた。主任弁護人があきれて制しても無駄だ。

〝アイ・セッド・マイ・フレンドリ・コンパニオン、ロシアン・ピープル、オール・オブ・ワールド、ハイアー・ピープル〟

「あなたは勘違いしている。ここは法廷だよ」

〝マイ・ドーター・プリーズ・セイ〟

「あなたの裁判ということが分からないのかな」と主任弁護人は頭をかかえた。

〝こんなエンタープライズ裁判なんかないよ。遊びだよ、遊び。十二月二十三日に釈放されているんだよ〟

話にならないと思ったのか、主任弁護人は憮然とした表情で坐った。

翌日の第三十五回公判での反対尋問は、警視庁科学捜査研究所の研究員に対して実施された。その間教祖は不機嫌な顔で右手を上げて空を切る仕草をした。あたかも研究員の証言を断ち切るような激しい動作だ。そして〝やめろよ、こんな馬鹿なことを〟と大声で叫んだ。

五月二十二日に実施された第三十七回公判には『サンデー毎日』の記者と、坂本弁護士に相談を持ち込んだ元信者の反対尋問が行われた。翌日の第三十八回公判に証言台に立ったのは元〝法務省大臣〃の青山吉伸だった。相変わらずのノラリクラリの発言で、検察側の尋問をはぐらかした。この両裁判での教祖は、顔を撫でたり、欠伸をするのみで、退屈している様子がうかがわれた。

六月六日の第四十回公判には、坂本弁護士一家殺害事件に関して、杜撰極まる捜査をした神奈川県警の警察官四人と、塩化カリウムの毒性に関して国立衛生試験所の薬理部長が証言した。六月二十日の第四十二回公判には、神奈川県警に坂本弁護士の長男を埋めた場所を知らせた元幹部で実行犯の岡崎一明が証言に立つ。七月三日、七月四日の第四十三回、第四十四回公判も岡崎一明が主役だった。ここで岡崎一明は、教団が『サンデー毎日』の編集長牧太郎氏の殺害を計画していたことを明らかにした。

七月十七日、十八日の第四十五回、第四十六回公判でも岡崎一明が弁護側の反対尋問を受けた。この間も教祖は黙りこくったままだった。以降、教祖はダンマリ戦術にはいる。

被告人席に坐らされ続けた教祖が、珍しく証人として出廷したこともあった。自身の第四十二回公判が行われる少し前の一九九七年六月十七日、林郁夫の第十四回公判だった。ここで教祖は生きる屍の実態を示した。教祖が証言台に立ったのは弁護側の要求によるものだった。従って林郁夫は被告人席に坐り、教祖の入廷を待ち受けた。

教祖は呪文か独言のようなものを発しながら、法廷に導かれて証言台に立つ。紺色のスウェットの上下を着て、長髪もさして長くない。裁判長から姓名を訊かれた教祖は、〃マイ・ネイム・イズ〃と英単語を並べた。聞きとれないくらいの小声だ。裁判長が生年月日を確認すると、頷き、職業を尋ねられると再び呟きになる。

〃日本の国家が、人に対する、新陳代謝が、あなたの観念を——〃

全く支離滅裂な発言をする教祖を、裁判長がやめさせ、宣誓書は書記官が代読、教祖に指印をするように命じた。しかし教祖は応じず、独言を続けるのみだ。宣誓や証言そのものは国民の義務だと裁判長が説諭しても、独言は続く。裁判長がさらに、宣誓拒否は十万円以下の過料だと警告しても、教祖のブツブツは変わらない。業を煮やした裁判長が、十万円の過料を命じ、弁護人も仕方ないという様子で折れる。ここで林郁夫が被告人席から声を上げた。

〝私は非常に不満です。私が証人としてあなたの公判に出たときは、大声を出して承知しろとか言い、新聞で読んでも、他の人の証言の際、地獄に行くぞなんて大声で言ったくせに、今の声は何ですか。普段の説法とは格段に違う小声で、しかも英語を使ったりして。あなたは英語を馬鹿にしていたではないですか。あなたに反省しろとか、本当のことを言え、とか言っても無駄とは、充分私も承知してはいるものの――〟

林郁夫は裁判長に発言の許可を求めたうえで、さらに続ける。〝今のあなたの態度は石井さんの心にも及ばない〟

石井久子は元〝大蔵省大臣〟で、教祖の愛人でもあり、その子を産んだあとも教団ナンバー2の地位にいた。その石井久子は、このひと月前の公判で、教団と訣別する意見陳述をしていた。〝オウム真理教の教義は、本当の仏教の教義と比べて、人を差別化することが何より大きな間違いだったと思います。ここから窮極的に殺人を犯す余地が生じたのです〟と述べ、教祖の過ちを指摘していた。

林郁夫がこの石井久子の改心に触れたとたん、教祖の独言は突如怒号に変わった。

〝クリシュナナンダ、いい加減にしろ。お前のエネルギーは足から出てるぞ〟

〝まだそんなことを言っているんですか。しかも今度は大きな声で〟

林郁夫が苦笑する。

〝悪業を積んでどうするんだ、馬鹿者〟

〝あなたはかつて哀れみだとか何だとか言ってきた。杉本にしろ、豊田にしろ、井上にしろ、今ではあなたを哀れだと思って見ています。私だって同じで、ここであなたを吊し上げるつもりはない〟

〝ふざけるな〟

〝あなたは、あなたなりの証言をすればいいんです。判断するのは、聞いているみんなや、裁判官なんだから〟

林郁夫はあくまでも冷静そのものだ。教祖は再びもとのブツブツに戻った。その教祖を哀れむように、林郁夫は自分なりの訣別宣言を投げかけた。

〝私はまだこういう人について行く人がいると思うと、情けない。英語でしゃべれば、あなたは現実と向き合わなくてすむし、自分の世界に逃げられるのでしょう。しかし真に仏教を信じているなら、輪廻転生を信じているなら、自分が起こした事件が恐ろしくて、生きていけないはずです。結局、あなたは転生も信じていないんでしょう。あなたは宗教を自分の道具にしていた。盲信していた人たちは、あなたの手足にしか過ぎなかった。そこをあなたはひとりでよく考えて欲しいと思います〟

裁判長はここで証人の退廷を命じ、教祖は刑務官二人に導かれて退廷した。林郁夫はその間目を閉じ、哀れな教祖を見送ろうともしなかった。

第十七章　教祖の病理

林郁夫が、教祖は宗教を道具にし、信徒たちも手足に過ぎなかったと指弾したのは、正鵠を得ている。また教祖が仏教の教義を身勝手に解釈し、人を差別化したという石井久子の指摘も、的を射ている。

教祖に宗教心、ましてその基礎になる道徳心が皆無だった事実と、周囲を使い走りにして、差別する性向は、教祖の少年時代からして明らかであり、年を重ねるたびにそれを肥大化させたと言える。その他にも、根っからの暴力癖、権力志向、お山の大将気質、さらにペテンと金権崇拝も、その生育過程で獲得されている。オウム真理教は、そうした教祖の病理性の上に築かれた砂上の楼閣だった。

盲学校時代から、教祖は級友たちを暴力で怯えさせ、あらゆることに使い走りをさせている。体格がよく、柔道を習っていたため、暴力は恰好の支配手段だった。加えて他の級友たちよりも視力が残っていたため、断然優位な立場を確保できた。先天的な緑内障のため、左眼はほとんど見えなかったものの、右眼は弱視だった。柔道も、教祖にとっては、修養の場ではなく、暴力性獲得の手段だったと言える。

しかしこの優位性は、盲学校という限定された集団でしか通用しないのは明らかで、社会では却って軽蔑の対象になる。事実、教祖は、鹿児島県の加治木町で鍼灸マッサージ師として働いていた一九七六年に、傷害罪で一万五千円の罰金刑をくらっている。教祖が犯した最初の犯罪が傷害罪であった事実は、その後犯した数々の犯罪を象徴している。またこの傷害罪によって教祖は、自分の力を発揮できるのは、通常の社会ではなく、特殊な集団内に限られると、はからずも思い知らされたに違いない。

その後、一九八四年、東京都渋谷区で「オウム神仙の会」を作り、翌年には信者十五人ほどを集める。この小集団は、かつての盲学校同様、教祖にとっては居心地のいいものだった。あとはこれを膨らませていけばいいだけだ。早くも三年後の一九八七年には、「オウム真理教」に名称を変更する。さらに二年後には、教祖の常套手段である暴力的脅迫で、東京都から宗教法人の認証を獲得する。これによって、かつての盲学校と同じ、限定された集団を自分の手中にしたのだ。

盲学校にいた頃、教祖があからさまに狙ったのが生徒会長の座だった。選挙で選ばれるため、教祖は暴力に訴えて、使い走りさせていた同級生を恫喝して自分への投票を強要する。しかし開票してみると、当選したのは人望のある同級生だった。教祖は盲学校ではついぞ、名誉を手中にすることはなかった。この名誉欲の実現が、〝宗教〟集団の中で可能になる。しかしここで、教祖は表向き暴力を自らに禁じ手とする。暴力の代わりに前面に出したのは〝宗教心〟だった。

とはいえ、他の宗教団体には代議士を国会に送って権力を持っている例もある。代議士をひとりでも当選させれば、世のなかで地位を得、自らはその党首になることも可能だ。それこそ閉ざされた盲学校や宗教の小集団の中ではなく、一般社会の中での権力獲得への道だった。そこで、宗教法人の資格を手にした一九八九年八月、政治団体「真理党」を設立する。そして翌年、自らと配下を含めて二十五人が衆議院選挙に出馬する。教祖は東京四区から立候補し、ここでさまざまな違法行為を重ねる。性来のイカサマ性を発揮する。しかし二月十八日の総選挙で教祖が獲得したのは千七百八十三票だった。もちろん他の二十四人も、見るも哀れな惨敗だった。

この衆院選立候補には、教祖の社会的な視野狭窄がはからずも露呈されている。立候補による教団の宣伝という効果を、教祖は狙っていたのかもしれない。しかし総崩れになれば世間の笑いものにもなる。従って教祖には本気での勝算があったはずである。小集団の中で得た権力が、そのまま世間で通用するのではないかという誇大感と視野狭窄が、教祖にとりついていたのだ。

そして教祖にはもうひとつ重要な目論見があった。教祖とその一味は、総選挙の三ヵ月半前の一九八九年十一月四日、坂本堤弁護士一家を殺害していた。その犯行はまだ明るみに出ていない。ただ犯行以前から『サンデー毎日』が、教団批判の連載をしていた。正々堂々と国政選挙に立候補すれば、まさか世間はその犯人たちがそこにいるとは思わないだろう。教祖はそう踏んで、選挙に打って出る。いわば一石二鳥ではある。選挙カーの上に並んだ信者たちが奇妙なお面をかぶらせられたのには、犯罪がバレるのを恐れる心理が働いていた。

信者が一万人以上はいると胸を張っていた教祖が、獲得した票が二千以下という総選挙惨敗に直面し、持っていた暴力性が噴き出す。この暴力性は、教団を非難する勢力を抹殺するのには欠かせなかった。ここには教団が過去に犯した人殺しが助走として働いていた。二年前には、在家信者の真島照之氏を水責めによって死亡させていた。ちょうど一年前には、脱会しようとした出家信者の田口修二氏も殺害している。さらにその九ヵ月後には、坂本弁護士一家を惨殺していた。ここに至れば、もはや教団の罪、殺人集団という実態は永遠に消えない。ましてそれを暴露されれば、教団の求心力はガタ落ちし、空中分解し、教祖と取り巻きの幹部は重罪犯として制裁される。教祖にとって、この事態は自滅であり、何としても防がなければならなかったのだ。

暴力装置として教祖が考えたのは、まずは薬物、そして生物兵器だった。肉親を教団に取られた家族が、坂本弁護士の助言で「被害者の会」を結成したのは、一九八九年十月下旬だった。その数日後、坂本弁護士はＴＢＳの取材を受け、教団の裏の実態を語った。これが放映されれば、教団非難の嵐が起こると危惧した教祖は、早川紀代秀、青山吉伸、上祐史浩をＴＢＳに派遣し、ビデオを開示させたうえで放映を中止させる。目下教団にとって最も危険な人物は坂本弁護士だと判断した教祖は、村井秀夫に殺害を下命する。村井秀夫は隠密裡に殺害する方法として、毒物をまず考える。殺人の痕跡を残さないやり方で薬物に優るものはないからだ。さっそく医師幹部の中川智正を呼びつけ、〝人を殺せる薬はないか〟と訊いた。数日後、中川智正はかつて勤務していた大阪市内の病院に侵入、塩化カリウムを盗み出した。

坂本弁護士の殺害には、この塩化カリウムを静脈注射する方法をとる予定だった。一九八九年十一月四日未明の襲撃の際、抵抗されて注射に至らず、結局は三人とも窒息死させられた。坂本弁護士の首を絞めたのは岡﨑一明、坂本夫人のネグリジェの奥襟を摑んで絞め殺したのは中川智正、幼い長男の口を塞いだのは、中川智正と新實智光だった。

薬剤による殺人が困難だと分かると、教祖は遠藤誠一に生物兵器開発の指示を出す。総選挙敗退のひと月後、遠藤誠一はボツリヌス菌の培養を開始する。しかしこれはうまくいかず、三年後の一九九三年春には炭疽菌の培養を開始した。六月から七月にかけて二回、亀戸の教団施設から炭疽菌を噴霧するも失敗する。八月、同施設から今度は教祖自身がトラックに乗ってスイッチを押して、炭疽菌を噴霧しようとした。結果は悪臭を放っただけに終わった。これによって教祖は生物兵器を断念する。

あとの望みは、ほとんど同時に指示を出していた化学兵器だった。幸いその分野には、遠藤誠一の下に土谷正実という化学畑出身の出家信者がいた。化学兵器の筆頭ともいうべきサリンについて、教祖が説法の中で言及したのは、炭疽菌培養開始と同時期である。ハルマゲドンで使用される武器としてサリンを挙げた。もちろん説法の中では、自分たちが使うのではなく、攻撃されるのだと、例によって主客を転倒させた。

実際に、説法から半年後、土谷正実はサリン六〇〇グラムの製造に成功する。これを使って実施されたのが、教祖にとって目の上のたんこぶである創価学会名誉会長襲撃である。もちろん失敗に帰す。さらにひと月後には合成量は三キロに達した。これを使って再度、名誉会長を襲撃、しかしこれも新實智光がサリンを吸って重傷を負うだけに終わる。教祖はこれでは満足せず、村井秀夫を通して中川智正と土谷正実に対して五〇キロ生成を指示した。他方で教祖は〝科学技術省次官〟の滝澤和義にサリンプラントの建設を命じている。その後、早川紀代秀にも加担を指示した。三〇キロができたのが一九九四年二月である。四ヵ月後の六月二十七日、これが松本サリン事件で使われ、七人の犠牲者を出した。

その直後、今度はＶＸ製造が、教祖から村井秀夫に命令された。村井秀夫は土谷正実に指示、早くも二ヵ月後にはＶＸの生成に成功する。ＶＸが初めて使われたのは同年十二月の水野昇氏襲撃だった。教団から逃げた元信者一家を保護した水野氏に山形明がＶＸをかけ、意識不明の重体に陥らせた。実は水野氏への襲撃はこれが三度目だった。さらに十日後、スパイだと誤解された濱口忠仁氏が山形明にＶＸをかけられ、死亡する。翌年一九九五年一月四日には、また山形明が永岡弘行氏にＶＸをかけ、意識不明の重体に陥らせる。永岡氏は「オウム真理教被害者の会」の会長だった。

しかし教団が生成した化学兵器はそれだけにはとどまらない。イペリットとホスゲン、青酸がある。教祖が仙台支部で、公安警察によって教団が毒ガスのイペリットなどで攻撃をされていると説法する。全くの責任転嫁であり、一般信者に恐怖を抱かせ、不手際で毒ガスが漏れ出たときの予防策でもあった。一方で、これによって信者の結束がより強くなることも、教祖は頭の中で考えていた。

六月二十七日の松本サリン事件の二ヵ月前、教祖は、中川智正、土谷正実、林郁夫に対して、富士川河口付近でサリンの噴霧実験をさせた。その感触を得て、五月九日に実施されたのが、甲府地裁での滝本太郎弁護士襲撃事件だった。このあと、前年末に早川紀代秀が購入契約をしていた旧ソ連製二十六人乗りの大型ヘリコプターが教団に到着する。これによって、いつでもどこでも空からサリンを撒布することが可能になった。

土谷正実が合成したイペリットは結局使われず、ホスゲンが松本サリン事件の三ヵ月後、教団の闇を厳しく追及していたジャーナリストの江川紹子氏の自宅襲撃に使われた。青酸は、地下鉄サリン事件の後の五月五日、中川智正と林泰男が新宿駅のトイレに発生装置をとりつけた際に使われた。

教祖の暴力装置拡大策は、生物兵器と化学兵器だけにはとどまらず、並行して自動小銃製造も思い立つ。早くも一九九二年末に、早川紀代秀をロシアに送り、実物を実見させ、翌年二月には村井秀夫、広瀬健一、豊田亨、渡部和実もロシアに渡り、自動小銃AK74を分解して採寸し、一部を持ち帰った。その後横山真人に自動小銃千丁の製造を命じた。しかし山梨県富沢町の清流精舎で自動小銃一丁が完成したのは、二年後の一月で、まだ弾丸はできていなかった。

こうして化学兵器のサリンとホスゲン、VX、未完成ながらも生物兵器の炭疽菌、そして自動小銃を手にした教祖は、本気で自作の〝ハルマゲドン〟を信じていた。そのとき生き残るのは自分たち教団の信者だけなのだ。

その過程で多くの人間を殺す言い逃れとして教祖が思いついたのが、〝ヴァジラヤーナ〟だった。つまり、殺害はその人物を救済するためだとする詭弁である。これを説いたのは、総選挙で落選したあとの一九九〇年四月十日だった。幹部二十五人を集めて、〝今やこの世はマハーヤーナでは救済できない。これからはヴァジラヤーナで行く〟と説法する。その前年の坂本弁護士一家殺害も、それで正当化できた。殺人ではなく〝ポア〟なのだ。

教祖が編み出した自己流〝ハルマゲドン〟は、自分の完全失明の時期と一致していた。わずかに視力の残っている右眼が少しずつ悪化しているのは、教祖も分かっていた。完全失明になれば、白杖を必要とするほど動きを人に頼らざるを得なくなる。多少見えるのと完全な視力喪失とは大違いなのだ。その日を〝ハルマゲドン〟とすれば、世の生まれ変わりと、自分の再生が一致する。いうなれば、自分の運命を信者に共有させる最良のやり方であり、イチかバチかの勝負だった。

これ以前、教祖が信者獲得に使った手が、やはり生来のペテン癖だった。その方便は、一九八二年、船橋市内で薬局を開いていた際の延長でよかった。このとき教祖は干したミカンの皮などを万能薬であると虚偽の宣伝、販売をしたとして薬事法違反の罪で二十万円の罰金を食らっていた。今度はニセ薬は使えない。代わりになる虚偽宣伝の一大バクチは〝空中浮揚〟の写真だった。誰でもちょっとした訓練で可能になる〝空中浮揚〟を、〝解脱者〟の証拠だとしてオカルト雑誌『ムー』と『トワイライトゾーン』に持ち込む。ニセ薬販売から三年後の一九八五年十月だった。わずか三年間で〝解脱〟とは笑止千万である。しかしこの一枚の写真の効果は絶大で、その後『トワイライトゾーン』連載記事も獲得し、十五人ほどだった信者は漸増しはじめる。翌年の初めての著作『超能力「秘密の開発法」』が売り物にした〝超能力〟に魅きつけられた若者は多かった。誰でも、手っ取り早く〝超能力〟を手にしたいのはやまやまだからだ。そして一九八七年、「オウム真理教」への改称とともに『マハーヤーナ』を創刊する。丹沢の集中セミナーで殺人を容認する説法をするのはこの半年前だった。

とはいえ本格的に教団の宣伝を派手にし出したのは、総選挙敗退の翌年の一九九一年からである。その頃教団は窮地に追い込まれていた。選挙惨敗のみならず、信者である複数の母親が子供と一緒に出家したのに対して、父親のほうが人身保護請求を大阪地裁に申し立て、勝訴していた。また熊本県警が国土法違反等で全国十二ヵ所の施設を強制捜査していて、青山吉伸を逮捕した。同じく国土法違反で、早川紀代秀も逮捕された。さらに石井久子までが証拠隠滅で逮捕される。

こうした事態にあって、教祖は悪評を払拭する必要にかられたのだろう。一九九一年九月末、テレビ朝日の「朝まで生テレビ!」に、口八丁手八丁の上祐史浩とともに出演する。その他にもテレビやラジオ、雑誌にいけしゃあしゃあと顔を出して、教団の宣伝をした。

さらに十一月にはこの勢いを駆って、信州大学、東北大、東大、京大などで、教祖が講演する。若い頃、自ら東大を受験すると豪語して断念しただけに、教祖は学歴に対して根深い劣等感を抱いていた。これを消し去る有力な方策は、そうした有名大学で講演をし、あわよくば、在学生、卒業生を信者にし、手足として使うことだった。特に教祖が必要とし、信者にしやすい手応えを感じていたのは、理系の高学歴を持つ人間だった。理系の人間は、科学的な素養から離れて、一足飛びに超現実的な解脱や人間救済の思想に飛びつきやすい。哲学的、倫理的思考に理系の人間が弱いのは、文系の人間が科学的思考に弱いのと対照的だった。

逆に言えば、大学院まで進んだ高学歴の理系の若者にとって、将来の展望は限りなく灰色だった。そのまま大学に残って研究を続けたとしても、やれる範囲は極端に狭かった。所属する研究室の教授の意向は絶大であり、思い通りの研究はできない。あくまで教室の研究範囲内でしか動けない。しかも、その予算は驚くほど貧弱だった。他方、企業に就職したとしても、研究の方向性はその企業の生産範囲内に限定される。ここでもまた、年長の先輩や上司の意向は無視できない。五年や十年は下働きを余儀なくされる。予算とて潤沢であるはずはなかった。

それに比べると、教団にはふんだんに金があった。必要な物品は四の五の言わず購入できた。まるで科学研究の楽園そのものだった。倫理観の代わりに、教祖に忠誠を誓った科学者は、もはやそこから抜け出せない。土谷正実こそその典型だったと言える。

教祖は翌一九九二年四月、突如としてモスクワ放送の番組枠を買い取って、ラジオ番組を始める。ロシアの要人が献金ないし賄賂に弱いのは、つとに分かっていたのだ。教祖はモスクワ放送という虎の威を借りて、ロシアの科学系の大学で講演もする。さらに五月から十一月にかけて、スリランカ、ブータン、アフリカ、インドに教団ツアーを実施したのも、宣伝活動の一環である。翌一九九三年十一月にはモスクワツアーも敢行、何とオリンピックスタジアムでイベントも開催した。この間、裏ではサリンや炭疽菌、自動小銃を作っていたのだから、ツアーは目くらましとしても有効だったのだ。

考えてみれば、教祖が虎の威を借りた最大の行為は、〝空中浮揚〟を宣伝した二年後、オウム真理教を設立した一九八七年に、インドのダラムサラでダライ・ラマ法王に面会したことだろう。その後も数回会って、これによって仏教指導者のお墨付を貰ったも同然になったのだ。

教祖の特徴として、金の亡者である点も強調しておく必要がある。金権志向は、既に二十代後半のニセ薬の製造販売にもその兆候を見てとれる。教団発足当初から出家制度を設けた目的は、信者の囲い込みのみならず、その財産没収にあった。あり金すべてを教団に寄付させたあとは、教団施設で奴隷なみの安宿生活をさせ、時には使役にも駆り立てる。修行の名を借りた人足宿と考えていい。文句を言えば制裁を科せられるので、暴力団が支配する蛸部屋同然だったのだ。

さらに修行の名目で、在家信者からも数十万、数百万単位で金を吸い上げた。オウム真理教創設の翌年、早くも〝血のイニシエーション〟と称して、教祖の血を飲ませる儀式を設ける。この売血なみの商売がひとり百万円だった。その後は、教祖の髪を刻んだもの、教祖が入浴したあとの湯さえも、飲む儀式として高額を要求した。これによって教祖と一体化できるという屁理屈をつけたのだ。

笑えない〝傑作〟は、電極付きのヘッドギアをかぶって電流を流す〝ＰＳＩ〟だろう。教祖の脳と同一化をはかるという突拍子もない理由をつけ、在家信者には、一千万円の値段をつけた。十人いれば一億円、百人で十億円という途方もない収入を教団は得た。

出家制度が財産の収奪として犯罪化したのが、目黒公証役場事務長の假谷清志氏拉致殺害事件である。実妹が出家するにあたって、その財産を根こそぎ入手するのが目的だった。

こうして出家信者からかき集めた巨額の金の収支を任されたのが、教祖の愛人、〝大蔵省大臣〟の石井久子だった。石井久子は、教団が強制捜査を受けたあとも、遠藤誠一らに逃亡資金を渡していた。

もうひとつ、石井久子が教祖の愛人であり、双子の女児を含めて三人産ませているように、教祖の色欲についても触れる必要がある。妻である松本知子と子供たちは、当初教団とは別のアパートに住まわせられ、上九一色村に教団施設ができたあとも、教祖はよく別のサティアンに出かけていた。信者には男女の関係を厳禁する一方で、教祖自身は放蕩三昧だった。各地の支部を訪問しては、そこの信者をホテルに呼び寄せて説法をする。男性信者が全員一緒に教祖の部屋に呼び入れられたのとは逆に、女性信者はひとりずつ、しかもその〝説法〟はひとり二時間に及んだ。教祖はベッドに横たわっての〝説法〟だったから、推して知るべしである。

教祖の女性関係を最も知っているのは、専属運転手だった杉本繁郎で、法廷でも証言している。この石井久子の住む第一サティアンまで教祖を送ると、石井久子は教祖の腰に手を当てて迎え入れた。この石井久子は、最初は死産、そのあと産んだのが三人である。杉本繁郎によると、〝それ以外にも少なくとも二人の愛人がいた〟。もちろんそれと感づいた妻の知子と教祖の間には、いさかいが絶えなかった。教祖に次ぐ〝正大師〟の地位にいながら、教祖から殴られて鼓膜を破られたり、独房で〝修行〟させられたりした。嫉妬にかられて暴れたときは、電極つきのヘッドギアPSIを二ヵ月以上被らされている。

男女の仲を禁じた教祖の掟を破った幹部としては、井上嘉浩がいる。魅力的で〝信仰〟に一途だった井上嘉浩は、女性信者の憧れでもあった。福岡支部長だった頃、かつて教祖の愛人だった女性が、福岡支部に異動させられ、井上嘉浩の身の回りの世話をするようになる。誘われるようにして男女の仲になったとき、この〝破戒〟が教祖にバレて、本部に呼びつけられる。教祖が命じたのは、コンテナの中での四日間の断水と断食だった。夏だったからコンテナの中は蒸し風呂状態になる。断食だけならまだしも、断水なら確実に死が待っている。真暗闇の中でそう覚悟した井上嘉浩を救ったのは、三日目に降った雨だった。コンテナの温度が下がり、天井に水滴ができた。井上嘉浩はそれをティッシュでぬぐい、口に含んだ。大雨は一日中続き、四日目には暑さが戻ったものの、死は免かれて生還した。

裁判で石井久子は〝仏教は人を平等とみなしているのに、教祖はそこに差別を持ち込んで歪曲している〟と批判していた。この教団内に設けた教祖の恣意的な階級制は、差別の露骨な現われだった。〝正大師〟の上に自分を据え、ピラミッド状に信者たちを階層に分けることによって、自分の地位はもはや揺がない。命令も滞りなく下達できる。階級の上げ下げによって、自分に忠誠を誓わせることも可能になる。

この階級制が音を立てて瓦解したのが、逮捕から裁判にかけての間だった。改心した幹部たちから一斉に批判の矢が教祖に向けられたのだ。その先鋒に立ったのが林郁夫であり、井上嘉浩だった。広瀬健一、杉本繁郎、石井久子もこれに続いた。

化けの皮を剝がれた教祖の反応は、まずは怒号であり、次は支離滅裂の弁明、そして最後は、何やら自分流の呪文らしいブツブツである。これら一連の反応は、すべて生き延びるためのあがきであり、窮余の一策としてのブツブツは、あわよくば精神異常の診断を勝ち取るための詐病でしかなかった。このブツブツは、最期を迎えるまで独房の中で、教祖の口から漏れ続けるはずである。所詮このブツブツ以外、語るべきものは何も持っていなかった教祖だったのだ。

第十八章　証人召喚

教祖以外でも、各々の幹部信者に対する裁判が続けられているなかで、証人召喚状が届いた。覚悟はしていたものの、大学の教官としての日々の務めの他に、こうした任務は重荷になった。とはいえ、拒絶はできない。立ち向かうしかなかった。

まず出廷したのは、滝本太郎弁護士に対するサリンによる殺人未遂事件だった。被告人は青山吉伸である。通常は東京地方裁判所で行われている裁判が、証人の居住地を考慮して福岡地方裁判所に変更されたのはありがたかった。

第一回の出廷は一九九七年六月十三日で、弁護側の尋問は、サリンによる攻撃で滝本弁護士が感じた「目の前の暗さ」についてだった。弁護側としては、どうしてもこれをサリンと結びつけたがらず、他の要因、例えば体質、別の病気、あるいは他の化学物質に起因するのではないかと、あれこれと屁理屈としか思えない質問をぶつけてきた。

証人召喚はもちろん初めてではなかった。神経内科医として、これまで証人として出廷した回数はもう軽く三十回は超えていた。チェーンソーによる振動障害、東大でのタリウム殺人事件、福大病院でのタリウム中毒事件は、まだ記憶に新しい。弁護人がまず問題にするのは、証人が真に専門家としての資質を持っているかどうかだった。証人に値しない人間として、こちらをこきおろすために、矢継ぎ早に質問してくる。腹が立つのをおさえ、じっと耐えられなければならない。第二は、結論の信憑性を薄めるために、AやB、Cの可能性も考えられるのではないかと、これまた執拗に食い下がる。「その可能性もないとはいえない」などと証人の言質を得れば、弁護人としては大きな収穫なのだ。

弁護人が被告の立場に立って代弁する役目については、よく理解できる。しかし時としてその任務に忠実なあまり、検察側の証人をはなから侮蔑するのは公平ではない。証人とて、損得勘定から証言台に立つのではない。あくまでその道の職業人、専門家としての責務を果たすべく、いわば手弁当で出廷しているのだ。大学の教官としての任務は、臨床と研究、教育であり、この三本柱だけで日々の予定はぎゅうぎゅう詰めになっている。そこに裁判がはいり込む余地など、通常はありえない。しかし証人を断れば、国民の義務を放棄することにつながると思えばこそ、引き受けているのだ。精神的な身銭を切っているのに等しかった。

第一回の尋問を終えたとき、担当の栗田検事が労をねぎらってくれた。

「沢井先生、本当にご苦労さまでした。弁護人の人数がいつもより多いのには気がつかれましたか。五人も揃えていました」

「はい。弁護側も力を入れているなとは思いました」

「弁護人は全員、京都大学出身で、被告人の同期生ですよ。被告人も京大出です」

「司法研修所でも一緒ですか」

「もちろんです。それで入れ込み方が普段と違うのです。いわば身内です。先生には嫌な思いをさせたかもしれません。そのあたりは、実に申し訳ないです」

「構いません、それは」そう答えるしかなかった。

「来月の公判で、先生の出廷は終わりですから、よろしくお願いします」

栗田検事が頭を下げた。ご苦労なのは、二人の検事、弁護人、裁判官、そして被告までが、この日のために、わざわざ福岡まで出向かなければならないことだった。こちらが不満をぶちまけるのは、それこそ僭越の極みだろう。

二回目の出廷は七月十八日だった。例によって開廷は午前十時で、昼休みをはさみ、夕方五時まで証言台に立たねばならない。青山吉伸被告は、前回同様、顔馴染の弁護人たちの前に神妙な表情で腰かけていた。

——前回、証人にお聞きした際、サリンの被曝後四、五時間経って縮瞳が現れたような文献は存在しないということでしたね。

「はい」

——現に証人が出されている文献、そして前回、証人に訳していただいた文献でも、サリンに被曝してから数秒、遅くても十五分から三十分で症状は発現するという内容ですね。

「はい」

——証人の御証言、あるいは意見書にも書かれていましたが、あれが唯一、サリンに被曝してから後の経過に関する文献ですね。

「はい」

——前回の証人の御証言で、松本サリン事件と地下鉄サリン事件についての報告が出ているということで、『救急医学』に載っている五篇か六篇の文献を取り寄せました。しかしその中にも、被曝してからの経緯、症状の変化についての記載は確かに何もありません。証人は読まれたでしょうか。

「はい、読んでおります。症状経過についての論文はないように思います。一般論ではなく、ケースレポートとしては、あるかもしれませんが、見ていません」

——松本サリン事件、地下鉄サリン事件の後に出た文献で、被曝してからどのように症状が変わったのかを書いている文献は、何かあるのでしょうか。

「前回紹介した以外には知りません」

――紹介していただいた文献では、時間的経緯、症状の変化について記載した文章はあったでしょうか。

「重症例については、いくつかあったように思いますが、一般論としての記載はなかったと思います」

――すると、特に縮瞳だけで終わっている症例については、どういうふうにして縮瞳が起こったかを記載した文献はないということですね。

「縮瞳に関して、いつ頃起こって、どういう経過を辿ったかについての記載はありません。ただ、その後どのくらいしてよくなったかという記載は、一部ございました」

――つまり、縮瞳が起こるまでにどのくらいの時間がかかったかという記載はないけれども、その後どのように治癒したかの文献はあったということですね。

「はい、そうです」

――それから、証人の意見書の資料として引用されているものの中に、地下鉄サリン事件の被害状況捜査報告書というのがあり、二千六百五十五名の方の症例が記載されていますね。

「はい」

――これは確かにものすごい記録で、すべて見たのですけれども、縮瞳が現れるまで、どのような経過をたどったかについての記載はゼロですね。

「はい」

――ですから報告書は、どういう症状が出たかについての記載のみであり、どのような経過を辿って縮瞳が出たかについては書かれていないということですね。

「はい」

──それから、証人は地下鉄サリン事件の後、二十人くらいの患者さんに会われたとおっしゃっていましたね。

「はい」

──その二十人くらいの患者さんに会われたときの記録なり、あるいはそれを基にして証人が論文か何かを発表されたことはあるのでしょうか。

「いえ、記録は自分で持っていますが、正式には発表していません」

──客観的なデータとしては出されていないということですね。

「はい」

──証人が会われた二十人の患者さんの中に、本件のように縮瞳だけあるいは縮瞳にプラスアルファ、例えば呼吸器系の症状とか、そういうのが出た患者さんは、何人くらいいたのでしょうか。

「縮瞳については充分に把握していません。目の前が暗くなったとか鼻水が出るとか、そういう自覚症状を主に調査したので、縮瞳についての詳しい客観的な頻度については存じません」

──自覚症状で、目の前が暗いという人は何人くらいいたのでしょうか。

「約六割くらいだったかと思います」

──それでは、今ここで、どういう人がどういう症状を辿ったかについて、ひとりずつお話しになれるでしょうか。

「いえ、それはできません。アンケート用紙を使って、それに記載してもらう方法で聞き取ったものですから、詳しい名前や年齢など、手元に記録がないのでできません」

──名前はプライバシーもあるので結構です。すると証人の調査は、アンケートでなさったのですね。

「はい、アンケート用紙で直接本人に聞くという形式を取りました」

──そうすると、アンケート用紙で聞き取る事項というのは、具体的にどうだったのでしょうか。

「それは、松本で起こった有毒ガス事件の報告書を基にして、そのとき用いられたアンケート用紙の形式に従って、聞き取り調査をしました」

──具体的にどういう事項を質問されたのでしょうか。

「自覚症状が主で、有機リン中毒で考えられるべき症状が、すべて並べられています」

──つまり、サリン中毒にかかったときに、こういう症状が現れるだろうということを全部書き出して、それに沿って質問したのですね。

「はい。松本では、信州大学でそういう調査用紙が作成されていて、その同じ形式のものを使いました。松本の事件と地下鉄サリン事件とを比較したいと考えたものですから」

──その松本サリン事件で使われたアンケート様式は、誰が作られたのでしょうか。

「信州大学の公衆衛生学の那須という先生が作られたものです」

──そうすると、本件に関連しては、主に縮瞳になるのですけれども、どういう質問項目があったのでしょうか。

「縮瞳自体については、質問項目はありません。ただ、目のいろいろな症状、例えば目がかすむとか、目の前が暗くなるとか、ものがぼやけて見えるとか、目が痛いとか、非常に詳しいことを聞くようになっています」

──そうすると、目の症状については、暗くなるということだけではなく、かすむとか痛いとか、そういうことを全部聞かれたということですね。

「はい」

──そして目の症状を訴える人が六割くらいいたと。

「はい。六割以上あったかも知れませんけれども」

――それで、目の症状を聞くとき、被曝をいつして、いつ症状が出たかも細かく聞かれて、それもアンケート用紙にメモを取られたのでしょうか。

「はい」

――前回の証人の御証言では、被曝して家に入ったとき、あるいは病院に行ったときに暗く感じたという患者さんがおられたということでした。何歳くらいの年齢の人で、どういう経過を辿って、そういう状態になったかについて、二、三の例をちょっとお話しいただけないでしょうか。

「年齢は大体二十歳から四十歳くらいの男性ばかりです。いつ頃から症状が出たかについて聞いたところ、目の前が暗くなるという症状についての訴えが最も多く、その次に目の痛みが多かったのです。さらに聞くと、目の痛みについては、比較的、曝露を受けて早い時期から訴えています。目の前が暗くなるという症状については、曝露直後から訴えた人も何人かおられました。しかし、多くの場合は、自分の職場に戻ったときとか、病院に行って初めて気がついたということでした」

――その病院に行ったというのは、事件が起きて、一時間かそこら後に病院に行ったということでしょうか。

「一時間かどうかは分かりませんけれども、少なくとも半日以内に全員が病院に行っておりました」

――そうすると、証人は、被曝して何時間後に病院に行ってというような、具体的な聴取はされていないということですね。

「そうしたケースもありました。しかし全部が全部そうしたわけではありません」

――被曝して何時間後かに病院に行ったケースですが、証人がメモされている中で、大体何時間だったのでしょうか。

「確か五、六時間だったと思います」

――その人のことを具体的に聞きたいのですけれども、男性か女性か、何歳ぐらいの人でしょうか。

「男性で、確か四十歳くらいの方だったと思います。病院に行って、目の前が暗いので、びっくりして病院の鏡を見て、縮瞳が起こっているのに気がついたという例でした」

――その方が五時間も六時間も後に、病院に行かれたというのは、どういう理由からでしょうか。

「同じ職場の人がみんな同じような症状を訴えているので、自分も何か異常が起こっているのではないかと心配になり、病院に行ったと聞いております」

――その病院は何という病院でしたか。

「警察病院です」

――警察病院は、地下鉄サリン事件のとき、かなりの患者さんが運び込まれた病院ですよね。

「はい」

――かなり重症の方も運び込まれたのではないでしょうか。

「いえ、その警察病院のデータは知りませんので、どのくらい重症の方がいたかは全く存じません」

ここで発言を買って出たのは裁判長だった。さすがに適確な質問だった。

――その四十歳くらいの男性というのは、地下鉄に乗っていた乗客なのですか、それとも捜査に携わった警察官なのでしょうか。

「後者でございます」

この返事に驚いたのは弁護人だった。

――警察官ですか。

——そうすると、患者さんを運び込んで来たり、警察の内部で重症の患者さんの手当てに立ち会ったりとか、いろんなことをなさった方ではないでしょうか。

「捜査に当たったのは事実でございますが、それ以外、具体的な任務は聞いておりません」

——治療に当たられた看護婦さんや、お医者さん自身が、軽いサリン中毒にかかられたことは、あちこちの資料に出ていますよね。

「はい」

——ですから、その警察の方がいろんな捜査に立ち会われたということであれば、別に地下鉄サリン事件のときに被曝して、その症状が五、六時間後に現れたというのではなく、どこか他の場所でサリンが蒸発している場所があって、そこで吸われたのが、五、六時間後に現れたということではないのでしょうか。

「はい」

「そうではないと思います。やはり直接地下鉄サリンの現場に行かれての曝露だったと、記憶しています」

弁護人としては、サリン被曝後五、六時間が経過しての縮瞳は、何としても否定したいのだ。というのも、滝本太郎弁護士が、自分で運転する車の窓を開けてサリンに被曝したあと、目の前が暗いと感じたのが、かなりあとだったからだ。それがありえないとすれば、サリンの被曝はなかったことになる。

——その方は、警察病院にも頻繁に出入りはされているわけですよね。

「警察病院には、そのとき初めて行かれたようです」

——警察病院には、重症の患者さんも運び込まれているはずで、そういう服についているサリンを吸うとか、いろんなことがあると思います。現に、看護婦さんやお医者さんがかなり重症になった例もあると聞いております。その辺のことは、細かくは検証されていないということですね。

「はい」

——それから前回、証人の意見書に添付された英文を、証人に訳してもらった際、その文献の著者が自覚症状と所見を混同しているというような御証言が、確かにあったと思うのですけれども、具体的にはどういうことなのでしょうか。

「通常、症状と所見ははっきり分けて記載するのが常識でございます。しかしその文献では、それを全く区別せずごっちゃにして記載しており、それが問題だと申し上げたように思います」

——我々には、どれが所見で、どれが症状かよく分からないのですけれども、どのあたりが混同されていたのでしょうか。ご記憶の範囲で結構です。

「縮瞳については早く出てくるけれども、その他の症状については、具体的には書かれていませんでした」

——そうすると、証人が訳された文献ですが、これは症状を書いているのでしょうか。所見を書いているのでしょうか。

「最初のうちは縮瞳という所見を書き、その後はどういう症状を示すかについては、書かれていませんでした」

——非常に少ないサリン濃度の曝露では、縮瞳または他の症状は、数分間起こらない。曝露中止後、縮瞳は十五分から三十分間、完全とはならない、というように証人は訳されています。この部分で、症状の記載はどこにあるのでしょうか。

「それは縮瞳という所見のみを書き、どんな症状が出たかは書いていません」

——証人が縮瞳と言われるのは、所見なのですね。

「そうです」

――ただ、症状でも所見でも、縮瞳と書く場合もあるのではないですか。

「いえ、症状で縮瞳ということは、通常言いません」

――少なくとも専門家が書く場合は、所見は縮瞳、症状としては暗黒感とか、そんな記載になるのですね。

「はい、目の前が暗いとか」

――いずれにしましても、証人の御意見では、この文献での所見としての縮瞳は、非常に少ない量の曝露でも、数分後に起こり、長くても十五分か三十分後には起こっていると、こういう形になるわけですね。

「はい。私どもは縮瞳がいつ頃から起こるかに非常に興味を持っております。サリンの場合、蒸気で直接目から曝露を受けるので、蒸気がごく薄い場合、他の症状が出なくても、縮瞳という所見は真っ先に出てくるのではないかと思っておりました。それで多くの文献を集め、探していたときにあの文献が出てきたわけで、非常に貴重な資料だと考えています」

――それで証人の知る限りでは、これが唯一の資料になるのですね。

「はいそうです」

――証人が被害調査をしようと思われた動機と目的なんですが、もう一度正確に言っていただけますか。

「いろんな文献に、種々の中毒症状と所見が書いてありますが、私ども神経学者が見て、信頼できるものか、直接本人に会って聞いてみる必要がございました。松本の場合は行く機会がございませんでした。東京の場合は、たまたま行く機会があったので、聞き取り調査をしたわけです。重症例については多くの論文が出ておりますけれども、軽症例については意外と報告はなされておりません。それで、軽症例でどういうふうに症状が起こり、どんな所見があり、どういう経過を辿るかを、自分の目で確かめ、直接聞いてみたかったので、調査をしたわけです。それから松本と地下鉄で、何か症状の面で差があるかも、是非知りたかったので、そういう意味で調査を行ったのです」

——これは、どこからか依頼を受けてやったのではなく？

「私の自主的な調査です」

——全くの学問的興味ということですね。

「はい」

——先程から何回も出ていますように、どういう経過を辿って、縮瞳、あるいは自覚症状が現れるというような文献が全くない現在、証人が将来、これをまとめて論文なりを発表される御予定はあるんでしょうか。

「はい、したいとは思いますけれども、もっと肉付けが必要かもしれません。今回の調査で分かったことは、目の前が暗くなるという症状が、非常に前景に出てくるという事実でした。そういう意味で、普通の農薬中毒と、サリンみたいな蒸気曝露を受けた場合とは、症状に違いがあるということが理解できました」

——先程、四十歳くらいの警察官の方の症状をお話しいただいたのですけれど、他に被曝したと思われるときから長時間たって自覚症状が現れたような事例があれば、お話しいただきたいのですが。

「同じような症例が一、二例あったように思います」

——具体的に、今記憶はないのでしょうか。例えば何歳くらいの方で——。

「みんな年齢は二十歳代から四十歳代でした」

——今すぐ頭には浮かばないのですね。

「はい」

――思い浮かぶのは、その警察の方で、五、六時間経っていた例のみですか。

「はい」

――それから縮瞳というのは、入ってくる光の量が少なくなるということですよね。

「はい」

――縮瞳と視野が狭くなるのは、正確には別のことですよね。

「いや全く無関係ではございません。縮瞳が非常に強くなれば、視野が狭くなってもおかしくはないと思います」

――正確には、視野というのは、自分が見える角度ですね。

「はい」

――それで、視野が狭くなるというのは、見える角度が狭くなるというものですね。

「はい」

――そして縮瞳というのは、入ってくる光量が減ってくることですから、視野狭窄とは本質的には違うことではあるけれども、縮瞳という現象が起こると、目の構造上、視野狭窄も起こるというふうに考えていいということですね。

「はい。特に縮瞳が著明な場合には、視野も狭くなり、逆に縮瞳が軽い場合に視野狭窄があれば、別な原因があると私どもはいつも考えています」

――それは証人のお考えなのか、確かな文献とか何か、あるいは相関データがあるのでしょうか。

「いや、それはないと思います。ただ重要な点は、通常著明な縮瞳が起こるようなことはめったにございません。この前、主尋問のときにお話ししたように、橋(きょう)という脳幹に出血が起こった場合は、瞳孔が直径一ミリ以下に縮んでしまいます。その他の条件で一ミリくらいになるような状況を作ってやれば、視野が狭くなっているかは確認できますけれども、今までそういうものはありません」

――それから、同じようなことを聞きますけれども、縮瞳によって青のものが赤になったり、白に見えたり、ねずみ色に見えたりすることはないですね。青は青でいいですね。

「はい、そう思います」

――要は、光の青い、赤い、白いは、波長の問題ですよね。

「はい」

――もうひとつ、視野が狭くなったからといって、太陽を見て、太陽が見えなくなるということも、当然起こらないですよね。

「はい、起こらないと思います」

――太陽が前にあるとして、太陽に向かって、太陽を見ていて、太陽が見えないというようなことも、当然起こらないですね。

「はい、そういうことはないと思います」

くどい質問だとは思いつつ、ありのままに答えたところで休憩にはいった。どっと疲れが出て、その場にへたり込みそうだった。弁護人席の前の青山吉伸も、ほっとしたように一礼していた。

「いやあ、本当にご苦労さまでした」

控室で昼食をとりながら、栗田検事が労をねぎらってくれた。

「ともかく執拗な尋問でした。先生を疲れさせるのが目的かなと思ったくらいです」

脇から貝島検事も言う。「とにもかくにも、弁護側の目的は、サリン曝露から五、六時間たっての縮瞳はありえないという一点を確保することとです」

「それが否定されれば、サリン曝露はなかったことになりますから」

栗田検事が念をおす。「午後は、五時までの長丁場です。よろしくお願いします」

考えてみれば、二日目の証人尋問も、まだ始まったばかりだった。溜息が出そうになるのを抑えた。

午後一時から始まった尋問には、二人目の弁護人が立った。先方は入れ替わり立ち替わりすることができる。しかし受けて立つ方は常にひとりなのだ。

弁護人は滝本太郎弁護士の検察に対する供述調書を示した。

――ここに、太陽は西の空の低い位置にあったと記載されていますね。

「はい」

――そうすると、仮に縮瞳があったとしても、太陽があるという供述とは矛盾はないということですね。

「はい」

――同じく調書に、この日は晴れていたと書いてありますが、仮に縮瞳があったとしても、晴れているのは分かっても不思議はない、ということですね。

「はい」

――ということは、縮瞳があっても晴れと曇りの区別はできるということですね。

「はい」

――先程の証人の御証言では、昼間明るい所にいると縮瞳は気づかないけれども、部屋や病院とかの建物の中に入ったときに、縮瞳に気づく場合が多いと、こうおっしゃいましたね。

「いえ、正確には、目の前が暗くなるという症状に気づくということで、縮瞳ということにはなりません」

――証人自身は詳しくはご存じないと思うのですけど、当日、滝本弁護士は山梨での裁判が終わったあと、別荘地に行き、あちこち別荘を見て、それから帰って来たということはご存じですね。

「はい」

――証人も、ご存じだと思うのですけど、滝本弁護士はその途中、八ヶ岳パーキングエリアでうどんか何かを食べ、富士見町役場にも立ち寄ったと書かれています。

「はい」

――証人の先程の御証言では、既に縮瞳が所見として現れていれば、パーキングエリアでうどんを食べたり、役場に行っていろいろな人と話をした場合に、目の前が黒くなるとか暗くなるとかの症状が現れるのではないでしょうか。

「そういう症状が出ても、おかしくはないと思います。本人が気づくか気づかないかは、別問題ですけど」

――ですから、気づいていないということは、縮瞳がなかったか、ない可能性もありますね。

「ない可能性よりも、あった可能性が強いような感じがします。縮瞳が軽度であれば、気づきにくいし、その部屋の明るさによっても、気づきの程度は変わると思います」

――役場というと、大体暗いところなんですけどね。

不満気に弁護人は言い、証拠品になっている地図を示した。

――滝本弁護士は、ここにある中央自動車道を通って帰って来ています。別荘を見たあと、この自動車道にはトンネルが十ヵ所近くあります。特に笹子トンネルは非常に長く、五キロくらいあります。こういう暗いトンネルを通ったときに、縮瞳としての所見がある場合に、自覚症状が出てもおかしくないと思うのですけれども、そのあたりはどうでしょうか。

「おかしくはないと思いますけれども、本人が異常に気づいたかどうかが、一番問題になります。しかし記録には記載がありません」

――我々も入手している記録に、トンネルの中で暗いということに気づいたとは、一切書かれていません。トンネルを通った時間帯は、本人が暗く感じた時点からさかのぼって、三十分ないし一時間前なのです。その点について、証人はどうお考えでしょうか。

「暗い明るいは感覚の問題で、多少暗い所を通っても、本人が気づかないのであれば、それはそれでおかしくはないと思います」

――しかし本人が気づいていなかったということは、トンネルを通るまでは、本人に所見としての縮瞳はなかったと考えるほうが普通なんじゃないでしょうか。

「そうではないと思います。暗く感じるかどうかが一番重要であって、縮瞳があったか、なかったかの問題には結びつかないと思います」

弁護側が、どうしても縮瞳はなかったという結論にしたいのは、これで明白だった。ここで弁護人が代わり、背の高い眼鏡をかけた弁護士になった。質問が別の角度から飛んでくるのを覚悟する。

――一般にアレルギー反応というものがありますね。微量物質が身体にはいり、後になって同じ物質がはいって感作し、異常な反応を起こすことで、化学アレルギーと呼ばれていますよね。

「私どもは、化学アレルギーという用語は使いません。個々の物質、例えばアスピリンならアスピリン過敏症とか、そういう言い方をしております」

どうやら弁護人は、サリンではなくアレルギーの問題にすり替えたがっているようだった。

――しかし天然にあるものや、人工的に合成した物質でアレルギー反応を起こすことはありますよね。

「はい」

――例えば農薬とか殺虫剤でアレルギーを起こす、建物に使われている建材でアレルギーを起こすことはありますよね。

「はい」

——それを一般に化学物質によるアレルギー、あるいは化学物質過敏症とか言うのではないですか。

「化学物質による過敏症という言葉は使いますけど、化学物質過敏症と続けて言うことはございません」

——滝本弁護士がアトピーの疾患を持っているということは、先生はご存じでしょうか。

「はい」

——アトピーというのはアレルギーの一種ですよね。

「はい」

——アレルギー反応というのは、誰でもが起こすわけではないですよね。

「はい」

——アレルギーを起こす人、特にアトピーを起こす人なんですけど、これはもともと体質的に敏感なのか、それとも一般の人でも条件が整えばなるのか、そのあたりはどうでしょうか。

「後者だと思います」

——遺伝的にはあまり関係がないと。

「遺伝というよりも、通常私どもは体質によるものだというふうに言っております」

——去年、朝日新聞に、東京の杉並区で喉の痛みや目の痒みなどを訴える人が集団的に出て、眼科の専門家が診たところ、縮瞳が見られたという記事が出ていたことは、ご存じないでしょうか。

「全く存じません」

——新聞の記事によると、近くにゴミ焼き場があるので、それが原因ではないかと書いてありますけど、そういうゴミ焼き場から出る物質で目に障害が出て、縮瞳が起こるというような研究論文が発表されたことはないでしょうか。

「全くございません」

——東京都では、公園に散布された農薬や、電柱に使われた防腐剤なんかを調べているようですけど、こういうことから先程言った目の障害は起こるのでしょうか。

「粘膜に刺激性のある物質が出れば、目の痒みなどが起こってもおかしくないと思います。そのときたとえ縮瞳があっても、どのくらいの程度の縮瞳があったかを、具体的に示していただかないとコメントはできません」

——証人が前回言われた証言では、農薬で症状が現れるには大量に使われないと出ないということでしたね。

「はい」

——最近では農薬や殺虫剤による過敏症というのが、本でも新聞でもよく取りあげられます。証人が前回言われた大量の農薬ではなくて、過敏症であれば、ごく微量の農薬か殺虫剤によって身体的な反応が出ることもあるのではないでしょうか。

「最近の農薬については、ごく微量で症状が起こった事例は出ていません。他の化学物質で微量で反応した例は、聞いたことがございますけれども」

——証人は公害物質をいろいろ扱われているので、実験室でそれを抽出したり、分析したり、なさっているわけですね。

「分析はしておりません。共同研究で、公共の機関に分析をお願いするようにしています」

——そうすると、証人のほうは、化学物質を実験室では扱わないのですか。

「いえ、動物実験で、動物を化学物質に曝露させ、どんな影響が出てくるかについては、毎日のようにやっています」

——動物に化学物質を与え、尿を採ったり、血液を採ったりして、代謝物を分離して測定するということはなさっているのですか。

「代謝物の測定は、他の機関に頼んでやってもらっています」

——証人のご経験についてですけど、お医者さんとしては、化学物質をいろいろ取り扱われていて、化学物質のことは詳しいと考えていいのでしょうか。

「研究としては動物実験をいろいろやって、研究データを出しておりますけれども、研究の主眼は、あくまで人間に対してどんな影響が出るか、神経学的な方面から分析しております」

ここでまた弁護人が、前の弁護士と交代した。まるで投手の交代と同じだ。しかし打者は交代を許されず、打席に立って、最後まで球を打ち返さなければならない。

——証人の前回の御証言では、サリンに揮発性があるのだというふうにおっしゃっていましたね。

「はい」

——以前、三菱ギャランの会社の人に証言してもらったときに、車を二五度Cくらいの晴れた日に外に出しておくと、車体の温度は一〇度くらい上がるという証言をされました。例えばサリンのような揮発性のある物質を車にぶっかけると、大部分は地上に落ちる形になり、サリン自体は薄く被膜として残ると思うのですけど、それがどのくらいの時間が経てば蒸発すると、証人は思われますか。

「私自身は化学者ではないので、お答えできません」

——直感的に分からないですか。

「仕事自体は、他の領域の専門家と相談しながら進めていくわけで、その部分については全くの素人で、お答えできません。他の方から意見を聞かれたほうがいいと思います」

――証人の前回の御証言、それと文献から、目に障害が現れたのは一立方メートルあたり、一分間五ミリグラムの曝露を受けた場合とおっしゃったし、文献にも書いてありましたね。

「はい」

――一般論でお聞きします。滝本弁護士が乗った車に、仮にサリンの入った液が振りかけられたとして、約五時間についてはサリンを一切吸わなかった、五時間後に、車の窓を十秒程開けたために、サリンが車に流入してきて、それを吸ったとした場合に、目にサリンの障害が出るかという問題について、お答えいただけますか。

「車内にサリンがいつ、どのくらい入ったかについては、分かりません。しかし重要な問題は、サリンがいつ入ったかだと思います」

――それで、いつ、どのくらい入ったかについて、今からおうかがいしていくのですけれども、仮に車に一グラムのサリンが付着したとします。五時間後にどのくらいのサリンが入ってくるかを考えると、まず第一の仮定として、五時間でサリンが全部蒸発してしまう場合があります。そのとき同じ速度で蒸発してしまうと仮定すると、一時間は三千六百秒ですから、五時間で一万八千秒になります。一グラムが一万八千秒の間に蒸発しているとすると、一秒間あたりのサリン蒸発量は、〇・〇〇〇〇五五五グラムになります。これをミリグラムに直すと、一秒間に〇・〇五五五ミリグラムが蒸発している形になります。十秒間窓を開けたとしても、蒸発した分が全部車内に入ったとしても、〇・五ミリグラムというサリンの量になります。

疲れた頭を懸命に研ぎ澄まして聞いていても、どこか前提がおかしいような気がして、素直には頷けない。助け舟を出してくれたのは栗田検事だった。

――異議がございます。第一に、適当な前提とは思われません。第二に、これまでの証言で明らかにしたつもりでおりますが、窓を開けなければ一切入らないなどという前提は間違っています。

——ですから、仮定の話をしているわけです。

——仮定の話を証人に聞くとしても、正当な仮定でなければ、証人は答えようがないと思われます。この尋問は不当な尋問だと考えます。

——仮定の尋問をさせていただき、実際はどうだったのかについては、適宜修正していったらいいと思います。まず叩き台がないと、どう考えたらよいか分かりませんので——。

——証人と仮定の話で議論しても始まらないと思います。

水かけ論になったとき、裁判長が割って入った。

——検察官の異議は分かりました。弁護人のご意見としてはどうでしょうか。

——ひとつの叩き台を作って、それを聞いていく形にしたいと思います。

——であれば異議は棄却します。しかし仮定の話を長く続けても意味がないと思いますので、適当なところでまとめて、次に進んで下さい。

やれやれと思いつつ、頭の中を整理する。その時間だけでも稼げたのは、栗田検事の助け舟のおかげだった。

——先程の仮定の話でいきますと、十秒間に全部車の中に入ってくるとして〇・五ミリグラム、車の外で蒸発したものの五分の一が車内に入ったとして、〇・一ミリグラムです。〇・一ミリグラムのサリンが車の中に入ってきた場合に、どういう症状が起こるのでしょうか。

「まず、はっきりお答えしたいのは、一立方メートルあたり五ミリグラムというのは、論文中の数字です。たまたま文献にあったというだけで、本当にその量で症状が起こるのか、確証はありません。私自身はもっと少ない量でも充分起こる可能性があると思っています。第二の疑問は、サリンの揮発率です。どの程度の温度で、どのくらい揮発するかは、まだ明確にされていないと思います。第三は、車外から一定量のサリンが入ったとしても、被服についた場合は残留するという事実です。これは有機リン系の農薬では、いつまでも残留し、かなり高濃度のものを吸い込む場合があります。従って単に空気中の濃度からだけでは、ものが言えません。第四に、これはあまり文献にはないのですが、曝露を受けた場合の蓄積性です。微量でも時間が経ってくると、ある程度蓄積して、中毒症状が出てくるのではないかと考えています」

——その蓄積性ですが、十秒間窓を開けて全部サリンを吸っても、最大、入ってきたものしか吸収しませんよね。

「はい。しかし滝本弁護士の車にどの時点でどのくらいサリンが入ったかがはっきり分からないので、そういう意味ではお答えしかねます」

もう議論にならない、というように弁護人は首をかしげて退き、新たに四人目の弁護人が立って前に出た。

——前回の御証言で、農薬には有機リン系とカーバメイト系があるとおっしゃいましたね。

「はい」

——それから、サリンの予防薬として、同じくカーバメイト系で臭化ピリドスチグミンがあると言われましたね。

「はい」

——それで、臭化ピリドスチグミンは、原理的には農薬の副作用と同じなのですね。

「はい」

ここで弁護人は『日本医薬品集』を持ち出して、示した。

——ここに臭化ピリドスチグミンの記載があり、製品名がメスチノンで、日本ロシュが発売し、適応として重症筋無力症に使われるのですね。

「はい」

──その作用機序は、前回もご証言いただいたように、コリンエステラーゼに作用し、その作用は農薬と同じだと、こういうことでいいわけですね。

「はい」

──そうすると、農薬と同じような作用ですから、証人の前回のご証言では、縮瞳が現れるということでいいわけですね。

「はい」

──確かに重大な副作用として、ムスカリン様作用として、腹痛、下痢、発汗、流涎、そして縮瞳もあると書かれていますね。

「はい」

──そうすると、別に重症筋無力症の人でなくても、メスチノンを飲むと縮瞳が現れてもおかしくありませんね。

「はい」

──さらに、呼吸が苦しいとか、むかつくとか吐き気がするとか、農薬と同じように現れても不思議ではないですね。

「それは飲んだ量によります。自殺目的で大量に飲まないと、呼吸困難や嘔気、意識障害は出てこないと思います」

──基本的には、程度の差はあれ、農薬と同じような症状が現れるということでいいわけですね。

「はい。ただ重要なのは、重症筋無力症の患者さんだと、臭化ピリドスチグミンを飲んでも全く症状は出ません。健常人が飲みますと、腹痛、腹鳴、下痢が顕著に出ます。私自身飲んだことがありますが、一錠六〇ミリグラムで、そういった症状が出ました。縮瞳に関して言えば、確かに出ますが、著明なものは出ません」

――著明でないというのは、縮瞳の度合いが少ないということですか。

「はい、そうです」

――例えばどの程度でしょうか。

「正常ですと、瞳孔の大きさは二・五ミリから五ミリくらいです。臭化ピリドスチグミン服用で二ミリ程度までは落ちてきますけど、一ミリまで落ちることはございませんでした」

――証人は、この臭化ピリドスチグミンを投与された経験は何回もあるのでしょうか。

「はい」

――それは重症筋無力症に投与したということでしょうか。

「はい。長年、重症筋無力症の患者さんの治療にあたったことがありました。その際、これは重症筋無力症か健常人であるか区別するとき、テストの意味でこの錠剤を飲んでもらうわけです。別な検査法もあって、例えばエドロフォニウムという薬を注射しますと、重症筋無力症では疲労感が取れますが、それ以外では症状の変化はございません。臭化ピリドスチグミンの場合、症状が改善すれば重症筋無力症の可能性が非常に強くなります。逆に今言ったような腹痛、下痢などが出れば、健常人であると考えて、治療にあたってまいりました」

――そのエドロフォニウムとかいう薬を注射して、重症筋無力症であることになれば、さらに臭化ピリドスチグミンを飲むという手順になるわけですか。

「はい、そうでございます」

――エドロフォニウムで一応重症筋無力症であると分かれば、臭化ピリドスチグミンは飲む必要はないのではないでしょうか。

「ただ、エドロフォニウムを注射して反応がない場合、その薬でたまたま反応がない可能性があり、確かめる意味で、臭化ピリドスチグミンを飲んでもらうことにしていました。そのとき、やはり患者さんで疑わしい場合は気の毒ですので、自分自身も一緒に飲むようにしていました。従って、この薬に関しましては、自分自身で詳しく症状を経験しております」

——一般に薬の副作用は、各人各様であるように副作用の文献にも書かれております。証人の今のご証言では、ほとんどの人に腹痛と下痢が現れるように言われましたが、それはそれでいいのでしょうか。

「はい。この薬に関しては、それが一目瞭然でございまして、健常人ですと、みんな同じような症状が出てきます」

——ほぼ百パーセントですね。

「はい、百パーセントです。健常人ですと、お腹がぐるぐる鳴る腹鳴がして腹痛が起こり、さっとトイレに駆け込むということが、よく起こってまいります」

——縮瞳もある程度、ほぼそれぞれの人に現れるのですね。

「はい、軽度でございますけれども」

ここでまた弁護人が交代した。何のために弁護人が臭化ピリドスチグミンにこだわったのか、解せなかった。しかし、これらの質問が、証人の知識と経験を値踏みするためであったと考えれば、腑に落ちる。全く時間の無駄遣いと言えた。

——意見書を作成するにあたって、証人は検事さんとお会いになりましたか。

「いえ、会っておりません」

全く異なる方角からの質問なので、息を整える。どういう方向から質問が飛んでくるのか予想がつかない。

——どういう方法で意見書の依頼があったのでしょうか。

「警視庁の捜査一課からの依頼です」

――捜査一課から文書で依頼があったのですか。

「はい」

――刑事さんとお会いになったのですね。

「いいえ。送られてきた資料を見せていただいたうえで、意見書を書きました」

――意見書の一頁目に資料として記載のある五つの資料ですね。

「はい」

――それ以外の資料は。

「一切見ておりません」

――それで依頼の趣旨というのは、これら生の資料をもとにして、どういう事実があったのか、判断してくれと、こういうことですか。

「はい」

――意見書の二頁目に、概略として事実経過が記載されています。これは証人ご自身がまとめられた概略ということでしょうか。

「はい」

――警察のほうから、こういう事実があったということをお聞きになったわけではない。

「そうではなく、見せていただいた資料を中心に意見書を書いています」

――そうすると、証人の意見書に書いてある概略が事実のもとになっていますね。

「はい」

――こういう事実があったとすれば、滝本弁護士の症状はサリン中毒のものであると考えられると、こうなるのですね。

「はい」

——証人が前提とされている資料は、中川智正の供述調書とか、滝本弁護士の車のフロントアンダーパネルの付着物についての鑑定書とか、そういうものであり、それが事実であれば、合理的に考えればサリンかなということになっています。もしその事実が覆った場合、証人の意見書は意味があるのでしょうか。

「どのあたりの部分がどの程度覆った場合でしょうか」

腹立ちを覚えながら質問を返した。

——仮にそのサリンを撒いたという事実がなかった場合、それから、それが分からなかった場合はいかがでしょうか。

ここで貝島検事が立ち上がって異議を唱えた。

——分からなかったというのは、何が分からなかったということなのでしょうか。

——では質問を変えます。証人の意見書は、滝本太郎弁護士がサリンに曝露する可能性があったということを前提として記載されていると思うのですが、本件で問題となっているのは、果たしてサリンに曝露したかどうかという点なのです。もし証人の意見書をもとにして、反対から見て、滝本弁護士の症状をひとつの証拠として、滝本弁護士がサリンに曝露したと立証できるかどうか、これについての証人のお考えはいかがでしょうか。

「滝本弁護士の症状からして、サリンの可能性は大きいと私は考えます」

——しかし、他の原因の可能性も否定できないということは言えませんか。

「サリンの曝露の場合は、目の前が暗くなるという症状が重要な点で、しかもそれが一定の時間続くという事実があります。ですから、逆に考えても、サリン曝露の可能性は限りなく強いと考えます」

——いや、それは分かりますけれども、症状があるから滝本弁護士はサリンに被曝したと言えるかどうかです。

「それは完全には言いにくいと思います」

何とも煮えきらない質問なので、返事も歯切れが悪くなってしまう。証人から留保のある返答を得て、弁護人は一応満足気だった。

ここで検事からの反対尋問に移ってほっとする。栗田検事が立った。

——滝本弁護士が一九九四年五月九日にトンネルを通過した際、目の前が暗いと気づくかどうかについて、弁護人から質問がありました。トンネルで目の前が暗いと気づかなかったとしても、証人の意見書の結論を変える必要はないのですね。

「はい、ないと思います」

——トンネルは暗いのですから、一般的に考えても暗いことに気づかないのは当然だと思うのですけれども、そのようにも考えられませんか。

確かにそうだと答えようとする前に、弁護人が立ち上がった。

——それは立証された事実ではないのではありませんか。

そこで裁判長がおもむろに弁護人に問いただした。今のは正式な異議かと聞かれて、弁護人はそうだと答えた。栗田検事が反論する。

——一般論としてうかがっております。

それを受けて裁判長が判断を下した。

——異議は棄却します。トンネルの中はもともと暗いので、暗いことに気づかなかったのではないかという問いのようです。証人はどう思いますか。

「そのように思います」

返事に栗田検事が納得して、次の尋問に移った。

――証人御自身がメスチノンを服用された御経験があるということですけれども、その際、証人に目の前が暗いという症状はなかったのですか。

「その当時、全くそういうことは記憶しておりません」

――意識的なものとしては出なかったと伺ってよろしいのですか。

「まずお腹の症状のほうが強く出るものですから、目の症状は記憶にございません」

今度は貝島検事が立った。

――先程、サリンには蓄積効果が認められるという御証言がありましたね。

「はい」

――そうすると先程の弁護人の仮定とは逆に、サリンがこもってしまった場合に、遅れて症状が出るということはあり得るのでしょうか。

「あり得ると思います」

――では、化学物質によるアレルギーで、目の前が暗くなるという症状が出るものなのでしょうか。証人の御承知になっている限りで結構です。

「私の経験では全くございません。化学物質による過敏症で目がやられる場合、結膜炎の症状が多く出ます。目が痛いとか、かすむとかの訴えはよく聞きますけれども、目の前が暗くなるという症状は見たことがございません」

――縮瞳はどうですか。

「縮瞳はあると思います」

――それはあり得るのですか。

「あり得るとは思いますけれども、目の前が暗くなるほどの著明な縮瞳があるかどうかについては分かりません」

――それから、メスチノンの副作用の持続時間はどのくらいでしょうか。

「私どもは一回六〇ミリグラムを飲んで、大体三時間で症状は消えます。中には六時間かかったという報告はございます」

ここでまた弁護人が立って質問を浴びせてきた。

――化学物質による過敏症で縮瞳が出るかどうかについて、もう一度確認します。当初証人の御証言では、縮瞳が起こるかどうか分からないということでしたが、その後の質問で縮瞳の可能性はあるだろうと変わりました。可能性はあるでよろしいのですね。

「可能性はあってもおかしくないと思います。私自身は見たことはありませんけど」

――証人御自身は、そういう化学物質による過敏症で瞳孔の検査をやられたことはあるのですか。

「中毒の場合は必ず瞳孔を診ることにしています」

――中毒と過敏症は違うのですか。

「違いますが、因果関係が疑われる場合は、必ず瞳孔を診ております」

――証人はもともと神経内科医ですね。

「はい」

――神経系統が御専門で、その後、毒物学のほうに行かれたと思いますけれども、過敏症となると免疫を専攻している方の専門分野になりますね。

「でもやはり同じ化学物質なので、神経系に作用することもありますし、全身に影響することもございます。私ももともと内科医ですので、神経系以外にも、必ず全身を診るようにしております」

――証人は化学物質の過敏症について、専門的に研究されているのでしょうか。

「化学物質について、特に医薬品について、どういう影響が出るかについて調べております」

――証人が過去に、化学物質による過敏症の症例を扱われた中には、どのようなものがありますか。

「ニッケルとかの金属類と医薬品によるものが多うございます」

――金属というのは、ネックレスなんかで皮膚のアレルギーが出るやつですね。

「時計でも出ます」

――その場合、わざわざ瞳孔を調べたりはなさらないと思うのですけれども。

「私のところに依頼があった場合、必ず全身を診ることにしています」

――目の瞳孔も。

「はい」

――それから医薬品というのは、具体的にどういうものでアレルギーが起こるのでしょうか。

「アスピリンにしても抗生物質にしても、ありとあらゆる医薬品でアレルギーが出る可能性はあります。ですから常に全身の影響を診るようにしています」

――医薬品ではなく、壁の建材とか殺虫剤からの物質に対する過剰反応で、瞳孔の検査をされたことがあるのでしょうか。

「あります。その場合も、瞳孔の異常は見つかっておりません」

――証人が調べられたのは何件くらいなのでしょうか。

「それはもう何十例というか、非常に多く経験しております」

――証人自身は、化学物質の過敏症の場合、必ず瞳孔は調べるということになるのでしょうか。

「はい。家庭用で使っている薬剤の場合、過敏症ではないかと疑って診察を受けに来られるものですから、全部が全部過敏症というわけではございませんけれども、必ず全身を診ることにしております。過敏症を疑って病院に来られる方は多いのですが、本当の過敏症は少のうございます」

被害にあった滝本弁護士の症状を、どうしても化学物質による過敏症にしてしまいたいのが、弁護側の意図だった。見当違いの執拗な尋問には、うんざりさせられた。幸い、ここで別の弁護士に替わり、質問の鉾先も変わった。

──先程の検察官の尋問でトンネルの中の場合が出てきて、ちょっと聞きもらしたかもしれませんが、前回の検察官の尋問では、非常に明るい場所では、瞳孔が縮小していても、目の前が暗いのを自覚しませんけれども、周囲が暗い場所では目の前が暗くなるのを感じると、御証言なさいました。そうなりますと、トンネルの中ではどうなりましょうか。前回の証言とは違うようですけれども。

「トンネルの中は暗く、暗くなるのは当然ということで、仮に自覚してもそれを記載するほどのものではなかったかと考えます。従って、私自身は前回の証言と同じことを今も考えております」

──例えば滝本弁護士が、夕方の五時から六時頃にかけて、目の前が暗くなったのを感じたことが前提になっていれば、五月の五時、六時頃になれば多少なりとも暗くなっています。それとの関連で言えばどうなのでしょうか。

「夕方に全般的に暗くなって、初めて自覚することが多いのではないでしょうか」

──トンネルの中なら、暗く感じてもいいと思うのですが。

「滝本弁護士自身、トンネルの中で暗いと感じたかも分かりませんけれども、何も記載されていないところからすると、トンネルの中は暗いので、それを当然だと思って何も書かれなかったのではないかと、私は解釈しております」

くどい質問だと思いつつ、やっと切り抜けられたように思った。するとまた弁護人が交代した。

これが最後の尋問になって欲しかった。

――先程、蓄積効果の話がありました。蓄積効果というのは、要はコリンエステラーゼというのがあって、それがサリンにくっつき、非常に薄いサリン濃度の場合は、サリンにくっついたコリンエステラーゼが段々増えていくと考えたらいいわけですよね。

「はい」

――しかし逆に、サリンが非常に薄い場合は、くっついたサリンがはずれて分解していくという効果もあるのではないでしょうか。つまり蓄積効果を起こすためには、サリンの一定濃度が必要で、薄い場合はむしろ分解速度のほうが速いのではないでしょうか。

「その点については、明確にしておく必要がございます。コリンエステラーゼにくっついた場合、普通の有機リン系のものだと自然に離れていく現象があります。しかしサリンのような神経剤の場合、いったんコリンエステラーゼにくっつくと離れないようです。ですから、少しずつくっついたものが離れずに蓄積していくわけです。この点で、同じ有機リン系であっても、サリンと農薬では体内の動態が大きく異なると考えております」

――証人のおっしゃる意味はよく分かります。しかしコリンエステラーゼは体内で次々と補給されますし、サリンがくっついたものもある程度は分解していくので、理屈のうえでは、サリンが非常に薄い場合は、蓄積効果はないということもあり得るのではないでしょうか。

「ここで問題になるのは、反復曝露した場合でして、一度きりの曝露では今おっしゃったようなことが起こって当然だと思います」

――私の質問は当然継続的に曝露された場合の話をしています。サリンが非常に薄い場合は、理屈のうえでは競合関係が成り立ち、その結果としてサリンがくっついていないコリンエステラーゼが一定になるか、増えていく場合もあり得るのではないかと言っているのです。それはあり得るでしょう。

「あり得ると思います。ただしサリンがくっついたものは離れないということです」

弁護人の質問は、どこか重箱の隅をつつくような枝葉末節の問いだと感じられ、徒労を覚えた。貝島検事が立ち上がったのはそのときだった。

——化学物質による過敏症について弁護人がお聞きになり、要するにそれが原因である可能性を示唆されていると思うのですけれど、端的に結論から聞きますけれども、一九九四年五月九日に、滝本太郎弁護士が車を運転中に、目の前が暗くなるという症状があった、これはサリンなどの神経剤によると考えたほうが妥当なのか、あるいは弁護人が示唆されていたような化学物質による過敏症が原因と考えたほうがいいのか、この点はいかがですか。

「サリンによる中毒であると思っております」

この単純な結論のために、何とも長い迂回路を辿ったものだとまた別種の徒労感が全身を包む。この長々しいやりとりに結着をつけるように、裁判官のひとりが直接の質問をした。

——中毒症状自体から、サリンの曝露によるものか、他の有機リン系農薬の曝露によるものか、区別できるかどうかという点で、証人の御証言では、目の前が暗くなる状況が一定程度続いてそれが消えていったことから、サリンによると判断したと、そう理解してよろしいですか。

「はい、そうです」

さすがに要点をつく問いかけだと感じて頷く。

——メスチノンについてお伺いします。メスチノンはもともとは重症筋無力症の治療薬であるとお聞きしました。これが一方で、サリンを含めて有機リン系中毒の予防薬として使われるようになったのは、何か研究の結果からなのでしょうか。

「これは神経剤に対する予防効果を狙って、多くの動物実験が繰り返され、その結果、臭化ピリドスチグミンを前以て動物に投与しておくと、動物が死なない、中毒にならないと分かったのだと聞いております。それが人間に適用されるようになったわけです」

――次に、治療薬のＰＡＭについてもお伺いします。ＰＡＭは有機リン系農薬による中毒の治療薬としても使うという、そういう御証言でしたね。

「はい」

――それで、カーバメイト系の農薬にＰＡＭは効くのでしょうか。

「いえ、全く効かないので、ＰＡＭは使いません」

――ちょっと話が前後しますけれども、メスチノン、臭化ピリドスチグミンというのは、カーバメイト系の薬であるという御証言でしたよね。

「はい」

――前回の御証言で、メスチノンが予防薬として効くメカニズムについて、カーバメイト系のメスチノンが前以てコリンエステラーゼに結合すると、後からＰＡＭを投与しても効果がないと御証言されていました。つまりメスチノンとコリンエステラーゼが結合し、後から入ってくる有機リン系農薬とくっつかないようにするということですね。

「はい。くっつかないようにし、神経剤もコリンエステラーゼから離れていくということでございます」

――それでＰＡＭをやっても効かないのは、どういう理由からでしょうか。

「ＰＡＭがカーバメイト系とコリンエステラーゼの結合を離せないからです。もうひとつ、カーバメイト系農薬とコリンエステラーゼの結合は自然に離れるので、ＰＡＭを使う必要もないのです」

――それに関連して、前回の御証言の中で、サリンを撒いた犯人たちは、予防薬としてメスチノンを飲んでいたのに中毒症状が出たのは、サリンの濃度が濃かったのではないかとおっしゃっていました。それに対してはPAMは効くのでしょうか。

「臭化ピリドスチグミンを前以て飲み、そのあとにPAMを打って、その効果があるかどうかについては、私どもは詳しいデータを持っておりません。オウム真理教の連中は、そうしたデータを何か持っているのではないでしょうか」

——オウム真理教の医師たちがそういうことを知っていたというのですね。

「はい」

——サリンの被曝によって縮瞳が生じた場合、最初は軽い縮瞳がだんだん重くなっていくということは、あり得るのでしょうか。

「診療録を見てみると、大抵は数分以内に急速に縮瞳が出ています。その理由としては、サリンの蒸気が直接に目に当たって吸収されやすいからだと考えられます」

——その縮瞳は、最初は軽く、だんだん重くなってくるということはあり得るのでしょうか。

「あり得ると思います」

——弁護人のほうから聞かれていましたけれども、地下鉄サリンの被害者二十名近くの調査をし、そのデータは公表されていないということでした。それには特に理由がありますでしょうか。

「公表しないという前提で調査させていただいたものですから」

——いずれは公表するかもしれないというような御趣旨の発言があったのですけれども。

「まあ、現時点ではできないと思っています」

ここで質問が左側の若い裁判官に代わった。

——御証言では症状と所見を区別して使っておられますが、端的に言って、症状はいわゆる自覚症状、所見は他覚的所見、診察による所見というような趣旨でしょうか。

「はい、症状というのは、あくまでも自覚症状という意味で使っております」

——御証言の中で、縮瞳についても症状とおっしゃっておられたこともあったように思ったのですが、所見も含めて広義の症状というふうに使うこともあるのではないですか。

「はい、ございます」

——それから瞳孔の大きさについては、先程正常では二・五ミリから五ミリ程度とおっしゃられましたけれども、一般的に、健常人の瞳孔でも光を受けると小さくなり、暗い所では大きくなるということですね。

「はい」

——それで、この二・五ミリから五ミリというのは、いわゆる対光反射の範囲での値でしょうか。

「通常の室内の明るさの中での瞳孔の大きさでございます」

——一般的な話で結構なんですが、明るい所で大体何ミリくらい、暗い所で何ミリくらいということは言えますでしょうか。

「いやそれは、データを持っていません」

——縮瞳の症状が起こった場合なんですが、例えば暗い所なら五ミリ、明るい所なら二・五ミリがその半分くらいになるのか、どちらも大体一ミリになるのか、その辺はお分かりになりますでしょうか。

「それにつきましては、サリンに関しては眼科医が詳しく診ておりまして、どちらも一ミリ、つまり明るい所に行こうと暗い所に行こうと全然変わらず一ミリくらいで、対光反射の検査をしても反応がないというのが特徴です」

——暗い所では五ミリあるはずのものが一ミリになり、明るい所だと二・五ミリあるはずのものが一ミリとしますと、自覚症状としては、暗い所のほうが感じやすいのでしょうか。

「はい、そのようです。同じ縮瞳が起こっても、明るい所ではあまり暗く感じず、暗い所で初めて気がつくというのが多いように思います」

——例えば先程のトンネルの話では、トンネルに入れば当然暗いので、自分では暗い所に入っているので暗いのだと余り感じなかったという趣旨の御証言だったように聞こえましたが。

「はい、トンネルの中では当然暗いと自分自身で自覚しておられたので、何も記載されなかったと考えています」

——暗いと感じていたかもしれないけれど、そういうことで記載もせず、記憶にも残らなかったという可能性を考えておられるのでしょうか。

「はい」

裁判官がよくまとめてくれたという気がして、肩の荷をおろす。ここで真ん中の裁判長が質問をしてきた。

——弁護人の質問、あるいは検察官の質問で、大体証人の言わんとするところは分かったのですけれども、念のために確認させていただきます。五月九日の滝本弁護士の症状から判断して、その原因がサリンであったとしても矛盾しないというのですね。

「はい」

——それから、それ以上にサリンであった可能性が高いと、積極的に言うことができるという、そういう趣旨でよろしいですか。

「はい」

——ただし、症状だけから判断して、サリンであったと断定することまではできないと、こういうことも言えますか。

「はい」

――証人のいわば結論に当たる部分を、今、三点に整理したのですけれども、それでよろしいでしょうか。

「はい」

申し分ないという気がする。その結論のために、二日間も証言台に立たされたのだ。ちょうど五時少し前であり、裁判長が閉廷を告げた。

控室に戻って栗田検事と貝島検事から労をねぎらわれる間も、頭はもう空っぽの状態だった。

「あの裁判長のまとめで、こちらの目的は果たしたも同然です。ありがとうございました」

二人から礼を言われ、裁判所を後にする。大通りに出る通路が下り坂でよかった。逆であれば、しばらく縁石に腰をおろして休みたい気分だった。

その五ヵ月後、よりによってクリスマスの十二月二十五日にも、元〝法皇官房〟にいた富永昌宏の殺人未遂事件について証人召喚を受け、福岡地方裁判所に出向いた。

富永は滝本弁護士襲撃以外に二件の殺人未遂事件にかかわっていた。その二件はいずれも、一九九五年三月二十日の地下鉄サリン事件後、姿を隠した教祖の命令で、捜査攪乱を狙った犯行だった。四月下旬、中川智正と豊田亨が、日光の山中に埋めていた青酸ガスの原材料を掘り出し、隠れ家で青酸ガス発生装置を作った。四月三十日と五月三日の二回、新宿駅の公衆トイレで散布を試みるもうまくいかず、装置を改良して、五月五日に同所に設置した。しかし発見が早く消火活動によって青酸ガス発生までは至らなかった。富永昌宏はその犯行に加担していた。

この失敗に怒った教祖は、別の犯行を命令、中川智正が爆薬RDXを作製する。単行本の中に仕掛けた爆薬は、表紙を開いたとたん爆発するようになっていた。この小型爆弾を青島幸男東京都知事に郵送する際、富永昌宏は宛名書きと投函を担当した。小包爆弾は秘書担当副参事の左手の指をすべて失わせた。

この富永昌宏は、灘高から東大医学部に入学し、医師となったあとに、教祖を霊的指導者として仰いだ人物である。〝法皇官房長官〟だった石川公一といい、富永昌宏といい、東大医学部出身者を側近として〝法皇官房〟内に置いたのも、教祖の学歴に対する劣等感の裏返しである。手下として高学歴の者を思うがままに動かすとき、教祖はたとえようのない高揚感を味わったに違いない。

逆にまた〝法皇官房〟にいる頭脳集団の〝智恵〟を借りて、さまざまな策を教祖が編み出したのではないかとも想像できる。今に至っても全くその内奥の事実が闇の中にある二つの重大事件で動いたのは、他の部門とは隔絶された〝法皇官房〟の面々ではなかったろうか。地下鉄サリン事件の十日後に起きた三月三十日の国松警察庁長官狙撃事件は、犯人の手がかりさえも摑めず、四月二十三日の村井秀夫刺殺事件にしても、下手人の背後は全く手つかずのままになっている。

ともあれ、今回の証人召喚は地下鉄サリン事件後の犯行ではなく、滝本太郎弁護士殺人未遂事件に関してであった。富永昌宏の役目は、甲府地裁の駐車場に停めてあった滝本弁護士の車のナンバーを確認し、地裁外に待ち受けている遠藤誠一にその位置を教えるという使い走りだった。弁護人も国選であり、追及の尋問も鋭くなく、前回でおさらい済みだったので、さして疲労も感じなかった。福岡地裁を出て天神まで歩いた。クリスマスで賑わう通りの音と明るさはまるで別世界だった。厄落しを兼ねて妻のために、小ぶりなクリスマスケーキを買い求めた。休日も不在がちで妻に淋しい思いをさせている罪滅ぼしでもあった。

それから一年後の一九九八年十一月十日に証人召喚状が届き、年が明けた翌年二月十九日に福岡地裁に出向いた。寒い日で、北風が吹きつけるなか、コートの襟を立てて、濠端の坂道を登った。

裁判の被告人は遠藤誠一で、殺人等被告事件の中のひとつ滝本太郎弁護士殺人未遂事件が、今回の証言の目的になっていた。滝本弁護士が被害にあったのは一九九四年五月九日だから、もう四年九ヵ月が経っている。これも松本サリン事件や地下鉄サリン事件、そして薬物密造などの重大事件が先に裁かれたからだろう。さすがに遠藤誠一被告の出廷はなく、被告不在での裁判になった。

前回の裁判から一年以上経つ間に、新たに滝本弁護士に事情聴取が行われたのか、新事実が明らかになっていた。滝本弁護士は几帳面な性格からか、車に乗り込んで発車する前、フロントガラスの汚れをウォッシャーで洗い流す習慣があった。そうするとワイパー収納部分に流し込まれたサリンは加水分解され、効力が半減する。この習慣に加えて、走行中は窓を開けず、エアコンを車内循環させるという習慣もあった。この二つの習慣が、まさしく滝本弁護士の命を救ったと断言できる。幸運が重なっての生還だったのだ。

担当検事によると、弁護人は国選だという。このためか、尋問は執拗ではなく、事実を覆すような意図は感じられなかった。

午後五時を過ぎて裁判所を出るとき、もう外は黄昏近くになっていた。朝ほどの寒気はなかったものの、濠の中の枯れた蓮が寒々とした雰囲気をかもし出していた。もうこれで証人召喚は最後だろうと胸を撫でおろした。

ところがその年の九月下旬、再び証人召喚状が届いた。中川智正の殺人等被告事件についての裁判であり、秋晴れの十月十二日、福岡地裁に赴いた。

先の遠藤誠一以上に中川智正の裁判が長引いているのも、犯した罪の多さによるものだった。

松本サリン事件以降の犯罪のほとんどに関与し、合計十一件で起訴されていた。中川智正の犯行では、これまで二件に関して意見書を書いていた。ひとつは一九八九年十一月四日に起きた坂本堤弁護士一家殺害事件だった。犯人たちは当初、中川智正が塩化カリウム液を坂本弁護士に注射して殺害してしまう計画だった。しかしこの注射は激しい抵抗にあってうまくいかず、最終的には絞殺になっていた。この塩化カリウムがどの程度の殺傷能力があるのか、意見書を警察から依頼されたのだ。多くの文献を渉猟するのに多大な労力を使ったのを覚えている。

もうひとつは、一九九五年二月二十八日に起こった、假谷清志目黒公証役場事務長の拉致殺害事件だった。假谷事務長に自白をさせる手段として林郁夫と中川智正が使った全身麻酔薬の塩酸ケタミンとチオペンタールナトリウムの過剰投与が、結局は假谷事務長を死に追いやっていた。警視庁から正式に依頼されたのは、そのチオペンタールナトリウムと塩酸ケタミンの毒性に関する意見書で、これまた文献を徹底的に調べて書き上げた。

しかし幸い、その二件の意見書で裁判に呼び出されることはなかった。今回の召喚は、やはり滝本太郎弁護士の殺人未遂事件についてだった。

例によって今回も、裁判の前日に裁判所まで出向き、担当の吉田検事と鈴本検事と事前の打合せをした。

「中川の弁護人は、よく勉強しています」

吉田検事の表情は真剣そのものだった。

「国選弁護人と違うのですか」

意外に思って聞く。

「違います」

鈴本検事が重々しく首を振った。「この滝本弁護士殺人未遂事件に限らず、オウムの別事件に関しても、よく勉強しています」

「なかなか手強い相手です」

吉田検事が口にし、自分で肯いた。

このあと弁護人が提出している請求書証を基にして、相手の尋問をいくつも想定し、いわば半日がかりで予行演習をした。

「ともかくこの事件に関しては、中川智正が中心人物なのです」

鈴本検事が言う。

「いわば本丸なのです」

吉田検事も言い添えた。

そうか、これまで青山吉伸、富永昌宏、遠藤誠一の裁判に出廷したのは下準備に過ぎなかったのだと複雑な気分になる。特に青山吉伸のときは二日にわたっての、うんざりさせられる尋問だった。それ以上になるとすれば、一体どう対応すればいいのか、全く心許ない。

案の定、裁判の冒頭から、弁護人は証人の値踏みを始めた。つまるところ、この地方大学の衛生学教授など、証人としての資格がない、つまり提出された意見書に価値は認められないという趣旨の発言を連発した。

腹立ちを抑えて冷静を装い、丁重あるいは慇懃無礼になるくらいの答弁をするのがコツだった。激昂しては弁護人の思うつぼであり、裁判官の心証も悪くするだけなのだ。

不愉快なやりとりの後、弁護人が高飛車な態度で言った。

——証人はこの薬を知っていますか。

弁護人が右手に掲げたのは、メスチノンと書かれた薬箱だった。黙っていると、弁護人が近づき、目の前に薬の箱をかざした。

若い頃から見慣れている治療薬で、知らないはずがない。しかしわざと知らない風を装い、当惑気味の顔をしてみせた。沈黙は一分くらい続いただろうか。検事席に坐る吉田検事と鈴本検事が、困惑した表情をしているのが分かった。弁護人はにんまりと勝ち誇ったような顔をしている。

「充分知っております」

余裕たっぷりに言い放つと、弁護人が驚いた顔になり、腰を浮かしかけた二人の検事もほっとしたように坐り直した。

「メスチノンつまり臭化ピリドスチグミンは、サリン中毒の予防薬としても有効な薬です。サリン事件の犯人たちは、犯行前にその臭化ピリドスチグミンを服用していたはずです」

──それは分かります。しかしこのメスチノンは、本来どういう薬か、証人はご存じでしょうか。

なるほど、ここで納得がいく。検事によるとよく勉強している弁護人も、他の被告の裁判にまでは眼を通していないのだ。メスチノンがもともと何の薬か証人が知悉していることは、青山吉伸の裁判記録を読めば分かるはずだった。とはいえ、それは当然ではある。中川智正の犯罪があまりにも多岐にわたっているため、それのみにかかりっきりにならざるを得ないのだ。

ここでも即答を避け、故意に困惑している表情を装い、一分ばかり沈黙した。弁護人はまた活気づき、余裕たっぷりの顔で再度問いかけてきた。

──証人はご存じないのですね。

「メスチノンは重症筋無力症の治療薬であり、また一錠六〇ミリグラムを服用することによって、重症筋無力症の診断にも使います」

ここまで答えると、今度は逆に弁護人のほうが困惑顔になった。追いうちをかけるように続ける。

「重症筋無力症の患者さんが飲むと何でもありませんけれども、健常人が服用すると、腹痛と下痢が起こり、すぐにでもトイレに駆け込むはめになります。私自身神経内科医として、何十人もの患者さんを治療した経験があります。もちろん、メスチノンは何十回服用したか分かりません。診断のために、患者さんに飲んでもらい、私も一緒に飲むのです。患者さんは平気ですけれども、私のほうはそのたびに、トイレに走らなければなりませんでした」

ここまで言うと、弁護人はさらなる意地の悪い尋問は断念したようだった。証人が単なる衛生学の教授であり、臨床経験などないものと頭から侮っていたのだ。

その後の尋問は、青山吉伸のときほどしつこくはなかった。

サリンを滝本太郎弁護士の車に振りかける役をした少女が、前以て中川智正から渡された錠剤がメスチノンだった。少女はメスチノンを、遠藤誠一が途中で購入したジュースで飲み下す。前の席に坐っていた中川智正と遠藤誠一がジュースを飲んでいるのを少女は見ており、二人がメスチノンを犯行前に服用していたのは間違いなかった。

犯行後、少女は待ち受けていた遠藤誠一の車の後部座席に乗り込み、中川智正がさし出したゴミ袋に、白手袋とその下のゴム製の手袋、帽子、サングラス、マスク、ショルダーバッグ、サリンのはいった容器を入れた。

そのあと中川智正が〝目の前が暗くないか〟と訊き、縮瞳の有無も確かめる。少女は目の前が暗いだけではなく、呼吸も苦しく感じはじめていた。そこで中川智正は少女の腕にＰＡＭを静脈注射する。すると中川智正と遠藤誠一も目が変だと言い出し、注射を自分たちでした。

富永昌宏が運転し、青山吉伸が乗った車と空地で合流したのはそのあとであり、少女はさらに呼吸が苦しくなり、吐き気にも襲われる。もちろん目の前の暗さも、今では明らかだった。そこで中川智正は少女に二本目のＰＡＭを注射していた。

弁護人はこのＰＡＭの作用についても、執拗に尋問してきた。ここでも証人が九大医学部で、サリン中毒に関する治療マニュアルをまとめている事実を知らないようだった。

ＰＡＭはプラリドキシムヨウ化メチルの略であり、サリン中毒の治療には、硫酸アトロピンやジアゼパムとともに不可欠な薬剤だと、詳しく説明してやる。それから先は、学生や医師に対する講義と同じ要領だった。

「硫酸アトロピンは、軽症の場合は〇・五から一ミリグラムの皮下注射でよく、中等症であれば一から二ミリグラムの静脈注射で、十五分から三十分おきに一ミリグラムを静注します。重症なら二から四ミリグラムの静注で、三十分毎に二ミリグラムを追加します。これで気道内の分泌液は大幅に抑制されます。

ＰＡＭは中等症から重症のときに使い、二アンプルつまり一グラムを三十分かけてゆっくり点滴で流します。一グラムを一時間毎に計四回、点滴に入れます。

もうひとつのジアゼパムは、痙攣予防と鎮静化が目的です。一アンプル一〇ミリグラムの半分を、筋注あるいは静注します。痙攣があれば一アンプルの投与です。痙攣がおさまったあとは錠剤の内服でも結構です。この際、人工呼吸の準備をしておくと、もしもの場合に備えられます。

さらにサリン中毒で必発の縮瞳に対しては、ミドリンＰの点眼が勧められます」

長々と説明するのを、弁護人はあきれた面持ちで聞き、証人の独壇場を中断させるのも忘れていた。いちいち頷きながら聞き入っていたのは吉田検事と鈴木検事だった。

「こうした治療法は、オウム真理教の医師たちも知らないはずです」

そう言い切ったあと、被告席の中川智正を見やった。中川智正は、昼休みの休憩にはいるときも、再開の際も、深々と頭を下げていたのだ。

目が合ったとき、中川智正が真剣な顔で軽く会釈をした。

それから先の弁護人の尋問は尻切れトンボになり、最後の検察側の確認するような質問には、

「はい」と答えるだけですんだ。

「いやあ、上首尾でした」

控室に戻ったとき吉田検事が言ってくれた。

「終わりのほうは、聞いていて痛快でした。真正面に坐っている中川智正は、まるで講義を受けている学生のようでしたよ」

鈴本検事も言い添えた。

夕暮時の坂道を下りながら、これでサリン事件への関与は終わったのだと胸を撫でおろす。あの何とも訳の分からなかった松本サリン事件が起こったのが一九九四年の六月であり、滝本弁護士の殺人未遂はその前の五月九日だ。五年余りが経過していた。

オウム真理教の犯罪者たちの裁判は、まだ続くだろう。しかし証人としての責務はこれで終わりに違いない。残された仕事は、オウム真理教の犯罪者たちが生成し、また造ろうとしていた生物・化学兵器に関する本を執筆することだった。幸い文献は、歴史的な研究書を含めて手元に集めている。書かねばならない本の題名として、『生物兵器と化学兵器』あるいは『化学・生物兵器概論』が思い浮かぶ。そして最後には、こうした毒ガスによる殺し合いが始まった第一次世界大戦を、大局的に見つめ直す本を書く必要があった。それには少なくとも五年、いや十年はかかるかもしれない。

九州大学の定年まで、あと三年半ある。おそらく定年後の宿題としても格好な仕事になるはずだった。

この中川智正公判への出廷が終わった四日後、吉田検事と鈴本検事の連名で、丁重な礼状が届いた。

拝啓

去る十月十二日には証人として出廷していただき、大変ありがとうございました。

本当に先生のおかげをもちまして、当方としても所期の目的を達成することができました。

今回の中川智正の弁護人は、従来の別事件においても大変勉強をして尋問に臨む、いわば手強い弁護士でした。特に本件の滝本サリン事件については、中川智正が実質的に中心人物でした。予防薬としてメスチノンを飲み、サリン被曝後はＰＡＭを注射するなど、通常ではありえないような臨床経験を何度もしております。弁護人はそれに関して充分な知識を有しており、当方としてもどのような反対尋問に出てくるのか、緊張して見守っておりました。

案の定、弁護人は通常の証人では答えられないような質問を連発し、いわば証人としての足元をつき崩すような手段に出ました。それに対して沢井先生は、それを上回る知識と臨床経験で、弁護人の反対尋問が奏効するのを防ぎ、さらに再主尋問で押し返すことができました。

私どもは、ちょうど向かい側に坐る中川智正が、半ば驚き、半ば畏敬の念を持って、先生の証言に聞き入っているのを観察しておりました。さしもの弁護人自身も先生の見識を目のあたりにして、尋問の意欲を失っていったようです。

これらの点において、先生のご協力に深く感謝申し上げる次第です。重ね重ね本当にありがとうございました。

今後につきましては、オウム関係事件で先生に証人出廷をお願いする予定は、今のところございません。しかしこれとても、今後の裁判の推移や、裁判所の意向等によって絶対とは言い切れない面もございます。

いずれにしましても、昨年七月二十五日に発生した例の和歌山の砒素事件も含め、検察として先生にご協力をお願いしなければならない立場でございます。今後ともよろしくお願い申し上げます。

和歌山地検の寺内検事と喜多検事にも、吉田から、先生のことをよく伝えておきます。あのカレー事件については、先生のお力にすがるしかなく、今回同様、多大のご尽力をお願いすることになるのは必至です。検察としましては、今回の事件も含め、和歌山の事件でも、先生がわが国におられたのが、どれほどの幸運だったか、身をもって痛感しております。どんなに感謝しても感謝しきれないと、胸を撫でおろしている次第です。

最後になりましたが、ご多忙中のなか、どうかお身体に気をつけられてお過ごし下さい。

失礼致します。

敬具

検事　吉田和彦

検事　鈴本正敏

一九九九年十月十四日

九州大学医学部衛生学教授

沢井直尚殿

第十九章　死刑執行

その後、二〇〇三年に九大を退官し、私立の総合病院で、神経内科医として臨床三昧の生活になった。時が経つにつれ、診る患者はパーキンソン病が多くなった。いったんパーキンソン病になると、治療は生涯続く。患者はたまっていくばかりなのだ。

診療のかたわら、講演を頼まれれば気軽に引き受けた。年に五、六回はそうした講演依頼があった。その準備をするのは全く苦にならない。以前の資料を取り出し、最近の文献も集めて、新しい知見を加え、スライドの用意をするのは逆に楽しかった。その一方で、出版社から依頼があった単行本は、好機とばかりに書き進めた。すべてが国民全部に知ってもらいたいことばかりだった。そして誰かが書いておかねばならない真実だった。二〇〇三年には、早くも『生物兵器と化学兵器』を出版し、二〇〇八年には『生物・化学兵器』を刊行した。加えて、まだ大学に在任中の二〇〇一年には、コロラド州立大学のトゥー名誉教授との共著で、『化学・生物兵器概論』を出していた。

論文を書き、講演をし、本を執筆すると、思いがけず、台湾の大学や国防機関からも招聘されるようになった。台湾語ではサリンを「沙林」、オウムを「歐姆」と表記することも知った。

ひととおりオウム真理教関係の仕事をやり終えたあと、念願の第一次世界大戦の毒ガス戦に関する本にとりかかる余裕ができた。これこそライフワークであり、毒ガスから第一次大戦の実態を見つめ直す画期的な仕事になるはずだった。この草稿が間もなく完成するという時期に、思いがけない事件がマレーシアで起こった。忘れかけていた悪夢を思い出させる椿事だった。

　それは二〇一七年二月十三日、マレーシアのクアラルンプール国際空港の第二ターミナルで起きていた。三階にある出発ロビーにはいって来た恰幅のよい男は、白いスーツを着て、右肩に黒っぽいバッグをかけていた。チェックインカウンターまで進んだところで、前を若い女性にはばまれ、立ち止まった瞬間、後方から素早く近づいた別の若い女性に、顔に何かをなすりつけられた。その後、男は体調の異変を、近くにいた空港職員数人に訴えた。男は職員に伴われて、エスカレーターで下の階に降り、診療所に辿りつく。しかし気分悪そうにソファーに坐り込み、目を閉じた。やがて呼吸困難を訴えたので、本格的な治療が必要だと判断されて、担架で外に運び出され、救急車に乗せられた。しかし搬送先の病院で死亡が確認されたのだ。午前十一時だった。

そして翌日の深夜、マレーシア警察は、

「男は北朝鮮で発行されたキム・チョル名義の旅券を所持しており、死亡したのは朝鮮人男性」

と発表した。

　十五日の午後三時過ぎ、NHKの女性記者から勤務先の病院に電話がかかってきた。

「クアラルンプール空港での事件はもうご存じでしょうか」

はい、と答えると、即座に次の質問が飛んできた。「韓国政府は、犠牲者は金正男で、神経性の毒ガスで暗殺されたと見ているようです」

「やっぱりそうでしたか。画面の人相からそうではないかと思っていました」

「その神経性の毒ガスとは何でしょうか」

「状況からしてVXでしょう。オウム真理教の連中が二十三年前に使った神経ガスです」

「VXですか。ありがとうございます。一応こちらで裏付けします」

　あわただしく電話は切れた。

そのあと五時に、またその女性記者から電話がはいり、「どう考えてもＶＸ以外に考えられない」と返事した。

夜七時、病院の医局で見たＮＨＫのニュースでは、自衛隊や大学の専門家がＶＸ中毒について解説していた。

暗殺されたのが金正男であれば、真犯人は北朝鮮の工作員であることは間違いない。実行犯の女性二人は命令されただけに過ぎないはずだ。

翌十六日の午前中に、再びＮＨＫから電話がはいった。今度は男性記者だった。

「ＶＸとは一体何でしょうか」

記者は単刀直入に訊いてきた。

「Ｖは蛇の毒液を意味し、Ｘは未知の物質だったのでそう名づけられました。致死量は一〇ミリグラム以下です」

「一〇ミリグラムですか。じゃあ顔にべっとり塗りつけられれば死にますね」

「死にます」

「ありがとうございました」

もっと説明しようと思ったのに、記者は急いでいるらしく、そそくさと電話は切れた。

オウム真理教の犯人たちが、一九九四年と翌年に、ＶＸで殺人未遂と殺人を犯した事件からして、ＶＸの臨床症状の概略は明らかになっていた。

一九九四年、教祖から遠藤誠一に指示が出、配下の土谷正実がＶＸ生成に成功したのは九月だった。そして十二月、教団から脱出した元信者一家を匿った水野昇氏が何度もＶＸをかけられ、意識不明になった。その十日後には、大阪在住の濱口忠仁氏がスパイと疑われてＶＸで殺害された。翌年の一月早々、今度は「オウム真理教被害者の会」の永岡弘行会長が、やはりＶＸをかけられて意識不明の重体に陥っていた。この三つの事件から明らかになったのは、ＶＸは注射器に詰めて持ち運びができ、皮膚から極めてよく吸収され、ＶＸ曝露から中毒症状発現までに一定の潜伏期間があるという事実だった。

その後、犯行の詳細が少しずつ明らかになった。金正男を前方から遮ったのはインドネシア国籍のシティ・アイシャであり、後方から素手でＶＸを金正男の顔に塗りつけたのは、ベトナム国籍のドアン・ティ・フォンだった。二人とも犯行のあと二秒で別々に逃走、階下に降りてトイレで手を洗滌(せんじょう)したと考えられた。

金正男は金正日と成蕙琳の間に生まれた長男であり、本妻との間に生まれた息子一人は北京に住んでいる。また第二夫人と二人の間に生まれた一男一女は、マカオで中国政府に保護されているという。

金正日は高英姫との間にも二男一女をもうけていた。金正男を長男とすれば、次男が金正哲、三男が金正恩で、その妹が金与正である。金与正が現在も重用されているのに対して、金正恩の兄である金正哲の消息は杳として分かっていない。正統を保つため、金正恩によって抹消されたとも考えられる。

金正恩にとって明示できないのは、母親の高英姫の出自が、北朝鮮では一段低く見られている在日朝鮮人だという点だった。このため高英姫の人物像については、今もって国民には明らかにされていない。金正恩にとっては、あくまで秘匿しておきたい事実だからだ。

高英姫は、日本の軍需工場に勤めていた朝鮮人を父として大阪で生まれ、北朝鮮に戻り万寿台芸術団のスター女優として活躍していたときに、金正日に見初められていた。金正恩としては、金日成、金正日と続く純粋の北朝鮮血統である白頭山血統を標榜するためにも、実母の背景はあくまでぼかし続ける必要があった。

これに対して長男である金正男は、正真正銘の白頭山血統であり、スイスに留学させられ、名門ル・ロゼで寄宿生活を送りながら英才教育を受けていた。ル・ロゼこそは、アラブの王族や世界の富豪の子ばかりが集う学校だった。

この金正男が突如として日本で有名になったのは、二〇〇一年五月一日、成田空港で偽造パスポート所持で拘束された事件が起きてからだ。金正男とその妻、息子、通訳兼付き人の四人は、シンガポールから日本航空のビジネスクラスで成田空港に到着する。この動きは、日本の公安調査庁が摑んでおり、情報が入国管理局の係官に伝えられていたので、パスポートの偽造が判明し、身柄を拘束された。金正男は胖熊（パン・シオン）の名義で、ドミニカ共和国の偽造パスポートを持っていた。拘束された金正男は、家族揃ってディズニーランドに行くのが目的だと説明した。当時の田中真紀子外務大臣は事を荒立てず、即国外退去を決定する。

しかしその前にも、金正男が同じ偽造パスポートで入国していたことが分かっている。日本の公安調査庁は、いわば金正男を泳がせていたのだ。そのときの来日の目的は吉原のソープランド、赤坂の韓国クラブだった。

金正男は色好みだけでなく、賭博好きであり、その拠点がマカオだった。ポーカーやバカラではプロ級の腕前を持ち、ＶＩＰルームでのゲームの間、時折携帯電話で本国の実父金正日と話しながら、チップを置く場所を決めていたと言われる。金正日もバカラ好きだったのだ。

そうした放蕩の一方で、金正男は中国や東南アジア、欧州での人脈を利用して、貿易や不動産仲介、ＩＴ関連事業で北朝鮮の海外進出の役目を担っていた。決済は常に、北朝鮮党指導部のクレジットカードだった。

しかし二〇一一年十二月に金正日が死去し、翌年に金正恩体制が始まると、北朝鮮からの送金が途絶えたのか、金正男はカジノに姿を見せなくなる。このあたりから長男の金正男に対する三男金正恩の当たりが強くなったことは、容易に想像できる。新体制反対派が、金正男こそ正統だとして御輿(みこし)に乗せ、中国と太いパイプを持つ叔父の張成沢と組み合わせて反乱を起こす事態も考えられるからだ。

事実、二〇一三年十二月、金正日の妹婿である張成沢は、国家反逆の罪で処刑される。金正男の運命も、この時点で風前の灯だったと言える。

犯行後、マレーシアの警察当局は、犯人のひとりのベトナム国籍のドアン・ティ・フォンが泊まっていたクアラルンプール空港近くのホテルの部屋に残されていた鞄から、毒物が発見されたと伝えた。一方、金正男の行く手を阻んだインドネシア国籍のシティ・アイシャは、マレーシアを頻繁に訪れ、短期滞在を繰り返していた。この二人の女の犯行について、かつて北朝鮮の工作員で大韓航空機爆破事件で死刑判決を受けた金賢姫は、「厳しい訓練を受けた工作員とは思えない」と、メディアに語った。

やがてマレーシア当局は、犯行に及んだ二人の供述として、ホン・ソンハクという男が背後にいることを摑んだ。二人に、マレーシアやカンボジアの空港で液体を通行人になすりつける行為をさせ、これは日本のテレビの番組のためだと説明していたのだ。

この時点で、韓国の情報機関である国家情報院は、二人の女を操った背後グループについて詳細に報告する。ドアン・ティ・フォンを動かしたのは、北朝鮮の国家保衛省所属のリ・ジェナムと、外務省のリ・ジヒョンであり、二人とも逃亡中だった。他方のシティ・アイシャを取り込んだのは、国家保衛省のオ・ジョンギルと前述した外務省のホン・ソンハクで、この二人も逃亡中だ。さらに支援グループとして、在マレーシア北朝鮮大使館の二等書記官で、国家保衛省所属のヒョン・グァンソン、高麗航空職員とも見られるキム・ウクイルとリ・ジウ、さらに四人目にマレーシア在住の北朝鮮人リ・ジョンチョルがいた。このうち逮捕されたのはリ・ジョンチョルのみで、あとの三人も逃亡中だった。

殺害されたのが金正男だと判明したあと、マレーシア政府は遺体を司法解剖し、二月十七日には、犯行に及んだ二人の女を立ち会わせて実況見分を実施する。

これに対して北朝鮮の反応は迅速だった。金正男の死亡が確認されるや、すぐさま火葬を要求する。これをマレーシア政府は拒否して、二月十五日に第一回目の司法解剖をしたのだ。すると十七日、在マレーシアの北朝鮮大使姜哲は、遺体の即時返還を求める声明を出した。そして、指示役と見られる北朝鮮籍の四人の出頭を求めるマレーシア警察の要請も拒否する。

二月二十四日、マレーシア警察は殺害に使われたのがVXだったと、正式に発表した。しかしこれ以前に、犯行に使用されたのがVXだと見抜いていたのは、他ならぬ東京拘置所に収監されている中川智正死刑囚だった。この中川智正とは、コロラド州立大のトゥー名誉教授が特別面会人として面会を続けていた。二月二十二日付の手紙で、中川智正は教団の事件の経験から、〝目にVXを付着させれば、通常は発症まで一、二時間かかるのがもっと早くなる〟と書いていた。トゥー名誉教授はこの手紙を二十四日に受け取り、報道陣に開示した。

実はトゥー名誉教授も、早い時点でこれがVXだろうと推定し、バイナリ・ウェポンであると取材陣に語っていたのだ。まずひとりが薬物を金正男の顔になすりつけ、次にもうひとりが別な薬物を塗りつけ、そこでVXを発生させたという見解だった。

しかしこれは、トゥー名誉教授が米軍の化学兵器に対する造詣が深いゆえの誤解だった。米軍が使用しているVXのバイナリ・ウェポンは、VXの前駆体であるイソプロピルアミノエチルメチル亜ホスホン酸エステルと、硫黄を別々に砲弾に詰め、攻撃直前に混合するか、破裂させてVXを発生させる方法をとっている。

トゥー名誉教授は、中川智正らが水野昇氏、濱口忠仁氏、永岡弘行氏に対して実行したVX攻撃の詳細については、当然知らない。バイナリ・ウェポンだと思い込むのも無理はなかった。個人を襲撃するには、VXそのものでこと足りるのだ。

トゥー名誉教授は、二〇一一年から死刑執行まで中川智正に十五回ほど拘置所で面会している。その目的はどうやら、VX中毒の症状を聞き出すことだったようだ。他方で、VX中毒事件の鑑定を私がしていることを知ると、米国から時々訪ねて来るようになった。話をしているうちに、トゥー名誉教授の真の興味がVXの合成法であるのを感じた。土谷正実がA3の紙に書いた図があると言うと、是非見せてくれと言う。絶対に公表しないという確約がとれたので、そのコピーを渡した。数年後にトゥー名誉教授が出版した欧文の本には、堂々とそのコピーが掲載されていた。一躍、彼はVXの世界的〝第一人者〟となった。以来、私はその〝第一人者〟との交流を断った。

マレーシアと北朝鮮は友好国で、貿易が活発な他、鉱山労働者や飲食店従業員など、およそ三百人の北朝鮮人がマレーシア国内で働いているという。金正男暗殺によって、二国間の関係は一気に悪化する。マレーシア警察が唯一逮捕できたのは、クアラルンプールの会社の社員で就労ビザを持つリ・ジョンチョルだけだった。この男は勤務の実態はなく、会社社長も給料を払っていなかった。手配されている四人のうち三人は、事件のあった二月十三日の夜の便でジャカルタ空港から中東のドバイに飛んでいた。もうひとりは、事件前の一月十九日に、ジャカルタからバンコクに出国していた。四人とも既に北朝鮮に戻ったと推測された。

マレーシア政府は、重要参考人として行方を追っている北朝鮮大使館のヒョン・グァンソン二等書記官に対し外務省に出向くように求めていた。しかし北朝鮮大使館はそれに応じる気配はなく、逆に姜哲大使は、あくまで暗殺されたのは金正男ではなくキム・チョルだと主張、北朝鮮側の許可や立ち会いもなく解剖が実施されたのは、人権侵害であり、マレーシアの捜査は信用できないと批判した。

指名手配されている北朝鮮国籍の男たちは、事件前にクアラルンプール空港を下見していた。男たちは一月末から二月初めにかけてマレーシアに入国、空港の下見をするとともに、市内のショッピングセンターで殺害の予行演習をしていた。空港の下見では、空港職員に監視カメラが作動しているかを訊いていた。職員は、本当のことは言わないとしたマニュアルどおりに、動いていないと回答していた。これによって、犯人たちは白昼堂々と金正男を殺害、実行犯の女二人は、あくまでテレビの番組のためだと信じていたと考えられる。

ＶＸがマレーシアで製造されたはずはなく、北朝鮮大使館の職員によって運び込まれたと思われる。外交官は機密文書を運ぶ外交行嚢（こうのう）を携行でき、税関職員は中味を調べられない。

一方でウィーン条約により、外交官の拘束や大使館への立ち入りを禁じる外交特権が保障されている。北朝鮮大使館が捜査協力を拒んでいるのはそのためなのだ。

二月二十四日に、マレーシア警察が遺体からＶＸが検出されたと発表した直後、日経新聞の記者から電話がかかってきた。

「先生、マレーシアの事件でＶＸが検出されたのはご存じですね」

「はい。映像から見てＶＸだと思っていました」

「発表前からですか」

男性記者が驚く。

「ＶＸを使ったオウム真理教の犯行から考えて、おそらくそうだと思っていました。金正男の被曝から死亡に至る経緯がそっくりです」

「そうなんですか」

記者はたぶん三十代後半だろう。そうなると二十三年前はまだ記者になっていない。驚くのも無理はなかった。

「ＶＸについて、Ｑ＆Ａの形で記事にしたいと思いますので、お答え願えますか。もちろん分かる範囲で結構です。質問項目は五つです。あとでファックスを入れますので訂正可能です」

「結構です。どうぞ」

知っているだけ答えればいいのだ。間違いがあればファックスで正せる。

「まずＶＸはどのくらい危険でしょうか」

「一般の化学兵器は噴霧して吸い込ませますが、ＶＸは常温では油状の液体です。一九五〇年代に英国で開発されています。一部の殺虫剤や毒ガスのサリンと同じ有機リン系の化学物質です。毒性は、人間が化学合成した毒物の中では最も危険とされます。致死量は一ミリグラムです。注射器を使って微量のＶＸを皮膚に垂らしたり、クリームに混ぜて塗りつけても、皮膚からの吸収で命を落とします」

男性記者は当然電話を録音しているはずだった。

「そもそも、なぜ猛毒なのでしょうか」

「神経が情報を伝えるのに使う、重要な酵素の働きを妨げるからです。毒が全身に行き渡るまでは歩けますが、次第に瞳孔が縮小するなどの症状が出、最後は痙攣や呼吸困難、意識障害で死亡します」

「治療はできるのでしょうか」

「サリンと同じように治療薬はあります。しかし毒性が強いので治療は困難です。さらに初期症状は脳血管障害などと間違いやすく、ＶＸだと分かったときは、もう手遅れです」

オウム真理教の犯行で被害に遭った三人の症状を想起しながら答える。

「犯行に及んだ女二人は生存していますが、これはどうしてでしょうか」

「ＶＸが皮膚につかないようにすれば、理論上危険性は下がります。予防薬については、動物実験はあるものの、人間での効果はまだ未知数です。従って、犯行メンバーが無事だった理由は分かりません」

実行役の女が手袋でもつけていれば、被曝しなかった可能性はある。しかし映像からすると素手であり、どうして助かったかは謎だった。

「最後になります。ＶＸの合成は簡単でしょうか」

「生成には複雑な化学反応が必要です。それでも、化学兵器は貧者の核兵器と言われるくらいで、一定の技術があれば大量生産ができます。現に、オウム真理教の連中がそうでした。大量破壊兵器というと核兵器ばかり問題にされますが、化学兵器も大きな脅威です」

「ありがとうございます。すぐにまとめて、ファックスします」

記者はこちらの病院のファックス番号を訊いて、電話を切った。一時間半後にファックスが届いた。よくまとめられていて、ほとんど訂正の必要がなかった。記事は二月二十五日に掲載された。

北朝鮮は、マレーシア政府が金正男の遺体を引き渡さないことへの対抗策として、平壌のマレーシア大使館の外交官とその家族計九人を足止めしていた。この強硬策に折れたのはマレーシアだった。九人の出国と引き替えに、遺体の引き渡しと、駐マレーシア北朝鮮大使館員や高麗航空職員の帰国を認めた。

金正男の遺体は三月三十日、事件以来四十日以上安置されていたクアラルンプールの病院を出て帰国の途についた。これによって北朝鮮は、金正男暗殺を完全な闇の中に葬ることができた。もともと北朝鮮国民の九割は、金正男の存在自体を知らないと言われる。ここに至って、長男の金正男、次男の金正哲という枝葉を伐採して、三男の金正恩は自らが正統な幹と成り得たと言える。

世上では北朝鮮の核問題のみを問題にしている。しかし北朝鮮の本来の恐怖は、貧者の核とされる化学兵器である。核自体はそう無闇には使えない。使うときは最終戦になる覚悟を必要とする。それに対して化学兵器は姑息な手段として、いつどこでも使用できる。

一九五〇年代初頭に英国のゴッシュによって生成されたＶＸは、ほぼ同時期にドイツのシュラーダー、スウェーデンのタンメリンも合成に成功していた。一九五〇年代末には、ソ連のイヴィン、ソボロフスキー、シラコワも、Ｒ－33つまりＶＸを開発する。一九六一年になると、ソ連はこのＶＸの大量生産に成功、米国でも生産が開始される。

北朝鮮が導入したのは、このソ連の技術だと考えられる。核の開発と併行して、化学兵器の生産にも着手し、現在では二十五種の化学兵器を所有していると推測されている。

まずＶＸやサリンなどの神経剤が六種類、イペリットやルイサイトなどのびらん剤も六種類、シアン化水素などの血液剤が三種類、ホスゲンなどの窒息剤が二種あり、この他に嘔吐・催涙剤が八種である。

これらの化学兵器は、開発中の核兵器と違って、今でも使用可能である。その標的になり得るのは、まず韓国、次に日本であるのは間違いない。

米国のトランプ大統領は、二〇一七年に政権につくと、さっそく軍の高官たちから、軍事情勢に関する報告を受けた。もちろん最も重要な課題は、北朝鮮の核問題だった。示された地図から、南北軍事境界線とソウルが十五マイルしか離れていないことを初めて知った大統領は、すぐさま質問する。

「どうしてソウルは、こんなに国境近くにあるのだ。移転させるべきだ」

軍の高官たちは、大統領が冗談を言っているのだと思う。

「ソウル市民は引っ越すべきだ」

トランプは怒鳴った。ソウルの人口が一千万人であり、それはほとんどスウェーデンの総人口と同じである事実など、大統領の無知な頭にはなかったのだ。

北朝鮮はその気になれば、核兵器を使う前に、いや核兵器の使用と同時に、種々の化学兵器で、ソウルを攻撃できる。その意味では、ソウル市民は北朝鮮の人質になっているのも同然である。ちょうど金正男殺害事件で、北朝鮮が平壌のマレーシア大使館員と家族を人質にして、遺体と犯人たちの身柄を思うがままに帰国させたように——。


金正男暗殺の翌年、二〇一八年の七月六日、オウム真理教の教祖以下七人に死刑が執行された。七人は東京拘置所に収容されていたが、新實智光五十四歳と井上嘉浩四十八歳は大阪拘置所、中川智正五十五歳は広島拘置所、早川紀代秀六十八歳は福岡拘置所に移送されていた。従って東京拘置所に残っていたのは、教祖六十三歳、遠藤誠一五十八歳、土谷正実五十三歳の三人だった。

この六日の早朝、小菅の東京拘置所には小雨が降っていた。教祖はいつものように七時に起床して朝食をとり、刑務官の指示で独房から出て、死刑台の前まで進み、執行を告げられる。遺体の引き取り手を訊かれたとき、四女だと答えたとされる。午前八時過ぎに死刑が執行された。

ここ数年、教祖はトイレのある独房に収容され、一日三回の食事を受け取って自分で食べていた。風呂にもはいり、看守に〃ありがとう〃と礼を言うこともあった。週に数日ある運動の時間は、運動場で歩いたりもした。前年二月に教祖を診察した拘置所の精神科医は、明らかな精神障害はないとの所見を提出していた。

東京地裁で教祖の死刑判決が下されたのは、二〇〇四年二月だった。控訴審では、弁護団が控訴趣意書を期間内に提出せず、控訴が棄却され、二〇〇六年九月に死刑が確定する。というのも、控訴審の弁護団は教祖と意思疎通ができず、控訴趣意書を書けなかったからだ。その後、三度出された再審請求はすべて退けられた。

一審のときも、教祖は弁護団の接見を拒否し、意思疎通もできない状態だった。教祖に変化が起きたのは、一審の途中からだと解される。控訴後、弁護側に精神鑑定を依頼された六人の精神科医は、いずれも教祖の訴訟能力に疑問を呈していた。長年の拘置所生活によって、拘禁反応を起こしていたと考えられる。

拘禁反応とは、外界と遮断された拘禁状態で生じる身体的・精神的な変化である。軽症では、種々の自律神経症状や身体的愁訴に、不安や気分変化、被刺激性亢進が認められる。重症になると、寡動・無動状態に陥り、外界からの刺激に反応せず、不食や失禁、意識障害を伴う拘禁昏迷状態にまで進行する。

もちろんこのとき、詐病との鑑別が問題になる。一連の事件を捜査していた東京地検の検事によると、裁判が始まる前の一九九五年秋、教祖は〝私が助かる方法はひとつだけですね〟と話していたという。そのひとつとは、精神障害があるような振る舞いをする詐病を意味したと思われる。詐病の意志が意識下にあれば、拘禁反応に拍車がかかるのは当然である。従って教祖の一審後の状態は、詐病願望を背景にした拘禁昏迷を呈していたと判断するのが妥当である。この点を勘案せずに、東京高裁が教祖の訴訟能力を認め、性急に裁判を打ち切ったのは、早計だったと言える。

拘禁反応の治療は、あくまで環境調整である。外界との風通しをよくして、外からの働きかけを続けることで、症状は大きく軽快する。死刑確定後の十年間、その点で拘置所の対応が功を奏して、教祖の昏迷状態は消失したと判断できる。

教祖の死刑確定の三年後、二〇〇九年七月に早川紀代秀の死刑も確定する。公判では、教祖を

〝狂信者〟と批判した早川紀代秀は、死刑確定前は〝被害者に本当に申し訳ない〟と述べる一方、〝命がなくなるのは、とても恐い〟と話していた。自ら綴った著書では、〝『時間よ、戻れるものなら、戻ってくれ！』と叫びたい〟と心境を記した。さらに死刑前の二〇一八年六月七日付の手記では、〝自分では一人も殺していない者が死刑で、自分で二人も殺している者が無期というのは、どうみても公正な裁判とは言えません〟と述べた。早川紀代秀の念頭にあったのは、無期懲役に処せられた林郁夫だった。

二〇一〇年一月に死刑が確定した井上嘉浩は、死刑確定前から支援者に対して繰り返し手紙を書き、事件への反省と遺族への謝罪を綴っていた。

同じ年の二月に死刑が確定した新實智光は、井上嘉浩とは逆に最後まで謝罪を口にしなかった。公判でも〝宗教的に正しいことをした〟と言い、教祖に帰依する姿勢を崩さなかった。控訴審でも〝尊師が伝授したものが私の心にある限り、グルはグルです〟と述べた。一、二審では証言台の椅子で座禅を組み、瞑想するように死刑判決を聞いた。刑が確定したあとの二〇一五年、高橋克也の公判に証人として出廷したときも、〝地下鉄サリン事件は救済の一環だったし、今もそう思っている〟と語った。しかし二〇一八年五月以降に、法務省に出したとみられる恩赦関連書類の中では、〝私たちの徳が無かった、霊性と知性が足りなかったのでしょう。深く反省していま す〟と記していた。

二〇一一年三月に死刑が確定した土谷正実は、一九九五年の初公判でも黙秘を宣言、その後の審理でも一貫して教祖に帰依する態度を示していた。しかし死刑確定前の手記では〝私がいなければサリン保有はありえなかった。『すいませんでした』では、あまりにも軽すぎる〟と書いた。さらに近年は、面会人に対して〝だまされた〟と教祖に対する激しい怒りを口にしていたという。

同年の十二月には中川智正と遠藤誠一も死刑が確定する。これによってオウム真理教の裁判は、いったん終結した。ところがその直後、目黒公証役場事務長監禁致死事件で特別手配中だった元〝諜報省〟の平田信が、警視庁に出頭し翌日逮捕された。さらに翌二〇一二年六月、地下鉄サリン事件などで特別手配中だった元〝諜報省〟の高橋克也が逮捕された。

これによって死刑囚たちも、それぞれ二人の裁判の証言台に立たされる。その結果、平田信の懲役九年が確定したのが二〇一六年一月であり、高橋克也の無期懲役が確定したのは二〇一八年の一月だった。こうして実質的にオウム真理教の裁判は終結した。この終結のわずか半年後、七人の死刑囚に刑が執行された計算になる。

裁判の過程で、〝タガが外れて狂っていた〟と教祖を批判していた中川智正は、その後被害者や遺族に謝罪の手紙を書き送っていた。さらには短歌や俳句を詠むようになり、二〇〇七年の控訴審判決前には、〝あの人があの人がというは終りなり我がなしたこと我が前で見る〟と詠んだ。死刑確定後の二〇一六年、面会を続けているトゥー名誉教授の仲介で、「当事者が初めて明かすサリン事件の一つの真相」と題する論文を『現代化学』に寄稿、十一月号に掲載された。その論文の冒頭に以下のように書いた。〝私はかつてオウム真理教（教団）に所属していました。現在は東京拘置所に死刑囚として収容されています。私のかかわった事件の被害者の方々、ご家族の方々にはこの場をお借りして心よりお詫び申し上げます〟。支援者と作った同人誌には〝遺しおくその言の葉に身を替えて第二の我に語りかけたし〟の歌を記した。

七人目の死刑囚である遠藤誠一は、この中川智正とは対照的だった。当初は起訴事実を認めたものの、後に弁護人を解任してからは否認に転じ、一時は証言も拒んだ。二審でも教祖への帰依を口にし、〝尊師の弟子である〟と述べた。遺体は後継団体〝アレフ〟の施設に運ばれ、その後埼玉県内で火葬されたという。

七人の刑執行から二十日後の七月二十六日、残る六人の死刑囚に刑が執行された。刑執行の前に、六人のうち三人は東京拘置所から別の拘置所に移されていた。

仙台拘置支所で刑が執行されたのは、林泰男六十歳だった。この林泰男の死刑前の心境は不明のままである。

名古屋拘置所で死刑執行されたのは、岡崎一明五十七歳と横山真人五十四歳だった。岡崎一明は坂本堤弁護士一家殺害事件のあと、三ヵ月後の一九九〇年二月、立候補した衆院選の最中に、選挙資金を持ち逃げし、教団を脱会していた。その後の二〇一一年、支援者への手紙の中で、〝広瀬健一君や豊田亨君、端本悟君たちは生きて欲しい。彼らは社会経験のないまま洗脳された〟と記していた。

横山真人は、丸ノ内線の電車内にサリンを撒いていた。この車両からは死者は出なかったものの、結果全体の責任は免かれず、死刑とされた。一審判決後に接見した弁護士には、〝死刑になったほうが、被害者に少しでも納得してもらえる〟と語っていた。

東京拘置所で死刑が執行されたのは、広瀬健一五十四歳、端本悟五十一歳、豊田亨五十歳だった。

同じく丸ノ内線でサリンを撒いた広瀬健一は、公判中積極的に事件への関与を供述していた。坂本堤弁護士殺害の実行犯だった端本悟は、公判では教祖について〝八つ裂きにしても許せない〟と述べ、自らの罪を謝罪していた。再審請求を促した弁護士にも、首を縦に振らなかった。日比谷線でサリンを撒いた豊田亨は、公判ではほとんど弁解しなかった。一審の最終意見陳述では、〝今なお生きていること自体が申し訳ない〟と述べた。他の死刑囚が出廷するなかで、ただひとり拘置所内で証人尋問に応じた。〝自分は拘置所から一歩も出てはいけない。それが贖罪だ〟という心情からだった。

以上のように死刑囚十三人のうち、最期まで悔恨の情を示さなかったのは教祖と遠藤誠一の二人のみで、林泰男だけが分からない。あとの十人は罪を悔いた。

　上川陽子法務大臣が死刑執行を急いだのには、すべてを二〇一八年に片付け、二〇一九年を迎えたいという政治的意向が働いたと思われる。二〇一九年には御代替りで、天皇の退位と新天皇の即位に伴う皇室行事が相次ぐ。そして二〇二〇年には、東京オリンピック・パラリンピックが開催される予定だった。死刑執行は二〇一八年のうちにすませておきたいという、政府と法相の思惑があったのは間違いない。

　二十九人の死者と六千五百人を超える負傷者を出した一連のオウム真理教の事件では、百九十二人が起訴され、無罪は二人のみだった。罰金刑が三人、執行猶予付き懲役刑が八十七人、実刑が八十一人、無期懲役が六人、死刑が十三人だった。

　この拙速のそしりを免れない死刑執行に対して、松本サリン事件で長野県警から犯人視され、妻を意識不明のまま二〇〇八年八月に亡くした河野義行氏は、「死刑で真相は分からなくなった」と述べた。

　霞ケ関駅の助役だった夫を亡くし、「地下鉄サリン事件被害者の会」代表世話人の高橋シズヱ氏は、「十三人の刑が執行されて刑事司法としては終わりかもしれないが、後遺症を抱える被害者らの被害はまだ続いている」と語っている。

「坂本弁護士と家族を救う全国弁護士の会」の事務局長である影山秀人弁護士は、「事件について未解明の部分が多いのに、死刑囚から話を聞くことができなくなってしまった。同様の事件が再発しないよう、今後もオウムの一連の事件について考え続けなければいけない」と話した。

　七月六日に死刑執行された教祖の遺体と翌日対面したのは、滝本太郎弁護士だった。教祖の四女も同行していた。七月九日、遺体は都内で火葬された。しかし遺骨と、現金、衣服、修行用のヘッドギアなどの遺品はまだ拘置所に保管されている。

教祖は死刑執行直前、四女に遺骨を引き渡すように意思表示したとされる。四女の代理人でもある滝本太郎弁護士は、遺骨が崇拝の対象にされるのを恐れ、太平洋での散骨を主張している。しかし妻の松本知子や他の子供たちは、教祖の意思表示に疑いを持ち、妻側への引き渡しを要求している。話し合いは結着しないまま、二〇二〇年九月十七日、東京家庭裁判所が次女への引き渡しを決定した。しかし四女側は九月三十日、東京高裁へ即時抗告を申し立てた。

十三人の死刑執行を命じた上川陽子法相は、執行後の二〇一八年八月、一連の事件の刑事裁判記録を永久保存する方針を表明した。この事件の解明は、後世の研究者に委ねられたと言える。

オウム真理教は二〇〇〇年に〝アレフ〟と改称している。さらに二〇〇七年、上祐史浩が〝ひかりの輪〟を設立して分派、二〇一五年には〝アレフ〟の内部対立によって第三の集団が設立された。三団体の拠点は、十五都道府県に合計三十一施設あり、信者数は千六百五十人、資産もこ十年で四倍に増え、十二億九千百万円だという。その一方で事件の被害賠償は遅々として進んでおらず、事件から二十五年後も、約十億円が未払いである。〝ひかりの輪〟は年数百万円の支払いを続けているものの、〝アレフ〟は二〇一七年七月に二千五百万円を支払ったのが最後である。公安調査庁によると国内信者は、アレフ約千五百人、ひかりの輪約百二十人、新集団約三十人である。団体規制法に基づく観察処分も、二〇二一年二月から三年間更新された。

これらの団体には、教祖の写真や説法を収録した教材が保管されているので、後継教団の中では、教祖がまだ生きているとも見なすことができる。

これらの後継教団は、信者を勧誘する際、決して正体を明らかにしない。ヨガや占い、食事会などのイベントをSNSや街頭で呼びかけて接点を探る。そのイベントでは、先輩信者たちが親密さを装って人間関係を築いていく。社会に対する不安や、自分の内に寂しさや孤独感を抱く若者は、この親身な人間関係に心を開き、そこに生き甲斐を感じるようになる。このとき、自己変革意識や神秘体験への憧憬を持っていれば、若者は容易にそこに吸いつけられる。ここに至って教団は名を明かして、入会を促す。この第三段階まで足を踏み入れると、誘われた者は引き返せない。引き返せば、再び元の不安と孤独に満ちた冷たい社会が待っているからだ。

その意味で、オウム真理教現象がもはや消滅したとは、誰ひとり言えないのだ。

地下鉄サリン事件から二十五年が経過した二〇二〇年三月二十日、現場となった東京メトロの各駅には献花台が設けられた。関係者が犠牲者を慰霊するなか、花を手向けた当時の地下鉄職員や遺族、被害者は「事件を風化させてはならない」と一様に訴えた。

六千人以上が負傷したこの事件では、今なお目などにサリン被害の後遺症を訴える人たちが多い。被害者の中で、この二十五年間寝たきりの闘病生活を続けてきたのが、浅川幸子さんである。事件当日、丸ノ内線に乗り、中野坂上駅でサリンを吸い、心肺停止状態で搬送された。二〇〇九年、丸ノ内線にサリンを撒いた犯人の最高裁判決は、法廷で聞き、後の会見で感想を問われ、「おおばか！」と声を絞り出したという。しかし壮絶な闘病空しく二〇二〇年三月十日、享年五十六で亡くなる。死因はサリン中毒による低酸素脳症だった。オウム真理教によって、人生を絶ち切られたその無念さは、いかばかりだったろう。

化学兵器サリンが世界で初めて使用されたのは一九九四年六月の長野県松本、そして大量殺人を目的として使われたのが翌年三月の東京地下鉄だった。いずれも犯人はオウム真理教である。それから四半世紀が経ち、平成生まれの多くの人たちにとっては記憶にもない事件になっているのではなかろうか。それより年長の人にしても、事件の記憶は薄らぐか、細切れになっていると危惧される。確かに教祖以下の主謀者たち十三人は、二〇一八年七月に死刑執行され、一連の事件は片がついたように見える。

しかしオウム真理教が犯した未曽有の犯罪は、日本人のみならず人類の記憶に、永遠に刻印されるべき重大さを有している。

事件当時、多くのメディアが事件をつぶさに追い、膨大な裁判でも個々の事件が長期にわたって裁かれた。これによって事件はすべて明るみに出されたような錯覚を与える。事実はそうではなく、メディアにも裁判にも欠けていたのは、犯罪の全体像である。さらに、高学歴の連中が何故いとも簡単に洗脳され、やみくもに殺人兵器を作製したかについては、何ひとつ解明されていない。

もうひとつ、教団に対する警察の捜査が後手に回った事実も忘れてはならない。この原因はひとえに、警視庁を含めて県警間の連携が全くなされなかったことに帰す。坂本弁護士拉致事件は神奈川県警、国土法違反は熊本県警、松本市の土地売買事件と松本サリン事件は長野県警、公証役場事務長拉致事件は警視庁、上九一色村の異臭騒ぎは山梨県警がそれぞれ担当し、教団本部があるのは静岡県だ。これらの情報が〝総合的・俯瞰的〟に一元化されていれば、強制捜査は早く行われ、地下鉄サリン事件は防ぎ得たはずで、痛恨の極みである。こうした警察史上の汚点も、記録の改竄と廃棄を宗とする国策が続く限り、闇に葬られたままになる。

さらに、私たちひとりひとりが胸に刻まねばならないのは、人はいとも簡単に洗脳されるという事実である。密室あるいは外部と隔絶された空間で、四六時中、単純な論理を繰り返し吹き込まれると人は誰でも洗脳される。そのとき、高学歴の専門性など何の楯にもならない。むしろ偏狭な専門家であればあるほど、洗脳される。オウム真理教の高学歴集団がその好例である。

この洗脳が起こりやすいのは、何といっても宗教である。もちろん、この世に対する不安感と空虚感が培地になる。頼りにされるのは、安寧をもたらすすごく単純な論理であり、オウム真理教では〝解脱〟だった。目の前に最終解脱者と自称・他称する教祖がいれば、もうそこに我が身を託す他ない。教祖が操る思考は、白か黒かの二分法であり、その中間がない。正統な宗教であるのはオウム真理教だけであって、他の宗教はすべてニセモノになる。全知のグル、つまり教祖のみが暗闇に光をもたらし、行く道をさし示すことができる。

そうした偏狭な宗教心を洗脳によって植えつけるためには、まず判断力や批判力を奪わなければならない。もちろん他者との交流も断って、閉鎖空間の中で、単純な教理を何万回も吹き込む。それが何日も何週間も続けられると、もはやヒトの脳が抗うのは無理である。

加えて教団のホーリーネームは、教祖への帰順の証になるとともに、各個人を分断する力を持っている。これによってひとりひとりは閉鎖空間に閉じ込められ、洗脳は強化される。洗脳された宗教心は感染しやすく、疫病と同じになり、自分たちが行使する暴力はすべて、正当防衛と化す。世界の歴史上類を見ない教団による残虐行為は、その行き着いた先だったのだ。

そこで肝腎なのは、土着ともいうべきコモン・センス、常識だろう。生活の実体験と言い換えてもいいかもしれない。世の中を広く見渡す力は、そこから生まれてくる。

動物と違う知性を授けられた人間には、いつの世、いつの時代でも、この洗脳の問題はついてまわる。オウム真理教の実態は、洗脳に対する教訓をまたとない形で示してくれる。その意味でも、私たちは絶対に、オウム真理教という現象を忘れてはならないのだ。

さらにもうひとつ、オウム真理教が犯した犯罪で、未解決になっている事件がある。第一は何といっても、国松孝次警察庁長官殺害未遂の犯人である。教団の犯行であるのは明らかで、ロシアとのつながり、射撃をよくする点で自衛隊員や警察官の信者の関与が取沙汰されたものの、今もって真相は分からない。

第二は、教団の犯行をすべて知り尽くしている村井秀夫に、刺客を送ったのは誰かという謎である。教祖とその側近たちが謀議のうえで、暴力団に依頼したという推理が成り立つ。しかしこれらの真相解明は、改元を前にしての拙速極まる死刑執行によって、永遠の謎と化した。

一連の事件を通覧して痛感するのは、医療機関の奮闘である。松本サリン事件、地下鉄サリン事件、そしてVX事件など、治療法が不明ながらも、最大限の知識を駆使して救命に尽力した。この事実は、当然のようなこととして、あまり称揚されていない。わが国の卓越した医療技術と体制は、絶対に等閑視してはならない。

オウム真理教の犯行の全貌を明らかにしなければならないと感じたのは、いつ頃だったろう。今となっては思い出せない。ひとまず完成は、地下鉄サリン事件から二十五年になる前と思い定めた。幸い、物語を織る材料になる糸はふんだんにあった。それらのどれを縦糸にし、どれを横糸にするかを細かく選別したあとは、想像に任せて、実在の人物の名前を使いながら機(はた)を織ればいい。とはいえ、経緯の間に杼(ひ)を入れていく作業は、決して容易ではなかった。しかし、これが犯罪の犠牲となった人たちに対する鎮魂と思えば、耐えられない作業ではなかった。脱稿は予定通り二〇二〇年二月になった。刊行までには、さらに一年を要した。

　本書を、オウム真理教の一連の犯罪で、命を絶たれた人たち、傷ついた方々、今なお後遺症に苦しむ人々に捧げる所以である。

主要参考文献

井上尚英、槇田裕之：サリン—毒性と治療—、福岡医学雑誌八五（九）：二五七—二六二、一九九四

井上尚英、槇田裕之：サリンによる中毒の臨床、臨牀と研究七一（九）：一四四—一四八、一九九四

井上尚英：松本の毒ガス集団中毒事件——私なりの長かった一日——、學士鍋第九二号：三〇—三四、一九九四

井上尚英、林田嘉朗：化学兵器（上・下）——その歴史、現状と対策——付、サリンによる中毒、日本医事新報№三六七七：六三—六五、№三六七八：六六—六八、一九九四

井上尚英、高橋成輔：サリン対策マニュアルについて、臨牀と研究七二（九）：一四七—一四九、一九九五

井上尚英：サリン曝露による自覚症状、神経内科四三（四）：三八八—三八九、一九九五

井上尚英：サリン曝露後にみられた精神症状——一症例の報告、福岡医学雑誌八六（九）：三七三—三七七、一九九五

井上尚英：熱砂の中での化学戦争——イラン・イラク戦争——、日本医事新報№三七三四：六三—六六、一九九五

井上尚英：松本サリン事件、医学のあゆみ一七七（一一）：七二七—七二九、一九九六

井上尚英：サリン中毒の治療マニュアル、綜合臨牀四五（一）：一九一—一九二、一九九六

井上尚英、槇田裕之：VXによる中毒の臨床、臨牀と研究七四（二）：一三八—一四〇、一九九七

井上尚英：化学兵器から身を守る解毒剤・予防薬の仕組み、化学五二（一一）：二六—二八、一九九七

井上尚英：サリン中毒の迅速診断、神経内科五五（二）：一九三、二〇〇一

井上尚英：大英帝国の究極の生物兵器（上・下）、臨牀と研究九六（一〇）：一二二三—一二二五、（一一）：一〇九—一一一、二〇一九

井上尚英：ヴルダヴァ河畔での死闘（下）、臨牀と研究九七（一）：一二三一―一二三六、二〇二〇
井上尚英：スヴェルドロフスク事件の真相をえぐる（上・下）、臨牀と研究九七（三）：三六八―三七〇、（四）：四九六―四九九、二〇二〇
井上尚英：ＶＸ中毒事件をめぐる日米の情報戦、臨牀と研究九七（六）：一五―一六、二〇二〇
Anthony T. Tu：猛毒「サリン」とその類似体――神経ガスの構造と毒性――、現代化学二八二（九）：一四―一九、一九九四
吉田武美：有機リン剤の毒性再考――長野県松本市毒ガス事件に関連して、衛生化学四〇（六）：四八六―四九七、一九九四
那須民江、太田節子、翠川洋子：松本市で発生した有毒ガス事故の被災状況について、日本衛生学雑誌五〇（一）：二九〇、一九九五
那須民江、太田節子、翠川洋子：松本市で発生した有毒ガス中毒事故の被災状況について被災者の自覚症状、日本衛生学雑誌五〇（一）：二九一、一九九五
三浦豊彦：松本サリン事件の被災状況、労働の科学五〇（九）：二二一―二二三、一九九五
大生定義、西崎統、松井征男：サリン中毒対応の実状、日本内科学会雑誌八四（七）：一五二、一九九五
山口達夫、眞鍋洋一、大越貴志子他：サリン中毒患者の眼科での対応、日本の眼科六六（四）：三四三―三四九、一九九五
関島良樹、森田洋、進藤政臣他：松本サリン事件におけるサリン中毒の一重症例――一年間の臨床症状、検査所見の推移――、臨床神経学三五（一一）：一二四一―一二四五、一九九五
野崎博之、堀進悟、篠沢洋太郎他：東京地下鉄サリン事件――災害医療とサリン中毒の治療――、救急医学一九（十二）：一七四―一七六、一九九五
小林靖奈、山元俊憲、黒岩幸雄：神経剤、中毒研究九：二六一―二七五、一九九六
前川和彦：東京地下鉄〝サリン〟事件の急性期医療情報、医学のあゆみ一七七（一一）：七三一―七三

五、一九九六
山村行夫、清水英佑、縣俊彦他：地下鉄サリン事件被害者の血清コリンエステラーゼ値と自覚症状の関係、中毒研究九：四五三―四五四、一九九六
中島民江：サリン中毒の後遺症――松本サリン事件の被災者に後遺症がみられるか?、医学のあゆみ一八二（一一）：八二八―八二九、一九九七
Anthony T. Tu：化学兵器の毒作用と治療、日本救急医学会雑誌八（三）：九一―一〇二、一九九七
角田紀子、瀬戸康雄：最近の神経剤分析法について、科学警察研究所報告法科学編五〇（二）：五九―八〇、一九九七
横山和仁：サリン中毒――被災者の神経、精神、行動障害をめぐって、日本職業・災害医学会会誌四九（五）：四一五―四二一、二〇〇一
Anthony T. Tu：10年目の「サリン事件」――化学の視点で振り返る、化学六〇（四）：四二―四六、二〇〇五
南條厚生：陸軍軍医学校vsバイオテロ細菌・生物兵器、學士鍋第一六四号：四七―四九、二〇一二
松村高夫：旧日本軍による細菌兵器攻撃の事実　新発見史料「金子順一論文」は731部隊による細菌戦の何を明らかにしたのか、月刊保団連№一一〇二：一〇―一五、二〇一二
中川智正：当事者が初めて明かすサリン事件の一つの真相、現代化学№五四八：六二―六七、二〇一六
Grob, D., Harvey, A.M.: The effects and treatment of nerve gas poisoning, *Am. J. Med.* 14 (1): 52-63, 1953.
Grob, D., Harvey, J.C.: Effects in man of the anticholinesterase compound sarin (isopropyl methyl phosphonofluoridate), *J. Clin. Invest.* 37 (3): 350-368, 1958.
Kondritzer, A.A., Mayer, W.H., Zvirblis, P.: Removal of sarin from skin and eyes, *AMA Arch. Ind. Health.* 20 (1): 50-52, 1959.
Sidell, F.R.: Soman and sarin: clinical manifestations and treatment of accidental poisoning by

organophosphates, *Clin. Toxicol.* 7 (1): 1-17, 1974.

Burchfiel, J.L., Duffy, F.H.: Organophosphate neurotoxicity: chronic effects of sarin on the electroencephalogram of monkey and man, *Neurobehav. Toxicol. Teratol.* 4 (6): 762-778, 1982.

Rengstorff, R.H.: Accidental exposure to sarin : vision effects, *Arch. Toxicol.* 56 (3): 201-203, 1985.

Crowell, J.A., Parker, R.M., Bucci, T.J. et al.: Neuropathy target esterase in hens after sarin and soman, *J. Biochem. Toxicol.* 4 (1): 15-20, 1989.

Dunn, M.A., Sidell, F.R.: Progress in medical defense against nerve agents, *J.A.M.A.* 262 (5): 649-652, 1989.

Ministry of Defense: *Medical manual of defense against chemical agents,* HMSO Publ. Cent., London, 1990: pp25-36.

Munro, N.B., Watson, A.P., Ambrose, K.R. et al.: Treating exposure to chemical warfare agents: implications for health care providers and community emergency planning, *Environ. Health Perspect.* 89: 205-215, 1990.

Husain, K., Vijayaraghavan, R., Pant, S.C. et al.: Delayed neurotoxic effect of sarin in mice after repeated inhalation exposure, *J. Appl. Toxicol.* 13 (2): 143-145, 1993.

Black, R.M., Clarke, R.J., Read, R.W. et al.: Application of gas chromatography-mass spectrometry and gas chromatography-tandem mass spectrometry to the analysis of chemical warfare samples, found to contain residues of the nerve agent sarin, sulphur mustard and their degradation products, *J. Chromatography A,* 662 (2): 301-321, 1994.

Woodard, C.L., Calamaio, C.A., Kaminskis, A. et al.: Erythrocyte and plasma cholinesterase activity in male and female rhesus monkeys before and after exposure to sarin, *Fundament.*

Appl. Toxicol. 23 (3): 342-347, 1994.

Suzuki, T., Morita, H., Ono, K. et al.: Sarin poisoning in Tokyo subway, *Lancet* 345 (8955): 980, 1995.

Nozaki, H., Aikawa, N., Shinozawa, Y. et al.: Sarin poisoning in Tokyo subway, *Lancet* 345 (8955): 980-981, 1995.

Nozaki, H., Aikawa, N.: Sarin poisoning in Tokyo subway, *Lancet* 345 (8962): 1446-1447, 1995.

Morita, H., Yanagisawa, N., Nakajima, T. et al.: Sarin poisoning in Matsumoto, Japan, *Lancet* 346 (8970): 290-293, 1995.

Okumura, T., Takasu, N., Ishimatsu, S. et al.: Report on 640 victims of the Tokyo subway sarin attack, *Ann. Emerg. Med.* 28 (2): 129-135, 1996.

Volans, A.P. : Sarin: guidelines on the management of victims of a nerve gas attack, *J. Accid. Emerg. Med.* 13 (3): 202-206, 1996.

Tu, A.T.: Basic information on nerve gas and the use of sarin by Aum Shinrikyo. *J. Mass Spectrom. Soc. Jpn.* 44 (3): 293-320, 1996.

Nakajima, T., Sato, S., Morita, H. et al.: Sarin poisoning of a rescue team in the Matsumoto sarin incident in Japan, *Occup. Environ. Med.* 54 (10): 697-701, 1997.

Nagao, M., Takatori, T., Matsuda, Y. et al.: Definitive evidence for the acute sarin poisoning diagnosis in the Tokyo subway, *Toxicol. Appl. Pharmacol.* 144 (1): 198-203, 1997.

Matsuda, Y., Nagao, M., Takatori, T. et al.: Detection of the sarin hydrolysis product in formalin-fixed brain tissues of victims of the Tokyo subway terrorist attack, *Toxicol. Appl. Pharmacol.* 150 (2): 310-320, 1998.

Yokoyama, K., Araki, S., Murata, K., Nishikitani, M., Okumura, T. et al.: Chronic neurobehavioral effects of Tokyo subway sarin poisoning in relation to posttraumatic stress disorder, *Arch. Environ. Health* 53 (4): 249-256, 1998.

Minami, M., Hui, D. M., Wang, Z., Katsumata, M. et al.: Biological monitoring of metabolites of sarin and its by-products in human urine samples, *J. Toxicol. Sci.* 23 (suppl. 2): 250-254, 1998.

Harris, I., Levin, D.A.: The effects upon the human electrocardiogram of the introduction of calcium and potassium into the blood, *J. Physiol.* 89 (2): 153-159, 1937.

Winkler, A.W., Hoff, H.E., Smith, P.K.: Electrocardiographic changes and concentration of potassium in serum following intravenous injection of potassium chloride, *Am. J. Physiol.* 124: 478-483, 1938.

Fisch, C., Greenspan, K., Edmands, R.E.: Complete atrioventricular block due to potassium, *Circ. Res.* 19 (2): 373-377, 1966.

Surawicz, B.: The role of potassium in cardiovascular therapy, *Med. Clin. N. Amer.* 52 (5): 1103-1113, 1968.

Tanaka, K., Pettinger, W. A.: Pharmacokinetics of bolus potassium injections for cardiac arrhythmias, *Anesthesiology* 38 (6): 587-589, 1973.

Madea, B., Henssge, C., Hönig, W. et al.: References for determining the time of death by potassium in vitreous humor, *Forensic Science International* 40 (3): 231-243, 1989.

Gamero Lucas, J.J., Romero, J.L., Ramos, H.M. et al.: Precision of estimating time of death by vitreous potassium-comparison of various equations, *Forensic Science International* 56 (2): 137-145, 1992.

※

井上尚英：生物兵器と化学兵器、中公新書、二〇〇三

井上尚英：生物・化学兵器、ナツメ社、二〇〇八
井上尚英：毒ガスの夜明け、大道学館出版部、二〇一八
Tu, A.、井上尚英：化学・生物兵器概論、じほう、二〇〇一
アンソニー・トゥー：サリン事件の真実、新風舎文庫、二〇〇五
アンソニー・トゥー：サリン事件死刑囚　中川智正との対話、角川書店、二〇一八
Tu, A.：サリン事件、東京化学同人、二〇一四
Tu, A.：生物兵器、テロとその対処法、じほう、二〇〇二
Tu, A.：毒物・中毒用語辞典、化学同人、二〇〇五
江川紹子：全真相　坂本弁護士一家拉致・殺害事件、文藝春秋、一九九七
江川紹子：「オウム真理教」追跡2200日、文藝春秋、一九九五
江川紹子：「オウム真理教」裁判傍聴記①②、文藝春秋、一九九六、一九九七
江川紹子：魂の虜囚、中央公論新社、二〇〇〇
佐木隆三：慟哭　小説・林郁夫裁判、講談社文庫、二〇〇八
佐木隆三：オウム裁判を読む、岩波ブックレット、№四〇八、一九九六
佐木隆三：「オウム法廷」連続傍聴記、小学館、一九九六
佐木隆三：「オウム法廷」連続傍聴記2　麻原出廷、小学館、一九九六
永田恒治：松本サリン事件、明石書店、二〇〇一
門田隆将：オウム死刑囚 魂の遍歴、PHP、二〇一八
林郁夫：オウムと私、文藝春秋、一九九八
福山隆：「地下鉄サリン事件」戦記、光人社、二〇〇九
下里正樹：悪魔の白い霧、ポケットブック社、一九九五
石倉俊治：オウムの生物化学兵器、読売新聞社、一九九六
奥村徹：緊急招集、河出書房新社、一九九九

上祐史浩：オウム事件 17年目の告白、扶桑社、二〇一二
磯貝陽悟：サリンが来た街、データハウス、一九九四
ウィリー・ハンセン、ジャン・フレネ：細菌と人類、中央公論新社、二〇〇四
毎日新聞社会部：裁かれる「オウムの野望」、毎日新聞社、一九九六
浦島充佳：NBCテロリズム、角川oneテーマ21、二〇〇二
一橋文哉：オウム帝国の正体、新潮社、二〇〇〇
ケン・アリベック：バイオハザード、二見書房、一九九九
三沢明彦：捜査一課秘録、光文社、二〇〇四
森村誠一：悪魔の飽食、光文社、一九八一
ルッツ・F・ハーバー：魔性の煙霧 第一次世界大戦の毒ガス攻防戦史、原書房、二〇〇一
Williams, P., Wallace, D.: *Unit 731*, The Free Press, New York, 1989.
Yang, Y-J., Tam, Y-H.: *Unit 731*, Fonthill Media, 2018.
森川哲郎：帝銀事件、三一書房、一九八〇
コーネリアス・ライアン：ヒトラー最後の戦闘（上・下）、ハヤカワ文庫、一九八二
ルドルフ・ヘス：アウシュヴィッツ収容所、サイマル出版会、一九七二
吉見義明：毒ガス戦と日本軍、岩波書店、二〇〇四
赤間剛：ヒトラーの世界、三一新書、一九七七
大澤武男：ヒトラーとユダヤ人、講談社現代新書、一九九五
ルイス・スナイダー：アドルフ・ヒトラー、角川文庫、一九七〇
藤原辰史：カブラの冬 第一次世界大戦期ドイツの飢饉と民衆、人文書院、二〇一一
Cyrulnik, B.: *Psychothérapie de Dieu*, Odile Jacob, Paris, 2017

本書は、書き下ろし作品です。

装画　古屋智子
装幀　新潮社装幀室

沙林　偽りの王国

著者　帚木蓬生（ははきぎ・ほうせい）
発行　二〇二一年三月二〇日
発行者　佐藤隆信
発行所　株式会社新潮社
〒一六二―八七一一　東京都新宿区矢来町七一
電話　編集部　〇三（三二六六）五四一一
　　　読者係　〇三（三二六六）五一一一
https://www.shinchosha.co.jp
印刷所　大日本印刷株式会社
製本所　加藤製本株式会社

ISBN978-4-10-331425-7 C0093